本书列入

2017年国家社会科学基金重大委托项目
“十三五”国家重点图书出版规划项目

中华传统文化百部经典

欧阳修集（节选）

欧阳修 著
洪本健 解读

国家图书馆出版社

图书在版编目（CIP）数据

欧阳修集：节选 /（宋）欧阳修著；洪本健解读．—北京：国家图书馆出版社，2021.6
（中华传统文化百部经典 / 袁行霈主编）
ISBN 978-7-5013-6951-5

Ⅰ.①欧… Ⅱ.①欧… ②洪… Ⅲ.①古典诗歌－诗集－中国－北宋 ②古典散文－散文集－中国－北宋 Ⅳ.①I214.412

中国版本图书馆 CIP 数据核字（2020）第 017918 号

国家图书馆出版社官方微信

书　　名	欧阳修集（节选）
著　　者	（宋）欧阳修 著　洪本健 解读
责任编辑	于春媚
特约编辑	吴麒麟
封面设计	敬人设计工作室
出版发行	国家图书馆出版社（北京市西城区文津街 7 号　100034） 010-66114536　63802249　nlcpress@nlc.cn（邮购）
网　　址	http://www.nlcpress.com
印　　装	北京科信印刷有限公司
版次印次	2021 年 6 月第 1 版　2021 年 6 月第 1 次印刷
开　　本	710×1000（毫米）　1/16
印　　张	32.5
字　　数	416 千字
书　　号	ISBN 978-7-5013-6951-5
定　　价	98.00 元（精装）

本册审订

陶文鹏　　刘德清　　张　剑

中华传统文化百部经典

编纂办公室

张　洁　　梁葆莉　　张毕晓　　马　超　　华鑫文

编纂缘起

文化是民族的血脉，是人民的精神家园。党的十八大以来，围绕传承发展中华优秀传统文化，习近平总书记发表了一系列重要讲话，深刻揭示出中华优秀传统文化的地位和作用，梳理概括了中华优秀传统文化的历史源流、思想精神和鲜明特质，集中阐明了我们党对待传统文化的立场态度，这是中华民族继往开来、实现伟大复兴的重要文化方略。2017 年初，中共中央办公厅、国务院办公厅印发《关于实施中华优秀传统文化传承发展工程的意见》，从国家战略层面对中华优秀传统文化传承发展工作作出部署。

我国古代留下浩如烟海的典籍，其中的精华是培育民族精神和时代精神的文化基础。激活经典，熔古铸今，是增强文化自觉和文化自信的重要途径。多年来，学术界潜心研究，钩沉发覆、辨伪存真、提炼精华，做了许多有益工作。编纂《中华传统文化百部经典》（简称《百部经典》），就是在汲取已有成果基础上，力求编出一套兼具思想性、学术性和大众性的读本，使之成为广泛认同、传之久远的范本。《百部经典》所选图书上起先秦，下至辛亥革命，包括哲学、文学、历史、艺术、科技等领域的重要典籍。萃取其精华，加以解读，旨在搭建传统典籍与大众之间的桥梁，激活中华优秀传统文化，用优秀传统文化滋养当代中国人的精神世界，提振当代中国人的文化自信。

这套书采取导读、原典、注释、点评相结合的编纂体例，寻求优秀传统文化与社会主义核心价值观之间的深度契合点；以当代眼光审视和解读古代典籍，启发读者从中汲取古人的智慧和历史的经验，借以育人、资政，更好地为今人所取、为今人所用；力求深入浅出、明白晓畅地介绍古代经典，让优秀传统文化贴近现实生活，融入课堂教育，走进人们心中，最大限度地发挥以文化人的作用。

《百部经典》的编纂是一项重大文化工程。在中宣部等部门的指导和大力支持下，国家图书馆做了大量组织工作，得到学术界的积极响应和参与。由专家组成的编纂委员会，职责是作出总体规划，选定书目，制订体例，掌握进度；并延请德高望重的大家耆宿担当顾问，聘请对各书有深入研究的学者承担注释和解读，邀请相关领域的知名专家负责审订。先后约有 500 位专家参与工作。在此，向他们表示由衷的谢意。

书中疏漏不当之处，诚请读者批评指正。

2017 年 9 月 21 日

凡　例

一、《中华传统文化百部经典》的选书范围，上起先秦，下迄辛亥革命。选择在哲学、文学、历史、艺术、科技等各个领域具有重大思想价值、社会价值、历史价值和学术价值的一百部经典著作。

二、对于入选典籍，视具体情况确定节选或全录，并慎重选择底本。

三、对每部典籍，均设“导读”“注释”“点评”三个栏目加以诠释。导读居一书之首，主要介绍作者生平、成书过程、主要内容、历史地位、时代价值等，行文力求准确平实。注释部分解释字词、注明难字读音，串讲句子大意，务求简明扼要。点评包括篇末评和旁批两种形式。篇末评撮述原典要旨，标以“点评”，旁批萃取思想精华，印于书页一侧，力求要言不烦，雅俗共赏。

四、原文中的古今字、假借字一般不做改动，唯对异体字根据现行标准做适当转换。

五、每书附入相关善本书影，以期展现典籍的历史形态。

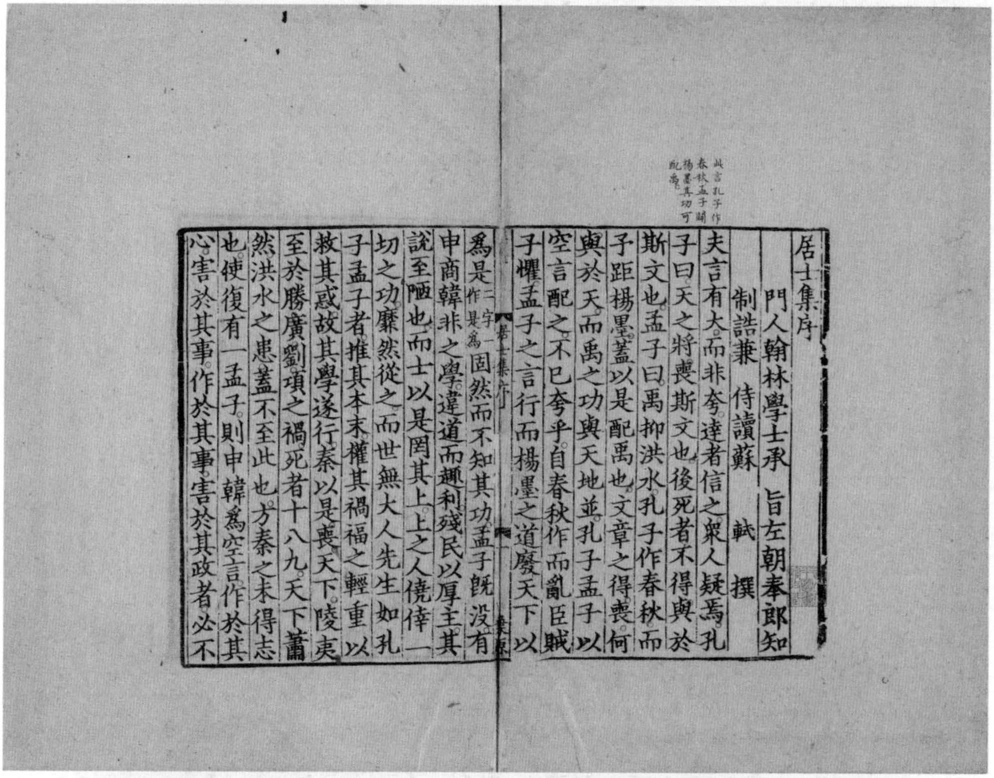
此言孔子作
春秋孟子闢
楊墨其功可
配禹

居士集序
門人翰林學士承　旨左朝奉郎知
制誥兼　侍讀蘇　軾　撰
夫言有大而非夸達者信之衆人疑焉孔
子曰天之將喪斯文也後死者不得與於
斯文也孟子曰禹抑洪水孔子作春秋而
予距楊墨蓋以是配禹也文章之得喪何
與於天而禹之功與天地並孔子孟子以
空言配之不已夸乎自春秋作而亂臣賊
子懼孟子之言行而楊墨之道廢天下以
為是（二字一作是為）固然而不知其功孟子既沒有
申商韓非之學違道而趣利殘民以厚主其
說至陋也而士以是罔其上上之人僥倖一
切之功靡然從之而世無大人先生如孔
子孟子者推其本末權其禍福之輕重以
救其惑故其學遂行秦以是喪天下陵夷
至於勝廣劉項之禍死者十八九天下蕭
然洪水之患蓋不至此也方秦之未得志
也使復有一孟子則申韓為空言作於其
心害於其事作於其事害於其政者必不

欧阳文忠公集一百五十三卷附录五卷

（宋）欧阳修撰　宋刻本　国家图书馆藏

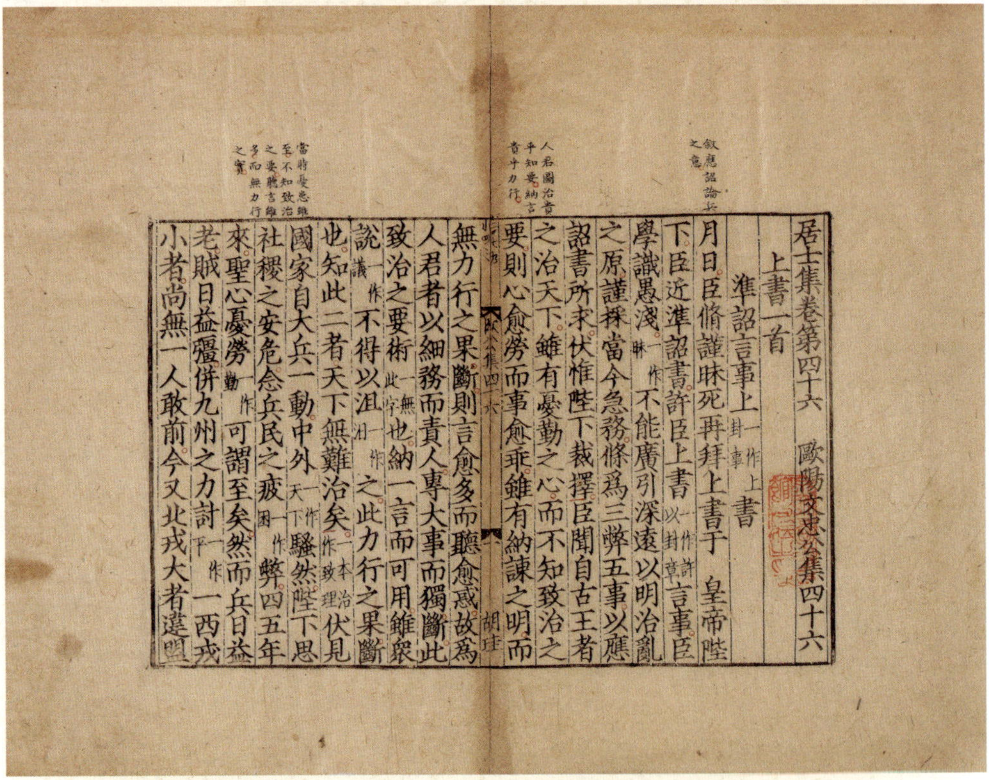

敘應詔論兵之意

人君圖治貴乎知要納言貴乎力行

當時憂患雖至不知致治之要聽言雖多而無力行之實

居士集卷第四十六　歐陽文忠公集四十六

上書一首

準詔言事上（一作上封事）書

月日臣脩謹昧死再拜上書于　皇帝陛下臣近準詔書許臣上書（一作許以封章）言事臣學識愚淺（一作昧）不能廣引深遠以明治亂之原謹採當今急務條爲三弊五事以應詔書所求伏惟陛下裁擇臣聞自古王者之治天下雖有憂勤之心而不知致治之要則心愈勞而事愈乖雖有納諫之明而無力行之果斷則言愈多而聽愈惑故爲人君者以細務而責人專大事而獨斷此致治之要術（一無此字）也納一言而可用雖衆說（一作議）不得以沮（一作汨）之此力行之果斷也知此二者天下無難治矣（一本作致理）伏見國家自大兵一動中外（一作天下）騷然陛下思社稷之安危念兵民之疲（一作困）弊四五年來聖心憂勞（一作勤）可謂至矣然而兵日益老賊日益彊併九州之力討（一作下）一西戎小者尚無一人敢前今又北戎大者遣盟

歐公集四十六　胡珪

欧阳文忠公集一百五十三卷　（宋）欧阳修撰

庐陵欧阳文忠公年谱一卷　（宋）胡柯撰　宋刻本　国家图书馆藏

目　录

导　读

欧阳修集

诗

词

文

导 读

欧阳修（1007—1072），字永叔，吉州永丰（今江西吉安永丰县）人。北宋著名的政治家、杰出的文学家和史学家，名列唐宋八大家中“宋六家”之首。吉州原属庐陵郡，故欧阳修自称庐陵人。他号醉翁，晚年又号六一居士，卒后谥文忠，后世称欧公、欧阳公、欧阳文忠公。

一、坎坷多难的仕宦生涯

宋真宗景德四年（1007），欧阳修出生于绵州（今四川绵阳），时父欧阳观任该州军事推官。大中祥符三年（1010），父病逝于泰州（今属江苏）军事判官任上，年仅四岁的欧阳修随母郑氏往随州（今属湖北）投靠时任该州推官的叔父欧阳晔。欧阳修家贫，“以荻画地学书”（《宋史》本传），在母亲的教育下，从小养成了刻苦学习的精神。十岁时，欧阳修到邻人李尧辅家，看到残缺的《昌黎先生文集》，借回家抄录诵读，自此喜爱韩文，废寝忘食地学习；写诗作赋，得到叔父的夸奖。

天圣元年（1023），欧阳修参加随州秋试，因赋失官韵落选。五年，到汴京参加礼部试，不中。七年，两次参加国子监考试，皆名列第一。八年（1030），欧阳修礼部试又获第一，殿试以甲科第十四名登第，任西京留守推官。在洛阳与尹洙、梅尧臣等吟诗作文，渐以文章知名。景祐三年（1034），欧阳修入朝，为馆阁校勘。范仲淹欲革除朝政积弊，与权相吕夷简发生冲突，贬官饶州。欧阳修怀着强烈的正义感，致书斥责司谏高若讷诋毁范仲淹，被贬至偏僻的峡州夷陵（今湖北宜昌）为县令，这是欧阳修遭受的第一次人生挫折。

在夷陵，欧阳修目睹农村的贫困和吏治的腐败，更坚定了为改变现状而努力的决心。一年后的宝元元年（1038），他改任光化军乾德（今湖北老河口）县令。康定元年（1040），调滑州（今河南滑县）任武成军节度判官。不久，召回京都复任馆阁校勘。庆历三年（1043），仁宗广开言路，准备革新朝政。吕夷简被罢相，韩琦、范仲淹、富弼、杜衍先后担任宰辅要职，欧阳修和王素、余靖、蔡襄同为谏官。范仲淹提出“明黜陟，抑侥幸”等十项改革措施，得到谏官们的全力支持，并为仁宗所采纳。新政施行，其中关于官员升等与子弟荫补等改革措施，触犯了官僚特权阶层的利益。守旧派声称韩、范、富、杜等结为朋党，甚至散布富弼指使石介撰废立诏草的谎言，以动摇仁宗对新政主持者的信任。范仲淹、富弼不安于朝，自请外出为官以避嫌。杜衍女婿苏舜钦，监进奏院，出卖了一些旧档废纸，照例备办祀神宴会事，被反对派构陷为监守自盗，剥夺官职，废为平民。与宴者多支持或同情新政，受到惩罚，被称为“一网打尽”。

形势十分险恶之际，在河北都转运按察使任上的欧阳修，挺身而出，作《朋党论》回击政敌的诬蔑，又上《论杜衍范仲淹等罢政事状》，奋力一搏，欲挽狂澜于既倒，为守旧势力深恶痛绝，遂借欧甥女张氏犯法事，诬劾欧与张氏有私，且欺其财，下开封府查办。虽查明欧实被诬，仍落龙图阁直学士，罢都转运按察使，贬知滁州（今属安徽）。由庆历三年（1043）秋仁宗开天章阁，召政事之臣条对天下急务，至四年冬苏舜钦除名为民，五年春范、富、杜、韩相继罢去朝职，仅一年多时间，欧阳修目睹轰轰烈烈开始的庆历新政以急遽失败而告终，自身的人格又受到肆无忌惮的摧残。抵滁州后，他上呈仁宗《谢表》称“尝列谏垣，论议多及于贵权，指目不胜于怨怒”[①]，其内心的痛苦可想而知。这是他遭受的第二次人生挫折。次年，他在滁州自号“醉翁”。

庆历八年（1048），欧阳修由山城滁州调到大郡扬州（今属江苏），担任繁华都市的长官，预示着仁宗又开始起用直言极谏之士。此时，欧染上眼疾，请求到风光秀美的颍州（今安徽阜阳）任职，皇祐元年（1049），得遂所愿。二年，改知应天府兼南京（今河南商丘）留守司事。四年，归颍州守母丧。至和元年（1054），除丧服，赴京都，权判吏部流内铨。因有奏章乞请保障孤寒贫乏者候补官职的权利，抑制豪门贵族子弟优先入仕的特权，遭中伤而离职。但此后，一切都还顺利：诏命留京修《唐书》，迁翰林学士兼史馆修撰；至和二年，奉命出使契丹；嘉祐二年（1057），主持贡举；三年，权知开封府；五年，为枢密副使；六年，官至参知政事（副宰相）；七年，与韩琦等力劝仁宗立皇侄宗实为皇子；八年，仁宗病卒，欧阳修与韩琦等拥立宗实继位为英宗，维持朝政的稳定。

治平二年（1065），因英宗生父濮安懿王崇奉典礼，朝中分为对立的两方：两制礼官等大臣，谓“为人后者为之子，不敢复顾私亲”[②]，宜称皇伯；执政的韩琦、欧阳修等，谓自古无称生父为伯之理，当称皇考。这实际上反映了太后与英宗的矛盾。三年，太后手诏尊濮王为皇，英宗下诏不受尊为皇，而接受称亲之礼。年底，英宗卒。四年，神宗即位，以濮议赞同欧阳修观点而被荐为御史的蒋之奇，被众指为奸邪，为求自解，得欧阳修仇家的诽谤信息，居然上殿弹劾欧阳修，诬告欧与长媳关系暧昧。御史中丞彭思永，称欧以濮议而犯众怒，不宜留在朝廷。受到晴天霹雳般的打击，欧阳修上章自辩，杜门不出。神宗终察其诬，贬黜思永、之奇。蒙受奇耻大辱，欧悲愤填膺，坚辞政事。终以观文殿学士、刑部尚书出知亳州（今属安徽）。由濮议而引起的政治风波给欧阳修带来巨大的伤害。这是他遭受的第三次人生挫折。

嘉祐时期，欧阳修官职荣升，但施政不易，难有作为，年老体衰，疾病缠身，萌生归田之念。熙宁元年（1068），欧于亳州连上五表五札子，乞请致仕，未获允许，反而以兵部尚书改知青州（今属山东），充京东东路安抚使。三年，于青州任两上札子，言散青苗钱不便。在长期的仕宦生涯即将结束之际，他依然保持着对事业的高度负责和刚直敢言的作风。朝廷欲倚重老臣赴太原府承担重任，欧坚辞不受，后改知蔡州（治今河南汝南县）。四年，终以观文殿学士、太子少师致仕，归颍州。熙宁五年（1072），病逝于颍州私第。

综观欧阳修作为政治家的一生，追求国家的进步与发展，反对因循守旧，积极倡导革新，虽历经坎坷，屡遭挫折，却凭着坚定的信念和坚韧不拔的毅力勇往直前。王安石《祭欧阳文忠公文》抒发了无限钦佩之情："自公仕宦四十年，上下往复，感世路之崎岖。虽屯邅困踬，窜斥流离，而终不可掩者，以其公议之是非。既压复起，遂显于世。果敢之气，刚正之节，至晚而不衰。"[③]《宋史》本传也给予欧阳修高度的赞美："天资刚劲，见义勇为，虽机阱在前，触发之不顾。放逐流离，至于再三，志气自若也。"[④] 这些都是十分公允的评价。

二、名满天下的文坛领袖

欧阳修是宋代诗文革新当之无愧的领袖。在仁宗朝执行太祖太宗与士大夫共治天下方略的大背景下，凭借自己在文学创作和理论创新上所获得的令人瞩目的成绩，也得力于积极投身国家政治革新大业，虽遭挫折打击而不屈不挠、声名远播的影响，欧阳修以潜移默化的感召力，把文士们的力量凝聚在一起，推动文学革新和发展，自己也成为众望所归的文坛盟主。

天圣九年（1031），欧阳修至洛阳，在喜好文学的钱惟演幕府任职，结识了通判谢绛和梅尧臣等诸多文士，即抛弃骈俪时文而积极投身古文的创作。明道二年（1033），他就倡导知古明道，“履之以身，施之于事”，反对“务高言而鲜事实”，践行“其道易知而可法，其言易明而可行”的创作主张⑤，且始终坚守，毫不动摇。明道、景祐时，欧在诸多书信中阐述了中充实而发于文者辉光、文士要直面现实不可弃百事不关于心等重要文论观点，对其自身和后学的创作产生了深远的影响。贬官夷陵后，他对社会的底层有更深入的接触，诗文中注入了更多人生慨叹，更是不满时文的“穿蠹经传，移此俪彼，以为浮薄”⑥。他因声援忠直敢言的范仲淹而贬官夷陵，于途中得到众多官员和友朋的热情接待，威望不降反升，创作亦不同凡响。《上范司谏书》《李秀才东园亭记》《读李翱文》等，即是在其文论思想指导下涌现的佳作，也是他在政坛与文坛起步阶段生机勃勃的创作实力的展示。这一时期，他在诗歌创作上也迈出了坚实的步伐，作于夷陵的《戏答元珍》最为历代编宋诗集或欧诗集者所青睐，《春日西湖寄谢法曹歌》等亦颇获好评。

到了庆历时期，欧阳修因从政、交游与创作的更趋活跃而引人注目，他在文坛的地位也日渐升高。毕仲游说：“本朝庐陵欧阳文忠公起于天圣、明道之间，主天下文章之盟者三十年。当时言文章者，至欧阳文忠公，然后以为极而不可加，谓之文师。”⑦欧阳修逝世于熙宁五年（1072），上溯三十年为庆历二年（1042），此具体指明了欧入主文坛的时间。庆历元年（1041），曾巩入太学，称欧文“与孟子、韩吏部之书为相唱和”，

“韩退之没，观圣人之道者，固在执事之门矣”[⑧]；又称欧“文章、智谋、材力之雄伟挺特，信韩文公以来一人而已”[⑨]，明确地将欧与韩并称。叶梦得也钦佩地说：“庆历后，欧阳修以文章擅天下，世莫敢有抗衡者。”[⑩]皇祐二年（1050）强至称欧“主盟吾道，于变文章之淳”[⑪]；又赞欧“文章大醇，坐复古道。制作一出，立为人模”[⑫]。在盟主地位确立这一时期，欧阳修投身政治革新的高涨热情，与文学创作的卓越成就交相辉映，使他在文坛的影响与日俱增。为庆历革新的挫折鸣不平而奋笔疾书的《朋党论》和《论杜衍范仲淹等罢政事状》，深受朝野人士的关注。继一贬夷陵之后再贬滁州所作的《醉翁亭记》《丰乐亭记》等更是震动文坛，脍炙人口，一时洛阳纸贵。同时，其诗歌创作也取得可观的成绩，有《水谷夜行寄子美圣俞》《丰乐亭游春》《沧浪亭》等。凭借文酒诗会、作序铭墓、书信往来，欧阳修与同僚友朋保持紧密的联系。在《梅圣俞诗集序》的初稿中，就提出了在当时和后世很有影响的诗文“穷而后工”说。曾巩之外，尚有诸多后生争先恐后地前去拜访欧公求教[⑬]，少年苏轼闻知欧公的事迹和诗文，更是不胜仰慕[⑭]。

嘉祐（1056—1063）朝八年是欧阳修作为文坛盟主业绩最为辉煌的时期。嘉祐二年（1057）贡举在宋代文学史上有着极其重大的意义，欧阳修凭借知贡举的时机，极力排抑当时颇有影响而文风怪异的太学体，让平易自然的文风成为此后士人们崇尚的主流。苏轼回忆自己举进士试于礼部时说：“方是时，士以剽裂为文，聚而见讪，且讪公者所在成市。曾未数年，忽焉若潦水之归壑，无复见一人者。”[⑮]欧阳修力挽狂澜，引导宋文步入健康发展的通衢大道，可谓功标青史。

欧阳修以敏锐的目光，发现了远自西蜀而来的苏轼苏辙兄弟，对苏轼的杰出才华尤为欣赏。继此前发现曾巩和王安石并寄予期待之后，他把更多的关注转移到苏轼的身上。苏轼也没有辜负恩师的期望，嘉祐六年（1061）在应秘阁试时文章粲然，制策考试中亦成绩优异。七年，在凤翔签判任上，写出了熔叙事、议论、抒情于一炉的佳作《喜雨亭记》。当欧阳修致仕归颍时，苏轼热烈赞颂欧公道：“全德难名，巨材不器。事业三朝之望，文章百世之师。”[16]后来，他步武欧公，也众望所归地成为文坛盟主，在文学上创造了更为辉煌的业绩。

嘉祐二年榜进士，除曾巩与苏氏兄弟外，还有曾布、程颢、张载、吕大临、吕惠卿、朱光庭、王韶、林希等著名人士，得人号称一时之盛。南宋丞相周必大称：“欧阳文忠公知嘉祐贡举，所放进士，二三十年间多为名卿才大夫。”[17]嘉祐及以后的岁月，欧阳修的创作愈来愈成熟，他情感依然充沛，但心态愈益平和，委婉纡徐、唱叹有致的文笔，催生出气度雍容、柔美畅达的作品。嘉祐时的《秋声赋》《有美堂记》《记旧本韩文后》，治平时的《相州昼锦堂记》等，都是这位德高望重的文坛盟主精心构撰、感慨淋漓、为后世传诵不绝的名篇。诗歌也不乏成熟而颇有影响的作品，《明妃曲和王介甫作》《唐崇徽公主手痕和韩内翰》等皆脍炙人口。

治平四年（1067）离京知亳州以后，欧阳修的创作活动仍在继续，他以从容不迫的文笔书写炉火纯青的篇章，《故霸州文安县主簿苏君墓志铭》《祭石曼卿文》和《再至汝阴三绝》诗等精彩纷呈。熙宁时的《泷冈阡表》《岘山亭记》《江邻几文集序》《六一居士传》等，更是美不胜收的佳作。

欧阳修早年在西京洛阳时就开始写词，一生创作的数量极为可观。熙宁四年（1071）归颍州，写下《采桑子》词十首，最后一首有“俯仰流年二十春”之句，为以“西湖好”发端的这组清丽旷放的联章词作了总结。可见，文坛盟主在词的创作上也是硕果累累。欧公在辞别人世的前一年，迎来了他热情奖掖并引为自豪的接班人苏轼，同游美丽的颍州西湖，心情格外舒畅和兴奋。北宋文坛两位盟主的亲密相会，是文学史上承前启后的交接，堪称有口皆碑的佳话。

从上述欧阳修创作活动的经历中，我们看到了他那深受世人关注的文学事业，由天圣起步，至庆历奠基，终臻于嘉祐的辉煌发展轨迹。这是数十年的漫漫长路，由学韩开始筚路蓝缕的探索至影响后世的康庄大道的开辟，来之不易，意义深远，欧阳修做出了扬名千古的贡献。

三、彪炳史册的创作实绩

欧阳修凭数十年持之以恒的笔耕，留下了极为丰硕的创作成果。后由周必大主持编纂为《欧阳文忠公集》一百五十三卷，实乃皇皇巨著。就文学而言，《欧集》中最重要的当然是欧阳修晚年自编诗文的《居士集》五十卷，后人续编的《居士外集》二十五卷和《近体乐府》三卷，分别是诗、文与词的创作成果。另有《诗话》，后世称为《六一诗话》，是"集以资闲谈"的关于诗人诗作评议及诗坛趣闻轶事的随笔，实为首创的文笔生动、体裁新颖的古代诗论专著。《归田录》二卷是著名的宋人笔记，欧自称"朝廷之遗事，史官之所不记，与夫士大夫笑谈之余而可录者，录之以备闲居之览也"⑱。《笔说》为杂说，有学书说、诗说、老氏说等，都较简短。《试笔》以说学书与说诗为主，兼及苏氏四六、"六经"等。苏轼跋曰："此数十纸，皆文忠公冲口而得，信手而成，初不加意者也。其文采字画，皆有自然绝人之姿，信天下之奇迹也。"⑲《于役志》是欧贬谪夷陵途中所记，是继唐代李翱《来南录》之后的日记体佳作。《书简》十卷与《居士集》《居士外集》中"书"的论理言事篇幅较长不同，多为篇幅短小的存问舒心之作。

《欧集》中还收有《外制集》三卷、《内制集》八卷、《表奏书启四六集》七卷、《奏议集》十八卷、《河东奉使奏草》二卷、《河北奉使奏草》二卷、《奏事录》《濮议》四卷，是代皇帝起草的官员任职的制诰、以骈文或古文所作的上书、奉命出使河东河北的奏章、奏事后追忆内容的记述、反映英宗生父濮王崇奉典礼引出争议的相关文书，皆为欧阳修任朝官至宰辅期间因职务所系而书写上呈的文字，也是朝廷内外诸多事项的记录，体现他关于朝政的思考与主张，对官员的考察与评价等，亦不乏文情与文采的展现。《附录》五卷收祭欧公文六篇，关于欧公的行状、谥诰、墓志铭、神道碑各一篇，另有《神宗实录》《重修实录》《神宗旧史》《四朝国史》的本传各一篇，末为子欧阳发等述《事迹》。

欧阳修的史学成就亦堪称卓绝。他与宋祁领衔编修《新唐书》；又凭一己之力，撰《五代史记》，后称《新五代史》。《居士集》卷十六有史论四篇，为《正统论》三篇、与正统问题相关的《或问》一篇。卷十七有《魏梁解》一篇。《欧集》有《集古录跋尾》十卷，为上自周穆王，下至隋唐五代的金石考证汇编，欧称《集古录》所收古器物“皆三代以来至宝，怪奇伟丽、工妙可喜之物”[20]。今《集古录跋尾》中，尚存多幅前古铭文拓片图，古文字清晰可观。

对《史记》在史学与文学上的成就，欧阳修是充分肯定的。苏轼说欧公“记事似司马迁”[21]，显然是学有所得。众人赞颂的“六一风神”，后世也认为受到史迁风神的影响。欧作《桑怿传》称：“余固喜传人事，尤爱司马迁善传。”[22]其考订史事，颇得益于《史记》，但也发现《史记》中的失误。如《帝王世次图序》指出，司马迁所作《本纪》，出于《大戴礼》《世本》诸书，但详加考察，发现尧、舜及夏、商、周的人物年代记述，有许多矛盾和不实之处。不盲从旧说，认真探究，发现问题，是欧公在学术上多有建树的重要原因。

欧阳修是善于独立思考的学者，具有疑古和批判精神。“五德”是指五行木、火、土、金、水所代表的五种德性，在有关正统问题的争论中，他对“五德之运”为君权神授的谬说有清醒的认识和深刻的分析，他作《正统论上》，谈及“自古王者之兴”时指出：“或其功泽被于生民，或累世积渐而成王业，岂偏名于一德哉？”[23]并有力地批判说：“谓帝王之兴必乘五运者，缪妄之说也。”[24]

《新五代史·司天考第二》序，强调“予述本纪，书人而不书天”，还巧妙地引孔子及《易》《书》之语，一再申明“天，吾不知”，“天视”“天听”都来自“民视”“民听”[25]，大胆破除神秘而不可知的“天道”迷信，强调“人”“人心”“民视”“民听”的决定性作用。这与该书《伶官传序》“盛衰之理，虽曰天命，岂非人事哉”[26]的意思一样，反映了欧阳修对人事高度重视的思想。

家谱是谱牒文化的载体，是以记载父系家族世系、人物为中心的历史图籍。《居士外集》中收有欧阳修所撰《欧阳氏谱图序》，始言“欧阳氏之先，本出于夏禹之苗裔”，末云：“安福府君之九世孙曰修，当皇祐、至和之间，以其家之旧谱，问于族人，各得其所藏诸本，以考正其同异，列其世次，为《谱图》一篇。”[27]《谱图》首列南朝齐时的欧阳景达，末为自身及同辈。

经学方面，欧阳修也有不凡的建树。研《诗》，有《毛诗本义》十六卷，四库馆臣称：“自唐以来，说《诗》者莫敢议毛、郑，虽老师宿儒亦谨守小序。至宋而新义日增，旧说几废，推原所始，实发于修。”又称：“其立论未尝轻议二家，而亦不曲徇二家。其所训释，往往得诗人之本志。”[28]《居士外集》卷十有《诗解统序》一篇、《诗解》八篇。

研《书》，欧有收入《居士集》卷十八的《泰誓论》。

研《易》，《欧集》中有《易童子问》三卷，是欧阳修《易》学研究的重要著作。《居士集》卷十八还收有《易或问》三篇、《明用》一篇，《居士外集》卷十亦收《易或问》一篇。欧阳修关于“《文言》《说卦》而下，皆非圣人之作”[29]及《河图》《洛书》为“怪妄之尤甚者”[30]的论断，是历代学者评说、争论最多的话题。各种观点的展现与交锋，对其说的批评或肯定，凸显欧阳修在《易》学研究上敢于怀疑、勇于创新的精神，确立了他在《易》学研究史上不可或缺的地位。

研究《春秋》，欧阳修有收入《居士集》卷十八的《春秋论》三篇与《春秋或问》两篇。还有收入《居士外集》卷十的《石鹢论》与《辨左氏》。他秉持“不惑传注，不为曲说以乱经”[31]的精神而治《春秋》，开宋代以义解经的先河。他破除迷信，批判谶纬，反对过度阐释《春秋》，这些观点在后世亦引人注目。

《欧集》中还有《崇文总目叙释》，这是我国现存最早的一部国家书目（已残缺）。翰林学士王尧臣及欧阳修等人校正条目，讨论撰次，每类有叙释即类序，欧撰有“六经”在内共三十类书目的叙释。

综上所述，以大者而言，如文学、史学、经学，以小者而言，如金石学、谱牒学、目录学，可以说欧阳修在中国文化学术的多个方面都作出了杰出的贡献，其中表现出的独立思考的创新精神尤为可贵，因此他被人称为百科全书式的大家，是名副其实的。

四、成就卓著的诗词散文

欧阳修最为卓越的成就，无疑是在文学方面。他的诸多诗词散文，都受到读者的喜爱。

先说欧诗。欧阳修兴致勃勃地参加历时数十年的唱和盛会，在充满兴味的互动中，与诸多诗友一起促进了北宋中期诗坛的活跃与创作的繁荣。早年通过对苏舜钦、梅尧臣诗的揄扬，欧阳修力矫昆体，改变诗格，在促进宋代诗风的转变上起了很大的作用。欧阳修还通过为梅尧臣等人的诗集作序和后来的《诗话》创作，鲜明地表达了自己关于诗歌应反映现实、抒写真情、力求意新语工等观点，引领宋诗在追求形象性的同时，展示了散文化、议论化的特色，在唐音之后，以独具一格的宋调，彰显诗风的转变与创新。

《欧阳文忠公集》共收古诗与律诗八百六十多首。其中议论时政、反映民生疾苦的诗，引人注目。《食糟民》写“釜无糜粥度冬春”“还来就官买糟食”的农民深受官府盘剥的痛苦；《边户》写北方边民于澶渊之盟后“两地供赋租”与“身居界河上，不敢界河渔”的不幸；《明妃曲和王介甫》《再和明妃曲》写对妇女命运的同情，讽刺汉唐的和亲政策，借以表达对当时输银绢以求和的无能外交的不满。当然，更多的欧诗着墨于对情怀抱负的抒发和对山水风光的描绘。如《书怀感事寄梅圣俞》写西京洛阳友人的欢聚和城里城外秀美壮丽的景色；《戏答元珍》用巧妙的手法描绘出早春二月山城的景物，抒发贬谪中失意与期待相交织的情感，兼具诗情、画意与理趣；《丰乐亭游春》绘出绿树交加、山鸟啼鸣、醉翁与游人同欢共乐的场景，皆为佳作。

欧诗学韩，主要表现为以文为诗，使诗有散文之美。在通篇布局、句式安排、虚词使用等方面，都适当吸取散文的特点。如参用古文章法，作古体诗时一般不入骈偶，全用散行；或夹以长短句，得气盛言宜之妙；或句末巧用虚词，如“君家虽有澄心纸，有敢下笔知谁哉”（《和刘原父澄心纸》）等。散文与议论密切相关，《唐崇徽公主手痕和韩内翰》的“玉颜自古为身累，肉食何人与国谋”，对比鲜明，说理新警，意味深长。

陈善称欧阳公诗“每每效”退之体，举欧《紫石砚屏歌》等诗为例称：“其法盖出于退之。”[32]《紫石砚屏歌》写道：“月从海底来，行上天东南。正当天中时，下照千丈潭。潭心无风月不动，倒影射入紫石岩。月光水洁石莹净，感此阴魄来中潜。”诗意颇奇特，但纯用平易自然之语，显然，欧阳修学韩愈的散文化写法，而非学韩诗的奇崛古奥。

欧阳修也有学杜的。他有反映军国大事和百姓疾苦以及为同道亡友鸣不平的诗篇，如《奉答子华学士安抚江南见寄之作》《食糟民》及《重读〈徂徕集〉》等，可能更多受到杜诗忧国忧民思想的感染。当然，他不仅在内容上，而且在艺术上，也受到杜甫的影响。苏轼早已看到这一点，说：“七言之伟丽者，杜子美云：‘旌旗日暖龙蛇动，宫殿风微燕雀高。'‘五更鼓角声悲壮，三峡星河影动摇。'尔后寂寥无闻焉。直至欧阳永叔‘沧波万古流不尽，白鹤双飞意自闲'，‘万马不嘶听号令，诸蕃无事乐耕耘'，可以并驱争先矣。”[33]而欧阳修自评甚佳的《庐山高赠同年刘中允归南康》诗，以气势豪放、想象奇特、意境动人而颇接近于李白的风格。

总之，欧诗善学前人，广采各家的长处，在仿效之时融入己意，在继承的基础上着意创新，最终形成了自己注重气格、平易疏畅、从容自然的风貌。由此看来，从事北宋诗文革新的欧阳修，其诗风与文风总体上是一致的。

次说欧词。论历史地位，欧阳修的创作承上启下，于唐五代词之后，开一代风气，所谓“宋至文忠，文始复古，天下翕然师尊之，风尚为之一变。即以词言，亦疏隽开子瞻（苏轼），深婉开少游（秦观）”[34]，即谓此也。

欧词反映社会现实，注重日常生活，内容颇为丰富。其中，写恋情相思的居多，有《玉楼春》“离歌且莫翻新阕，一曲能教肠寸结”的伤感；有《少年游》“千里万里，二月三月，行色苦愁人”的思念；有《诉衷情》“拟歌先敛，欲笑还颦，最断人肠”的愁绪。写明丽风光的，首推以“西湖好”发端的《采桑子》组词，或是“春深雨过”后的“百卉争艳，蝶乱蜂喧”；或是“画船载酒”时的“急管繁弦，玉盏催传”；或是“残霞夕照”下的“花坞苹汀，十顷波平”，都是西湖美景和作者感受的生动写照。至于仕途坎坷，有《临江仙》“如今薄宦老天涯，十年歧路，空负曲江花”的痛惜；咏唐史事，有《浪淘沙》“一从魂散马嵬关，只有红尘无驿使，满眼骊山”的慨叹；还有《渔家傲》对武艺超强、英雄威风的称颂，颇见豪放的气派：“陇上雕鞍惟数骑，猎围半合新霜里。霜重鼓声寒不起，千人指，马前一雁寒空坠。”就后三首说仕宦、咏史实、赞壮士而言，可以看到作者为扩大词的题材和增添新的格调所做的努力。

欧词以深婉而浑成为主要特色。《艺概》说："冯延巳词，晏同叔（晏殊）得其俊，欧阳永叔得其深。"[35]《踏莎行》（候馆梅残）上片写游子之感，以"迢迢不断"的"春水"喻离愁，有绵延无尽的意味。下片述游子思念中的闺妇之情，"楼高莫近危阑倚"婉转地显露出闺妇思亲，又不忍登高远望的矛盾心理。末尾写道："平芜尽处是春山，行人更在春山外。"以焦虑中的观景委婉地传达出浓浓的失望之情。全词随着笔墨的逐层递进而情意不断加深。《蝶恋花》（庭院深深深几许）以男子的"游冶"不归，反衬女主人公的孤寂与不幸，"泪眼问花花不语，乱红飞过秋千去"二句，逐层深入地刻画女性的内心世界，抒写其满腔的愁情。两首皆是深婉而浑成的佳作。送刘敞出守扬州的《朝中措》词写道："平山栏槛倚晴空，山色有无中。"妙用王维的"江流天地外，山色有无中"诗句，是那样熨帖生动地融入词中，体现了欧词浑成的特色。

欧词雅俗兼具。《长相思》写道："花似伊，柳似伊，花柳青春人别离。低头双泪垂。　长江东，长江西，两岸鸳鸯两处飞。相逢知几时。"《生查子》亦类似："去年元夜时，花市灯如昼。月上柳梢头，人约黄昏后。　今年元夜时，月与灯依旧。不见去年人，泪湿春衫袖。"两词上下片前二句口语化，都用部分重复的句式，语言通俗，从民歌中汲取了丰富的创作营养。《欧集》中《近体乐府》卷二有十二首《渔家傲》词，分别歌咏十二月节气。跋语说是"永叔在李太尉端愿席上所作十二月鼓子词"。鼓子词属民间讲唱文学，足以说明其对欧词的影响。

关于欧词最多的争论，集中在一些艳情词是否确为欧作的问题上。为欧公辩解之辞甚多，曾慥《乐府雅词序》说："欧公一代儒宗，风流自命，词章幼眇，世所矜式，当时小人或作艳曲，谬为公词。"[36]王灼说："欧阳永叔所集歌词，自作者三之一耳。其间他人数章，群小因指为永叔，起暧昧之谤。"[37]今天所看到的三种欧阳修词集，一为《欧集》所收的由罗泌校正的《近体乐府》，一为据《近体乐府》稍加删节的《六一词》，另一为《醉翁琴趣外篇》，其中可能误收有他人的艳词，但应尊重欧所作既有典雅亦有俗艳之词的事实，兼具雅、俗正是欧词的重要特点。其实宋代文人宴饮，有歌女陪侍，以佐清欢，不足为奇。欧阳修在西京幕府时，雅号“逸老”，也曾“轻狂”，故其创作艳词，当在情理之中。况且文以明道，而诗庄词媚，各有分工与特色，传道明志的诗文大家创作香浓软媚的俗艳之词，并非稀奇之事。

最后说欧文，这是欧阳修最为耀眼的创作实绩。欧文学韩而自具面目，以平易流畅、委婉曲折著称，对比苏洵有生动的表述：“执事之文，纡余委备，往复百折，而条达疏畅，无所间断；气尽语极，急言竭论，而容与闲易，无艰难劳苦之态。”[38]刘大櫆论及欧阳修所擅长的文体时说：“欧之所长者三：曰序，曰记，曰志铭。”[39]确实，欧阳修极擅长此三体文，颇多佳篇，庆历之后，更见精彩。以下分体述之。

序体文有诗文集序和赠序，大致可分两类：一类以叙事为主，兼以议论，也不乏感叹，无论道古论今，谈艺说文，皆谨严翔实，阐叙深入，情怀毕现。如《送杨寘序》，叙其荫补为官，远赴偏僻之地而闷闷不乐，于是以大段的琴说以解其抑郁。《集古录目序》自叙搜集古器铭文之乐趣，说明爱好专一且持之以恒的重要。《送曾巩秀才序》言曾巩虽才华突出，但科考失利，对有司“概以一法”，“失多而得少”，却“久而不思革”，表达极度的不满。另一类以抒情为主，因时代变迁、人生起伏、世事无常，由遇合入手，或述难忘的交游，或惜知音的分离，或悲友朋的去世，俯仰古今，一唱三叹，感慨不尽。如《送梅圣俞归河阳序》记与梅尧臣在洛阳的相知与交往，赞其文才美如珠玉，叹其沉于下僚，又惜其离去。《释秘演诗集序》写尚气节又能诗的僧秘演，十年间游历在外，“无所合，困而归”，而知己石延年已死，作者身为二者之友，沉痛中发出“予亦将老矣”的悲叹。《江邻几文集序》由诸多朋友故旧的离世写起，最后言及江休复之死及其学问、文辞、诗歌，把对亡友的思念之情抒发到极致。

记体文多姿多彩。有的侧重于叙事和议论，如早年的《非非堂记》关于堂的描写较为简略，重在就堂名“非非”说理，强调批评错误的重要性。晚年的《相州昼锦堂记》叙苏秦、朱买臣的衣锦之荣，反衬韩琦“德被生民而功施社稷”的阔大胸襟，颂扬其“不动声气而措天下于泰山之安”的丰功伟绩，也以议论居多。侧重写景与抒怀的，如《真州东园记》，详写想象中东园景色由“前日之苍烟白露而荆棘”，变至今日的“芙蕖芰荷之的历，幽兰白芷之芬芳，与夫佳花美木列植而交阴”，对比强烈，画面生动，由此而感慨系焉。当然，更多的是写景、叙事、议论、抒情的交融，给读者以充分的美感享受。著名的《丰乐亭记》，先写“其上丰山，耸然而特立；下则幽谷，窈然而深藏；中有清泉，滃然而仰出”的美景和其中的丰乐亭，而后记叙赵匡胤率师平定滁州的史实，接着是太平来之不易而应居安思危的议论，末幅又有“日与滁人仰而望山，俯而听泉”的一段抒情，精彩至极。

墓志文在《欧集》篇目中占有很大比例，且多为至爱亲朋而作，充满深厚的情感，所以许多作品回顾往昔，呜咽伤怀，反复唱叹，情韵深长。《黄梦升墓志铭》从少居随州见梦升写起，后叙于京师、江陵、乾德等地重逢，以饮酒歌舞见梦升神态与情绪的变化，为其怀才不遇而痛惜。《张子野墓志铭》自西京洛阳与张先共事着墨，旁及谢绛、张汝士等友人，由当初的“饮酒歌呼，上下角逐，争相先后以为笑乐”，写到自己南贬夷陵，又至乾德，先后为张汝士、谢绛和张先铭墓，接以“呜呼，可哀也已”的悲号，至为感人。《徂徕石先生墓志铭》是为革新事业的同伴而作，题称先生不称其官是为表彰其德，述其“极陈古今治乱成败，以指切当世，贤愚善恶，是是非非，无所讳忌”的斗争精神，颂其“虽获祸咎，至死而不悔”的崇高品格，铭文是作者由衷赞美之韵语：“徂徕之岩岩，与子之德兮，鲁人之所瞻；汶水之汤汤，与子之道兮，逾远而弥长。”[40]

议论文有政论文和史论文。欧阳修关心时政，勇于揭弊，力主革新。他气势旺盛，激情澎湃，深入论说，慨叹不尽。《本论》列举国家的诸多弊病，回顾五代动乱不止民不聊生的历史教训，转而言及当前国家统一的有利条件，强调革故鼎新才有前途，但现状之堪忧又由篇末的反问中道出：“财不足用于上而下已弊，兵不足威于外而敢骄于内，制度不可为万世法而日益丛杂，一切苟且，不异于五代之时，此甚可叹也。是所谓居得致之位，当可致之时，又有能致之资，然谁惮而久不为乎？”[41]《朋党论》提出有君子之朋与小人之朋后，吁请人君“退小人之伪朋，用君子之真朋”，又从漫长历史和贤君昏君两个角度反复论说，可谓力透纸背。史论文《五代史伶官传序》叙后唐庄宗的由盛至衰，一唱三叹，反复致慨，以庄宗“身死国灭”的教训给后人以深刻的警示。

书信文，因政见相关而予人以激励或痛斥的，欧阳修分别有著名的《上范司谏书》和《与高司谏书》；涉及政事的还有《上杜中丞论举官书》《答陕西安抚使范龙图辞辟命书》《与尹师鲁书》等；数量最多的，是谈文论道启迪后学之作，如《与荆南乐秀才书》《答吴充秀才书》等，还有磋商学术、畅抒己见的，如《与王深甫论裴公碣》《答宋咸书》等。文中有出于礼貌的委婉陈说，但作者一般是坦诚且循循善诱地规劝，或虚心地问询与认真地探讨，于率真的交流中展现儒雅的气度。如《与荆南乐秀才书》写乐秀才屡次来访来信，自己未及时答复，心里不安，但笔锋一转，批评对方“力学好问，急于自为谋而然”。接着，自叙为应试作所谓时文，“皆穿蠹经传，移此俪彼”，“非有卓然自立之言如古人者”，得第后才“大改其为”。又指出不能全盘抹杀时文，“虽曰浮巧，然其为功，亦不易也”，仍有可取之处。最后告诉乐秀才风俗已大变，“今时之士大夫所为，彬彬有两汉之风”，当跟上致力于古文写作的时代潮流。

哀祭文，除求雨或求晴的祭文外，多为至亲好友而作，有以四字句为主和长短句交错两种类型，都倾注了欧阳修真挚深厚的情感，为极亲密的朋友所作的祭文都很出色。作品能抓住人物的独特遭遇和个性特征，加以描写或刻画，如《祭尹师鲁文》写其“辩足以穷万物，而不能当一狱吏；志可以挟四海，而无所措其一身”，显其才能出众而命运不幸。《祭苏子美文》以“蟠屈龙蛇，风云变化，雨雹交加”，“须臾霁止，而回顾百里，山川草木，开发萌芽”，形容其作品之“雄豪放肆”，令人惊叹。《祭资政范公文》称“公曰彼恶，公为好讦；公曰彼善，公为树朋；公所勇为，公则躁进；公有退让，公为近名”，将范仲淹的革新言行与守旧势力的造谣污蔑两相对照，美丑自现。《祭石曼卿文》最为脍炙人口，由人体消逝而精神不朽之理，转写墓地荒芜满目凄凉之景，引出阴阳相隔悲伤难抑之情，一唱三叹，充满无尽的思念。

综上所述，欧文各体皆有佳作。欧阳修引领宋文走上平易自然的康庄大道，其功至伟。他学韩而自辟蹊径，与韩文气势壮盛、呈阳刚之美不同，欧文情深意浓，以阴柔之美著称。欧文所独具的纡徐委备、沉吟往复、一唱三叹、韵味无穷的艺术风格，后世称之为“六一风神”。

五、一代宗师的人格魅力

北宋贫寒士子，经多年苦读，科举及第，迈入仕途，一心为国，奋发有为，涌现出不少知名的人物，欧阳修就是其中的佼佼者，其人格魅力主要有以下表现。

其一，道义担当的崇高情怀。

“先天下之忧而忧，后天下之乐而乐”的范仲淹，是欧阳修学习的榜样。欧公入仕后就追随范仲淹参加革新朝政的活动，虽遭贬谪而不悔，其道义担当的崇高情怀感人至深。

为五代修史，欧阳修对朝代频繁更迭的社会动荡十分震惊，对士风的卑劣、士气的丑陋有深切的感受，对儒家的道义有更强烈的追求。《朋党论》称君子“所守者道义，所行者忠信，所惜者名节”，强调坚守道义是君子立身之本。因紧密追随革新领军者范仲淹，与守旧势力做义无反顾的斗争，他连遭两次贬谪。作《与尹师鲁第一书》，就自己因斥责高若讷而远贬夷陵写道：“五六十年来，天生此辈，沉默畏慎，布在世间，相师成风。忽见吾辈作此事，下至灶间老婢，亦相惊怪，交口议之。不知此事古人日日有也，但问所言当否而已。又有深相赏叹者，此亦是不惯见事人也。可嗟世人不见如往时事久矣！往时砧斧鼎镬，皆是烹斩人之物，然士有死不失义，则趋而就之，与几席枕藉之无异。有义君子在傍，见有就死，知其当然，亦不甚叹赏也。”[42]贬官滁州之前，他作《班班林间鸠寄内》诗说：“孤忠一许国，家事岂复恤。横身当众怒，见者旁可栗。”[43]为了国家改革的大业，他可以牺牲自己的一切，展现了一个正直的士大夫勇于道义担当的无私无畏的情怀。

嘉祐七年（1062）八月，在仁宗患病的日子里，他与韩琦等大臣以极大的努力促成封皇侄宗实为皇子的大事。翌年三月，仁宗病逝，幸亏宗实（即英宗）继位，避免了皇位的真空。时有宦官在太后面前挑拨离间，致身体欠佳的英宗与太后的关系非常紧张。欧阳修《夜宿中书东阁》诗称“攀髯路断三山远，忧国心危百箭攻”[44]，前句写仁宗已驾崩，后句写面对眼前的困局，自己内心极度忧虑与不安。好在他协助韩琦，居中耐心劝说，又及时处理了为非作歹的宦官，维持了宫中的安定。而作为身居宰辅高位的士大夫，他在协助履行了皇位传承的使命之后，于濮王崇奉典礼的争议中却横遭诬陷，虽终获得平反，但他仍“事了拂衣去”，坚辞朝职，只求外任，以保晚节，践行了君子“达则兼济天下，穷则独善其身”的信念。

综观欧阳修一生，无论在朝或外放，无论顺境或逆境，他都能以晚唐五代为鉴戒，自始至终秉承道义，发扬文人士大夫的正气，为宋代良好士风的树立做出了自己的贡献。

其二，爱才荐才的博大胸襟。

欧阳修一生以热心奖掖和扶持人才闻名。嘉祐二年（1057）他主持科举考试，为国家选拔出一批优秀的人才，传为千古佳话。其中录取的来自西蜀的苏轼，令欧阳修惊喜不已，他对梅尧臣说："读轼书，不觉汗出，快哉，快哉！老夫当避路，放他出一头地也。可喜，可喜！"[45]苏轼说："欧阳公好士，为天下第一。士有一言中于道，不远千里而求之，甚于士之求公。以故尽致天下豪俊，自庸众人以显于世者固多矣。"[46]对年轻的读书人，欧公给予极大的关注，对他们提出的治学问题不厌其烦地予以答复，留下了诸多传世的书信。

黄震称赞欧阳修说："荐布衣刘羲叟、苏洵、陈烈，举胡瑗居太学，梅尧臣充直讲，苏轼应制科，章望之、曾巩、王回充馆职，刘攽、吕惠卿充馆职，乞与尹洙孤子构一官。皆汲汲人材，忠厚盛心也。"[47]欧还荐王安石、吕公著为谏官，渴求天下的人才为国效力。黄震首先提到的刘羲叟，是庆历四年（1044）欧阳修出使河东时上门访问而发现的。朱弁说欧公"访刘羲叟于陋巷中。羲叟时为布衣，未有知者。公任翰林学士，尝有空头门状数十纸随身，或见贤士大夫称道人物，必问其所居，书填门状，先往见之。果如所言，则便以延誉，未尝以位貌骄人也"[48]。

在出使河东时，欧阳修不顾辛劳，奔波于各地，考察边防，了解基层情况，在上呈朝廷的诸多奏状中，不仅恳请免去昏聩无能之辈的官职，而且举荐了一批德能兼备的文武才俊。事实表明，欧阳修既有为国举贤的满腔热忱，又有伯乐识才的敏锐眼光。《宋史》本传称欧阳修"奖引后进，如恐不及，赏识之下，率为闻人"[49]，这样的评价，对识才爱才大力荐才的欧阳修来说，是当之无愧的。

其三，严于律己的君子风范。

欧阳修十分注重道义、忠信与名节，在《朋党论》中他强调"君子与君子以同道为朋，小人与小人以同利为朋”[50]，他以身作则，展现出严于律己的君子风范。

一生效力国事的欧阳修，不谋私利，为官清廉。《与十二侄通理》信中写道：“欧阳氏自江南归明，累世蒙朝廷官禄，吾今又被荣显，致汝等并列官裳，当思报效。偶此多事，如有差使，尽心向前，不得避事。至于临难死节，亦是汝荣事，但存心尽公，神明亦自祐汝，慎不可思避事也。昨书中言欲买朱砂来，吾不阙此物，汝于官下宜守廉，何得买官下物？吾在官所，除饮食物外，不曾买一物，汝可安此为戒也。”[51]此信写于皇祐四年（1052），时侄通理任象州司理，正遇上侬智高反，破邕州，建大南国，兵锋所向，势如破竹。欧对侄儿申明大义，勉励其“存心尽公”，“不得避事”，说“临难死节”是光荣的事。同时严拒侄儿买朱砂寄来，谆谆告诫其“于官下宜守廉”。

治平四年（1067）三月，在濮议之争中仇视欧阳修的御史中丞彭思永等人，因以诽谤不实之词诬陷欧阳修，意图伤害欧阳修的名节，终未能得逞而遭贬谪。捏造此事的竟是欧阳修妻薛氏的堂弟薛良孺。他因举官出事被弹劾，欧阳修身为参知政事，说不能由于我的关系而得到赦免，良孺因此被免官，对欧恨之入骨，就造谣说欧与长媳关系暧昧。因是姻亲而不赞成赦免，或许过于严苛，但毕竟看出欧对自身和亲戚有比一般人更高的要求。又如嘉祐二年（1057）贡举，苏轼文章让欧惊喜，苏辙谓欧公“以为异人，欲以冠多士。疑曾子固所为。子固，文忠门下士也，乃置公第二”[52]。对亲者严确实体现了欧阳修严于律己的君子气度。

以同道共处的君子，为国家着想，为事业操心，而不谋私利。治平二年（1065），韩琦、曾公亮要推荐欧阳修任枢密使，被欧制止，他认为，当时天子居丧，母后垂帘，而两三个大臣居然自相安排位置，如何向天下人交代？后来枢密使张昇离职，英宗又想让欧阳修任该职，他力辞不拜。苏辙感慨地说：“（欧）公再辞重位，诸公不喻其意，而服其难。”[53]

欧阳修与同道者秉持和而不同的理念，与挚友尹洙的相处即闪耀着这一理念的光辉。在尹洙与刘沪为筑水洛城事矛盾之后，欧仍据自己对事件本身是非曲直的理解和判断，向朝中呈进《论水洛城事宜乞保全刘沪等札子》和《再论水洛城事乞保全刘沪札子》，在尹、刘二人同处前线而水火不容的情况下，力主万不得已则宁移尹洙而不移刘沪。欧阳修以国家利益为先，不因私情而害公义，展现的是公而忘私的思想境界。

其四，慎于立言的刻苦著述。

欧阳修十分重视古人所称"三不朽"中与立德、立功并列的立言，深知文章传后之不易，故写作从不掉以轻心。成名以后，他应邀撰写记、赠序、诗文集序，为已故同僚朋友作祭文，还要写大量的碑志墓铭，入朝后作制诰，写奏章，事务极其繁忙。为此他抓紧时间，在构思上勤下功夫。自称："余平生所作文章，多在三上，乃马上、枕上、厕上也。盖惟此尤可以属思尔。"[54]庆历末知扬州时，欧患眼疾，影响视力，后愈加严重。嘉祐四年，他给王素的信中说："某益多病，目昏手颤，脚膝行履艰难，众疾并攻。"[55]晚年又得淋渴疾，身体十分衰弱，但欧阳修仍以顽强的毅力写作，视作文为立言而具有高度的责任心。

欧阳修的写作极为认真。陈善说："世传欧阳公平昔为文，每草就纸上净讫，即黏挂斋壁，卧兴看之，屡思屡改，至有终篇不留一字者。盖其精如此！大抵文以精故工，以工故传远。三折肱始为良医，百步穿杨始名善射。其可传者，皆不苟者也。"[56]《过庭录》载："韩魏公在相，曾乞《昼锦堂记》于欧公，云：'仕宦至将相，富贵归故乡。'韩公得之爱赏。后数日，欧复遣介，别以本至，云：'前有未是，可换此本。韩再三玩之，无异前者，但于'仕宦''富贵'下各添一'而'字，文义尤畅。"[57]《寓简》载："欧阳公晚年，尝自窜定平生所为文，用思甚苦。夫人止之曰：'何自苦如此，当畏先生嗔邪？'公笑曰：'不畏先生嗔，却怕后生笑。'"[58]此当指欧晚年费尽心力遴选并改定平生佳作，收入自编《居士集》一事。

据笔者统计,《居士集》与《外集》共有文四百三十七篇,其中《居士集》文二百三十四篇,《外集》文二百零三篇,差距不是很大。由南宋至今日的诸多古文选本看来,受历代选家喜爱排名靠前的欧文,出自《居士集》的占绝大多数。由此可见,欧阳修自编的《居士集》确是好中选优的结集,他深知自己作品份量的轻重,“用思甚苦”地选出可留传后世的精品。

本书的诗文选自本人笺注、上海古籍出版社二〇〇九年出版的《欧阳修诗文集校笺》,该书以《四部丛刊》本《欧阳文忠公集》为底本,以日本天理大学附属天理图书馆珍藏的南宋本《欧阳文忠公集》为主要参校本,因南宋战火致国内已失传,天理本比丛刊本早出,最接近周必大组织编纂的原刻本,其《书简》部分又新刻入了多达九十六篇的作品,故弥足珍贵。词选自胡可先、徐迈校注的上海古籍出版社二〇一五年出版的《欧阳修词校注》,该书精选底本:一是《中华再造善本》据中国国家图书馆藏周必大刻本影印本出版的《欧阳文忠公集》一百五十三卷之《近体乐府》三卷,一是上海古籍出版社一九八九年出版的《景刊宋金元明本词》中《景宋本醉翁琴趣外编》六卷。参校本有吴昌绶双照楼影印宋吉州本、日本天理本、日本宫内厅书陵部藏本等。鉴于欧阳修文在《居士集》《居士外集》之外尚有精品,本书从中华书局二〇〇一年出版的李逸安点校《欧阳修全集》中选取《表奏书启四六集》《奏议集》《归田录》《诗话》中的个别作品,还从中华书局一九七四年出版的《新五代史》中选取了两篇文章。

本书遴选欧阳修诗 55 首、词 24 首、文 69 篇,皆为诗词文佳作。诗、词参阅了古今多种著名选本,而择其优者;文参阅了古今 34 种文章选本,择其排名居前列者,大致有如下要求:第一,为享誉古今、深受读者喜爱的名篇:代表作如《戏答元珍》《明妃曲和王介甫作》等诗,《采桑子》(轻舟短棹西湖好)、《朝中措》(平山栏槛倚晴空)等词,《醉翁亭记》《五代史伶官传序》等文。第二,考虑到作品兼具思想性、艺术性或学术性，选诗如《食糟民》《书王元之画像侧》，词如《浪淘沙》（今日北池游），文如《廖氏文集序》等。第三，注意兼具各体。诗兼取古体与近体，律诗与绝句。词取各词牌的佳作，绝大多数属婉约类，亦有个别显豪放气派。文取序、记、志铭、议论、书信、哀祭等各体，以欧最擅长的前三体为多，另有笔记两篇、诗话一篇；散文之外，取一篇骈文四六为代表。注释与点评，部分参考了各家此前的选注本，见书末“主要参考文献”。其中，刘德清、顾宝林、欧阳明亮先生笺注的《欧阳修诗编年笺注》，胡可先、徐迈先生校注的《欧阳修词校注》于笔者颇多启发，并加参考，谨此一并致谢。旁批主要征引古书中相应的批语，少数为笔者所加。失误或不足之处，敬请方家与诸位读者指正。

① （宋）欧阳修著、李逸安点校《欧阳修全集·表奏书启四六集》卷一《滁州谢上表》，中华书局 2001 年版，1321 页。
② 《欧阳修全集·濮议》卷三《两制礼官议状》，1862 页。
③ 《王安石全集·临川先生文集》卷八十六《祭欧阳文忠公文》，复旦大学出版社 2017 年版，1504 页。
④ 《宋史》卷三百一十九《欧阳修传》，中华书局 1977 年版，10380 页。
⑤ 见（宋）欧阳修著、洪本健校笺《欧阳修诗文集校笺·居士外集》卷十六《与张秀才第二书》，上海古籍出版社 2009 年版，1759 页。
⑥ 《欧阳修诗文集校笺·居士集》卷四十七《与荆南乐秀才书》，1174 页。
⑦ （宋）毕仲游《西台集》卷六《欧阳叔弼传》，武英殿聚珍版丛书本。
⑧ 《曾巩集》卷十五《上欧阳学士第一书》，中华书局 1984 年版，232 页。
⑨ 同上《上欧阳学士第二书》，233 页。
⑩ （宋）叶梦得《避暑录话》卷上，学津讨原本。
⑪ （宋）强至《祠部集》卷十九《代上新知南京欧阳龙图状》，武英殿聚珍版丛书本。
⑫ 同上《代上新知南京欧阳龙图状》。
⑬ 见（宋）欧阳修《送章生东归》《送孙秀才》《送荥阳魏主簿》《送焦千之秀才》《怀嵩楼晚饮示徐无党无逸》诗，分别载《欧阳修诗文集校笺·居士集》卷二、卷三、卷四、卷四、卷三。

⑭ 《苏轼文集》卷四十八《上梅直讲书》:“轼七八岁时，始知读书，闻今天下有欧阳公者，其为人如古孟轲、韩愈之徒。”中华书局 1986 年版,1386 页。按：是时为庆历二年、三年间。

⑮ 《苏轼文集》卷六十四《太息一章送秦少章秀才》，1979 页。

⑯ 同上卷四十七《贺欧阳少师致仕启》，1346 页。

⑰ 《庐陵周益国文忠公集・省斋文稿》卷二十《葛敏修圣功文集后序》，清道光二十八年瀛塘别墅刊本。

⑱ 《欧阳修诗文集校笺・居士集》卷四十四《归田录序》，1119 页。

⑲ 《欧阳修全集・试笔》附录，1986 页。

⑳ 《欧阳修诗文集校笺・居士集》卷四十一《集古录目序》，1061 页。

㉑ 《苏轼文集》卷十《六一居士集叙》，中华书局 1986 年版，316 页。

㉒ 《欧阳修诗文集校笺・居士外集》卷十五，1748 页。

㉓ 同上卷十六，498 页。

㉔ 同上。

㉕ （宋）欧阳修《新五代史》卷五十九《司天考第二》，中华书局 1974 年版，705 页。

㉖ 同上卷三十七《伶官传》，397 页。

㉗ 《欧阳修诗文集校笺・居士外集》卷二十一《欧阳氏谱图序》,1863—1864 页。

㉘ （清）永瑢等撰《四库全书总目》卷十五，中华书局 1965 年版，121 页。

㉙ 《欧阳修全集》卷七十八《易童子问》卷三，1119 页。

㉚ 《欧阳修诗文集校笺・居士集》卷四十三《廖氏文集序》，1101 页。

㉛ 同上卷二十七《孙明复先生墓志铭》，747 页。

㉜ （宋）陈善《扪虱新语》下集卷二《欧阳公诗仿韩退之赤籐杖歌》，儒学警悟本。

㉝ （宋）苏轼《东坡题跋》卷三《评七言丽句》，津逮秘书本。

㉞ （清）冯煦《嵩庵论词》，词话丛编本。

㉟ （清）刘熙载《艺概》卷四，上海古籍出版社 1978 年，107 页。

㊱ （宋）曾慥《乐府雅词》，粤雅堂丛书本。

㊲ （宋）王灼《碧鸡漫志》，知不足斋丛书本。

㊳ （宋）苏洵著、曾枣庄、金成礼笺注《嘉祐集》卷十二《上欧阳内翰第一书》，上海古籍出版社 1993 年版，328—329 页。

㊴ （清）刘大櫆《海峰先生精选八家文钞》卷首序，清光绪丙子裔孙继重刊于邢邱本。

㊵ 《欧阳修诗文集校笺・居士集》卷三十四《徂徕石先生墓志铭》，898 页。

㊶《欧阳修诗文集校笺·居士外集》卷九《本论》，1547—1548 页。
㊷《欧阳修诗文集校笺·居士外集》卷十七，1793 页。
㊸《欧阳修诗文集校笺·居士集》卷二，51 页。
㊹ 同上卷十三，419 页。
㊺《欧阳修全集·书简》卷六《与梅圣俞》，2459 页。
㊻《苏轼文集》卷十《钱塘勤上人诗集叙》，321 页。
㊼（宋）黄震《黄氏日钞》卷六十一，耕余楼刊本。
㊽（宋）朱弁《曲洧旧闻》卷三，《四库笔记小说丛书·仇池笔记（外十八种）》，上海古籍出版社 1992 年版，302 页。
㊾《宋史》卷三百一十九《欧阳修传》，10381 页。
㊿《欧阳修诗文集校笺·居士集》卷十七，520—521 页。
(51)《欧阳修全集·书简》卷十，中华书局，2528 页。
(52)（宋）苏辙《栾城集·后集》卷二十二《亡兄子瞻端明墓志铭》，上海古籍出版社 1987 年版，1411 页。
(53) 同上卷二十三《欧阳文忠公神道碑》，1430—1431 页。
(54)《欧阳修全集·归田录》卷二，1931 页。
(55)《欧阳修全集·书简》卷三《与王懿敏公》，2389 页。
(56)（宋）陈善《扪虱新语》卷二《文贵精工》，儒学警悟本。
(57)（宋）范公偁《过庭录》，丛书集成本。
(58)（宋）沈作喆《寓简》卷八，知不足斋丛书本。

欧阳修集

诗

宿云梦馆[1]

北雁来时岁欲昏[2]，私书归梦杳难分。
井桐叶落池荷尽[3]，一夜西窗雨不闻[4]。

鸿雁传书，绾连前二句，道出孤单寂寞的气氛。

[注释]

[1]本诗选自《欧集·居士外集》卷五，卷首注："未第时及西京作。天圣、明道间。"云梦：位于随州（今属湖北）东南，当为欧自随州出游宿云梦时作。馆：指驿舍。 [2]"北雁"二句：北雁南来，引出思家之念。岁欲昏，指一年将尽。私书，家书。归梦，梦中归家。李商隐《赠从兄阆之》："私书幽梦约忘机。" [3]井桐：即梧桐。古人多在井边植桐。魏明帝曹叡《猛虎行》："双桐生空井。" [4]"一夜"句：李商隐《夜雨寄北》诗有"何当共剪西窗烛"句。

[点评]

本诗细致地刻画了作者夜宿云梦馆的心理活动。时节已是岁暮，游子难免想家，恰又收到家书，倍增思亲之念。由“私书”而“归梦”，已见情深意切。冷雨潇潇，荷花尽凋，一夜梦中，浑然不觉，醒来目睹，更添凄清之感。二、四句暗用李商隐诗句，含蓄地表达了对亲人的思念而情意更浓。

晓咏[1]

“声转”使人如闻银河流转之声，反衬出静境，妙。

帘外星辰逐斗移[2]，紫河声转下云西。
九雏乌起城将曙[3]，百尺楼高月易低。
露裛兰苕惟有泪[4]，秋荒桃李不成蹊[5]。
西堂吟思无人助[6]，草满池塘梦自迷。

[注释]

[1]《居士外集》亦列此篇为“未第时及西京作。天圣、明道间”，具体作年不详。 [2]“帘外”二句：说斗转星移，银河西下，拂晓将临。斗，北斗星。紫河，银河。 [3] 九雏乌：乌鸦。传说尧时羿善射，一日落九乌。《论衡·说日》谓日中有三足乌，乌为日之代称，与下句的月相对。 [4] 裛（yì）：沾湿。兰苕（tiáo）：兰花。 [5]“秋荒”句：言至深秋桃李下已无小路。《史记·李将军列传》：“桃李不言，下自成蹊。” [6]“西堂”二句：南朝宋谢灵运《登池上楼》有“池塘生春草，园柳变鸣禽”的名句，说是他在西堂梦见族弟谢惠连而得，如有神助。

[点评]

此诗紧扣“晓”字落笔，斗转星移、月降日升的自然现象，在短暂的拂晓被诗人抓住，描写得极为生动。露湿兰花如有泪的拟人和飞将军李广的典故，使全诗染上悲凉的色彩；以谢灵运作诗如有神助的故事作结，又于梦幻中生出无穷的韵味。诗中对仗工稳，转接自如，借助写景与典故，透露出青年诗人的些许忧虑，渴望如有神助的诗句出自笔下，这是富于才华尚未及第的士子微妙心绪的写照。

自菩提步月归广化寺[1]

春岩瀑泉响[2]，夜久山已寂。
明月净松林[3]，千峰同一色。

[注释]

[1] 明道元年（1032）作。属《游龙门分题十五首》之七。时欧阳修为西京留守推官，记与友人同游龙门之行。菩提、广化寺：皆龙门八寺之一，始建于北魏。广化寺内葬有佛教密宗始祖无畏禅师。 [2]“春岩”二句：春天的岩石上，瀑布哗哗地响着，夜深了，山间归于寂寥。 [3]“明月”二句：月光下的松林是那样清幽静谧，千山万壑都融于明净的月色中。

[点评]

嵩山月夜，有赏心悦目的空灵静谧之美，令人陶醉其间。在朦胧月色中，瀑布以巨大的声响诉诸夜行人的听觉，故首句抒写的感受极其真切。“夜久山已寂”仍是由听觉引出的夜景，又巧妙地显现了“空寂之知”的“佛性”。“明月净松林”写月色普照山林的宏伟景观，已触及夜行人的视觉，场面是何等开阔！“千峰同一色”的收束，以“千峰”再展开辽阔幽静的山林，又通过“一色”点出月光的无所不在和沐浴月色中的佛地无比庄严。

绿竹堂独饮[1]

“夏篁”六句扣题发问：何以未饮先悲歌？引出“暂别”成永诀的伤悲。

“留滞”与“落尽”并提，仍见无限的悔恨。

夏篁解箨阴加樛[2]，卧斋公退无喧嚣。清和况复值佳月[3]，翠树好鸟鸣咬咬[4]。芳樽有酒美可酌，胡为欲饮先长谣[5]？人生暂别客秦楚，尚欲泣泪相攀邀[6]。况兹一诀乃永已[7]，独使幽梦恨蓬蒿[8]。忆予驱马别家去[9]，去时柳陌东风高。楚乡留滞一千里，归来落尽李与桃。残花不共一日看，东风送哭声嗷嗷。洛池不见青春色，白杨但有风萧萧[10]。姚黄魏紫开次第[11]，不觉成恨俱零凋。榴花最晚今又拆[12]，红绿点缀如裙腰。年芳转新物转好，逝者日与生期遥。予生本是少年气，瑳磨牙角争雄豪[13]。马迁班固洎歆向[14]，下笔点窜皆嘲嘈[15]。客来共坐说今古，纷纷落尽玉麈毛[16]。弯弓或拟射石虎[17]，又欲醉斩荆江蛟。自言刚气贮心腹，何尔柔软为脂膏？吾闻庄生善齐物[18]，平日吐论奇牙聱。忧从中来不自遣，强叩瓦缶何哓哓。伊人达者向乃尔[19]，情之所钟况吾曹[20]！愁填胸中若山积[21]，虽欲强饮如沃焦。乃判自古英壮气，不有此恨如何消。又闻浮屠说生死[22]，灭没谓若梦幻泡。前有万古后万世，其中一世独蚼蟧[23]。安得独洒一榻泪[24]，欲助河水增滔滔。古来此事无可奈，不如饮此樽中醪[25]。

人亡物在，情何以堪？“裙腰”暗点胥氏。

插入与西京友人吟诗作文，意气风发，豪气干云。

“自言”二句转折，由宣泄“刚气”转为抒发悲情。

与前“少年气”呼应，见受打击之沉重。

以酒浇愁作结。

[注释]

[1]明道二年（1033）作。是年三月，欧外出回洛阳时，夫人胥氏已去世，生子未满月。此为四月所作悼亡诗。绿竹堂：洛阳多竹，因居处亦有绿竹而名。 [2]夏篁解箨（tuò）：夏时笋脱壳成竹。篁，竹。阴加樛（jiū）：竹荫浓密而竹梢下垂。樛，枝条向下弯曲。 [3]清和：阴历四月之称。白居易《初夏闲吟兼呈韦宾客》：“孟夏清和月，东都闲散官。” [4]咬咬：鸟鸣声。 [5]长谣：长歌。晋刘琨《答刘谌》：“何以叙怀，引领

长谣。” [6] 攀邀：牵手挽留。 [7] 永已：永别。已，停止，完结。 [8] 蓬蒿：指胥氏夫人墓地的野草。 [9] “忆予”以下四句：说春季因公事赴开封，转湖北随州探望叔父欧阳晔，未料返洛时春尽，胥氏已病逝。 [10]“白杨”句：典出《古诗十九首》：“白杨多悲风，萧萧愁杀人。”古时坟茔上多种白杨。 [11] 姚黄魏紫：牡丹品种之二名贵者。次第：依次。 [12] 拆：绽开。 [13] 瑳（cuō）磨：即磋磨。牙角：喻锋芒。 [14] 马迁：司马迁。与班固分别为西汉、东汉的史学家、文学家。洎（jì）：到，及。歆向：刘歆、刘向，歆为向之子，父子皆为西汉经学家、目录学家。 [15] 点窜：修整字句。嘲嘈：讥评。 [16] 落尽玉麈（zhǔ）毛：说众客手挥玉柄拂尘，谈笑风生，极有兴致。传晋代人孙安国与殷浩清谈不停，彼我奋掷麈尾，悉落饭中，至暮而忘餐。 [17] “弯弓”二句：前典出《史记・李将军列传》，说李广“出猎，见草中石，以为虎而射之，中石没镞”。后典出《世说新语・自新》，说周处醉斩荆江蛟，为民除害，改过自新。 [18] “吾闻”以下四句：说至为达观的庄周也因妻亡而悲伤。《庄子・至乐》：“庄子妻死，惠子吊之，庄子则方箕踞鼓盆而歌。”《庄子》有《齐物论》篇，谓万物齐一，无是非、美丑等差别。奇牙聱，指《庄子》议论恣肆而诙诡。瓦缶（fǒu），古代陶土制的打击乐器。哓（xiāo）哓，争辩声。 [19] 伊人：指庄子。 [20] 吾曹：我辈。 [21] “愁填”二句：说酒即使强饮也无用，难以化解胸中如山之愁。沃焦，山名。东晋郭璞《玄中记》载沃焦“在东海南，方三万里，海水灌之而即消”。 [22] “又闻”二句：佛教称人之死生如梦幻泡影。浮屠，梵语称佛或和尚。 [23] 蛁蟧（diāo láo）：即蟪蛄，蝉的一种。《庄子》有“蟪蛄不知春秋”之语，此形容人生之短暂。 [24]“安得”二句：《孔丛子校释》：“费子阳谓子思曰：‘吾念周室将灭，涕泣不可禁也。’子思曰：‘然，此亦子之善意也。夫能以智知可知，而不能以智知未可知，危之道也。今以一人之身忧世之不治，而涕泣不禁，是忧河水之浊而泣清之也。’” [25]醪（láo）：浊酒。

[点评]

此诗是为十七岁而去世的妻子胥氏而作，诗人又外出归家未能见最后一面，为阴阳两隔而恸哭哀伤，故以沉痛的笔墨直抒胸臆，挥洒抑制不住的悲情。题作“绿竹堂独饮”，“独饮”二字，极显失去爱妻的痛苦和孤单。绿竹堂是居处，遂以夏日庭院所见“夏篁解箨”起兴，用“佳月”里“翠树”“好鸟”的美景，反衬与爱妻永别的悲伤。

“忆予驱马别家去”展开痛彻心扉的经历。“去时柳陌东风高”与“归来落尽李与桃”景色的鲜明对比，表达了因伤逝而揪心的绝望。“洛池不见青春色”以下的铺陈，再以牡丹花之盛开寄寓对妙龄而逝的亲人无比的思念，倾诉痛悔不已的心情。而“予生本是少年气”陡然一转，诗人意欲自我安慰，由极度的消沉苦闷，顿时转向意气昂扬，于是谈学论文，说古道今，似已摆脱人生不幸的折磨。孰料“吾闻庄生善齐物”再一转，想起至为达观的庄子也难免为丧妻而悲，又“忧从中来”，愁若山积，陷入更深的悲苦之中。“又闻浮屠说生死”以下叹人生短暂，如梦一场，除了饮酒，别无良方。诗人的笔下，一波三折，反复不断地诉说，曲折尽致地抒情，成为本诗的主要特色。

书怀感事寄梅圣俞[1]

开头即说"幽忧"太甚，"少乐多悲"。

妙用叠字对仗，声色怡人。

入职不先拜见长官，却与梅尧臣共游香山，至以猿猴入山为喻，见知音难觅，得之至喜。

"幕府"二句总述。"希深"以下一一描叙西京友人，最后写自我，形神兼备，各有个性。

"出门"六句，写洛阳城里畅游之乐与暮春景物之美。

相别始一岁[2]，幽忧有百端[3]。乃知一世中，少乐多悲患。每忆少年日，未知人事艰。颠狂无所阂[4]，落魄去羁牵。三月入洛阳，春深花未残。龙门翠郁郁，伊水清潺潺。逢君伊水畔，一见已开颜。不暇谒大尹[5]，相携步香山。自兹惬所适，便若投山猿。幕府足文士，相公方好贤。希深好风骨[6]，迥出风尘间。师鲁心磊落[7]，高谈羲与轩。子渐口若讷，诵书坐千言。彦国善饮酒[8]，百盏颜未丹。几道事闲远[9]，风流如谢安。子聪作参军[10]，常跨破虎鞯[11]。子野乃秃翁[12]，戏弄时脱冠。次公才旷奇[13]，王霸驰笔端。圣俞善吟哦，共嘲为阆仙[14]。惟予号达老[15]，醉必如张颠[16]。洛阳古郡邑，万户美风烟。荒凉见宫阙，表里壮河山。相将日无事[17]，上马若鸿翩[18]。出门尽垂柳，信步即名园[19]。嫩箨筠粉暗[20]，渌池萍锦翻。残花落酒面，飞絮拂归鞍。寻尽水与竹[21]，忽去嵩峰巅。青苍缘万仞，杳蔼望三川。花草窥涧窦，崎岖寻石泉。君吟倚树立，我醉欹云眠。子聪疑日近，谓若手可攀。共题三醉石，留在八仙坛。水云心已倦，归坐正杯盘。飞琼始十八[22]，妖妙犹双环。寒篁暖凤觜[23]，银甲调雁弦。自制白云曲[24]，始送黄金船[25]。珠帘卷明月[26]，夜气如春烟。灯花弄粉色[27]，酒红生脸莲。东堂榴花好[28]，点缀裙腰鲜。插花云髻上，展簟绿阴前。乐事不可极，酣歌变为叹。诏书走东下[29]，丞相忽南迁。送之伊水头，相顾泪潸潸。腊月相公去[30]，君随赴春官。送君白马寺，独入东上门。故府谁同在，新年独未还。当时作此语，闻者已依然[31]。

"寻尽"十二句，写攀登嵩峰、遥望三川、一览自然美景之乐。

"水云"十六句，写外出归来享受管弦演奏和歌妓侑酒之乐。

送别钱相与挚友，尽是不舍与悲情，与开篇的叙悲相呼应，与中间大段描写西京文人欢聚出游之乐形成鲜明的对照。

[注释]

[1] 景祐元年（1034）作，时欧与挚友梅尧臣皆已离开洛阳。梅尧臣（1002—1060），字圣俞，宣州宣城（今属安徽）人。以荫补河南主簿，后召试，赐进士，为太常博士，监永济仓。以欧阳修荐，为国子监直讲，累迁尚书都官员外郎，预修《唐书》。为宋代杰出诗人，著有《宛陵集》。 [2]"相别"句：梅尧臣于明道二年（1033）离开洛阳，故云。 [3] 幽忧：忧伤。指与尧臣等友人天各一方以及关心文士的西京留守钱惟演病逝等事。 [4]"颠狂"二句：谓随心所欲，无拘无束。颠狂，放浪不羁。阂（hé），阻碍。落魄，即落拓，不拘小节。 [5] 大尹：钱惟演，字希圣，吴越王钱俶子，时以同中书门下平章事

判河南府兼西京留守。平章事位同宰相，故后文又称其“相公”。[6]“希深”二句：谢绛字希深，大中祥符年间进士，以文学知名一时，时为河南府通判，后为知制诰、判吏部流内铨，出知邓州。通判为州府副长官。风骨，言诗文有刚健遒劲的格调。迥出，远出。[7]“师鲁”以下四句：尹洙字师鲁，其兄尹源字子渐。欧作《太常博士尹君（源）墓志铭》曰：“师鲁好辩，果于有为。子渐为人刚简，不矜饰，能自晦藏，与人居，久而莫知，至其一有所发，则人必惊伏。”羲与轩，上古伏羲氏与轩辕氏。[8]彦国：富弼字彦国，为签书河阳判官，后官至宰相。以京官充州府判官称签书判官，简称签判。[9]“几道”二句：几道，王复字几道，景祐元年进士及第。谢安，东晋大臣，领军获淝水大捷。此以其形容王复闲静从容的风采。[10]子聪：杨愈字子聪，时任河南府户曹参军，为掌户籍、赋税等事的官员。[11]鞯（jiān）：马鞍下的垫子。[12]子野：张先字子野，时任河南府法曹参军，掌议法、断刑等事。[13]“次公”二句：谓次公好发治国宏论，为少有的奇才。孙长卿字次公，时为河南府通判。《宋史》本传称其“长于政事，为能臣”。王霸，王道与霸道。[14]阆仙：贾岛字阆仙，唐代苦吟诗人。[15]“惟予”句：洛阳诗友皆有雅号，欧被称“逸老”，心中不悦，有书简致梅尧臣，说“诸君便以轻逸待我，故不能无言，……必欲不遗‘达’字，敢不闻命？”坚请诗友以“达老”称之。[16]张颠：唐代书法家，善草书，与怀素有“颠张狂素”之称。[17]相将：相随。[18]若鸿翩：此化用曹植《洛神赋》之“翩若惊鸿”。[19]“信步”句：洛阳有许多达官贵人的名园，北宋李格非撰有《洛阳名园记》。[20]“嫩箨（tuò）”二句：笋衣脱去，新竹似敷薄粉；池塘清澈，鱼儿在浮萍下跳跃。嫩箨，新竹。筠，新竹上的白粉。渌，清澈。锦，指“锦鳞”，鱼的别称。[21]“寻尽”以下十二句：记叙明道元年（1032）春与梅尧臣、杨子聪共游嵩山的情景。欧另有《嵩山十二首》诗亦叙此行。万仞，极显满是青苍林木的嵩山之高。杳蔼，幽深渺茫。三川，伊水、洛水、黄河，指洛阳地区。涧，山涧。窦，指山上的洞穴。《嵩山十二首》里有《公路涧》《拜马涧》《天门泉》诗；又有《三醉石》诗，序云“三醉石在八仙坛上”。攲（qī），同“敧”，倾斜，歪。 [22]“飞琼”二句：写年轻歌女双鬟发髻，妖娆美好。飞琼，仙女名，此指歌妓。《汉武帝内传》载王母有侍女许飞琼鼓震灵之簧。双环，当作“双鬟”，未婚女子的发式。白居易《续古诗》：“窈窕双鬟女，容德俱如玉。” [23]“寒篁”二句：谓演奏管弦乐。篁，即笙，管乐器。古笙凤状，吹奏者如口含凤嘴。觜（zī），嘴。银甲，用以弹奏的银制指套。杜甫《陪郑广文游何将军山林》：“银甲弹筝用。”雁弦，指筝，弦乐器，弦柱排列似雁行，故称“雁弦”。 [24] 白云曲：即白云谣。传穆天子与西王母宴于天池，西王母为谣，首有“白云在天”句。 [25] 黄金船：亦称“金船”，酒杯名。庾信诗“金船代酒卮”注引《海录碎事》谓“金船，酒器中大者呼为船”。 [26]“珠帘”句：王嘉《拾遗志》载越贡二美人于吴，“吴处以椒华之房，贯细珠为帘幌，朝下以蔽景，夕卷以待月”。 [27]“灯花”二句：写夜宴中官妓的脸妆和劝酒时的面色。 [28]“东堂”以下四句：写官妓在堂前树下陪客。簟（diàn），竹席。 [29]“诏书”二句：明道二年（1033）九月，钱惟演遭弹劾，落平章事，解西京留守，归随州崇信军节度使本任。开封在洛阳东，随州在开封南，故曰诏书“东下”，丞相“南迁”。 [30]“腊月”以下四句：钱惟演离开洛阳在十二月，梅尧臣紧接着赴开封应礼部试。春官，礼部别称。白马寺在洛阳东。东上门即上东门，《河南郡图经》称洛阳“东有三门，最北头曰上东门”。 [31] 依然：依恋不舍的样子。

[点评]

本诗回忆与挚友梅尧臣等在洛阳的生活，这段生活在欧阳修毕生的创作中屡被提及，因宋代诗文革新与欧、梅近三十年友谊皆起源于此，洛阳记忆已成为欧阳修一生难以割舍的情结。作品主要特点有二：一是善于铺排。西京幕府里包括作者在内的十位文士，从秉性至风采，诗中一一刻画，生动传神；洛阳城的古今、“壮山河”的“表里”、满街的“翠柳”、“信步”可见的“名园”，以至绿竹与清池、残花与飞絮，都形诸笔墨，绘声绘色；至于美不胜收的嵩山游览和管弦齐奏歌女劝酒的府邸饮宴，也都有令人恍若置身其间的描绘。二是抒情跌宕。全诗由发端之悲凉，转向欧、梅“相携步香山”的欣喜，继以众文士游遍洛阳城和嵩山的畅快，以及归来后享受音乐盛宴之愉悦，欢乐被推向高潮。但送钱相和挚友的结尾，造成欢情断崖式的下跌，由喜乐又回归篇首的悲凉。朱自清《宋五家诗钞》评云：“诗系少作，故排偶多，韵律谐，无刻琢之句。”综观全诗，语言平易，骈散结合，过渡自然，故有流畅之致。

晚泊岳阳[1]

发端紧扣诗题。

卧闻岳阳城里钟，系舟岳阳城下树。

迷茫的江景似寓失意之情。

正见空江明月来，云水苍茫失江路[2]。

夜深江月弄清辉，水上人歌月下归。

一阕声长听不尽[3]，轻舟短楫去如飞。

[注释]

[1] 景祐三年（1036），欧阳修贬官夷陵（今湖北宜昌），有《于役志》载九月“己卯，至岳州，夷陵县吏来接，泊城外”。本诗即是时作。岳阳（今属湖南）：时为岳州治所。 [2]“云水”句：谓月亮的光影和江面上的水气交织，茫茫一片，目光所及不远。 [3]“一阕”二句：化用李白《早发白帝城》“两岸猿声啼不住，轻舟已过万重山”之意。一阕，一首歌曲。

[点评]

本诗先写“卧闻”钟声，见已“系舟”树下。继而写江面所见，则明月当空，云水苍茫。夜深又转写听觉，忽闻“水上人歌”。歌声未尽，却见有轻舟如飞而逝。视觉与听觉的交错描写，道出了贬谪中的诗人对陌生环境敏锐的感受和孤寂惆怅的心情。全诗平易流畅，前“树”“路”与后“归”“飞”的韵脚变化，在幽美的诗境、从容的气韵外，更增添了灵动的色彩。

欧公对首联颇为自负，谓“若无下句，则上句何堪？既见下句，则上句颇工。文意难评，盖如此也”。（《笔说·峡州诗说》）清许印芳评曰：“起句妙在倒装，若从‘未见花’说起，便是凡笔。”（《瀛奎律髓汇评》）

戏答元珍[1]

春风疑不到天涯，二月山城未见花。
残雪压枝犹有橘[2]，冻雷惊笋欲抽芽。

隋薛道衡《人日思归》:“人归落雁后,思发在花前。”(《全隋诗》)

近代陈衍:“结句用高一层意自慰。”(《宋诗精华录》)

夜闻归雁生乡思,病入新年感物华[3]。
曾是洛阳花下客[4],野芳虽晚不须嗟。

[注释]

[1] 元珍:丁宝臣字,景祐二年(1035),丁即致书欧,举荐孙侔,欧谓丁“爱我而过誉”(《答孙正之第一书》)。翌年,欧贬峡州夷陵(今湖北宜昌)令时,丁为峡州军事判官,两人交往密切。此诗景祐四年(1037)作,题下原校:“一本下云‘花时久雨之什’。”可知丁曾有“花时久雨”之诗相赠,此为欧之答诗。 [2]“残雪”二句:言大雪过后,枝头上犹见去年尚存的红橘;春雷惊响,似欲催生出遍地的新笋。夷陵盛产橘、笋。 [3] 物华:美好的自然景物。 [4] 花下客:欧在洛阳任职时观赏过牡丹花,撰有《洛阳牡丹记》。

[点评]

本诗是作者最负盛名的七律佳作。发端即出奇制胜,以设问自答的方式,突出夷陵的严寒,隐含着遭贬失意的悲凉心绪。接着以夷陵早春最有代表性的景物红橘、新笋现于“残雪”之中、“冻雷”之下,于写景中蕴含着作者坚强、乐观的情怀。继而写夜闻雁鸣而生思乡之念,但在病中依然感受到自然景物的美好。尾联以当初见过号称国色天香的牡丹为傲,谓夷陵山野之花即使晚开也不必介意,仍见贬谪中失意而又不甘消沉的心情。首尾呼应,又有变化。题曰“戏答”,实写新景,抒真情,寓深意,使全篇兼具诗情、画意与理趣,堪称杰构。

千叶红梨花[1]

红梨千叶爱者谁，白发郎官心好奇[2]。
徘徊绕树不忍折，一日千匝看无时[3]。
夷陵寂寞千山里[4]，地远气偏时节异。
愁烟苦雾少芳菲，野卉蛮花斗红紫。
可怜此树生此处，高枝绝艳无人顾。
春风吹落复吹开，山鸟飞来自飞去。
根盘树老几经春，真赏今才遇使君[5]。
风轻绛雪樽前舞[6]，日暖繁香露下闻。
从来奇物产天涯[7]，安得移根植帝家。
犹胜张骞为汉使，辛勤西域徙榴花。

记叙知州的“好奇”，突出千叶红梨花的珍贵。

描写红梨花在艰难环境中倔强生长。

借张骞“西域徙榴花”发议，盛赞红梨花。

[注释]

[1] 景祐四年（1037）作。题下原注：“峡州署中旧有此花，前无赏者；知郡朱郎中始加栏槛，命坐客赋之。” [2] 白发郎官：指峡州知州朱庆基，时为尚书驾部员外郎，是作者的上司。 [3] 匝（zā）：周。环绕一周称一匝。 [4]“夷陵”以下四句：谓夷陵地偏，气候怪甚，风物多异，尽是野生花草而少名贵花木。“芳菲”云云，化用韩愈《晚春》“百般红紫斗芳菲”句。 [5] 真赏：确能赏识。使君：汉时州刺史之称，此指知州朱庆基。 [6] 绛雪：喻红花，王禹偁《杏花》有“十里濛濛绛雪飞”句。梨花多为白色，此喻红梨花。 [7]“从来”以下四句：谓红梨花为稀奇之物

远在天涯，如何才能似张骞通西域带回石榴一般，移植红梨花至京城。西汉张骞出使西域诸国，封博望侯，曾得安石榴、胡桃等以归。帝家，指京城。

[点评]

这是一首咏物诗。借知州由“好奇”转为“真赏”，称颂千叶红梨花在艰难中成长的刚毅，亦以此花自况遇挫不馁的坚强。本诗起句即点题，写千叶红梨花非同寻常，引人注目。而后宕开笔墨，赞其独秀于荒山野地，富于顽强的生命力，又展现其飘动之俊美和芳香之袭人。末以酣畅淋漓的议论作结。对千叶红梨花外观与内在之美的描写，寄托着作者忠于国事、勇于道义担当的宽广情怀，展现了虽沦落天涯仍傲然挺立的崇高境界。

春日西湖寄谢法曹歌[1]

化用白居易《忆江南》“春来江水绿如蓝”句。

前后两个“万里”接得妙，由许州转至夷陵，由谢伯初言及自身。

“雪消”二句，堪称写夷陵春色之佳对。

西湖春色归[2]，春水绿于染。
群芳烂不收，东风落如糁。
参军春思乱如云[3]，白发题诗愁送春。
遥知湖上一樽酒，能忆天涯万里人[4]。
万里思春尚有情，忽逢春至客心惊。
雪消门外千山绿，花发江边二月晴。

少年把酒逢春色，今日逢春头已白[5]。
异乡物态与人殊，惟有东风旧相识[6]。

[注释]

[1] 景祐四年（1037）作。原诗有注："西湖者，许昌（今属河南）胜地也。"《欧集·诗话》："闽人有谢伯初者，字景山，当天圣、景祐之间，以诗知名。余谪夷陵时，景山方为许州法曹，以长韵见寄，颇多佳句。有云：'长官衫色江波绿，学士文华蜀锦张。'余答云：'参军春思乱如云，白发题诗愁送春。'盖景山诗有'多情未老已白发，野思到春如乱云'之句，故余以此戏之也。"法曹：以录事参军掌议法、断刑等职的州辅佐官。歌：近体歌行，音节、格律较自由。 [2]"西湖"以下四句：想象西湖暮春之景色。归，见春将尽。绿于染，比染的更绿。糁（sǎn），米粒，形容满地被春风吹落的花瓣。 [3] 参军：法曹参军的省称，指谢伯初。 [4] 天涯万里人：欧被贬至僻远的夷陵，故有此自称。 [5] 头已白：景祐三年，欧作《初至夷陵答苏子美见寄》，就有"白发新年出，朱颜异域销"的感叹。 [6] 东风旧相识：《左传》襄公二十九年有"见子产，如旧相识"句。

[点评]

谢伯初作诗称颂远赴夷陵的迁客，欧阳修以此诗回赠友人，虽言"以此戏之"，实已道出仕宦坎坷之意。前八句写对方，描绘许州西湖春水碧绿，百花盛开，花瓣遍地飘洒的情景；后八句写自身，把山城春色之美描绘得异常动人，称头上已见白发与"异乡物态"，暗寓遭贬远谪的经历。两处"万里"绾连前后，且有"东风""白发"

一再的呼应，又连用八个“春”字，将两地春色的描画和互赠佳作的深情融为一体。全篇构思巧妙，想象丰富，语言清丽，音节和谐，意境悠远，确属感物怀人的佳作。

头四句即“农家少闲日”之意。唐储光羲诗云：“蒲叶日已长，杏花日已滋。老农要看此，贵不违天时。”胡仔指出，欧诗用储诗之意而益工。（见《苕溪渔隐丛话前集》卷三十）

明朱承爵：“温庭筠《商山早行》诗有‘鸡声茅店月，人迹板桥霜’。欧阳公甚嘉其语，故自作‘鸟声梅店雨，野色柳桥春’以拟之，终觉其在范围之内。”（《存余堂诗话》）

过张至秘校庄[1]

田家何所乐，簦笠日相亲[2]。
桑条起蚕事[3]，菖叶候耕辰。
望岁占风色[4]，宽徭知政仁。
樵渔逐晚浦[5]，鸡犬隔前村。
泉溜塍间动[6]，山田树杪分。
鸟声梅店雨，野色柳桥春。
有客问行路，呼童惊候门。
焚鱼酌白醴[7]，但坐且欢忻。

[注释]

[1]《居士外集》卷二收“自西京至夷陵作”诗，本首置景祐四年（1037）诗后，当为是年作。卷五有天圣、明道间诗《寄张至秘校》，知欧、张已交往多时。秘校：秘书省校书郎的简称。 [2]“簦（tái）笠”句：谓农人几乎每天都下地劳作。簦笠，笠帽，农人御阳遮雨之用。簦，草名，可以制笠。 [3]“桑条”二句：谓桑叶生即着手养蚕，蒲叶绿即从事耕种。菖，菖蒲，

多年生草本植物，多生水中石间，叶狭长，亦称蒲剑。 [4]“望岁”二句：谓观察气象，祈望丰收。减轻徭役，有赖仁政。《左传》昭公三十二年有“闵闵焉如农夫之望岁”之语。 [5]“樵渔”二句：至晚江边还有打渔或砍柴的人，前村传来阵阵鸡犬的叫声。 [6]“泉溜”二句：清清山泉田间流动，层层梯田高出树梢。塍（chéng），田埂。 [7] 焚鱼：煮鱼。白醴：甜酒。

[点评]

欧阳修访友人所居田庄，看到周遭的田园景色和农家生活，有感而作此诗。由设问入手的发端，加以“桑条”“莒叶”的对句，写出农人的忙碌，随即道出农家对天时与“宽徭”的关切。而后以生动的笔触描画依山傍水、渔樵未归、鸡犬有声的田庄景象，在问路、呼童、入门之后，写友人烹鱼敬酒热情款待，主客皆无比欢欣。田园生活在诗人的白描刻画中，显得颇为温馨。五言排律写得如此自然流畅，实属难能可贵。

水谷夜行寄子美圣俞 [1]

寒鸡号荒林 [2]，山壁月倒挂。披衣起视夜，揽辔念行迈。我来夏云初 [3]，素节今已届。高河泻长空 [4]，势落九州外。微风动凉襟，晓气清余睡。缅怀京师友 [5]，文酒邈高会。其间苏与

起四句写荒林夜行，点题。

南宋黄震：“‘微风动凉襟，晓气清余睡。’见平旦气象，极工。此诗说苏子美诗雄，梅圣俞诗清。”（《黄氏日钞》卷六十一）

《欧集·诗话》："子美笔力豪隽，以超迈横绝为奇。"千里马与珍珠更是绝妙赞誉。

《欧集·诗话》："圣俞覃思精微，以深远闲淡为意。"妖韶女与橄榄亦是妙喻。

由"新蟹"见本诗作于秋季，与篇首的"素节"相呼应。

梅，二子可畏爱。篇章富纵横，声价相磨盖。子美气尤雄[6]，万窍号一噫。有时肆颠狂，醉墨洒雰霈[7]。譬如千里马，已发不可杀[8]。盈前尽珠玑[9]，一一难柬汰。梅翁事清切[10]，石齿漱寒濑。作诗三十年，视我犹后辈。文词愈清新，心意虽老大。譬如妖韶女，老自有余态。近诗尤古硬[11]，咀嚼苦难嘬。初如食橄榄，真味久愈在。苏豪以气轹[12]，举世徒惊骇。梅穷独我知，古货今难卖。二子双凤凰[13]，百鸟之嘉瑞。云烟一翱翔，羽翮一摧铩。安得相从游，终日鸣哕哕。问胡苦思之，对酒把新蟹[14]。

[注释]

[1] 庆历四年（1044）夏，欧阳修出使河东（今山西地区），至秋，返京途经水谷（今属山西芮城），作此诗寄苏舜钦、梅尧臣。苏舜钦（1008—1049），字子美，绵州盐泉（今四川绵阳东南）人。景祐年间进士，为光禄寺主簿、大理评事。范仲淹荐为集贤校理、监进奏院，遭陷害被劾除名。后复官，为湖州长史，旋卒。工诗文，著有《苏学士文集》。梅尧臣，字圣俞，见前《书怀感事寄梅圣俞》注[1]。 [2]"寒鸡"以下四句：写归途中拂晓前登程的境况。月倒挂，言月落。揽辔，手挽缰绳，言骑马。迈，远。 [3]"我来"二句：来时是初夏，现在到秋天。素节，秋天。梁元帝《纂要》称秋节为"素节""商节"。 [4]"高河"二句：

写黄河气势不凡。水谷地近黄河。李白《将进酒》："君不见黄河之水天上来，奔流到海不复回。"九州，夏代，天下分冀、兖、青、徐、扬、荆、豫、梁、雍九州，后泛指全国。 [5]"缅怀"以下六句：怀念当年京师的文酒诗会，苏、梅二位尤为人所敬爱，纵横诗坛，名声难分高下。磨盖，同"磨戛（jiá）"，摩擦撞击，意谓较量。陆龟蒙《奉酬袭美先辈吴中苦雨一百韵》："抽毫更唱和，剑戟相磨戛。" [6]"子美"二句：言苏诗气势极其雄壮，如大风吹万窍，众声齐聚，化为充满震撼力的怒号。《庄子·齐物论》："夫大块噫气，其名为风，是唯无作，作则万窍怒号。" [7]雱霈：气势壮盛。 [8]杀：停顿。 [9]"盈前"二句：言苏诗如珍珠尽在眼前，没有差劣可遗弃的。柬汰，选择，淘汰。 [10]"梅翁"以下八句：意谓梅诗清切，如寒泉漱石，沁人心脾，论创作经验，我如他的后辈。他文词清新，虽老犹壮，很有魅力。石齿漱寒濑（lài），《世说新语·排调》："所以枕流，欲洗其耳；所以漱石，欲砺其齿。"濑，沙石上的激流。妖韶，妖娆美艳。 [11]"近诗"以下四句：近年来的诗作尤有刚健的古风，就像食用橄榄一样，开始难接受其味道，越久越尝到真味。嘬（chuài），咬、吃。 [12]"苏豪"以下四句：苏诗豪放，气势压倒古今，世人空自惊骇。梅诗古朴淡雅，唯独我很明白，但如珍贵的文物，无人赏识。轹（lì），超越。 [13]"二子"以下六句：说苏、梅二人皆诗坛凤凰，但穷达各异，自己愿与他们一起吟诗为乐。时舜钦在京为官，尧臣沉沦下僚。羽翮，翅膀。摧铩，伤残。哕（huì）哕，鸾凤鸣声。 [14]"对酒"句：《世说新语·任诞》载晋人毕卓嗜酒，其诗有"一手持蟹螯，一手把酒杯"之语。

[点评]

苏舜钦和梅尧臣是欧阳修的挚友，又是北宋著名的诗人。本诗发端数句叙水谷夜行所见所思后，即转入对苏、梅诗个性的评说，通过一系列生动的比喻，对二者不同的艺术风格加以描绘与比较，并定位为诗坛“双凤凰”，给予很高的评价。末尾，就苏、梅遭际的截然不同抒发了沉重的感慨。诗中对苏、梅诗的由衷赞誉，属形象性抒情性的诗论，见于文学史，亦富于美学的价值。清陆次云谓欧“评苏、梅二家诗，不爽铢两。圣俞、子美固佳，得此品题，益置青云之上”（《宋诗善鸣集》）。寄出本诗后的仲冬，苏氏在进奏院遭政治陷害，除官为民，时欧已免谏职而赴外任，痛心不已，叹曰：“子美可哀，吾恨不能为之言。”（费衮《梁溪漫志》）苏氏终因摧铩而跌落至悲凉的境地。梅氏自洛阳与欧公结识后，毕生得到其无微不至的关心与照顾，仕途虽不顺，但深切地感受到友情的温暖。赵翼称欧阳修“倾倒于二公（苏、梅）者至矣，而于梅尤所钦服”，“欧公作诗之旨，亦与梅同，故尤推服也”（《瓯北诗话》卷十一）。

班班林间鸠寄内[1]

以斑鸠雌雄和鸣起兴。

班班林间鸠[2]，谷谷命其匹。迨天之未雨，与汝勿相失。春原洗新霁，绿叶暗朝日。鸣声相呼和，应答如吹律。深栖柔桑暖[3]，下啄高田实。人皆笑汝拙，无巢以家室。易安由寡求，吾羡拙之佚。吾虽有室家，出处曾不一。荆蛮昔窜逐[4]，奔走若鞭抶。山川瘴雾深，江海波涛飓。跬步子所同，沦弃甘共没。投身去人眼，已废谁复嫉。山花与野草，我醉子鸣瑟。但知贫贱安，不觉岁月忽。还朝今几年[5]，官禄沾儿侄。身荣责愈重，器小忧常溢。今年来镇阳[6]，留滞见春物。北潭新涨渌，鱼鸟相聱耴。我意不在春，所忧空自咄。一官诚易了，报国何时毕。高堂母老矣[7]，衰发不满栉。昨日寄书言，新阳发旧疾。药食子虽勤，岂若我在膝。又云子亦病，蓬首不加髴。书来本慰我，使我烦忧郁。思家春梦乱[8]，妄意占凶吉。却思夷陵囚，其乐何可述。前年辞谏署[9]，朝议不容乞。孤忠一许国，家事岂复恤。横身当众怒，见者旁可栗。近日读除书[10]，朝廷更辅弼。君恩优大臣，进退礼有秩。小人妄希旨，论议争操笔。又闻说朋党，次第推甲乙。而我岂敢逃[11]，不若先自劾。上赖天子圣，必未加斧锧。一身但得贬，群口息啾唧。公朝贤彦众，避路当揣质。苟能因谪去[12]，引分思藏密。还

黄震：“此其为家之法。”（《黄氏日钞》）

欧《与尹师鲁书》：“临行，台吏催苛百端，不比催师鲁人长者有礼，使人惶迫不知所为。”《画舫斋记》：“尝以罪谪，走江湖间，自汴绝淮，浮于大江，至于巴峡，转而以入于汉沔，计其水行几万余里。其羁穷不幸，而卒遭风波之恐，往往叫号神明以脱须臾之命者，数矣。”

“子”与“我”对应，写出对妻的感激与歉疚。

堂堂正正，不怒自威。

三十六座嵩峰苍翠，争相耸出，移情于山，化静为动，使诗情于收束前如奇峰振起，又有隐喻象征义。

尔禽鸟性，樊笼免惊怵。子意其谓何，吾谋今已必。子能甘藜藿，我易解簪绂。嵩峰三十六，苍翠争耸出。安得携子去，耕桑老蓬荜。

[注释]

[1] 庆历五年（1045）作。时新政已夭折，范仲淹、富弼、杜衍、韩琦相继罢职，欧忧念国事，遂作此诗。鸠：斑鸠，亦作班鸠。陆佃《埤雅》引语云："天欲雨，鸠逐妇；既雨，鸠呼妇。"欧又有《鸣鸠》诗："天雨止，鸠呼妇归鸣且喜，妇不亟归呼不已。"皆喻夫妻关系。内：内人，指夫人薛氏，其父薛奎，官至参知政事。苏辙《欧阳文忠公夫人薛氏墓志铭》称其"归于欧阳氏，治其家事，文忠所以得尽力于朝而不恤其私者，夫人之力也"。 [2]"班班"以下八句：以斑鸠起兴，写雌雄和鸣，生活自在平静。班班，形容斑鸠杂色的羽毛。谷谷，斑鸠鸣声。命其匹，呼其妇。匹，匹配，指雌鸠。迨（dài），趁着。霁，晴。吹律，吹奏律管使乐声相和。 [3]"深栖"以下八句：由斑鸠虽拙而安逸，感叹自己仕宦奔波，夫妻分离。《禽经》称"鸠拙而安"。《方言》称"蜀谓之拙鸟，不善营巢，取鸟巢居之，虽拙而安处也"。佚，通"逸"。 [4]"荆蛮"以下十二句：回忆贬谪夷陵的日子，虽处境艰困，但一家团聚，和睦平安。荆蛮，古代中原对楚、越或南人的称呼，夷陵属楚地，故云。窜逐，指遭贬谪。鞭抶（chì），鞭打。瘴雾，瘴气。飓（yù），风浪大。跬（kuǐ）步，半步。沦弃，贬官荒僻之地。鸣瑟，弹瑟。 [5]"还朝"以下四句：言回朝廷后，深感官职荣升，责任愈重。康定元年（1040），欧阳修回京，复为馆阁校勘，后官阶由正七品下宣德郎升至从五品下朝散大夫。官禄沾儿侄，按宋制，中高级文官子弟可享荫补为官的特权。器

小忧常溢，吴质《与太子笺》有“器小易盈”之语。器，才器。忧常溢，意为常忧溢。 [6]“今年”以下八句：言忧念国事，无心观赏镇阳春色。北潭，镇阳著名的池苑。渌（lù），水清。聱耴（yì），众声作。《文选》左思《吴都赋》“鱼鸟聱耴”李善注云“聱耴，众声也”。咄（duō），嗟叹。了，办理，了结。 [7]“高堂”以下十句：言得家书，知母、妻皆病，烦忧尤甚。不满栉，指时已六十五岁的老母头发稀疏。栉，梳子。新阳，春天。蓬首，头发纷乱。髴（fú），妇人首饰。 [8]“思家”以下四句：言思家则心烦意乱，还是在夷陵时快乐。 [9]“前年”以下六句：韩琦《祭少师欧阳永叔文》述欧任谏官时尽忠为国情状：“公之谏诤，务倾大忠。在庆历初，职司帝聪。颜有必犯，阙无不缝。正路斯辟，奸萌辄攻。气劲忘忤，行孤少同。”乞，指辞职。恤，忧虑，顾及。栗，恐惧。 [10]“近日”以下八句：言新政失败，小人生事，朋党论起，范仲淹等罢去朝职。除书，任命官员的诏书。辅弼，正副宰相，指杜衍、范仲淹等。礼有秩，指宋代宰相等罢朝职后仍被派任地方官。秩，俸禄。希旨，迎合上面的旨意。 [11]“而我”以下八句：言已拟自劾，做好罢官的准备。欧有《自劾乞罢转运使》，载《欧集·河北奉使奏草》卷下。斧锧，斧子与铁砧，古代刑具。啾唧，细碎的声音，指小人之妄议。避路，退隐。揣质，估量自己的资质。 [12]“苟能”以下十二句：言已下辞官归田的决心。引分，引咎。韩愈《泷吏》：“官不自谨慎，宜即引分往。”藏密，隐居。禽鸟性，飞鸟般自由不羁的本性。樊笼，喻官场。甘藜藿，甘于过贫贱的生活。藜藿，野菜。解簪绂（fú），辞官而去。簪，冠连于发的长针。绂，系官印的丝带。嵩峰三十六，嵩山在今河南登封，由太室山与少室山组成，少室山上有三十六峰。李白《赠嵩山焦炼师》诗序：“余访道少室，尽登三十六峰。”蓬荜，蓬门荜户，指乡间简陋的住屋。

[点评]

此诗涉及欧阳修一生的两次贬谪：时欧为河北都转运按察使、权真定府事（府治今河北正定，旧称镇阳），但忆及贬官夷陵的经历；作诗后，上《论杜衍范仲淹等罢政事状》，再贬滁州。说是寄内诗，却从中窥见了政坛上的风云，亦尽显诗人公而忘私的品格和勤于国事敢于担当的精神。诗以“班班林间鸠，谷谷命其匹”开头，以“还尔禽鸟性”“耕桑老蓬荜”终结，呼应甚妙。全篇以文为诗，不乏生动感人的描绘：“窜逐”夷陵、“还朝”“来镇阳”等经历，展现仕途的波折、凶险与诗人不屈不挠的意志；“沦弃甘共没”的同心、“跬步子所同”的宽慰、“昨日”得家书的挂念、“子能甘藜藿”的理解，又穿插其间，道出了伉俪之间的一往情深。借寄内书谈国事，以寻常语抒心怀，是本诗引人注目的特色。

读《蟠桃诗》寄子美[1]

南宋何汶：“《集注》云：‘（韩）公与东野联句，词意雄浑，极其情态，间以人才为喻，两皆杰作，真欧阳文忠所谓‘韩、孟于文词，两雄力相当’者也。”（《竹庄诗话》）

韩孟于文词[2]，两雄力相当。篇章缀谈笑[3]，雷电击幽荒。众鸟谁敢和，鸣凤呼其皇。孟穷苦累累[4]，韩富浩穰穰。穷者啄其精，富者烂文章。发生一为宫[5]，揫敛一为商。二律虽不同，合奏乃锵锵。天之产奇怪[6]，希世不可常。寂寥二百年，至宝埋无光。郊死不为岛[7]，圣俞发其藏。患世愈不出，孤吟夜号霜。霜寒入毛骨，清响哀愈长。玉山禾难熟，终岁苦饥肠。我不能饱之[8]，更欲不自量。引吭和其音，力尽犹勉强。诚知非所敌，但欲继前芳。近者《蟠桃诗》[9]，有传来北方。发我衰病思，蔼如得春阳。忻然便欲和，洗砚坐中堂。墨笔不能下，恍恍若有亡。老鸡觜爪硬，未易犯其场。不战先自却，虽奔未甘降。更欲呼子美[10]，子美隔涛江。其人虽憔悴，其志独轩昂。气力诚当对，胜败可交相。安得二子接，挥锋两交铓。我亦愿助勇，鼓旗噪其旁。快哉天下乐[11]，一醻宜百觞。乖离难会合，此志何由偿。

以孟郊引出圣俞，由夸奖韩孟的“合奏”转向对苏梅的揄扬。

“玉山”二句，见梅氏仕途蹇滞，欧甚为同情，念念不忘，出此妙喻。

“老鸡”六句，俏皮而亲切，足见欧与苏梅之情谊非同一般。

[注释]

[1] 庆历五年（1045）作。欧《归田录》云：“圣俞自天圣中与余为诗友，余尝赠以《蟠桃诗》，有韩、孟之戏。” [2]“韩孟”二句：韩愈字退之，孟郊字东野，皆才华出众，且多有唱和，实力相当。中唐有韩孟诗派。 [3]“篇章”以下四句：韩孟首创联句，或如雷电霹雳，或如凤凰和鸣，无人敢和。韩集中有二人所作《同宿》《纳凉》《秋雨》《征蜀》《城南》《斗鸡》等联句诗。 [4]“孟穷”以下四句：言孟诗清寒瘦硬，韩诗力大思雄，风格不同。孟穷，

韩愈《荐士》:“有穷者孟郊，受材实雄骜。”韩富，孟郊《戏赠无本二首》之一:“诗骨耸东野，诗涛涌退之。”穰穰，丰盛。烂文章，形容文采灿烂。《后汉书·张衡传》:“文章焕以粲烂兮，美纷纭以从风。” [5]“发生”以下四句:以宫、商不同，相配成好音，喻韩孟合作出好诗。发生，萌发，形容韩诗之雄放。《汉书·律历志》:“宫，中也。居中央，畅四方，唱始施生，为四声纲也。”《礼记·月令》:“孟秋之月，其音商。”揫（jiū）敛，聚缩，形容孟诗之瘦硬。《礼记·乡饮酒义》“秋之为言愁也”注“愁，读为揫;揫，敛也”。 [6]“天之”以下四句:言韩孟诗世所稀有，长期被冷落。欧《苏氏文集序》云:“予尝考前世文章政理之盛衰，而怪唐太宗致治几乎三王之盛，而文章不能革五代之余习。后百有余年，韩、李之徒出，然后元和之文始复于古。唐衰兵乱，又百余年而圣宋兴，天下一定，晏然无事。又几百年，而古文始盛于今。” [7]“郊死”以下八句:说梅尧臣能继承孟郊，但穷不得志，世无韩愈，只能孤吟。岛，贾岛，与孟郊同时人，有“郊寒岛瘦”之称。欧《梅圣俞诗集序》曰“奈何使其老不得志，而为穷者之诗，乃徒发于虫鱼物类、羁愁感叹之言?世徒喜其工，不知其穷之久而将老也，可不惜哉”，反复嗟叹。玉山禾，《山海经·西山经》载西王母居玉山，“上有木禾，长五寻，大五围”。韩愈《驽骥赠欧阳詹》:“饥食玉山禾，渴饮醴泉流。” [8]“我不”以下六句:自叹虽已尽力，但未能助梅尧臣摆脱不遇的困境。欧多次举荐尧臣，均未果。继前芳，即效法韩、孟，但称尧臣“非所敌”，难以相和鸣。 [9]“近者”以下十二句:说尧臣《蟠桃诗》传来，欲作和诗，力又不逮。“老鸡”云云，以斗鸡喻和诗。奔，奔逃。 [10]“更欲”以下四句:欲呼苏舜钦前来唱和，但彼远在江南。苏、梅力相当，自己只能在旁助兴。隔涛江，时苏氏已被废为民，南下居苏州。 [11]“快哉”以下四句:叹已难有机会与苏、梅共吟咏。釂（jiào），干杯。

[点评]

欧称苏、梅为诗坛“双凤凰”,《水谷夜行寄子美圣俞》与本诗均富于想象,妙喻迭出,堪称论苏梅诗的双璧。前诗针对苏梅“笔力豪俊,以超迈横绝为奇”“覃思精微,以深远闲淡为意”的不同特色,用十分形象的语言加以淋漓尽致的刻画;本诗则以唐代的韩、孟比拟苏、梅,以韩、孟“合奏乃锵锵”预示苏、梅和鸣亦辉煌,在充分肯定苏、梅诗历史地位的同时,对苏氏横遭陷害离京以致“双凤凰”“乖离难会合”无比惋惜,发出愤然不平的慨叹。

石篆诗并序[1]

某启:近蒙朝恩守此州。州之西南有琅琊山唐李幼卿庶子泉者[2]。某在馆阁时[3],方国家诏天下求古碑石之文,集于阁下,因得见李阳冰篆《庶子泉铭》[4]。学篆者云:“阳冰之迹多矣[5],无如此铭者。”常欲求其本而不得[6],于今十年矣。及此来,已获焉。而铭石之侧,又阳冰别篆十余字,尤奇于铭文,世罕传焉。山僧惠觉指以示予,予徘徊其下,久之不能去。山之奇迹,古今纪述详矣,而独遗此字。予甚惜之,欲有所述,而患文辞之不称。思予尝爱其文而不及

李阳冰篆字,十年难觅,来滁竟得之,快哉!

又得阳冰“别篆十余字”,“尤奇”而“世罕传”,见发现至宝的惊喜。

者，梅圣俞、苏子美也。因为诗一首，并封题墨本以寄二君[7]，乞诗刻于石。

“奇”字发端定调。

寒岩飞流落青苔[8]，旁斫石篆何奇哉！
其人已死骨已朽，此字不灭留山隈。

天地元气所钟，奇。

山中老僧忧石泐[9]，印之以纸磨松煤。
欲令留传在人世，持以赠客比琼瑰。
我疑此字非笔画，又疑人力非能为。
始从天地胚浑判[10]，元气结此高崔嵬。

清方东树：“‘当时’二句偷退之。”（《昭昧詹言》卷十二）按：指韩诗《桃源图》有“当时万事皆眼见，不知几许犹流传”二句。

当时野鸟踏山石，万古遗迹于苍崖。

山神勤护卫，群仙“欲下读”，奇甚！

山祇不欲人屡见[11]，每吐云雾深藏埋。
群仙飞空欲下读，常借海月清光来。
嗟我岂能识字法，见之但觉心眼开。
辞悭语鄙不足记[12]，封题远寄苏与梅。

[注释]

珍奇至宝，与挚友共享。

[1] 庆历五年（1045）冬作。欧《集古录跋尾·唐李阳冰庶子泉铭》：“右《庶子泉铭》，李阳冰撰并书。庆历五年，余自河北都转运使贬滁阳，屡至阳冰刻石处，未尝不裴回其下。庶子泉昔为流溪，今为山僧填为平地，起屋于其上。问其泉，则指一大井示余曰：‘此庶子泉也。’可不惜哉！”梅、苏次年均作有和诗。 [2] 李幼卿庶子泉：唐独孤及《琅琊溪述》：“陇西李幼卿，字长夫，以右庶子领滁州，而滁人之饥者粒，流者占，乃至

无讼以听。故居多暇日，常寄傲此山之下。因凿石引泉，酾其流以为溪，溪左右建上下坊，作禅堂、琴台以环之，探异好古故也。” [3] 馆阁：宋有史馆、昭文馆、集贤院，称三馆；后又建秘阁，合称馆阁。景祐元年（1034）欧为馆阁校勘。 [4] 李阳冰：字少温，唐代著名书法家，工篆书，为李白从叔。 [5] 迹：墨迹。 [6] 本：拓本。下“墨本”同。 [7] 封题墨本：将李阳冰篆墨拓本封好口。 [8]“寒岩”以下四句：谓李阳冰虽已逝去，而刻于山石上的奇特篆书却留传下来。斫（zhuó），雕琢。隈（wēi），山的弯曲处。 [9]“山中”以下四句：谓山僧作石篆拓本以赠送来客。泐（lè），石头风化开裂。《周礼·考工记序》“石有时以泐”，郑玄注引郑司农曰“泐，谓石解散也，夏时盛暑大热则然”。松煤，制松烟墨的原料，此指墨。琼瑰，美玉。 [10]“始从”以下四句：说有天地以来，元气凝成琅琊山，野鸟踩踏山石，留下篆书的痕迹。胚浑，《文选》郭璞《江赋》“类胚浑之未凝，象太极之构天”，李善注“言云气杳冥，似胚胎浑混，尚未凝结；又象太极之气，欲构天也”。此形容天体的原始状态。判，分开。崔嵬（wéi），高峻，此指琅琊山。野鸟踏山石，取《说文解字序》“黄帝之史官颉，见鸟兽迒蹄之迹，知分理之可相别异也，初造书契”之意。 [11]“山祇（qí）”以下四句：说山神护卫着石篆，群仙视之为珍宝。祇，地神。扬雄《甘泉赋》“登乎颂祇之堂”，颜师古注曰“地神曰祇”。 [12] 辞铿语鄙：作者谦称词语欠缺又粗劣。

[点评]

苏轼《居士集序》称欧阳修“诗赋似李白”，就诗而言，主要指本篇及《庐山高》等古体诗，像李白那样发挥超凡的想象力，且有奇特夸张的描绘或议论。从以文为诗、笔力豪健和“当时”二句的效仿，也可以看出韩愈诗的深刻影响。当然，文从字顺、平易自然仍是欧公本色，诗中“我疑此字非笔画，又疑人力非能为”，“嗟我岂能识字法，见之但觉心眼开”等，已近口语。此诗极写李阳冰石篆的神奇，凸显欧学问之广博，集古、书法皆其所爱。诗序如此之长，在《欧集》中颇少见。“乞诗刻于石”，更见欧对本诗的喜爱与自信。

书王元之画像侧[1]

“偶然”源于贬官，效法前任，不幸中的安慰；“信矣”纯由为民，尽心履职，二贤千古流芳。

偶然来继前贤迹[2]，信矣皆如昔日言。
诸县丰登少公事[3]，一家饱暖荷君恩。
想公风采常如在，顾我文章不足论。
名姓已光青史上[4]，壁间容貌任尘昏。

[注释]

[1] 庆历六年（1046）作。原题下注：“在琅琊山。”王元之：即王禹偁（954—1001），字元之，济州巨野（今山东巨野）人。北宋政治改革先驱，刚直敢言，屡遭贬谪，作《三黜赋》以明志。赋诗师法白居易，为文畅达，《答张扶书》首倡“传道而明心”之说，主张“句之易道，义之易晓”。著《小畜集》，《宋史》有传。魏泰《东轩笔录》卷四谓“王禹偁在太宗末年以事谪守滁州”，“禹偁有遗爱，滁州怀之，画其像于堂以祀焉”。 [2]“偶

然”二句：说继前贤王禹偁来任知州，滁州的情况和个人的感受与其略同。 [3]“诸县”二句：化用禹偁上表中语，亦即诗末原注：“诸县丰登，苦无公事；一家饱暖，共荷君恩。” [4]“名姓”二句：谓王禹偁已青史留名，祠堂上画像虽日久暗淡，亦无损其光辉。

[点评]

王禹偁与欧阳修，皆出身贫寒，皆属革新派人物，又同有贬滁的经历，且累遭贬黜而不屈。他们又分别是宋代诗文革新的先驱和领袖。论为人为文，王禹偁无愧为欧阳修效法的楷模，欧亦无愧为王的杰出后继者。此诗信手拈来前贤谢表之语，表达作者的无限仰慕、敬重和步武前辈的决心。境界高远，语言朴实，以平淡自然见长，化用而不见痕迹，是兼有思想性与艺术性的佳作。

啼 鸟[1]

穷山候至阳气生[2]，百物如与时节争。官居荒凉草树密，撩乱红紫开繁英。花深叶暗耀朝日[3]，日暖众鸟皆嘤鸣。鸟言我岂解尔意，绵蛮但爱声可听。南窗睡多春正美[4]，百舌未晓催天明。黄鹂颜色已可爱，舌端哑咤如娇婴。竹林静啼青竹笋，深处不见惟闻声。陂田绕郭白水满，

奠定全诗悲凉的基调。

戴胜谷谷催春耕。谁谓鸣鸠拙无用，雄雌各自知阴晴。雨声萧萧泥滑滑，草深苔绿无人行。独有花上提葫芦，劝我沽酒花前倾。其余百种各嘲哳，异乡殊俗难知名。我遭谗口身落此[5]，每闻巧舌宜可憎。春到山城苦寂寞[6]，把盏常恨无娉婷。花开鸟语辄自醉，醉与花鸟为交朋。花能嫣然顾我笑，鸟劝我饮非无情。身闲酒美惜光景，惟恐鸟散花飘零。可笑灵均楚泽畔[7]，离骚憔悴愁独醒。

绘声绘色的众鸟图。

方东树曰："直叙逐写。'我遭'以下入议。"（《昭昧詹言》卷十二）

[注释]

[1] 庆历六年（1046）春作。 [2]"穷山"以下四句：写滁州官署荒凉而草木茂密、野花盛开的景象。候，时令，节候，五天称一候。阳气，暖气。《管子·形势解》："春者，阳气始上，故万物生。"繁英，繁花。 [3]"花深"以下四句：写众鸟争鸣，声音不断。嘤鸣、绵蛮，皆鸟鸣声。《诗·小雅·伐木》："嘤其鸣矣，求其友声。"《诗·小雅·绵蛮》："绵蛮黄鸟，止于丘阿。" [4]"南窗"以下十六句：描摹众鸟各异的鸣声。百舌，乌鸫，鸣声圆滑。《淮南子·说山训》"人有多言者，犹百舌之声"，高诱注："百舌，鸟名，能易其舌，效百鸟之声，故曰百舌。以喻人虽多言，无益于事。"黄鹂，黄莺，羽毛亮丽，鸣声宛转。哑咤，黄鹂叫声。娇婴，小女孩。《玉篇》女部引《仓颉篇》谓"男曰儿，女曰婴"。竹林，鸟名。蔡絛《西清诗话》："崇宁间有贡士自同谷来，笼一鸟，大如雀，色正青，善鸣，曰此竹林鸟也。"

郭，外城。戴胜，状似雀，头有冠，俗名山和尚、鸡冠鸟，此似指布谷鸟。《礼记·月令》谓季春之月“戴胜降于桑”。诗言“陂田”“水满”，正是插秧时节，布谷鸟声声啼鸣。鸠，斑鸠，参阅前《班班林间鸠寄内》注释。泥滑滑，竹鸡，鸣声如呼泥滑滑。梅尧臣《禽言四首·竹鸡》：“泥滑滑，苦竹冈，雨萧萧，马上郎。马蹄凌兢雨又急，此鸟为君应断肠。”提葫芦，又称提壶鸟。梅尧臣《和欧阳永叔啼鸟十八韵》：“提壶相与来劝饮，戴胜亦助能劝耕。”倾，干杯。嘲哳（zhāo zhā），形容鸟鸣声嘈杂。白居易《琵琶行》：“岂无山歌与村笛，呕哑嘲哳难为听。” [5]“我遭”二句：写庆历新政失败，遭朋党污蔑及钱明逸陷害而贬官滁州事。谗口，谗佞者的中伤。《诗·小雅·十月》：“无罪无辜，谗口嚣嚣。” [6]“春到”以下八句：写谪居滁州“醉与花鸟为交朋”的生活。娉婷，姿态美好貌，此指官妓。宋代官府可召官妓陪酒。嫣然，娇媚美好貌。光景，风光景物。 [7]“可笑”二句：遭陷害而发的激愤之语。灵均，屈原字灵均。《史记·屈原贾生列传》：“屈平疾王听之不聪也，谗谄之蔽明也，邪曲之害公也，方正之不容也，故忧愁幽思而作《离骚》。”又谓屈原曰“举世混浊，而我独清；众人皆醉，而我独醒”。

[点评]

此篇堪称以文为诗咏物言志的佳作。“花深叶暗耀朝日，日暖众鸟皆嘤鸣”大段有声有色拟人情意的描绘，与后幅“花开鸟语辄自醉，醉与花鸟为交朋”苦中作乐的议论，前后交融，表露了遭诬陷而贬谪的诗人不甘消沉，自我激励的心态。“我遭”二句，由鸟鸣引出“谗口”的“可憎”，笔墨由山林转向社会，借“巧舌”控诉佞人，抒发内心的愤懑，此为全篇主意之所在。高步瀛曰：“诗中‘我遭谗口’云云，所以发其不平也。”(《唐宋诗举要》）结尾称爱国而罹难、“憔悴”而“独醒”的屈原“可笑”，实为愤激之词，在控诉谗人迫害之时，亦彰显自身的旷观豁达与效法前贤的不屈精神。妙在“我遭”二句和末尾“可笑”二句的议论，皆是凸显主题、展现诗人意志的妙笔。可见只要注重形象思维，而非概念的说教，适当的散文笔法和议论决不会将诗歌创作引入歧途，语言自然流畅的以文为诗也会产生令人击节赞赏的效果。

沧浪亭[1]

方东树：“起抚《石鼓》。”(《昭昧詹言》卷十二）按：指开头两句模仿韩诗《石鼓歌》：“张生手持石鼓文，劝我试作石鼓歌。”

宋陈善评“荒湾”二句：“此两句最为著题。”(《扪虱新话》下集卷一）

子美寄我沧浪吟[2]，邀我共作沧浪篇。沧浪有景不可到，使我东望心悠然。荒湾野水气象古[3]，高林翠阜相回环。新篁抽笋添夏影，老枿乱发争春妍。水禽闲暇事高格，山鸟日夕相啾喧。不知此地几兴废，仰视乔木皆苍烟。堪嗟人迹到不远，虽有来路曾无缘。穷奇极怪谁似子，搜索幽隐探神仙。初寻一径入蒙密，豁目异境无穷边。风高月白最宜夜，一片莹净铺琼田。清光不辨水与月，但见空碧涵漪涟。清风明月本无价[4]，可惜只卖四万钱！又疑此境天乞与[5]，壮士憔悴天应怜。鸱夷古亦有独往[6]，江湖波涛渺翻天。崎岖世路欲脱去，反以身试蛟龙渊。岂如扁舟任飘兀，红蕖渌浪摇醉眠。丈夫身在岂长弃[7]，新诗美酒聊穷年。虽然不许俗客到，莫惜佳句人间传。

宋陈正敏引李白“清风明月不用一钱买”与欧“清风”二句曰：“二人者致词虽异，然皆善谈风月者也。”（胡仔《苕溪渔隐丛话》前集卷三引《遯斋闲览》）

方东树：“‘岂如’句，笔势挽力。”（《昭昧詹言》卷十二）

[注释]

[1] 本诗实作于庆历六年（1046）冬，刻石在七年春。沧浪亭：苏舜钦废居苏州后所居，今犹为名胜之处。 [2]“子美”二句：苏氏有《沧浪亭记》与《沧浪亭》《初晴游沧浪亭》等诗，并邀友人共赋沧浪，故欧有此作。 [3]“荒湾”以下十八句：大致据《沧浪亭记》以描绘该处想象中的景观。《记》称“一日过郡学，东顾草树郁然，崇阜广水，不类乎城中。并水得微径于杂花修竹之间。东趋数百步，有弃地，纵广合五六十寻，三向皆水也。杠之南，其地益阔，旁无民居，左右皆林木相亏蔽。访诸旧老，云钱氏有国，近戚孙承祐之池馆也。坳隆胜势，遗意尚存。予爱而徘徊，遂以钱四万得之，构亭北碕，号‘沧浪’焉。前竹后水，水之阳又竹，无穷极。澄川翠干，光影会合于轩户之间，尤与风月为相宜。予时榜小舟，幅巾以往，至则洒然忘其归。觞而浩歌，踞而仰啸，野老不至，鱼鸟共乐”。翠阜，植被翠绿的土山。篁，竹。枿（niè），通“蘖”，树木砍去后新抽出的枝条。事高格，指禽鸟发出鸣声。啾（jiū）喧，鸟声杂乱。子，指苏舜钦。蒙密，茂密的草木。琼田，月光下琼玉般的大地。空碧涵漪涟，谓水天相映成趣。白居易《西湖晚归回望孤山寺赠诸客》有“烟波澹荡摇空

碧”之句。　[4]“清风”二句：化用李白《襄阳歌》“清风朗月不用一钱买”句意。　[5]“又疑”二句：说上天怜悯苏氏的不幸，给了他这块地方。乞与，给予。　[6]“鸱（chī）夷”以下六句：说春秋时范蠡隐遁海上，难免风波之险，还不如苏氏在沧浪亭居处荡舟安逸。《史记·越王句践世家》“范蠡浮海出齐，变姓名，自谓鸱夷子皮”，司马贞《索隐》云“韦昭曰‘鸱夷，革囊也’。或曰生牛皮也”。独往，隐居避祸。飘兀，飘摇，飘荡。兀，动摇。红蕖，红荷花。李白《越中秋怀》：“一为沧波客，十见红蕖秋。”渌浪，渌波，清波。曹植《洛神赋》有“灼若芙蕖出渌波”句。　[7]“丈夫”以下四句：言苏氏尽可饮酒作诗，让佳句传遍人间。长弃，进奏院案发，苏氏削去官职，被废为民，永不录用。不许俗客到，孔稚圭《北山移文》：“请回俗士驾，为君谢逋客。”

[点评]

苏舜钦是庆历新政的支持者，又是新政主持者宰相杜衍的女婿，反对派自然视之为击败新政的突破口，将苏氏监进奏院时援旧例卖故纸钱宴宾客事，办成重案，因此他首当其冲遭到毫不留情的迫害。欧于贬谪中作此诗，激愤难抑地为苏氏鸣不平。诗的开头交代写作缘由，中幅描写想象中的沧浪亭美景，其中水月交相辉映之状态，尤富诗情画意。后幅以形象的笔墨发慨，宽慰苏氏并表达自己最深切的同情。方东树《昭昧詹言》评“‘荒湾’以下写。‘不知’以下议。‘穷奇’四句叙”，如加上“风高”四句绘景，“清风”以下借议发慨，则全篇布局井然，层次分明，跌宕起伏，可睹以古文章法论七言古诗之妙。

画眉鸟[1]

百啭千声随意移[2]，山花红紫树高低。
始知锁向金笼听，不及林间自在啼。

“锁向金笼”与“林间自在”，对比何其分明！

[注释]

[1] 庆历七年（1047）滁州作。题下原注：“一作‘郡斋闻百舌’。”梅尧臣翌年有《和永叔郡斋闻百舌》诗。画眉鸟：全身大部棕褐色，眼圈白色且向后延伸如蛾眉。《居士外集》卷二十三《书三绝句诗后》：“前一篇梅圣俞咏泥滑滑，次一篇苏子美咏黄莺，后一篇余咏画眉鸟。三人者之作也出于偶然，初未始相知，及其至也，意辄同归，岂非其精神会通，遂暗合耶？” [2] 啭（zhuàn）：鸟婉转地鸣叫。

[点评]

前二句写景，鸣声婉转惹人喜爱的画眉鸟，在万紫千红的山花中或飞或停；后二句发慨，感叹被锁于金丝笼中的画眉，远不及在山林间飞翔鸣叫那般自由自在，隐含着诗人受困于仕宦之苦闷和对田园生活的向往。在咏物写景中寄寓哲理，耐人寻味。

田 家[1]

田家“笑语喧”的欢情融入有声有色的春景中。

绿桑高下映平川，赛罢田神笑语喧[2]。

林外鸣鸠春雨歇[3]，屋头初日杏花繁。

[注释]

[1] 庆历七年（1047）春在滁州作。 [2] 赛田神：古代春时有赛神会，祭祀土地神以祈求丰收。王维《凉州郊外游望》："婆娑依里社，箫鼓赛田神。"赛，祭祀酬神。 [3] 鸣鸠：即斑鸠，知天之晴雨。见《班班林间鸠寄内》注一。

[点评]

这是一首写农家乐的诗。春雨停，杏花香，桑叶绿，鸠鸟鸣，充满勃勃生机。全诗仅第二句写赛神会人物活动的场面，与前后乡村景色的描写，随意而自然地融为一体。语言清新活泼，气氛热烈欢快，后二句忽成偶对，尤见句法的灵活。

丰乐亭游春三首[1]

其　一

"落花飞"与末首"踏落花"，"春已归"与末首"春将老"遥相呼应。

绿树交加山鸟啼，晴风荡漾落花飞。
鸟歌花舞太守醉[2]，明日酒醒春已归。

其　二

春云淡淡日辉辉，草惹行襟絮拂衣[3]。

行到亭西逢太守，篮舆酩酊插花归[4]。

“篮舆酩酊插花归”的太守形象何其传神！

其　三

红树青山日欲斜，长郊草色绿无涯。
游人不管春将老[5]，来往亭前踏落花。

清潘德舆谓末首“与唐人声情气息，不隔累黍”，“且无论唐、宋，即以诗论，亦明珠美玉，千人皆见，近在眼前”。(《养一斋诗话》)

[注释]

[1] 庆历七年（1047）作。上年，欧于滁州丰山下建丰乐亭，作《丰乐亭记》；又在《醉翁亭记》中自号“醉翁”。《与梅圣俞》云：“去年夏中，因饮滁水甚甘，问之，有一土泉，在城东百步许。遂往访之，乃一山谷中，山势一面高峰，三面竹岭回抱，泉上旧有佳木一二十株，乃天生一好景也。遂引其泉为石池，甚清甘，作亭其上，号丰乐，亭亦宏丽。”此三首诗展现了与百姓春日同游丰乐亭的醉翁形象。 [2] 太守：宋代知州职务相当于汉太守，故欧以之自称。 [3] 行襟：衣服下摆。 [4] 篮舆：竹轿。酩酊：大醉貌。插花归：杜牧《九日齐山登高》：“人世难逢开口笑，菊花须插满头归。” [5] “游人”二句：谓游人不顾春之将尽，亭前还是来往不断，踏春而归。春将老，时已暮春，故云。踏落花，犹言“踏春”。杜甫《长吟》：“花飞竞渡日，草见踏春心。”

[点评]

这一年，欧《与梅圣俞》书简云：“某此愈久愈乐，不独为学之外有山水琴酒之适而已。小邦为政期年，粗有所成，固知古人不忽小官，有以也。”滁州美丽的山水给诗人以慰藉，为政有成也给诗人带来快乐。三首诗叙

“太守醉”，“插花归”，滁人“亭西逢太守”与“来往亭前踏落花”，都写出了太守与滁人同游的尽兴，更抒发了太守为民尽责、乐民之所乐的深情。作者以全诗未见的一个“乐”字为这组诗的诗眼，眼光贯穿三首，艺术构思精妙。

重读《徂徕集》[1]

欧视石介为革新派勇士和亲密的战友，“哭”字发端，悲情难抑。申冤为一篇主旨。

读其书，如闻其声，如见其人，却已阴阳两隔，痛何如哉！

人亡书在，传之万世而不朽。

我欲哭石子[2]，夜开徂徕编[3]。开编未及读，涕泗已涟涟[4]。勉尽三四章，收泪辄忻欢。切切善恶戒，丁宁仁义言。如闻子谈论，疑子立我前。乃知长在世，谁谓已沉泉[5]。昔也人事乖[6]，相从常苦艰。今而每思子，开卷子在颜。我欲贵子文，刻以金玉联[7]。金可烁而销，玉可碎非坚。不若书以纸，“六经”皆纸传[8]。但当书百本，传百以为千。或落于四夷[9]，或藏在深山[10]。待彼谤焰熄[11]，放此光芒悬。人生一世中，长短无百年。无穷在其后，万世在其先。得长多几何，得短未足怜。惟彼不可朽[12]，名声文行然。谗诬不须辨，亦止百年间。百年后来者，憎爱不相缘[13]。公议然后出，自然见媸妍[14]。孔孟困一生，毁逐遭百端。后世苟不公，至今无圣贤。所以忠义士，恃此死不难。当子病方革[15]，谤辞正腾喧。众人皆欲杀，圣主独保全。已埋犹不信，仅免斫其棺。此事古未有，每思辄长叹。我欲犯众怒[16]，为子记此冤。下纾冥冥忿，仰叫昭昭天。书于苍翠石，立彼崔嵬巅。询求子世家[17]，恨子儿女顽。经岁不见报，有辞未能诠。忽开子遗文，使我心已宽。子道自能久，吾言岂须镌[18]。

石介死而含冤，后世必有公评。

鸣冤叫屈，无限激愤。

[注释]

[1] 庆历七年（1047）作。此前已作《读徂徕（cú lái）集》，故曰“重读”。 [2] 石子：指石介（1005—1045），字守道，又字公操，兖州奉符（今山东泰安）人，号徂徕先生。天圣年间进士。历南京留守推官、镇南节度掌书记等职，入为国子监直讲。后为太子中允，直集贤院。作《庆历圣德诗》赞颂新政人物，指斥夏竦为大奸。旋通判濮州，未赴而卒。著有《徂徕集》。生平详见后《徂徕石先生墓志铭》。子，古时对男子的美称。 [3] 徂徕编：即《徂徕集》。编，串联竹简的绳子。 [4] 涕泗：涕泪。《诗·陈风·泽陂》：“寤寐无为，涕泗滂沱。”涟涟：垂泪貌。《诗·卫风·氓》：“不见复关，泣涕涟涟。” [5] 沉泉：死亡。泉，黄泉，地下。 [6] “昔也”二句：说当时朋党舆论甚嚣尘上，不便与石

介多来往。乖，乖违，不如意。 [7]“刻以”句：用相连的金、玉版镌刻石介诗文。 [8]六经：儒家经典《诗》《书》《礼》《乐》《易》《春秋》。 [9]四夷：古称中原以外的周边区域。 [10]“或藏”句：用司马迁《报任少卿书》“藏诸名山”之意。 [11]“待彼”二句：等毁谤石介的谣言破灭，石介的诗文将永放光芒。欧《徂徕石先生墓志铭》：“友人庐陵欧阳修哭之以诗，以谓待彼谤焰熄，然后先生之道明矣。”谤焰，指夏竦等人诈称石介未死，已逃往契丹，借兵谋反，进犯中原的谣言。光芒悬，意取韩愈《调张籍》的“李杜文章在，光焰万丈长”。 [12]“惟彼”二句：言人之名声不朽者，以其文章德行传后而使然。《论语·述而》：“子以四教，文、行、忠、信。”文行，文章德行。 [13]不相缘：相互没关系。缘，关系。 [14]媸妍：丑恶与美好。 [15]“当子”以下八句：当石介病重之际，谤言正在喧嚣，好在皇帝仁厚给予保护，石介死后也免于开棺查验。王称《东都事略·石介传》：“介既卒，夏竦欲以奇祸中伤富弼，指介以起事，谓其诈死而北走契丹矣，请发棺。仁宗察其诬，得不发。”革（jí），病重。《礼记·檀弓》有“夫子之病革矣”句。 [16]“我欲”以下六句：说欲为石介撰文刻石鸣冤。治平二年（1065），欧撰成《徂徕石先生墓志铭》。纾，解除。冥冥忿，逝者的悲愤。冥冥，阴间。 [17]“询求”以下四句：时石介家属被羁管于他州，未能提供家世资料，欧不知此情，故难于下笔。顽，迟钝。诠，记述。 [18]镌：刻，指墓志铭刻石。

[点评]

此篇是怀念、歌颂革新派友人石介的诗作，作者对庆历新政夭折和友人含冤而死的满腔悲愤，流溢于字里行间，颇有震撼人心的力量。题中“重读”二字看出《徂徕集》在诗人心中的地位和份量。全诗历叙石介著述之不凡与不朽、遭遇之不公与不幸，强调终有冤情大白之时，期待墓志早日撰成并刻之于石。通篇叙中有议，笔力强劲，气格不凡，气势雄健，宋人许颉评此诗："英辩超然，能破万古毁誉。"（《彦周诗话》）富于激情与正义感是本诗特色，略于比兴，稍嫌不足。

怀嵩楼新开南轩与郡僚小饮[1]

绕郭云烟匝几重，昔人曾此感怀嵩[2]。
霜林落后山争出[3]，野菊开时酒正浓。
解带西风飘画角[4]，倚栏斜日照青松。
会须乘醉携嘉客[5]，踏雪来看群玉峰[6]。

欧阳修与李德裕虽处不同朝代，却同流连于嵩山洛水之间，同写过《朋党论》，又同以朋党之祸而贬滁州，同登怀嵩楼，同有大抱负，同为大人物，何其相似与巧合！

陈衍："'霜林'二句，极为放翁所揣摩。"（《宋诗精华录》卷一）

[注释]

[1] 庆历七年（1047）秋作。王禹偁《北楼感事》诗序："唐朱崖李太尉卫公为滁州刺史，作怀嵩楼，取怀归嵩洛之意也。"按：李德裕，字文饶，赞皇（今属河北）人，唐代著名政治家。官拜太尉，封卫国公。曾两度分司东都洛阳，后遭朋党之祸贬滁州，怀念嵩洛，建怀嵩楼，作《怀嵩楼记》。 [2] 昔人：指李德裕。 [3]"霜林"二句：写秋霜后树叶凋零群山露真容，野菊花香迎来畅饮美酒的时节。 [4] 解带：解开衣带。画角：传自西羌有彩绘的管乐器，声音哀厉高亢。 [5] 会须：应当。 [6] 群玉峰：《山海经》中的玉山，传说为西王母的住所。此喻环滁之山。

[点评]

此诗虽写于贬谪之中，却焕发出昂扬乐观的精神。首联境界阔大，俯瞰“绕郭云烟”，胸怀嵩洛山水，气势壮伟。颔联写萧瑟之秋，山露真容，一个“争”字尤见挺拔与强势，尽显傲岸的风骨；野菊花香，象征勃勃的生机，衬托出与同僚欢饮的酒兴。颈联写高亢的画角声飘来助酒，不由地面对西风解带，既见酒酣耳热，又见诗人旷达的情怀；而“倚栏”观赏斜阳照耀下的苍松，是何等的惬意与坚强。尾联想象冬天来临，乘醉携友人到此地一睹冰雪晶莹的山景，洋溢着坚定执着乐观前行的豪情。本诗前三联叙所见、所感与所为，一展胸襟，尾联以美好的想象抒壮志，虚实结合。全篇情景交融，四联俱佳，意境高远，是欧公的七律佳作。

赠无为军李道士二首（其一）[1]

无为道士三尺琴[2]，中有万古无穷音。
音如石上泻流水[3]，泻之不竭由源深。
弹虽在指声在意，听不以耳而以心。
心意既得形骸忘[4]，不觉天地白日愁云阴。

后四句言弹者在意，听者以心，可谓合拍而共鸣，得意而忘形，以致阴云遮白日亦不觉。

[注释]

[1] 庆历七年（1047）作。无为军：宋置军名，属淮南路，治

所在今安徽无为。李道士：原注："名景仙。"时年七十。 [2] 三尺琴：《琴操》称伏羲作琴，长三尺六寸六分。古琴身多以桐木制成，故又称三尺桐。 [3]"音如"二句：据《太平御览》引《琴历》，琴曲有"石上流泉操"。 [4]"心意"句：《晋书·阮籍传》："（籍）善弹琴，当其得意，忽忘形骸。"何劭《赠张华》："奚用遗形骸，忘筌在得鱼。"形骸，指人的形体、躯壳。

［点评］

欧《书琴阮记后》云："为夷陵令时，得琴一张于河南刘矶，盖常琴。后作舍人，又得一琴，乃张粤琴也。后作学士，又得一琴，则雷琴也。官愈昌，琴愈贵，而意愈不乐。在夷陵，青山绿水，日在目前，无复俗累，琴虽不佳，意则自释。及作舍人、学士，日奔走于尘土中，声利扰扰，无复清思，琴虽佳，意则昏杂，何由有乐？乃知在人不在器也，若有心自释，无弦可也。"又有《试笔·琴枕说》云："余家石晖琴，得之二十年。昨因患两手中指拘挛，医者言唯数运动以导其气之滞者，谓唯弹琴为可。亦寻理得十余年已忘诸曲，物理损益相因，固不能穷，至于如此。老庄之徒，多寓物以尽人情，信有以也哉！"两篇短文中，欧公诉说了一生弹琴的经历和感悟。指出身处环境、自我修养、当时情绪，都跟弹琴的效果密切相关。"乃知在人不在器"，尤其要心"自适"，"多寓物以尽人情"，这是他最深切的体会。本诗中的李道士，获得诗人的高度赞美，能弹出"万古无穷音"，已达到得意忘形的境界。

别　滁[1]

花光浓烂柳轻明[2]，酌酒花前送我行。
我亦且如常日醉，莫教弦管作离声[3]。

陈衍："末二语直是乐天。"（《宋诗精华录》卷一）钱锺书："黄庭坚《夜发分宁寄杜涧叟》'我自只如常日醉，满川风月替人愁'，正从这首诗来。"（《宋诗选注》）

[注释]

[1] 庆历八年（1048）作。是年闰正月，欧由小城滁州徙知大郡扬州。　[2]"花光"句：离滁时已二月，是春花烂漫的季节。柳轻明，柳丝轻盈亮丽。　[3]"莫教"句：武元衡《酬裴起居西亭留题》："况是池塘风雨夜，不堪丝管尽离声。"《艺文类聚》载《吴越春秋》："勾践伐吴，乃命国中与之诀，而国人悲哀，皆作离别之声。"

[点评]

别滁的心情应是愉悦的。上年十二月，因南郊恩，欧进封开国伯，有谢表，并作《拜赦》诗，标志着已告别因朋党而遭受诬陷的不堪。如今由滁徙扬，由右正言转为起居舍人，表明朝廷要他发挥更大的作用。当然，离滁又有不舍之情，这里既有遭贬的委屈，也有百姓认可的治绩和与民相亲的欢欣，更有漫步山林随性挥洒留下的声名远播的诗文。春光明媚时节，面对送行的滁州僚属与百姓，别离的伤感不免涌上心头。这首七绝的基调是欢快的，而将离别时的复杂心理，刻画得如此细致入微，亦属不易。

梦中作[1]

夜凉吹笛千山月，路暗迷人百种花[2]。
棋罢不知人换世[3]，酒阑无奈客思家。

[注释]

[1] 皇祐元年（1049）作，时欧知颍州（今安徽阜阳）。苏轼《书李岩老棋》："南岳李岩老好睡。众人食饱下棋，岩老辄就枕，阅数局一展转，云：'我始一局，君几局矣？'东坡笑曰：'岩老常用四脚棋盘，只著一色黑子。昔与边韶敌手，今被陈抟饶先。着时自有输赢，着了全无一物。'欧阳公诗云（本诗略），殆是谓也。" [2]"路暗"句：化用李白《梦游天姥吟留别》"千岩万转路不定，迷花倚石忽已暝"。 [3]"棋罢"句：任昉《述异记》："晋王质入山采樵，见二童子对弈。质置斧坐观，童子与质一物如枣核，食之不饥。局终，童子指示曰：'汝柯烂矣。'质归乡里，已及百岁。"柯，斧柄。

[点评]

这是一幅诗意盎然的画，又是一首美妙如画的诗，更是一场精彩难忘的梦。月照千山的凉夜，传来了阵阵的笛声；暗淡无光的路旁，盛开着迷人的百花；对弈的棋局结束，人间已世代更迭；酒尽筵散的时候，宾客分外想家。四个不同的梦境，似毫不相干，却以跳跃的节奏，神奇地串成一首四句对仗沉郁顿挫的七绝。"夜凉""路暗""不知""无奈"，营造出变幻莫测、朦胧迷离、令人

南宋洪迈："此欧阳公绝妙之语。然以四句各一事，似不相贯穿，故名之曰《梦中作》。"（《容斋五笔》卷十）按：末二句由仙境归于思家，尤有意味。

陈衍："此诗当真是梦中作，如有神助。"（《宋诗精华录》卷一）

感慨万端的意境氛围，给人以无尽的想象空间。清叶矫然评曰：“即摩诘、少陵亦不能远过也。”（《龙性堂诗话》续集）

食糟民[1]

田家种糯官酿酒[2]，榷利秋毫升与斗。酒沽得钱糟弃物[3]，大屋经年堆欲朽。酒醅瀺灂如沸汤[4]，东风来吹酒瓮香。累累罂与瓶[5]，惟恐不得尝。官沽味醲村酒薄，日饮官酒诚可乐。不见田中种糯人，釜无糜粥度冬春。还来就官买糟食，官吏散糟以为德[6]。嗟彼官吏者，其职称长民[7]。衣食不蚕耕，所学义与仁。仁当养人义适宜[8]，言可闻达力可施[9]。上不能宽国之利[10]，下不能饱尔之饥。我饮酒，尔食糟。尔虽不我责，我责何由逃！

宋刘敞《和永叔食糟民》：“翰林仙伯屈主诺，忧民之忧乐民乐。”（《公是集》卷十六）按：欧为翰林学士，故以“翰林仙伯”称之。屈主诺，屈居地方官之职。

［注释］

[1] 据《欧集》目录，此诗列皇祐二年（1050）诗后，是年七月欧即调往南京（今河南商丘），诗云“东风来吹”，疑即当年春天作，时在颍州。糟：做酒剩下的渣子。 [2]“田家”二

句：官府用农家种的糯米酿酒，但升斗的微利也不肯放过。《宋史·食货志》："宋榷酤之法：诸州城内皆置务酿酒，县、镇、乡、闾或许民酿而定其岁课，若有遗利，所在多请官酤。"说酒属专卖，县以下偏僻地方允许民间酿酒，但要征高额利税。榷（què），专营，专卖。 [3] 沽：通"酤"，售卖。 [4] 醅（pēi）：未经过滤的酒。瀺灂（chán zhuó）：原为小水声，此形容酒醅发酵时的泡沫声。 [5] 累累：重叠堆积，连贯成串。《礼记·乐记》："累累乎端如贯珠。"罂（yīng）：古时盛酒或水的小口大腹的容器。 [6] 以为德：以为是德政善行。刘敞《和永叔食糟民》："黄头稚子白发翁，哺糟相随尘土中。岂嫌身居犬彘后，还喜生值恩施丰。" [7] 长民：为民之长。此指地方官。《礼记·缁衣》："长民者，衣服不贰，从容有常，以齐其民，则民德壹。" [8] 仁当养人：仁就应当养活百姓。《孟子·离娄下》："仁者爱人。"义适宜：义就是要做合适的事。《礼记·中庸》："义者，宜也。" [9] 闻达：指官吏将下情上达，即报告皇帝。 [10] 宽国之利：增加国家的收入。

[点评]

此诗颇似白居易语言浅易、揭露时弊、诉民疾苦的"新乐府"之作，体现出士大夫难能可贵的忧国忧民情怀。早在庆历四年（1044）欧奉命出使河东时，即呈上《乞不配卖醋糟与人户札子》称："至忻州，见百姓人户经臣出头怨嗟告诉，为转运司将十五年积压损烂酒糟俵配与人户，要清醋价钱。"欧对这种强行摊派酒糟勒索百姓钱财的行径极其厌恶，请求朝廷明令禁止。本诗批评官府与民争利的"榷酤"政策，谴责官吏一边"酒酤得钱"，一边再卖酒糟渔利，不择手段地盘剥百姓的恶行。作者还联系自身，发出“我饮酒，尔食糟。尔虽不我责，我责何由逃”的忏悔之声。其“仁政”观念与“民本”思想值得称赞。此诗质朴平易，爱憎分明，许顗评曰：“《食糟民》诗，忠厚爱人，可为世训。”（《彦周诗话》）

纪德陈情上致政太傅杜相公二首（其一）[1]

欧阳修：“杜祁公为人清俭，在官未尝燃官烛，油灯一炷，荧然欲灭，与客相对，清谈而已。”（《归田录》卷一）

宋叶梦得：“欧公尝和公诗，有云：‘貌先年老因忧国，事与心违始乞身。’公得之大喜，常自讽诵。当时以谓不惟曲尽公志，虽其形貌亦在摹写中也。”（《石林诗话》卷上）

俭节清名世绝伦[2]，坐令风俗可还淳。
貌先年老因忧国[3]，事与心违始乞身。
四海仪刑瞻旧德[4]，一樽谈笑作闲人。
铃斋幸得亲师席[5]，东向时容问治民。

[注释]

[1] 皇祐二年（1050）秋作。是年七月，欧改知应天府兼南京（今河南商丘）留守司事。致政：即致仕。《礼记·王制》“七十致政”注：“致政，还君事。”杜相公：杜衍（978—1057），字世昌，越州山阴（今浙江绍兴）人。大中祥符年间进士。出仕州郡，有政绩。庆历三年（1043）任枢密使，次年拜相，为庆历新政主持者之一。新政失败，出知兖州。七年，以太子少傅致仕，皇祐元年加封太子太傅。《居士集》卷后原校：“京本作：‘某启。谨吟成纪德陈情拙诗二章，拜献太傅相公。虽不足游扬大君子之盛美，亦聊伸予小子区区感遇之心。干冒台严，伏惟俯赐采

览。’” [2]“俭节”二句：说杜衍以至为清俭廉洁闻名，给社会风气带来了良好影响。孙升《孙公谈圃》：“杜祁公为人清约，平生非宾客不食羊肉。时朝多恩赐，请求无不从。祁公尤抑幸，所请皆封还。其有私谒，上必曰：‘朕无不可，但这白须老子不肯。’”《墨子·辞过》：“俭节则昌，淫佚则亡。”《孟子·尽心下》有“故闻伯夷之风者，顽夫廉，懦夫有立志”之语。 [3]“貌先”二句：说杜衍因心忧国事而早衰，已竭力而事难成则归休。欧《祭杜祁公文》称“公居于家，心在于国，思虑精深，言辞感激。或达旦不寐，或忧形于色，如在朝廷而有官责。呜呼！进不知富贵之为乐，退不忘天下以为心，故行于己者老益笃，而信于人者久愈深。人之爱公，宁有厌已？” [4]“四海”二句：说一代老臣堪为天下楷模，退休后过着清闲自在的生活。仪刑，法式，模范。《诗·大雅·文王》有“仪刑文王”句。旧德，指德高望重的老臣。一樽，一杯酒。 [5]“铃斋”二句：说有幸在应天府为官，政事可随时向杜相公请教。铃斋，古时州郡长官办事之处。韩翃《赠郓州马使君》：“他日铃斋内，知君亦赋诗。”师席，欧《答太傅相公见赠长韵》“凋零莺谷友”句下自注曰“修与尹师鲁、苏子美同出门下”。东向，古时公侯将相以坐西向东为尊。

[点评]

作者与杜衍关系十分亲密，对杜衍非常敬重。杜衍爱国忧民，素有节操，严以律己，廉洁奉公。本诗的赞美发自作者的内心深处，一字一句都饱含深厚的情意，对杜衍的描画尤为传神。语言平易，表达有力，对仗精巧，不乏警句。清人赵翼评颔联云：“意更沉郁深挚，即少陵集中，亦无可比拟也。”（《瓯北诗话》卷十一）

庐山高赠同年刘中允归南康[1]

发端气势磅礴。宋费衮："欧公作《庐山高》，气象壮伟，殆与此山争雄，非公胸中有庐山，孰能至此！"(《梁溪漫志》卷七)

据欧《于役志》载，景祐三年贬官夷陵，八月，船泊江州，与人相约同游庐山，因病作罢。本诗描写登山所见景观，纯出于想象。

宋黄庭坚："刘公中刚而外和，忍穷如铁石。"(《山谷集》卷三十《跋欧阳文忠公〈庐山高〉诗》)

"涣居庐山三十余年，环堵萧然，饘粥以为食，而游心尘垢之外，超然无戚戚意，以寿终。"(《宋史·刘恕传》)

庐山高哉几千仞兮[2]，根盘几百里，巀然屹立乎长江。长江西来走其下[3]，是为扬澜左里兮，洪涛巨浪日夕相舂撞。云消风止水镜净[4]，泊舟登岸而远望兮，上摩青苍以晻霭，下压后土之鸿厖。试往造乎其间兮[5]，攀缘石磴窥空谾。千岩万壑响松桧，悬崖巨石飞流淙。水声聒聒乱人耳，六月飞雪洒石矼。仙翁释子亦往往而逢兮[6]，吾尝恶其学幻而言哤。但见丹霞翠壁远近映楼阁，晨钟暮鼓杳霭罗幡幢。幽花野草不知其名兮[7]，风吹露湿香涧谷，时有白鹤飞来双。幽寻远去不可极，便欲绝世遗纷痝。羡君买田筑室老其下[8]，插秧盈畴兮酿酒盈缸。欲令浮岚暖翠千万状，坐卧常对乎轩窗。君怀磊砢有至宝[9]，世俗不辨珉与玒。策名为吏二十载，青衫白首困一邦。宠荣声利不可以苟屈兮[10]，自非青云白石有深趣，其气兀硉何由降？丈夫壮节似君少，嗟我欲说安得巨笔如长杠！

[注释]

[1] 皇祐三年（1051）作，欧时知应天府（今河南商丘）。庐山高为新乐府题名。同年：科举考试同年及第者的彼此称呼。刘中允，即刘涣，字凝之，北宋著名史学家刘恕之父，与欧同年登第，为颍上令，刚直不阿，以太子中允致仕，归隐庐山。南康：宋置军名，治所今江西庐山。 [2]“庐山”以下三句：写高高的庐山巍然屹立在长江边。巀（jié）然，高峻矗立貌。 [3]“长江”以下三句：写庐山下的彭蠡湖壮观的涛浪。扬澜左里，《五灯会元》载：“庐山栖贤道坚禅师，……（有官人）问：‘如何是祖师西来意？’师曰：‘洋澜左蠡，无风浪起。’”左里，一作左蠡，指彭蠡湖（今鄱阳湖）。舂撞，撞击，冲击。 [4]“云消”以下四句：写泊舟远望庐山所见。青苍，苍天。晻霭（yǎn ǎi），迷蒙的云气。徐陵《与李那书》：“山泽晻霭，松竹参差。”后土，土地神，亦对大地的尊称。《左传》僖公十五年：“君履后土而戴皇天。”鸿厖，广大而厚重。 [5]“试往”以下六句：写想象中登庐山途中之所见。造，访，此指登山。石磴，山路上的石阶。空谾（lóng），空而深的山谷。流淙，瀑布。飞雪，形容瀑布溅起的水雾。石矼（gāng），石桥。 [6]“仙翁”以下四句：写庐山上多佛寺道观。仙翁，道士。释子，和尚。欧不信佛老，尤排佛，故恶其所为。哤（máng），言语杂乱。晨钟暮鼓，寺庙早晚撞钟击鼓以报时。杳霭，云雾缥缈貌。幡幢（fān chuáng），佛寺中树立的旗帜。 [7]“幽花”以下五句：写庐山景色难穷尽，是归隐的好去处。幽寻，寻幽探胜。绝世，弃绝俗世。纷庬（páng），繁杂不堪的世务。 [8]“羡君”以下四句：说刘涣辞官归居庐山，令人称许羡慕。浮岚暖翠，山间的云气与山壁的翠色。 [9]“君怀”以下四句：说刘涣才虽不凡，可惜以县官终老。磊砢（luǒ），植物多节，喻人有奇特的才能。《世说新语·赏誉》：“庾子嵩目和峤：‘森森如千丈松，虽磊砢有节目，

施之大厦，有栋梁之用。'"珉（mín），《说文》称"石之美者"。玒（hóng），《说文》称"玉也"。二十载，刘涣天圣八年（1030）登第入仕，至皇祐三年（1051），已二十二年。青衫，《宋史·舆服志》："七品以上服绿，九品以上服青。" [10]"宠荣"以下五句：赞刘涣不慕荣利，气节可嘉。兀硉（lù），突出不平貌，此指胸中不平之气。壮节，壮烈的节操。杠（gāng），旗杆。

[点评]

此诗前幅抒写巍巍庐山的雄姿和山中壮美瑰丽的景象，后幅由"羡君买田"转入对刘涣刚正不屈、辞官归隐的赞美。前叙后议，将刻画名胜庐山的自然之美与展现刘涣的心灵之美，极其自然地融合在一起。刘涣崇高的人格，令作者钦佩不已，欲以如椽巨笔书写对他的无限敬意，而庐山的雄奇伟岸正好象征刘涣刚直磊落的人格。欧阳修承继韩愈的"以文为诗"，喜排比铺陈，跌宕起伏，又效法李白的想象奇特，豪放不羁。全篇长短句交错，且杂以骚体，开阖自如，纵横肆意，气势充沛，雄劲有力，音韵铿锵，意境动人，堪称富于想象的力作。

送徐生之渑池[1]

本诗言及西京留守钱惟演与晏殊，二者皆以好贤爱才闻名，欧亦好贤爱才者，篇首即有共鸣。

河南地望雄西京[2]，相公好贤天下称。吹嘘死灰生气焰，谈笑暖律回严凝。曾陪樽俎被顾盼，罗列台阁皆名卿。徐生南国后来秀[3]，得官古县依峭陵。脚靴手板实卑贱，贤俊未可吏事绳。携文百篇赴知己，西望未到气已增。我昔初官便伊洛[4]，当时意气尤骄矜。主人乐士喜文学，幕府最盛多交朋。园林相映花百种，都邑四顾山千层。朝行绿槐听流水，夜饮翠幕张红灯。尔来飘流二十载[5]，鬓发萧索垂霜冰。同时并游在者几？旧事欲说无人应。文章无用等画虎，名誉过耳如飞蝇。荣华万事不入眼，忧患百虑来填膺。羡子年少正得路[6]，有如扶桑初日升。名高场屋已得隽，世有龙门今复登。出门相送亲与友，何异篱鷃瞻云鹏。嗟吾笔砚久已格，感激短章因子兴。

对西京文士交游的深切怀念，已成欧公终生难以排遣的情结。

清潘德舆：“永叔诗‘文章无用等画虎，名誉过耳如飞蝇’。东坡诗‘新诗绮语亦安用，相与变灭随东风’。作诗文者胸中必具此等见地，方有入处。若驱逐声华，自夸坛坫，纵多杰构，终未得门。”（《养一斋诗话》卷十）

[注释]

[1] 至和元年（1054）作。是年，欧在京修《唐书》。门生徐无党甲科登第，赴河南府渑池（今属河南）任职，欧赠以此诗。徐生：即徐无党，婺州东阳永康（今浙江永康）人，曾从欧学古文辞，后为欧《新五代史》作注。　[2]“河南”以下六句：说知河南府晏殊爱才，徐无党幸运而为其属下。欧《赠司空兼侍中晏公神道碑铭》载晏殊仕历终为“知河南府兼西京留守”，至和元年六月，“以疾归于京师”，八月，“疾少间”，“乃留侍讲迩英阁”，明年正月卒。由此可知徐赴渑池当在至和元年六月前。相公好贤，《晏公神道碑铭》说晏殊“得一善，称之如己出，当世知名之士如范仲淹、孔道辅等，皆出其门。及为相，益务进贤材。当公居

相府时，范仲淹、韩琦、富弼皆进用，至于台阁，多一时之贤”。吹嘘，喻奖掖、汲引。《宋书·沈攸之传》：“卵翼吹嘘，得升官秩。”死灰生气焰，意即死灰复燃。孙樵《刻武侯碑阴》：“武侯独愤激不顾，收死灰于蜀，欲嘘而再然之。”暖律，温暖的节候。古以时令合乐律，故称。《艺文类聚》引刘向《别录》称“邹衍在燕，燕有谷，地美而寒，不生五谷，邹子居之，吹律而温气至，而谷生，今名黍谷”。严凝，严寒。晏殊曾宴请欧，欧有《晏太尉西园贺雪歌》《和晏尚书对雪招饮》诗。樽俎，盛酒、肉之器，借指宴席。 [3]“徐生”以下六句：说徐无党虽官位卑下，但赴职意气风发，献文晏殊求教。古县，指渑池。崤（xiáo）陵，崤山。《河南通志》：“崤陵在渑池县西四十里。蹇叔曰‘崤有二陵’，即此。”脚靴手板，可显官员等级的衣履及用品。 [4]“我昔”以下八句：回顾入仕西京洛阳钱惟演幕府，与众文士度过愉快的岁月。主人，指钱惟演。 [5]“尔来”以下八句：说当年初官西京，至今已二十年，友朋凋零，空有文名，而满腔忧虑。画虎，“画虎不成反类犬”之缩略语，即中看不中用的意思。《颜氏家训·杂艺》：“萧子云改易字体，邵陵王颇行伪字；朝野翕然，以为楷式，画虎不成，多所伤败。” [6]“羡子”以下八句：说徐无党年少得名，前途无量，自己亦受激励。扶桑，神话中的树名。《淮南子·天文训》：“日出于旸谷，浴于咸池，拂于扶桑，是谓晨明。”名高场屋，指徐无党高中礼部试省元。场屋，科举考场。得隽，亦作“得俊”，谓及第。元稹《和王侍郎酬广宣上人观发榜后相贺》诗：“竞走墙前希得俊，高悬日下表无私。”登龙门，指为晏殊所接纳。龙门，声望高者之府第。篱鷃，篱间鸟，喻目光短浅无志向者。云鹏，云间飞翔的鹏鸟，喻胸有大志者。《庄子·逍遥游》：“有鸟焉，其名为鹏。背若泰山，翼若垂天之云。抟扶摇羊角而上者九万里，绝云气，负青天，然后图南，且适南冥也。斥鷃笑之曰：

'彼且奚适也？我腾跃而上，不过数仞而下，翱翔蓬蒿之间，此亦飞之至也。而彼且奚适也？'"笔砚久已格，久已搁笔，指因母丧久未作诗。格，搁置。

[点评]

徐无党为欧公之得意门生，欧关注其成长，不仅有诗歌交流、书简往来，还写有著名的《送徐无党南归序》，欧独撰《新五代史》里也留有徐无党的注文，此堪称宋代师生交往情谊深重的一段佳话。诗题中的"徐生"与"渑池"是两个关键词，一为赠诗对象，一属河南府管辖，与洛阳为邻。于是全诗就紧扣西京洛阳发慨，以今留守晏殊之好贤，为门生的幸运而欣喜；忆昔留守钱惟演之好贤，感叹众文友的离世；从而引出"文章无用"当自谦的深思，既鞭策徐生，亦以此自励。与《送徐无党南归序》叹"言之不可恃"，当奋发以求精进，既"勉其思"又"以自警"，是同样的意思。诗中多用典故以言事论理，抒怀写志，故词简而意丰。

和刘原父澄心纸[1]

君不见曼卿子美真奇才[2]，久已零落埋黄埃。子美生穷死愈贵，残章断稿如琼瑰。曼卿醉题红粉壁，壁粉已剥昏烟煤。河倾昆仑势曲折[3]，以黄河、昆仑、太华之雄伟与气势，赞曼卿、子美诗作之壮美，用笔甚妙；“二子”之弃世而去，令山川颓丧失色，用笔更妙。

曼卿、子美虽已逝，“老手”梅翁能下笔，后梅尧臣作《依韵和永叔澄心堂纸答刘原甫》，见《宛陵集》卷三十五。

后世奇才自可期。苏轼有《次韵宋肇惠澄心纸二首》，其一云：“诗老囊空一不留，百番曾作百金收。知君也厌雕肝肾，分我江南数斛愁。”诗老，亦指梅尧臣。“百番”句，苏轼自注：“永叔以澄心百幅遗圣俞，圣俞有诗。”按：称“江南数斛愁”，因澄心纸乃江南李后主所制也。

雪压太华高崔嵬。自从二子相继没，山川气象皆低摧。君家虽有澄心纸[4]，有敢下笔知谁哉？宣州诗翁饿欲死，黄鹄折翼鸣声哀。有时得饱好言语，似听高唱倾金罍。二子虽死此翁在，老手尚能工翦裁。奈何不寄反示我[5]，如弃正论求俳诙。嗟我今衰不复昔，空能把卷阖且开。百年干戈流战血[6]，一国歌舞今荒台。当时百物尽精好，往往遗弃沦蒿莱。君从何处得此纸，纯坚莹腻卷百枚。官曹职事喜闲暇[7]，台阁唱和相追陪。文章自古世不乏，间出安知无后来？

[注释]

[1] 至和二年（1055）作。刘原父：即刘敞（1019—1068），字原父，号公是，临江军新喻（今江西新余）人。庆历年间进士。为知制诰，奉使契丹，出知扬州，徙郓州兼京东西路安抚使，召还，纠察在京刑狱，后出知永兴军。长于《春秋》学研究。敞皇祐时于颍州聚星堂曾与欧公等赋诗为乐。《公是集》有诗题云：“去年得澄心堂纸，甚惜之，辄为一轴，邀永叔诸君各赋一篇，仍各自书藏以为玩，故先以七言题其首。”本首即欧之和诗。胡仔《苕溪渔隐丛话》引《王直方诗话》：“澄心堂纸乃江南李后主所制，国初亦不甚以为贵。自刘贡甫首为题之，又邀诸公赋之，然后世以为贵重。贡甫诗云：‘当时百金售一幅，澄心堂中千万轴’，‘后人闻名宁复得，就令得之当不识。’”按：贡甫，系“原父”之

误。　[2]“君不见”以下六句：言石延年、苏舜钦皆奇才，可惜均已去世。曼卿，即石延年（994—1041），字曼卿，宋城人。累举进士不第，以武臣叙迁得官，仕至太子中允、秘阁校理。著有《石曼卿诗集》。为欧之挚友，欧有《哭曼卿》诗、《石曼卿墓表》和《祭石曼卿文》。残章断稿如琼瑰，言欧为苏舜钦作《苏氏文集序》有“斯文，金玉也。弃掷埋没粪土，不能销蚀”云云。琼瑰，珠玉，喻美好诗文。曼卿醉题红粉壁，指文莹《湘山野录》“石曼卿谓馆俸清薄条”，有石延年与释秘演在繁台寺阁酒后题壁的记载。烟煤，烟熏之黑灰，可制墨。指墙上墨迹。　[3]“河倾”以下四句：赞石、苏之诗，豪放奔驰中有曲折，高峻雄伟中见气派。太华，西岳华山。低摧，疲惫不堪、萎靡不振貌。　[4]“君家”以下八句：言澄心纸太珍贵，应请高手梅尧臣落笔。宣州诗翁，梅尧臣，宣州人。饿欲死，尧臣仕途不顺，家境贫困。《汉书·东方朔传》有“侏儒饱欲死，臣朔饥欲死”之语。黄鹄（hú），千里高飞之鸟，喻高才贤士。《文选》屈原《卜居》：“宁与黄鹄比翼乎？将与鸡鹜争食乎？”刘良注云：“黄鹄，喻逸士也。”金罍（léi），古代饰金的口小腹深的大酒器。　[5]“奈何”以下四句：谦称今不如昔，难于和诗。正论，正确合理的言论。俳（pái）诙，戏谑不经的言说。把卷阖且开，说难以落笔，手握澄心纸卷，合上又打开。　[6]“百年”以下六句：言南唐已灭，战乱之余，何来如此珍贵之纸。一国歌舞，谓南唐李后主沉湎于歌舞，荒废朝政，导致亡国。蒿（hāo）莱，野草。莹腻，言澄心纸洁白细滑。　[7]“官曹”以下四句：谓我辈今日不过闲暇唱和，后世定会有高才用此纸写出好诗。官曹，官吏办事处所。白居易《司马厅独宿》有“官曹冷似冰，谁肯来同宿”之语。喜闲暇，时欧为翰林学士，在京修《唐书》。

[点评]

这是一首咏物诗。精美的澄心纸由五代乱世间流传下来，极其珍贵，尤为文人墨客所青睐。作者紧扣诗题展开精彩形象的议论。由“君不见”引出著名诗人石延年和苏舜钦，高度评价他们诗歌创作的成就，深为澄心纸不能留下两位“奇才”的墨迹而遗憾，故发出感叹：“有敢下笔知谁哉？”“宣州诗翁”梅尧臣，仕途蹇滞却富于诗才，但尚未见到这位“老手”在澄心纸上书写唱和的诗篇，不是更令人遗憾吗？虽然江山代有才人出，但澄心纸难道只能留待后世的英才落笔吗？一唱三叹的笔墨，深情地道出了作者对已逝者的怀念、对挚友梅尧臣的崇敬和同情，以及对宋诗发展与后世英才辈出的乐观期待。全诗忆旧思友，情怀激荡，深有韵味，而作者指点文坛，瞻望未来，更气势不凡。

奉使契丹初至雄州[1]

古关衰柳聚寒鸦[2]，驻马城头日欲斜。
犹去西楼二千里[3]，行人至此莫思家。

说是“莫思家”，却透露了分外思家的真情。

[注释]

[1] 至和二年（1055）作。是年八月下旬，欧奉命出使契丹。雄州（今河北雄县）：以拒马河为界，北邻契丹。题下原注：“一作‘过塞’。” [2] 古关：瓦桥关。《续通典》：“后周于瓦桥关地置

雄州。” [3] 西楼：契丹国都上京。《辽史·地理志》：“会同元年（938），改皇都为上京临潢府（在今内蒙古赤峰林东镇）。”厉鹗《辽史拾遗》：“上京，乃契丹所谓西楼者。”

[点评]

契丹国主耶律宗真卒，新国主耶律洪基继位，欧为贺契丹登宝位使，至雄州已是深秋季节。前二句写景，“古关”“衰柳”“寒鸦”，尽显萧瑟荒寂、凄凉冷漠的边塞风光，又逢斜阳西下的时刻，诗人的落寞可想而知。后二句议论，谓肩负国家的使命，两千里漫长的路程尚待跋涉，可谓任重道远。全诗情景交融，既显露出对陌生环境的不适，又表达了克难前行、不辱使命的决心。后来，回顾出使的经历，欧对朋友说：“冒风霜，衣皮毛，附火食面，皆于目疾有损，亦无如之何。”（《欧集·书简·与程文简公》）足见此行之不易。

边 户[1]

家世为边户[2]，年年常备胡。
儿僮习鞍马，妇女能弯弧。　　边户常年习武。
胡尘朝夕起[3]，虏骑蔑如无。
邂逅辄相射，杀伤两常俱。　　边户勇敢能战。
自从澶州盟[4]，南北结欢娱。　　朝廷议和息事。

虽云免战斗，两地供赋租。
将吏戒生事[5]，庙堂为远图。
身居界河上，不敢界河渔。

边户无奈心寒。

[注释]

[1] 至和二年（1055）作。欧奉使契丹，抵雄州边界，有感而作。边户：边境住户。 [2]“家世”以下四句：边户人家为御敌习武，妇女儿童皆能骑马射箭。胡，指契丹。弯弧，弯弓射箭。 [3]“胡尘”以下四句：边户人家与敌骑交战，互有伤亡。虏骑，契丹骑兵。蔑如无，不放在眼中，形容边户藐视敌人。邂逅（xiè hòu），偶然相遇。 [4]“自从”以下四句：澶（chán）州签约后虽无战事，但宋向契丹送钱物，更苦了边户。澶州盟，史称“澶渊之盟”。景德元年（1004），辽军南侵抵澶州（今河南濮阳），宋军伏弩射死辽大将萧挞览。真宗因寇准等力请，渡河登上澶州城，令宋军士气高涨。宋辽双方遂签和平盟约，宋每年输辽银十万两、绢二十万匹。两地供赋租，边民要向边界两边的官府缴纳赋税。 [5]“将吏”以下四句：宋廷怕边民生事，不准他们去界河捕鱼。界河，上游为拒马河，下游为白沟河，横贯今河北中部。

[点评]

辽军南侵时，寇准等力主真宗亲征御敌，遭主和派掣肘，澶渊之役宋方虽胜，但真宗仍急于以宋廷输辽银、绢为代价，与辽方议和。习武且爱国的边户成为最大的受害者，他们不仅交税加倍，连界河捕鱼的权利也被剥夺。欧阳修不满朝廷的软弱无能和苟且偷安，将底层老百姓与高居庙堂者的不同态度加以对比，在诗中以婉转而不平的语言展示出来，表达了对边户人家的深切同情。本诗叙事简练生动，朴实感人。

风吹沙[1]

北风吹沙千里黄，马行确荦悲摧藏[2]。
当冬万物惨颜色[3]，冰雪射日生光芒。
一年百日风尘道，安得朱颜长美好？
揽鞍鞭马行勿迟，酒熟花开二月时[4]。

欧有眼疾，情何以堪？

[注释]

[1] 嘉祐元年（1056）作，出使契丹已在返程中。 [2] 确荦：路径多石不平。刘禹锡《伤我马词》：“结为确荦，融为坳堂。”摧藏：摧伤，挫伤。汉王昭君《怨诗》：“离宫绝旷，身体摧藏。” [3] 惨颜色：指万物因严冬肃杀而变色。惨，肃杀，凋零。 [4] 二月时：欧《奉使道中作三首》：“若无二月还家乐，争奈千山远客愁。”

[点评]

首二句写环境恶劣，骑行坎坷，虽未写人，实已见冰天雪地长途跋涉之不易。三、四两句写一片萧瑟中唯雪光刺眼，而万物凋零。五、六两句议论，以“百日风尘”

有损“朱颜”，直言途中之艰辛。末二句韵随意转，情绪陡变，喜气盈盈，顿时快马加鞭，只因使命完成，急于还家迎接明媚的春光。全诗情怀敞露，起伏自然，真切动人。

赠王介甫[1]

清蔡上翔：“欧阳公诗好李白，文宗韩昌黎，故云‘老去自怜心尚在’，三句作一气读，盖公所以自道也。‘后来谁与子争先’，则始及介甫矣。”（《王荆公年谱考略》）

“朱门”二句，是不满文学现状、以复古为革新的妙喻。

翰林风月三千首[2]，吏部文章二百年。
老去自怜心尚在[3]，后来谁与子争先？
朱门歌舞争新态[4]，绿绮尘埃试拂弦。
常恨闻名不相识[5]，相逢樽酒盍留连。

［注释］

[1] 嘉祐元年（1056）作。王介甫，即王安石（1021—1086），字介甫，号半山。庆历年间进士。授签书淮南判官，改知鄞县。历舒州通判、群牧判官、常州知州，移提点江东刑狱，入为三司度支判官，迁知制诰。拜参知政事，主持变法，旋拜相，因新法遭强烈反对，罢相出知江宁府。复相后，再罢相出判江宁府，退居江宁。为宋代著名的政治家和文学家。叶梦得《避暑录话》卷上：“王荆公初未识欧文忠公，曾子固力荐之，公愿得游其门，而荆公终不肯自通。至和初，为群牧判官，文忠还朝，始见知，遂有‘翰林风月三千首，吏部文章二百年’之句。”嘉祐元年，欧还作《再论水灾状》，称赞王安石“学问文章，知名当世，守道不苟，自重其身，论议通明，兼有时才之用，所谓无施不可者”。 [2]“翰林”二句：欧以李白、韩愈的文学成就激励王安

石。翰林，皇帝的文学侍从。唐玄宗时，李白曾为翰林供奉。风月，指诗文。罗烨《醉翁谈录·小说引子》："编成风月三千卷，散与知音论古今。"吏部，指韩愈，官至吏部侍郎。孙樵《与高锡望书》："唐朝以文索士，二百年间，作者数十辈，独高韩吏部。" [3]"老去"二句：心慕韩、李，但谦称已衰老，以文坛未来之希望期待于安石，谓无人可与之争锋。 [4]"朱门"二句：反流俗、复古道、兴古文之意。朱门，豪门贵族。绿绮，古名琴。傅玄《琴赋序》："司马相如有琴曰绿绮。" [5]"常恨"二句：久闻安石之名，希望相会，把酒言欢。早在庆历七年（1047），欧就通过曾巩传达欲见安石之意。巩《与王介甫第一书》有"欧公甚欲一见足下，能作一来计否"之语。

[点评]

欧以翰林学士、文坛盟主之尊，赠诗给远比自己年轻的后辈，欣喜于王安石的文学成就，期待他继承诗文革新的大业，寄托着莫大的希望，体现出强烈的事业心、对人才的无比珍惜和乐于荐贤的美德。诗中以李白、韩愈的诗文成就勉励安石，谦称自己虽有心而人已老，隐约表达对安石主盟文坛，为诗文革新发展做贡献的期待，还热情邀请安石前来畅饮欢叙。全诗首联比拟，颔联直言，颈联妙喻，尾联抒怀，一气呵成。王安石有答诗《奉酬永叔见赠》："欲传道义心犹在，强学文章力已穷。他日若能窥孟子，终身何敢望韩公。抠衣最出诸生后，倒屣尝倾广座中。只恐虚名因此得，嘉篇为贶岂宜蒙。"意谓不图"望韩"，志在"窥孟"，感谢欧公的奖掖，以传道为己任，愿在治国理政上多做贡献。欧公晚年在青州任上出于关心百姓的考虑，擅止发放青苗钱，与安石政见有异，但情谊仍在，观安石为欧公所作祭文可知。

赠沈博士歌[1]

沈夫子[2]，胡为《醉翁吟》？醉翁岂能知尔琴？滁山高绝滁水深，空岩悲风夜吹林。山溜白玉悬青岑，一泻万仞源莫寻。醉翁每来喜登临，醉倒石上遗其簪。云荒石老岁月侵，子有三尺徽黄金，写我幽思穷崎嵚。自言爱此万仞水[3]，谓是太古之遗音。泉淙石乱到不平，指下呜咽悲人心。时时弄余声，言语软滑如春禽。嗟乎沈夫子，尔琴诚工弹且止。我昔被谪居滁山[4]，名虽为翁实少年。坐中醉客谁最贤[5]？杜彬琵琶皮作弦。自从彬死世莫传，《玉连锁》声入黄泉。死生聚散日零落，耳冷心衰翁索莫。国恩未报惭禄厚[6]，世事多虞嗟力薄。颜摧鬓改真一翁，心以忧醉安知乐！沈夫子谓我[7]：翁言何苦悲？人生百年间，饮酒能几时？揽衣推琴起视夜，仰见河汉西南移。

向沈遵发问，自然而亲切。

方东树：“‘滁山’七句直写。‘子有’句入琴。”（《昭昧詹言》卷十二）

方东树：“‘嗟乎’句入议。”（同上）

方东树：“‘杜彬’句是谓僻衬。”（同上）按：“僻衬”，是借以衬托之意，即凸显出“耳冷心衰翁索莫”的情怀。

沈遵的回答与开头诗人的发问呼应。

方东树：“收二句，学韩《八月十五夜》诗。”（《昭昧詹言》卷十二）按：韩愈《八月十五夜赠张功曹》诗末云：“人生由命非由他，有酒不饮奈明何？”

[注释]

[1]嘉祐二年（1057）作。题下原注“遵”，又云：“一作《醉翁吟》。”沈博士：即沈遵，官太常博士，是年通判建州（今福建建瓯）。上年，欧有《赠沈遵》诗，序云：“予昔于滁州作醉翁亭于琅琊山，有记刻石，往往传人间。太常博士沈遵，好奇之士也，闻而往游焉。爱其山水，归而以琴写之，作《醉翁吟》一调，惜不以传人者五六年矣。去年冬，予奉使契丹，沈君会予恩、冀之间。夜阑酒半，出琴而作之。予既嘉君之好尚，又爱其琴声，乃作歌以赠之。”[2]“沈夫子”以下十二句：问沈遵何以游滁而作《醉翁吟》，是否欲以琴声发醉翁当年的幽思。山溜，山间下泻的水流。青岑，青山。岑，山峰。云荒石老，指时过境迁。三尺徽黄金，七弦琴面上金饰的十三个指示音节的标识。崎嵚（qí qīn），孤直磊落。刘敞《种蔬》：“聊以资素饱，身世实崎嵚。”[3]“自言”以下八句：沈遵自称琴声与自然万物的声响契合共鸣，其琴艺确实高妙，值得称赞。《赠沈遵》：“有如风轻日暖好鸟语，夜静山响春泉鸣。坐思千岩万壑醉眠处，写君三尺膝上横。”[4]“我昔”二句：《赠沈遵》：“我时四十犹强力，自号醉翁聊戏客。”[5]“坐中”以下六句：怀念滁州通判善弹琵琶的杜彬，深感故人逝去的孤寂。陈师道《后山诗话》：“欧阳公谪永阳，闻其倅杜彬善琵琶，酒间取之；杜正色盛气而谢不能，公亦不复强也。后杜置酒数行，遽起还内，微闻丝声，且作且止而渐近。久之，抱器而出，手不绝弹，尽暮而罢。公喜甚过所望也。故公诗云：‘坐中醉客谁最贤？杜彬琵琶皮作弦。自从彬死世莫传。’皮弦，世未有也。”玉连锁，原作“玉练锁”，注曰“东坡诗云‘新曲从翻《玉连锁》’，练，疑当作‘连’”。按：苏轼诗《宋叔达家听琵琶》“新曲从翻《玉连锁》”句，王注厚曰：“《玉连锁》，今曲名。”索莫，寂寞无聊，失意消沉。贾岛《即事》：“索莫对孤灯，阴云积几层”。[6]“国

恩”以下四句：自愧自责，充满忧思。虞，忧虑。忧醉，忧思极深。陈子昂《感遇》：“一绳将何系，忧醉不能持。” [7]“沈夫子”以下六句：闻沈遵之劝慰，至夜深犹难眠。曹丕《燕歌行》：“明月皎皎照我床，星汉西流夜未央。”

[点评]

奉使北行途中与沈遵相遇，沈遵“夜阑酒半，出琴而作之”，欧深为感慨且感激，是此诗的创作动机。作者别出心裁地以“我”与沈夫子的对话构撰全篇，前半幅说的是醉翁笔下沈遵琴中的滁州山水，后半幅说的是与琴相关的杜彬琵琶和由此引发的人生感慨。悠扬的琴声在诗中无处不在，与美景和忧思融为一体。此仿韩愈《八月十五夜赠张功曹》诗，抒写人世沧桑，彰显作者回念往昔、追忆故人和忧念国事相交织的悲凉情怀，而以借酒消忧作结。全诗叙议结合，长短句交错，跌宕起伏而情浓意深。

归田四时乐春夏二首[1]

其　一

春风二月三月时，农夫在田居者稀。
新阳晴暖动膏脉[2]，野水泛滟生光辉[3]。
鸣鸠聒聒屋上啄，布谷翩翩桑下飞。
碧山远映丹杏发，青草暖眠黄犊肥。

田家此乐知者谁，吾独知之胡不归[4]？
吾已买田清颍上[5]，更欲临流作钓矶。

“田家”二句扣题，“胡不归”用陶潜《归去来兮辞》，尤妙。

其　二

南风原头吹百草，草木丛深茅舍小。
麦穗初齐稚子娇[6]，桑叶正肥蚕食饱。
老翁但喜岁年熟，饷妇安知时节好[7]。
野棠梨密啼晚莺，海石榴红啭山鸟[8]。
田家此乐知者谁，我独知之归不早。
乞身当及强健时[9]，顾我蹉跎已衰老。

此与前首呼应，由“胡不归”到“归不早”，点明身不由己。

[注释]

[1] 嘉祐三年（1058）作。题下原注：“秋冬二首，命圣俞分作。”欧有书简《与梅圣俞》云：“闲作《归田乐》四首，只作得二篇，后遂无意思。欲告圣俞续成之，亦一时盛事。”得梅尧臣《续永叔归田乐秋冬二首》后，又有一简致圣俞云：“承宠惠二篇，钦诵感愧。思之正如杂剧人上名，下韵不来，须勾副末接续尔。呵呵。家人见诮好时节将诗去人家厮搅，不知吾辈用以为乐尔。” [2] 新阳：初春。《文选》谢灵运《登池上楼》：“初景革绪风，新阳改故阴。”吕延济注：“春为阳，秋为阴也。”动膏脉：催动肥沃的土壤充满生机。宋祁《春雪》：“持杯一相劳，膏脉趁春耕。” [3] 泛滟：浮光闪耀貌。卢照邻《宿静安亭》：“泛滟月华晓，裴回星鬓垂。” [4] 胡不归：陶渊明《归去来兮辞》：“归去来兮，田园将芜胡不归！” [5]“吾已”二句：皇祐二年（1050），

欧有《寄圣俞》诗曰“行当买田清颍上，与子相伴把锄犁”。清颍，指颍州。苏轼《颍州初别子由二首》其一：“征帆挂西风，别泪滴清颍。”作钓矶，筑钓鱼台。指效法吕尚等古人隐居垂钓。矶，水边突出之石。 [6] 稚子：小野鸡。杜甫《绝句漫兴九首》其七：“笋根稚子无人见，沙上凫雏傍母眠。” [7] 饷（xiǎng）妇：田间送饭的农妇。 [8] 海石榴：石榴从海外传来，故名。 [9] “乞身”二句：欧《续思颍诗序》：“忽忽七八年间，归颍之志虽未遑也，然未尝一日少忘焉。故其诗曰：‘乞身当及强健时，顾我蹉跎已衰老。’盖叹前言之未践也。时年五十有二。”

[点评]

嘉祐年间，欧仕途顺利，处于上升时期，但是作为一个以国事为己任、勇于担当的官员，他有深陷宦海而难有作为的烦恼，加之健康状况不佳，故每思隐退，二诗即此心境的真实写照。春诗写春播农忙之乐，夏诗写夏熟待收之乐，季节不同，景色各异，语言清新，描写惟妙惟肖，乡村气息浓郁，充满诗情画意，道出了对归田生活的极度向往。黄震评曰：“有味，殆《田园杂兴》之祖欤！”（《黄氏日钞》卷六）

宋葛立方引颔联“朝廷”二句谓“律诗中间对联，两句意甚远，而中实潜贯者，最为高作”；“与规规然在于媲青对白者，相去万里矣”。（《韵语阳秋》卷一）陆以湉称此联“调高响逸”。（《冷庐杂识》卷六）

送王平甫下第[1]

归袂摇摇心浩然[2]，晓船鸣鼓转风滩。
朝廷失士有司耻[3]，贫贱不忧君子难。

执手聊须为醉别[4]，还家何以慰亲欢？
自惭知子不能荐[5]，白首胡为侍从官！

[注释]

[1] 嘉祐四年（1059）作。题下原注“安国”。王平甫：即王安国（1028—1074），字平甫，抚州临川（今江西抚州）人，王安石弟。安石有《王平甫墓志》云：“自丱角未尝从人受学，操笔为戏，文皆成理。年十二，出其所为铭、诗、赋、论数十篇，观者惊焉。自是遂以文学为一时贤士大夫誉叹。盖于书无所不该，于词无所不工，然数举进士不售。”熙宁元年（1068），赐进士及第，官至秘阁校理。与安石政见不合，后罢官归。著有《王校理集》。 [2]“归袂”二句：平甫落第，坦然返乡。袂，衣袖。浩然，难以阻遏貌。《孟子·公孙丑下》：“予然后浩然有归志。”鸣鼓，宋时击鼓为开船信号。 [3]“朝廷”二句：科考漏失人才，平甫不改其志。有司，主考官。《论语·卫灵公》：“君子忧道不忧贫。” [4]“执手”二句：一醉离别不易，欲慰双亲更难。 [5]“自惭”二句：身份受限，不能荐贤。时欧以翰林学士兼给事中，为皇帝侍从官。

[点评]

王安国立身为文均得时人称誉，但科举失利。乐于荐士进贤的欧公，限于自己的身份，也难以给予帮助，临别作此诗以慰之。数年后，幸有韩绛等荐其才行，获赐进士及第，为西京国子监教授。此诗首联叙事外，余皆抒情议论，由批评“有司”不识英才，到自责欲荐贤而不得，说理警健，情意真挚，爱才心切，感叹不尽。

陆次云评曰："此真宋诗，读之不觉其淡，不觉其平，不觉其腐，要是欧阳公笔力异人。"(《宋诗善鸣集》卷上)

明妃曲和王介甫作[1]

胡人以鞍马为家[2]，射猎为俗。
泉甘草美无常处，鸟惊兽骇争驰逐。
谁将汉女嫁胡儿[3]，风沙无情貌如玉。
身行不遇中国人，马上自作思归曲。
推手为琵却手琶[4]，胡人共听亦咨嗟。
玉颜流落死天涯，琵琶却传来汉家。
汉宫争按新声谱[5]，遗恨已深声更苦。
纤纤女手生洞房[6]，学得琵琶不下堂。
不识黄云出塞路，岂知此声能断肠！

[注释]

[1]嘉祐四年（1059）作。是年，王安石作《明妃曲》二首。明妃：即王嫱（qiáng），字昭君，秭（zǐ）归（今属湖北）人，汉元帝时宫女，以和亲远嫁匈奴呼韩邪单于。晋时避司马昭讳，改称明妃。欧阳修、梅尧臣、刘敞、曾巩、司马光等皆有《明妃曲》和诗，在嘉祐间同题唱和活动中，此次酬唱颇负盛名，对后世亦有影响。王介甫：即王安石，字介甫，时在京为度支判官。[2]"胡

化用李白《战城南》诗"匈奴以杀戮为耕作"之句意。

清贺裳谓此篇"散叙处已是以文为诗，至'推手为琵却手琶'，大是训诂"。(《载酒园诗话》)陈衍以为此七字"自出新语"。(《宋诗精华录》卷一)按：贺裳不喜以文为诗，固然可议，但以训诂为诗，虽是"出新"，却少诗意。

清姚范谓末四句"颇具唐人风旨"。(《援鹑堂笔记》卷四十)

人”二句：叙胡人骑射猎物流动的生活。胡人，指匈奴。《汉书·爰盎晁错传》：“胡人食肉饮酪，衣皮毛，非有城郭田宅之归居，如飞鸟走兽于广野，美草甘水则止，草尽水竭则移。” [3]“谁将”以下四句：说昭君远嫁异域，思念家乡。石崇《王明君词序》：“昔公主嫁乌孙，令琵琶马上作乐，以慰其道路之思，其送明君亦必尔也。”则知弹琵琶者乃从行之人，非行者自弹也。欧诗想象为王昭君自弹。中国，指中原地区。思归曲，《古诗源》有王昭君《怨诗》，曰“父兮母兮，道里悠长。呜呼哀哉，忧心恻伤”。 [4]“推手”句：《释名·释乐器》：“琵琶本出于胡中，马上所鼓也。推手前曰琵，引手却曰琶，象其鼓时，因以为名也。”“本出于胡中”，故后有“琵琶却传来汉家”之句。 [5]“汉宫”二句：说汉宫争作新曲，多哀怨之声。刘长卿《王昭君》：“琵琶弦中苦调多，萧萧羌笛声相和。谁怜一曲传乐府，能使千秋伤绮罗。” [6]“纤纤”以下四句：谓宫中琵琶女学成即受宠，岂知昭君出塞之苦与此曲令人肝肠寸断之痛。纤纤，女子之手细长柔美貌。《古诗十九首》有“纤纤出素手”句。洞房，幽深的内室。下堂，指遭遗弃。黄云，边塞风沙。梁简文帝《陇西行》：“洗兵逢骤雨，送阵出黄云。”

[点评]

叶梦得《避暑录话》称欧酒后颇自鸣得意于《庐山高》及《明妃曲》前后篇的创作，此事是否完全属实，难下定论，但欧无疑是珍爱此三篇的。从后人的热议中，可知本诗尚不及李、杜而堪称宋调中的杰作。欧将“玉颜流落死天涯”不幸的昭君和“纤纤女手生洞房”得宠的宫女对比，显示对红颜薄命的同情，对汉代和亲政策的鄙视，而对宋时输银绢于外邦以求和的行为，实有暗讽之意。全篇平易流畅的叙述与深刻有力的议论紧密结合，抒写昭君出塞之苦与思乡之悲，动人心弦。既具唐人风旨，又见作者思深识高，气韵不同凡响，在宋代咏史诗发展史上有着重要地位与影响。

再和明妃曲[1]

汉宫有佳人[2]，天子初未识。
一朝随汉使，远嫁单于国[3]。
绝色天下无[4]，一失难再得。
虽能杀画工，于事竟何益？
耳目所及尚如此[5]，万里安能制夷狄！
汉计诚已拙[6]，女色难自夸。
明妃去时泪，洒向枝上花。
狂风日暮起，飘泊落谁家？
红颜胜人多薄命[7]，莫怨春风当自嗟。

宋钱晋斋评“耳目”二句曰：“此语切近膏肓。”（蔡正孙《诗林广记》后集卷一引）

贺裳评“明妃”以下六句曰：“点染稍为有情。”（《载酒园诗话》）

[注释]

[1] 嘉祐四年（1059）作，与上一首为姊妹篇。 [2]“汉宫”二句：西汉李延年古诗曰：“北方有佳人，绝世而独立。”此化用其意，写王昭君之绝美，暗伏“杀画工”事。 [3] 单于（chán yú）：匈奴部落联盟首领的专称。意为广大之貌。 [4]“绝色”以下四句：叙述并谴责汉元帝的荒淫残暴。《西京杂记》卷二：“元

帝后宫既多，不得常见，乃使画工图形，案图召幸之。诸宫人皆赂画工，多者十万，少者亦不减五万。独王嫱不肯，遂不得见。后匈奴入朝，求美人为阏氏（yān zhī）。于是上案图，以昭君行。及去，召见，貌为后宫第一，善应对，举止闲雅。帝悔之，而名籍已定。帝重信于外国，故不复更人。乃穷案其事，画工皆弃市，籍其家资，皆巨万。画工有杜陵毛延寿，为人形，丑好老少，必得其真。……同日弃市。京师画工于是差稀。” [5]“耳目”二句：耳闻目见的后宫之事，尚且昏庸至不辨美丑，万里之外的边防，岂能有御敌大计。 [6]“汉计”句：西汉的和亲政策实在是拙劣。此暗讽宋代输辽银绢以求和的无能。 [7]“红颜”二句：说红颜薄命当“自嗟”，显然受“温柔敦厚”“怨而不怒”的“诗教”影响。

[点评]

本诗主旨在“汉计诚已拙”，借汉言宋，引古讽今，抨击时弊，颇具现实感与针对性。“耳目”两句议论，古人褒贬不一，涉及对宋诗议论化的看法。平心而论，诗中对红颜薄命的昭君表达深切的同情，对宋廷软弱无能、苟且偷安的行径极度不满，予以辛辣的嘲讽和有力的谴责，当属精警，发人深省。与前篇相比，后篇情韵意态略逊一筹，而批判精神依然强烈。通篇融合叙事、抒情和议论，意味隽永，堪称以文为诗、气格不凡的佳作。

唐崇徽公主手痕和韩内翰[1]

故乡飞鸟尚啁啾[2]，何况悲笳出塞愁[3]。

青冢埋魂知不返[4]，翠崖遗迹为谁留？
玉颜自古为身累，肉食何人与国谋[5]？
行路至今空叹息，岩花涧草自春秋[6]。

“青冢”句化用杜甫《咏怀古迹》：“环佩空归月夜魂。”

朱熹评曰：“欧公文字锋刃利，文字好，议论亦好。尝有诗云：‘玉颜自古为身累，肉食何人为国谋？’以诗言之，是第一等好诗；以议论言之，是第一等议论。”（《朱子语类》卷一三九）

［注释］

[1] 嘉祐四年（1059）作。欧《集古录跋尾》有《唐崇徽公主手痕诗》云：“李山甫撰。崇徽公主者，仆固怀恩女也。”怀恩有二女嫁回纥，唐大历间封崇徽公主，出嫁回纥可汗者，乃其幼女。陈思《两宋名贤小集·公是集》有诗，题为“汾州有唐大历中崇徽公主嫁回鹘时手迹，在石壁上，李山甫作七言诗，并刻之。子华、永叔内翰皆继其韵，亦同赋”。此即欧所作诗。韩内翰：即韩绛，字子华，其诗已佚。 [2] 啁啾（zhōu jiū）：鸟鸣声。王维《黄雀痴》：“到大啁啾解游飏，各自东西南北飞。” [3] 悲笳：悲凉的胡笳声。笳，古时军中号角，其声悲壮。杜甫《后出塞》：“悲笳数声动，壮士惨不骄。” [4]“青冢”二句：谓公主魂埋异域，汾州空留遗迹。青冢，汉王昭君墓，在今内蒙古呼和浩特南。杜甫《咏怀古迹》：“一去紫台连朔漠，独留青冢向黄昏。”仇兆鳌注曰：“《归州图经》：‘边地多白草，昭君冢独青。’” [5]“肉食”句：《左传》庄公十年：“肉食者鄙，未能远谋。” [6]“岩花”句：谓路人见此遗迹徒留叹息声，而花草年复一年仍自在生长。

［点评］

本诗叙中有议，议中见情。首联由故乡的鸟鸣，写到出塞的悲笳，在给予年轻女子的深切同情中，已隐含对和亲行径的不满；颔联叙孤魂不返，遗迹空留，潜藏深沉的慨叹；颈联终于迸发出直见锋刃的议论，对屈辱无能的外交深致愤慨，溢出强烈的爱憎之情；尾联再转为叙，以景结情，叹息声中是无言且无穷的惋惜和悼念。叙事、议论、写景、抒情融为一体，呈现出作者七律自然而精警的高超艺术表现力。

哭圣俞[1]

昔逢诗老伊水头[2]，青衫白马渡伊流。滩声八节响石楼，坐中辞气凌清秋。一饮百盏不言休，酒酣思逸语更遒。河南丞相称贤侯[3]，后车日载枚与邹。我年最少力方优，明珠白璧相报投。诗成希深拥鼻讴，师鲁卷舌藏戈矛。三十年间如转眸[4]，屈指十九归山丘，凋零所余身百忧。晚登玉墀侍珠旒[5]，诗老齑盐太学愁。乖离会合谓无由，此会天幸非人谋。颔须已白齿根浮，子年加我貌则不。欢犹可强闲屡偷，不觉岁月成淹留。文章落笔动九州[6]，釜甑过午无馈馏。良时易失不早收，篋椟瓦砾遗琳璆。荐贤转石古所尤[7]，此事有职非吾羞。命也难知理莫求，名声赫赫掩诸幽。翩然素旐归一舟，送子有泪流如沟。

相识在西京，哭从伊洛始。

含悲送诗老，“有泪流如沟”。痛哭。

[注释]

[1] 嘉祐五年（1060）作。是年四月，京都大疫，梅尧臣染疾而逝。题首“哭”字道出了欧失去挚友的无限悲痛。《祭梅圣俞文》云：“念昔河南，同时一辈，零落之余，惟予子在。子又去我，余存兀然，凡今之游，皆莫余先。纪行琢辞，子宜余责；送终恤孤，则有众力。惟声与泪，独出余臆。” [2]“昔逢”以下六句：记与梅尧臣相识时所见。可参阅前《书怀感事呈梅圣俞》诗，有“逢君伊水畔，一见已开颜。不暇谒大尹，相携步香山”的记录。又，《游龙门分题十五首》中《八节滩》有“乱石泻溪流，跳波溅如雪。往来川上人，朝暮愁滩阔。更待浮云散，孤舟弄明月”的叙述。《石楼》有“高滩复下滩，风急刺舟难。不及楼中客，徘徊川上山。夕阳洲渚远，唯见白鸥翻”的描绘。诗老，对梅尧臣的尊称。凌清秋，喻谈吐非同寻常。遒，有力。 [3]“河南”以下六句：回忆在钱惟演幕府与友人谈诗论文的岁月。河南丞相，指钱惟演，当年以使相出为西京留守、判河南府。枚与邹，西汉文士枚乘与邹阳，同在梁孝王幕府中。我年最少，时欧二十五岁，在幕府中最年轻。明珠白璧，指唱和的佳作。希深，谢绛之字。拥鼻讴，据《晋书·谢安传》，“安本能为洛下书生咏，有鼻疾，故其音浊，名流爱其咏而弗能及，或手掩鼻以效之”。后指以雅音曼声吟咏。藏戈矛，谓尹师鲁能言善辩，时号“辩老”。有希深、师鲁衬托，见梅诗魅力，一至于此。 [4]“三十年”以下三句：由天圣九年（1031）至嘉祐五年（1060）三十年间，谢绛、尹洙等友人多已去世。 [5]“晚登”以下八句：言晚年幸与尧臣同居京都，有难得欢聚的数年时光。晚登玉墀（chí），指晚年成为翰林侍读学士。玉墀，宫殿前的石阶，借指朝廷。珠旒，帝王冠冕前悬之珠串，指皇帝。诗老齑（jī）盐太学愁，韩愈《送穷文》谓“太学四年，朝齑暮盐”，此形容尧臣为国子监直讲，过

清苦的生活。齑盐，腌菜和盐。乖离，离别。孙楚《征西官属送于陟阳候作诗》："乖离即长衢，惆怅盈怀抱。"子年加我，《祭梅圣俞文》："余狷而刚，中遭多难，气血先耗，发须早变。子心宽易，在险如夷，年实加我，其颜不衰。"貌则不，貌则相反。不，否。淹留，滞留。　[6]"文章"以下四句：惜尧臣诗工而人穷，佳作多而未得珍视。釜甑（zèng），古炊煮器。过午无馈（fēn）馏，指吃了上顿没下顿。馈馏，指饭食。韩愈《南山诗》："或如火熺焰，或若气馈馏。"钱仲联集释引祝充曰"馈馏，蒸饭"。箧（qiè）椟瓦砾遗琳璆（qiú），谓以箱匣收瓦砾而弃美玉。琳璆，皆玉名。　[7]"荐贤"以下六句：叹虽已尽力推荐尧臣，但未能如愿，诗豪已逝，无限悲哀。嘉祐元年，欧荐梅为国子监直讲；二年，邀梅为贡举参详官；三年，荐梅任馆职，未果，旋荐梅入唐史局。转石，《汉书·刘向传》："用贤则如转石，去佞则如拔山。"尤，责难。掩诸幽，埋之于地下。素旐（zhào），白色的魂幡，出丧时为棺木引路所用。

[点评]

梅尧臣与欧阳修一同致力于北宋前期的诗文革新，又是亲密无间的朋友与相互唱和的知音，双方感情深厚，来往书简不断。尧臣去世后，欧为之铭墓，作祭文，撰诗集序，写怀念苏、梅的《感二子》与《马上默诵圣俞诗有感》等诗，足见其刻骨铭心的思念。本诗以"哭圣俞"为题，浓郁的悲情贯穿通篇，加上效柏梁体的句句押韵，以下平声十一尤一韵到底，节奏急促，如泣如诉，不绝如缕，抒发出诗人痛彻心扉的悲痛，产生感人的艺术效果，显示深厚的创作功力。

鹎鵊词[1]

龙楼凤阙郁峥嵘[2]，深宫不闻更漏声。红纱蜡烛愁夜短，绿窗鹎鵊催天明。一声两声人渐起[3]，金井辘轳闻汲水。三声四声促严妆，红靴玉带奉君王。万年枝软风露湿[4]，上下枝间声转急。南衙促仗三卫列，九门放钥千官入。重城禁籞锁池台[5]，此鸟飞从何处来？君不见颍河东岸村陂阔，山禽野鸟常嘲哳。田家惟听夏鸡声[6]，夜夜垄头耕晓月。可怜此乐独吾知，眷恋君恩今白发。

宫中晨景的描写细致真切。

“重城”二句将笔触由深宫龙楼移至颍河田家，转接妙。

方东树：“可怜此乐”七字，用意深婉，不似今人一味说出。（《昭昧詹言》卷十二）

[注释]

[1] 嘉祐六年（1061）作。题下原注：“效王建作。”鹎鵊（bēi jiá）：似鸠，身黑尾长而有冠，春分始见之鸟，凌晨先鸡而鸣，农人以为耕田之候。时京师谓之夏鸡。《欧集·诗话》：“王建宫词一百首，多言唐宫禁中事，皆史传小说所不载者，往往见于其诗。” [2]“龙楼”以下四句：深宫幽静，鹎鵊催晓。龙楼凤阙，指皇宫。王嘉《拾遗记》：“青槐夹道多尘埃，龙楼凤阙望崔嵬。”峥嵘，形容楼阁高大耸立。更漏，漏刻，漏壶，古滴漏计时可据以报更的器具。 [3]“一声”以下四句：后宫内汲水梳妆，里城外众官候朝。金井，井栏上有雕饰的井。费昶《行路难》：“唯闻哑哑城上乌，玉栏金井牵辘轳。”严妆，整妆。《玉台新咏·古诗

为焦仲卿妻作》："鸡鸣外欲曙，新妇起严妆。" [4]"万年"以下四句：仪仗就位，众官上朝。万年枝，指冬青树。吴曾《能改斋漫录》："万年青，江左谓之冬青。"南衙，《新唐书·兵志》："夫所谓天子禁军者，南、北衙兵也。"南衙属宰相管辖。促仗，原校"促"作"捉"。《新唐书·仪卫志》云"三卫番上，分为五仗，号衙内五卫"。又云"皆带刀捉仗，列坐于东西廊下"。《欧集·归田录》载"唐制，三卫官有司阶、司戈、执干、执戟，谓之四色官。今三卫废，无官属，惟金吾有一人，每日于正衙放朝"。 [5]"重城"以下四句：禁苑何来鹎鵊，或自颍河岸边。禁籞，禁苑四周藩篱，代指皇宫。嘲哳（zhāo zhā），形容鸟鸣声嘈杂。 [6]"田家"以下四句：时起归田之念，难得致仕之身。是年，有书简《与吴正献公》称"某以孤拙之姿，不求合世，加以衰病，心在江湖久矣"。又有《初食鸡头有感》诗曰"何时遂买颍东田，归去结茅临野水"。"田家"句后，原注："鹎鵊，京西村人谓之夏鸡。"

[点评]

是岁，欧阳修已荣升参知政事，以宰辅、翰林侍读学士身份参与宫中的轮值。晨闻鹎鵊的鸣声，触动思颍之念，而作此诗。取鹎鵊鸟为题，以小见大，写出身居深宫将晓时的感受，且将汴京与远在江淮的颍州、警卫森严的皇宫与颍河岸边的村野联系起来。本诗仿效王建宫词体，咏物生动，抒怀真切，想象丰富，感慨深挚，复杂的心理得到活灵活现的展示。既有对早已向往的归隐生活的憧憬，也有难以割舍的君臣情结，为其时诗人情怀的真实写照。近代学者高步瀛评曰："语意深婉，情韵俱佳。"又曰："方植之（东树）以此诗寄思君之意，吴北江（闿生）谓此乃侍从内廷而思归田里之作。以诗意及事迹考之，则吴说是也。”（《唐宋诗举要》卷三）此评总体正确，但欧仍有一些“眷恋君恩”的思虑也是真实的。

早朝感事[1]

颈联由“鸳兼鹭”带出“鹿与麛”，属对工整，又从宫廷直接转向村野，从“早朝”而转向“感事”，即思颍，真生花之妙笔。

疏星牢落晓光微[2]，残月苍龙阙角西[3]。
玉勒争门随仗入[4]，牙牌当殿报班齐。
羽仪虽接鸳兼鹭[5]，野性终存鹿与麛。
笑杀汝阴常处士[6]，十年骑马听朝鸡。

尾联写在朝的欧公羡慕隐居的常秩，孰料多年后欧公归颍而常秩上朝，引出时人有趣的议论。

[注释]

[1] 治平元年（1064）作，时为参知政事。上年，宋仁宗卒，曹太后垂帘听政。是岁，太后还政，英宗亲政。 [2]牢落：同“寥落”。韩愈《天星送杨凝郎中贺正》：“天星牢落鸡喔咿。” [3] 苍龙：汉宫阙名。王得臣《麈史》：“永叔《早朝》诗曰‘月在苍龙阙角西’，甚美。然予按汉之四阙，南曰朱雀，北曰玄武，东曰苍龙，西曰白虎。今永叔诗意盖以当前门阙状苍龙，故云月在西也。盖不用汉阙耳。” [4]“玉勒”二句：写早朝的礼仪。玉勒，玉饰的马衔，借指官员所乘之马。庾信《三月三日华林园马射赋》：“控玉勒而摇星，跨金鞍而动月。”仗，皇帝仪卫。牙牌，象牙腰牌，为官员的身份证。报班齐，皇帝坐殿前，仪卫官报告官员的出朝情况。 [5]“羽仪”二句：言身在随班入朝之列，心存归隐田园之念。羽仪，官位。鸳兼鹭，指朝臣如鸳

行鹭序按位次排列。杜甫《暮春题瀼西新赁草屋》:“不息豺狼斗,空惭鸳鹭行。”韩愈《和晋公破贼回重拜台司》:“鹓鹭欲归仙仗里,熊罴还入禁营中。”鹓鹭,意与“鸳鹭”同。麛(mí),幼鹿,或泛指幼兽。 [6]“笑杀”二句:谓常处士生活惬意,远胜过十年朝官。王辟之《渑水燕谈录》:“颍上常夷甫处士,以行义为士大夫所推,近臣屡荐之,朝廷命之官,不起。欧阳公晚年治第于颍,久参政柄,将乞身以去。顾未得谢,而思颍之心日切,尝自为诗云:‘笑杀汝阴常处士,几年骑马听朝鸡。’后,公既还政,而处士被诏赴阙,为天章阁待制,日奉朝请。有轻薄子改公诗以戏之曰:‘却笑汝阴常处士,几年骑马听朝鸡。’”汝阴,即颍州。常处士,常秩,字夷甫。举进士不第。隐居里巷,以经术著称。屡召不起,为欧阳修、王安石所称荐。后王安石变法,一召即起,为宝文阁待制兼侍读,然在朝无所发明,闻望日损。十年,指至和元年(1054)欧服母丧毕赴京任职,至此十年。

[点评]

本诗先注目“晓光”中的皇宫,次描叙早朝时的礼仪,用妙对展现人在班列而思接颍州之后,以或遭汝阴处士讥笑的议论作结。写景气象庄严,抒怀磊落风趣,起承转合,行云流水,对仗工整,当属佳构。

元方回:“欧阳公于自然之中或壮健,或流丽,或全雅淡。有德者之言自不同也。三、四全不吃力,俗间有云:‘香橙螃蟹月,新酒菊花天。’本此。”(《瀛奎律髓汇评》)

秋 怀[1]

节物岂不好[2],秋怀何黯然!
西风酒旗市[3],细雨菊花天。

感事悲双鬓[4]，包羞食万钱。
鹿车终自驾[5]，归去颍东田。

[注释]

[1] 治平二年（1065）作。时任参知政事，因崇奉英宗生父濮安懿王典礼事，朝廷顿起纷争，欧屡乞外任不允。 [2]“节物”二句：说节物虽好，心绪不佳。节物，时节景物。 [3]“西风”二句：说西风菊花，尽显秋色。胡仔《苕溪渔隐丛话》引《雪浪斋日记》谓“或疑六一居士诗，以为未尽妙，以质于子和。子和曰：六一诗只欲平易耳。‘西风酒旗市，细雨菊花天’，岂不佳？‘晚烟寒橘柚，秋色老梧桐’，岂不似少陵？” [4]“感事”二句：说忧念朝中事，叹老无作为。时因濮议之争，欧备受非议，两年后作《归田录序》曰“既不能因时奋身，遇事发愤，有所建明，以为补益；又不能依阿取容，以徇世俗。使怨嫉谤怒，丛于一身，以受侮于群小”。感事悲双鬓，王维《秋夜独坐》有“独坐悲双鬓”句。包羞，忍受羞辱。《易・否》“包羞，位不当也”，孔颖达疏：“位不当所包承之事，惟羞辱已。”食万钱，享优厚俸禄。《晋书・何曾传》：“日食万钱，犹曰无下箸处。” [5]“鹿车”二句：说终将辞任，归隐田园。《后汉书・赵憙传》“载以鹿车，身自推之”，李贤注引《风俗通》曰：“俗说鹿车窄小，裁容一鹿。”颍东田，指颍州。

[点评]

首联以抽象的秋景作反衬，见情怀之黯然不堪。颔联为对仗精妙的如画秋景，竟也不能带来一丝喜悦，亦是反衬，见愁情更甚。颈联直抒深忧国事又不愿尸位素餐的苦闷。何去何从？尾联给出致仕归隐的回答。全诗白描写景，反衬有力，显情怀之抑郁，见归隐之必然。

再至汝阴三绝[1]

其　一

黄栗留鸣桑葚美[2]，紫樱桃熟麦风凉。
朱轮昔愧无遗爱[3]，白首重来似故乡。

四句首字皆颜色，绝美。

其　二

十载荣华贪国宠[4]，一生忧患损天真。
颍人莫怪归来晚，新向君前乞得身[5]。

寻常口语，分外亲切。

其　三

水味甘于大明井[6]，鱼肥恰似新开湖。
十四五年劳梦寐[7]，此时才得少踟蹰。

扬州大明井水闻名天下，欧有《大明水记》，称“此井，为水之美者也”。诗言颍州“水味甘于大明井”，评价至高矣。

[注释]

[1] 治平四年（1067）作。是年正月，英宗卒，神宗即位。二月，御史彭思永、蒋之奇诬陷欧阳修，事连其长媳吴氏。神宗终察其诬，黜思永、之奇。欧乞罢政事，遂除观文殿学士，转刑部尚书，出知亳州（今属安徽）。经神宗恩准，闰三月赴亳州时于颍州短暂停留，遂成此三绝。诗末原有自注：“余时将赴亳社，

恩许枉道过颍也。”欧有书简《与曾舍人（巩）》：“某昨假道于颍者，本以归休之计初未有涯，故须躬往。及至，则敝庐地势，喧静得中，仍不至狭隘，但易故而新，稍增广之，可以自足矣。以是功可速就，期年挂冠之约，必不愆期也。甚幸甚幸。” [2] 黄栗留：黄鸟。欧《夏享太庙摄事斋宫闻莺寄原甫》“何处飞来黄栗留”，自注：“田家谓麦熟时鸣者为黄栗留，出《诗》义。”《诗·周南·葛覃》“黄鸟于飞”，陆玑疏：“黄鸟，黄鹂留也，或谓之黄栗留。幽州人谓之黄莺。”或谓之黄鸟。桑葚（shèn）：桑树的成熟果实。 [3]“朱轮”二句：说当年知颍，愧无政绩；年老重游，似回故乡。朱轮，红色车子，汉太守（与宋知州相当）所乘。《文选》载杨恽《报孙会宗书》“恽家方隆盛时，乘朱轮者十人”，李善注曰“二千石皆得乘朱轮”。二千石，太守俸也。 [4]“十载”二句：说十年享朝官待遇，而天性受世俗束缚。欧于至和元年（1054）至京为翰林学士，修《唐书》，后逐渐升至参知政事，历十余载。天真，未受礼俗影响的淳朴本性。《庄子·渔父》：“礼者，世俗之所为也；真者，所以受于天也，自然不可易也。故圣人法天贵真，不拘于俗。” [5] 乞得身：古人委身事君，欧请辞朝职外放获准，故云。 [6]“水味”二句：谓颍州水、鱼俱佳，略胜扬州一筹。庆历八年（1048），欧知扬州，大明井、新开湖均在彼处。 [7]“十四五年”二句：说多年梦寐以思，今得稍作停留。皇祐四年（1052），欧母病逝于颍州，至和元年五月欧服丧毕离颍，至治平四年（1067）闰三月离京，已近十四年。少踟蹰，短暂停留，此言徘徊流连。

[点评]

梦寐思颍，急切归颍，是此诗的主题。三首诗，或赞颍州景美，或叙迟归原因，或与扬州比较，都有视颍州如故乡般的亲切之感，见多年的思颍而今终得补偿，颍之美始终在诗人心中。这是一组格调清新活泼、语言率真自然、充满画意诗情的七绝。

答资政邵谏议见寄二首[1]

其　一

豪横当年气吐虹[2]，萧条晚节鬓如蓬。
欲知颍水新居士，即是滁山旧醉翁。
所乐藩篱追尺鷃[3]，敢言寥廓逐冥鸿？
期公归辅岩廊上[4]，顾我无忘畎亩中。

仕宦坎坷，冷暖自知。

其　二

欲知归计久迁延[5]，三十篇诗二十年。
受宠不思身报效，乞骸惟冀上哀怜[6]。
相如旧苦中痟渴[7]，陶令犹能一醉眠。
材薄力殚难勉强[8]，岂同高士爱林泉？

后半生心境之写照。

[注释]

[1] 熙宁四年（1071）作，时欧已退居颍州。邵谏议：即邵亢（1014—1077），字兴宗，润州丹阳（今属江苏）人。英宗朝因论事得体，被称为“国器”。神宗立，知开封府，除枢密副使，

迁右谏议大夫。是年，以资政殿学士出知郓州，故题称“资政邵谏议”。　[2]“豪横”二句：写早年与如今状况、气概不同。豪横，豪放，爽朗有力。韩愈《东都遇春》：“饮噉惟所便，文章倚豪横。”气吐虹，气势如虹。曹植《七启》有“慷慨则气成虹蜺”句。鬓如蓬，衰老蓬首状。　[3]“所乐”二句：说安于平凡生活，不敢侈言大志。尺鷃（yàn），小雀。《庄子·逍遥游》载尺鷃笑鹏鸟曰“彼且奚适也？我腾跃而上，不过数仞而下，翱翔蓬蒿之间，此亦飞之至也”。冥鸿，高翔的鸿雁。扬雄《法言·问明》“鸿飞冥冥”，喻有远大志向。　[4]“期公”二句：说期盼邵亢重返朝廷效力，不忘归老颍水之畔的居士。岩廊，高峻的廊庑，指朝廷。桓宽《盐铁论》：“陛下优游岩廊，览群臣极言至论。”畎亩，田间。　[5]“欲知”二句：说归田之愿萌生二十年，思颍之诗写了三十篇。欧《思颍诗后序》称“皇祐元年春，予自广陵得请来颍，爱其民淳讼简而物产美，土厚水甘而风气和，于时慨然已有终焉之意也。尔来俯仰二十年间，历事三朝，窃位二府，宠荣已至而忧患随之，心志索然而筋骸惫矣。其思颍之念未尝少忘于心，而意之所存亦时时见于文字也”。《续思颍诗序》又曰“初，陆子履以余自南都至在中书所作十有三篇为思颍诗，以刻于石，今又得在亳及青十有七篇以附之”。　[6]乞骸：乞身隐退。上：指皇帝。　[7]“相如”二句：自述多病与嗜酒。相如旧苦中痟渴，汉司马相如，为辞赋名家，患消渴症。痟渴，通“消渴”，今称糖尿病。陶令，即晋陶渊明，曾为彭泽令，以饮酒闻名。　[8]“材薄”二句：谦称归田因才薄力尽，与高士爱林泉而隐居不同。欧急于归田，实与仕途风波、累遭诬陷、难有作为、身体不佳等原因有关。

[点评]

此欧公晚年之诗，回顾起伏不定的仕宦生涯，涌出无穷无尽的感慨。前半生坎坷多难，直至贬官滁州；后半生亦历经风波，虽位居宰辅，而难有作为。俯仰今昔，心潮难平。由当年的意气风发，到如今的衰老多病，情绪低沉而悲凉，但人生谢幕之前，胸怀依然磊落坦荡，值得钦敬和同情。这组诗的对仗很有特色，将“滁山旧醉翁”与“颍水新居士”相比，嵌入了前后两个时期的雅号，也形象地概括了诗人的一生。第二首诗的颈联，以司马相如的苦于“痟渴”和陶渊明的“一醉”方休对举，自嘲晚年与相如同病相怜，虽与陶令皆嗜酒，却因病忌饮而不爽。另有“三十篇诗二十年”句，用两个数据浓缩了自己对颍州钟爱的深情，令人耳目一新。

退居述怀寄北京韩侍中二首[1]

其　一

悠悠身世比浮云[2]，白首归来颍水濆[3]。
曾看元臣调鼎鼐[4]，却寻田叟问耕耘。
一生勤苦书千卷，万事销磨酒百分[5]。
放浪岂无方外士[6]，尚思亲友念离群。

其　二

书殿宫臣宠并叨[7]，不同憔悴返渔樵。

无穷兴味闲中得，强半光阴醉里销。
静爱竹时来野寺，独寻春偶过溪桥。
犹须五物称居士[8]，不及颜回饮一瓢[9]。

《苕溪渔隐丛话》前集卷三十六引《三山老人语录》：“荆公诗云：‘细数落花因坐久，缓寻芳草得归迟。’六一居士诗云：‘静爱竹时来野寺，独寻春偶过溪桥。’二公皆状闲适，荆公之句为工。”

南宋韦居安云：“七言律诗有上三下四格，谓之折腰句。白乐天守吴门日，《答客问杭州》诗云：‘大屋檐多装雁齿，小航船亦画龙头。’欧阳公诗云：‘静爱竹时来野寺，独寻春偶到溪桥。’……皆此格。”（《梅磵诗话》卷上）

[注释]

[1]熙宁五年（1072）作，时退居颍州。北京（今河北大名），与西京（今河南洛阳）、南京（今河南商丘）并称三京。韩侍中：即韩琦（1008—1075），字稚圭，天圣年间进士。任陕西经略安抚副使时，与范仲淹共事，防御西夏。入朝任枢密副使，支持范仲淹领导的庆历新政，后出知扬、郓、定等州。嘉祐时入朝为枢密使，后拜相。仁宗末年，力请立皇太子。英宗病重，又力请建储。神宗立，拜司空兼侍中。王安石变法时，上书反对。与欧阳修共事于仁宗、英宗、神宗三朝，关系密切。著有《安阳集》，内有《次韵答致政欧阳少师退居述怀二首》。是年，韩琦以司空兼侍中判大名府，守北京。 [2]悠悠：动荡，飘忽不定。《孔丛子·对魏王》：“今天下悠悠，士亡定处，有德则往，无德则去。” [3]濆（fén）：涯岸，水边高地。《诗·大雅·常武》：“铺敦淮濆，仍执丑虏。”毛传：“濆，涯。”郑玄笺：“陈屯其兵于淮水大防之上。” [4]“曾看”二句：说当年您理政辅佐国君，今天我种田请教老农。元臣，重臣，老臣，指韩琦。调鼎鼐，传商朝武丁问傅说治国之方，傅以如何调和鼎中之味喻说，遂辅武丁治国。后因以鼎鼐调和喻处理国政。鼎鼐为古代两种烹饪器具。 [5]酒百分：酒满杯。高骈《广陵宴次戏简幕宾》：“一曲狂歌酒百分，蛾眉画出月争新。” [6]“放浪”二句：是说虽有方外之士往来，更思亲朋密友相聚。放浪，放纵而无拘束。方外士，指僧道等超然世外之人。 [7]“书殿”二句：是说你我同是曾受恩宠的老臣，

不同的是我老病缠身已归田。书殿宫臣，欧以观文殿学士、太子少师致仕，故称。太子居东宫，少师称宫臣。欧《解官后答韩魏公见寄》有“老为南亩一夫去，犹是东宫二品臣”之语。 [8]“犹须”句：欧晚年号“六一居士”，称琴、棋、书、酒、金石遗文五物外，有吾一翁老于五物之间。见《六一居士传》。 [9]颜回饮一瓢：《论语·雍也》：“子曰：‘贤哉，回也！一箪食，一瓢饮，在陋巷，人不堪其忧，回也不改其乐。’”

[点评]

在朝与归田，是两种生活状态。仕宦后期的欧阳修官职荣升，但也遇到不少矛盾，尤其在濮王尊崇典礼的较量中，处于风口浪尖，备受打击和诬陷，情绪低落而急于归田。回到日思夜想的颍州之后，他回顾与韩琦共同参与国家治理的岁月，在表达对老友崇敬的同时，心头也涌起不小的波澜。这两首七律对仗工整而自然，句式新颖，情意深切，韵味悠长。既是对过往从政的追思，又是当前退居生活的写照，悠闲的日子固然充满无穷兴味，而醉酒中消磨岁月也难免有些失意落寞。诗末“不及颜回”的感慨，流露出作者的淡泊情怀和自省精神。

绝 句[1]

冷雨涨焦陂[2]，人去陂寂寞。

惟有霜前花，鲜鲜对高阁[3]。

[注释]

[1] 熙宁五年（1072）秋作，时居颍州。题下原注："临薨作。"胡柯《庐陵欧阳文忠公年谱》：熙宁五年"闰七月庚午（二十三日），公薨"。 [2]"冷雨"二句：阴冷的秋雨涨高了焦陂的水位，游人离去后，此地分外寂寥。[嘉靖]《颍州志》："椒陂塘，在州南六十里，广十余顷。唐刺史柳宝积教民置陂润河，引水入塘，溉田万顷。"按：清查慎行《苏诗补注》卷三十五引《颍州志》称"焦陂在州南四十里"，而不称"椒陂"。 [3] 鲜鲜：好貌，鲜丽貌。韩愈《秋怀诗》之十一："鲜鲜霜中菊，既晚何用好。"钱仲联集释引《方言》："鲜，好也。"

[点评]

此为欧公绝笔诗。当生命即将逝去的时刻，天是阴的，雨是冷的，美丽的焦陂是寂寞的。"人去"双关，既指已离去的游人，又称将辞世的自己。一代文宗面对鲜丽的秋菊，心里充满了不舍，眼光中尽是留恋。在情景交融的诀别诗中，他以苍劲而悲凉的笔力，为后世留下了气格高远的感人诗作，依然展现出始终热爱生活的自我形象。

词

采桑子[1]

轻舟短棹西湖好[2]，绿水逶迤[3]。芳草长堤，隐隐笙歌处处随[4]。

无风水面琉璃滑[5]，不觉船移。微动涟漪[6]，惊起沙禽掠岸飞[7]。

近代俞陛云："下阕四句，极肖湖上行舟波平如镜之状，'不觉船移'四字，下语尤妙。"（《唐五代两宋词选释》）

［注释］

[1]采桑子：词调名。本唐教坊曲《杨下采桑》。欧词《采桑子》有十三首，其中十首皆以"西湖好"起始，属联章体。皇祐元年（1049）欧知颍州，二年（1050）留守南京时，即与梅尧臣相约买田于颍，此后思颍之念不绝，时见于诗。治平四年（1067）知亳州，陛辞时乞便道过颍少留，谋葺居所，为归休之计。熙宁元年（1068）筑室于颍。至熙宁四年（1071）方得以归隐。《采桑子》词第十首，有"平生为爱西湖好，来拥朱轮，富贵浮云，俯仰流年二十春"之语，为以"西湖好"发端的《采桑子》组词作了总结，当为归老颍州时作。前九首当为晚年之作，具体时间不详。 [2]棹（zhào）：船桨。西湖：正德《颍州志》卷

一："西湖在州西北二里，外湖长十里，广三里，相传古时水深莫测，广袤相齐。胡金之后，黄河冲荡，湮湖之半，然而四时佳景尚在。前代明贤达士往往泛舟游玩于是。湖南有欧阳文忠公书院基。" [3] 逶迤：曲折绵延貌。卢纶《与从弟瑾同下第后出关言别》："杂花飞尽柳阴阴，官路逶迤绿草深。" [4] 隐隐：盛多貌。《文选》收潘岳《闲居赋》："煌煌乎，隐隐乎，兹礼容之壮观，而王制之巨丽也。"李善注："隐隐，盛也，又曰沉沉，隐隐一作殷殷。"笙歌：泛指奏乐唱歌。笙，管乐器，笙管为长短不一的竹管。 [5] 琉璃滑：形容水面似琉璃般光滑。 [6] 涟漪：微细的波纹。左思《吴都赋》："剖巨蚌于回渊，濯明月于涟漪。" [7] 沙禽：沙洲或沙滩上的禽鸟。

[点评]

此词上片描绘颍州西湖美丽的春色：岸边芳草萋萋，湖中倒映长堤，一叶轻舟，伴随着悠扬的笙歌，在平静的绿水中前行。下片写舟中人的真切感受：目光所及，波平如镜，水天一色，只见舟边的涟漪，未觉船儿前移，却看到被惊动的沙禽飞起。"琉璃滑"的比喻形象而贴切，而禽鸟之动显船儿之静，更是手法高超。全词文笔自然而流畅，词情画意，融为一体，给人以从容自适、境界清空的感觉。

采桑子

画船载酒西湖好[1]，急管繁弦[2]。玉盏催传[3]，稳泛平波任醉眠。

行云却在行舟下[4]，空水澄鲜[5]。俯仰留连，疑是湖中别有天[6]。

俞陛云："湖水澄澈时如在镜中，云影天光，上下一色，'行云'数语，能道出之。"(《唐五代两宋词选释》)

[注释]

[1] 画船载酒：耐得翁《都城记胜》载西湖舟船"常有游玩人赁假。舟中所须器物，一一毕备，但朝出登舟而饮，暮则径归，不劳余力，惟支费钱耳"。 [2] 急管繁弦：形容节拍急促音色多样的乐奏。白居易《忆旧游》："修娥慢脸灯下醉，急管繁弦头上催。" [3] 玉盏催传：此为古时饮酒，随乐鼓声传杯，声停杯止，持者饮酒的游戏。玉盏，玉制的酒杯，或作酒杯之美称。 [4]"行云"句：形容白云倒映水中。 [5] 空水澄鲜：谢灵运《登江中孤屿》："云日相辉映，空水共澄鲜。"澄鲜，澄澈明净。 [6] 别有天：言别有天地，引人入胜。李白《山中问答》："桃花流水窅然去，别有天地非人间。"

[点评]

携酒船上，与客宴饮，又是湖上一景。"急管繁弦"之"急""繁"，"玉盏催传"之"催"，点出宴饮气氛之热烈与宾主娱乐之欢畅；"稳泛平波任醉眠"是酒酣耳热之后的放松，一动一静，一张一弛，主客随心所欲，何其惬意！下片"云"与"舟"、"空"与"水"上下呼应，营造出无比澄澈明净的氛围，宾主在此间"俯仰留连"，何其快乐！真是"别有天地非人间"。

采桑子

群芳过后西湖好[1]，狼藉残红[2]。飞絮蒙蒙[3]，垂柳栏干尽日风。

笙歌散尽游人去，始觉春空。垂下帘栊[4]，双燕归来细雨中[5]。

[注释]

[1] 群芳过后：百花凋零的残春时节。 [2] 狼藉残红：言落花缤纷。狼藉，形容杂乱不堪。 [3] 飞絮蒙蒙：柳絮纷落而飘洒。贾岛《送神邈法师》有“柳絮落濛濛”之句。 [4] 帘栊：窗帘和窗牖，也泛指门窗的帘子。 [5]“双燕”句：冯延巳《采桑子》：“玉堂香暖珠帘卷，双燕来归。”

[点评]

此词写残春景色的萧条，凸显游人去后的清静，景中见情，若有所失又若有所得之感，油然而生。刘永济评云：“盖世俗之人多在群芳正盛之时游观西湖；作者却于飞花、飞絮之外，得出寂静之境。世俗之游人皆随笙歌散去，作者却于人散、春空之后，领略自然之趣。”（《唐五代两宋词简析》）确属别出新意的佳作。

清陈廷焯：“四字（指“始觉春空”）猛省。”（《别调集》卷一）

刘永济：“前结‘垂柳栏干尽日风’，后结‘双燕归来细雨中’，神味至永，盖芳歇红残，人去春空，皆喧极归寂之语，而此二句则至寂之境，一路说来，便觉至寂之中，真味无穷，词义高绝。”（《词论》）

朝中措[1]

平山栏槛倚晴空[2]，山色有无中[3]。手种堂前垂柳，别来几度春风[4]。

文章太守[5]，挥毫万字[6]，一饮千钟[7]。行乐直须年少[8]，樽前看取衰翁[9]。

清沈祥龙评首二句："用成语，贵浑成，脱化如出诸己。"（《论词随笔》）

潘德舆："用前人成句入诗词者极多，然必另有意象以点化之，不能用入排偶或直写偶句也。如欧公长短句云：'平山栏槛倚长空，山色有无中。'此实别有意象。故坡公复作长短句云：'记得醉翁语，山色有无中。'以王摩诘语专归之欧，转见别致。"（《养一斋诗话》卷七）

[注释]

[1] 朝中措：调名，一作《醉偎香》。有题作"送刘仲原甫出守维扬"。刘仲原甫，刘敞，字原父（甫），以排行第二，称"仲原甫"。至和三年（1056）出守扬州，欧赠以此作。 [2] 平山：堂名。庆历八年（1048）欧知扬州，作堂于蜀冈之大明寺，江南诸山拱列檐下，如可攀取，故名曰平山堂，时与宾客宴饮于此。 [3]"山色"句：语本王维《汉江临泛》："江流天地外，山色有无中。" [4]"别来"句：皇祐元年（1049）欧离开扬州，移知颍州，至作本词，已有八年。 [5] 文章太守：指刘敞。欧有《集贤院学士刘公墓志铭》赞刘敞博学能文："其为文章，尤敏赡。尝直紫微阁，一日，追封皇子、公主九人，公方将下直，为之立马却坐，一挥九制数千言，文辞典雅，各得其体。" [6] 挥毫：运笔。 [7] 千钟：极言酒量之大。《孔丛子·儒服》："尧舜千钟，孔子百觚。" [8] 直须：应当。 [9] 看取：且看。取，助词。

[点评]

欧词一般似冯延巳、晏殊之温婉，而此词格调迥异。

发端即登高望远，气势不凡。“手种”二句，回忆主政扬州的往事，语气豪放，且寓有深情。下片夸奖好友博学能文，才思敏捷，豪饮尤见气概。末二句叹人生易老，因宦海浮沉岁月不居而感慨不尽。如詹安泰《简论晏欧词的艺术风格》所说，此词“写景色，写物象，写生活，写感想，坦率说出，毫无假借，直起直落，大开大阖”，“在艺术风格上是属于疏宕一路的”。

长相思[1]

花似伊[2]，柳似伊，花柳青春人别离[3]。低头双泪垂。

长江东，长江西，两岸鸳鸯两处飞。相逢知几时。

“两岸”句：反用花蕊夫人徐氏《宫词》“傍岸鸳鸯皆著对”之意。

[注释]

[1] 长相思：唐教坊曲名，后用为词调名。 [2] 伊：你。刘义庆《世说新语·品藻》：“勿学汝兄，汝兄自不如伊。”张相《诗词曲语辞汇释》：“伊，第二人称之辞，犹云君或你，与普通用如‘他’字者异。” [3] 青春：草木茂盛百花开的春季。冯延巳《临江仙》：“冷红飘起桃花片，青春意绪阑珊。”人别离：白居易《江楼月》：“明月虽同人别离。”

[点评]

此词以男子口吻述相思之情，以民歌体开头，以第二人称诉说，称花儿似的鲜艳美丽，垂柳似的婀娜多姿，那是心上人姣好的面容与轻盈的体态。可是“人别离”三字一转，情绪突变，他们无法厮守，只能不舍又无奈地垂泪而别。下片以鸳鸯为喻，写有情人被涛澜翻滚的大江所隔，各处东西，不知何时才能相逢。拟人、比喻、反衬等修辞手法的运用和民歌的韵味，大大增强了作品的艺术感染力。

诉衷情[1]

眉意

清晨帘幕卷轻霜[2]，呵手试梅妆[3]。都缘自有离恨[4]，故画作远山长[5]。

思往事，惜流芳[6]，易成伤。拟歌先敛[7]，欲笑还颦，最断人肠。

陈廷焯：“纵画长眉，能解离恨否？笔妙，能于无理中传出痴女子心肠。”（《闲情集》卷一）

俞平伯：“两句（指‘拟歌先敛，欲笑还颦’）蕴藉曲折。后来周邦彦《风流子》词有相似的写法，如‘欲说还休，虑乖芳信；未歌先咽，愁近清觞’，当系拟此。”（《唐宋词选释》）

[注释]

[1] 诉衷情：唐教坊曲名，后用为词调名。 [2] 帘幕：用以遮门窗的帘子与帷幕。 [3]“呵手”句：置胶于手，呵气使融化，以贴梅花花钿。呵手，呵气暖手。梅妆，即梅花妆，古时女子描梅花状于额的妆饰。 [4] 缘：因。 [5] 远山：指远山眉。此妆，眉细而长，似雾中远山，含幽愁韵味。长：双关语，言眉长而寓

离恨绵长之意。[6]流芳：流水般逝去的时光。[7]“拟歌”以下三句：言欲放歌先敛眉，欲欢笑却皱眉，伤透了心。

[点评]

此词上片叙事，写一位歌女在轻霜微寒时节，卷起帘幕后梳妆打扮。作者紧扣题意，只写其呵手而成梅花妆的动作，且专注于画眉修长的细节，突出其因离恨太深而故“作远山长”的痴心，于是过渡到下片的抒情。“思往事，惜流芳”是对难忘往昔的虚写，“易成伤”倾诉内心折磨的痛楚，以致出现“拟歌先敛，欲笑还颦”的矛盾心理与尴尬表情。娇羞柔弱、多愁善感的女子形象呼之欲出。尾句似写旁观者的感受，其实正道出了歌女难以割舍的别恨离愁。

金人瑞：“‘残’字、‘细’字写早春如画。‘摇’字不知是草，不知是风，不知是征辔，却便觉有离愁在内。‘离愁渐远渐无穷，迢迢不断如春水’，此二句只是叙愁，却已叙出路程；上三句只是叙路程，却都叙出了愁。其法妙不可言。”（《金圣叹全集》卷六《批欧阳永叔词》）

踏莎行[1]

候馆梅残[2]，溪桥柳细。草薰风暖摇征辔[3]。离愁渐远渐无穷[4]，迢迢不断如春水[5]。

寸寸柔肠[6]，盈盈粉泪[7]。楼高莫近危栏倚[8]。平芜尽处是春山[9]，行人更在春山外。

俞陛云：“‘候馆’‘溪桥’，言行人所经历；‘柔肠’‘粉泪’，言思妇之伤怀。情同而境判，前后阕之章法井然。”（《唐五代两宋词选释》）

[注释]

[1]踏莎行：调名，本韩翃诗“踏莎行草过春溪”。[2]“候馆”

句：杜牧《代人寄远六言》："候馆梅花雪娇。"候馆，宾客旅居的馆舍。 [3] 草薰风暖：语本江淹《别赋》："闺中风暖，陌上草薰。"含离别之意。薰，花草的香气。征辔：代称行旅中的马。辔，驭马的缰绳。 [4]"离愁"句：李煜《清平乐》："离恨恰如春草，更行更远还生。" [5] 迢迢：水流绵长貌。 [6] 寸寸柔肠：肝肠寸断，伤心至极。柔肠，言男女间缠绵悱恻之情。 [7] 盈盈粉泪：清莹的泪水沾染了脸上的脂粉。 [8] 危栏：高楼的栏杆。 [9] 平芜：铺满绿草的原野。

[点评]

语淡而情深，人物心理活动的刻画，在此词中可谓绝妙。行人与闺妇的相思，都借助景色描写表现出来。上片写行人离家，"候馆""溪桥"之景，道出了旅宿与奔波的循环，日复一日，征辔不停。途中见到春水流淌绵延不绝的景象，顿生"离愁渐远渐无穷"的忧虑，孤单之感与惆怅之情与日俱增。下片写闺中人登上高楼遥望，因离别的折磨而满脸泪花、肝肠寸断的她，面对绿草葱茏的原野，心情却变得更加抑郁，因为望尽"平芜"处的"春山"，不仅挡住了她的视线，更堵在她的心间。朝暮思念，难有尽头，这深婉的抒情正是欧词的特色。

减字木兰花[1]

歌檀敛袂[2]，缭绕雕梁尘暗起[3]。柔润清圆，金人瑞："'天上''心下'斗成七字，不知是千锤百琢语，不知是天成语。更妙于'心下事'，定当私昵秽亵，却用'天上仙音'四字冠之，便妙不容言。"(《金圣叹全集》卷六《批欧阳永叔词》)

百琲明珠一线穿[4]。

樱唇玉齿[5]，天上仙音心下事。留住行云[6]，满坐迷魂酒半醺[7]。

[注释]

[1] 减字木兰花：韦庄始作《木兰花令》，冯延巳作《偷声木兰花》，此将《偷声木兰花》前后阕首句减去三字，故称。此词疑作于天圣、明道间，时欧在西京洛阳钱惟演幕府任职。 [2] 歌檀：依檀板节奏而歌。敛袂（mèi）：整理衣袖，作行礼拜谒的准备。韦庄《秦妇吟》："回头敛袂谢行人。" [3] "缭绕"句：即余音绕梁之意。《列子·汤问》："昔韩娥东之齐，匮粮，过雍门，鬻歌假食。既去，而余音绕梁欐，三日不绝。"《太平御览》卷三十七引《世说》："虞公善歌，发声动梁尘。" [4] "百琲（bèi）"句：以线串明珠喻歌声清丽圆润。琲，珠串。《文选》收左思《吴都赋》刘逵注："琲，贯也，珠十贯为一琲。"王嘉《拾遗记》有"赐以真珠百琲"之语。 [5] 樱唇玉齿：唇如樱桃，齿如白玉。李商隐《赠歌妓》："红绽樱桃含白雪，断肠声里唱《阳关》。"卢照邻《和王奭秋夜有所思》："丹唇间玉齿，妙响入云涯。" [6] 留住行云：言歌声美妙。《列子·汤问》："薛谭学讴于秦青，未穷青之技，自谓尽之，遂辞归。秦青弗止，饯于郊衢，抚节悲歌，声振林木，响遏行云。薛谭乃谢求反，终身不敢言归。" [7] "满坐"句：檃栝《史记·滑稽列传》淳于髡（kūn）之语："若乃州闾之会，男女杂坐，行酒稽留，……履舄交错，杯盘狼藉，堂上烛灭，主人留髡而送客。罗襦襟解，微闻芗泽，当此之时，髡心最欢，能饮一石。故曰酒极则乱，乐极则悲，万事尽然。"

[点评]

本词上片写歌女的演唱，渲染其歌声之婉转悠扬与歌喉之美妙动人。下片以“天上仙音心下事”过渡，用夸张的手法，写飘向蓝天的歌声，竟产生了“响遏行云”的效果。最妙是在末尾，檃栝汉时滑稽大师淳于髡的言语，让人联想到“男女杂坐，行酒稽留”，“履舄交错，杯盘狼藉”，直唱得“满坐迷魂酒半醺”的故事，显示出歌女美喉的威力。艺术效果如此强烈感人，真是神来之笔！

生查子[1]

去年元夜时[2]，花市灯如昼[3]。月到柳梢头，人约黄昏后。

今年元夜时，月与灯依旧。不见去年人，泪满春衫袖。

金人瑞：“前后两提头，只换一字，章法绝奇。”（《金圣叹全集》卷六《批欧阳永叔词》）

金人瑞：“‘月与灯’只三字，便将前第二、第三句缴过。‘依旧’只二字，便将前‘花市’‘如昼’到‘柳梢头’八字重描，真奇绝之笔！”（同上）

[注释]

[1] 生查子：唐教坊曲名，后成曲调名。此词宋以来曾疑为秦观、李清照或朱淑贞作，但无确切证据。至清代，谓为欧阳修作，已成定论。 [2] 元夜：正月十五日上元之夜，又称元宵、元夕。 [3] 花市：卖花的集市。韦庄《奉和左司郎中春物暗度感而成章》：“锦江风散霏霏雨，花市香飘漠漠尘。”

[点评]

此词用“去年”与“今年”元宵夜的对比，抒写物是人非的惆怅。主人公的诉说，纯属普通自然的口语，而一片深情在对往昔的回忆与不舍中流露无遗。“人约黄昏后”的相会与欣喜，一年后竟被“泪满春衫袖”的失望与伤心所取代，没有具体情节，不知原因何在，但主人公的悲情难抑、愁深似海，从一个“满”字中已达到极限，拨动了多少读者的心弦！

蝶恋花[1]

庭院深深深几许[2]，杨柳堆烟[3]，帘幕无重数。玉勒雕鞍游冶处[4]，楼高不见章台路[5]。

雨横风狂三月暮，门掩黄昏[6]，无计留春住[7]。泪眼问花花不语[8]，乱红飞过秋千去[9]。

[注释]

[1] 蝶恋花：原唐教坊曲名，后成词调名。名本梁简文帝乐府《翻阶蛱蝶恋花情》。 [2] 几许：多少。《古诗十九首》：“河汉清且浅，相去复几许。” [3] 杨柳堆烟：杨柳上弥漫着层层雾气，见杨柳之密、雾气之浓。 [4] 玉勒雕鞍：玉饰的马衔和雕饰的马鞍。庾信《马射赋》：“控玉勒而摇星，跨金鞍而动月。”游冶处：妓院歌楼等寻欢作乐的场所。游冶，艳游。 [5] 章台路：汉长安街名。

帘幕重重，与“亭院深深”正相应。

唐圭璋：“‘玉勒’两句，写行人游冶不归，一则深院凝愁，一则章台驰骋，两句射照，哀乐毕见。”（《唐宋词简释》）

清毛先舒评“泪眼”二句：“此可谓层深而浑成，何也？因花而有泪，此一层意也；因泪而问花，此一层意也；花竟不语，此一层意也；不但不语，且又乱落，飞过秋千，此一层意也。人愈伤心，花愈恼人。语愈浅而意愈入，又绝无刻画费力之迹。谓非层深而浑成耶？”（《古今词论》引）

《汉书·张敞传》:“敞无威仪，时罢朝会，过走马章台街。”章台街泛指妓院聚集之处。 [6]“门掩”句:门户不开，直至黄昏。柳媛《长门怨》:“花落黄昏空掩门。” [7]“无计”句:化用薛能《惜春》:“无计延春日，何能留少年。” [8]“泪眼”句:意出严恽《落花》诗:“尽日问花花不语，为谁零落为谁开。” [9]秋千:《荆楚岁时记》引《古今艺术图》:“秋千，本北方山戎之戏，以习轻趫者也。后中国女子学之，乃以彩绳悬木立架，士女炫服坐立其上，推引之。”

[点评]

此词抒写闺怨。上片从处所着眼描述:深深的庭院，为密密杨柳和重重帘幕所遮蔽，孤寂的少妇终日独守空房，而她的丈夫却艳游在外，寻欢作乐。下片深入少妇的内心世界:青春转瞬即逝，无计可施;泪眼问花，花岂解语，徒增伤感;见花凋谢，飞过秋千，更是悲从中来。全篇写景抒情，融为一体，下片层深而浑成，尤见卓绝的艺术功力。

蝶恋花

越女采莲秋水畔[1]，窄袖轻罗[2]，暗露双金钏[3]。照影摘花花似面[4]，芳心只共丝争乱[5]。

鸂鶒滩头风浪晚[6]，雾重烟轻，不见来时伴。隐隐歌声归棹远[7]，离愁引着江南岸。

金人瑞评“窄袖”二句:“九个字，只写得上句中一个‘采’字耳，却亦只须写一‘采’字，便活画出越女全身。此顾虎头所谓‘须向阿堵中落笔’也。”(《金圣叹全集》卷六《批欧阳永叔词》)

金人瑞:“上‘影’是水中面，下‘花’是水中花，造语灵幻之极。”(同上)

金人瑞:“因其着岸，而知其心愁也。却反云愁心引之着岸，此则练句之妙也。”(同上)

[注释]

[1] 越女：自古越地多美女，以春秋越国的西施最为著名。此泛指江南水乡美女。 [2] 窄袖：宋时民间女子襦衣窄袖的打扮，便于劳作。轻罗：质地轻软细薄的丝织品，多用作春夏时的单衣。王维《秋夜曲》："桂魄初生秋露微，轻罗已薄未更衣。" [3] 金钏：金手镯。 [4] "照影"句：临水顾影摘花，花面交相辉映。孟浩然《高阳池送朱二》："池边钓女自相随，妆成照影竞来窥。"花似面，萧纲《采莲曲》："江花玉面两相似。" [5] "芳心"句：越女的情思像莲丝般纷纭。芳心，美女之心。丝，莲丝，暗指情思。 [6]"鸂鶒（xī chì）"句：暮色中鸂鶒嬉戏的滩头突起风浪。鸂鶒，形似鸳鸯而稍大的水鸟，多紫色，喜偶游。 [7] "隐隐"句：从远处归舟上隐隐约约传来同伴悠扬的歌声。棹，船桨，借指小舟。

[点评]

这首词生动地刻画出采莲少女活泼可爱的形象。上片写少女和她的同伴在水上采莲，既显出她动作的灵巧、穿戴的特色和水中花面倒影的姣好，又道出她微妙的"芳心"。下片写水面上景色已变，一个"晚"字点出暮色降临；"风浪""雾重"与白天的"照影摘花"，显出环境大变；从"不见来时伴"看出眼下的情绪与前截然不同，由采莲群体的欢欣变为落单少女的忧心。在"离愁"的驱使下，她终于让小舟有惊无险地回到了岸边。鲜明的形象，变化的场景，迥异的心态，无不在词人的笔下栩栩如生地展现出来。

渔家傲[1]

花底忽闻敲两桨[2]，逡巡女伴来寻访。酒盏旋将荷叶当[3]，莲舟荡，时时盏里生红浪[4]。

花气酒香清厮酿[5]，花腮酒面红相向[6]。醉倚绿阴眠一饷[7]，惊起望，船头阁在沙滩上[8]。

“花底”“闻敲”，未写人而见人；“女伴”“寻访”，未写舟而见舟。

“生红浪”与“红相向”，“花气酒香”与“花腮酒面”皆前后关联，效应叠加，韵味更浓。

由“醉”入“眠”而“惊”，神态逼真，过渡自然，末句之“阁”点出缘由，可谓一气呵成。

[注释]

[1]渔家傲：此调宋人始作。范仲淹“塞下秋来风景异”一首极为著名。 [2]“花底”二句：花下忽然传来两桨击水的声音，采莲女伴们的艇子顷刻间聚了过来。《乐府诗集·清商曲辞·莫愁乐》：“艇子打两桨，催送莫愁来。”逡（qūn）巡，顷刻。张祜《偶作》：“遍识青霄路上人，相逢只是语逡巡。” [3]“酒盏”句：倒装句，当读为“旋将荷叶当酒盏”。旋，漫然，随意。白居易《失题》：“石榴枝上花千朵，荷叶杯中酒十分。” [4]“时时”句：摇晃的荷叶杯里时时映入红色的荷花与采莲女们泛红的两腮。 [5]“花气”句：荷花与美酒的清香相融汇。厮，相互。酿，调和。 [6]“花腮”句：艳如女子面腮的莲花与女子酒后的醉脸交相辉映。 [7]一饷：一会儿。 [8]阁：搁浅，停靠。

[点评]

以采莲女群体的形象出现在词中，这是写得活灵活现令人击节赞叹的一首。先是从花下传来“敲两桨”声响，这是采莲女动作的暗示，一叶小舟出现了。片刻间热闹了，女伴们划舟靠拢，响起一阵阵笑语欢声。荷塘水波荡漾，姑娘们以荷叶为杯，畅怀痛饮，花香伴着酒香，一个个两腮泛红。在热烈的气氛中，她们沉醉了，安静了，但没多久又都醒来，惊起一望，她们的小舟都已搁浅在沙滩上了。这是采莲女们水上狂欢的生动写照，过程历历在目，人物活泼可爱，格调清新健康，用语准确传神，真是精心构撰的佳作。

渔家傲

腊月天寒地冻。　十二月严凝天地闭[1]，莫嫌台榭无花卉。惟

壮士豪气冲天。　有酒能欺雪意[2]，增豪气，直教耳热笙歌沸[3]。

陇上雕鞍惟数骑[4]，猎围半合新霜里。霜重

尽现非凡武功。　鼓声寒不起[5]，千人指[6]，马前一雁寒空坠[6]。

[注释]

[1] 严凝：严寒。《礼记·乡饮酒义》：“天地严凝之气，始于西南，而盛于西北，此天地之尊严气也，此天地之义气也。”天地闭：谓严冬天地阴阳之气闭塞不通。《礼记·月令》：“孟冬之月，……天气上腾，地气下降，天地不通，闭塞而成冬。” [2] 欺：压倒，胜过。方干《鉴湖西岛言事》诗：“偶斟药酒欺梅雨，却著寒衣过麦秋。” [3] 耳热：酒酣耳热的模样。杨恽《报孙会宗书》：“酒后耳热，仰天抚缶而呼呜呜。”笙歌沸：笙歌鼎沸，热闹非常。

鲍溶《怀仙》:“十二楼上人，笙歌沸天引。” [4]“陇上”二句：写边塞冬季狩猎。陇上，旧称陕、甘及以西一带，此泛指边塞。雕鞍，雕饰华美的马鞍。猎围半合，谓打猎时包抄合围以追捕猎物。 [5]“霜重”句：李贺《雁门太守行》诗：“半卷红旗临易水，霜重鼓寒声不起。” [6]“千人”二句：张祜《观徐州李司空猎》:“万人齐指处，一雁落寒空。”

[点评]

此词发端即展示寒冬腊月冰天雪地的强大威力，昔日赏心悦目的所有花卉荡然无存。妙在酒的出现使严冬的威压顿时化解，神奇的酒竟能“欺雪意”而“增豪气”，以致陇上健儿酒酣耳热，笙歌震天动地。一个“沸”字道出了壮士蔑视严寒的大无畏气概和向“天地闭”发起的强劲冲击。词的下阕，只见数位壮士已骑上快马，“惟数骑”显示了壮士们惊人的胆魄和无穷的力量，他们在雪地上急速地驰骋、包抄、合围，捕捉猎物。战功赫赫，不多费笔墨，仅以千人所指、寒空雁落，显示其卓绝武功，即戛然而止。全词先抑后扬，抑之愈甚，扬之愈力，无畏的壮士豁人眼目，豪放的词情震撼人心。

玉楼春 [1]

明沈际飞：“风月特寄情，而非即情，语超然。”(《草堂诗余》续集)

樽前拟把归期说 [2]，欲语春容先惨咽。人生自是有情痴 [3]，此恨不关风与月。

离歌且莫翻新阕[4]，一曲能教肠寸结。直须看尽洛城花[5]，始共春风容易别。

[注释]

[1] 玉楼春：调名当取白居易“玉楼宴罢醉和春”之意。据“直须”二句，此词作于景祐元年（1034）三月，欧阳修西京留守推官任满，离开洛阳往襄城（今属河南）之时。 [2]“樽前”二句：饮饯行酒前真想说何时归来，正要开口，她姣好的面容已满是悲切而哽咽不语。樽，盛酒器。李白《前有樽酒行》：“春风东来忽相过，金樽渌酒生微波。”春容，青春女子的容貌。南朝佚名《子夜歌》：“郎怀幽闺性，侬亦恃春容。” [3]“人生”二句：人生本来就是多愁善感的，这离别的遗憾与男欢女爱的情怀无关。有情痴，执迷于用情的人。据《世说新语·纰漏》载，相貌俊秀的任瞻南渡后，神情有异，流涕悲伤，王导谓之曰：“此是有情痴。”风与月，即风月，指男女间情爱之事。韦庄《多情》：“一生风月供惆怅，到处烟花恨别离。” [4]“离歌”二句：惜别之歌且莫按旧曲唱新词，那一曲将让寸肠紧紧地纠结。翻，演唱，演奏。孟浩然《美人分香》：“舞学平阳态，歌翻《子夜》声。”肠寸结，寸肠纠结。《吴越春秋》：“肠千结兮服膺。” [5]“直须”二句：定当看尽洛阳的牡丹花，与我们共有而即将逝去的春风告别。容易，变化极快。戴叔纶《织女词》：“难得相逢容易别，银河争似妾愁深。”

[点评]

早年任职西京，公务之余，欧阳修与众多年轻友人登山临水，意气风发，文酒诗会，相互切磋，还少不了歌舞助兴，度过了十分难忘的岁月。离别之际，对友朋歌女他都一往情深，并留下了充满不舍之情的诗词佳作。此词抒离别之悲情，上片由“拟”说而“未语”至“惨咽”，曲折吞吐地写悲，而“人间”二句借理性的反思加以排解。下片由“离歌”“一曲”让人寸肠纠结，继续写悲，又以“直须”二句所展现的达观与豪兴，再度加以排解。全词写足哀伤与惆怅，而在两度以豪兴排解悲情之中，更见深深的惆怅与哀伤。王国维评曰：“永叔‘人间自是有情痴，此恨不关风与月’，‘直须看尽洛城花，始与东风容易别’，于豪放之中有沉著之致，所以尤高。”（《人间词话》卷上）

玉楼春[1]

西湖南北烟波阔，风里丝簧声韵咽[2]。舞余裙带绿双垂[3]，酒入香腮红一抹。

杯深不觉琉璃滑[4]，贪看《六么》《花十八》。明朝车马各西东，惆怅画桥风与月[5]。

宏大的西湖，感人的乐声，蔚为壮观。

“杯”与“酒”、“看”与“舞”相承相接，上下片浑然一体。

情怀融入西湖的美景中，与开头遥相呼应。

[注释]

[1] 此词作于皇祐元年（1049）。调名一作《木兰花令》。此年正月，欧由扬州移知颍州，二月至颍。翌年七月，改知应天府兼南京留守司事。苏轼于元祐六年（1091）知颍，作《木兰花

令·次欧公西湖韵》，有“佳人犹唱醉翁词，四十三年如电抹”，由皇祐元年至元祐六年，从头至尾恰好四十三年。欧词云“明朝车马各西东”，当是参加饯别的歌舞酒宴后由颍州赴南京（今河南商丘）之时作。 [2]“风里”句：风中湖面上回荡着琴簧等乐器悲切凝滞之声。丝簧，指琴瑟笙簧等管弦乐器。咽，声音滞涩，多用于形容悲切。徐陵《山池应令》：“猿啼知谷晚，蝉咽觉山秋。” [3]“舞余”二句：女子舞毕，一双绿色的裙带下垂，洁白秀丽的腮边因饮酒泛出一抹红色。舞余，舞罢。 [4]“杯深”二句：杯深不觉晶莹碧透的美酒在晃动，是因为贪看《六么（yāo）》舞曲中《花十八》那动人的一节。《六么》，又名《绿腰》。白居易《听歌六绝句·乐世》：“管急弦繁拍渐稠，《绿腰》婉转曲终头。”王灼《碧鸡漫志》谓《六么》“曲内一叠名《花十八》，前后十八拍。又四花拍，共二十二拍”。 [5]“惆怅”句：站在画桥上，面对清风明月，因即将离别而惆怅不已。画桥，雕饰精美的桥梁。阴铿《渡岸桥》：“画桥长且曲，傍险复凭流。”

[点评]

这首词写得非常流畅又充满深情画意。由烟波浩渺的西湖导入，用美妙的管弦乐声带出一场歌舞盛宴，引出绿色裙带双垂、红色一抹香腮的舞女。那节奏急促而逐渐趋缓的歌舞，让观者忘情到酒杯在手而不觉。想到将要离别美丽的西湖，无限的惆怅不由涌上心头。湖美、乐美、舞美、酒美、人美，美不胜收，竟让中年欧公如此陶醉，如此动情！作品气象宏大，布局巧妙，语言精美，描摹传神，抒情和婉，不乏蕴藉。前半生历尽风波，转徙各地任职，唯钟情颍州，离别未免惆怅不舍，但对未来并不悲观，可见优雅的转身与从容的气度。

玉楼春[1]

别后不知君远近，触目凄凉多少闷。渐行渐远渐无书[2]，水阔鱼沉何处问。

夜深风竹敲秋韵[3]，万叶千声皆是恨。故攲单枕梦中寻[4]，梦又不成灯又烬。

三个“渐”字，见逐日等待而落空，焦虑之极而又无奈之极。

恨由心生，却累及无辜的“风竹”，无理之中见情何以堪。

[注释]

[1] 皇祐元年（1049）或二年在颍州作。 [2]“渐行”二句：你渐行渐远，渐渐地连书信也没了，水面开阔，递信的鱼儿游在水底，我到底去何处寻问呢？汉乐府《饮马长城窟行》：“客从远方来，遗我双鲤鱼。呼儿烹鲤鱼，中有尺素书。”双鲤鱼，指古时递信所用的鱼形木函。 [3]“夜深”二句：夜深沉，风儿紧吹竹叶发出了秋声，那阵阵声响都在诉说着别愁离恨。秋韵，秋声。庾信《咏画屏风诗》：“急节迎秋韵，新声入手调。” [4]“故攲（yī）”二句：所以我倚靠在孤单的枕头上往梦境中寻觅，可惜梦未做成而灯烛已燃尽了。攲，通“倚”。烬，灯芯燃尽留下的残灰。

[点评]

此词上片写离别的情形，空守家中，凄凉愁闷，音信全无，而无处寻问；下片写别后的期待，期待一再落空，令愁闷转向怨恨。期待愈迫切，失望愈强烈，离愁别恨，不断叠加，已到极致，情何以堪！唐圭璋评曰："此首写别恨，两句一意，次第显然。分别是一恨。无书是一恨。夜闻风竹，又搅起一番离恨。而梦中难寻，恨更深矣。层层深入，句句沉著。"（《唐宋词简释》）

"走来"二句，写新妇笑对夫婿，娇嗔相问，神态毕出。

贺裳评"弄笔"二句："真觉俨然如在目前，疑于化工之笔。"（《皱水轩词筌》）

"等闲"句承接"描花"，"笑问"句与"弄笔"呼应。

南歌子[1]

凤髻金泥带[2]，龙纹玉掌梳[3]。走来窗下笑相扶。爱道画眉深浅、入时无[4]。

弄笔偎人久[5]，描花试手初。等闲妨了绣功夫[6]。笑问双鸳鸯字、怎生书[7]。

[注释]

[1] 南歌子：唐教坊曲名，后用为词调名。清代陈廷焯《词坛丛话》谓欧词"香艳之作，大率皆年少时笔墨，亦非近、后人伪作也"。当为早年之作。 [2]"凤髻"句：高翘的发式形似凤鸟，金饰的头绳闪闪发光。凤髻，又称"凤凰髻"，凤形，唐时流行。金泥带，金屑为饰用以束髻的头绳。 [3]"龙纹"句：刻有龙纹的带柄玉梳。掌，指梳掌，即梳子之柄。段公路《北户录》有"通犀"条云："制梳掌多作禽鱼。" [4]"爱道"句：语本唐人朱庆馀《近试上张水部》："洞房昨夜停红烛，待晓堂前拜舅姑。妆罢低声问夫婿，画眉深浅入时无。"画眉，典出《汉书·张敞传》："敞无威仪，……又为妇画眉。"入时，合乎时宜。 [5]"弄笔"二句：

新妇久久依偎着郎君摆弄手中之笔，先在绣布上勾画图案以便依样刺绣。试手，试手艺。 [6] 等闲：无端，平白。刘禹锡《竹枝词》："长恨人心不如水，等闲平地起波澜。" [7] 怎生：口语，意为怎样、如何。

[点评]

此词以新婚夫妇甜蜜生活为主题，着重刻画年轻活泼沉浸在幸福之中的新妇。引人注目的时尚头饰让她靓丽现身，接着是"走来窗下"，与夫婿"笑相扶"的动作，一个"笑"字突出了内心的欢愉。在向夫婿发问中，她巧用脍炙人口的"画眉深浅入时无"的唐人诗句，纯然是活灵活现的俏皮模样。下片转入"弄笔""描花"的细节描写，一个"偎"字显出新妇小鸟依人般的娇柔与可爱。当新妇搁下绣针，拿起彩笔，"笑问双鸳鸯字怎生书"之时，那含情脉脉的挑逗，将新婚的喜悦一展无遗。作者文笔细腻传神，确如潘游龙所评："首写态，后描情，各尽其妙。"(《古今诗馀醉》)

临江仙[1]

柳外轻雷池上雨[2]，雨声滴碎荷声[3]。小楼西角断虹明[4]。栏干倚处[5]，待得月华生。

燕子飞来窥画栋[6]，玉钩垂下帘旌。凉波不

"断虹明"至"月华生"，见时间的转移；彩虹的灿烂和夜月的明亮，写视觉的享受；"待得"二字，显赏美的执着。

清许昂霄评末三句："不假雕饰，自成绝唱。"（《词综偶评》）

动簟纹平[7]。水精双枕[8]，傍有堕钗横。

[注释]

[1]临江仙：唐教坊曲名，后用为词调名。此词作于天圣九年（1031）三月欧阳修抵洛阳任西京留守推官后，至明道二年（1033）九月钱惟演罢西京留守前。《词林记事》引《尧山堂外纪》云："钱惟演宴客后园，一官妓与永叔后至，诘之，妓对：'以失金钗。'故钱曰：'乞得欧阳推官一词，当即偿汝。'永叔即席云：柳外轻阴池上雨，雨声滴碎荷声小。" [2]轻雷：隐隐的雷声。高适《陪窦侍御灵云南亭宴诗得雷字》："新秋归远树，残雨拥轻雷。" [3]"雨声"句：雨落荷叶的细碎声，响过荷叶的晃动声。 [4]断虹：残虹。庾信《奉报赵王出师在道赐诗》："雨歇残虹断，云归一雁征。" [5]"栏干"二句：倚靠在栏杆旁边，直等到月亮升起。月华，月光，月色，又指月亮。庾信《舟中望月》："舟子夜离家，开舲望月华。" [6]"燕子"二句：燕子飞来，在画梁间窥视着，她从玉钩上放下门帘。帘旌，帘端所缀之布帛，亦泛指帘幕。白居易《旧房》："床帷半故帘旌断，仍是初寒欲夜时。" [7]"凉波"句：竹席纹路像清凉的水面一样平展而不起微澜。簟（diàn），竹席。 [8]"水精"二句：床头有水晶双枕，旁边横放着她发上掉下的金钗。此化用李商隐《偶题》："水文簟上琥珀枕，傍有堕钗双翠翘。"水精，即水晶，汉时传入中国。《后汉书·西域传·大秦》："宫室皆以水精为柱，食器亦然。"

[点评]

上片抒写外景：轻雷响，雨声作，断虹明，月华生。

夏日之声之景相交织，境界何其美妙！下片转向室内，画栋美，燕子来，何以“窥”，帘旌垂。李商隐诗一经化用，闺人卧室入画，境界美而不俗。俞平伯曰：“下片只写景，不言人物情致，和晚唐韩偓诗《已凉》一篇写法亦相似。”（《唐宋词选释》）

临江仙[1]

记得金銮同唱第[2]，春风上国繁华[3]。如今薄宦老天涯[4]。十年歧路[5]，空负曲江花。

闻说阆山通阆苑[6]，楼高不见君家。孤城寒日等闲斜[7]。离愁难尽，红树远连霞[8]。

“记得”三句实写登科及贬谪的经历，胸怀磊落，依然大气。

“闻说”二句虚写同年的行踪，充满想象，饱含关切的深情。

[注释]

[1] 庆历六年、七年（1046—1047）间秋作。诗云“红树远连霞”，属秋季。庆历五年十月欧到滁州履职，八年闰正月改知扬州，皆与秋季无关，故此二年可排除。本词为来访且将赴阆（làng）州（今四川阆中）任职的同年及第友人而作。文莹《湘山野录》载：“欧阳公顷谪滁州，一同年将赴阆倅，因访之，即席为一曲歌以送，曰（见本词）。其飘逸清远，皆白之品流也。” [2]“记得”句：记得当年金銮殿上我们同被唱名登进士第。金銮，即金銮殿，唐朝宫殿名，后为皇宫正殿的泛称。唱第，科举考试后在正殿宣唱及第进士的名次。 [3]“春风”

句：春风得意，置身京都繁华之地。上国，京都，此指汴京开封。 [4] 薄宦：官职卑微。天涯：天边，指被贬至僻远的滁州。 [5]“十年”二句：分别十年，我辜负了当初及第时朝廷赐予的荣光。歧路，岔路，指分别处。王勃《送杜少府之任蜀州》：“无为在歧路，儿女共沾巾。”曲江，在唐长安城东南（今陕西西安长安区东南）。韩鄂《岁华纪丽》：“还往既捷，列名于慈恩寺，谓之提名；大宴于曲江亭子，谓之曲江会。” [6]“闻说”二句：听说您要去阆州，有阆山可通阆苑，我即便登上高楼，怕也看不到您的家。阆山，即阆中山，在阆州之南。阆苑，在阆州。王象之《舆地纪胜》：“阆苑，唐时鲁王灵夔、滕王元婴以衙宇卑陋，遂修饰宏大之，拟于宫苑，由是谓之隆苑。其后以明皇讳隆基，改谓之。” [7] 等闲：无端。 [8] 红树：叶经霜而变红之树。杜牧《秋晚早发新定》：“凉风满红树，晓月下秋江。”

[点评]

郁闷与离愁是全词的基调。上片着眼时空的转换，将金殿唱名与远贬“天涯”加以对比，见昔时的得志与今日的失落，如云泥之别，至为不堪。下片目光投向友人出任副职的阆州，地方更是遥远，虽有宏大富丽的阆苑，但说与君无涉，“不见君家”。处“孤城”已难堪，“寒日”无端又西斜！景语即情语，郁闷加离愁，绵绵无尽，似萧瑟秋风中的红树，远远连接天边的红霞。全词境界开阔，感慨深沉，郁闷中仍露出豪气，叹息中见心有不甘，离愁中寓热烈的关怀，已突破婉约词的藩篱。

浪淘沙[1]

把酒祝东风[2]，且共从容。垂杨紫陌洛城东[3]。总是当时携手处，游遍芳丛[4]。

聚散苦匆匆，此恨无穷。今年花胜去年红[5]。可惜明年花更好，知与谁同？

沈际飞：“末三句虽少含蓄，不失为情语。”（《草堂诗馀》正集卷二）

［注释］

[1] 浪淘沙：唐教坊曲名，后用为词调名。天圣九年（1031），欧与众多文士在洛阳聚合。至明道二年（1033），或离去，如尹洙、梅尧臣等；或病故，如张汝士。最不舍的是胥夫人，年方十七，生子未逾月，即病逝。惜别友朋的伤感与诀别胥氏的悲痛相叠加，故有“聚散苦匆匆，此恨无穷”之叹。此词当为是年春欧外出返洛后作。 [2]“把酒”二句：语本司空图《酒泉子》：“黄昏把酒祝东风，且从容。”欧又有《鹤冲天》：“花好却愁春去，戴花持酒祝东风。”祝，祝祷，祈求。东风，春风。《礼记·月令》谓孟春之月“东风解冻”。 [3]“垂杨”句：西京洛阳城东道路两旁杨柳低垂。紫陌，京都郊区的道路。 [4] 芳丛：丛生的繁花。晏殊《凤衔杯》：“凭朱槛，把金卮。对芳丛、惆怅多时。” [5] 花：当指牡丹花，名闻天下。欧有《洛阳牡丹记》。

［点评］

由聚合到离散，使人生充满悲情，更何况是诀别！饱含对友人的深情和对妻子的挚爱，此词展现了欧阳修西京生活艰难时刻的内心世界。上片是记事，“把酒”祝祷的热闹场面，漫步“垂杨”大道的欢声笑语，遍赏洛城牡丹争奇斗艳的情景，依然历历在目。下片是抒情，“苦匆匆”“恨无穷”的直白，“花更好”而人难圆的感叹，分外令人心酸。聚合欢欣之事越是美好与难忘，分离或诀别的痛楚就会加倍与不堪。在作者疏放的词笔中，不难感受到如此隽永的意味。

浪淘沙

难得妙喻，难怪“妃子偏怜”。

“荔子初丹”却“不近长安”引出“一骑红尘妃子笑”的故事，构思精巧。

五岭麦秋残[1]，荔子初丹。绛纱囊里水晶丸[2]。可惜天教生处远，不近长安。

往事忆开元[3]，妃子偏怜。一从魂散马嵬关[4]，只有红尘无驿使，满眼骊山。

[注释]

[1]“五岭”二句：五岭地区麦收将尽时节，荔枝刚刚成熟。五岭，位于赣、湘、粤、桂省际的大庾、越城、骑田、萌渚、都庞诸岭的总称，为长江与珠江流域的分水岭。麦秋，《礼记·月令》谓孟夏之月“靡草死，麦秋至”。《岁华纪丽·四月》谓“麦秋，百谷初生为春，熟为秋，故麦以孟夏为秋”。荔子初丹，荔枝刚成熟。 [2]“绛纱”句：宋人用以比喻荔枝。绛纱与水晶丸喻荔枝的果皮与果肉。刘攽《荔枝》：“相见任夸双蒂美，多情莫唱水晶丸。” [3]“往事”二句：唐开元年间，国家富饶，玄宗只顾享乐，宠幸杨贵妃，岭南荔枝由飞骑传送至长安（今陕西西安），博红

颜一笑。杜牧《过华清宫》:“长安回望绣成堆，山顶千门次第开。一骑红尘妃子笑，无人知是荔枝来。” [4]“一从”以下三句：自从马嵬关兵变杨贵妃被缢杀，驿路上只有车马扬起的尘土而没有传送荔枝的差使，满眼望去徒有一座骊山罢了。马嵬关，在今陕西兴平。天宝十四载（755），安史乱起，玄宗奔蜀，卫队止步于马嵬关，逼玄宗赐死杨贵妃。骊山，在今陕西临潼东南，玄宗曾置华清宫于此。白居易《长恨歌》有“春寒赐浴华清池”之句。

[点评]

杜牧《过华清宫》是咏史诗，欧公借此作咏史词。上片写荔枝产地、成熟季节、内观外形，赞美有加，却惜其“不近长安”，埋下伏笔。于是，“往事忆开元”的过片，顺理成章地续上唐玄宗与杨贵妃的故事，从“妃子偏怜”荔枝的奢侈享受，引出“魂散马嵬关”的悲剧。“只有红尘无驿使”是对昏庸帝王的讥嘲，此时的“满眼骊山”对玄宗而言是满目的凄凉和哀伤。本词从小小的荔枝入手，巧用杜牧诗，说到唐明皇的骄奢淫逸，以及所引发的安史之乱和大唐的衰败，叙议结合，构思绝妙，教训深刻。林宾王《荔子杂志》云：“诗余荔子之咏，作者既少，遂无擅长。独欧阳公《浪淘沙》一首，稍存感慨悲凉耳。”（徐釚《词苑丛谈》卷六）

浪淘沙 [1]

今日北池游 [2]，漾漾轻舟 [3]。波光潋滟柳条明潘游龙："别病不可，病酒何妨。快甚。"（《精选古今诗馀醉》卷三）按：欧之"病酒"，实见愁绪。

柔[4]。如此春来又春去，白了人头。

好妓好歌喉，不醉难休。劝君满满酌金瓯[5]。纵使花时常病酒[6]，也是风流。

[注释]

[1] 庆历五年（1045）春，欧阳修权知真定府时作。时新政已告失败，欧阳修仍上书为杜、范等鸣不平，内心非常苦闷。 [2] 北池：镇阳北潭，亦称潭园，池台之胜著称于时。 [3]"漾漾"句：小船在水波上漂荡。 [4] 潋滟（liàn yàn）：水波连绵荡漾貌。《文选》收木华《海赋》："潋滟潋滟，浮天无岸。"李善注："潋滟，相连之貌。" [5] 酌金瓯：斟酒。金瓯，酒杯的美称。 [6] 花时：花开之时。病酒：饮酒沉醉。《晏子春秋》："景公饮酒，酲，三日而后发。晏子见曰：'君病酒乎？'公曰：'然。'"

[点评]

镇阳北池之游，因新政失败致情绪欠佳。放眼皆是美景，词人却深忧国事，诉说"如此春来又春去"的无奈，发出"白了人头"的慨叹。下阕面对"好妓好歌喉"，自言当一醉方休，但劝友人斟酒举杯之时，政治上的失意仍难以解脱，心怀隐痛而借酒浇愁。以美景反衬悲凉，以乐事突出抑郁，见徒有抱负而面临困局的苦闷。陈廷焯云："放开笔写，字字凄楚，字字痛快。风流蕴藉，令读者忍俊不禁。"（《云韶集》卷二）既是"字字凄楚"，而仍称"纵使花时常病酒，也是风流"，应是陈氏"忍俊不禁"的原因。

浣溪沙[1]

堤上游人逐画船，拍堤春水四垂天[2]。绿杨楼外出秋千。

白发戴花君莫笑，《六么》催拍盏频传[3]。人生何处似樽前。

梁启勋：“写的是习见景物，只将动词活用之，意境便新。……佳处只在一‘出’字。”（《曼殊室词话》）

欧《丰乐亭游春》诗：“行到亭西逢太守，篮舆酩酊插花归。”

“六么”亦作“绿腰”，恰与上句“白发”相对。

[注释]

[1]浣溪沙：唐教坊曲名，后用为词调名。 [2]四垂天：天幕四垂连水面。 [3]《六么》：琵琶舞曲名。

[点评]

此词应是欧公颍州西湖记游。以欢愉之笔写景：踏青的游人在堤上追逐着画船，春水随意地拍打着堤岸，蔚蓝色的天幕四垂而下，绿杨楼的秋千不时荡出墙外而夺人眼目，这是充满勃勃生机的画面。过片“白发戴花君莫笑”句，见当年“篮舆酩酊插花归”的滁州太守，兴味依然不减，画船上饮酒观舞之际，欲与游人同欢共乐的情怀犹在。然而时过境迁，醉翁老矣，难有作为，而身体又欠佳，一句“人生何处似樽前”，以排遣愁绪略带感伤的情调为全词作结。唐圭璋评曰：“起记堤上游人之众；次记堤下春水之盛；‘绿杨’句，记临水人家之富丽。下片，触景生感，寓有及时行乐之意。”（《唐宋词简释》）

少年游[1]

咏草

栏干十二独凭春[2]，晴碧远连云[3]。千里万里[4]，二月三月，行色苦愁人。

谢家池上[5]，江淹浦畔，吟魄与离魂。那堪疏雨滴黄昏[6]，更特地、忆王孙。

两句巧嵌数字，简洁明了：一述空间，紧扣'远'字；一见时间，正逢春天。

唐圭璋："'那堪'两句，深入一层，添出黄昏疏雨，更令人苦忆王孙游衍也。"（《唐宋词简释》）

［注释］

[1] 少年游：词调本晏殊词中"长似少年时"句。 [2]"栏干"句：春日里，独自倚遍曲折的栏干远远地眺望。十二，言栏干曲折颇多。南朝乐府《西洲曲》："栏干十二曲，垂手如明玉。" [3]"晴碧"句：晴空下，绿草绵延至远处，似与天边的云彩相连。 [4]"千里"以下三句：千里万里之遥，二月三月之间，远行人的情状令人愁苦交加。 [5]"谢家"以下三句：谢灵运离乡有"池塘生春草"的感悟之咏，江淹远游有"送君南浦"的伤别之赋，这是他们诗魂和离情的表达。谢家池上，《诗品》引《谢氏家录》："康乐每对惠连，辄得佳语。后在永嘉西堂，思诗竟日不就。寤寐间，忽见惠连，即成'池塘生春草'。故尝云：'此语有神助，非吾语也。'"谢灵运，曾袭封康乐公，故称康乐。惠连，灵运的族弟。吟魄，下文"吟魄"指谢吟诗"池塘生春草"。江淹浦畔，江淹《别赋》："春草碧色，春水绿波，送君南浦，伤如之何。"此指下文"离魂"。 [6]"那堪"二句：怎受得了那稀疏的雨点黄昏时还滴滴答答地下着，更何况此时忽又想起那远游人。

孟浩然有句："微云淡河汉，疏雨滴梧桐。""疏雨滴黄昏"之意本此。特地，突然，忽然。罗邺《大散岭》："岭头却望人来处，特地身疑是鸟飞。"王孙，古时泛指贵族子孙，也用以尊称青年男子，此指远游人。

[点评]

题曰"咏草"，上片写景，首句"春"字已点明季节，凭栏远眺，正值"二月三月"，所见即无边的碧草，迎来无尽的思念。想着"千里万里"之外的远行人，能不牵肠挂肚？下片抒情，连用谢灵运、江淹咏草的故实，渲染离别的悲凉；更以黄昏疏雨滴在心头，进一步道出对远行人的思念。如王国维《人间词话》所云，上片"语语都在目前，便是不隔"。下片"谢家"二句"则隔矣"。笔法虽异，巧用故实，同样精彩。全词紧扣"咏草"，写景抒情，境界阔大而深远，情意含蓄而悠长，女主人公对远行男子的关爱与不舍跃然纸上。

文

送梅圣俞归河阳序[1]

以“负其有异”“能先群物以贵于世”的“至宝”发端，夺人眼目。

至宝潜乎山川之幽[2]，而能先群物以贵于世者，负其有异而已。故珠潜于泥[3]，玉潜于璞，不与夫蜃蛤、珉石混而弃者，其先膺美泽之气，辉然特见于外也。士固有潜乎卑位[4]，而与夫庸庸之流俯仰上下，然卒不混者，其文章才美之光气，亦有辉然而特见者矣。然求珠者必之乎海[5]，求玉者必之乎蓝田[6]，求贤士者必之乎通邑大都[7]，据其会[8]，就其名，而择其精焉尔。

何为“至宝”，由物写到人，由珠玉写到“贤士”，暗伏梅氏。

[注释]

[1] 明道元年（1032）作。时梅尧臣在河阳县（今河南孟州）主簿任上，常赴洛阳。七月，尧臣北归河阳时，欧偕友朋为之饯行，遂作此文，又有《初秋普明寺竹林小饮饯梅圣俞分韵得亭皋木叶下五首》诗。梅尧臣《新秋普明院竹林小饮诗序》云：“酒既

酣，永叔曰：‘今日之乐，无愧于古昔。乘美景，远尘俗，开口道心胸间，达则达矣，于文则未也。’命取纸写普贤佳句，置坐上，各探一句，字字为韵，以志兹会之美。……顷刻，众诗皆就，乃索大白，尽醉而去。” [2]“至宝”以下三句：言无价之宝，为世人所贵重，靠的是它有特异的价值。 [3]“故珠”以下五句：言珍珠美玉虽潜藏不露，但有美丽的光泽闪耀而外现。璞，含玉之石。蜃蛤，蚌类，小为蛤，大为蜃。珉（mín）石，似玉之石。膺，承受，拥有。 [4]“士固有”以下五句：言士人固然有身居卑贱之位，但他们的文章才气，也是闪耀而外现了。 [5]之乎海：到海边去。所求之珠在蚌中，故云。 [6]蓝田：山名，在今陕西西安蓝田县东，产美玉。 [7]通邑大都：四通八达的大都会。 [8]“据其会”以下三句：于都会中，依其名声，选取精英。

洛阳，天子之西都，距京师不数驿[1]，搢绅仕宦杂然而处[2]，其亦珠玉之渊海欤！予方据是而择之，独得于梅君圣俞，其所谓辉然特见而精者邪！圣俞志高而行洁，气秀而色和，崭然独出于众人中[3]。初为河南主簿[4]，以亲嫌移佐河阳，常喜与洛之士游，故因吏事而至于此。余尝与之徜徉于嵩洛之下[5]，每得绝崖倒壑、深林古宇，则必相与吟哦其间，始而欢然以相得，终则畅然觉乎薰蒸浸渍之为益也，故久而不厌。既而以吏事讫[6]，言归。余且惜其去，又悲夫潜乎下邑[7]，

西京洛阳为“珠玉之渊海”。

梅氏即“渊海”中“辉然特见”之“珠玉”。

与开头呼应，谓梅氏之光辉“岂能掩之”。

混于庸庸。然所谓能先群物而贵于世者，特其异而已，则光气之辉然者，岂能掩之哉！

[注释]

[1]不数驿：仅有几个驿站的距离。 [2]搢绅：插笏于衣带，与“仕宦”同指官员。 [3]崭然：山势高峻，形容超出一般。 [4]“初为”二句：梅尧臣先是由桐城县主簿调任河南县主簿，后妻兄谢绛调任河南府通判，为避嫌又调任河阳县主簿。主簿的职责为主管文书簿籍及印鉴等，故称“佐”。 [5]“余尝”以下六句：见前《书怀感事寄梅圣俞》诗的描写。绝崖倒壑，险峻的山崖沟壑。熏蒸浸渍，熏陶感化。 [6]吏事讫：任职结束。 [7]下邑：小县。

[点评]

梅尧臣是欧阳修最亲密的朋友，又是宋诗革新的创始人之一。欧《答梅圣俞寺丞见寄》称：“文会忝予盟，诗坛推子将。”视梅氏与自己为诗文革新的领军人物，对梅诗有很高的评价。这篇赠序中，以珠玉比喻梅氏，即指梅氏为“辉然特见”的至宝，钦佩与赞美已无以复加。嘉祐五年（1060）欧有《依韵奉酬圣俞二十五兄见赠之作》云：“念君怀中玉，不及市上珉。珉贱易为价，玉弃久埋尘。”足见作者近三十年的岁月里，始终视圣俞为美玉，极其珍惜与爱护。孙琮评曰：“一篇纯作期许之词，起处以珠玉之难掩，形容士之难掩，写得何等贵重；中间叙其遇知于京师，见得当时有一无两，写得何等荣耀；

后幅叙其相游于河阳，见得知己独深，写得又何等爱慕。此是欧公倾心嘉与之词。”（《山晓阁选宋大家欧阳庐陵全集》卷三）

非非堂记[1]

权衡之平物[2]，动则轻重差，其于静也，锱铢不失。水之鉴物[3]，动则不能有睹，其于静也，毫发可辨。在乎人，耳司听，目司视[4]，动则乱于聪明[5]，其于静也，闻见必审[6]。

以权衡、水与人之耳目为博喻，强调静的重要，气势不凡。

[注释]

[1] 明道元年（1032）作，由文作于“居洛之明年”可知。天圣九年（1031），欧至洛阳。 [2]“权衡”以下四句：意思是用秤来称物，晃动就有误差，稳定则准确无误。权衡，我国古代就有天平作权衡之器，称量小物。秤是常见的衡器。权，秤锤。衡，秤杆。平，均平，齐一。《史记·范雎蔡泽列传》：“平权衡，正度量，调轻重。”锱铢（zī zhū），古时极小的重量单位。 [3] 鉴：映照。 [4] 司：掌管，负责。 [5] 聪明：耳聪目明，指听觉与视觉。 [6] 审：确实无误。

处身者不为外物眩晃而动[1]，则其心静，心静则智识明，是是非非[2]，无所施而不中。夫是

不惑于外物，方能心静；心静方能“是是非非”。

君子如有失误，宁愿“非非”，不取“是是”，即“宁讪无谄”。

是近乎谄[3]，非非近乎讪[4]，不幸而过[5]，宁讪无谄。是者[6]，君子之常，是之何加！一以观之[7]，未若非非之为正也。

[注释]

[1] 处身者：立身处世之人。外物：身外之物，如名利、地位等。 [2]“是是”二句：肯定正确，否定错误，那么没有什么行为会是不对的。 [3] 谄（chǎn）：阿谀奉承。 [4] 讪（shàn）：讥笑，诽谤。 [5]“不幸”二句：意思是万一出现失误，宁可失之“讪”，而不要失之“谄”。 [6]“是者”以下三句：言行正确，君子视为常态，肯定它不能增加君子的光荣。 [7]“一以”二句：意为总的来看，是是不如非非更为正当可取吧。

以“静”结尾，与篇首言“静”相呼应。

“非非”名堂，在于明志。

予居洛之明年，既新厅事[1]，有文纪于壁末。营其西偏作堂[2]，户北向，植丛竹，辟户于其南[3]，纳日月之光。设一几一榻，架书数百卷，朝夕居其中。以其静也，闭目澄心[4]，览今照古，思虑无所不至焉。故其堂以非非为名云。

[注释]

[1]“既新”二句：谓重修河南府官署，并在厅壁上写了《河南府重修使院记》。 [2]“营其”句：在官署的西边营建非非堂。 [3] 辟户：开了扇窗。 [4] 澄心：静心之意。陆机《文赋》：“罄澄心以凝思，眇众虑而为言。”

[点评]

本文阐析非非堂命名的缘由。从权衡、水与耳目三个比喻入手，说明心静的重要。“心静则智识明”，只有保持冷静与理智，才能分清正确与错误，给予表扬和批评。作者认为，“非非”更重于“是是”，批评错误比表扬正确更为重要。君子视言行正确为理所当然，而批评错误则是煞歪风、扬正气所必须，这显示了初入仕途的欧阳修意气风发，具有勇敢否定错误并坚决与之斗争的批判精神。

述梦赋[1]

夫君去我而何之乎？时节逝兮如波。昔共处兮堂上，忽独弃兮山阿[2]。呜呼！人羡久生，生不可久，死其奈何！死不可复，惟可以哭。病予喉使不得哭兮，况欲施乎其他[3]？愤既不得与声而俱发兮，独饮恨而悲歌。歌不成兮断绝，泪疾下兮滂沱。行求兮不可过，坐思兮不知处。可见惟梦兮，奈寐少而寤多[4]。

首段写悼亡而追梦：既“生不可久”又“死不可复”，欲哭不能又悲歌“不成”，“行求”碰壁而“坐思”无用，“可见惟梦”却“寐少而寤多”。诸多不顺的叠加，令悲伤臻于极致。

[注释]

[1] 明道二年（1033）作。是年二月，因吏事赴汴京开封，又至湖北随州探望叔父欧阳晔。三月，回洛阳，胥氏夫人已卒，

欧无限伤感，遂有此悼亡之赋。 [2]“忽独”句：陶渊明《拟挽歌辞》之三：“死去何所道，托体同山阿。” [3]“况欲”句：意为还能有什么其他办法倾诉我的悲情呢？ [4]寐：睡着。寤：睡醒。

次段写追梦之艰难："十寐"方可"一见"，又"若有""若无"，"若去""若来"，"若亲""若疏"，恍惚无定，惊醒梦断，何等痛楚，何等惆怅！

或十寐而一见兮，又若有而若无，乍若去而若来，忽若亲而若疏。杳兮倏兮[1]，犹胜于不见兮，愿此梦之须臾。尺蠖怜予兮为之不动[2]，飞蝇闵予兮为之无声。冀驻君兮可久[3]，怳予梦之先惊。梦一断兮魂立断，空堂耿耿兮华灯[4]。

[注释]

[1]“杳兮”以下三句：梦境难觅，不可捉摸，稍纵即逝，但有极短暂的梦还是胜于无梦。杳，杳渺。倏，倏忽。 [2]“尺蠖(huò)”二句：因怜悯梦中的我，昆虫、苍蝇亦不敢蠕动或乱飞，寂然无声。尺蠖，尺蛾幼虫，细长，爬行时屈伸似拱桥。闵，通“悯”。 [3]“冀驻”二句：希望你能在我梦中久留，可是恍惚间我却已惊醒。怳，同“恍”。 [4]耿耿：明亮貌。

世之言曰：死者澌也[1]。今之来兮，是也非也？又曰：觉之所得者为实[2]，梦之所得者为想。苟一慰乎予心，又何较乎真妄？绿发兮思君而白[3]，丰肌兮以君而瘠。君之意兮不可忘，何憔悴而云惜。愿日之疾兮[4]，愿月之迟，夜长于昼兮，无有四时。虽音容之远矣，于恍惚以求之。

末尾表达日疾月迟、夜长昼短的祈愿和“无有四时”、恍惚以求的追梦，极写伉俪间依依不舍之深情。

[注释]

[1] 澌（sī）：尽，灭。　[2] 觉：睡醒。　[3]“绿发”以下四句：表思君而自甘憔悴之意。绿发，古时称乌黑而有光泽的头发。李白《游泰山》诗：“偶然值青童，绿发双云鬟。”瘠，瘦弱。　[4]“愿日”以下六句：意为但愿太阳快走，月亮滞留，终年夜长昼短，能在梦中与亡妻相聚。

[点评]

本篇以细腻的文笔，展现寻觅亡妻的梦境和哀悔交加的内心活动。如泣如诉，情深意切，追梦不止，悲叹无尽，感人至深。此赋可与前《绿竹堂独饮》诗并读，堪称欧公悼亡之双璧。

樊侯庙灾记[1]

郑之盗[2]，有入樊侯庙刳神象之腹者[3]。既而大风雨雹，近郑之田麦苗皆死。人咸骇曰：“侯怒而为之也。”

人曰：樊侯庙灾引发郑灾。

[注释]

[1] 约明道二年（1033）作。樊侯：樊哙，以屠狗为业，随

刘邦起兵反秦，以军功封舞阳侯，《史记》有传。 [2] 郑：指宋时郑州（今属河南）。春秋时，郑国建都郑州新郑长达395年。 [3] 刳（kū）：剖开后挖空。

余谓樊侯本以屠狗立军功，佐沛公至成皇帝[1]，位为列侯，邑食舞阳[2]，剖符传封[3]，与汉长久，《礼》所谓有功德于民则祀之者欤[4]！舞阳距郑既不远，又汉、楚常苦战荥阳京、索间[5]，亦侯平生提戈斩级所立功处[6]，故庙而食之[7]，宜矣。方侯之参乘沛公[8]，事危鸿门，振目一顾，使羽失气，其勇力足有过人者，故后世言雄武称樊将军，宜其聪明正直，有遗灵矣[9]。然当盗之倳刃腹中[10]，独不能保其心腹肾肠哉？而反贻怒于无罪之民[11]，以骋其恣睢[12]，何哉？岂生能万人敌，而死不能庇一躬邪[13]？岂其灵不神于御盗，而反神于平民以骇其耳目邪？风霆雨雹，天之所以震耀威罚有司者，而侯又得以滥用之邪？

转：樊哙以功封侯，“民则祀之”，非害民者。

再转：侯之庙在其立功处，岂有害民之理？

三转：鸿门宴雄武樊将军，聪明正直，当能自保，岂会“贻怒于无罪之民”？“岂生能万人敌，而死不能庇一躬”！

四转：樊侯之灵，岂不神于御盗，反神于骇民？

[注释]

[1] 沛公：汉高祖刘邦起兵沛县（今属江苏），故称。 [2] 邑

食舞阳：樊哙受封之地，即食邑，在舞阳（今属河南）。 [3] 剖符传封：古代封侯，将竹、木等凭证剖为两半，授符者与被封者各持其一。 [4]《礼》：即《礼记》，其《祭法》曰："夫圣王之制祭祀也：法施于民则祀之，以死勤事则祀之，以劳定国则祀之，能御大灾则祀之，能捍大患则祀之。" [5]"又汉"句：刘邦与项羽常在荥阳一带激烈战斗。京、索均荥阳（今属河南）境内地名。 [6] 侯：指樊哙。戈：兵器。级：首级。 [7]"故庙"二句：所以立庙供奉他是合适的。 [8]"方侯"以下五句：鸿门宴上，刘邦处于危险中，得到樊哙的保护。《史记·项羽本纪》："于是张良至军门，见樊哙。樊哙曰：'今日之事何如？'良曰：'甚急！今者项庄拔剑舞，其意常在沛公也。'哙曰：'此迫矣，臣请入，与之同命。'哙即带剑拥盾入军门。交戟之卫士欲止不内，樊哙侧其盾以撞，卫士仆地，哙遂入，披帷西向立，瞋目视项王，头发上指，目眦尽裂。项王按剑而跽曰：'客何为者？'张良曰：'沛公之参乘樊哙者也。'项王曰：'壮士，赐之卮酒。'……樊哙从良坐。坐须臾，沛公起如厕，因招樊哙出。"参乘，陪乘。古时车上，尊者居左，御者居中，参乘居右。振目，扬目。失气，失去威风。 [9] 遗灵：死后显灵。此指樊哙虽死，威风仍在。 [10] 倳（zì）刃：以刀插入。 [11] 贻怒：迁怒。 [12] 骋其恣睢：尽情施展他的凶暴。恣睢，凶恶，残暴。 [13] 庇一躬：保护自身。躬，自己。

五转："阴阳之气"不和，导致风霆雨雹，岂与樊侯相干？

盖闻阴阳之气[1]，怒则薄而为风霆；其不和之甚者，凝结而为雹。方今岁且久旱，伏阴不兴[2]，壮阳刚燥，疑有不和而凝结者，岂其适会民之自灾也邪[3]？不然，则喑呜叱咤[4]，使风

六转：天灾"适会民之自灾"，与樊侯无关。

驰霆击，则侯之威灵暴矣哉！

[注释]

[1]“盖闻”以下三句：谓阴阳二气不和，会形成狂风雷霆，极度不和而成冰雹。薄，逼迫，迫近。　[2]“伏阴”二句：潜伏的阴气不能发散，强盛的阳气极其燥热。　[3]“岂其”句：难道它恰好跟有人毁坏神像的事巧合了吗？　[4]喑（yīn）呜叱吒（zhà）：发怒呵斥声。《史记·淮阴侯列传》：“项王喑噁叱咤，千人皆废。”噁，通“呜”。

[点评]

这是欧阳修破除迷信的一篇好文章。针对开篇提出庙灾与郑灾是否有关的问题，作者通过一系列感叹句和反诘句，以一层又一层连续转进的方式，批驳神灵示谴的谬说，斩钉截铁地表达了自己的观点：郑之盗“入樊侯庙刳神像之腹”属人事，而“近郑之田麦苗皆死”为天灾，两者毫不相干。至于叙樊哙提戈斩级，屡立军功，鸿门宴上，瞋目一顾，灭羽威风，笔下畅快淋漓，气势无比旺盛，则欧早年之作已颇得史迁行文之妙，依稀可见锋芒。

与张秀才第二书[1]

修顿首白秀才足下[2]：前日去后，复取前所贶古今杂文十数篇[3]，反复读之，若《大节赋》《乐古》《太古曲》等篇，言尤高而志极大。寻足下之意，岂非闵世病俗，究古明道，欲拔今以复之古[4]，而翦剥齐整凡今之纷骰驳冗者欤[5]？然后益知足下之好学，甚有志者也。然而述三皇太古之道[6]，舍近取远，务高言而鲜事实[7]，此少过也[8]。

本段中“言尤高而志极大”与“务高言而鲜事实”，说的是一回事，只是前者用委婉之语，后者直率道出罢了。

[注释]

[1] 明道二年（1033）作。张秀才：张棐，河中府（治今山西永济蒲州镇）人，曾向欧投献诗文，欧回书称“官位学行无动人也，是非可否不足取信也”。此为第二书，在反复阅读张氏诗文后，阐发了“知古明道”“履而行之”、务为切实的观点，不赞成“务高言而鲜事实”的写作态度。这是作者早年论述文论思想的一篇重要文章。 [2] 足下：古时对同辈的敬称。 [3] 贶（kuàng）：赐，赠。 [4] 拔：改易。《易·乾》：“确乎其不可拔。” [5] 翦剥：去除。纷骰驳冗：指烦琐杂乱的文风。 [6] 三皇：一般指伏羲、神农、黄帝三个传说中的远古帝王。 [7] 鲜：少。 [8] 过：过分。

君子之于学也务为道[1]，为道必求知古，知古明道，而后履之以身，施之于事，而又见于文章而发之，以信后世。其道，周公、孔子、孟轲之徒常履而行之者是也；其文章，则六经所载[2]，

此即作者《送徐无党南归序》所言立德、立功、立言之三“不朽”。

至今而取信者是也。其道易知而可法，其言易明而可行。及诞者言之[3]，乃以混蒙虚无为道[4]，洪荒广略为古[5]，其道难法，其言难行。孔子之言道[6]，曰“道不远人”；言《中庸》者，曰“率性之谓道”，又曰“可离非道也”。《春秋》之为书也[7]，以成隐让而不正之，传者曰“《春秋》信道不信邪”[8]，谓隐未能蹈道。齐侯迁卫[9]，书“城楚丘”，与其仁不与其专封，传者曰“仁不胜道”。凡此所谓道者，乃圣人之道也，此履之于身，施之于事而可得者也，岂如诞者之言者耶！尧、禹之《书》[10]，皆曰“若稽古”。傅说曰“事不师古”，“匪说攸闻”。仲尼曰“吾好古，敏以求之者”[11]。凡此所谓古者，其事乃君臣、上下、礼乐、刑法之事，又岂如诞者之言者邪！此君子之所学也。

继王禹偁之“易道”“易晓”，提出“易知”“易明”之说，引导宋文踏上文道结合、平易自然之坦途。

对举“圣人之道”与“诞者之言”以明辨是非。

[注释]

[1]“君子”以下七句：作者强调道在文中的重要作用，认为只有如此，文章方能取信于后世。履，履行，实践。 [2] 六经：指《诗》《书》《礼》《乐》《易》《春秋》，为儒家经典著作。 [3] 诞者：言语虚妄而不合情理者，指道家学派。欧沿袭韩

愈之说，排斥佛老，老指老庄玄学。 [4] 混蒙：混沌蒙昧。《道德经》二十五章："有物混成，先天地生。寂兮寥兮，独立而不改，周行而不殆，可以为天下母。吾不知其名，字之曰道。"虚无：说道体虚无，故能包容生万物；性合于道，故有而若无，实而若虚。《庄子·刻意》："夫恬惔寂寞，虚无无为，此天地之平而道德之质也。" [5] 洪荒：指混沌蒙昧的状态，特指远古时代。广略：空旷无际。 [6]"孔子"以下五句：说儒家之道存在于人的思想里。道不远人，《礼记·中庸》："子曰：道不远人，人之为道而远人，不可以为道。"率性之谓道，说顺着本性行事叫做"道"。可离非道也，《礼记·中庸》："道也者，不可须臾离也，可离非道也。" [7]"《春秋》"二句：鲁隐公名息姑，为惠公之庶长子。惠公卒，嫡子允年幼，隐公摄政。公子挥欲为相，称可为隐公杀太子允。隐公却欲告老，立允为君。公子挥惧，反诬隐公图谋不轨，致隐公被杀。太子允立，为桓公。故《春秋》隐公元年仅书"春王正月"，明隐公摄政而已，不书"即位"，意在彰显其让位于桓公。 [8]"传者"二句：《春秋》三传说法不一，这里笼统地说，传《春秋》的人尊崇正道，摒弃邪恶。认为隐公谦让，只是摄政，未履居正之道。在《春秋论上》中，欧阳修鲜明地表达了自己的观点，说："孔子之于经，三子之于传，有所不同，则学者宁舍经而从传，不信孔子而信三子，甚哉其惑也！经于鲁隐公之事，书曰'公及邾仪父盟于蔑'，其卒也，书曰'公薨'，孔子始终谓之公。" [9]"齐侯"以下四句：言《春秋》不书齐桓公救卫而只书"城楚丘"，乃肯定桓公之仁德，而非赞美其擅自专封卫国的僭越行为。与，赞同。《穀梁传》曰："其言城之者，专辞也。故非天子不得专封诸侯。诸侯不得专封诸侯，虽通其仁，以义而不与也，故曰仁不胜道。" [10]"尧、禹"以下四句：《尚书·尧典》有"若稽古帝尧"，《舜典》有"若稽古帝舜"，《大禹谟》有“若稽古大禹”之句。《尚书·说命》载傅说曰：“事不师古，以克永世，匪说攸闻。”意为做事不效法古代，而能够使国家长久，这样的道理还没有听说过。稽古，考察古事。匪，通“非”。攸闻，所闻。　[11]“仲尼”句：《论语·述而》：“子曰：‘我非生而知之者，好古，敏以求之者也。’”敏，勤勉努力。

以孔子为例，重申“务高言而鲜事实”之不可取。

夫所谓舍近而取远云者，孔子昔生周之世[1]，去尧、舜远，孰与今去尧、舜远也？孔子删《书》，断自《尧典》，而弗道其前，其所谓学，则曰“祖述尧舜”[2]。如孔子之圣且勤，而弗道其前者，岂不能邪？盖以其渐远而难彰，不可以信后世也。今生于孔子之绝后[3]，而反欲求尧、舜之已前，世所谓务高言而鲜事实者也。唐、虞之道为百王首[4]，仲尼之叹曰“荡荡乎”，谓高深闳大而不可名也。及夫二《典》[5]，述之炳然[6]，使后世尊崇仰望不可及。其严若天[7]，然则《书》之言岂不高邪？然其事不过于亲九族[8]，平百姓，忧水患，问臣下谁可任，以女妻舜，及祀山川，见诸侯，齐律度，谨权衡，使臣下诛放四罪而已。孔子之后，惟孟轲最知道，然其言不过于教人树桑麻、畜鸡豚[9]，以谓养生送死为王道之本。夫二《典》之文，岂不为文？孟轲之言道，岂不为道？而其事乃世人之甚易知而近者，盖切于事实而已。

儒学经典是易明之文与易知之道的结合。

[注释]

[1]“孔子”以下三句:《史记·孔子世家》:“孔子之时，周室微而礼乐废,《诗》《书》缺。追迹三代之礼，序《书传》，上纪唐、虞之际，下至秦缪，编次其事。”相传《尚书》经孔子修订，自《尧典》始，此前以久远难明而不录。 [2]祖述尧舜:《礼记·中庸》:“仲尼祖述尧、舜，宪章文、武。” [3]绝后：极后。 [4]“唐、虞”以下三句:《论语·泰伯》:“大哉尧之为君也！巍巍乎，唯天为大，唯尧则之。荡荡乎，民无能名焉。”唐、虞，即尧、舜。 [5]二《典》:《尚书》中的《尧典》与《舜典》。 [6]炳然：明显、清楚的样子。 [7]严：庄严，高大。 [8]“然其”以下十句：综述二《典》内容。九族，以自身而言，上至高祖，下至玄孙，为九族；一说父族四、母族三、妻族二为九族。平百姓，抚平百姓。忧水患，尧忧洪水泛滥，曾就治水咨询下属意见。问臣下谁可任，尧还曾问臣下谁可继承帝位。以女妻舜，尧将二女嫁给舜。以上均据《尚书·尧典》。祀山川，见诸侯，舜曾祭祀山川，朝会诸侯。齐律度，谨权衡，舜曾统一音律与度量衡标准，即“同律度量衡”。诛放四罪，舜“流共工于幽州，放驩兜于崇山，窜三苗于三危，殛鲧于羽山，四罪而天下咸服”。以上均据《尚书·舜典》。 [9]“然其”二句:《孟子·梁惠王上》:“不违农时，谷不可胜食也。……是使民养生丧死无憾也。养生丧死无憾，王道之始也。五亩之宅，树之以桑，五十者可以衣帛矣。鸡豚狗彘之畜，无失其时，七十者可以食肉矣。百亩之田，勿夺其时，数口之家可以无饥矣；谨

庠序之教，申之以孝悌之义，颁白者不负戴于道路矣。七十者衣帛食肉，黎民不饥不寒，然而不王者，未之有也。”

今学者不深本之[1]，乃乐诞者之言，思混沌于古初，以无形为至道者，无有高下远近。使贤者能之，愚者可勉而至，无过不及[2]，而一本乎大中[3]，故能亘万世[4]，可行而不变也。今以谓不足为，而务高远之为胜，以广诞者无用之说，是非学者之所尽心也。宜少下其高而近其远，以及乎中，则庶乎至矣。

指出学者“本乎大中”的重要性，重申反对“务高远之为胜”的“诞者无用之说”。

[注释]

[1] 本之：以之为本。本，根据。 [2] 无过不及：《论语·先进》：“子贡问：‘师与商也孰贤？’子曰：‘师也过，商也不及。’曰：‘然则师愈与？’子曰：‘过犹不及。’” [3] 大中：指无过与不及的中正之道。 [4] 亘（gèn）万世：历万世而延续不断。

凡仆之所论者，皆陈言浅语，如足下之多闻博学，不宜为足下道之也。然某之所以云者，本欲损足下高远而俯就之，则安敢务为奇言以自高邪？幸足下少思焉。

[点评]

此篇是作者早年论及文道关系的著名文章。作者崇奉儒家之道，认为言道不能泥古，而应重今，切忌“舍近而取远”，“务高言而鲜事实”，而应该关注现实，论事应合乎实际。他提倡“其道易知而可法，其言易明而可行”，正确阐明了何为道、何为文及文道结合的问题，为当时文学的发展指明了正确方向。他反对“诞者之言”，赞赏无过与不及的中正之道，力主明道要体现在立身、行事和为文上，富于理论与实践的价值。这封书信显见欧阳修对后学的关怀，既严肃阐明道理，又循循善诱，言语谦和而中肯，虽为早年之作，而风度已是不凡。

上范司谏书[1]

月日，具官谨斋沐拜书司谏学士执事[2]：前月中得进奏吏报[3]，云自陈州召至阙拜司谏[4]，即欲为一书以贺，多事，匆卒未能也。

[注释]

[1] 明道二年（1033）作，欧在西京留守推官任上。时太常博士、秘阁校理范仲淹为右司谏。司谏：掌规谏讽谕，凡朝中事有违失，皆得谏正。 [2] 具官：书信底稿中本人官职的省称。斋沐：斋戒沐浴，以示尊重。执事：客套语，不直称对方而称其身

边办事人员的自谦之词。 [3] 进奏吏：西京留守向朝廷呈送公文的官吏。 [4] 陈州：今河南周口淮阳区县。阙：指朝廷。

司谏[1]，七品官尔，于执事得之不为喜，而独区区欲一贺者，诚以谏官者，天下之得失、一时之公议系焉。今世之官[2]，自九卿、百执事，外至一郡县吏，非无贵官大职可以行其道也。然县越其封[3]，郡逾其境，虽贤守长不得行，以其有守也。吏部之官不得理兵部，鸿胪之卿不得理光禄[4]，以其有司也。若天下之失得、生民之利害、社稷之大计[5]，惟所见闻而不系职司者，独宰相可行之，谏官可言之尔。故士学古怀道者仕于时，不得为宰相，必为谏官，谏官虽卑，与宰相等。天子曰不可，宰相曰可；天子曰然，宰相曰不然：坐乎庙堂之上[6]，与天子相可否者，宰相也。天子曰是，谏官曰非；天子曰必行，谏官曰必不可行：立殿陛之前与天子争是非者[7]，谏官也。宰相尊，行其道；谏官卑，行其言。言行，道亦行也。九卿、百司、郡县之吏守一职者，任一职之责，宰相、谏官系天下之事，亦任天下之

清沈德潜："'宰相'，客；'谏官'，主。"(《唐宋八大家文读本》卷十一)

责。然宰相、九卿而下失职者，受责于有司[8]；谏官之失职也，取讥于君子[9]。有司之法，行乎一时；君子之讥，著之简册而昭明[10]，垂之百世而不泯[11]，甚可惧也。夫七品之官，任天下之责，惧百世之讥，岂不重邪！非材且贤者，不能为也。

沈德潜："此处又转进一层，注重谏官。"（《唐宋八大家文读本》卷十一）

沈德潜："总述上文，开出贤且才意。"（同上）

[注释]

[1]"司谏"二句：据《宋史·职官志八》，左右司谏为正七品。 [2]"今世"以下四句：宋制，仅大官外任且兼军务者，方有统管地方军、政、财赋等权力。九卿，指中央行政机关太常、宗正、光禄、卫尉、太仆、大理、鸿胪、司农、太府等寺的主官。百执事，指百官。 [3]"然县"以下四句：谓县、郡各有其所守范围，不得越界行事。封、境，均指疆界。 [4]鸿胪：鸿胪寺掌管朝贡、宴劳、给赐、送迎之事。光禄：光禄寺掌管祭祀、朝会、宴飨、酒醴、膳羞之事。 [5]社稷：土神与谷神，指国家。 [6]庙堂：指朝廷。 [7]殿陛：御殿前的石阶。 [8]有司：主管某部门的官员。 [9]君子：指品德高尚而受尊敬的人。 [10]简册：史册，典籍。 [11]泯：灭。

近执事始被召于陈州，洛之士大夫相与语曰[1]："我识范君，知其材也。其来，不为御史，必为谏官。"及命下，果然，则又相与语曰："我识范君，知其贤也。他日闻有立天子陛下，直辞正色面争庭论者，非他人，必范君也。”拜命以来，翘首企足[2]，伫乎有闻，而卒未也，窃惑之。岂洛之士大夫能料于前而不能料于后也，将执事有待而为也？

沈德潜：“故作摇曳之态，前紧者必以纡余行之。‘有待’二字，开下一段，分上下半篇。”（《唐宋八大家文读本》卷十一）

[注释]

[1] 洛：洛阳。时欧在此为官，听到同僚们的议论。　[2]“翘首”以下三句：抬头踮脚，立等以听范仲淹在朝进谏言，而终未听到。

昔韩退之作《争臣论》[1]，以讥阳城不能极谏，卒以谏显。人皆谓城之不谏盖有待而然，退之不识其意而妄讥，修独以谓不然。当退之作论时，城为谏议大夫已五年，后又二年，始庭论陆贽[2]，及沮裴延龄作相，欲裂其麻，才两事尔。当德宗时[3]，可谓多事矣，授受失宜，叛将强臣罗列天下，又多猜忌，进任小人。于此之时，岂无一事可言，而须七年耶？当时之事，岂无急于沮延龄、论陆贽两事也？谓宜朝拜官而夕奏疏也。幸而城为谏官七年，适遇延

沈德潜：“不便言时事之阙失，即借往事以形之，故‘今天子’以下只轻轻拍合。”（同上）

龄、陆贽事，一谏而罢，以塞其责。向使止五年六年，而遂迁司业[4]，是终无一言而去也，何所取哉！

[注释]

[1]“昔韩”以下三句：韩愈，字退之，曾作《争臣论》，讥讽谏议大夫阳城遇事不谏。后大臣陆贽遭贬，无人敢言，独阳城上书言陆贽无罪，裴延龄奸邪，不可为相，被唐德宗贬为道州刺史。阳城作为敢言之士，深得后世好评。 [2]“始庭论”以下四句：陆贽在德宗朝为翰林学士，累迁中书侍郎同平章事，遭裴延龄诬陷，贬忠州别驾，阳城率众谏官上书论救。据《新唐书·阳城传》载，德宗欲相延龄，阳城语曰：“延龄为相，吾当取白麻坏之，哭于廷。”帝不相延龄，城力也。麻，麻纸，白麻指以白色麻纸所写的任命诏书。沮（jǔ），阻止。 [3]“当德宗”以下六句：德宗李适（kuò）在位时欲加强中央集权，裁抑藩镇，但他生性猜忌，重用奸人卢杞等，措置失宜，导致兵变，出逃奉天（今陕西乾县），后又姑息迁就藩镇割据势力。 [4] 司业：国子司业，太学的闲职。

今之居官者，率三岁而一迁，或一二岁，甚者半岁而迁也，此又非可以待乎七年也。今天子躬亲庶政[1]，化理清明，虽为无事，然自千里诏执事而拜是官者，岂不欲闻正议而乐谠言乎[2]？然今未闻有所言说，使天下知朝廷有正士，而彰

沈德潜：“以上力破‘有待’之谬。”（《唐宋八大家文读本》卷十一）

吾君有纳谏之明也。

[注释]

[1]“今天子”句：仁宗年幼登基，章献太后垂帘听政。明道二年（1033），太后卒，仁宗亲政。 [2] 谠（dǎng）言：正直之言。

夫布衣韦带之士[1]，穷居草茅，坐诵书史，常恨不见用。及用也，又曰彼非我职，不敢言；或曰我位犹卑，不得言矣；得言矣，又曰我有待；是终无一人言也，可不惜哉！伏惟执事思天子所以见用之意，惧君子百世之讥，一陈昌言[2]，以塞重望，且解洛之士大夫之惑，则幸甚幸甚。

沈德潜：“前已说透，此只游漾以取之。”（《唐宋八大家文读本》卷十一）

沈德潜：“总收全文。”（同上）

[注释]

[1] 布衣韦带：贫寒之士的服饰。韦带，无饰的皮带。 [2] 昌言：善言，正当之言。

[点评]

入仕方三年的欧阳修，以西京留守推官之卑微，迫不及待地上书司谏范仲淹，激励其勇于进谏，虽不免书生意气，但还是显现出对朝政的极度关心。宋代谏官虽官阶不高，但可直接向皇帝建言，对国家大事的方方面面提出自己的看法，因此其一举一动深受关注。范仲淹不愧为诤臣，未辜负欧阳修的期望。本文前幅反复述说谏官责任之重，后幅强调谏官应及时进言，全篇以紧迫之势，逐层推进，于中又见纡徐委备条达疏畅的笔力。储欣评曰：“节节生，节节引，丝联珠贯，绝似昌黎《与于襄阳书》。”（《唐宋八大家类选》卷九）朱宗洛评曰：“前有总冒，后有总束，中有过脉，是其纪律森严处。前借九卿、宰相作陪，中借洛之士大夫作反跌，后借阳城立论，将‘有待’二字连作翻驳，故一线联络中自具千回百折之势。”（《古文一隅》卷下）

李秀才东园亭记[1]

修友李公佐有亭，在其居之东园。今年春[2]，以书抵洛，命修志之。

发端点出作文缘由。

李氏世家随[3]。随，春秋时称汉东大国。鲁桓之后[4]，楚始盛，随近之，常与为斗，国相胜败。然怪其山川土地，既无高深壮厚之势，封域之广[5]，与郧、蓼相介，才一二百里，非有古强诸侯制度，而为大国，何也？其春秋世，未尝通中国盟会朝聘[6]。僖二十年[7]，方见于经，以伐见书。哀之元年[8]，始约列诸侯，一会而罢。其

明唐顺之：“为人作一园记，直从郡国说起，是何等布置。”（引自茅坤《唐宋八大家文钞·欧阳文忠公文钞》卷二十）按：以下省略《唐宋八大家文钞》，直称《欧阳文忠公文钞》。

后乃希见[9]。僻居荆夷[10]，盖于蒲骚、郧、蓼小国之间[11]，特大而已。故于今虽名藩镇[12]，而实下州，山泽之产无美材，土地之贡无上物。朝廷达官大人自闽陬岭徼出而显者[13]，往往皆是，而随近在天子千里内，几一百年间未出一士，岂其庳贫薄陋自古然也[14]？

春秋之随国无足轻重。

由古迄今，随仍小而穷。

[注释]

[1] 明道二年（1033）作。李秀才：李尧辅，字公佐，作者童年时的伙伴。因欧阳修的父亲欧阳观卒于泰州军事判官任上，母郑氏贫而无依，携四岁的欧阳修投靠任职随州的叔父欧阳晔。本文是对这一段难忘生活的回忆。 [2]“今年”以下三句：胡柯《年谱》载明道二年“正月，以吏事如京师，因省叔父于汉东”，故欧有李氏东园之重游。 [3] 随：随州（今属湖北），宋时属京西南路，在汉江之东，故下文称“汉东”。 [4]“鲁桓”以下五句：鲁桓公之后，楚国开始兴盛，随国邻近它，两国常交战，互有胜败。 [5]“封域”二句：随国的疆域处于郧（yún）、蓼（liǎo）两国之间。郧、蓼，春秋时期两国名，后为楚国所灭。 [6] 朝聘：古时诸侯定期朝见天子称朝，诸侯相互通问修好称聘。 [7]“僖二十年”以下三句：《春秋》僖公二十年：“冬，楚人伐随。”是年，随才见于《春秋》，因被楚攻打而留下记载。 [8]“哀之”以下三句：《春秋》哀公元年：“楚子、陈侯、随侯、许男围蔡。” [9] 希见：即稀见，指《春秋》中很少记载。 [10] 荆夷：荆州，古九州之一。夷，古时称中原以外地区。 [11] 蒲骚：属郧国之地。《左传》桓公十一年：“郧人军于蒲骚。” [12]“故于”二句：宋时

随州为崇信军节度，后升为崇义军节度，虽称藩镇，而实为下等州。[13] 闽陬（zōu）岭徼（jiǎo）：指福建、两广一带。陬，山角。岭，岭南地区。徼，边界。[14] 庳（bēi）：低下。

予少以江南就食居之[1]，能道其风土。地既瘠枯[2]，民给生不舒愉，虽丰年，大族厚聚之家，未尝有树林池沼之乐，以为岁时休暇之嬉。独城南李氏为著姓，家多藏书，训子孙以学。予为童子，与李氏诸儿戏其家。见李氏方治东园，往求美草，一一手植，周视封树[3]，日日去来园间甚勤。李氏寿终，公佐嗣家，又构亭其间，益修先人之所为。予亦壮，不复至其家。已而去客汉沔[4]，游京师。久而乃归[5]，复行城南，公佐引予登亭上，周寻童子时所见，则树之蘖者抱[6]，昔之抱者枿[7]，草之茁者丛[8]，荄之甲者今果矣[9]。问其游儿，则有子，如予童子之岁矣。相与逆数昔时，则于今七闰矣[10]，然忽忽如前日事，因叹嗟徘徊不能去。

忆及童年往事，李氏“家多藏书”，最是难忘。

清孙琮：“记东园，前幅极力抬出。如说土地僻陋，无物产，无人材，无园囿，皆是形出此亭，虽无可记，亦自为一州之胜，有可记处。”（《山晓阁选宋大家欧阳庐陵全集》评语卷三）

近代王文濡：“荒僻处而有园林，园主人已阅其三世，身世之感溢于言外。”（《评校音注古文辞类纂》卷五十四）

[注释]

[1]“予少”二句：欧四岁起居随州，熟悉当地情况。[2]“地既”以下九句：欧《记旧本韩文后》：“予少家汉东。汉东僻陋无

学者，吾家又贫无藏书。州南有大姓李氏者，其子尧辅颇好学。予为儿童时，多游其家，见有弊筐贮故书在壁间，发而视之，得唐《昌黎先生文集》六卷，脱落颠倒无次序，因乞李氏以归。”给生，生活之供给。池沼，池塘。 [3] 封树：栽种树木。 [4] 去客汉沔：离开客居地汉东郡。汉沔，古时即指汉水。随州属汉东郡，在汉水流域。 [5]“久而”句：指明道二年（1033）回随州探望叔父。 [6] 树之蘖（niè）者抱：当初树木旁生的枝条已经长得可合抱了。蘖，指被砍去或倒下的树木再生枝条。 [7] 枿（niè）：同“蘖”。 [8]“草之”句：当初的小草已长成一片草丛。 [9]“荄（gāi）之”句：果树初生时带着种子表皮的萌芽，早已结成果实了。 [10] 七闰：农历三年一闰月，五年为二闰，十九年有七闰。

噫！予方仕宦奔走，不知再至城南登此亭复几闰，幸而再至，则东园之物又几变也。计亭之梁木其蠹[1]，瓦甓其溜，石物其泐乎！随虽陋，非予乡，然予之长也，岂能忘情于随哉？

对于养我童年之地，可谓一往情深。

[注释]

[1]“计亭”以下三句：言长久则屋梁会腐朽，砖瓦会剥落，石块会开裂。甓（pì），砖。溜，原意为光滑，此言剥落。泐（lè），石依纹理而裂。《周礼·考工记·总序》：“石有时以泐。”

公佐好学有行，乡里推之。与予友，盖明道二年十月十二日也。

[点评]

随州是欧公童年丧父后得以寄居之处，有叔父的关怀、童友的相伴，且学韩由此起步，故借一亭抒写感恩之情。愈写随地之小且荒僻穷困，愈见情深而不能忘怀。作者不吝笔墨地从春秋随国细细道来；至述及李氏的藏书，已暗伏自己受到的熏陶；回忆当初东园的兴建，自然地转到与主人登亭观览的描写；叹嗟不已之际，又转而议论再三，实道出"岂能忘情于随"的深情。一波三折的文笔，将历史的记叙、东园的写景和感人的议论巧妙地融合起来，足见对东园发自肺腑的偏爱。全篇俯仰古今，低回唱叹，有无限的感慨，已初现作者那摇曳多姿的风神。

上杜中丞论举官书[1]

具官修谨斋沐拜书中丞执事：修前伏见举南京留守推官石介为主簿[2]，近者闻介以上书论赦被罢[3]，而台中因举他吏代介者。主簿于台职最卑[4]，介一贱士也，用不用，当否，未足害政，然可惜者，中丞之举动也。

交代上书之缘由。

[注释]

[1] 景祐二年（1035）作，时欧在汴京为馆阁校勘。杜中

丞：即杜衍（978—1057），字世昌，越州山阴（今浙江绍兴）人，苏舜钦岳父。大中祥符年间进士，历三司户部副使、河北都转运使、御史中丞等，庆历三年（1043）任枢密使，次年拜相。推行庆历新政，受挫后，罢相出知兖州。七年，以太子少师致仕。卒谥正献。　[2] 南京：今河南商丘。留守：宋制，皇帝外出或亲征时，命亲王或大臣留守京城，后西京、南京、北京皆设留守，由知州兼任。推官：幕职官。石介：见前《重读徂徕集》注释 [2]。　[3]"近者"句：据李焘《续资治通鉴长编》景祐二年十二月条载："先是，御史台辟南京留守推官石介为主簿，介上疏论赦书不当求五代及诸伪国后，不合意，罢不召。馆阁校勘欧阳修贻书责中丞杜衍。"而衍卒未能用之。　[4]"主簿"句：宋制，御史台有中丞、侍御史、殿中侍御史、监察御史，为正官。主簿管文籍的收发登记，为办事员。

石介"真好义之士"，堪任御史台主簿。

介为人刚果有气节，力学喜辩是非，真好义之士也。始执事举其材，议者咸曰知人之明。今闻其罢，皆谓赦乃天子已行之令，非疏贱当有说[1]，以此罪介，曰当罢。修独以为不然。然不知介果指何事而言也[2]？传者皆云："介之所论，谓朱梁、刘汉不当求其后裔尔[3]。"若止此一事，则介不为过也。然又不知执事以介为是为非也。若随以为非，是大不可也。且主簿于台中非言事之官，然大抵居台中者，必以正直、刚明、不畏

石介论不当求"朱梁、刘汉"之后裔，此"不为过"。

避为称职。今介足未履台门之阈[4]，而已用言事见罢，真可谓正直、刚明、不畏避矣。度介之才，不止为主簿，直可任御史也。是执事有知人之明，而介不负执事之知矣。

台官当“以正直、刚明、不畏避为称职”。石介“不止为主簿，直可任御史也”。

［注释］

[1]“非疏贱”句：非地位疏远卑贱者所当议论的。 [2]“然不知”句：当时石介上书内容尚未公开，故云。 [3]朱梁、刘汉：指五代时朱温所建后梁与刘知远所建后汉。 [4]“今介”句：现在石介还未到御史台任职。未履台门之阈（yù），未踏入御史台的门槛。阈，门槛。

修尝闻长老说[1]，赵中令相太祖皇帝也[2]，尝为某事择官，中令列二臣姓名以进，太祖不肯用。它日又问，复以进，又不用。它日又问，复以进，太祖大怒，裂其奏，掷殿阶上。中令色不动[3]，插笏带间，徐拾碎纸，袖归中书。它日又问，则补缀之，复以进。太祖大悟，终用二臣者。彼之敢尔者，盖先审知其人之可用[4]，然后果而不可易也[5]。今执事之举介也，亦先审知其可举邪？是偶举之也？若知而举，则不可遽止[6]；若偶举之，犹宜一请介之所言[7]，辩其是非则后已。

举赵普“审知”而坚持进谏与太祖虚心纳谏之事，恳请杜衍坚持用石介为主簿的初衷。

若介虽忤上[8]，而言是也，当助以辩；若其言非也，犹宜曰所举者为主簿尔，非言事也，待为主簿不任职，则可罢，请以此辞焉可也[9]。

[注释]

[1] 长老：老年人。 [2] 赵中令：赵普，字则平，后周时为赵匡胤幕僚，策划陈桥兵变。中令，中书令，中书省长官，未真拜。此言宋太祖任命他为宰相。 [3]“中令”以下四句：言赵普脸色不变，把朝板插在腰带上，慢慢地拾起碎纸，放入衣袖回中书省。笏（hù），官员上朝手持的朝板。 [4] 审知：详尽了解。 [5] 果而不可易：坚决而不改变。 [6] 遽止：突然停止。 [7]“犹宜”句：还该向皇上问清楚石介说了什么。 [8] 忤上：冒犯皇上。 [9]“请以此”句：希望用这样的话回复皇上就行了。

且中丞为天子司直之臣[1]，上虽好之，其人不肖，则当弹而去之[2]；上虽恶之，其人贤，则当举而申之，非谓随时好恶而高下者也[3]。今备位之臣百十，邪者正者，其纠举一信于台臣[4]。而执事始举介曰能，朝廷信而将用之，及以为不能，则亦曰不能，是执事自信犹不果，若遂言它事，何敢望天子之取信于执事哉？故曰主簿虽卑，介虽贱士，其可惜者，中丞之举动也。

台臣态度极为重要，请杜衍勿忘昔日“举介曰能”之语。

况今斥介而它举，必亦择贤而举也。夫贤者

固好辩，若举而入台，又有言，则又斥而它举乎？如此，则必得愚暗懦默者而后止也。伏惟执事如欲举愚者，则岂敢复云；若将举贤也，愿无易介而它取也[5]。

再次恳请“择贤而举”，应“无易介而它取”。

[注释]

[1] 司直之臣：御史台官员掌纠察官邪，肃正纲纪，故云。 [2] 弹：弹劾。 [3] 随时好恶：好恶随人，无定见，无原则。 [4] 一信于台臣：全取信于御史台官员的意见。 [5] 无易介而它取：不要罢去石介而另取别人。

今世之官[1]，兼御史者例不与台事，故敢布狂言，窃献门下，伏惟幸察焉。

[注释]

[1] “今世”以下五句：时欧为试大理评事兼监察御史，是官资迁叙之名义，实任馆阁校勘之职，不能参与御史台事务，故云。

[点评]

欧阳修十分敬佩一心为国的杜衍，也深切了解刚直无畏的石介。当石介为国事勇敢上书以致触怒皇帝的时候，欧仍请御史中丞杜衍坚持以石介为御史台主簿的初衷。全篇紧扣石介的为人和主簿的职责，论述帝王与大臣虚心纳谏的重要性，反复恳请杜衍劝仁宗收回成命，充分显示了早年欧阳修官虽卑微而忠于国事、无所顾忌而大胆言政的精神。文章逐层深入，说理透彻，描写赵普一再向太祖举荐人才之事，尤其生动。杜衍终未采纳欧的意见，可能跟石介上年曾口无遮拦地上书枢密使王曾，批评仁宗“好近女室，渐有失德”有关，事见《续资治通鉴长编》卷一一五。

与石推官第二书[1]

修顿首白公操足下：前同年徐君行[2]，因得寓书[3]，论足下书之怪。时仆有妹居襄城[4]，丧其夫，匍匐将往视之，故不能尽其所以云者，而略陈焉。足下虽不以仆为狂愚而绝之，复之以书，然果未能谕仆之意[5]。非足下之不谕，由仆听之不审而论之之略之过也。

清浦起龙：“前篇（指《与石推官第一书》）借书为规，石公认作劝学书，故辩正之。”（《古文眉诠》卷五十八）

浦起龙：“又取曲致，以己之‘不审’徐引石之未审。”（同上）

[注释]

[1] 本文和《与石推官第一书》同作于景祐二年（1035）。时石介为南京留守推官。《第一书》中，欧批评石介“自许太高，诋时太过，其论若未深究其源者”。言及石介手书，称：“始见之，骇然不可识。徐而视定，辨其点画，乃可渐通。吁，何怪之甚也！既而持以问人，曰：‘是不能乎书者邪？’曰：‘非不能也。’‘书之法当尔邪？’曰：‘非也。’‘古有之乎？’曰：‘无。’‘今有之

乎？’亦曰：‘无也。’‘然则何谓而若是？’曰：‘特欲与世异而已。’修闻君子之于学，是而已，不闻为异也。”石介即作《答欧阳永叔书》（载《徂徕石先生文集》卷十五），不接受欧之规劝，称“永叔待我浅，不知我深”。阙名《南窗纪谈》云：“公操即守道，今《徂徕集》中犹见其答书，大略皆谰辞自解。……守道字画，世不复见。既尝被之金石，必非率尔而为者。即答书之辞观之，其强项不服下，又设为高论以文过拒人之态，犹可想见也。” [2] 同年：古称科举中同榜题名者。徐君：与欧、石为同年，疑其字献臣。 [3] 寓书：寄信。石介《答欧阳永叔书》：“献臣过，驻舟上岸见访，以永叔书为贶。” [4] “时仆”以下三句：时年七月，欧妹夫张龟正病故，欧前往探望。襄城，今河南许昌襄城县。匍匐，《诗经·谷风》：“凡民有丧，匍匐救之。” [5] 谕：明白。

仆见足下书久矣，不即有云，而今乃云者，何邪？始见之，疑乎不能书，又疑乎忽而不学[1]。夫书，一艺尔，人或不能，与忽不学时，不必论，是以默默然。及来京师，见二像石本，及闻说者云足下不欲同俗而力为之，如前所陈者，是诚可诤矣[2]，然后一进其说。及得足下书，自谓不能，与前所闻者异，然后知所听之不审也。然足下于仆之言，亦似未审者。

浦起龙：“‘不欲同俗’是立意好怪。”（《古文眉诠》卷五十八）

石介《答欧阳永叔书》：“仆之书实不能也，因永叔言，仆更学之。”（《徂徕石先生文集》卷十五）

[注释]

[1] 忽：轻视，未注意。 [2] 诤：直言规诫。

浦起龙："此正述其未审之言，误认以学书为重耳。"（《古文眉诠》卷五十八）

足下谓世之善书者，能钟、王、虞、柳[1]，不过一艺，己之所学，乃尧、舜、周、孔之道，不必善书，又云因仆之言欲勉学之者，此皆非也。夫所谓钟、王、虞、柳之书者，非独足下薄之，仆固亦薄之矣。世之有好学其书而悦之者，与嗜饮茗、阅画图无异，但其性之一僻尔[2]，岂君子之所务乎[3]？然至于书，则不可无法。古之始有文字也，务乎记事，而因物取类为其象[4]。故《周礼》六艺有六书之学[5]，其点画曲直皆有其说。扬子曰"断木为棋，梡革为鞠，亦皆有法焉"[6]，而况书乎？今虽隶字已变于古，而变古为隶者非圣人[7]，不足师法，然其点画曲直犹有准则，如母毋、彳亻之相近[8]，易之则乱而不可读矣。今足下以其直者为斜，以其方者为圆，而曰我第行尧、舜、周、孔之道，此甚不可也。譬如设馔于案[9]，加帽于首，正襟而坐然后食者，此世人常尔。若其纳足于帽，反衣而衣，坐乎案上，以饭实酒卮而食[10]，曰我第行尧、舜、周、孔之道者，以此之于世可乎？不可也。则书虽末事，而当从常法，不可以为怪，亦犹是矣。然足

书虽一艺，亦有法度，不可怪异。

浦起龙："此所谓怪也。"（同上）

状石介怪异之妙喻。

下了不省仆之意[11]，凡仆之所陈者，非论书之善不[12]，但患乎近怪自异以惑后生也。若果不能，又何必学，仆岂区区劝足下以学书者乎[13]！

点出石介的要害："患乎近怪自异以惑后生。"

[注释]

[1] 锺、王、虞、柳：三国魏锺繇，晋王羲之，唐虞世南、柳公权，皆著名书法家。 [2] 僻：偏好。 [3] 务：从事。 [4]"而因"句：依物取类同处造象。许慎《说文解字序》："仓颉之初作书，盖依类象形，故谓之文。" [5]"故《周礼》"二句：《周礼·地官·保氏》："保氏掌谏王恶，而养国子以道。乃教之六艺，一曰五礼，二曰六乐，三曰五射，四曰五驭，五曰六书，六曰九数。"郑玄注引郑司农曰："六书，象形、会意、转注、处事、假借、谐声也。"许慎《说文解字》谓六书为指事、象形、形声、会意、转注、假借，各有解说，如说指事为"视而可识，察而见意，'上''下'是也"。 [6]"扬子"句：语出扬雄《法言·吾子》。梡（kuǎn），刮磨。鞠，球。 [7] 变古为隶：改变篆书为隶书。传说隶书乃程邈所创。卫恒《四体书势》："秦既用篆，奏事繁多，篆书难成，即令隶人佐书，曰隶字。" [8] 母毋、彳（chì）亻（rén）：指形近而易误的字。 [9] 设馔（zhuàn）于案：把食物放在桌上。馔，食物。 [10]"以饭"句：把饭装在酒杯里吃。 [11] 了不省：一点也不理解。 [12] 不：通"否"。 [13] 区区：愚拙。《古诗为焦仲卿妻作》："阿母谓府吏，何乃太区区！"

石介《答欧阳永叔书》："今天下为佛、老，其徒嚣嚣乎声，附合响应，仆独挺然自持吾圣人之道；今天下为杨亿，其众哓哓乎口，一倡百和，仆独确然自守圣人之经。凡世之佛、老、杨亿云者，仆不惟不为，且常力摈斥之。天下为而独不为，天下不为而独为，兹是仆有异乎众者。"（《徂徕石先生文集》卷十五）

足下又云"我实有独异于世者，以疾释、老，斥文章之雕刻者"，此又大不可也。夫释、老，惑者之所为[1]；雕刻文章，薄者之所为[2]。足下安知世无明诚质厚君子之不为乎？足下自以为异，是待天下无君子之与己同也。仲尼曰："后生可畏[3]，安知来者之不如今也？"是则仲尼一言，不敢遗天下之后生；足下一言，待天下以无君子。此故所谓大不可也。夫士之不为释、老与不雕刻文章者，譬如为吏而不受货财，盖道当尔，不足恃以为贤也。属久苦小疾[4]，无意思。不宣。某顿首。

浦起龙："好异者当退而自悔矣。"（《古文眉诠》卷五十八）

[注释]

[1] 惑者：糊涂而不明事理的人。 [2] 薄者：浅薄而附庸时尚的人。 [3] "后生可畏"二句：语见《论语·子罕》。 [4] "属久"以下三句：适逢身体久已苦于小病，没有心思。不宣，古人书信结束时的套语，"言不尽意"的意思。

[点评]

石介为人刚直无畏，但有时过于偏执，趋于极端。他富于正义感，竭力支持庆历新政，但作《庆历圣德颂》，大张旗鼓地赞革新派，贬守旧派，指责反对革新的夏竦等人为大奸，不注意斗争策略，助长了"朋党"的舆论。范仲淹就曾担心因石介的过激言论而坏事。欧阳修早年已发现其有偏激怪异的缺点，并在致石介的书信中直率地给予批评，遗憾的是未能为石介所接受。浦起龙评曰：“此因石公不自认手书之怪，未便直斥，故委蛇其说曰‘未审’而详辩之。辩书正是辩怪也。书之技，无预于学术；而怪之弊，浸淫为俗尚。小中见大之言。”（《古文眉诠》卷五十八）

原　弊[1]

孟子曰[2]：养生送死，王道之本。管子曰：“仓廪实而知礼节[3]。”故农者[4]，天下之本也，而王政所由起也。古之为国者未尝敢忽[5]。而今之为吏者不然，簿书听断而已矣[6]，闻有道农之事，则相与笑之曰鄙[7]。夫知赋敛移用之为急[8]，不知务农为先者，是未原为政之本末也。知务农而不知节用以爱农，是未尽务农之方也。

“务农为先”，“节用以爱农”，乃一篇主意之所在。

[注释]

[1] 题注“康定元年”，误。当为景祐三年（1036）作。时欧阳修已有西京幕府和馆阁校勘的经历，对于国事有较深入的了解，对农业上的弊病尤为关切。天圣、明道间有《答杨辟喜雨长句》谈到“古之为政”时说：“三年必有一年食，九岁常备三岁凶。纵令水旱或时遇，以多补少能相通。今者吏愚不善政，民亦游惰

离于农。军国赋敛急星火，兼并奉养过王公。终年之耕幸一熟，聚而耗者多于蜂。是以比岁屡登稔，然而民室常虚空。”此与本文所述内容极为相似。又，本文云：“国家自景德罢兵，三十三岁矣。”由撰本文时的景祐三年上溯三十三年，正是订立澶渊之盟的景德元年（1004）。原弊：探究时政之弊。原，推究事物的本源。 [2]“孟子”以下三句：《孟子·梁惠王上》：“养生丧死无憾，王道之始也。” [3]“仓廪”句：《管子·牧民》：“仓廪实则知礼节，衣食足则知荣辱。”仓廪实，仓库中粮食充足。 [4]“故农者”以下三句：《汉书·文帝纪》：“夫农，天下之本也。”《孟子·梁惠王下》：“王曰：‘王政可得闻与？’（孟子）对曰：‘昔者文王之治岐也，耕者九一，仕者世禄，关市讥而不征，泽梁无禁，罪人不孥。’” [5]为国者：治国者。忽：轻视，忽略。 [6]簿书：官府中登记钱谷赋税等的文书簿册。听断：听讼断狱。 [7]鄙：粗俗。 [8]赋敛：征收赋税。移用：联系下文，意为调剂以便灵活使用。

古之为政者，上下相移用以济[1]。下之用力者甚勤，上之用物者有节[2]，民无遗力，国不过费，上爱其下，下给其上，使不相困。三代之法皆如此[3]，而最备于周。周之法曰：井牧其田[4]，十而一之[5]。一夫之力[6]，督之必尽其所任；一日之用，节之必量其所入；一岁之耕，供公与民食皆出其间，而常有余，故三年而余一年之备。今乃不然，耕者不复督其力，用者不复计其出入，

比较古今为政及民生状况之不同。

一岁之耕，供公仅足，而民食不过数月。甚者[7]，场功甫毕，簸糠麸而食秕稗，或采橡实、畜菜根以延冬春。夫糠核橡实，孟子所谓狗彘之食也[8]，而卒岁之民不免食之[9]。不幸一水旱，则相枕为饿殍[10]。此甚可叹也！

[注释]

[1] 济：补益。 [2] 节：节制。 [3] 三代：指夏、商、周，古人视为治世。 [4] 井牧其田：《周礼·地官·小司徒》："乃经土地，而井牧其田。"说规划土地，或以井田法耕种，或用于放牧。 [5] 十而一之：实行十而抽一的税法。《孟子·滕文公上》："夏后氏五十而贡，殷人七十而助，周人百亩而彻，其实皆什一也。" [6] "一夫"以下八句：在官府督促之下，每个农民定会尽力耕种，每天的支出会控制在收入的范围内，一年的收获可供官府和百姓食用且有节余，这样三年下来就会多出一年的收获作储备用。《礼记·王制》："三年耕必有一年之食。" [7] "甚者"以下四句：最严重的，收获刚一结束，也只能吃糠麸秕稗、橡实菜根以度过冬春。 [8] 狗彘（zhì）之食：即猪狗之食。《孟子·梁惠王上》："狗彘食人食而不知检。"彘，猪。 [9] 卒岁：度过年关。《诗经·豳风·七月》："无衣无褐，何以卒岁？" [10] 饿殍（piǎo）：饿死的人。《孟子·梁惠王上》："途有饿殍而不知发。"

夫三代之为国[1]，公卿士庶之禄廪，兵甲车牛之材用，山川宗庙鬼神之供给，未尝阙也。是皆出于农，而民之所耕，不过今九州之地也[2]。岁之凶荒[3]，亦时时而有，与今无以异。今固尽有向时之地，而制度无过于三代者。昔者用常有余，而今常不足，何也？其为术相反而然也。昔者知务农又知节用，今以不勤之农赡无节之用故也[4]。非徒不勤农，又为众弊以耗之；非徒不量民力以为节，又直不量天力之所任也[5]。

古今不同在于“为术相反而然也”。

[注释]

[1]“夫三代”以下五句：言政府诸多开支皆由农民提供。公卿，古时有三公九卿，此泛指所有官吏。士庶，一般称士人与庶民，此处“庶”当指底层的吏役，亦需供养。禄廪，俸禄。供给，指祭祀的开销。 [2] 九州：相传古时天下有九州，后成为中国的代称。 [3] 凶荒：灾荒。凶，收成极坏。 [4] 赡：供给。无节：没有节制。 [5] 直：简直。天力：自然条件。

原弊有三，其一：诱民之弊。

何谓众弊？有诱民之弊[1]，有兼并之弊，有力役之弊，请详言之。今坐华屋享美食而无事者[2]，曰浮图之民[3]；仰衣食而养妻子者，曰兵戎之民[4]。此在三代时，南亩之民也[5]。今之议者，以浮图并周、孔之事曰三教[6]，不可以去；兵戎曰国备，不可以去。浮图不可并周、孔，不言而易知，请试言之。国家自景德罢兵[7]，三十三岁矣，兵尝经用者老死今尽，而后来者未尝闻金鼓、识战阵也[8]。生于无事而饱于衣食也，其势不得不骄惰。今卫兵入宿[9]，不自持被而使人持之；禁兵给粮，不自荷而雇人荷之[10]。其骄如此，况肯冒辛苦以战斗乎！前日西边之吏[11]，如高化军齐宗举，两用兵而辄败，此其效也。夫就使兵耐辛苦而能斗战，惟耗农民为之可也。奈何有为兵之虚名，而其实骄惰无用之人也？古之凡民长大壮健者[12]，皆在南亩，农隙则教之以战。今乃大异，一遇凶岁，则州郡吏以尺度量民之长大而试其壮健者，招之去为禁兵，其次不及尺度而稍怯弱者，籍之以为厢兵。吏招人多者有赏，而民方穷时争投之，故一经凶荒，则所留在南亩者，惟老弱也。而吏方曰："不收为兵，则恐为盗。"噫！苟知一时之不为盗，而不知其终身骄惰而窃食也。古之长大壮健者任耕，而老弱者游惰[13]；今之长大壮健者游惰，而老弱者留耕也。何相反之甚邪！然民尽力乎南亩者，或不免乎狗彘之食，而一去为僧、兵，则终身安佚而享丰腴，则南亩之民不得不日减也。故曰有诱民之弊者，谓此也。其耗之一端也。

[注释]

[1]诱民：引诱农民脱离农田，去做其他事情。 [2]华屋：指寺庙。 [3]浮图之民：和尚。浮图系梵语音译。 [4]兵戎之民：指士兵。 [5]南亩：农田。《诗经·豳风·七月》："馌彼南亩。" [6]周、孔：周公、孔子，指儒家。三教：指儒、佛、道。 [7]景德罢兵：宋真宗景德元年（1004），宋、辽罢兵，宋以岁输银绢的代价，与辽签订澶渊和议。 [8]金鼓：指打仗。击鼓出兵，鸣金收兵。鸣金，敲击钲、铙等金属乐器。后多指敲锣。 [9]卫兵入宿：禁军士兵宿卫皇宫。 [10]荷：背负。 [11]"前日"以下三句：据《续资治通鉴长编》卷一一五载，景祐初，西夏元昊入侵庆州，缘边都巡检杨遵战于龙马岭，败绩。环庆路都监齐宗矩援之，次节义峰，遇敌埋伏被俘，后释归。矩，本文作"举"。高化军，庆州州治安化郡，"高"字疑误。 [12]"古之"二句：古时兵农一体，冬季闲时练兵备战。《礼记·月令》：孟冬之月，"天子乃命将帅讲武，习射御，角力"。 [13]游惰：游荡、懒惰。

其二：兼并之弊。

古者计口而受田，家给而人足。井田既坏[1]，而兼并乃兴。今大率一户之田及百顷者[2]，养客数十家。其间用主牛而出己力者、用己牛而事主田以分利者，不过十余户；其余皆出产租而侨居者[3]，曰浮客，而有畬田。夫此数十家者，素非富而畜积之家也，其春秋神社、婚姻死葬之具[4]，又不幸遇凶荒与公家之事[5]，当其乏时，尝举责于主人[6]，而后偿之，息不两倍则三倍。及其成也[7]，出种与税而后分之，偿三倍之息，尽其所得或不能足。其场功朝毕而暮乏食[8]，则又举之。故冬春举食则指麦于夏而偿[9]，麦偿尽矣，夏秋则指禾于冬而偿也。似此数十家者[10]，常食三倍之物，而一户常尽取百顷之利也。夫主百顷而出税赋者一户[11]，尽力而输一户者数十家也。就使国家有宽征薄赋之恩，是徒益一家之幸，而数十家者困苦常自如也。故曰有兼并之弊者，谓此也。此亦耗之一端也。

[注释]

[1]“井田”二句：按周朝之制，田地划为九块，呈“井”字形，面积相同，八户人家各得其一。中间一块为公田，由八家共同耕种，收获归公，而不必纳税。至春秋时，土地私有，按亩征税，井田制遂消亡。 [2]“今大率”以下四句：言当时主户有百顷之田，庄客数十家，其中仅十余家本地人，或借用主户的牛耕种自己的田，或用自己的牛耕种主户的田，受主户较轻的剥削。 [3]“其余”以下三句：言其余为外地流亡寄居此地的客户，租种新开垦的荒地，要受较重的剥削。畬（shē）田，刀耕火种的新辟荒地。 [4]春秋神社：春秋祭祀土地神的活动。 [5]公家之事：指官府要百

姓负担的徭役。 [6] 举责：借债。责，古同“债”。 [7]“及其”以下四句：等到收成的时候，去除种子与赋税的开销，主户与庄客对半分，庄客要付三倍的利息，其全部所得还不够还债。 [8]“其场功”二句：早上收获一结束，晚上就缺吃的，又要去借债了。 [9]“故冬春”以下三句：所以冬春两季借债糊口指望着麦收到夏天还债，麦子偿还光了，夏秋两季指望着谷子到冬天还债。 [10]“似此”以下三句：意为高利贷的盘剥，让主户一家得到巨大的收益，而数十家庄客吃了大亏。 [11]“夫主百顷”以下五句：主户只要向官府纳一份税，而数十户庄客向主户交数十份租，即使国家有减免赋税的恩惠，也只是主户一家的幸运，而数十户庄客不能受益而依然困苦。

其三：力役之弊。

民有幸而不役于人[1]，能有田而自耕者，下至二顷至一顷，皆以等书于籍[2]。而公役之多者为大役[3]，少者为小役，至不胜，则贱卖其田，或逃而去。故曰有力役之弊者，谓此也。此亦耗之一端也。

[注释]

[1] 不役于人：不做庄客、佃户。 [2]“皆以”句：宋时乡村主户按家产多少分五等登记入籍，依等第纳税服役。 [3]“而公役”以下五句：《宋史·食货志》：“役出于民，州县皆有常数。”服役给百姓造成沉重的负担。大役如衙前役，小役如弓手，服役者由官府调遣，无法从事生产活动，常遭勒索，以致卖田或逃亡。

夫此三弊，是其大端。又有奇邪之民去为浮巧之工[1]，与夫兼并商贾之人为僭侈之费[2]，又有贪吏之诛求[3]，赋敛之无名，其弊不可以尽举也。既不劝之使勤，又为众弊以耗之。大抵天下中民之士富且贵者，化粗粝为精善[4]，是一人常食五人之食也。为兵者，养父母妻子，而计其馈运之费[5]，是一兵常食五农之食也。为僧者，养子弟而自丰食，是一僧常食五农之食也。贫民举倍息而食者，是一人常食二人三人之食也。天下几何其不乏也！

其余之弊，难以尽举。

[注释]

[1] 奇邪之民：原指诡诈之人，《周礼·天官·宫正》："去其淫怠与其奇邪之民。"郑玄注："奇邪，谲觚（即谲诡）非常。"此指制作奢侈品的手艺人。 [2] 僭侈：超越本分的奢靡享受。 [3] 诛求：强制征收或索取。《左传》襄公三十一年："以敝邑褊小，介于大国，诛求无时，是以不敢宁居。"杜预注："诛，责也。" [4] 化粗粝为精善：言富人非粗茶淡饭，饮食十分考究。 [5] 馈（kuì）运：运送粮食。

何谓不量民力以为节？方今量国用而取之民，未尝量民力而制国用也。古者冢宰制国用[1]，量入以为出，一岁之物三分之，一以给公上，一

失误之一："不量民力以为节。"

以给民食，一以备凶荒。今不先制乎国用[2]，而一切临民而取之。故有支移之赋[3]，有和籴之粟[4]，有入中之粟[5]，有和买之绢[6]，有杂料之物[7]，茶盐山泽之利有榷有征[8]。制而不足，则有司屡变其法，以争毫末之利。用心益劳而益不足者，何也？制不先定，而取之无量也。

[注释]

[1]“古者”以下六句：《礼记·王制》：“冢宰制国用，必于岁之杪，五谷皆入，然后制国用。用地小大，视年之丰耗，以三十年之通制国用，量入以为出。”冢宰，周代之官，居六卿之首。 [2]“今不”二句：现在不是先控制国家的开销，而是一切都到百姓那里索取。 [3]支移之赋：纳赋本有固定处所，但要以有余补不足，即以此输彼，移近输远。故农户需将应缴本地的税粮缴至缺粮的外地，谓之支移。 [4]和籴之粟：和籴是官府强制收购民间粮食的官买制度，宋代成为正赋之外括粮养兵的重要手段。 [5]入中之粟：《资治通鉴后编》卷四十二：“入刍粮于边者，给京师及诸州钱。”利用商人在流通领域的作用，充实朝廷的财力，供应边地的军需。 [6]和买之绢：宋每年要输辽与西夏大量绢帛，故由官府先贷钱给农民，至次年收货，名为和买，实际上是变相的剥削。 [7]杂料之物：在有名目的赋税外，随时征收的各种杂税。 [8]榷（què）：官府专卖。

失误之二：“不量天力之所任。”

何谓不量天力之所任？此不知水旱之谓也。

夫阴阳在天地间[1]，腾降而相推，不能无愆伏，如人身之有血气，不能无疾病也。故善医者不能使人无疾病，疗之而已；善为政者不能使岁无凶荒，备之而已。尧、汤大圣，不能使无水旱，而能备之者也。古者丰年补救之术，三年耕必留一年之蓄，是凡三岁，期一岁以必灾也。此古之善知天者也。今有司之调度，用足一岁而已，是期天岁岁不水旱也。故曰不量天力之所任。是以前二三岁[2]，连遭旱蝗而公私乏食，是期天之无水旱，卒而遇之[3]，无备故也。

[注释]

[1]“夫阴阳”以下三句：阴阳二气在天地间，上升下降，互起作用，使时序寒暖失调。《左传》昭公四年：“冬无愆阳，夏无伏阴。”杜预注：“愆，过也，谓冬温。伏阴，谓夏寒。” [2]“是以”二句：欧阳修《桑怿传》：“明道、景祐之交，天下旱蝗。” [3]卒：同“猝”，突然。

夫井田什一之法，不可复用于今。为计者莫若就民而为之制[1]，要在下者尽力而无耗弊，上者量民而用有节，则民与国庶几乎俱富矣。今士大夫方共修太平之基[2]，颇推务本以兴农，

当今之计：无耗弊而用有节，“就民而为之制”。

故辄原其弊而列之，以俟兴利除害者采于有司也。

[注释]

[1]“为计”句：谋划国家大计的人，应根据农民所能承受的实际情况，制定相应的赋税政策。 [2]“今士大夫”以下四句：谓“务本以兴农”的问题已引起上下的关注，陈列弊端是为了推进改革。

[点评]

本文是欧阳修一篇重要的政论文，针对北宋农业政策的弊病而发。农业乃立国之本，关系到国家的发展、百姓的生活。文章提出务农为先，节用爱农的指导思想和去除三弊的切实主张。农业的影响极广，诱民、力役、兼并三弊就牵涉到与农业密切相关的兵制和赋税等问题。弄清农业的弊端所在，也就揭示了国家积贫积弱的根本原因。

欧阳修了解农村和农业情况，深知农民的疾苦：“簸糠麸而食秕稗，或采橡实、畜菜根以延冬春”，“不幸一水旱，则相枕为饿殍”，惨象触目惊心。土地的日益兼并，地主的残酷剥削，赋税的沉重负担，作者用犀利的文笔一一加以揭露。对农民生活的深切同情和对国家前途的满腔忧虑，发为文末强烈要求“兴利除害”的呼声。

文章布局严谨，条理清晰，论述周详，富于说服力。篇中最见特色的是对比。通过“昔者用常有余，而今常不足”，“古之长大壮健者任耕，而老弱者游惰；今之长大壮健者游惰，而老弱者留耕”等古今对比，以及当世的农民与商贾、僧人等苦乐不同的对比，表达了对社会不公的不满和对苦难农民的同情。这是一篇勇于揭弊、有益于社会的好文章，吕留良给予好评曰：“《原弊》立论尤有依据，缔构处亦整而不板。”（《唐宋八家古文精选·欧阳文》）

与高司谏书[1]

修顿首再拜白司谏足下：某年十七时，家随州，见天圣二年进士及第榜[2]，始识足下姓名。是时予年少，未与人接，又居远方，但闻今宋舍人兄弟与叶道卿、郑天休数人者[3]，以文学大有名，号称得人。而足下厕其间[4]，独无卓卓可道说者，予固疑足下不知何如人也。 固疑。

[注释]

[1] 景祐三年（1036）作。是年，天章阁待制、权知开封府范仲淹，以言事触怒宰相，贬官知饶州。欧致书责备司谏高若讷诋毁仲淹，若讷以书呈进朝中，称范仲淹口出狂言，自取谴辱，不该为范鸣不平，欧遂贬为峡州夷陵县令。本篇即欧与高若讷之书。若讷字敏之，历任监察御史里行、右司谏、河东路都转运使、权御史中丞、参知政事等职，官至枢密使，卒谥文庄。 [2]“见

天圣”二句：据《续资治通鉴长编》，天圣二年，宋郊、叶清臣、郑戬等及第，若讷为第四名。　[3] 宋舍人兄弟：宋庠（初名郊）、宋祁，皆尝同修起居注，故称舍人。“二宋”天圣二年及第，礼部奏祁名第三，时仁宗年幼，刘太后垂帘听政，不欲弟先兄，乃推郊第一，而置祁第十。庠字公序，官至同中书门下平章事，卒谥元献。祁字子京，官至三司使，卒谥景文。叶道卿：名清臣，举进士，以对策擢高第，官至权三司使。郑天休：名戬，历通判越州、权知开封府、枢密副使，为陕西四路都总管兼经略安抚招讨使，卒谥文肃。四人《宋史》皆有传。　[4] 厕：置身。

其后更十一年[1]，予再至京师，足下已为御史里行[2]，然犹未暇一识足下之面，但时时于予友尹师鲁问足下之贤否[3]。而师鲁说足下正直有学问，君子人也，予犹疑之。夫正直者不可屈曲，有学问者必能辨是非，以不可屈之节，有能辨是非之明，又为言事之官[4]，而俯仰默默[5]，无异众人，是果贤者耶？此不得使予之不疑也。

犹疑。

不得不疑。

[注释]

[1]“其后”二句：天圣二年（1024）后十一年为景祐元年（1034），时欧至京师任馆阁校勘。此前的明道二年（1033）曾因吏事赴京师，故曰“再至”。　[2] 御史里行：即监察御史里行，北宋以授官卑而任监察御史者，任职二年即正除御史。　[3] 尹师鲁：尹洙字师鲁，时与欧同在汴京为馆阁校勘。　[4] 言事之官：

御史纠察百官，理当言事，故称。 [5]俯仰默默：行事随人，默不作声。

自足下为谏官来，始得相识。侃然正色[1]，论前世事，历历可听，褒贬是非，无一谬说。噫！持此辩以示人，孰不爱之？虽予亦疑足下真君子也[2]。是予自闻足下之名及相识，凡十有四年而三疑之。今者推其实迹而较之[3]，然后决知足下非君子也。

孙琮："欧公之文大抵婉转委折，低昂尽致，独此文切责司谏，纯作严紧直遂之笔，并无一语委曲。如起手设三层疑案，而断以决知非君子，便已咄咄逼人。"（《山晓阁选宋大家欧阳庐陵全集》卷一）按：咄咄逼人之势，全篇仍通过有力而婉转、曲折而尽致的文笔展现出来，以下旁批中，孙琮就讲到"妙在……一转"，沈德潜也说"句句折是欧公擅长"。

[注释]

[1]侃然正色：刚直严肃的模样。 [2]疑：猜测。 [3]"今者"句：如今考察实际情况，并与你的言论相比较。

前日范希文贬官后，与足下相见于安道家[1]。足下诋诮希文为人[2]。予始闻之，疑是戏言，及见师鲁，亦说足下深非希文所为，然后其疑遂决。希文平生刚正，好学通古今，其立朝有本末[3]，天下所共知，今又以言事触宰相得罪[4]，足下既不能为辨其非辜，又畏有识者之责己，遂随而诋之，以为当黜，是可怪也。

清储欣："诛心。"（《唐宋八大家类选》卷九）

[注释]

[1] 安道：余靖，字安道，天圣年间进士。累迁集贤校理，亦因替仲淹辩护而遭贬。庆历时为谏官，支持新政。皇祐间知桂州，助狄青灭侬智高。嘉祐时任广西体量安抚使，旋知广州。卒谥襄。《宋史》有传。 [2] 诋诮：毁谤、讥讽。 [3] 立朝有本末：在朝中做事，知轻重，有始终。 [4] "今又"句：范仲淹上书指官员任命多出宰相吕夷简之门，又批评其败坏了宋朝家法。吕夷简恼羞成怒，诬蔑仲淹越职言事，离间君臣，引用朋党，致仲淹遭贬。

夫人之性，刚果懦软禀之于天，不可勉强，虽圣人亦不以不能责人之必能[1]。今足下家有老母，身惜官位，惧饥寒而顾利禄，不敢一忤宰相以近刑祸[2]，此乃庸人之常情，不过作一不才谏官尔。虽朝廷君子，亦将闵足下之不能，而不责以必能也。今乃不然，反昂然自得，了无愧畏，便毁其贤[3]，以为当黜，庶乎饰己不言之过。夫力所不敢为，乃愚者之不逮[4]；以智文其过[5]，此君子之贼也。

储欣："书词激直无款曲。"（《唐宋八大家类选》卷九）

[注释]

[1] "虽圣人"句：即使圣人也不会强使人做力所不及的事。《孟子·梁惠王上》："挟太山以超北海，语人曰'我不能'，是诚不能也。为长者折枝，语人曰'我不能'，是不为也，非不能

也。” [2]忤（wǔ）：违抗，不顺从。 [3]便毁：任意诋毁。 [4]不逮：不及。 [5]“以智”二句：以小聪明掩饰过错，这种人是君子中的败类。

且希文果不贤邪？自三四年来，从大理寺丞至前行员外郎[1]，作待制日[2]，日备顾问[3]，今班行中无与比者[4]。是天子骤用不贤之人？夫使天子待不贤以为贤，是聪明有所未尽。足下身为司谏，乃耳目之官[5]，当其骤用时，何不一为天子辨其不贤，反默默无一语，待其自败，然后随而非之？若果贤邪，则今日天子与宰相以忤意逐贤人，足下不得不言。是则足下以希文为贤，亦不免责，以为不贤，亦不免责，大抵罪在默默尔。

孙琮：“妙在‘希文不贤’一转，见得平日不言，今乃言之，无论希文贤与不贤，其责皆所不免。”（《山晓阁选宋大家欧阳庐陵全集》卷一）

［注释］

[1]大理寺丞：朝廷掌管刑狱官署的佐官。前行员外郎：宋朝六部分三行：吏部、兵部为前行，户部、刑部为中行，礼部、工部为后行。《宋史·范仲淹传》：“拜尚书礼部员外郎、天章阁待制，召还，判国子监，迁吏部员外郎、权知开封府。”可知为待制时，还属后行；权知开封府时，已至前行。 [2]作待制日：据《续资治通鉴长编》，仲淹为待制在景祐二年三月。 [3]日备顾问：常受皇帝咨询。 [4]班行：朝班的行列，指朝中百官。 [5]耳目之官：指谏官。为皇帝之耳目，将所见所闻报告给皇帝并作规谏。

孙琮："引汉事，见人之不可欺。"（《山晓阁选宋大家欧阳庐陵全集》卷一）

昔汉杀萧望之与王章[1]，计其当时之议，必不肯明言杀贤者也，必以石显、王凤为忠臣[2]，望之与章为不贤而被罪也。今足下视石显、王凤果忠邪，望之与章果不贤邪？当时亦有谏臣，必不肯自言畏祸而不谏，亦必曰当诛而不足谏也。今足下视之，果当诛邪？是直可欺当时之人，而不可欺后世也。今足下又欲欺今人，而不惧后世之不可欺邪？况今之人未可欺也。

沈德潜："句句折是欧公擅长。"（《唐宋八大家文读本》卷十一）

［注释］

[1] 萧望之：字长倩，汉宣帝时为太子太傅。元帝立，辅政领尚书事。为宦官弘恭、石显所诬陷，下狱，自杀。王章：字仲卿，汉成帝时官京兆尹，上书言外戚大将军王凤罪行，遭诬陷，下狱，被杀。二人事见《汉书》本传。 [2] 石显：初为仆射，元帝时官中书令。成帝立，以罪免归，死于道。与弘恭俱入《汉书·佞幸传》。王凤：汉成帝之舅，以大司马大将军领尚书事，权倾一时。《汉书》有传。

伏以今皇帝即位已来[1]，进用谏臣，容纳言论，如曹修古、刘越[2]，虽殁犹被褒称。今希文与孔道辅[3]，皆自谏诤擢用。足下幸生此时，遇纳谏之圣主如此，犹不敢一言，何也？前日又闻御史台榜朝堂[4]，戒百官不得越职言事，是可言

孙琮："述近制，见职之无可诿。"（《山晓阁选宋大家欧阳庐陵全集》卷一）

者惟谏臣尔。若足下又遂不言，是天下无得言者也。足下在其位而不言，便当去之，无妨他人之堪其任者也。昨日安道贬官[5]，师鲁待罪，足下犹能以面目见士大夫，出入朝中称谏官，是足下不复知人间有羞耻事尔！所可惜者，圣朝有事，谏官不言，而使他人言之，书在史册，他日为朝廷羞者，足下也。

[注释]

[1] 今皇帝：指宋仁宗。 [2] 曹修古：字述之，官殿中侍御史、刑部员外郎。仁宗年幼，刘太后垂帘听政，修古因论太后兄子刘从德事遭贬。仁宗亲政后，思其忠，追赠右谏议大夫。刘越：字子长，曾上书请刘太后还政天子。仁宗亲政，追赠为右司谏。 [3] “今希文”二句：孔道辅字原鲁，孔子四十五世孙，以刚直闻名，官至御史中丞。明道二年（1033），范仲淹与孔道辅曾因谏阻仁宗废郭皇后事被贬。景祐二年（1035），仁宗起用范为吏部员外郎、权知开封府，孔为龙图阁直学士。 [4] “前日”二句：《续资治通鉴长编》载景祐三年五月，范仲淹“为四论以献”，抨击吕夷简。“夷简大怒，以仲淹语辨于帝前，且诉仲淹越职言事，荐引朋党，离间君臣。仲淹亦交章对诉，辞愈切，由是降黜。侍御史韩渎希夷简意，请以仲淹朋党榜朝堂，戒百官越职言事”。 [5] “昨日”二句：余靖时为秘书丞、集贤校理，因谏阻贬斥仲淹，落职，监筠州酒税。尹洙亦为仲淹鸣不平，贬监郢州酒税。

《春秋》之法[1]，责贤者备。今某区区犹望足下之能一言者[2]，不忍便绝足下，而不以贤者责也。若犹以谓希文不贤而当逐，则予今所言如此，乃是朋邪之人尔[3]，愿足下直携此书于朝，使正予罪而诛之，使天下皆释然知希文之当逐[4]，亦谏臣之一效也。

黄震："此书既上，高若讷果以闻于朝，而公贬夷陵令。"（《黄氏日钞》卷六十一）

[注释]

[1]"《春秋》"二句：《新唐书·太宗本纪》赞曰："《春秋》之法，常责备于贤者。" [2]"今某"以下三句：现在我仍恳切希望你作为谏官能出来说一句话，是不忍就此与你绝交，而不以贤者来看待你。 [3]朋邪：与奸邪为朋的人。 [4]释然：消除疑虑的样子。

前日足下在安道家，召予往论希文之事，时坐有他客，不能尽所怀[1]，故辄布区区[2]，伏惟幸察。不宣。修再拜。

[注释]

[1]尽所怀：把心里话全说出。 [2]区区：谦辞，我的意见、看法。

[点评]

本篇乃年轻气盛的欧阳修为改革者范仲淹鸣不平之

作，充满作者强烈的正义感和对保守势力的无比愤慨之情。沈德潜称“棱角峭厉，略无委曲，愤积于中，有不能遏抑者耶”（《唐宋八大家文读本》卷十一）。储欣赞曰“义动于中则言激于外”，“遂与日月争光”（《唐宋八大家类选》卷九）。通篇气势凌厉，火力全开，紧追不舍，不留余地，以致方苞谓“此篇骨法形貌皆与韩（愈）为近”（《古文约选·欧阳永叔文约选》）。但此文仍可见作者婉转条畅、曲折尽致的风格，如开头紧扣“疑”字做文章，对高若讷，先是“固疑”，接着是“犹疑”，最后是“不得使予之不疑”，坐实其“非君子”，可见并非一味猛攻，行文畅快而仍有波折，如苏洵所言，“气尽语极，急言竭论，而容与闲易，无艰难劳苦之态”（《上欧阳内翰第一书》）。其时保守与革新势力之斗争尖锐、激烈，欧严责司谏高若讷自然也是痛批权相吕夷简。范、吕之争至康定时已趋缓和，西夏犯边，吕谓仁宗曰范乃“贤者”，可为龙图阁直学士、陕西经略副使，故欧作《文正范公神道碑铭》有“二公欢然相约，戮力平贼”之语。高若讷，《宋史》有传，平生亦无其他劣迹，欧晚年自编《居士集》，未收《与高司谏书》，无疑对当初用语尖刻已觉不妥，今应作如是观。

读李翱文[1]

予始读翱《复性书》三篇[2]，曰：此《中庸》

之义疏尔[3]。智者诚其性[4]，当读《中庸》。愚者虽读此，不晓也，不作可焉。又读《与韩侍郎荐贤书》[5]，以谓翱特穷时愤世无荐己者[6]，故丁宁如此[7]；使其得志，亦未必然。以韩为秦汉间好侠行义之一豪俊[8]，亦善论人者也。最后读《幽怀赋》[9]，然后置书而叹，叹已复读，不自休。恨翱不生于今，不得与之交；又恨予不得生翱时，与翱上下其论也[10]。

孙琮：“妙在前幅将读《复性书》《荐贤书》二段陪出《幽怀赋》。”(《山晓阁选宋大家欧阳庐陵全集》卷四)

[注释]

[1]景祐三年（1036）作于贬官夷陵途中。据《于役志》，作者十月二十六日到夷陵，本文十月十七日作，时初抵江陵。李翱（772—841）：字习之，陇西成纪（今甘肃秦安东）人，唐贞元年间进士，官至山南东道节度使。翱为韩愈弟子，文风平易，为韩柳之后的古文大家，有《李文公集》。 [2]《复性书》：李翱关于人性的著作。孟子谓人性善，荀子谓性恶，扬雄谓性善恶混。韩愈取三者，折之以孔子之说。李翱则本《中庸》以论性，谓性善而情恶，当去情以复性。他发展了韩愈的观点，开宋代理学之先河。 [3]《中庸》：“四书”之一，原为《礼记》中的一篇，相传为孔子之孙孔伋所撰。义疏：说明原意，加以注释。 [4]“智者”以下五句：聪明的人要理解性，应当去读《中庸》。愚笨的人虽读《复性书》，但仍弄不明白在讲什么，所以没必要写此类文章。 [5]《与韩侍郎荐贤书》：写给韩愈的信，即《李文公集》卷六《答韩侍郎书》。韩愈曾任吏部侍郎，故称。 [6]穷时愤世：

困穷不遇，愤世嫉俗。 [7] 丁宁：叮咛。 [8] “然以”句：李翱《答韩侍郎书》曰：“如兄者，颇亦好贤。必须甚有文辞，兼能附己，顺我之欲，则汲汲孜孜，无所忧惜，引拔之矣。如或力不足，则分食以食之，无不至矣。若有一贤人，或不能然，则将乞丐不暇，安肯孜孜汲汲为之先后，此秦汉间尚侠行义之一豪隽耳。”韩，指韩愈。 [9]《幽怀赋》：载《李文公集》卷一。 [10] 上下其论：纵论古今政事的成败得失。

凡昔翱一时人，有道而能文者，莫若韩愈。愈尝有赋矣[1]，不过羡二鸟之光荣，叹一饱之无时尔。此其心使光荣而饱[2]，则不复云矣。若翱独不然，其赋曰[3]：“众嚣嚣而杂处兮[4]，咸叹老而嗟卑。视予心之不然兮[5]，虑行道之犹非。”又怪神尧以一旅取天下[6]，后世子孙不能以天下取河北，以为忧。呜呼！使当时君子皆易其叹老嗟卑之心，为翱所忧之心，则唐之天下岂有乱与亡哉！

孙琮：“中幅又将韩昌黎陪出李翱，皆是文章绝妙波澜。”（《山晓阁选宋大家欧阳庐陵全集》卷四）

清唐介轩：“（欧）公非左韩而右李，但借‘叹老嗟卑’数语，发出胸中不可一世之意。情词悲壮，寄慨无穷。”（《古文翼》卷七）

[注释]

[1] “愈尝”以下三句：韩愈曾三上宰相书，希望能得到援引而入仕途，未果，失意而归。见有人献白乌、白鸜鹆，乃作《感二鸟赋》，抒发不得志的郁闷之情，云：“感二鸟之无知，方蒙恩而入幸。惟进退之殊异，增余怀之耿耿。彼中心之何嘉，徒外饰焉是逞。余生命之湮阨，曾二鸟之不如。汩东西与南北，恒十年

而不居。辱饱食其有数，况策名于荐书。时所好之为贤，庸有谓余之非愚。” [2]“此其”二句：谓此系韩愈牢骚语，若处境改变，就不会说了。 [3]其赋：指李翱的《幽怀赋》。 [4]嚣嚣：众口喧哗的样子。 [5]“视予”二句：谓不同于那些只是叹老嗟卑的人，自己正为国家动乱不已而忧心。 [6]“又怪”二句：又觉奇怪的是高祖李渊率太原的军队能夺取天下，而后世子孙不能凭天下的力量收复叛逆割据的河北。神尧，唐高祖庙号为“神尧大圣大光孝皇帝”。一旅，一支军队，谓高祖率军起兵太原。后世子孙，指安史之乱后，唐朝一蹶不振，藩镇割据，愈演愈烈，帝王无所作为。《幽怀赋》云：“当高祖之初起兮，提一旅之羸师。能顺天而用众兮，竟扫寇而戡隋。”

然翱幸不生今时，见今之事[1]，则其忧又甚矣。奈何今之人不忧也！余行天下，见人多矣，脱有一人能如翱忧者，又皆贱远[2]，与翱无异。其余光荣而饱者[3]，一闻忧世之言，不以为狂人，则以为病痴子[4]，不怒则笑之矣。呜呼！在位而不肯自忧，又禁他人使皆不得忧，可叹也夫！景祐三年十月十七日，欧阳修书。

明茅坤：“其结胎全在感当时事上，归重于愤世。”（《欧阳文忠公文钞》卷三十二）

孙琮：“后幅讥刺时人，真觉肉食者鄙，不可与谋。而哀音凄恻，骚情雅致，殆能兼之。”（《山晓阁选宋大家欧阳庐陵全集》卷四）

[注释]

[1]今之事：时北宋面临辽国、西夏的威胁，存在冗官冗兵、积贫积弱等问题，欧甚为忧虑。 [2]贱远：身份卑贱，所在僻远。时欧远贬夷陵，亦有感而发。 [3]光荣而饱者：指显赫的权

贵。　[4] 病痴子：患呆痴病的人。

[点评]

欧阳修时刻注目朝政，心系国家的命运，他极其重要的文论观点，就是反对文士“弃百事不关于心”。此篇读后感作于贬官途中，篇幅不长，却鲜明地展现出欧阳修时刻操心国事的可贵精神。他借唐言宋，嗟古忧今，感时愤世，情见乎辞。首段颂扬《幽怀赋》感人至深，中段激赞李翱忧心为国，末段抒发自己对朝政的担忧。篇中以《复性》《荐贤》之书陪说《幽怀赋》，以“有道而能文”的韩愈陪说李翱，以李翱陪说遭贬仍时刻惦念国事的自己，评文，论人，言己，逐段深入，不断强化主题，是一篇富于思想性与艺术性的佳作。

峡州至喜亭记[1]

蜀于五代为僭国[2]，以险为虞[3]，以富自足，舟车之迹不通乎中国者[4]，五十有九年。宋受天命[5]，一海内，四方次第平。太祖改元之三年[6]，始平蜀。然后蜀之丝枲织文之富[7]，衣被于天下[8]，而贡输商旅之往来者，陆辇秦、凤[9]，水道岷江，不绝于万里之外。

孙琮：“因写江行，先写蜀地产物之富，并写蜀地未通之时。此文家原叙之法。”（《山晓阁选宋大家欧阳庐陵全集》卷三）

[注释]

[1] 景祐四年（1037）作。峡州：宋代属京西南路，州治夷陵。曾敏行《独醒杂志》卷十："欧公记至喜亭，以为道岷江之险者，至亭下而后喜。皆谓入其地者垂于死亡，出境乃免也。" [2] "蜀于"句：此以蜀割据一方为非正统。《旧五代史》以梁、唐、晋、汉、周为正统，以王建之蜀为僭国，入《僭伪传》。 [3] "以险"句：倚仗天险为防备。虞，备。《孙子兵法·谋攻》："以虞待不虞者胜。" [4]"舟车"二句：水、陆两路与中原不相通，已五十九年了。由开平元年（907）前蜀王建称帝，至后蜀孟昶乾德三年（965）降宋，恰五十九年。 [5] "宋受"以下三句：宋开国后，太祖乾德元年（963）平荆南，三年（965）平后蜀，开宝四年（971）平南汉，八年（975）平南唐，统一天下。 [6] "太祖"二句：赵匡胤初建元建隆，后改元乾德，第三年平蜀。 [7] 枲（xí）：麻。织文：有花纹的丝织物。 [8]"衣被"句：施惠于天下人。 [9]"陆辇"二句：陆路用车运到秦州、凤州，水路取道岷江而下。秦州，治今甘肃天水。凤州，治今陕西凤县。岷江，发源于岷山北麓，经大渡河而入长江。

储欣："形容险处耸然。"（《唐宋十大家全集录·六一居士全集录》卷五）按：以下省略《唐宋十大家全集录》，直称《六一居士全集录》。

孙琮："今欲写江行之安流，先写一段江行之不测，盖不写不测，无以见安流之可喜也。此文家衬起之法。"（《山晓阁选宋大家欧阳庐陵全集》卷三）

岷江之来，合蜀众水，出三峡，为荆江[1]，倾折回直[2]，捍怒斗激，束之为湍，触之为旋。顺流之舟顷刻数百里，不及顾视，一失毫厘与崖石遇，则糜溃漂没不见踪迹[3]。故凡蜀之可以充内府、供京师而移用乎诸州者[4]，皆陆出[5]，而其羡余不急之物[6]，乃下于江，若弃之然，其为险且不测如此。夷陵为州，当峡口，江出峡，始漫为平流[7]。故舟人至此者，必沥酒再拜相贺[8]，以为更生。

[注释]

[1] 荆江：长江出三峡后从湖北枝江至湖南岳阳的一段。[2]“倾折”以下四句：意为江水倾泻翻腾，回转直下，猛烈冲撞，遇阻变激流，触礁成漩涡。 [3] 糜溃：瓦解破碎。 [4] 内府：皇室仓库。 [5] 陆出：由陆路输出。 [6] 羡余：地方官以盈余的名义缴纳的税收。此指富余之物。 [7] 漫：扩展。 [8] 沥（lì）酒：洒酒于地，表庆贺。

尚书虞部郎中朱公再治是州之三月[1]，作至喜亭于江津[2]，以为舟者之停留也。且志夫天下之大险，至此而始平夷，以为行人之喜幸。夷陵固为下州[3]，廪与俸皆薄[4]，而僻且远，虽有善政，不足为名誉以资进取。朱公能不以陋而安之，其心又喜夫人之去忧患而就乐易，《诗》所谓“恺悌君子”者矣[5]。自公之来，岁数大丰[6]，因民之余[7]，然后有作，惠于往来，以馆以劳[8]，动不违时，而人有赖，是皆宜书。故凡公之佐吏，因相与谋而属笔于修焉[9]。

点出作亭者朱公，赞其不以夷陵“陋而安之”，且有善政，又“以馆以劳”，款待迁客。

[注释]

[1] 虞部郎中：工部里掌管山泽、苑囿、草木、薪炭等事的主官。朱公：朱庆基，时以虞部郎中再知峡州。 [2] 江津：长江边的渡口。 [3] 下州：宋代分上、中、下三州，据《宋史·地理志》，峡州为中州。 [4] 廪：官府配给的粮食。俸：俸禄，薪资。 [5] 恺悌君子：《诗经·大雅·泂酌》："岂弟君子，民之父母。"岂弟，与"恺悌"同，言和乐简易。 [6] 岁数大丰：连年丰收。岁，年成。数，屡次。 [7] 因民之余：趁着农民财力有余。 [8]"以馆"二句：安排住宿，慰问来者，动用人役而不影响农时。含贬官至此承蒙朱公款待之意。 [9] 属笔：嘱托作文。

[点评]

首段叙五代时蜀地以割据自足，国家统一后始打破封闭的局面；中段写船经三峡，似过鬼门关，出峡至夷陵，如获新生；末段记至喜亭之作，赞知州朱公的政绩与人品。妙在叙事、写景、记人紧密关联，有叙事的铺垫更显写景的必要与惊心动魄，有惊心动魄的舟行方见题中至喜的深意，有至喜亭的营建及"以馆以劳"才突出朱公品格之不凡，颂人之旨于此呈现。夷陵的贬谪，未见作者的消沉，唯见对吏事的投入和对民生的关注；底层的磨练，促使他对朝政革新的信念更加坚定，依然一往无前。

送田画秀才宁亲万州序[1]

五代之初[2]，天下分为十三四。及建隆之际，或灭或微，其在者犹七国，而蜀与江南地最大。以周世宗之雄[3]，三至淮上，不能举李氏。而蜀亦恃险为阻，秦陇、山南[4]，皆被侵夺，而荆人缩手归、峡[5]，不敢西窥以争故地。及太祖受天命，用兵不过万人，举两国如一郡县吏[6]，何其伟欤！

沈德潜："送文初归蜀，以其祖有功于蜀立论，'江南'又是带说。"（《唐宋八大家文读本》卷十一）

清汪份："以蜀之'恃险为阻'，引出蜀之山川'险怪奇绝'之可爱。"又曰："'险'字为下二'险'字之根。"（引自《唐宋文举要》甲编卷六）

[注释]

[1] 景祐四年（1037）作。田画：字文初。其由荆南（今湖北江陵）赴万州（今属重庆）探亲，途经夷陵，慕名前来拜访欧公，公作此序以赠别。又有《代赠田文初》诗，自称"西陵长官头已白，憔悴穷愁愧相识。"欧另有《书春秋繁露后》曰："予得罪夷陵，秀才田文初以此本示予。"宋时应举者称秀才。 [2]"五代"以下六句：五代为梁、唐、晋、汉、周，据有中原。四境先后有吴、南唐、吴越、前蜀、后蜀、南汉、北汉、闽、楚、南平，称十国。到赵匡胤建隆元年（960）立宋时，尚存南唐、后蜀、南汉、北汉、楚、吴越、南平七国，其中南唐与后蜀面积最大。 [3]"以周世宗"以下三句：周世宗柴荣，《旧五代史》称之为"一代之英主"，三次攻打南唐，皆未得手。淮上，南唐定都金陵（今江苏南京），所据之地北至淮河流域，故称。举，攻下。李氏，指南唐中主李璟。 [4] 秦陇、山南：今陕、甘、川、鄂接壤地区。 [5]"而荆人"句：南平政权由高季兴建都江陵（今湖北荆州），辖荆、归（治今湖北秭归）、峡（治今湖北宜昌）三州，后仅有归、峡之地。 [6]"举两国"句：乾德三年（965）宋平后蜀，开宝八年（975）平南唐，拿下两国如撤换州县官员一样容易。

汪份："说主带客。"（引自《唐宋文举要》甲编卷六）

汪份："以田氏之祖之武功，引出文初之'文儒'。"（同上）

近代吴闿生："专以风韵取姿态，亦微惜功臣之后之落拓也。"（《古文范》下编之二）

当此时[1]，文初之祖从诸将西平成都，及南攻金陵，功最多，于时语名将者，称田氏。田氏功书史官[2]，禄世于家，至今而不绝。及天下已定，将率无所用其武，士君子争以文儒进。故文初将家子，反衣白衣，从乡进士举于有司。彼此一时，亦各遭其势而然也。

[注释]

[1]"当此"以下六句：田画祖父田钦祚，平蜀时任北路先锋都监，攻金陵时为南面攻城部署，官至银、夏、绥、宥都巡检使。《宋史》有传。 [2]"田氏"以下九句：谓田家虽武将出身，但通文史，世代为官。到了天下平定，将领大抵无用武之地，一般多靠读书进身，所以文初欲以平民身份参加科举考试。白衣，平民，未入仕。

汪份："引起'乃可爱'句。"（引自《唐宋文举要》甲编卷六）

此"巴峡之险"与下文"入三峡，险怪奇绝"与前"蜀亦恃险为阻"遥相呼应。

文初辞业通敏[1]，为人敦洁可喜[2]。岁之仲春，自荆南西拜其亲于万州，维舟夷陵[3]。予与之登高以望远，遂游东山[4]，窥绿萝溪，坐磐石，文初爱之，数日乃去。夷陵者[5]，其地志云："北有夷山，以为名。"或曰："巴峡之险，至此地始平夷。"盖今文初所见，尚未为山川之胜者。由此而上，溯江湍[6]，入三峡，险怪奇绝，乃可爱也。当王师伐蜀时[7]，兵出两道，一自凤州以入，一自归州以取忠、万以西。今之所经，皆王师向所用武处，览其山川，可以慨然而赋矣[8]。

汪份：“回顾起处‘西平成都’，不惟首尾相应，而‘览其山川，可慨然而赋’，更能将用武收摄入‘文儒’中，妙极。”（引自《唐宋文举要》甲编卷六）

[注释]

[1]辞业通敏：吐辞为文通达敏捷。 [2]敦洁：敦厚寡欲。 [3]维舟：系船停泊。 [4]“遂游”二句：东山、绿萝溪皆在夷陵。欧诗《冬后三日陪丁元珍游东山寺》云：“寒山带郭穿松路，瘦马寻春踏雪泥。翠藓苍崖森古木，绿萝盘石暗深溪。” [5]“夷陵”以下四句：《旧唐书·地理志》：“夷陵上，有夷山在西北，因为名。” [6]溯：逆流而上。 [7]“当王师”以下四句：《宋史·太祖本纪》载乾德二年“十一月甲戌，命忠武军节度使王全斌……将步骑三万出凤州道；江宁军节度使刘光义……将步骑二万出归州道以伐蜀”。凤州，今陕西凤县。归州，今湖北秭归。忠，忠州，今重庆忠县。万，万州，今重庆万州区。 [8]赋：作诗。

[点评]

欧阳修与慕名来访的田画为初识，赠序不易下笔，只能从虚处着手。文章先赞太祖用兵统一天下，而田氏之祖有“西平成都”之功，转而叹息田画作为将门子弟，在和平年代也只能面对科考一途，随即称颂其文章和人品，并叙同游东山。见夷陵位于三峡出口，自然由三峡又转述蜀地，重提田氏之祖平蜀的军功，与开头呼应。用精心的布局，为素昧平生的田画作赠序，看来难以着手的文章，却写得笔墨流畅，曲尽其致，开合自如，且内涵丰富，反复慨叹，风神动人，成为早期就显现作者艺术风格的名篇。茅坤评曰“风韵跌宕”（《唐宋八大家文钞·欧阳文忠公文钞》卷十八），准确道出了其特色之所在。爱新觉罗·弘历评曰：“此篇与《丰乐亭记》同义。俯仰百年间，想创业之艰难，识治平之有由，抚安乐之适时，惧危亡之不戒，期全孝于抒忠，畏失义而离道，种种具流露于意言之表。”（《唐宋文醇》卷二十五）此评对文意的阐述值得参考。

与荆南乐秀才书[1]

读乐秀才“所业一编”而不认可，才有称他“急于自为谋而然”的下文。

详述乐秀才屡次来访来书，皆为下文“急于自为谋而然也”作铺垫。

自谦之中，对“急于自为谋而然”暗伏不以为然之意。

修顿首白秀才足下：前者舟行往来[2]，屡辱见过。又辱以所业一编[3]，先之启事，及门而贽。田秀才西来[4]，辱书；其后予家奴自府还县[5]，比又辱书[6]。仆有罪之人[7]，人所共弃，而足下见礼如此，何以当之？当之未暇答，宜遂绝，而再辱书；再而未答，益宜绝，而又辱之。何其勤之甚也！如修者，天下穷贱之人尔，安能使足下之切切如是邪[8]？盖足下力学好问，急于自为谋而然也。然蒙索仆所为文字者，此似有所过听也[9]。

[注释]

[1] 景祐四年（1037）作。是年春，欧有《与乐秀才第一书》，见《欧集·居士外集》卷十九。本文曰“再而未答”，可知该书实未发出，后又作此书。荆南为江陵府治所江陵（今属湖北）之旧称。乐秀才：生平不详。宋时读书应举者皆称秀才。 [2]“前者”二句：欧贬官途中，由水路抵达江陵，停留十多天参拜转运使，而后继续舟行赴夷陵。在江陵时，乐秀才数次过访求教。 [3]“又辱”以下三句：又承蒙您将大作一编，置于书信之前，作为见面的礼物送我。启事，陈述事情的函件。贽，初次求见人时持赠的礼物。 [4]“田秀才”句：言田画秀才由江陵西行，赴万州探亲，路过夷陵事，见《送田画秀才宁亲万州序》。 [5] 自府还县：从江陵府回到夷陵县。 [6] 比又辱书：近日又承蒙您写信给我。 [7] 有罪之人：因获罪贬官，故云。 [8] 切切：恳挚。 [9] 过听：错误地听信人言。此为谦词。

仆少从进士举于有司，学为诗赋，以备程试[1]，凡三举而得第[2]。与士君子相识者多，故往往能道仆名字；而又以游从相爱之私，或过称其文字。故使足下闻仆虚名，而欲见其所为者，由此也。仆少孤贫，贪禄仕以养亲[3]，不暇就师穷经[4]，以学圣人之遗业[5]。而涉猎书史，姑随世俗作所谓时文者[6]，皆穿蠹经传[7]，移此俪彼，以为浮薄，惟恐不悦于时人，非有卓然自立之言如古人者。然有司过采，屡以先多士[8]。及得第

闻虚名而欲见，看似自谦之言，实与乐秀才“急于自为谋”相关。

以自身得第前之所为为非。

以得第后之"大改其为"为是。

作者并未全盘否定时文。《论尹师鲁墓志》云:"偶俪之文,苟合于理,未必为非。"

"急于自为谋"者"莫若顺时",讽意昭然。

今"风俗大变",为文倡"两汉之风",劝乐秀才深思之。

交代自己迟迟未复信的原因,态度很谦虚,其实是对乐秀才求教动机极不认可。

已来,自以前所为不足以称有司之举而当长者之知,始大改其为[9],庶几有立。然言出而罪至,学成而身辱,为彼则获誉[10],为此则受祸,此明效也。夫时文虽曰浮巧,然其为功,亦不易也。仆天姿不好而强为之,故比时人之为者尤不工,然已足以取禄仕而窃名誉者,顺时故也。先辈少年志盛[11],方欲取荣誉于世,则莫若顺时[12]。天圣中[13],天子下诏书,敕学者去浮华,其后风俗大变。今时之士大夫所为,彬彬有两汉之风矣[14]。先辈往学之,非徒足以顺时取誉而已,如其至之,是直齐肩于两汉之士也。若仆者,其前所为既不足学,其后所为慎不可学,是以徘徊不敢出其所为者,为此也。

[注释]

[1] 程试:指科举考试。 [2]"凡三举"句:天圣元年(1023),应举随州,赋失官韵,失利;五年,试礼部,不中;八年,及第。 [3] 禄仕:指官俸。 [4] 就师穷经:跟着老师深究经书。 [5] 圣人:指儒学先圣孔子、孟子。 [6] 时文:指为应举而作的文章。欧《记旧本韩文后》云:"是时天下学者杨、刘之作,号为'时文',能者取科第,擅名声,以夸荣当世,未尝有道韩文者。" [7] 穿蠹经传:石介《怪说中》:"今杨亿穷妍极态,缀风

月，弄花草，淫巧侈丽，浮华纂组，刓锼圣人之经，破碎圣人之言，离析圣人之意，蠹伤圣人之道。”穿蠹，蛀蚀，本喻钻研，此指割裂歪曲经传。经传，指儒家经书与解经之传。 [8]“屡以”句：天圣七年（1029）欧试国子监、赴国学解试，天圣八年试礼部，皆为第一。 [9]“始大改”二句：意为开始极力改变以往的作为，希望为文能明道致用，有所建树。 [10]“为彼”二句：学时文应试登第荣耀无比，而为官正道直行却难免受祸。 [11]先辈：对乐秀才的尊称。李肇《唐国史补》：“得第谓之前进士，互相推敬谓之先辈。” [12]莫若顺时：不如顺时而为，讽刺语。 [13]“天圣中”以下四句：据《续资治通鉴长编》卷一百八，天圣七年，有诏书申戒浮靡文风，此后风气大变。 [14]彬彬：文质相称貌。两汉之风：指西汉、东汉有司马迁、扬雄、班固等大家，文章极盛，为后世所推崇。

在《易》之《困》曰[1]：“有言不信。”谓夫人方困时，其言不为人所信也。今可谓困矣，安足为足下所取信哉？辱书既多且切，不敢不答。幸察。

引《周易·困卦》自嘲作结。

[注释]

[1]“在《易》”以下四句：《周易·困卦》：“有言不信。”王弼注：“处困而言，不见信之时也；非行言之时，而欲用言以免，必穷者也。”

[点评]

作者仔细读过乐秀才的信与所附习作，发现乐氏热衷于时文，急于求禄仕以取名誉，曾作第一书回复，因主要陈述的是为文“充于中者足，而后发乎外者大以光”的观点，无助于纠正乐氏存在的问题，也就搁置而未发出。在乐氏一再来信催问下，欧另作此书答之，前后书仅开头一行相似，余皆不同，可见他对后进真切的关心与负责的态度。欧公坦率地批评了乐氏“急于自为谋”，耐心地从亲身经历、认识的提高和科举考试情况变化等方面，真诚地表达了自己的看法，恳挚地予以规劝。此书流传后世，成为作者阐述文学观点的名篇，产生了深远的影响。“君子之爱人也以德”，欧公无愧焉。

答陕西安抚使范龙图辞辟命书[1]

浦起龙：“范之辟欧者，书记耳，文却首提边任，以伏本志，而不及文章。”（《古文眉诠》卷五十七）

浦起龙：“自表本志，雪耻尤切，万无不赴者，挂脚住，妙。”（同上）

修顿首再拜启：急脚至[2]，得七月十九日华州所发书[3]，伏审即日尊体动止万福[4]。戎狄侵边[5]，自古常事，边吏无状[6]，至烦大贤[7]。伏惟执事忠义之节信于天下，天下之士得一识面者，退夸于人，以为荣耀。至于游谈、布衣之贱[8]，往往窃托门下之名。矧今以大谋小[9]，以顺取逆，济以明哲之才，有必成功之势。则士之好功名者，于此为时，孰不愿出所长少助万一，得托附以成其名哉？况闻狂虏猖蹶[10]，屡有斥指之词，加之轻侮购募之辱[11]，至于执戮将吏[12]，杀害边民。凡此数事，在于修辈，尤为愤耻，每一思之，中夜三起。

[注释]

[1] 康定元年（1040）作。是年三月，范仲淹由知越州以天章阁待制的身份，调知永兴军。未至永兴，四月，改为陕西都转运使。五月，为龙图阁直学士、陕西经略安抚副使。仲淹拟举荐欧阳修任经略掌书记。欧作此书，辞不应命。欧阳发《事迹》、《宋史》本传等称欧与范为“同其退，不同其进”，此说不实，真正的原因是不愿就任掌书记一职。掌书记，宋属一路军政、民政机关中的佐官，掌奏牍文书。 [2] 急脚：急行送信者。据《梦溪笔谈》，宋驿传有步递、马递、急脚递，后者日行四百里，最快。 [3] 华州：治今陕西渭南华州区。 [4] 伏审：获知。伏，表敬。 [5] 戎狄：古时对中原以外四境民族（西戎、北狄、东夷、南蛮）的蔑称，此指西夏。 [6] 无状：不才，没出息。 [7] 大贤：指范仲淹。 [8] 游谈：言谈浮夸不实者。布衣：平民。 [9] “矧今”二句：含蔑视西夏之意，以宋为大为顺，以西夏为小为逆。矧，况。 [10] “况闻”二句：指宝元元年（1038）十月，西夏元昊筑坛受册，号大夏皇帝，称吐蕃、鞑靼等莫不服从，欲宋朝许以西郊之地，册为南面之君。 [11] 轻侮购募：宝元二年（1039）正月，元昊使者西返，不肯受诏及赐物，此为轻侮宋廷。七月，宋悬赏重金高官捉拿元昊，或献其首级，此为购募。直集贤院富弼谓购募起于乱秦，用于末世，不可行乱秦末世之事。 [12] “至于”句：康定元年（1040）正月，西夏军侵延州，陷金明寨，宋军大败，大将刘平、石元孙被俘。

浦起龙："才落'文字'便一捺。夹参画军机，一振。随以书记'末事'一撇。"（《古文眉诠》卷五十七）

浦起龙："更就文字中抽出不作四六一端，撇尽。"（同上）

不幸修无所能，徒以少喜文字，过为世俗见许，此岂足以当大君子之举哉？若夫参决军谋，经画财利，料敌制胜，在于幕府[1]，苟不乏人，则军书奏记一末事耳，有不待修而堪者矣。由此始敢以亲为辞[2]。况今世人所谓四六者[3]，非修所好，少为进士时，不免作之，自及第，遂弃不复作。在西京佐三相幕府[4]，于职当作，亦不为作，此师鲁所见[5]。今废已久，惧无好辞，以辱嘉命[6]。此一端也。

[注释]

[1] 幕府：将帅办公的处所。 [2] 以亲为辞：以家有老母为婉辞征召的理由。 [3]"况今"以下六句：可参阅前《与荆南乐秀才书》"仆少孤贫，……庶几有立"一段。四六，即骈文，以四字六字为对偶而得名。 [4]"在西京"句：欧入仕至洛阳为西京留守推官，时钱惟演、王曙、王曾先后为西京留守，均有宰相职衔。 [5] 师鲁：尹洙之字，当年与欧皆在洛阳。 [6] 嘉命：朝廷授官的敕命，此指仲淹的荐举。

浦起龙："此段脱空本身，沉郁顿挫，句句有眼。"（同上）

伏见自至关西[1]，辟士甚众[2]。古人所与成事者，必有国士共之[3]。非惟在上者以知人为难，士虽贫贱，以身许人，固亦未易。欲其尽死，必深相知，知之不尽，士不为用。今奇怪豪俊之士，往往蒙见收择，顾用之如何尔。然尚虑山林草莽[4]，有挺特知义、慷慨自重之士，未得出于门下，宜少思焉。

若修者，恨无他才以当长者之用，非敢效庸人苟且乐安佚也。幸察。

浦起龙："眼在知明当用，言下见范公书记一辟，轻浅位置，神情避就跃如。"（《古文眉诠》卷五十七）

浦起龙："隐然自负。"（同上）

浦起龙："结句矫矫。"（同上）

［注释］

[1] 关西：函谷关以西，指陕西地区。　[2] 辟士：征召人才。　[3] 国士：国中最优秀的人才。《史记·刺客列传》："至于智伯，国士遇我，我故国士报之。"　[4] "然尚虑"以下四句：此为梅尧臣而发。尧臣喜谈兵，注《孙子》，欲赴西部效力，未获仲淹任用。翌年，欧作《圣俞会饮》诗，中有"遗编最爱孙武说""关西幕府不能辟""嗟余身贱不敢荐"等语。

［点评］

作者对幕府掌书记一职不愿接受，而答书辞谢。约同时所作《与梅圣俞》可以为证："安抚见辟不行，非惟奉亲避嫌而已，从军常事，何害奉亲？朋党，盖当世俗见指，吾徒宁有党耶？直以见召掌笺奏，遂不去矣。"（《欧集·书简》卷六）本篇中，欧公将自己的考虑一一道出，慷慨激昂，实话实说，不卑不亢，难以落笔的一篇文章却写得如此自如而得体。孙琮评曰："本意是辞范公征辟，今却于前幅自述其愿为结纳之语，于后幅又教以推贤进士为务，反似欲赴其征聘者。盖前幅不作愿为结纳语，则中幅辞辟处嫌其突然；后幅不教以推贤进士，则中幅说毕辞辟，更嫌其了无余韵也。今能于前后盘旋缭绕，但见其词之温顺，不觉其词之径直，岂非辞令妙手！”（《山晓阁选宋大家欧阳庐陵全集》卷一））

答吴充秀才书[1]

首段一“读”一“视”，称许晚辈文章，又赞其好学谦虚。对吴充与乐秀才，欧的感觉明显不同。

修顿首白先辈吴君足下[2]：前辱示书及文三篇[3]，发而读之，浩乎若千万言之多，及少定而视焉，才数百言尔。非夫辞丰意雄，霈然有不可御之势[4]，何以至此！然犹自患伥伥莫有开之使前者[5]，此好学之谦言也。

[注释]

[1]《欧集·居士集》题下注“康定元年（1040）”。吴充（1021—1080）：字冲卿，建州浦城（今福建松溪县北）人，知陕州，为京西、淮南、河东转运使等，熙宁中任枢密使，代王安石为相。卒谥正献。《宋史》有传。本篇题称吴充“秀才”，文称“先辈”，知其尚未及第。而《宋史》中的吴充，宝元元年（1038）三月即已登第，年方十七。文云吴充“惠然见临”，当在此前的景祐四年（1037），时欧在夷陵任上，而文献并无吴充至夷陵访欧的记载。故本文作年姑存疑。或如李之亮《欧阳修集编年笺注》

所言，不排除吴充另有其人的可能性。 [2] 先辈：见前《与荆南乐秀才书》注。 [3] “前辱”以下五句：谓文章读后，感觉气势浩大，似有千言万语，定下神来再看，仅数百字而已。此赞其言简而意丰。 [4] “霈然”句：气势旺盛，不可阻挡。 [5] “然犹”句：然而还是担忧没有人开导，使自己再往前走。伥（chāng）伥，无所适从的样子。

修材不足用于时，仕不足荣于世[1]，其毁誉不足轻重[2]，气力不足动人[3]。世之欲假誉以为重[4]，借力而后进者，奚取于修焉？先辈学精文雄，其施于时，又非待修誉而为重、力而后进者也。然而惠然见临[5]，若有所责[6]，得非急于谋道[7]，不择其人而问焉者欤？

此段谦称自己各方面皆不足以为后进者助力。

[注释]

[1] “仕不足”句：康定元年春，欧为滑州武成军节度判官，六月还京都，复为馆阁校勘。 [2] 毁誉：贬损或赞美。 [3] 气力：才气、才力。谢赫《古画品录·夏瞻》：“虽气力不足而精彩有余。” [4] “世之”以下三句：时应举者多献诗文于名家，希望得到荐引。欧谦称自己名望不够。 [5] 惠然：顺心貌。 [6] 责：《说文解字》：“责，求也。” [7] 谋道：寻求真正的道理。

夫学者未始不为道[1]，而至者鲜焉[2]；非道之于人远也，学者有所溺焉尔[3]。盖文之为言[4]，

由此入正题。

难工而可喜，易悦而自足。世之学者往往溺之，一有工焉，则曰：“吾学足矣。”甚者至弃百事不关于心，曰：“吾文士也，职于文而已[5]。”此其所以至之鲜也。

沈德潜：“痛为文人下针砭。”（《唐宋八大家文读本》卷十一）

[注释]

[1]“夫学者”句：韩愈《送陈秀才彤序》：“盖学所以为道，文所以为理耳。” [2]鲜：少。 [3]溺：沉迷不悟。 [4]“盖文”以下三句：批评只在文辞上下功夫而沾沾自喜的重文轻道的倾向。 [5]职：专门从事。

昔孔子老而归鲁[1]，六经之作，数年之顷尔。然读《易》者如无《春秋》[2]，读《书》者如无《诗》，何其用功少而至于至也！圣人之文虽不可及，然大抵道胜者，文不难而自至也。故孟子皇皇不暇著书[3]，荀卿盖亦晚而有作。若子云、仲淹[4]，方勉焉以模言语，此道未足而强言者也。后之惑者[5]，徒见前世之文传，以为学者文而已，故愈力愈勤而愈不至。此足下所谓“终日不出于轩序，不能纵横高下皆如意”者[6]，道未足也。若道之充焉[7]，虽行乎天地，入于渊泉，无不之也。

“大抵”“不难”，言有分寸，耐人寻味。

一味重文而轻道，将事与愿违。

[注释]

[1]“昔孔子”以下三句：据《史记·孔子世家》，“定公十四年，孔子年五十六”，离开鲁国，“去鲁凡十四岁而反乎鲁”，不获任用，遂潜心著书，年七十三卒。六经，《诗》《书》《礼》《易》《乐》《春秋》。　[2]“然读”以下三句：李翱《答朱载言书》：“创意造言，皆不相师。故其读《春秋》也，如未尝有《诗》也；其读《诗》也，如未尝有《易》也；其读《易》也，如未尝有《书》也；其读屈原、庄周也，如未尝有“六经”也。”此言孔子著书，各有特点，不相雷同。欧借以说明，在文道结合的前提下，可发挥各人的聪明才智，创作富于个性的各类精品。　[3]“故孟子”二句：孟子一生奔波，游说于诸侯之间，无暇动笔，《孟子》七篇由弟子万章等记述。荀卿名况，赵国人。先游学于齐，后至楚，春申君以为兰陵令。后居兰陵，著有《荀子》。二人事见《史记·孟子荀卿列传》。皇皇，通“遑遑”，匆忙貌。　[4]“若子云”以下三句：扬雄字子云，西汉人，拟《易》作《太玄》，拟《论语》作《法言》。王通字仲淹，隋末大儒，拟《论语》作《中说》。勉，尽力。强，勉强。　[5]惑者：愚昧之人。　[6]“此足下”句：引吴充信中语，说明终日困于屋中，没有开阔的眼界，难以写出纵横自如的好文章。轩序，指房子。轩，窗。序，堂屋中的东西墙。　[7]“若道”以下四句：与《与乐秀才第一书》中“充于中者足，而后发乎外者大以光”的意思相近。

先辈之文浩乎霈然，可谓善矣。而又志于为道，犹自以为未广，若不止焉，孟、荀可至而不难也。修学道而不至者，然幸不甘于所悦而溺于所止，因吾子之能不自止，又以励修之少进焉。

末段回应开头，对年轻学子再加勉励。

幸甚幸甚。修白。

[点评]

文道关系是老生常谈的话题，欧阳修强调二者的紧密结合，将关心社会现实生活的内容引入道中，使道远离空洞的教条，更加鲜活丰满，平易近人。此篇侧重于对重文轻道的批评，而非对文有所轻视。提出“大抵道胜者，文不难而自至也”的观点，看似重道轻文，其实不然，“不难”并非必然。本文反对“勉焉以模言语”，联系他遵循“言之无文，行而不远”的古训，强调“事信言文，乃能表见于后世”等论述，我们清楚地看到他为当时文学的发展指明了正确的方向。

纵囚论[1]

孙琮：“一起劈立二句，断定一篇主意。”（《山晓阁选宋大家欧阳庐陵全集》卷二）

信义行于君子[2]，而刑戮施于小人。刑入于死者[3]，乃罪大恶极，此又小人之尤甚者也[4]。宁以义死，不苟幸生[5]，而视死如归，此又君子之尤难者也。方唐太宗之六年[6]，录大辟囚三百余人，纵使还家，约其自归以就死。是以君子之难能[7]，期小人之尤者以必能也。其囚及期而卒自归无后者[8]，是君子之所难，而小人之所易也。

此岂近于人情？

清吴楚材、吴调侯："一句收紧，伏后'必本人情'句。"（《古文观止》卷九）

[注释]

[1] 康定元年（1040）作。纵囚：古代官府暂时释放在狱的囚犯还家，令其按时归狱。《后汉书·戴封传》："（封）迁中山相。时诸县囚四百余人，辞状已定，当行刑。封哀之，皆遣归家，与克期日，皆无违者。诏书策美焉。" [2]"信义"二句：意为君子讲信用道义，小人要施加刑罚。儒家学说中，君子是具有完美品格的人，小人则相反。 [3]"刑入"句：判罪至于死刑的。 [4] 尤甚：尤其厉害。 [5] 不苟幸生：不苟且偷生。幸，侥幸。 [6]"方唐太宗"以下四句：《旧唐书·太宗本纪》：贞元六年（632）"十二月辛未，亲录囚徒，归死罪者二百九十人于家，令明年秋末就刑。其后应期毕至，诏悉原之。"大辟，古代五刑（墨、劓、剕、宫、大辟）中属最重的，指死刑。就死，即受死。就，走近，趋向。 [7]"是以"二句：意为拿君子难以做到的，期待小人中最坏的定能做到，是不可能的。 [8]"其囚"句：犯人到期后最终都自动回来而无人超期的。及，至。

或曰[1]："罪大恶极，诚小人矣，及施恩德以临之[2]，可使变而为君子。盖恩德入人之深而移人之速[3]，有如是者矣。"曰："太宗之为此，所以求此名也。然安知夫纵之去也[4]，不意其必来以冀免，所以纵之乎？又安知夫被纵而去也[5]，不意其自归而必获免，所以复来乎？夫意其必来而纵之[6]，是上贼下之情也；意其必免而

储欣："'好名'二字切中唐太宗骨髓。"（《六一居士全集录》卷五）

清林云铭："欧公本人情上勘出，以'贼下''贼上'二语，断尽当年上下隐衷。"（《古文析义》初编卷五）

复来，是下贼上之心也。吾见上下交相贼以成此名也，乌有所谓施恩德与夫知信义者哉[7]！不然[8]，太宗施德于天下，于兹六年矣，不能使小人不为极恶大罪，而一日之恩，能使视死如归而存信义，此又不通之论也。"

[注释]

[1] 或曰：有人说。古文中常以此提出某种见解，供下文进行深入阐发或辩驳。 [2] 临：降临，给予。 [3] 移人：指感化而改变人的品质。 [4]"然安知"以下三句：怎么知道太宗把这些犯人放归，不是因为事先料到他们定会回来以求得免罪，所以才放归呢？ [5]"又安知"以下三句：又怎么知道犯人被放归，不是因为他们事先料到自动回来定可获赦免，所以又回来了呢？ [6]"夫意其"以下四句：料到犯人定会回来而放归，是在上的太宗窥探到了在下的囚犯的心理；料到太宗定会赦免他们而又回来，是囚犯窥探到了太宗的心理。贼，偷窃，此为窥探之意。 [7] 乌有：哪有。 [8]"不然"以下七句：谓太宗治理国家已经六年了，无法使凶犯停止作恶，而一旦纵囚即可感化穷凶极恶的罪犯，是无论如何说不通的。

"然则何为而可？"曰："纵而来归，杀之无赦，而又纵之，而又来，则可知为恩德之致尔。然此必无之事也。若夫纵而来归而赦之，可偶一为之尔，若屡为之，则杀人者皆不死，是可为天下之常法乎？不可为常者，其圣人之法乎？是以尧、舜、三王之治[1]，必本于人情，不立异以为高，不逆情以干誉[2]。”

明归有光：“人于结束处多忽略，谓文之用工不在于尾，殊不知一篇命脉归束在此，须要言有尽而意无穷，三叹而有余音，方为妙手。如欧阳永叔《纵囚论》可以为式。”（《古文举例·结意有余第五十九》）

[注释]

[1] 三王：指夏禹、商汤、周文王或周武王，他们和唐尧、虞舜一样，把天下治理成太平盛世。 [2] 逆情：违背常情。干誉：邀取名誉。

[点评]

贞观之治，时人传为美谈，《旧唐书》有唐太宗纵囚还家，限期归狱，给予赦免的记述，此与太宗“赦者，小人之幸，君子之不幸”的主张并不合拍。欧阳修对纵囚的做法持有异议，对史书的溢美更是不以为然。此文揭示太宗的问题在于好名，指出立异为高，逆情干誉，绝对不可取。执法必本于人情，不可施非常之恩。显示了正道直行、不容苟且的君子品格。文章观点鲜明，笔法严紧，论说斩钉截铁。金圣叹评曰：“此论有刀斧气，横斫竖斫，略无少恕，读之增人气力。”（《天下才子必读书》卷十三）

张子野墓志铭[1]

清鲍振方：“庐陵之张子野、尹师鲁志，皆以其名之重而不书官；书官，轻之也。”（《金石订例》卷三）

吾友张子野既亡之二年，其弟充以书来请

曰："吾兄之丧，将以今年三月某日葬于开封，不可以不铭，铭之莫如子宜[2]。"呜呼！予虽不能铭，然乐道天下之善以传焉[3]，况若吾子野者，非独其善可铭，又有平生之旧、朋友之恩与其可哀者，皆宜见于予文，宜其来请于予也。

"虽""然""况若""非独""又有"一气而下的串说，婉转道出了非写不可的深情。

[注释]

[1] 康定元年（1040）作。张先卒于宝元二年（1039），此文作于"既亡之二年"，即次年。周密《齐东野语》卷十五："本朝有两张先，皆字子野。其一博州人，天圣三年进士，欧阳公为作墓志；其一天圣八年进士，则吾州人也。"周密曾居湖州，此地张先是有张三影之称的著名词人。 [2]"铭之"句：为他作墓志铭没有谁比您更合适。 [3]"然乐道"句：自言乐于称道记述善人的事迹以传后。

初，天圣九年，予为西京留守推官，是时[1]，陈郡谢希深、南阳张尧夫与吾子野，尚皆无恙。于时一府之士，皆魁杰贤豪，日相往来，饮酒歌呼，上下角逐，争相先后以为笑乐，而尧夫、子野退然其间，不动声气，众皆指为长者。予时尚少，心壮志得，以为洛阳东西之冲[2]，贤豪所聚者多，为适然耳[3]。其后去洛来京师[4]，南走夷

沈德潜："一段将希深、尧夫并叙，而子野夹叙其间，是主客双行法。"（《唐宋八大家文读本》卷十三）

陵，并江汉，其行万三四千里，山砠水崖[5]，穷居独游，思从曩人，邈不可得。然虽洛人至今皆以谓无如向时之盛[6]，然后知世之贤豪不常聚，而交游之难得，为可惜也。初在洛时，已哭尧夫而铭之；其后六年[7]，又哭希深而铭之；今又哭吾子野而铭。于是又知非徒相得之难，而善人君子欲使幸而久在于世，亦不可得。呜呼，可哀也已！

自言辗转万里，“穷居独游”，思念挚友，分外抑郁。

连哭三友，叹“可哀也已”，呼应前“又有平生之旧、朋友之恩与其可哀者”。

[注释]

[1]“是时”以下十二句：回忆当年西京朋友饮酒赋诗的难忘岁月。谢绛、张先等见本书《书怀感事寄梅圣俞》诗的描写。张尧夫，名汝士，河南府司录参军，已卒。生平见本书《河南府司录张君墓表》。角逐，竞争，指文士们赋诗作文，相互较量。退然，谦和貌。 [2] 冲：交通要道。 [3] 适然：当然。 [4]“其后”以下四句：自言曲折的经历：景祐元年（1034）至汴京，召试学士院，为馆阁校勘；四年，因致书高若讷贬官夷陵；宝元元年（1038），调汉水边的乾德为县令。 [5]“山砠（jū）”以下三句：夷陵为山城，乾德在水边，一人独处时，就想起当年西京的朋友。砠，覆盖着土的石山。崖，边际。曩人，从前的友人。 [6] 向时：先前。 [7]“其后”二句：张汝士卒于明道二年（1033），谢绛卒于宝元二年（1039），相差六年，欧撰有《尚书兵部员外郎知制诰谢公墓志铭》。

此段叙子野家世。

子野之世，曰赠太子太师讳某[1]，曾祖也；宣徽北院使、枢密副使、累赠尚书令讳逊[2]，皇祖也；尚书比部郎中讳敏中[3]，皇考也。曾祖妣李氏[4]，陇西郡夫人；祖妣宋氏，昭应郡夫人，孝章皇后之妹也[5]；妣李氏，永安县太君。

[注释]

[1]赠太子太师：曾任宰相者，致仕时多转此东宫官。 [2]“宣徽”二句：皇祖即祖父张逊，曾任宣徽北院使、枢密副使，卒赠尚书令。宋置宣徽南、北院，长官为宣徽南、北院使，二使共院而分厅决事，掌总领内诸司及三班内侍之籍，郊祀、朝会、宴享供帐之仪，检视内外进奉名物。尚书令，尚书省长官，此为赠官。 [3]“尚书”句：敏中即父张敏中，任尚书省比部郎中。刑部属下的比部，主管审核内外帐籍，主官称郎中。 [4]曾祖妣：曾祖母。妣，母。 [5]孝章皇后：太祖皇后宋氏，洛阳人，孝明皇后崩，纳为后，至道元年（995）卒，谥孝章。

此段叙子野人品、仕历与家人。

子野家联后姻，世久贵仕，而被服操履甚于寒儒[1]。好学自力，善笔札[2]。天圣二年举进士，历汉阳军司理参军、开封府咸平主簿、河南法曹参军[3]。王文康公、钱思公、谢希深与今参知政事宋公[4]，咸荐其能，改著作佐郎[5]，监郑州酒税[6]，知阆州阆中县[7]，就拜秘书丞[8]。秩满[9]，知亳州鹿邑县[10]。宝元二年二月丁未，以疾卒于官，享年四十有八。子伸，郊社掌坐[11]，次从，次幼未名。女五人，一适人矣[12]。妻刘氏，长安县君。

[注释]

[1]被服操履：穿用与品行。 [2]笔札：书写。 [3]汉阳军：治今湖北武汉汉阳，属荆湖北路。司理参军：职掌狱讼，审讯刑事案件。咸平：开封府属县，治今河南通许县。河南：指河南府，治今河南洛阳。法曹参军：职掌检定法律，审判案件。 [4]王文康公：王曙，字晦叔，再知河南府，召为枢密使，拜同中书门下平章事，卒谥文康。钱思公：钱惟演，以同中书门下平章事判河南府兼西京留守，卒谥文墨，后改谥思。详见前《书怀感事寄梅圣俞》诗。宋公：宋庠，字公序，初名郊，天圣年间进士，宝元时为参知政事，皇祐时拜相，卒谥元献。 [5]著作佐郎：秘书省属官，掌修纂日历。 [6]监郑州酒税：为掌管郑州酒税征收事务的监当官。 [7]阆州阆中县：属利州路，治今阆中（属四川）。 [8]秘书丞：为秘书省属官，协助秘书监、少监工作。 [9]秩满：任期届满。 [10]亳州鹿邑县：属淮南路，治今河南鹿邑县。 [11]郊社掌坐：又称郊社斋郎，以台省六品、诸司五品登朝第二任官子弟荫补，为朝臣子弟入仕之途。 [12]适：旧称女子出嫁。

子野为人，外虽愉怡，中自刻苦，遇人浑浑[1]，不见圭角，而志守端直，临事敢决，平居此段再叙子野人品，再叹其可哀。

酒半，脱冠垂头，童然秃且白矣[2]。予固已悲其早衰，而遂止于此，岂其中亦有不自得者邪[3]？子野讳先，其上世博州高堂人[4]，自曾祖已来，家京师而葬开封，今为开封人也。铭曰：

嗟夫子野，质厚材良。孰屯其亨[5]，孰短其长？岂其中有不自得，而外物有以戕[6]？开封之原，新里之乡，三世于此，其归其藏[7]。

[注释]

[1]“遇人”二句：待人浑厚纯朴，沉稳有涵养。圭角，圭的棱角，比喻锋芒。 [2]童然：山秃貌，此形容人老秃发的样子。 [3]不自得：抑郁不乐。 [4]博州：博州（治今山东聊城）属河北东路。高堂：当作高唐，在聊城东北。 [5]“孰屯（zhūn）”二句：谁使他的通达变为艰难？谁使他的长寿变为短命？屯，艰难。亨，顺利，通达。 [6]戕（qiāng）：伤害。 [7]“其归”句：归此安葬。

[点评]

欧文富于情感，诸多墓志尤见悲情难抑，感慨万端。虽然墓主张先生平没有突出感人的事迹，但作者铭墓很下功夫：以“平生之旧、朋友之恩与其可哀者”为贯穿通篇的主线，以谢绛、张汝仕陪说张先，又以自己对西京友人的怀念，营造悲凉的气氛，从而痛惜墓主命运的不幸，表达自己深切的同情，且具有强烈的艺术感染力。

归有光评曰："工于写情，略于序事，极淋漓骚郁之致。"（《欧阳文忠公文选》卷九）浦起龙评曰："全以平生朋友盛衰聚散提挈纲维。铭一人，而一时名贤胜概，可指道其流风，庐陵独绝也。"（《古文眉诠》卷六十一）

石曼卿墓表[1]

曼卿，讳延年，姓石氏，其上世为幽州人[2]。幽州入于契丹[3]，其祖自成始以其族间走南归[4]，天子嘉其来，将禄之，不可，乃家于宋州之宋城[5]。父讳补之，官至太常博士[6]。幽燕俗劲武[7]，而曼卿少亦以气自豪，读书不治章句[8]，独慕古人奇节伟行非常之功，视世俗屑屑[9]，无足动其意者。自顾不合于时[10]，乃一混以酒，然好剧饮，大醉，颓然自放，由是益与时不合。而人之从其游者，皆知爱曼卿落落可奇[11]，而不知其才之有以用也。年四十八，康定二年二月四日，以太子中允、秘阁校理卒于京师[12]。

汪份："就幽燕士风，引出曼卿'以气自豪'。"（引自高步瀛《唐宋文举要》中册）

汪份："才气是通篇骨子。"（同上）

[注释]

[1]《居士集》题下注"庆历元年（1041）"。文作于康定

二年三月，是年十一月改元庆历。石曼卿：即石延年（994—1041），北宋富于才华的诗人，《宋史》入《文苑传》。 [2] 幽州：治今北京西南。 [3]“幽州”句：天福元年（936），后晋石敬瑭以幽云十六州割让契丹，次年契丹以幽州为南京。 [4] 间走：暗地里逃走。间，秘密，暗中。《三国志·魏书·武帝纪》：“太祖乃变易姓名，间行东归。” [5] 宋州之宋城：宋州于景德时升应天府，后又升为南京，治所宋城（今河南商丘）。 [6] 太常博士：太常寺属官，掌讲定五礼仪式，如有改革，即据经典审议；应加谥号者，考其行状撰谥文；祭祀时检查仪物为赞导。 [7]“幽燕”句：京、津、冀、辽一带，唐以前属幽州、战国时期属燕国，故有幽燕之称。劲武，刚健勇武。 [8]“读书”句：谓非死记章节句读而是领会精神。 [9] 屑屑：琐碎繁细。 [10]“自顾”以下五句：欧《归田录》卷二载：“石曼卿磊落奇才，知名当世，气貌雄伟，饮酒过人。有刘潜者，亦志义之士也，常与曼卿为酒敌。闻京师沙行王氏新开酒楼，遂往造焉，对饮终日，不交一言，王氏怪其所饮过多，非常人之量，以为异人，稍献肴果，益取好酒，奉之甚谨。二人饮啖自若，傲然不顾，至夕殊无酒色，相揖而去。明日都下喧传：王氏酒楼有二酒仙来饮，久之乃知刘、石也。” [11] 落落：坦荡。 [12] 太子中允：东宫官，宫中不设，以他官兼，系示等级的阶官。秘阁校理：秘阁在崇文院中堂，藏三馆（集贤院、史馆、昭文馆）真本书籍及书画，校理以京朝官充任。

曼卿少举进士，不中。真宗推恩[1]，三举进士，皆补奉职。曼卿初不肯就，张文节公素奇之[2]，谓曰：“母老乃择禄耶？”曼卿矍然起就之[3]，迁殿直[4]，久之，改太常寺太祝、知济州金乡县[5]，叹曰："此亦可以为政也。"县有治声[6]。通判乾宁军[7]，丁母永安县君李氏忧，服除，通判永静军[8]，皆有能名。充馆阁校勘[9]，累迁大理寺丞[10]，通判海州[11]，还为校理[12]。庄献明肃太后临朝[13]，曼卿上书，请还政天子。其后太后崩[14]，范讽以言见幸，引尝言太后事者，遽得显官，欲引曼卿，曼卿固止之，乃已。

汪份："才之有用，结穴在谈兵，然曰'县有治声'，曰'皆有能名'，亦见其才。"（引自高步瀛《唐宋文举要》中册）

汪份："此是奇节，故抽出另叙，不挨年月次第也。"（同上）

[注释]

[1]"真宗"以下三句：据沈括《梦溪笔谈》卷二十三记载，石曼卿参加科举考试时，有人称考场有问题，复试中数人未通过，曼卿在其中，都集中在兴国寺，追回所赐敕牒靴服，多人哭泣而起身，唯独曼卿无所谓，解袍脱靴，露体而坐。第二天，他们都被授予低级武臣官阶，即三班借职。曼卿写了一首故意调侃的七绝："无才且作三班借，请俸争如录事参。从此罢称乡贡进，且须走马东西南。"按：四句末故意略去"职""军""士""北"四字。 [2]张文节公：张知白，字用晦，沧州清池（今河北沧州）人。端拱年间进士，真宗朝官至参知政事。因与王钦若不合，辞位，出知大名府。仁宗即位，召为枢密副使，后拜相，卒谥文节。《宋史》有传。 [3]矍然：惊悚貌。 [4]殿直：武官，系三班小使臣。 [5]太祝：太常寺属官，掌祭祀时宣读册辞等。济州金乡县：今山东金乡县。 [6]治声：为政有成绩而获得的声誉。 [7]乾宁军：治今河北青县。 [8]永静军：治今河北东光县。 [9]馆阁校勘：史馆、昭文馆、集贤院称三馆，校勘为此间初级官员。 [10]大理寺丞：大理寺掌刑狱案件审理，寺丞亦初

级官员。[11]海州：州治朐山（今江苏连云港海州区）。[12]校理：即秘阁校理。[13]庄献明肃太后：即真宗刘皇后，真宗离世，刘后垂帘听政，卒谥庄献明肃。[14]“其后”以下七句：刘后卒于明道二年（1033）。范讽，字补之，官至权三司使，《宋史》有传。曼卿劝太后还政仁宗有功，但不愿因此得援引升官，可见其人品。

汪份：“提时事另起，却直从上文‘不知其才之有用’说来。”（引自高步瀛《唐宋文举要》中册）

汪份：“照定‘才之有以用’句，如此转出病来，有无限哀之之意。”（同上）

汪份：“对针上‘得吾粗’句。”（同上）

自契丹通中国[1]，德明尽有河南，而臣属遂务休兵养息天下，然内外弛武三十余年，曼卿上书言十事[2]，不报。已而元昊反，西方用兵，始思其言，召见，稍用其说，籍河北、河东、陕西之民，得乡兵数十万。曼卿奉使籍兵河东[3]，还，称旨[4]，赐绯衣银鱼，天子方思尽其才，而且病矣。既而闻边将有欲以乡兵扞贼者，笑曰：“此得吾粗也。夫不教之兵，勇怯相杂，若怯者见敌而动，则勇者亦牵而溃矣。今或不暇教，不若募其敢行者，则人人皆胜兵也[5]。”其视世事，蔑若不足为[6]，及听其施设之方，虽精思深虑，不能过也。

[注释]

[1]“自契丹”以下四句：澶渊订盟后，辽宋维持和平局面已

有三十多年。德明，西夏主，元昊父，宋封西平王，占有西北地区黄河以南之地。 [2]“曼卿”以下九句：明道中，石延年曾上书称：“天下不识战三十余年，请选将练兵，为二边之备。”未受重视。到了康定时，西边告急，才派吴遵路和石延年出使河东。遵路担心事多，顾不过来，延年笑着说：“我都考虑过了。”于是列举将兵勇怯、粮草多寡、山川险易、道路通塞等事，详述己见。遵路大为惊服。乡兵，地方民兵武装，农闲时训练，战时上阵。边地乡兵垦荒与御敌兼顾，尤有战斗力。 [3]籍兵：募兵。 [4]“称旨”二句：符合上意，赐予宋时朝官的服饰。绯衣，红色品服。宋承唐制，四品服深绯，五品服浅绯。银鱼，银质的鱼符，盛以袋，故称鱼符袋。朝官五品以上佩之，以示品级。叶梦得《石林燕语》卷三：“服色，凡言赐者，谓于官品未合服而特赐也。” [5]胜兵：胜任为兵。 [6]蔑若：即蔑如，表轻视，没什么了不起。

状貌伟然，喜酒自豪，若不可绳以法度[1]，退而质其平生[2]，趣舍大节无一悖于理者。遇人无贤愚，皆尽忻欢。及间而可否天下是非善恶，当其意者无几人。其为文章[3]，劲健称其意气。有子济、滋。天子闻其丧，官其一子[4]，使禄其家。既卒之三十七日，葬于太清之先茔[5]。其友欧阳修表于其墓曰：

汪份：“与上‘天子方思尽其才’关合。”（引自高步瀛《唐宋文举要》中册）

呜呼曼卿！宁自混以为高，不少屈以合世，可谓自重之士矣。士之所负者愈大，则其自顾也愈重，自顾愈重，则其合愈难。然欲与共大事，立奇功，非得难合自重之士不可为也。古之魁雄之人[6]，未始不负高世之志，故宁或毁身污迹，卒困于无闻，或老且死而幸一遇，犹克少施于世。若曼卿者，非徒与世难合，而不克所施，亦其不幸不得至乎中寿[7]，其命也夫！其可哀也夫！

[注释]

[1]绳以法度：用法度约束。[2]质：验证。[3]"其为"二句：石介《石曼卿诗集序》称曼卿"诗之豪者"，赞其诗"劲语蟠泊，会而终于篇，而复气横意举，飘出章句之外"（《徂徕石先生文集》卷十八）。[4]官其一子：《续资治通鉴长编》卷一三一载："录故太子中允、秘阁校理石延年子济为太庙斋郎。延年与天章阁待制吴遵路同使河东，及卒，遵路为言于朝，特恤之。"[5]太清：乡名，属亳州永城县（今属河南）。[6]"古之"以下六句：借古人说曼卿非无大志，只因"难合自重"，佯狂醉酒，傲世独立，所幸出使河东，总算展露了一点才干。魁雄之人，杰出而强有力者。[7]中寿：古人对中寿有八十（《庄子·盗跖》）、七十（《淮南子·原道训》）、六十（《吕氏春秋·孟冬纪》）等说法，曼卿不及五十而卒，似以六十之说为妥。

[点评]

欧阳修撰墓表，善于抓住墓主的个性特征。石延年既是富于学识、善于作诗、"趣舍大节无一悖于理"的儒士，有建功立业的雄心与才干，又是“独慕古人奇节伟行”、深谙用兵之道、狂放不羁的豪杰。屡遭挫折之后，他未免负奇纵酒，自重难合，由此注定了他曲折的人生与不幸的命运，令人唏嘘不已，深为痛惜。此乃墓表着力之所在。孙琮评曰：“此篇妙在写曼卿儒者却又是豪杰，写曼卿豪杰却又是儒者。如前幅说慕古人奇节，不治章句，何等豪杰；中幅说为母就禄，治有政声，明于进退，又纯是儒者；后幅说上书言兵事，籍乡兵捍敌，又何等豪杰；末幅说精思深虑，生平趣舍、是非好恶，皆当于理，则又纯是儒者。非欧公与曼卿至交，未易曲尽其为人如此。”（《山晓阁选宋大家欧阳庐陵全集》卷四）

释惟俨文集序[1]

惟俨姓魏氏，杭州人[2]。少游京师三十余年[3]，虽学于佛，而通儒术，喜为辞章，与吾亡友曼卿交最善。曼卿遇人无所择，必皆尽其忻欢。惟俨非贤士不交[4]，有不可其意，无贵贱，一切闭拒，绝去不少顾。曼卿之兼爱[5]，惟俨之介，所趣虽异，而交合无所间。曼卿尝曰：“君子泛爱而亲仁[6]。”惟俨曰：“不然。吾所以不交妄人[7]，故能得天下士。若贤不肖混，则贤者安

储欣：“以传体作序。”（《唐宋八大家类选》卷十一）

孙琮："前幅以曼卿之言与惟俨作对，后幅以世人之诮与惟俨作对，真是凭空对得整齐。"（《山晓阁选宋大家欧阳庐陵全集》卷三）

肯顾我哉？"以此一时贤士多从其游。

[注释]

[1] 庆历元年（1041）作。 [2] 杭州：宋时属两浙路，治所在钱塘（今浙江杭州）。 [3]"少游"以下四句：苏舜钦《粹隐堂记》称惟俨"往来京师三十年，独喜吾儒氏之书。当年少时，诵数百千言"。 [4]"惟俨"以下五句：叙其交友之道。可，适合。绝，绝交。不少顾，毫不顾惜。 [5]"曼卿"以下四句：说石延年与惟俨的交友趋向虽有不同，但两人相处很融洽。延年遇人无贤愚，不必当其意者，皆可交。兼爱，最初见于《墨子》，言彼此平等互利，相亲相爱，不受任何限制。介，耿介刚直，显惟俨择友严而不随意，下文称"不交妄人"。 [6]"君子"句：语出《论语·学而》"泛爱众而亲仁"，说君子要友爱众人而亲近仁德的人。 [7] 妄人：无知妄为的人。

沈德潜："有推倒豪杰之慨。"（《唐宋八大家文读本》卷十一）储欣："惟俨所诮坐人语，大是正论。"（《六一居士全集录》卷五）

居相国浮图[1]，不出其户十五年。士尝游其室者[2]，礼之惟恐不至，及去为公卿贵人，未始一往干之。然尝窃怪平生所交皆当世贤杰，未见卓卓著功业如古人可记者[3]。因谓世所称贤材[4]，若不笞兵走万里，立功海外，则当佐天子号令赏罚于明堂。苟皆不用，则绝宠辱，遗世俗，自高而不屈，尚安能酣豢于富贵而无为哉？醉则以此诮其坐人[5]。人亦复之，以谓遗世自守，古人之所易，若奋身逢时，欲必就功业，此虽圣贤难之，周、孔所以穷达异也[6]。今子老于浮图，不见用于世，而幸不践穷亨之涂[7]，乃以古事之已然，而责今人之必然邪？虽然，惟俨傲乎退偃于一室[8]。天下之务，当世之利病，听其言终日不厌，惜其将老也已！

林纾："惟俨非谈禅，直是儒者怀用世之心，不得逞而发牢骚耳。故有'惜其将老'一语，即惜其不能还俗以用世也。"（《古文辞类纂选本》卷二）

[注释]

[1] 相国浮图：指汴京开封的相国寺。始建于北齐，称建国寺。唐睿宗为纪念其由相王登上皇位，赐名相国寺。宋至道元年（995）始扩建，称大相国寺。寺内居室，惟俨称粹隐堂。 [2]"士尝游"以下四句：谓士人访其僧舍，盛情接待，一旦成达官贵人，惟俨从不去求见。干，干谒，为某种目的而求见。 [3] 卓卓著功业：显露卓绝的功业。 [4]"因谓"以下九句：大意是说世上所谓的贤才，若不能率兵赴疆场立战功，就应该辅佐皇上安邦治国，倘若没有出将入相的本领，就断绝追求功名利禄的念头，怎能安于富贵而无所作为？笞（chī）兵，驱使部队。笞，击，鞭策。明堂，古代帝王宣明政教及举行祭祀活动的重要场所。酣豢，沉醉。 [5] 诮：责备，讥讽。 [6]"周、孔"句：这就是周公、孔子或通达或窘困的原因。周公姬旦系周文王姬昌之子，周武王姬发之弟，曾先后辅助武王灭商、成王治国，还制礼作乐，文治武功，盛极一时。而孔子周游列国，却到处碰壁。两人穷达迥异。 [7] 穷亨：即穷达。亨，顺利，通达。 [8] 退偃：退隐，隐居。偃，卧。

惟俨为主，曼卿为宾，宾主相随，以宾衬主。

曼卿死，惟俨亦买地京城之东以谋其终[1]。乃敛平生所为文数百篇[2]，示予曰："曼卿之死，既已表其墓。愿为我序其文，然及我之见也。"嗟夫！惟俨既不用于世，其材莫见于时。若考其笔墨驰骋文章赡逸之能[3]，可以见其志矣。庐陵欧阳永叔序[4]。

[注释]

[1] 谋其终：谋划身后之事。 [2] 敛：收集。 [3] 赡逸：形容惟俨文章辞采富丽，感情奔放。《宋书·鲍照传》："鲍照字明远，文辞赡逸，尝为古乐府，文甚遒丽。" [4]"庐陵"句：古人自称名而不称字，疑此句为后人所加。

[点评]

欧阳修笃信儒学而辟佛，但这并不妨碍他与僧人的交往，他认为佛寺中不乏有抱负有才学之人。《居士集》中有不少与僧人唱和的诗篇，还有为释秘演和释惟俨写的深得后世好评的诗文集序。石延年是欧敬重的友人，与秘演、惟俨二僧皆有交往，故两序都以延年陪说二僧。释惟俨虽居寺庙中，却心怀天下，此正与延年相同，而相异的是他的耿介与清高。本文紧扣他的个性着墨，先以"曼卿遇人无所择"之"兼爱"，反衬"惟俨非贤士不交"的耿介；继以"游其室者"一旦发迹，惟俨绝不"一往干之"的自持，称赞他的清高；末为耿介清高的惟俨

“既不用于世，其才莫见于时”而深为惋惜。至于惟俨责怪所交游的“当世贤杰”未能建功立业，又在酒醉时讥讽来客只知坐享富贵，武不能安邦，文不能治国，则活灵活现地描画出一个不专注念经说佛，却开口不离国家大事的僧人形象，让读者如见其人，如闻其声，十分难忘。

为君难论上[1]

语曰为君难者，孰难哉？盖莫难于用人。夫用人之术，任之必专，信之必笃[2]，然后能尽其材，而可共成事。及其失也，任之欲专，则不复谋于人而拒绝群议，是欲尽一人之用，而先失众人之心也。信之欲笃，则一切不疑而果于必行，是不审事之可否，不计功之成败也。夫违众举事，又不审计而轻发[3]，其百举百失而及于祸败，此理之宜然也。然亦有幸而成功者，人情成是而败非[4]，则又从而赞之，以其违众为独见之明，以其拒谏为不惑群论，以其偏信而轻发为决于能断。使后世人君慕此三者以自期[5]，至其信用一失而及于祸败，则虽悔而不可及。此甚可叹也。

开篇指出“失众人之心”“违众举事”乃为君用人之大忌，必败无疑。

[注释]

[1] 庆历二年（1042）作。时欧在京都，为集贤校理，后同知太常礼院。　[2] 笃：坚定。　[3]“又不”句：又未周密谋划而轻举妄动。　[4] 成是而败非：成功了就肯定，失败了就否定。　[5] 自期：自我期待。

前世为人君者，力拒群议，专信一人，而不能早悟以及于祸败者多矣，不可以遍举，请试举其一二。昔秦苻坚地大兵强[1]，有众九十六万，号称百万，蔑视东晋，指为一隅，谓可直以气吞之耳。然而举国之人，皆言晋不可伐，更进互说者不可胜数。其所陈天时人事[2]，坚随以强辩折之，忠言谠论皆沮屈而去。如王猛、苻融老成之言也[3]，不听；太子宏、少子诜至亲之言也[4]，不听；沙门道安[5]，坚平生所信重者也，数为之言，不听。惟听信一将军慕容垂者[6]。垂之言曰：“陛下内断神谋足矣[7]，不烦广访朝臣，以乱圣虑。”坚大喜曰：“与吾共定天下者，惟卿尔。”于是决意不疑，遂大举南伐。兵至寿春[8]，晋以数千人击之，大败而归，比至洛阳，九十六万兵亡其八十六万。坚自此兵威沮丧，不复能振，遂

明徐扬贡：“中间两段叙事，如司马太史极力形容，一则曰‘大喜’，再则曰‘大喜’，如睹当年惑溺之状。”（引自（《山晓阁选宋大家欧阳庐陵全集》卷二）按：“再则曰‘大喜’”，指下文后唐清泰帝夜招薛文遇问事后，“大喜曰：‘术者言我今年当得一贤佐助我中兴，卿其是乎！’”

至于乱亡。

[注释]

[1]“昔秦”以下六句：苻坚，前秦皇帝，先后攻灭前燕、前梁等，统一北方大部分地区，又取东晋梁、益等州，遂调大军南下伐晋，群臣谏阻，苻坚不可一世地说：“我的大军，投鞭于江，足以断其流水。摧毁晋军，如秋风扫落叶。”结果在淝水之战中惨败于东晋，北归后为叛变的姚苌所杀。 [2]“其所陈”以下三句：群臣言天时人事不利，苻坚拒听，顽固坚持己见，把无理的事硬说成有理。折之，使对方屈服。谠论，正直之言。沮(jǔ)屈，沮丧、屈服。 [3]“如王猛”二句：官至丞相的王猛，博学，好兵书，深得苻坚信任。他病重时，苻坚去探望，问起后事。王猛劝他说，晋朝江山稳固，我死之后，你千万要放弃攻晋的念头。苻坚少弟苻融也劝说道：“穷兵极武，没有不失败的。”苻坚说：“你要坏我的大事。”苻融劝说无效，后死于淝水之战。 [4]“太子”二句：长子苻宏，已立为太子，也劝说无效，淝水战后奔晋，位至辅国将军，后为桓玄所杀。苻坚少子中山公苻诜，深得苻坚宠爱，也说：“晋有谢安、桓冲等人才，而陛下前去攻打，臣深感困惑。”苻坚骂道：“你这小孩胡说八道，再说我杀了你。”苻诜在苻坚被姚苌缢死后自杀。 [5]“沙门”以下四句：道安，东晋高僧，俗姓卫，性聪敏，为苻坚所钦敬。他也劝苻坚不要率师南征，苻坚不听。沙门，僧徒。 [6]慕容垂：前燕国君慕容皝(huàng)之子，封吴王，遭排挤而投奔前秦。苻坚兵败淝水，垂乘机恢复燕国，史称后燕。 [7]内断神谋：亲自决断筹划。 [8]“兵至”以下三句：所叙即淝水之战。寿春，今安徽寿县。

欧公撰《新五代史》，熟谙五代事，信手拈来。

近五代时[1]，后唐清泰帝患晋祖之镇太原也，地近契丹，恃兵跋扈，议欲徙之于郓州。举朝之士皆谏，以为未可。帝意必欲徙之[2]，夜召常所与谋枢密直学士薛文遇问之，以决可否。文遇对曰："臣闻作舍道边，三年不成，此事断在陛下，何必更问群臣？"帝大喜曰："术者言我今年当得一贤佐助我中兴，卿其是乎！"即时命学士草制，徙晋祖于郓州。明旦宣麻，在廷之臣皆失色。后六日而晋祖反书至[3]，清泰帝忧惧不知所为，谓李崧曰："我适见薛文遇，为之肉颤，欲自抽刀刺之。"崧对曰："事已至此，悔无及矣！"但君臣相顾涕泣而已。

上叙苻坚听信慕容垂，此叙清泰帝听信薛文遇，皆"失众人之心""违众举事"而必败之明证。

[注释]

[1]"近五代"以下五句：后唐废帝李从珂，系明宗养子，封潞王，逐愍帝（明宗子从厚）自立，改元清泰。废帝视河东节度使石敬瑭为最大威胁，下诏徙敬瑭为天平节度使。敬瑭拒不从命，求契丹出兵，灭唐而建晋。晋祖，即石敬瑭。太原，河东节度治所，今属山西。郓州，天平节度治所，今山东东平、菏泽一带。 [2]"帝意"以下十五句：《旧五代史·唐书·末帝纪》："会薛文遇独宿于禁中，帝召之，谕以太原之事。文遇奏曰：'臣闻作舍于道，三年不成，国家利害，断自宸旨。以臣料之，石敬瑭除亦叛，不除亦叛，不如先事图之。'帝喜曰：'闻卿此言，豁吾愤气。'"此前，有人

说国家明年当得一贤佐主谋，平定天下，唐末帝以为贤佐就是薛文遇，下令学士院起草调任石敬瑭为天平节度使的诏书，次日朝中宣读的时候，大臣们都惊慌失色。枢密直学士，后唐始置，系皇帝侍从，以备顾问应对，薛文遇任此职。作舍道边，三年不成，谓与过路人商量造房子事则徒劳无功。术者，卜卦算命之类的人。草制，草拟诏书。宣麻，指唐宋时拜相命将，以黄白麻纸书写诏书，在朝廷上宣读。 [3]“后六日”以下六句：据《旧五代史·唐书·末帝纪》，过了六七天，石敬瑭上奏章责骂末帝篡夺明宗的江山，拒不从命。末帝与大臣李崧议事，不巧见到薛文遇，变了脸色，对李崧说：“我见此人，气得浑身颤抖，真想抽刀刺死他。”后石敬瑭称帝，为晋高祖。废帝兵败自杀。李崧，后唐时直枢密院，迁户部侍郎、端明殿学士；后晋时官至中书侍郎、同中书门下平章事兼枢密使；后为后汉高祖所杀。

由是言之，能力拒群议专信一人，莫如二君之果也[1]，由之以致祸败乱亡，亦莫如二君之酷也[2]。方苻坚欲与慕容垂共定天下，清泰帝以薛文遇为贤佐助我中兴，可谓临乱之君各贤其臣者也。或有诘予曰[3]：“然则用人者，不可专信乎？”应之曰：“齐桓公之用管仲[4]，蜀先主之用诸葛亮，可谓专而信矣，不闻举齐、蜀之臣民非之也。盖其令出而举国之臣民从，事行而举国之臣民便，故桓公、先主得以专任而不贰也[5]。使令出而两王文濡："用人以得'众心'为主，可谓一语破的。苻坚、清泰之所以败，齐桓、先主之所以兴，端由于此。"（《评校音注古文辞类纂》卷三）按：篇末"失众心"与篇首"失众人之心"相呼应，皆"违众"也。

国之人不从，事行而两国之人不便，则彼二君者，其肯专任而信之，以失众心而敛国怨乎[6]？"

[注释]

[1] 果：果断。 [2] 酷：甚。 [3] 诘：责问。 [4] "齐桓公"以下四句：居春秋五霸之首的齐桓公，因重用管仲，而使国家强盛，百姓富足。刘备因重用诸葛亮，而使蜀汉稳固，百姓安居，成为鼎立的三国之一。 [5] 不贰：没二心。 [6] 敛国怨：招致国人的怨恨。敛，聚集。

[点评]

作此文同年，仁宗诏三馆臣僚上书言事。欧阳修采当世急务为三弊五事，作《准诏言事上书》呈进，足见对朝政改革的期盼。本文论为君难，难在用人；另有下篇，说听言之难，都是针对现实而发，希望仁宗善于用人，善于听言，善于决断，化解国家面临的危机。翌年，终于迎来了范仲淹主持的庆历革新。本文观点鲜明，以史为鉴，论据充实，论说深刻有力，足以令为君者警醒。文中人物，神态毕现，写苻坚对"老成之言""至亲之言""平生所信重者"之言，连用三个"不听"；而"惟听信"狡诈的"一将军慕容垂"，鲜明的对比凸显其昏聩与极端的刚愎自用。写"清泰帝以薛文遇为贤佐助我中兴"，始得意洋洋，后懊丧不已，瞧见薛文遇时"为之肉颤，欲自抽刀刺之"，也是在对比中展示了昏庸国君的低能与丑态。后文以齐桓公任用管仲与刘备任用诸葛亮为例，说明国君识人且专信之而得众心的重要，反衬苻坚、清泰帝走向失败的必然性。人物形象的生动刻画给这篇议论文增添了不少精彩而极富感染力。

释秘演诗集序[1]

予少以进士游京师[2]，因得尽交当世之贤豪。然犹以谓国家臣一四海[3]，休兵革，养息天下，以无事者四十年[4]，而智谋雄伟非常之士，无所用其能者，往往伏而不出，山林屠贩，必有老死而世莫见者，欲从而求之不可得。其后得吾亡友石曼卿[5]。曼卿为人[6]，廓然有大志，时人不能用其材，曼卿亦不屈以求合。无所放其意，则往往从布衣野老酣嬉淋漓，颠倒而不厌。予疑所谓伏而不见者，庶几狎而得之[7]，故尝喜从曼卿游，欲因以阴求天下奇士[8]。

汪份："客。以上言天下太平，奇士不易见。"（引自高步瀛《唐宋文举要》甲编卷六）

汪份："引出秘演，先透出'极饮大醉'意。"（同上）

汪份："以上与曼卿游，以求天下奇士。"（同上）

[注释]

[1] 庆历二年（1042）作。释秘演：诗僧，山东人。欧及好友与秘演皆有交往。苏舜钦有《赠释秘演诗》，尹洙有《浮图秘演诗集序》。《宋史·艺文志》云"僧秘演《诗集》二卷"。北京

大学出版社《全宋诗》收秘演诗七首，编者称其有诗三四百篇，大多散佚。 [2]“予少”句：天圣五年和八年，欧两次赴京师应礼部试。 [3]臣一：降服、统一。 [4]四十年：景德元年（1004）宋辽签订澶渊盟约至作本文时近四十年。 [5]石曼卿：生平见前《石曼卿墓表》。 [6]“曼卿”以下七句：谓曼卿耻于迎合世俗，而才情得不到发挥，豪放不羁，遂一混于酒。见《石曼卿墓表》注。廓然，远大貌。颠倒，醉酒貌。 [7]庶几：或许。狎（xiá）：亲近。 [8]阴求：暗中寻求。

汪份："主。"（引自高步瀛《唐宋文举要》甲编卷六）

汪份："主客合说。应'奇士'。"（同上）

汪份："以上叙己与曼卿、秘演三人踪迹。"（同上）

浮屠秘演者[1]，与曼卿交最久，亦能遗外世俗[2]，以气节相高，二人欢然无所间。曼卿隐于酒，秘演隐于浮屠[3]，皆奇男子也。然喜为歌诗以自娱，当其极饮大醉，歌吟笑呼，以适天下之乐[4]，何其壮也！一时贤士皆愿从其游，予亦时至其室。十年之间[5]，秘演北渡河，东之济、郓[6]，无所合，困而归。曼卿已死[7]，秘演亦老病。嗟夫！二人者，予乃见其盛衰，则余亦将老矣。

[注释]

[1]浮屠：僧人。 [2]遗外世俗：超尘脱俗。 [3]浮屠：此指佛教。 [4]适：往，此有取得之意。 [5]十年之间：指明道元年（1032）至作本文之时。 [6]济：济州，治今山东巨野县。

郓：郓州，治今山东东平县西北。 [7] 曼卿已死：曼卿于康定二年（1041）二月卒，是年十一月改元庆历。

夫曼卿诗辞清绝[1]，尤称秘演之作，以为雅健有诗人之意[2]。秘演状貌雄杰，其胸中浩然[3]，既习于佛，无所用，独其诗可行于世，而懒不自惜，已老，胠其橐[4]，尚得三四百篇，皆可喜者。曼卿死，秘演漠然无所向，闻东南多山水，其巅崖崛峍[5]，江涛汹涌，甚可壮也，遂欲往游焉。足以知其老而志在也。于其将行，为叙其诗，因道其盛时以悲其衰。庆历二年十二月二十八日，庐陵欧阳修序。

汪份："又从曼卿之诗，串出秘演之作。"（引自高步瀛《唐宋文举要》甲编卷六）

汪份："完'智谋非常之士无所用其能'案，以侧出诗来。"（同上）

汪份："以上叙秘演之诗。"（同上）

汪份："以'盛''衰'锁尾，收通篇。"（同上）

[注释]

[1] 清绝：美妙至极。李山甫《山中览刘书记新诗》诗："记室新诗相寄我，蔼然清绝更无过。"欧阳修《诗话》称曼卿"诗格奇峭"。 [2] 雅健：典雅遒劲。 [3] 浩然：正大豪迈貌。 [4] 胠（qū）其橐：打开他的口袋。 [5] 崛峍（lù）：高峻貌。

[点评]

此篇有两个明显特色：一是结构上运用宾主相形的手法，一是紧扣"奇男子"之"奇"字与"盛""衰"二字作文章。本文中，秘演是主，曼卿是宾，欧公自身是宾中之宾。宾主相形，既写出三人之间的交往与深情，对隐于酒或隐于佛却同擅于诗的友朋，欧倾诉了自己的崇敬和思念，展现了两位有才华却不得志者的生动形象。储欣曰："'奇'字作骨，又用'盛''衰'二字生情，文亦疏宕有奇气。"（《唐宋八大家类选》卷十一）文章抓住这三字，既刻画出秘演、曼卿两个人物的性格特征，又道出了他们命运的不幸和作者自身感受到的悲凉。

本　论[1]

孙琮："'先后''本末'四字是此篇之纲。"（《山晓阁选宋大家欧阳庐陵全集》卷二）

天下之事有本末，其为治者有先后。尧、舜之书略矣[2]，后世之治天下，未尝不取法于三代者[3]，以其推本末而知所先后也。三王之为治也[4]，以理数均天下[5]，以爵地等邦国，以井田域民，以职事任官。天下有定数，邦国有定制，民有定业，官有定职。使下之共上勤而不困[6]，上之治下简而不劳。财足于用而可以备天灾也，兵足以御患而不至于为患也。凡此具矣，然后饰礼乐、兴仁义以教道之。是以其政易行，其民易使，风俗淳厚，而王道成矣[7]。虽有荒子孱孙继之[8]，犹七八百岁而后已。

[注释]

[1] 庆历二年(1042)作。欧有《本论》三篇，中、下篇载《居士集》。此为晚年所删定的上篇，周必大编《欧阳文忠公文集》时，收入《居士外集》。 [2]尧、舜之书：疑指《尚书》中的《尧典》《舜典》。 [3]三代：夏、商、周。 [4]三王：夏禹、商汤、周武王(或周文王)。 [5]“以理数”以下四句：以天理天数管治天下，按爵位、封地区分国家，用井田制安居域内民众，依职责、事务任命官员。理数，指天理天数。王符《潜夫论·劝将》：“无士无兵，而欲合战，其败负也，理数也然。”均，通“钧”，制陶器用的转轮，喻国政，意为治理。《诗经·小雅·节南山》有“秉国之均”句。等，分等，区别。《礼记·乐记》：“礼义立，则贵贱等矣。”域，分区域而居。《孟子·公孙丑下》：“域民不以封疆之界。”赵岐注：“域民，居民也。” [6]共：通“供”，供给。困：疲劳。 [7]王道：以仁义统治天下，与霸道相对。 [8]荒子孱(chán)孙：放荡无行的子孙。孱，软弱，弱小，引申为低劣。

夫三王之为治，岂有异于人哉？财必取于民，官必养于禄，禁暴必以兵，防民必以刑，与后世之治者大抵同也。然后世常多乱败，而三王独能安全者，何也？三王善推本末[1]，知所先后，而为之有条理。后之有天下者，孰不欲安且治乎？用心益劳而政益不就[2]，諰諰然常恐乱败及之[3]，而辄以至焉者，何也？以其不推本末，不知先后而已。

引三王之治以证“善推本末，知所先后”之重要。

[注释]

[1] 推本末：推究事情的始末。 [2] "用心"句：用心愈是劳苦，政事愈是难成。就，完成，成功。 [3] 諰（xǐ）諰然：恐惧貌。

今之务众矣，所当先者五也。其二者有司之所知[1]，其三者则未之思也。足天下之用，莫先乎财，系天下之安危，莫先乎兵，此有司之所知也。然财丰矣，取之无限而用之无度，则下益屈而上益劳[2]。兵强矣，而不知所以用之，则兵骄而生祸。所以节财、用兵者，莫先乎立制。制已具备，兵已可使，财已足用，所以共守之者，莫先乎任人。是故均财而节兵，立法以制之，任贤以守法，尊名以厉贤[3]，此五者相为用，有天下者之常务，当今之世所先，而执事者之所忽也。今四海之内非有乱也，上之政令非有暴也，天时水旱非有大故也，君臣上下非不和也。以晏然至广之天下[4]，无一间隙之端[5]，而南夷敢杀天子之命吏[6]，西夷敢有崛强之王，北夷敢有抗礼之帝者，何也？生齿之数日益众，土地之产日益广，公家之用日益急，四夷不服，中国不尊，天下不实者，何也？以五者之不备故也[7]。

孙琮："中间写五者处，有蝉联贯串之妙。"（《山晓阁选宋大家欧阳庐陵全集》卷二）按：均财、节兵、立制、任贤、尊名，五者为此篇之目。

[注释]

[1] 有司：官吏。古代设官分职，各有专司，故称。 [2] 屈（jué）：竭，穷尽。 [3] “尊名”句：尊重有声誉的人以激励有德有才者。 [4] 晏然：安宁貌。 [5] “无一”句：没有一点细小的起因。 [6] “而南夷”三句：指南方少数民族武装在宜州、融州一带杀害官吏，抢掠居民；西夏元昊称帝改元，侵犯西北边境，宋军屡遭惨败；北面契丹主以南侵相威胁，趁机索求晋阳及瓦桥关以南十县地，富弼前往议和。崛强，通“倔强”。抗礼，要求平起平坐，即勒索更多银、绢。 [7] 五者：均财、节兵、立制、任贤、尊名。

请试言其一二。方今农之趋耕[1]，可谓劳矣；工商取利乎山泽，可谓勤矣；上之征赋榷易商利之臣[2]，可谓纤悉而无遗矣[3]。然一遇水旱如明道、景祐之间[4]，则天下公私乏绝。是无事之世，民无一岁之备，而国无数年之储也。以此知财之不足也。古之善用兵者，可使之赴水火。今厢禁之军[5]，有司不敢役，必不得已而暂用之，则谓之借倩[6]。彼兵相谓曰官倩我，而官之文符亦曰倩[7]。夫赏者所以酬劳也，今以大礼之故[8]，不劳之赏三年而一遍，所费八九百万，有司不敢缓月日之期。兵之得赏，不以无功知愧，乃称多量少，比好嫌恶，小不如意，则群聚而呼，持梃欲

宋不能备五者，却有五弊。五弊之一：财不足。

击天子之大吏[9]。无事之时，其犹若此，以此知兵骄也。

五弊之二：兵甚骄。

[注释]

[1]趋耕：趋赴农耕。 [2]“上之”句：指朝廷派出的征收赋税、实行专卖、估算获利的官员。 [3]纤悉而无遗：无丝毫遗漏。 [4]“然一遇”句：指明道元年（1032）至景祐元年（1034）间，各地尤其是北方出现较多旱、蝗等严重灾害和饥荒。 [5]厢禁之军：厢兵与禁军。厢兵为诸州之兵，未加训练，不任战斗，唯供劳役。禁军，原指皇帝的亲兵，后削除藩镇势力，收境内甲兵，集中京都，成为全国正规军。 [6]借倩：借助。倩，请别人代替自己做事。 [7]文符：文书。 [8]“今以”二句：谓因朝廷举行大典，赏赐百官，军兵虽无寸功，亦能受赏。大礼，如皇帝嗣位、太后诞辰、太子册封等庆典。 [9]梃：棍棒。

五弊之三：制不立。

五弊之四：不任人。

夫财用悉出而犹不足者，以无定数也。兵之敢骄者，以用之未得其术。以此知制不立也[1]。夫财匮兵骄，法制未一，而莫有奋然忘身许国者，以此知不任人也。不任人者，非无人也。彼或挟材蕴知[2]，特以时方恶人之好名，各藏畜收敛，不敢奋露，惟恐近于名以犯时人所恶[3]。是以人人变贤为愚，愚者无所责，贤者被讥疾，遂使天下之事将弛废[4]，而莫敢出力以为之。此不尚名之弊者，天下之最大患也。故曰五者之皆废也。

五弊之五：不尚名。

[注释]

[1] 制：法制。 [2] 挟材蕴知：具有才华，藏有智慧。 [3]“惟恐”句：只怕一旦出名就会遭世上人的厌恶。 [4] 弛废：松懈而荒废。

前日五代之乱可谓极矣[1]，五十三年之间，易五姓十三君，而亡国被弑者八，长者不过十余岁，甚者三四岁而亡。夫五代之主岂皆愚者邪？其心岂乐祸乱而不欲为久安之计乎？顾其力有不能为者，时也。当是时也[2]，东有汾晋，西有岐蜀，北有强胡，南有江淮、闽广、吴越、荆潭，天下分为十三四，四面环之。以至狭之中国，又有叛将强臣割而据之，其君天下者，类皆为国日浅[3]，威德未洽[4]，强君武主力而为之，仅以自守，不幸孱子懦孙[5]，不过一再传而复乱败。是以养兵如儿子之啖虎狼[6]，犹恐不为用，尚何敢制？以残弊之民人[7]，赡无赀之征赋，头会箕敛，犹恐不足，尚何曰节财以富民？天下之势[8]，方若弊庐，补其奥则隅坏，整其桷则栋倾，枝撑扶持，苟存而已，尚何暇法象，规圜矩方而为制度乎？是以兵无制，用无节，国家无法度，一切苟且而已。

此段言五代之乱，五者全废，教训深刻。

[注释]

[1]“前日”以下六句：五代由朱温开平元年（907）建后梁，至建隆元年（960）陈桥兵变，赵匡胤代后周而立宋，共五十三年。后梁历朱温、友贞二帝，后唐历李存勗、嗣源、从厚、从珂四帝，后晋历石敬瑭、重贵二帝，后汉历刘知远、承祐二帝，后周历郭威、柴荣、柴宗训三帝，共十三帝。亡国与被弑者有朱温、朱友贞、李存勗、李重厚、李从珂、石重贵、刘承祐、柴宗训，共八人。 [2]“当是”以下五句：指当时与五代并存的地方政权。汾晋，为北汉，刘崇所建。岐蜀，指割据凤翔、自称岐王的李茂贞，以及王建所建的前蜀、孟知祥所建的后蜀。强胡，指契丹。江淮，指杨行密所建之吴和李升所建的南唐。闽广，指王审知所建之闽与刘岩所建的南汉。吴越，为钱镠所建。荆潭，荆指高季兴所建的南平，潭指马殷所建之楚。 [3]浅：短。 [4]恰：周遍。 [5]孱子懦孙：懦弱的后代。 [6]啖（dàn）：引诱。 [7]“以残弊”以下五句：是说横征暴敛，民不聊生，还谈什么节省财用让百姓富足？残弊，残破凋敝，此指困苦不堪。赡，供养。无赀（zī），无法计算。头会箕敛，是说按人头出谷，用畚箕收敛，形容赋税繁重苛刻。 [8]“天下”以下八句：谓国家面临千疮百孔的危险局面，勉强维持，难以有所作为。奥，房屋的西南角。隅，角落，此指屋内其他处。桷（jué），椽子。栋，柱子。法象，效法。规圜矩方，即规矩方圆，说明要遵守先前的成规和榜样。圜，通“圆”。

今宋之为宋八十年矣，外平僭乱[1]，无抗敌之国；内削方镇[2]，无强叛之臣。天下为一，海内晏然[3]。为国不为不久，天下不为不广也。语曰："长袖善舞[4]，多钱善贾。"言有资者其为易也。方今承三圣之基业[5]，据万乘之尊名，以有四海一家之天下，尽大禹贡赋之地莫不内输[6]，惟上之所取，不可谓乏财。六尺之卒，荷戈胜甲[7]，力彀五石之弩、弯二石之弓者数百万[8]，惟上制而令之，不可谓乏兵。中外之官居职者数千员，官三班吏部常积者又数百[9]，三岁一诏布衣[10]，而应诏者万余人，试礼部者七八千，惟上之择，不可谓乏贤。民不见兵革者几四十年矣，外振兵武，攘夷狄，内修法度，兴德化[11]，惟上之所为，不可谓无暇。以天子之慈圣仁俭，得一二明智之臣相与而谋之，天下积聚，可如文、景之富[12]；制礼作乐[13]，可如成周之盛；奋发威烈以耀名誉，可如汉武帝、唐太宗之显赫；论道德，可兴尧、舜之治。然而财不足用于上而下已弊，兵不足威于外而敢骄于内，制度不可为万世法而日益丛杂[14]，一切苟且，不异于五代之

今国家统一安定，五者易备。

不乏财。

不乏兵。

不乏贤。

今富可如文、景，制可如成周，名可如汉、唐，治可期尧、舜。

现实可叹："一切苟且，不异于五代"，五备易为而不为，原因何在？引人深思。

时，此甚可叹也。是所谓居得致之位[15]，当可致之时，又有能致之资，然谁惮而久不为乎？

[注释]

[1]僭乱：犯上作乱。僭，超越本分。 [2]"内削"二句：指赵匡胤杯酒释兵权，以防军权旁落及割据势力的产生。方镇，握有一方兵权的军事长官。 [3]晏然：安宁貌。 [4]"长袖"二句：语出《韩非子·五蠹》，喻得凭借者事易成。 [5]"方今"以下三句：谓继承祖宗事业，拥有天子声威与一统天下之优势。三圣，即太祖、太宗、真宗。万乘，即天子，古时天子兵车万乘。 [6]"尽大禹"句：九州之地没有不输送赋税的。大禹贡赋之地，指《禹贡》所列九州。 [7]荷戈胜甲：扛戈矛，披甲胄。胜，可承受。 [8]"力彀（gòu）"句：力能发射六百斤之弩、拉满二百四十斤弓的人有数百万。彀，拉满弓。石（dàn），一百二十斤为一石。 [9]"官三班"句：三班院与吏部通常聚积而尚未安排职位的人又有数百。三班院，主管武官三班使臣之注拟、升移、酬赏等事的官署。吏部，属尚书省，掌京朝官叙服章、申请祠祭、差官摄事、拔萃举人及幕职州县官格式、阙簿、辞谢等事，并兼管南曹、甲库事务的官署。 [10]"三岁"以下三句：三年一次贡举，时准备参加科举考试的考生达万余人，推荐到礼部参加考试的有七八千人。诏，诏告。礼部，属尚书省，掌管科举、奏补太庙斋郎等，并兼管贡院。 [11]兴德化：倡导以德化人。 [12]文、景之富：汉朝文帝、景帝时期，实行休养生息政策，发展生产，繁荣经济，史称"文景之治"。 [13]"制礼"二句：成周为西周都城，位于河南洛阳。此指负责营建成周的周公，大兴礼乐教化，后人称颂其功绩。 [14]丛杂：杂乱。 [15]致：导致国泰民安之意。

[点评]

这是一篇探究治国之本的大文章，作者吸取五代乱世的历史教训，对国家走向作深入的思考，显示了除弊兴利的紧迫性，为酝酿中的庆历革新做了舆论准备。文章格局宏大，结构严谨，纲举目张，条理清晰。依据治国需知“本末”“先后”的原则，论说均财、节兵、立制、任贤、尊名的重要性，既揭出当前存在财不足、兵甚骄、制不立、不任人、不尚名的五弊，又指出国家具备一统天下、不乏财、不乏兵、不乏贤等有利条件，说明苟且度日不可取，革故鼎新正其时。强烈呼吁时不我待，机不可失，切勿错过。

本篇的修辞颇有特色，如排比句甚多，加上接二连三的运用，使论说充满了磅礴的气势和强大的说服力。如“今四海之内非有乱也，上之政令非有暴也，天时水旱非有大故也，君臣上下非不和也。……而南夷敢杀天子之命吏，西夷敢有崛强之王，北夷敢有抗礼之帝者，何也？生齿之数日益众，土地之产日益广，公家之用日益急，四夷不服，中国不尊，天下不实者，何也”，以“非”“敢”“日益”字串起的三对排比，腔吻急迫，极言竭论，发人深省，产生了震撼人心的力量。文章又巧妙地运用比喻，如形容五代乱象时说：“天下之势，方若敝庐，补其奥则隅坏，整其桷则栋倾，枝撑扶持，苟存而已，尚何暇法象，规圜矩方而为制度乎？”可谓生动形象，讲清道理，而又言简意赅。

送曾巩秀才序[1]

有司无识才的眼光，做法又实在呆板，欧讽刺妙极。次年所作《送杨辟秀才》诗云："有司选群材，绳墨困量度。胡为谨毫分，而使遗磊落。"一文一诗，有异曲同工之妙。

广文曾生[2]，来自南丰，入太学，与其诸生群进于有司[3]。有司敛群材，操尺度[4]，概以一法。考其不中者而弃之。虽有魁垒拔出之材[5]，其一累黍不中尺度，则弃不敢取。幸而得良有司，不过反同众人叹嗟爱惜，若取舍非己事者，诿曰[6]："有司有法，奈不中何？"有司固不自任其责，而天下之人亦不以责有司，皆曰："其不中，法也。"不幸有司尺度一失手，则往往失多而得少。呜呼！有司所操，果良法邪？何其久而不思革也！

[注释]

[1] 庆历二年（1042）作。是年，曾巩应进士试不利，欧赠以此序。巩字子固，建昌军南丰（今属江西）人。嘉祐年间进士，初为太平州司法参军，历知多州，迁史馆修撰，官至中书舍人，著有《元丰类稿》。巩落第归抚州后，作《上欧阳学士第二书》答谢，云："所深念者，执事每曰：'过吾门者百千人，独于得生为喜。'及行之日，又赠序引，不以规，而以赏识其愚，又叹嗟其去。"深表感激之情。 [2] 广文：指太学生。曾巩于庆历元年（1041）入广文馆，该馆为国子监下属学校之一，收纳各地至京师求试者，八品以下官员的子弟及庶民中俊异者可入学。 [3] 进

于有司：指赴礼部应进士试。有司，指考官。 [4]“操尺度”二句：掌握答卷高低判别的标准，用同一方法衡量以定取舍。 [5]“虽有”以下三句：虽是出类拔萃之才，其文有瑕疵，即不予录取。魁垒，壮伟，特殊。累黍，极微小的量。 [6]诿：推卸责任或过错。

况若曾生之业[1]，其大者固已魁垒，其于小者亦可以中尺度，而有司弃之，可怪也。然曾生不非同进[2]，不罪有司，告予以归，思广其学而坚其守。予初骇其文[3]，又壮其志。夫农不咎岁而菑播是勤[4]，其水旱则已，使一有获，则岂不多邪？

十五年后，巩与其弟曾牟、曾布、妹婿王无咎同登进士第，见欧眼光不俗。

[注释]

[1]“况若”以下五句：意为曾巩的学业，大而言之，已很优秀，细小方面，还是符合标准的，而考官未加录取，是怪事。《宋史》本传：“生而警敏，读书数百言，脱口辄诵。年十二，试作《六论》，援笔而成，辞甚伟。甫冠，名闻四方。” [2]“然曾生”以下四句：说曾巩不非议及第者，不怪罪考官，向我告辞回家，只愿坚持把学问做得更好。王明清《挥麈后录》卷六：“（巩）与长弟晔应举，每不利于春官。里人有不相悦者，为诗以嘲之曰：‘三年一度举场开，落杀曾家两秀才。有似檐间双燕子，一双飞去一双来。’南丰不以介意，力教诸弟不怠。” [3]“予初”句：庆历元年，巩有《上欧阳学士第一书》云“谨献杂文时务策两编”，欧所骇者当指此。 [4]咎岁：怪年成不好。菑（zī）播：除草、播种，泛指耕种劳作。

曾生橐其文数十万言来京师[1]，京师之人无求曾生者[2]，然曾生亦不以干也[3]。予岂敢求生，而生辱以顾予。是京师之人既不求之，而有司又失之，而独余得也。于其行也，遂见于文，使知生者可以吊有司[4]，而贺余之独得也。

末尾仍不忘讽刺不识英才的有司。

[注释]

[1] 橐（tuó）：口袋。此谓以口袋装文稿。 [2] 求：赏识。 [3] 干：干谒。 [4] 吊有司：向有司表示悲悯、慰问。语含讥刺。

[点评]

北宋诗文革新的成功，与范仲淹、欧阳修等的极力呼吁并推动科举制度的改革有很大关系。由范主持而得到欧全力支持的庆历革新，就有“精贡举”的重要措施。本文所称“有司所操，果良法邪？何其久而不思革也”，就是指考诗赋重声病、对偶，试明经重贴经、墨义那一套束缚僵化考生思想的“成法”，是欧极力反对的。到了欧主持嘉祐贡举时，排抑险怪奇涩的文风，倡导平易自然的创作，遂有曾巩、二苏和一群出类拔萃的新秀登第，宋文的发展趋于极盛。欧阳修早就从曾巩呈阅的数十万言作品中见识了后辈的才华，写下了这篇决非应酬而极富感情、喜爱与讥讽各有所属的佳作。故储欣评曰：“极口称许，重罪有司，结处以知文自喜，政其深奖曾文处。”（《唐宋十大家全集录·六一居士全集录》卷五）

画舫斋记[1]

予至滑之三月[2]，即其署东偏之室[3]，治为燕私之居[4]，而名曰画舫斋。斋广一室[5]，其深七室，以户相通，凡入予室者，如入乎舟中。其温室之奥[6]，则穴其上以为明；其虚室之疏以达[7]，则栏槛其两旁以为坐立之倚。凡偃休于吾斋者[8]，又如偃休乎舟中。山石巉崒[9]，佳花美木之植列于两檐之外，又似泛乎中流[10]，而左山右林之相映，皆可爱者。故因以舟名焉。

黄震："始言为燕居而作。"（《黄氏日钞》卷六十一）

归有光："先模出画舫景趣。"（《欧阳文忠公文选》卷七）浦起龙："因名写趣。"（《古文眉诠》卷五十九）

[注释]

[1] 庆历二年（1042）作。是年九月，欧通判滑州（今河南滑县），建画舫斋并作此记。画舫：装饰华丽的游船。 [2]"予至"句：欧九月（闰月）至滑州，后三月即十二月，见篇末。 [3] 署：官署。 [4] 燕私之居：闲居休息的地方。 [5]"斋广"以下五句：谓斋一间宽，深七间，有门相通，凡进我房者，就像到船中。 [6]"其温室"二句：指最里面温暖的一间，顶上开了洞可以透光。奥，深处。 [7]"其虚室"二句：外面的几间空疏而畅通，两侧做了栏槛以为坐立的倚靠。 [8] 偃休：休息。 [9] 巉崒（qiú zú）：峥嵘高峻貌。班固《西都赋》："岩峻巉崒，金石峥嵘。" [10] 泛乎中流：船行大河中间。

《周易》之象[1]，至于履险蹈难，必曰涉川。盖舟之为物，所以济险难而非安居之用也。今予治斋于署，以为燕安[2]，而反以舟名之，岂不戾哉[3]！矧予又尝以罪谪走江湖间[4]，自汴绝淮，浮于大江，至于巴峡，转而以入于汉、沔，计其水行几万余里。其羁穷不幸[5]，而卒遭风波之恐，往往叫号神明以脱须臾之命者数矣[6]。当其恐时，顾视前后，凡舟之人，非为商贾，则必仕宦，因窃自叹，以谓非冒利与不得已者[7]，孰肯至是哉？赖天之惠，全活其生，今得除去宿负[8]，列官于朝，以来是州，饱廪食而安署居。追思曩时山川所历[9]，舟楫之危，蛟鼍之出没[10]，波涛之汹欻[11]，宜其寝惊而梦愕。而乃忘其险阻，犹以舟名其斋，岂真乐于舟居者邪！

黄震："次反言舟之履险。"（《黄氏日钞》卷六十一）清浦起龙："因名设难。"（《古文眉诠》卷五十九）

欧常言及"以罪谪走江湖间，自汴绝淮，浮于大江"之经历，见被贬谪夷陵的打击与磨砺何等严酷。

[注释]

[1]"《周易》之象"以下三句：《易》之象辞，涉及艰难险阻的经历时，必称"涉川"。如"未济"卦云："六三，未济征凶，利涉大川。"　[2]燕安：安适满足。　[3]戾：乖戾，悖谬。　[4]"矧（shěn）予"以下六句：诉说自己贬谪夷陵时，舟行经汴河、淮水、长江至巴峡的贬所，翌年改乾德令，又由江行溯汉水赴任。矧，况且。沔，沔水，汉水的上游。几，将近。　[5]羁穷：漂泊窘困，

指因遭贬而颠沛流离。 [6] 叫号神明：呼求上天保佑。数（shuò）：屡次，多次。 [7] 冒利：贪求财利，指商贾。不得已：身不由己，指仕宦。 [8]“今得”以下四句：欧为滑州通判，官阶是太子中允，比景祐三年时的大理评事高五阶，故云“除去宿负”，即消除了昔日被贬的罪责。列官于朝，与选人、京官都不同，是可见到皇帝的朝官。廪食，指俸禄。 [9] 曩时：先前。 [10] 鼍（tuó）：扬子鳄，分布于长江中下游。 [11] 汹欻（xū）：汹涌突变。此言因水下蛟鼍等活动而突起波涛。欻，突然，急速。

然予闻古之人[1]，有逃世远去江湖之上，终身而不肯反者，其必有所乐也。苟非冒利于险，有罪而不得已，使顺风恬波[2]，傲然枕席之上[3]，一日而千里，则舟之行岂不乐哉！顾予诚有所未暇[4]，而舫者宴嬉之舟也，姑以名予斋，奚曰不宜？

黄震：“而终归舟行之乐。”（《黄氏日钞》卷六十一）

浦起龙：“因名作解。”（《古文眉诠》卷五十九）

予友蔡君谟善大书[5]，颇怪伟，将乞其大字以题于楹，惧其疑予之所以名斋者，故具以云。又因以置于壁。壬午十二月十二日书。

[注释]

[1]“然予”以下四句：指隐名逃世者，如越国的范蠡。《史记·货殖列传》：“范蠡既雪会稽之耻，乃喟然而叹曰：‘计然之策七，越用其五而得意。既已施于国，吾欲用之家。’乃乘扁舟浮

于江湖，变名易姓，适齐为鸱夷子皮，之陶为朱公。” [2] 恬波：水波平静。 [3] 傲然：高傲不屈貌。 [4]“顾予”以下四句：意为事业在身，尚未有归隐的考虑，以画舫名斋取乐，亦无不宜。宴嬉，宴饮嬉戏。 [5] 蔡君谟：蔡襄（1012—1067），字君谟，兴化军仙游（今属福建）人。天圣年间进士。庆历三年（1043）与欧同知谏院，支持新政。历知制诰、知开封府等职，入为翰林学士，官至三司使。卒谥忠惠。为宋代书法家，有《蔡忠惠集》。

[点评]

庆历二年，欧阳修在政坛上已崭露头角，在文坛上更有巨大的影响。仁宗诏三馆臣僚上书言事，欧阳修身为集贤校理，言三弊五事，力请革弊兴利。次年官升枢密副使、为庆历新政骨干的富弼，时为右正言、知制诰。宰相吕夷简居心不良，荐富弼出使气焰与威胁日增的契丹，欧出于安全考虑，上书谏阻未成，遂自请通判滑州。当然，此时与贬官夷陵的处境已不可同日而语，本文中提及古人远避江湖事，作者断然表示“予诚有所未暇”，其意在政治革新上有所作为。可见，处顺境而不忘逆境，居安思危，奋然前行，应是本文的基调。画舫斋模画生动，借以抒发曾遭挫折的感慨。将官员、商贾和“逃世远去”的古隐士加以对比，惟妙惟肖地写出了入世与出世的矛盾心理与事业为重的理性抉择。文字婉转，跌宕起伏，情怀豁达，唱叹不尽。唐介轩评曰：“昌黎文灵转变幻，故冠绝古今。惟欧公得其神髓，而出之以纡回恬静，令观者目不给赏。如此文忽而波澜恣肆，忽而心气安闲，正尔韵致如生。”（《古文翼》卷七）

王彦章画像记[1]

太师王公讳彦章，字子明，郓州寿张人也[2]。事梁[3]，为宣义军节度使，以身死国，葬于郑州之管城。晋天福二年，始赠太师。公在梁以智勇闻。梁、晋之争数百战[4]，其为勇将多矣，而晋人独畏彦章。自乾化后[5]，常与晋战，屡困庄宗于河上。及梁末年[6]，小人赵岩等用事，梁之大臣老将，多以谗不见信，皆怒而有怠心，而梁亦尽失河北，事势已去。诸将多怀顾望[7]，独公奋然自必，不少屈懈，志虽不就，卒死以忠。公既死，而梁亦亡矣。悲夫！

孙琮："叙王公忠勇，写勇处只用一二句形容，便见千人辟易。"(《山晓阁选宋大家欧阳庐陵全集》卷三)

孙琮："写忠处却用数十言流连赞叹，已自低徊不尽。"(同上)

[注释]

[1] 庆历三年（1043）作。是年正月，欧过滑州铁枪寺，谒王彦章画像，有感而作此文。 [2] 郓州寿张：今辖山东阳谷县寿张镇与河南台前县。 [3]"事梁"以下六句：王彦章少时为军卒，事后梁太祖，由开封府押衙，升至行营先锋马军使。末帝即位，迁濮州刺史，后为宣义军节度使。与后唐交战，伤重被擒。后唐庄宗爱其骁勇，劝其归降，彦章誓忠于后梁，不愿苟活，被杀，年六十一。后晋时，追赠彦章太师。宣义军，治滑州（今河南滑县）。节度使，总揽一道或数州的军事长官。管城，时属河南道，治今河南郑州。天福二年（937），石敬瑭灭后唐，建后晋，为高

祖，年号天福，赠王彦章太师。太师，古三公之一。后晋以褒扬前朝死难者来笼络人心，激励部属，故有此赠封。 [4] 梁、晋之争：指后梁与晋王李克用之间的征战。 [5]“自乾化”以下三句：乾化间，王彦章屡陷后唐庄宗于险境。乾化，后梁太祖朱温年号，时间为 911—912。庄宗，后唐李存勖，李克用子，嗣位为晋王，后梁龙德三年（923）称帝，国号唐（史称后唐），同年，灭后梁。同光三年（926）死于兵变。 [6]“及梁”以下七句：乾化二年（912），朱温为其子朱友珪所杀，次年朱友贞又杀朱友珪，夺位为后梁末帝。此时，在晋军的攻击下，后梁全失河北之地，小人赵岩等用事，大臣宿将多被谗间，彦章虽为招讨副使，而谋不见用。 [7]“诸将”以下五句：谓后梁将领多持观望态度，唯有王彦章坚持不懈，决不屈服，自誓战斗到底。

五代乱世，武将横行，似彦章义勇忠信者罕矣。

五代终始才五十年[1]，而更十有三君，五易国而八姓，士之不幸而出乎其时，能不污其身、得全其节者鲜矣。公本武人，不知书，其语质，平生尝谓人曰：“豹死留皮，人死留名。”盖其义勇忠信出于天性而然。予于《五代书》[2]，窃有善善恶恶之志[3]，至于公传，未尝不感愤叹息，惜乎旧史残略，不能备公之事。

“旧史残略”，道出了作者撰写本文的重要原因。

[注释]

[1]“五代”以下三句：五代由后梁立至后周亡，共五十三年，五十年乃举成数而言。由后梁朱温至后周柴宗训，共十三帝。后

梁朱氏；后唐李氏（唐赐姓）；后唐明宗系李克用养子，胡人，无姓氏；后唐废帝系明宗养子，王氏；后晋石氏；后汉刘氏；后周太祖郭氏；世宗系太子养子，柴氏。共八姓。 [2]《五代书》：即欧撰《五代史记》，后人称《新五代史》，以别于薛居正的《旧五代史》。 [3] 善善恶恶：扬善抑恶。《史记·太史公自序》："夫《春秋》上明三王之道，下辨人事之纪，别嫌疑，明是非，定犹豫，善善恶恶，贤贤贱不肖，存亡国，继绝世，补敝起废，王道之大者也。"

康定元年[1]，予以节度判官来此，求于滑人，得公之孙睿所录家传，颇多于旧史，其记德胜之战尤详[2]。又言敬翔怒末帝不肯用公[3]，欲自经于帝前。公因用笏画山川[4]，为御史弹而见废。又言公五子，其二同公死节。此皆旧史无之。又云公在滑，以谗自归于京师；而史云召之。是时梁兵尽属段凝[5]，京师羸兵不满数千[6]，公得保銮五百人之郓州[7]，以力寡败于中都[8]；而史云将五千以往者，亦皆非也。

孙琮："传其逸事，细琐写来，确是信史阙疑笔法。"（《山晓阁选宋大家欧阳庐陵文集》卷三）按："此皆旧史无之"一语，说明撰写本文之必要，亦可了解作者贬官夷陵时即拟编修《五代史记》的原因。

[注释]

[1]"康定"二句：康定元年（1040），欧由乾德令升任武成军节度判官。宋太宗太平兴国初改滑州为武成军。 [2] 德胜之战：指梁、晋交战，晋已尽有河北，后梁贞明五年（919）晋将

李存审于德胜渡夹黄河筑南北二城，号“夹寨”。后梁形势危急之际，王彦章率兵急速奔赴德胜，一举拿下南城。德胜，古城名，又名德胜寨、夹寨。北城故址在今河南濮阳。 [3]“又言”二句：晋军已攻下郓州，宰相敬翔见事已急，入见末帝，哭道：“今强敌未灭，臣身不用，不如死！”拿出绳子要自尽。末帝问他怎么回事，敬翔说：“彦章再不带兵国家就完啦！” [4]“公因”二句：德胜战后，因奸臣诋毁，彦章反被夺兵权，于是入见末帝，以笏画地陈诉，又被劾不恭，勒令还第。 [5]段凝：初为渑池主簿，事后梁太祖为军巡使。诬陷王彦章，并取而代之，为招讨使。后降后唐，任节度使，被明宗赐死。 [6]羸（léi）兵：衰弱的士兵。 [7]“公得”句：谓王彦章率皇帝卫兵五百人赴郓州抗敌。 [8]败于中都：《新五代史·死节传》：“彦章至递坊，以兵少战败，退保中都；又败，与其牙兵百余骑死战。唐将夏鲁奇素与彦章善，识其语音，曰：‘王铁枪也！’举矟刺之，彦章伤重，马踣，被擒。”中都，今山东汶上县。

公之攻德胜也[1]，初受命于帝前，期以三日破敌，梁之将相，闻者皆窃笑。及破南城，果三日。是时庄宗在魏，闻公复用，料公必速攻，自魏驰马来救，已不及矣。庄宗之善料，公之善出奇，何其神哉！今国家罢兵四十年[2]，一旦元昊反[3]，败军杀将，连四五年，而攻守之计至今未决。予尝独持用奇取胜之议，而叹边将屡失其机。时人闻予说者，或笑以为狂，或忽若不闻，虽予

孙琮：“表德胜之捷，凭今吊古，纯是一片低昂思慕心事。”（《山晓阁选宋大家欧阳庐陵全集》卷三）

亦惑，不能自信。及读公家传，至于德胜之捷，乃知古之名将，必出于奇，然后能胜。然非审于为计者不能出奇，奇在速，速在果，此天下伟男子之所为，非拘牵常算之士可到也[4]。每读其传，未尝不想见其人。

沈德潜："作记之意，因德胜之战与己用奇取胜之见相合，借此发挥，精采倍加，是为神来之候。"(《唐宋八大家文读本》卷十二）

[注释]

[1]"公之"以下七句：《新五代史·死节传》载攻打德胜前后情况："末帝乃召彦章为招讨使，以段凝为副。末帝问破敌之期，彦章对曰：'三日。'左右皆失笑。彦章受命而出，驰两日至滑州，……引精兵数千，沿河以趋德胜，舟兵举锁烧断之，因以巨斧斩浮桥，而彦章引兵急击南城，浮桥断，南城遂破，盖三日矣。" [2]"今国家"句：由宋真宗与契丹订澶渊之盟的景德元年（1004），至作本文时，恰四十年。 [3]"一旦"以下四句：谓西夏主元昊于宝元元年（1038）称大夏皇帝，此后屡败宋军，至今已有五年，朝廷还没有应对的良策。 [4]拘牵常算：拘泥于常规的谋划。

后二年[1]，予复来通判州事。岁之正月，过俗所谓铁枪寺者，又得公画像而拜焉。岁久磨灭，隐隐可见，亟命工完理之[2]，而不敢有加焉，惧失其真也。公善用枪，当时号"王铁枪"。公死已百年，至今俗犹以名其寺，童儿牧竖皆知王铁

孙琮："写公名垂后世，啧啧口耳。"（《山晓阁选宋大家欧阳庐陵全集》卷三）

孙琮："写公画像，宛转委曲，杂之司马传中，几不复辨。"（同上）

枪之为良将也[3]。一枪之勇，同时岂无？而公独不朽者，岂其忠义之节使然欤？画已百余年矣，完之复可百年，然公之不泯者，不系乎画之存不存也。而予尤区区如此者，盖其希慕之至焉耳。读其书[4]，尚想乎其人，况得拜其像识其面目，不忍见其坏也。画既完，因书予所得者于后，而归其人，使藏之。

[注释]

[1]"后二年"二句：接上文"康定元年"而言，指庆历二年（1042），时欧在京都，自请外任，为滑州通判。 [2]完理之：修复画像。后"完之""既完"均言已修复好。 [3]牧竖：放牧的孩子。竖，童子。 [4]"读其书"二句：《孟子·万章下》："颂其诗，读其书，不知其人可乎？是以论其世也。"

[点评]

庆历前期的欧阳修，有憾于旧史的不足，积极从事《五代史记》的写作，从而熟知后梁大将王彦章的事迹；而在滑州铁枪寺又见到了心仪已久的王氏画像，更激发了他动笔表彰心中偶像的欲望。于是他综合正史、家传、画像三方面内容，以智勇与忠信为中心，以叙事行议论的手法，精心刻画王彦章的形象，赞颂他在五代乱世中，与朝秦暮楚、寡廉鲜耻之徒截然不同，具有无比正直而难能可贵的品格。文中彦章发誓三日破敌，果然兑现诺言，攻下德胜的描写和“善用枪，当时号‘王铁枪’”一段激情澎湃感人至深的议论，将王彦章的武艺高强善于用兵和忠心耿耿日月可鉴的形象，极其动人地展现出来。富于深情、极有感染力，是本文受到诸多好评的原因。西北边防的危机，令忧心国事的作者闻鼙鼓而思良将，从篇中不难看出，作者梦寐以求的是，像王彦章那样的忠勇之士，能出现在卫国安民的战场上。

黄梦升墓志铭[1]

予友黄君梦升，其先婺州金华人[2]，后徙洪州之分宁[3]。其曾祖讳元吉[4]，祖讳某，父讳中雅，皆不仕。黄氏世为江南大族，自其祖父以来，乐以家赀赈乡里，多聚书以招四方之士[5]。梦升兄弟皆好学，尤以文章意气自豪。

汪份：“文章意气作柱，下分应却重在文章。”（引自《唐宋文举要》甲编卷六）

[注释]

[1] 庆历三年（1043）作。黄梦升：即黄注（999—1039），字梦升，与欧同年登第。　[2] 婺州金华：今浙江金华。　[3] 洪州之分宁：今江西修水县。　[4]“其曾祖”以下四句：据《山谷集》载黄氏世系图，曾祖讳赡，祖讳元吉，父讳中雅。又据黄庭坚《叔父和叔墓碣》，黄赡“以策干江南李氏不用，用为著作佐郎、知分宁县”，“故湖南马氏亦授以兵马副使”，非不仕者。　[5] 多

聚书：据《叔父和叔墓碣》，“元吉，豪杰士也，买田聚书”，“始筑书馆于樱桃洞、芝台，两馆游士来学者，常数十百人，故诸子多以学问文章知名”。

予少家随[1]，梦升从其兄茂宗官于随[2]。予为童子，立诸兄侧，见梦升年十七八，眉目明秀，善饮酒谈笑。予虽幼，心已独奇梦升。后七年[3]，予与梦升皆举进士于京师。梦升得丙科[4]，初任兴国军永兴主簿[5]，怏怏不得志[6]，以疾去。久之，复调江陵府公安主簿[7]。时予谪夷陵[8]，遇之于江陵。梦升颜色憔悴，初不可识，久而握手嘘戏[9]，相饮以酒，夜醉起舞，歌呼大噱[10]。予益悲梦升志虽衰，而少时意气尚在也。后二年[11]，予徙乾德令，梦升复调南阳主簿[12]，又遇之于邓[13]。间常问其平生所为文章几何[14]，梦升慨然叹曰：“吾已讳之矣[15]。穷达有命，非世之人不知我，我羞道于世人也。”求之，不肯出，遂饮之酒，复大醉，起舞歌呼，因笑曰：“子知我者！”乃肯出其文。读之，博辨雄伟，其意气奔放，犹不可御，予又益悲梦升志虽困，而独其文章未衰也。是时谢希深出守邓州[16]，尤喜

汪份：“以饮酒作线。”（引自《唐宋文举要》甲编卷六）

“颜色憔悴”句，汪份：“对上‘眉目明秀’。”（同上）按：再提饮酒，且言醉舞歌呼。

汪份：“应‘意气’。”（同上）按：写“予益悲”。

三提“饮酒”，再言醉舞歌呼。

应“文章”，写“予又益悲”。

称道天下士，予因手书梦升文一通，欲以示希深。未及，而希深卒，予亦去邓[17]。后之守邓者皆俗吏，不复知梦升。梦升素刚，不苟合，负其所有，常怏怏无所施，卒以不得志，死于南阳。

汪份："世不知。"（引自《唐宋文举要》甲编卷六）

汪份："收'不得志'。"（同上）

[注释]

[1] 予少家随：大中祥符三年（1010），欧四岁，丧父，随母至随州投靠叔父欧阳晔。 [2] 茂宗：梦升堂兄，字昌裔，大中祥符年间进士，为崇信军（治随州）节度判官。 [3]"后七年"二句：指天圣八年（1030）与梦升一同登进士第。时梦升已三十二岁，距十七八岁初识时已不止七年，欧恐误记。 [4] 丙科：《宋史·选举志一》载景德四年所定《亲试进士条例》："其考第之制凡五等：学识优长、词理精绝为第一；才思该通、文理周率为第二；文理俱通为第三；文理中平为第四；文理疏浅为第五。然后临轩唱第，上二等曰及第，三等曰出身，四等、五等曰同出身。"同出身相当于丙科。 [5]兴国军永兴：属江南西路，今江西永兴县。 [6]怏怏：闷闷不乐的神情。 [7] 江陵府公安：属荆湖北路，今湖北公安县。 [8]"时予"二句：时为景祐三年，欧贬夷陵，溯长江而上，途经江陵（今属湖北），得与梦升相遇。 [9]嘘戏：叹息。 [10]大噱（jué）：大笑。 [11]"后二年"二句：指宝元元年欧由夷陵调任乾德（今湖北老河口）令。 [12] 南阳：今属河南。 [13] 邓：邓州，今为河南南阳管辖的县级市。 [14] 间：其间。 [15] 讳：讳言，不说。 [16]"是时"以下六句：谢绛，字希深，生平见《书怀感事寄梅圣俞》诗注。欧《尚书兵部员外郎知制诰谢公墓志铭》曰："公以宝元二年四月丁卯来治邓，其年十一月己酉，以疾卒于官。" [17] 予亦去邓：据胡柯《年谱》，宝元二年六月，"复旧官，

权武成军节度判官厅公事。(欧)公自乾德奉母夫人，特次于南阳。冬，暂如襄城”。可知是年冬，欧亦离开南阳。

梦升讳注，以宝元二年四月二十五日卒[1]，享年四十有二。其平生所为文，曰《破碎集》《公安集》《南阳集》[2]，凡三十卷。娶潘氏，生四男二女。将以庆历四年某月某日，葬于董坊之先茔，其弟渭泣而来告曰：“吾兄患世之莫吾知，孰可为其铭？”予素悲梦升者，因为之铭曰：

汪份：“收‘世不知’。”(引自《唐宋文举要》甲编卷六)

予尝读梦升之文，至于哭其兄子庠之词曰“子之文章，电激雷震，雨雹忽止，阒然灭泯”[3]，未尝不讽诵叹息而不已。嗟夫梦升[4]，曾不及庠。不震不惊，郁塞埋葬。孰与其有，不使其施？吾不知所归咎，徒为梦升而悲。

汪份：“收上两‘悲’字。”(同上)

汪份：“收‘悲’字。”(同上)

[注释]

[1]“以宝元”句：高步瀛《唐宋文举要》谓“二年”当作三年。谢卒于宝元二年十一月，梦升若卒于二年四月，则谢绛尚在世，不会有“后之守邓者皆俗吏，不复知梦升”之事。明年二月丙午，改元康定，实即宝元三年。后人疑宝元无三年，遂改三为二。高氏分析有理。 [2]“曰《破碎集》”句：此三《集》，《宋史·艺文志》及其他书目皆不载，已佚。 [3]“至于”句：谓黄庠才华惊世，惜因早死而销声匿迹。庠，黄庠。《宋史·文苑传》：“黄庠，

字长善，洪州分宁人。……名声动京师，所作程文，传诵天下，闻于外夷，近世布衣罕比也。”阒然，寂静无声貌。 [4]“嗟夫”以下四句：谓梦升命运尚不及其侄，窘困潦倒，无有声名。

[点评]

作者少时即认识黄注，又与他同年登科入仕，但人生遭遇却大有不同。此篇以“文章意气”为眼目，以两人交往为贯穿全篇的明线，而叹惜友人仕途蹇滞，过早辞世，遂以至为悲痛的深情作为暗线潜于文中。作者擅长对比的运用，早年居家时的“尤以文章意气自豪”，与后来仕宦“怏怏不得志”的对比；遇于江陵时的“颜色憔悴”“握手嘘欷”与“夜醉起舞，歌呼大噱”的对比；邓州重逢时自认“穷达有命”的颓唐和“文章未衰”“博辩雄伟”的对比，都形成巨大的反差，凸显友人遭遇的坎坷与命运的不幸。“世不知”“不得志”“醉酒歌呼”“予益悲”等，前后呼应，波澜起伏，感慨万端之中，将墓主的形象描绘得神态毕现，栩栩如生，以致全篇极为动人，极富韵味。刘大櫆给予高度评价，说：“欧公叙事之文，独得史迁风神，此篇遒宕古逸，当为墓志第一。”（引自《诸家评点古文辞类纂》卷四十六）

朋党论[1]

臣闻朋党之说[2]，自古有之，惟幸人君辨其

沈德潜:“正论。”(《唐宋八大家文读本》卷十)

君子小人而已。

沈德潜:“二语前人未道。”(同上)

大凡君子与君子以同道为朋，小人与小人以同利为朋，此自然之理也。然臣谓小人无朋，惟君子则有之，其故何哉？小人所好者禄利也，所贪者财货也。当其同利之时，暂相党引以为朋者[3]，伪也。及其见利而争先，或利尽而交疏，则反相贼害[4]，虽其兄弟亲戚不能相保。故臣谓小人无朋，其暂为朋者，伪也。君子则不然，所守者道义，所行者忠信，所惜者名节。以之修身，则同道而相益；以之事国，则同心而共济，终始如一。此君子之朋也。故为人君者，但当退小人之伪朋[5]，用君子之真朋，则天下治矣。

沈德潜:“大意尽此，下引古证之。”(同上)

[注释]

[1] 庆历四年（1044）作。据《续资治通鉴长编》卷一四八记载，当年四月，宋仁宗问身边的臣子说：“自昔小人多为朋党，亦有君子之党乎？”范仲淹回答说：“臣在边时，见好战者自为党，而怯战者亦自为党。其在朝廷，邪正之党，亦然唯圣心所察，尔苟朋而为善于国家何害也？”当时，吕夷简已罢相，夏竦任枢密使，被免职，由杜衍继任，同时朝廷进用富弼、韩琦、范仲淹等革新派人物，欧阳修等人担任谏官职务。石介作《庆历圣德诗》，言进贤退奸之不易，奸是指斥夏竦的，他因此怀恨在心。而范仲淹等都跟欧阳修关系密切，欧阳修言事一意径行，一点也不避嫌。

于是夏竦跟他的同伙大造朋党舆论，指杜衍、范仲淹及欧阳修等为党人，欧阳修就写了《朋党论》上呈仁宗。 [2]“臣闻”以下三句：朋党自古以来就有，只希望国君要辨别是君子之党还是小人之党。《韩非子·孤愤》：“朋党比周以弊主。”《战国策·赵策二》：“明主绝疑去谗，屏流言之迹，塞朋党之门。”宋初，王禹偁也写过《朋党论》说：“夫朋党之来远矣，自尧、舜时有之。八元、八凯，君子之党也；四凶族，小人之党也。”幸，希望。人君，皇帝，国君。 [3]党引：结党而相援引。 [4]贼害：残害。 [5]退：黜退。

尧之时[1]，小人共工、驩兜等四人为一朋，君子八元、八凯十六人为一朋。舜佐尧退四凶小人之朋，而进元、凯君子之朋，尧之天下大治。及舜自为天子[2]，而皋、夔、稷、契等二十二人并列于朝，更相称美，更相推让，凡二十二人为一朋，而舜皆用之，天下亦大治。《书》曰[3]：“纣有臣亿万，惟亿万心；周有臣三千，惟一心。”纣之时，亿万人各异心，可谓不为朋矣，然纣以亡国。周武王之臣三千人为一大朋，而周用以兴。后汉献帝时[4]，尽取天下名士囚禁之，目为党人。及黄巾贼起[5]，汉室大乱，后方悔悟，尽解党人而释之，然已无救矣。唐之晚年[6]，渐起朋党之

此段由尧、舜而至晚唐，纵向论说。

论。及昭宗时[7]，尽杀朝之名士，或投之黄河，曰："此辈清流，可投浊流。"而唐遂亡矣。

[注释]

[1]"尧之时"以下六句：据《史记·五帝本纪》，从前高阳氏有才子八人，称"八恺"，高辛氏有才子八人，称"八元"，世上人都称赞他们。舜辅佐尧任用八元、八恺，让他们掌管百事，行教化于四方，形成良好的社会风气。而驩兜、共工、鲧、三苗祸害百姓，被天下人所厌恶。《尚书·舜典》讲到舜流放此四凶小人：流共工于幽陵，放讙兜于崇山，迁三苗于三危，殛鲧于羽山。　[2]"及舜"以下七句：据《五帝本纪》载，舜说有能奋发光大尧帝事业的人，让他居官任事。众人推荐大禹治水；后稷播种百谷；契为司徒，实施父义、母慈、兄友、弟恭、子孝五种教育；皋陶作士，主管司法，皆有成就。加上其他成功人士，共二十二人，并列于朝，天下大治。　[3]"《书》曰"以下五句：《尚书·泰誓》："受有臣亿万惟亿万心，予有臣三千惟一心。"受，即纣，商纣王。　[4]"后汉"以下三句："献帝"有误，当为"桓帝、灵帝"。桓帝时，宦官专权，名士李膺等被诬为"党人"遭囚禁。桓帝死，灵帝十二岁继位，外戚窦武、朝官陈蕃等欲杀宦官却反遭害。宦官又大开杀戒，李膺、范滂等百余人遇难，又有数百人被捕、被害或被流放，太学生也有千余人被捕，史称"党锢之祸"。　[5]"及黄巾"以下五句：灵帝时社会黑暗，民不聊生，农民起义，张角率领的"黄巾军"声势浩大，各地群起响应。时朝廷方大赦党人，但已难止乱，东汉终归灭亡。　[6]"唐之晚年"二句：中唐以后，统治集团内部，以牛僧孺、李德裕为首的两方，势同水火，斗争激烈，持续近四十年，史称"牛李党争"。　[7]"及昭宗"以下

六句：非昭宗时，昭宗天祐元年已被朱温谋杀，应是“昭宣帝（即哀帝）时”。《资治通鉴》唐纪八十一：“（昭宣帝天佑二年）六月，戊子朔，敕裴枢、独孤损、崔远、陆扆、王溥、赵崇、王赞等并所在赐自尽。时全忠（即朱温）聚枢等及朝士贬官者三十余人于白马驿，一夕尽杀之，投尸于河。初，李振屡举进士，竟不中第，故深疾搢绅之士，言于全忠曰：‘此辈常自谓清流，宜投之黄河，使为浊流。’全忠笑而从之。”清流，喻指德行高洁、负有名望的人士。

夫前世之主，能使人人异心不为朋，莫如纣；能禁绝善人为朋，莫如汉献帝[1]；能诛戮清流之朋，莫如唐昭宗之世[2]。然皆乱亡其国。更相称美推让而不自疑，莫如舜之二十二臣，舜亦不疑而皆用之。然而后世不诮舜为二十二人朋党所欺[3]，而称舜为聪明之圣者，以能辨君子与小人也。周武之世，举其国之臣三千人共为一朋，自古为朋之多且大莫如周，然周用此以兴者，善人虽多而不厌也[4]。

此段分昏君、贤君两类，从横向论说。

夫兴亡治乱之迹，为人君者可以鉴矣[5]。

归有光：“结束虽一二句，而实有万钧之力。”（《古文举例·结束有力第六十五》）

［注释］

[1] 汉献帝：误，当作“汉桓帝、灵帝”。　[2] 唐昭宗：误，当作“唐昭宣帝”。　[3] 诮：批评，责备。　[4] 厌：满足。　[5] 鉴：鉴戒。

[点评]

朋党历来被视为争权夺利、排斥异己、勾结而成的集团或派别，庆历新政的主持者杜衍、富弼、韩琦、范仲淹和支持新政的欧阳修、余靖等谏官，也被反对派诬以朋党之名。此文将朋党由贬义转为中性，指出有君子之党，也有小人之党，进而申明君子才有真朋，小人只是伪朋，而希望国君能明辨君子与小人，分别进用或罢黜之，是此论的主旨所在。故吕祖谦称欧阳修“议论出人意表”（《古文关键》卷上），茅坤赞欧文“破千古人君之疑”（《欧阳文忠公文钞》卷十四）。

篇中引用尧、舜、商、周、汉、唐的大量史实，通过语言恳挚切中事理的深入论说，不仅展现了革新者的无私无畏和对革新事业的坚定信念，而且从纵向与横向两个方面，分别将君子之党与小人之党作反复对比，从而使文章的主旨得以凸显，让国君认识到国家的治乱兴亡与正确处理朋党问题有密切的关系。“君子则不然，所守者道义，所行者忠信，所惜者名节”的排比，既增强了文章的雄健气势，又彰显了革新者的凛然正气。虽然仁宗并未回心转意，新政最终夭折，但此文终成流传千古的名篇。

吉州学记[1]

庆历三年秋[2]，天子开天章阁，召政事之臣八人，问治天下其要有几，施于今者宜何先，使坐而书以对。八人者皆震恐失位，俯伏顿首，言此非愚臣所能及，惟陛下所欲为，则天下幸甚。于是诏书屡下，劝农桑，责吏课，举贤才。其明年三月[3]，遂诏天下皆立学，置学官之员，然后海隅徼塞四方万里之外，莫不皆有学。呜呼，盛矣！

孙琮："一篇文字须要看他前后波澜宽展处。如一起，将天子咨治说来，不急入学校，此一宽展法也。"（《山晓阁选宋大家欧阳庐陵全集》卷三）

孙琮："从天下立学说来，又不急入吉州，又一宽展法也。"（同上）

[注释]

[1] 庆历四年（1044），欧阳修应吉州知州李宽之请而作本文。《欧集·书简》卷四有这年冬天所作《与李吉州》，大意说，我的家乡很幸运，在您主持下，得以兴建州学。遵嘱送上鄙文，写得不好，请您和伯镇学士加以修改，而后刻石。章岷，字伯镇，天圣五年（1027）进士，时为江州通判。吉州，治今江西吉安。 [2]“庆历”以下十五句：据《续资治通鉴长编》卷一四三载，庆历三年九月，“上既擢用范仲淹、韩琦、富弼等，每进见，必以太平责之，数令条奏当世务”，“既又开天章阁，召对赐坐，给笔札使疏于前。仲淹、弼皆惶恐避席”。仲淹等退而列奏呈上。时仁宗方信任仲淹等，悉用其说，皆以诏书颁布。天章阁，天禧四年（1020）建，次年落成，收藏真宗御制文集、御书，后书籍、宝玩、宋历代皇帝画像等皆入藏。政事之臣八人，为参知政事范仲淹、枢密副使韩琦与富弼、枢密使杜衍、宰相晏殊，另三人疑为谏官王素、欧阳修、余靖。农桑，指耕织。吏课，依标准考核官吏。 [3]“其明年”以下五句：据《续资

治通鉴长编》卷一四七载，庆历四年三月，“范仲淹等意欲复古劝学，数言兴学校”，有诏曰“州若县皆立学”。学官，掌管教育的官员与官学的教师。海隅徼（jiào）塞，指远及天涯海角之处。徼，边界。

学校，王政之本也。古者致治之盛衰，视其学之兴废。《记》曰[1]：“国有学，遂有序，党有庠，家有塾。”此三代极盛之时大备之制也[2]。宋兴盖八十有四年[3]，而天下之学始克大立[4]，岂非盛美之事，须其久而后至于大备欤？是以诏下之日，臣民喜幸[5]，而奔走就事者以后为羞。其年十月，吉州之学成。州旧有夫子庙，在城之西北，今知州事李侯宽之至也[6]，谋与州人迁而大之，以为学舍。事方上请而诏已下，学遂以成。李侯治吉，敏而有方[7]。其作学也，吉之士率其私钱一百五十万以助。用人之力积二万二千工，而人不以为劳；其良材坚甓之用凡二十二万三千五百[8]，而人不以为多；学有堂筵斋讲[9]，有藏书之阁[10]，有宾客之位，有游息之亭，严严翼翼[11]，壮伟闳耀，而人不以为侈。既成，而来学者常三百余人。

孙琮：“说三代学校之盛，引入宋之立学，亦不急入吉州，又一宽展法也。”（《山晓阁选宋大家欧阳庐陵全集》卷三）

孙琮：“方说吉州立学。”（同上）

孙琮：“方写李侯建学，乃是正文。”（同上）

[注释]

[1]“《记》曰”以下五句：语出《礼记》，学校有国家办的，为国学；也有地方办的，称序、庠（xiáng）；家庭办的称塾。遂，古时在远郊设立的行政区域。党，古代的乡里组织，五百家为党。 [2]三代：夏、商、周三朝。 [3]“宋兴”句：由宋太祖建隆元年（960）至庆历四年（1044），为八十四年。 [4]克：能。 [5]喜幸：欢喜、庆幸。 [6]李侯宽：即李宽，字伯强，南昌（今属江西）人。历知吉州、饶州。安抚使言其治行于江南为第一。累迁广西转运使，卒年六十。王安石《临川集》有《广西转运使李君墓志铭》。侯，古时对士大夫的尊称。 [7]敏：勤勉。 [8]良材坚甓（pì）：上好的木材与坚硬的砖头。 [9]堂筵斋讲：厅堂、座席、学舍、讲坛。 [10]“有藏书”句：《吉安府志》卷三十四《吉州学藏书阁记》：“吉有学，学有阁，阁有书，自本朝庆历三年知州事、殿中丞李侯宽始也。” [11]“严严”二句：庄严而整齐有序，雄伟而壮丽辉煌。

予世家于吉，而滥官于朝[1]，进不能赞扬天子之盛美，退不得与诸生揖让乎其中[2]。然予闻教学之法本于人性，磨揉迁革[3]，使趋于善，其勉于人者勤，其入于人者渐，善教者以不倦之意须迟久之功[4]，至于礼让兴行而风俗纯美，然后为学之成。今州县之吏不得久其职而躬亲于教化也[5]，故李侯之绩及于学之立，而不及待其成。惟后之人，毋废慢天子之诏而殆以中止[6]。幸予

孙琮：“以学成期后人，又一宽展法也。”（《山晓阁选宋大家欧阳庐陵全集》卷三）

他日，因得归荣故乡而谒于学门[7]，将见吉之士皆道德明秀而可为公卿[8]；问于其俗，而婚丧饮食皆中礼节；入于其里，而长幼相孝慈于其家；行于其郊，而少者扶其羸老、壮者代其负荷于道路[9]，然后乐学之道成。而得时从先生、耆老[10]，席于众宾之后[11]，听乡乐之歌，饮献酬之酒[12]，以诗颂天子太平之功。而周览学舍，思咏李侯之遗爱[13]，不亦美哉！故于其始成也，刻辞于石，而立诸其庑以俟[14]。

孙琮："说己之乐观其成，又一宽展法也。一篇凡七段，二段是正文，五段是前后波澜，可悟作文宽展之法。"（《山晓阁选宋大家欧阳庐陵全集》卷三）

[注释]

[1] 滥官于朝：谦称虚有朝官之名。滥，失实，谓才不胜任。 [2] 揖让：古代宾主相见的礼节，此指相见。 [3] 磨揉迁革：逐渐改变。磨揉，磨炼。迁革，变化。 [4] 须：等待。 [5] 教化：教育感化，即儒家的教行于上，化成于下。《礼记·经解》："故礼之教化也微，其止邪也于未形。" [6] 废慢：废弃、轻视。殆：通"怠"，懈怠。 [7] 谒于学门：言拜访州学。 [8] 明秀：优异，高尚。 [9] 羸老：衰弱的老人。 [10] 耆老：指受尊重的老人，六十曰耆，七十曰老。 [11] 席：列席。 [12] 献酬：饮酒时主客互相敬酒。《诗·小雅·楚茨》："为宾为客，献酬交错。" [13] 遗爱：遗留后世的仁爱。《左传》昭公二十年："及子产卒，仲尼闻之，出涕曰：'古之遗爱也。'"杜预注："子产见爱，有古人之遗风。" [14] 庑：堂下周围的走廊、廊屋。

[点评]

兴学育人是庆历新政的重要措施之一，作者是竭力支持新政的朝官，借为家乡州学作记的机会，称赞仁宗下诏立学，强调办学以施行教化的重要性，表彰吉州知州李宽创建州学的功绩，也抒发了自己对国家教育发展的无比热忱和殷切期待。当然，文中关于“诏天下皆立学，置学官之员，然后海隅徼塞四方万里之外，莫不皆有学”的记述，有夸张的成分，更多是出于期待。遗憾的是，撰写本文的下月，因进奏院祀神宴会事，苏舜钦横遭诬陷，除官为民，革新人士备受打击，翌年春，新政即告失败，四海之内的立学亦大受影响。本文视吉州立学为大事，郑重地从天子咨治、新政推行说起，由远及近，刻意渲染，逐层深入地写到李宽建学，表达自己欢欣鼓舞之情。意犹未尽，又用“谒于学门”“问于其俗”“行于其郊”串起的三层排比，展现了未来州学兴盛、后生成长、风俗移易、乡人欢天喜地、自己也荣幸地参与庆贺的美好画面。是记州学的一篇佳作。

外制集序[1]

庆历三年春[2]，丞相吕夷简病，不能朝。上既更用大臣，锐意天下事，始用谏官、御史疏，追还夏竦制书。既而召韩琦、范仲淹于陕西，又朝廷紧锣密鼓的人事调整，引出"圣贤相遭，万世一遇"的感叹。

除富弼枢密副使。弼、仲淹、琦皆惶恐顿首，辞让至五六不已。手诏趣琦等就道甚急[3]，而弼方且入求对以辞[4]，不得见，遣中贵人趣送閤门，使即受命。呜呼！观琦等之所以让，上之所以用琦等者，可谓圣贤相遭[5]，万世一遇，而君臣之际[6]，何其盛也！于是时，天下之士孰不愿为材邪？顾予何人，亦与其选[7]。夏四月，召自滑台[8]，入谏院。冬十二月，拜右正言、知制诰[9]。

[注释]

[1] 庆历五年（1045）作。时欧在权真定府（治今河北石家庄正定县）事任上。宋制，非翰林学士加知制诰，起草制、诰、诏、令等，称外制，与翰林学士知制诰称内制有别。欧于庆历三年以右正言知制诰，故题称所编制、敕为《外制集》。 [2]"庆历"以下九句：上篇《吉州学记》开头的注释，已言及新政的人事调整。另据《续资治通鉴长编》卷一四〇，庆历三年三月戊子，吕夷简罢相。晏殊依前官平章事兼枢密使，夏竦为枢密使。富弼为枢密副使，弼辞不拜。以杜衍为参知政事。癸巳，首命王素等为谏官，欧阳修为太常丞并知谏院，余靖为右正言、谏院供职。四月甲辰，以韩琦、范仲淹为枢密副使。乙巳，杜衍依前官充枢密使，夏竦还本镇。 [3] 趣（cù）：古通"促"，催促。就道：上路。 [4]"而弼"以下四句：据《续资治通鉴长编》卷一四二，富弼早在三月即被任命为枢密副使，但他坚辞不拜，改授资政殿学士兼翰林侍读学士。七月，复拜枢密副使。中贵人，帝王所

宠幸的宦官。趣送，火速送到。阁门，负责官员礼仪等事务的官署，富弼当在彼处。 [5] 圣贤相遭：圣君贤臣相逢。 [6] 际：遇合。 [7] 与其选：参与谏官的遴选。 [8] 滑台：滑州治所白马（今河南滑县东）的古称。庆历三年，欧在滑州通判任上被召入京都。 [9] 右正言：掌规谏讽谕，凡朝政阙失，大臣至百官任用不当，三省至一切官署事有违失，皆可谏正。

是时夏人虽数请命[1]，而西师尚未解严。京东累岁盗贼[2]，最后王伦暴起沂州，转劫江淮之间，而张海、郭貌山等亦起商、邓，以惊京西。州县之吏多不称职，而民弊矣。天子方慨然劝农桑，兴学校，破去前例以不次用人[3]。哀民之困而欲除其蠹吏[4]，知磨勘法久之弊[5]，而思别材不肖以进贤能[6]。患百职之不修[7]，而申行赏罚之信，盖欲修法度矣。予时虽掌诰命[8]，犹在谏职，常得奏事殿中，从容尽闻天子所以更张庶事、忧闵元元而劳心求治之意。退得载于制书，以讽晓训敕在位者。然予方与修祖宗故事[9]，又修起居注，又修《编敕》，日与同舍论议，治文书，所省不一[10]，而除目所下[11]，率不一二时，已迫丞相出。故不得专一思虑，工文字，以尽导天子难谕之意，而复诰命于三代之文。嗟夫！学者

述国家面临内忧外患之深重。

述自身既为谏官，又掌诰命之任重。

文章见用于世鲜矣[12]，况得施于朝廷而又遭人主致治之盛。若修之鄙[13]，使竭其材犹恐不称，而况不能专一其职，此予所以常遗恨于斯文也。

因“不能专一其职”，故“常遗恨于斯文”。

[注释]

[1]“是时”二句：是年四月，与西夏元昊讲和，岁给绢、茶，但西部边防尚未解除戒备。　[2]“京东”以下五句：概叙国内军卒、饥民暴动情况。五月，沂州（治今山东临沂）兵变，由虎翼军卒王伦策动，杀巡检使朱进，转战密、青二州，继而南下转攻楚、泗、真、泰、海、扬等州及高邮军。后兵败被杀。欧《奏议集》卷二有《论沂州军贼王伦事宜札子》。张海，京西、陕西一带农民起义军首领。是年，与郭貌山等率饥民千余人起义，各地响应，声势浩大，转战商（治今陕西商洛商州区）、邓（治今河南邓州）等十余州。后遭官军镇压，张、郭等均败死。郭貌山，《宋史》作郭邈山。　[3]不次：不按平常次序。　[4]蠹吏：残害百姓的官吏。　[5]磨勘：指宋时于官员任内每年勘验其劳绩过失，吏部复查后决定迁转寄禄官阶。　[6]别材不肖：区分品德高能力强者与不正派不成材者。　[7]“患百职”句：担心百官不能很好地履行职责。　[8]“予时”以下六句：是说其时虽任知制诰，还兼谏官之职，要做好上传下达的工作。更张庶事，变更诸事。忧闵元元，忧虑怜悯百姓。制书，皇帝制、诰、诏、令等的总称，所谓天子之言曰制，书则载其言。讽晓训敕，劝谕教导。　[9]“然予”以下三句：据胡柯《年谱》，是年九月，欧同修《三朝典故》。十月，擢同修起居注。十二月，以右正言知制诰，同详定《编敕》。祖宗故事，当指《三朝典故》。起居注，帝王言行录。《编敕》，指位居宰辅的贾昌朝领衔编修的《庆历编敕》。　[10]所省（xǐng）

不一：所要省察之事不专一。 [11]“而除目”以下七句：说宫中传出任命名单，不过一两个时辰，丞相就要上朝，容不得多加考虑修饰，就得拟出文辞典重的诰命来。《宋史·职官志二》：“凡拜宰相及事重者，晚漏上，天子御内东门小殿，宣召面谕，给笔札书所得旨。……其余除授并御札，但用御宝封，遣内侍送学士院锁门而已。”除目，任命官员的名单。导，宣明。难谕，深刻而难以领会。 [12]鲜：少。 [13]鄙：浅陋，自谦之语。

明年秋[1]，予出为河北转运使。又明年春，权知成德军事。事少间[2]，发向所作制草而阅之，虽不能尽载明天子之意，于其所述百得一二，足以章示后世[3]。盖王者之训在焉[4]，岂以予文之鄙而废也？于是录之为三卷。予自直阁下[5]，僕直八十始满。不数日[6]，奉使河东。还，即以来河北。故其所作，才一百五十余篇云。三月二十一日序。

三月不到，编三卷制草，载“王者之训”，之后又为国事奔波不已，感慨系焉。

[注释]

[1]“明年”以下四句：据胡柯《年谱》，庆历四年八月，欧为龙图阁直学士、河北都转运按察使。庆历五年春，真定帅田况移秦州，欧权府事者三月。成德军，即真定府（治今河北石家庄正定县），唐时属成德节度地盘。 [2]少间（xián）：稍稍空闲。《汉书·公孙弘传》：“今事少闲，君其存精神，止念虑，辅助医药以自持。” [3]章示：彰明、显示。章，通“彰”。 [4]王者之训：

指皇帝的诏诰。 [5]“予自直”二句：谓自任知制诰以来，供职才八十天。儤（bào）直，连日值宿。 [6]“不数日”以下四句：庆历四年四月，欧受命出使河东。七月，回京师。八月，赴河北。

[点评]

写本文时，范仲淹已罢参知政事，富弼罢枢密副使，杜衍罢枢密使。韩琦上书论富弼不当罢，亦被罢枢密副使。磨勘、荫子之新法亦罢。欧阳修在河北真定府，闻此类信息，其心情之沉重可想而知。回顾仁宗支持的新政，由人事调整展开；而新一波的人事调整，却宣告新政的失败。本序写新政开始时的轰轰烈烈，写谏官与知制诰责任之重要，都体现了作者对革新事业的无比珍爱和遭挫败后深为惋惜沉痛的心情。《外制集》是革新期间极短时段的人事任命记录，此序也是作者满腔热情辛勤工作的写照。古人多称本文“尔雅深厚”“风度雍容”，信然。而何焯评曰：“用笔极有顿挫，言外亦感慨无穷。”（《义门读书记》卷三十八）也许已窥见欧阳修内心的不安与惆怅吧。

论杜衍范仲淹等罢政事状[1]

胸怀坦荡，风骨凛然。

臣闻士不忘身不为忠，言不逆耳不为谏。故臣不避群邪切齿之祸，敢干一人难犯之颜[2]。惟赖圣明，幸加省察。

[注释]

[1] 庆历五年（1045）作。上年十一月，因进奏院祀神宴会，苏舜钦除名为民，与宴者皆遭贬黜，庆历新政已处于困境。本年正月，仁宗因疑范仲淹、富弼等擅权结党，分别罢范、富参知政事、枢密使职务，赴外地为官。二月，罢磨勘、荫子新法，新政遂告失败。三月，韩琦亦罢枢密副使，知扬州。时欧在河北都转运使任上，万分焦虑，即向朝廷呈上此状，明知不可为而为之，希图做最后努力。仁宗不可能回心转意，反对派更视欧为眼中钉，务欲除之而后快。适会欧甥女张氏犯法，事下开封府，府尹杨日严故意牵连欧阳修，谏官钱明逸遂诬劾欧与张氏有私，且欺其才。虽诬告未成，欧犹落龙图阁直学士，罢都转运按察使，降知滁州。其上呈本状前之心境，可参阅前《班班林间鸠寄内》诗。 [2] 干：冒犯。难犯之颜：指皇帝之威严。《韩非子·外储说左下》："犯颜极谏，臣不如东郭牙，请立以为谏臣。"

臣伏见杜衍、韩琦、范仲淹、富弼等，皆是陛下素所委任之臣，一旦相继罢黜，天下之士皆素知其可用之贤，而不闻其可罢之罪。臣虽供职在外[1]，事不尽知，然臣窃见自古小人谗害忠贤[2]，其说不远：欲广陷良善，则不过指为朋党；欲动摇大臣，则必须诬以专权。其故何也？夫去一善人而众善人尚在，则未为小人之利；欲尽去之，则善人少过，难为一二求瑕，惟有指以为朋，则可一时尽逐。至如大臣已被知遇而蒙信任[3]，

沈德潜："千古小人倾陷正士，无不指为朋党，目为专权。先用提纲，以下力破其说。"（《唐宋八大家文读本》卷十）

则难以他事动摇，惟有专权，是上之所恶，故须此说，方可倾之[4]。臣料衍等四人各无大过，而一时尽逐，弼与仲淹委任尤深，而忽遭离间，必有以朋党、专权之说上惑圣聪[5]。臣请试辨之。

[注释]

[1] 供职在外：欧于上年十一月已离京都，在河北真定府任上。 [2]“然臣”以下六句：谓小人谗害忠贤之说，不过朋党、专权等指控，其说法皆相近。朋党，可参阅本书《朋党论》。 [3] 知遇：赏识而提携重用。《晋书·阮裕传》：“（裕）弱冠辟太宰掾。大将军王敦命为主簿，甚被知遇。” [4] 倾：扳倒，除去。 [5] 上惑圣聪：对上迷惑皇帝的视听。

昔年仲淹初以忠言谠论闻于中外[1]，天下贤士争相称慕，当时奸臣诬作朋党，犹难辨明。自近日陛下擢此数人[2]，并在两府[3]，察其临事，可以辨也。盖衍为人清慎而谨守规矩[4]，仲淹则恢廓自信而不疑，琦则纯正而质直，弼则明敏而果锐。四人为性，既各不同，虽皆归于尽忠，而其所见各异，故于议事多不相从。至如杜衍欲深罪滕宗谅[5]，仲淹则力争而宽之；仲淹谓契丹必攻河东[6]，请急修边备，富弼料以九事，力言契

清卢元昌：“以‘异’字破朋党。”（引自《山晓阁选宋大家欧阳庐陵全集》卷一）

丹必不来；至如尹洙[7]，亦号仲淹之党，及争水洛城事，韩琦则是尹洙而非刘沪，仲淹则是刘沪而非尹洙。此数事尤彰著，陛下素已知者。此四人者，可谓天下至公之贤也。平日闲居，则相称美之不暇[8]；为国议事，则公言廷诤而不私[9]。以此而言，臣见衍等真得汉史所谓忠臣有不和之节[10]，而小人谗为朋党，可谓诬矣。

[注释]

[1]“昔年”句：谓景祐三年（1036）天章阁待制、权知开封府范仲淹言宰相吕夷简专权，又上《帝王好尚》等四论，触犯吕氏，落职贬饶州。谠（dǎng）论，正直之言。中外，朝廷内外、中央与地方。　[2] 擢（zhuó）：提拔。　[3] 两府：指中书省与枢密院。　[4]“盖衍”以下四句：所引皆皇帝制诰之语。清慎，清廉谨慎。恢廓，宽宏博大。质直，质朴正直。明敏，聪明机敏。果锐，果决勇锐。　[5]“至如杜衍”二句：滕宗谅，字子京，本书《偃虹堤记》载其知泾州时防御西夏有方，但因武装农民守城及犒劳士兵等事而动用公使钱，被劾而降官。时枢密使杜衍欲严加惩处，而参知政事范仲淹力为之辩解。　[6]“仲淹”以下四句：西夏侵犯宋境后，契丹与之呼应，扬言挥兵南下，范仲淹主张加强北边的防卫。面临两面威胁之际，富弼受命与契丹议和，年增输绢、银，以稳定北面，全力对付西夏。富弼料以九事，详见《续资治通鉴长编》卷一五一庆历四年八月甲午条。弼言“契丹必不寇河东，其事有九”，后列出无名、大军不肯窃发、河东易入难出、不肯击空乏之河东而惊富实之河北、不肯舍无备之河北而攻

有备之河东、乘我不测而入当行诡道、元昊与契丹有隙而无会合入寇之理、不闻契丹备燕、契丹得燕蓟后不复由河东侵逼，凡九事。 [7]“至如尹洙”以下五句：景祐三年（1036），权知开封府范仲淹因言宰相吕夷简专权被贬饶州，馆阁校勘尹洙上书为仲淹鸣不平，亦遭贬黜。庆历三年（1043），尹洙知泾州，后又知渭州兼管勾泾原路安抚都部署司事，就水洛筑城问题与陕西四路都总管郑戬发生冲突。郑戬为通秦渭援兵命刘沪、董士廉筑城，尹洙谓筑城会导致兵力分散，下令停止，而刘、董拒不从命，尹遂逮刘、董下狱。韩琦力挺尹洙，范仲淹和欧阳修支持、保全刘沪。此事以尹洙徙知庆州、水洛继续筑城告终，可见双方皆为国事而生歧见，并非朋党同谋。 [8]相称美之不暇：相互不断赞扬对方。 [9]廷诤：争论于朝廷之上、国君之前。 [10]“臣见”句：《后汉书·任延传》：“拜武威太守，（光武）帝亲见，戒之曰：‘善事上官，无失名誉。’延对曰：‘臣闻忠臣不私，私臣不忠。履正奉公，臣子之节。上下雷同，非陛下之福。善事上官，臣不敢奉诏。’帝叹息曰：‘卿言是也。’”

臣闻有国之权，诚非臣下之得专也。然臣窃思仲淹等自入两府以来，不见其专权之迹，而但见其善避权也。权者，得名位则可行，故好权之臣必贪名位。自陛下召琦与仲淹于陕西[1]，琦等让至五六，陛下亦五六召之。至如富弼三命学士[2]，两命枢密副使，每一命未尝不恳让，恳让之者愈切，而陛下用之愈坚，此天下之人所共知。

臣但见其避让太繁，不见其好权贪位也。及陛下坚不许辞，方敢受命，然犹未敢别有所为。陛下见其皆未作事[3]，乃特开天章，召而赐坐，授以纸笔，使其条事。然众人避让，不敢下笔，弼等亦不敢独有所述。因此又烦圣慈，特出手诏，指定姓名，专责弼等条列大事而施行。弼等迟回，近及一月，方敢略条数事。仲淹老练世事[4]，必知凡事难遽更张，故其所陈，志在远大而多若迂缓，但欲渐而行之以久，冀皆有效。弼性虽锐，然亦不敢自出意见，但举祖宗故事[5]，请陛下择而行之。自古君臣相得，一言道合[6]，遇事便行，更无推避。臣方怪弼等蒙陛下如此坚意委任，督责丁宁，而犹迟缓自疑，作事不果，然小人巧谮已曰专权者[7]，岂不诬哉！

卢元昌："以'让'字破专权。"（引自《山晓阁选宋大家欧阳庐陵全集》卷一）

储欣："辨朋党，则曰'忠臣有不和之节'；辩专权，则怪其'迟缓自疑'。俱进一步、加一倍说，最醒豁。"（《唐宋八大家类选》卷一）

[注释]

[1]"自陛下"以下三句：庆历三年四月，仁宗召韩琦、范仲淹入京为枢密副使，二人一再辞让。此前，分陕西为四路，韩、范各任经略安抚沿边召讨使。 [2]"至如"以下六句：据《续资治通鉴长编》，先是庆历二年十月，任命富弼为翰林学士。弼上书称："增金帛与和和，非臣本志也，特以朝廷方讨元昊，未暇与契丹角，故不敢以死争，尔功于何有而遽敢受赏乎！"终辞不

拜。至庆历三年三月，又任命富弼为右谏议大夫、枢密副使。弼因奉使，同行的贾昌朝以馆伴有劳，故俱擢用之，坚辞不拜。后富弼改为资政殿学士兼翰林侍读学士，仍上章辞所除官，说："臣昨奉使契丹，……得详知其情状。彼惟不来，来则未易御也，愿朝廷勿以既和而忽之。臣今受赏，彼一旦渝盟，臣不惟蒙朝廷斧钺之诛，天下公论，其谓臣何！"上察其意坚定，乃作罢。庆历三年八月，富弼复为枢密副使，弼又欲固辞，上使宰臣章得象劝谕说，这是朝廷特用，不是因为你出使契丹的缘故。弼不得已乃受。 [3]"陛下"以下十五句：参阅本书《吉州学记》首段注释。又，《宋史纪事本末·庆历党议》说："弼上当世之务十余条及安边十三策，大略以进贤，退不肖，止侥幸，去宿弊，欲渐易监司之不才者，使澄汰所部吏，于是小人始不悦矣。" [4] 练：熟悉，察知。 [5] 祖宗故事：宋代历朝治理国事的成规。 [6] 道合：思想、主张相契合。 [7] 谮（zèn）：诬陷，中伤。

至如两路宣抚[1]，圣朝常遣大臣[2]。况自中国之威，近年不振，故元昊叛逆一方[3]，而劳困及于天下。北虏乘衅[4]，违盟而动，其书辞侮慢，至有责祖宗之言。陛下愤耻虽深，但以边防无备，未可与争，屈志买和[5]，莫大之辱。弼等见中国累年侵凌之患，感陛下不次进用之恩[6]，故各自请行[7]，力思雪国家之前耻，沿山傍海[8]，不惮勤劳，欲使武备再修，国威复振。臣见弼等用心，本欲尊陛下威权以御四夷，未见其侵权而作过也。

[注释]

[1] 两路宣抚：庆历五年正月，范仲淹罢参知政事，知邠州兼陕西四路缘边安抚使；富弼罢枢密副使，为京东西路安抚使，知郓州。十一月，知郓州富弼罢京东西路安抚使，知邠州范仲淹罢陕西四路安抚使，旋改知邓州。 [2] 圣朝：本朝的尊称。 [3]“故元昊”句：言西夏元昊自立为帝。 [4]“北虏”以下四句：言契丹趁机违背澶渊盟约，扬言出兵南下。侮慢，侮辱、轻慢。责祖宗，契丹求关南书中对宋朝有不敬之语。 [5] 屈志买和：宋每年输银、绢给契丹、西夏以求和。 [6] 不次进用：不按正常次序提拔任用。 [7] 各自请行：范仲淹、富弼皆因谗言而不安于位，自请外任。 [8] 沿山傍海：分别指范、富在陕西四路与京东西路。

伏惟陛下睿哲聪明，有知人之圣，臣下能否，洞见不遗。故于千官百辟之中[1]，特选得此数人，骤加擢用。夫正士在朝，群邪所忌；谋臣不用，敌国之福也。今此数人一旦罢去，而使群邪相贺于内，四夷相贺于外，此臣所以为陛下惜之也。伏惟陛下圣德仁慈，保全忠善，退去之际[2]，恩礼各优。今仲淹四路之任，亦不轻矣。惟愿陛下拒绝群谤，委任不疑，使尽其所为，犹有裨补。方今西北二虏交争未已[3]，正是天与陛下经营之时，如弼与琦，岂可置之闲处？伏望陛下早辨谗巧[4]，特加图任[5]，则不胜幸甚。

沈德潜：“末以利害耸动之。”（《唐宋八大家文读本》卷十）

[注释]

[1] 千官百辟（bì）：指众多官员。辟，古称众官。《文选·西京赋》："正殿路寝，用朝群辟。"注：群辟，"谓王侯公卿大夫士也"。 [2]"退去"以下四句：宋时朝官贬往地方，多任副职。范仲淹罢参知政事贬陕西，兼四路缘边安抚使，仍负重任。 [3]"方今"句：时西夏、契丹间因各有所图，产生摩擦以致战事。如庆历四年，辽兴宗因所属党项等部族附夏，率兵攻夏而大败。 [4] 谗巧：谗言、巧语。 [5] 图任：谋任。《尚书·盘庚上》："亦惟图任旧人共政。"

臣自前岁召入谏院[1]，十月之内，七受圣恩，而致身两制，常思君宠至深，未知报效之所。今群邪争进谗巧，而正士继去朝廷，乃臣忘身报国之秋，岂可缄言而避罪？敢竭愚瞽[2]，惟陛下择之。臣无任祈天待罪[3]，恳激屏营之至。臣修昧死再拜。

呼应篇首，见忠心报国，无私无畏。

[注释]

[1]"臣自"以下四句：庆历三年（1043）三月，欧被召回京师，转太常丞、知谏院。九月，赐绯衣银鱼。十月，擢同修起居注。十二月，召试知制诰，辞不就试，后有旨不试，遂以右正言知制诰，依旧修起居注，知谏院事，后又赐紫章服。两制，内制与外制。宋翰林学士加知制诰起草制、诰、诏、令等，称内制；他官起草上述文书，称外制。 [2] 愚瞽（gǔ）：愚钝而不

明事理。瞽，盲人。[3]“臣无任”以下三句：古时臣下上书皇帝时的套语。无任，非常。屏营，惶恐。昧死，冒死，不避死罪之意。

[点评]

此为欧公《奏议集》中深得后世好评的名篇。作者明知上书有极大风险，但仍不顾个人安危，以大无畏的气魄，欲挽狂澜于既倒，袒露赤子忧国之心，尽显君子崇高人格。全篇感情激愤而行文婉转，事例生动而说理剀切，痛斥朋党、专权的诬陷，确属言言动听。孙琮评曰：“小人倾害良善，不过诬以朋党，谮为专权，自是千古确论。欧公将此四字分开两扇，极力辩白。其辨朋党处，只就闲居称美，议事廷诤，见四人之非朋党。其辨专权处，只就四人闻命避让，受任为国，见四人之非专权。将四人心事洗发明白，则群宵谗谤之胆自尔洞然照破。如此行文，不特体裁严整，亦论事之极则也。”（《山晓阁选宋大家欧阳庐陵全集》卷一）本篇语言刚健隽永，意味深长，“不避群邪切齿之祸，敢干一人难犯之颜”，说君子赤胆忠心，行动勇敢坚定；“边防无备，未可与争，屈志买和，莫大之辱”，说抵御侵略有备，软弱求和不该；“夫正士在朝，群邪所忌；谋臣不用，敌国之福也”，说人才弃而不用，敌方求之不得。此类警句的多次出现，给严肃正经的奏议文平添了动人的韵味和强烈的感染力。

南阳县君谢氏墓志铭[1]

庆历四年秋，予友宛陵梅圣俞来自吴兴[2]，出其哭内之诗而悲曰[3]："吾妻谢氏亡矣。"丐我以铭而葬焉[4]。予未暇作。居一岁中，书七八至，未尝不以谢氏铭为言，且曰：

沈德潜："俱本圣俞之言作文，此为妇人草志体也。"（《唐宋八大家文读本》卷十三）

[注释]

[1] 庆历五年（1045）作。南阳：今属河南。县君：宋代中级官员亡母或亡妻之封号。谢氏：梅尧臣之妻。 [2] 梅圣俞：名尧臣，宣城（今属安徽）人。宣城，古称宛陵。吴兴：湖州（今属浙江）的旧名。 [3] 哭内之诗：梅尧臣有《悼亡》诗，其一云："结发为夫妇，于今十七年。相看犹不足，何况是长捐。我鬓已多白，此身宁久全。经当与同穴，未死泪涟涟。"内，内人，此指亡妻。 [4] 丐我以铭：请求我为谢氏作墓志铭。

"吾妻故太子宾客讳涛之女、希深之妹也[1]。希深父子为时闻人，而世显荣。谢氏生于盛族，年二十以归吾，凡十七年而卒。卒之夕，敛以嫁时之衣[2]，甚矣，吾贫可知也！然谢氏怡然处之。治其家，有常法。其饮食器皿，虽不及丰侈，而必精以旨[3]；其衣无故新，而浣濯缝纫[4]，

"生于盛族"，嫁予寒士，治家有方，尤为难得。

必洁以完；所至官舍虽庳陋[5]，而庭宇洒扫，必肃以严；其平居语言容止[6]，必怡以和。吾穷于世久矣[7]，其出而幸与贤士大夫游而乐，入则见吾妻之怡怡而忘其忧[8]。使吾不以富贵贫贱累其心者，抑吾妻之助也[9]。吾尝与士大夫语，谢氏多从户屏窃听之，间则尽能商榷其人才能贤否及时事之得失，皆有条理。吾官吴兴，或自外醉而归，必问曰：'今日孰与饮而乐乎？'闻其贤者也则悦，否则叹曰：'君所交，皆一时贤俊，岂其屈己下之耶？惟以道德焉，故合者尤寡。今与是人饮而欢邪？'是岁南方旱[10]，仰见飞蝗而叹曰：'今西兵未解，天下重困，盗贼暴起于江淮，而天旱且蝗如此，我为妇人，死而得君葬我，幸矣！'其所以能安居贫而不困者，其性识明而知道理[11]，多此类。呜呼！其生也迫吾之贫[12]，而没也又无以厚焉，谓惟文字可以著其不朽，且其平生尤知文章为可贵，殁而得此[13]，庶几以慰其魂，且塞予悲。此吾所以请铭于子之勤也。"若此，予忍不铭？

沈德潜："以上叙安贫，以下叙明理知人。"（《唐宋八大家文读本》卷十三）

沈德潜："忽入忧世一段，弥见可悲。"（同上）

沈德潜："虚括一二语。"（同上）

[注释]

[1] 太子宾客：太子东宫属官。涛：谢涛，富阳人，历知梓州榷研院判官，知兴国军等，官至太子宾客。希深：谢绛之字。 [2]“敛以”句：用出嫁时的衣服入殓。 [3] 精以旨：精细而味美。 [4] 浣（huàn）濯：洗涤。 [5] 庳（bì）陋：低矮简陋。 [6] 容止：态度举动。 [7] 穷：困窘，不得志。 [8] 怡怡：和悦。 [9] 抑：古同“噫”，叹词。 [10]“是岁”以下六句：说谢氏虽为妇人，但仍关心国家和民生的大事。南方，指湖州一带地区，时有旱蝗灾害。西兵未解，指与西夏虽已谈和，但每年要输送银、绢、茶等。盗贼，指张海、郭邈山等率饥民暴动，转战各地。 [11] 性识明：性情见识俱佳。 [12]“其生”二句：谓生前家境困苦，死后未得厚葬。迫，窘。 [13] 此：指欧作墓志铭。

夫人享年三十七，用夫恩封南阳县君。二男一女。以其年七月七日卒于高邮[1]。梅氏世葬宛陵，以贫不能归也，某年某月某日，葬于润州之某县某原。铭曰：

家贫而不能归葬，不胜凄凉。

高崖断谷兮，京口之原[2]。山苍水深兮，土厚而坚。居之可乐兮，卜者曰然[3]。骨肉虽土兮，魂气则天。何必故乡兮，然后为安！

[注释]

[1]“以其年”以下五句：庆历四年（1044）春，梅尧臣解湖州监税任，归宣城老家。七月七日，舟至高邮（今属江苏）三沟，

谢氏卒于舟中，未能归宣城而葬于润州（治今江苏镇江）。[2]京口：即今江苏镇江。[3]卜者：指选中墓地的人。

[点评]

欧阳修晚年自编《居士集》，收入第三十六卷的共八篇，皆为女性墓志铭，唯此篇最得后世佳评。欧、梅为莫逆之交，而尧臣又多次来函请欧为亡妻谢氏铭墓，作者深感责无旁贷，于是写下了这篇难得的描绘女性的作品。文中没有贴标签式的溢美文字，而是借挚友之口娓娓道出，看上去纯属挚友发自肺腑的陈述，故尤为真切感人。文章从日常生活中记叙谢氏平凡而动人的事迹，哀悼她的早逝。谢氏虽是大家闺秀，下嫁清贫的梅家，但操持家务，如洗衣做饭，打扫庭院，样样能干；虽不便在家中或外出参与接待宾客，但却关心夫君的交游，注意倾听或询问客人言谈的内容，识别其人"才能贤否"；还挂念国事，为内乱外患与自然灾害而忧心忡忡。一位体贴丈夫、明理知人的贤惠女性，活灵活现地出现在作者的笔下。沈德潜评曰："叙治家，叙知人，叙忧世，不必多及琐屑，足称贤妇人矣。字里行间，俱带凄惋之气。"（《唐宋八大家文读本》卷十三）诚哉斯言！

丰乐亭记[1]

修既治滁之明年，夏，始饮滁水而甘。问诸

“其上”以下写山、谷、泉，鼎足而立，展现丰乐亭的雄丽背景。

滁人，得于州南百步之近。其上丰山，耸然而特立；下则幽谷，窈然而深藏[2]；中有清泉，滃然而仰出[3]。俯仰左右，顾而乐之。于是疏泉凿石，辟地以为亭，而与滁人往游其间。

［注释］

[1] 庆历五年（1045），杜衍、范仲淹等纷纷被罢去朝中要职。目睹新政无可挽回的失败，欧仍奋不顾身地上呈《论杜衍范仲淹等罢政事状》，反对派视之为眼中钉，必欲除之而后快，由谏官钱明逸出面诬告，以甥女张氏犯法事牵连陷害欧阳修。虽经开封府审理，卒明其诬，犹落龙图阁直学士，罢都转运按察使，降知制诰、知滁州，十月到任。六年夏，建丰乐亭于州南丰山，并作此记。　[2] 窈（yǎo）然：幽深之状。　[3] 滃然：水势盛大状。仰出：由下向上喷出。

沈德潜：“忽用重笔作提。”（《唐宋八大家文读本》卷十二）唐介轩：“亭是丰乐，却从干戈用武立论，辟开新境，然后引出山高水清，休养生息，以点出丰乐正面。此所谓纡徐为妍，卓荦为杰。”（《古文翼》卷七）

滁于五代干戈之际，用武之地也。昔太祖皇帝[1]，尝以周师破李景兵十五万于清流山下，生擒其将皇甫晖、姚凤于滁东门之外，遂以平滁。修尝考其山川，按其图记[2]，升高以望清流之关[3]，欲求晖、凤就擒之所，而故老皆无在者。盖天下之平久矣。自唐失其政，海内分裂，豪杰并起而争，所在为敌国者，何可胜数！及宋受天

“盖天下之平久矣”，反衬“滁于五代干戈之际，用武之地也”，见太平来之不易，一叹。

命，圣人出而四海一[4]。向之凭恃险阻[5]，刬削消磨，百年之间，漠然徒见山高而水清[6]。欲问其事，而遗老尽矣。今滁介于江、淮之间，舟车商贾、四方宾客之所不至。民生不见外事，而安于畎亩衣食[7]，以乐生送死，而孰知上之功德，休养生息，涵煦百年之深也[8]？

回应“故老皆无在者”二句，仍言太平来之不易，再叹。

“不见……而安于……而孰知”，言民生安乐由天下安定所致，依然写太平来之不易，三叹。

[注释]

[1]“昔太祖”以下四句：言宋太祖赵匡胤任后周殿前都虞侯时，率师打败南唐中主李璟的驻军，夺取滁州（今属安徽）。李景，南唐中主，原名璟，避周庙讳改。皇甫晖、姚凤，为南唐名将。 [2] 图记：地图与文字记载。 [3] 清流之关：在滁州西北清流山上。 [4] 圣人：指宋太祖。 [5]“向之”二句：谓先前南唐等凭险割据者被诛灭消亡。 [6] 漠然：广无涯际貌。 [7] 畎（quǎn）亩：田地。畎，田间小沟。 [8] 涵煦：滋润化育。

修之来此，乐其地僻而事简，又爱其俗之安闲。既得斯泉于山谷之间，乃日与滁人仰而望山，俯而听泉。掇幽芳而荫乔木[1]，风霜冰雪[2]，刻露清秀，四时之景，无不可爱。又幸其民乐其岁物之丰成，而喜与予游也。因为本其山川，道其风俗之美，使民知所以安此丰年之乐者，幸生无

“掇幽芳”三句写四季，与《醉翁亭记》“野芳发而幽香”四句相似，但又有变化。

近代李刚己："此数语乃通篇关锁。"（《古文辞约编》）沈德潜："结'天下之平久矣'。"（《唐宋八大家文读本》卷十二）

事之时也。夫宣上恩德，以与民共乐，刺史之事也[3]，遂书以名其亭焉。庆历丙戌六月日[4]，右正言、知制诰、知滁州军州事欧阳修记[5]。

[注释]

[1]掇（duō）幽芳：写春。掇，拾，采。荫乔木：写夏。 [2]"风霜"二句：风霜写秋，冰雪写冬。刻露清秀，写秋冬草枯叶落，山石裸露。 [3]刺史：汉唐州郡长官之称，此用以代指宋代知州。 [4]庆历丙戌：庆历六年（1046）。 [5]右正言：谏官。知制诰：负责草拟诏书的官职。知滁州军州事：指主管滁州军政事务，简称"知州"。

[点评]

沈德潜曰："记一亭，而由唐及宋，上下数百年之治乱，群雄真主之废兴，一一在目，何等识力！"（《唐宋八大家文读本》卷十二）。陈衍曰："起一小段，已简括全亭风景，乃横插'滁于五代干戈之际'二语，得势有力，然后说由乱到治与由治回想到乱，一波三折，将实事于虚空中摩荡盘旋。此欧公平生擅长之技，所谓风神也。"（《石遗室论文》卷五）诚如沈、陈二氏所言，本篇于俯仰古今之中，感叹太平时世来之不易，寄寓居安思危的深意。妙在此种感慨并非一发了之，而是有意蕴蓄情思，说而不说，说而又说，以一唱三叹的笔调，吞吐自如、含蓄不尽地表达出来。此即欧阳修独具且为后人所称羡不已的"六一风神"。

醉翁亭记[1]

环滁皆山也[2]。其西南诸峰，林壑尤美[3]，望之蔚然而深秀者[4]，琅邪也[5]。山行六七里，渐闻水声潺潺，而泻出于两峰之间者，让泉也[6]。峰回路转，有亭翼然临于泉上者[7]，醉翁亭也。作亭者谁？山之僧智仙也。名之者谁？太守自谓也。太守与客来饮于此，饮少辄醉，而年又最高，故自号曰醉翁也。醉翁之意不在酒，在乎山水之间也。山水之乐，得之心而寓之酒也。

清过珙："从滁出山，从山出泉，从泉出亭，从亭出人，一层一层复一层，如累叠阶级，逐级上去，节脉相生，妙矣。"（《古文评注》卷八）

[注释]

[1] 庆历六年（1046）作。同年，欧有《题滁州醉翁亭》诗，称"四十未为老，醉翁偶题篇"，始以醉翁自号。朱弁《曲洧旧闻》卷三："《醉翁亭记》初成，天下莫不传诵，家至户到，当时为之纸贵。"《晦庵先生朱文公文集》卷七《考欧阳文忠公事迹》："醉翁亭在琅琊山寺侧，记成刻石，远近争传，疲于模打。山僧云：寺库有毡，打碑用尽，至取僧堂卧毡给用。凡商贾来供施者，亦多求其本，僧问作何用，皆云所过关征以赠监官，可以免税。" [2]"环滁"句：《朱子语类》卷一三九："欧公文亦多是修改到妙处。顷有人买得他《醉翁亭记》稿，初说滁州四面有山，凡数十字，末后改定，只曰'环滁皆山也'五字而已。"郎瑛《七修类稿》卷三："孟子曰：'牛山之木尝美矣。'欧阳子曰：'环滁

皆山也。'予亲至二地，牛山乃一岗石小山，全无土木，恐当时亦难以养木；滁州四望无际，止西有琅琊，不知孟子、欧阳何以云然。"何绍基《东洲草堂诗钞》卷十八《王少鹤白兰岩招集慈仁寺拜欧阳文忠公生日》第六首："野鸟溪云共往还，《醉翁》一操落人间。如何陵谷多迁变，今日环滁竟少山。"可见"环滁皆山"有夸张的意味。滁，滁州（今属安徽）。 [3] 林壑：山林与涧谷。 [4] 蔚然：草木茂盛貌。深秀：幽深秀丽。 [5] 琅邪：山名，即琅琊，因先为琅琊王后为东晋元帝的司马睿而定名。 [6] 让泉：琅琊溪源头之一，又称醴泉。 [7] 翼然：以鸟展翅欲飞貌形容醉翁亭的飞檐。

承上"山水之乐"，写朝暮不同、四季变化的美景。

若夫日出而林霏开[1]，云归而岩穴暝，晦明变化者，山间之朝暮也。野芳发而幽香[2]，佳木秀而繁阴，风霜高洁，水落而石出者，山间之四时也。朝而往，暮而归，四时之景不同，而乐亦无穷也。

[注释]

[1]"若夫"以下四句：写醉翁亭早晚景色。林霏，林中的雾气。暝，昏暗。 [2]"野芳"以下五句：写醉翁亭四季的景色。繁阴，树荫浓密。

至于负者歌于途[1]，行者休于树，前者呼，后者应，伛偻提携，往来而不绝者，滁人游也。

临溪而渔，溪深而鱼肥；酿泉为酒[2]，泉香而酒洌；山肴野蔌[3]，杂然而前陈者，太守宴也。宴酣之乐[4]，非丝非竹。射者中[5]，弈者胜[6]，觥筹交错[7]，起坐而喧哗者，众宾欢也。苍颜白发，颓然乎其间者[8]，太守醉也。

[注释]

[1]“至于”以下七句：写路途上所见。负者，背物与挑担的人。伛偻（yǔ lǚ）提携，老人孩童，老人腰背弯曲，孩童有人牵引。 [2]“酿泉”二句：说以酿泉之水酿酒，酒色清澈，酒香宜人。 [3]“山肴”二句：说眼前尽是山味野菜。蔌（sù），蔬菜的总称。《诗经·大雅·韩奕》：“其蔌维何？维笋及蒲。” [4]“宴酣”二句：说宴饮之乐，不在音乐的有无。丝、竹，指弦、管乐器，如琵琶、箫、笛。欧《题滁州醉翁亭》诗：“但爱亭下水，来从乱峰间。声如自空落，泻向两檐前。流入岩下溪，幽泉助涓涓。响不乱人语，其清非管弦。岂不美丝竹，丝竹不胜繁。所以屡携酒，远步就潺湲。”可知亭下的流水声亦可助兴。 [5]射：一般指投壶，箭投壶中，命中多者胜。 [6]弈：指围棋。 [7]觥筹交错：酒杯和计数的酒筹交相错杂，形容众人相聚饮酒的热闹场面。 [8]颓然：酒醉卧倒貌。柳宗元《始得西山宴游记》：“引觞满酌，颓然就醉，不知日之入。”

已而夕阳在山，人影散乱，太守归而宾客从也。树林阴翳[1]，鸣声上下，游人去而禽鸟乐也。

由禽鸟的山林之乐，到人从太守游之乐，直至“太守之乐其乐”，展现太守居官爱民的博大胸襟。

通篇言“醉”，末了说“醒”，极耐人寻味。

末二句与首段“名之者谁？太守自谓也”遥相呼应。

然而禽鸟知山林之乐，而不知人之乐；人知从太守游而乐，不知太守之乐其乐也[2]。醉能同其乐，醒能述以文者，太守也。太守谓谁？庐陵欧阳修也。

[注释]

[1] 阴翳（yì）：枝叶繁茂成浓荫。 [2] 乐其乐：意以众人之乐为乐。

[点评]

庆历革新的失败和个人所遭受的屈辱，对欧阳修的打击是沉重的，但他以坚韧的意志和旷达的胸怀面对人生挫折，让滁州美丽的山水抚慰自己受伤的心灵。他情系百姓，以“小邦为政期年，粗有所成”（《欧集·书简》卷六《与梅圣俞》）自慰。富弼诗云：“滁州太守文章公，谪官来此称醉翁。醉翁醉道不醉酒，陶然岂有迁客容？”（《富郑公诗集·寄欧阳公》）后二句真切地道出了贬谪中的欧阳修并未于苦闷中消沉，而是以豁达的心态看待生活的精神风貌。

本文布局精巧。开头“环滁皆山也”，以高度精练又略带夸张的笔法，绘出滁州全景。而后，镜头对准“西南诸峰”，并推进至琅邪山，移步换景渐入佳境地点出溪水、酿泉、醉翁亭，直至“意不在酒，在乎山水之间”的醉翁。随即转到山间朝暮和四季变化的景色描写。于是由景及人，记滁人游、太守宴、众宾欢，而归结于太守醉，展示了与民同乐的欢快场景。“游人去而禽鸟乐”，引出“人之乐”，并以“太守之乐其乐”收束。通篇以醉翁形象为中心，写景、叙事、抒情自然过渡，堪称天衣无缝。

作者驱遣文字的功力，篇中可见一斑。他极善于抓住特征，用精炼生动的语言刻画景物，如“峰回路转，有亭翼然临于泉上”，前四字把曲折的山路交代得一清二楚，“翼然”二字形容醉翁亭的飞檐又何其传神！“野芳发而幽香，佳木秀而繁阴，风霜高洁，水落而石出”，刻画出山间四季景色，言简意浓，美如图画，令人击节叹赏。各段开头见用赋体，通篇又骈散相间，对仗工整，错落有致。二十一个“也”字煞尾，回环咏叹，节奏铿锵，富于音韵之美，不愧为文家之创调，传诵千古之名篇。

菱溪石记[1]

菱溪之石有六：其四为人取去；其一差小而尤奇，亦藏民家；其最大者，偃然僵卧于溪侧[2]，以其难徙，故得独存。每岁寒霜落，水涸而石出[3]，溪傍人见其可怪，往往祀以为神。

开篇点题，颇有意味。

[注释]

[1] 庆历六年（1046）作。七年所作书简《与梅圣俞》云："去年夏中，……作亭其（幽谷泉）上，号丰乐，亭亦宏丽。又于州东五里许菱溪上，有二怪石，乃冯延鲁家旧物，因移在亭前。" [2] 偃然：仰卧貌。 [3] 涸（hé）：水尽。欧有《菱溪大石》诗："新霜夜落秋水浅，有石露出寒溪垠。"

由菱溪石引出菱溪，又由菱溪引出杨行密。

菱溪[1]，按图与经皆不载。唐会昌中[2]，刺史李渍为《荇溪记》，云水出永阳岭，西经皇道山下。以地求之，今无所谓荇溪者，询于滁州人，曰此溪是也。杨行密有淮南[3]，淮人为讳其嫌名，以荇为菱，理或然也。

[注释]

[1]"菱溪"二句：关于菱溪，欧有《菱溪大石》诗称："山经地志不可究。" [2]"唐会昌"以下四句：由唐时文章考究菱溪的来历。会昌，唐武宗年号（841—846）。李渍（fén），唐滁州刺史，曾任巡官之职，撰《荇溪记》，全称《荇溪新亭记》（载《文苑英华》卷八二六）云："诏牧滁民之三月，得古溪郡之东北十里。按《地图志》，在皇道山之右。昔始皇途经是山，因以名焉。其下西永阳岭，迸溪于荇溪，此溪是也。"永阳岭，在今安徽来安县北。皇道山，在今滁州东北十八里。 [3]"杨行密"以下四句：杨行密，唐昭宗时为淮南节度使，受封吴王，后自立吴国，为五代十国之一。嫌名，与人姓名字相近的字。"行""荇"同音，为避讳，改"荇溪"为"菱溪"。

溪傍若有遗址，云故将刘金之宅[1]，石即刘氏之物也。金，伪吴时贵将，与行密俱起合淝，号三十六英雄，金其一也。金本武夫悍卒，而乃能知爱赏奇异，为儿女子之好[2]，岂非遭逢乱世，功成志得，骄于富贵之佚欲而然邪[3]？想其陂池台榭、奇木异草[4]，与此石称，亦一时之盛哉！今刘氏之后散为编民[5]，尚有居溪旁者。

由杨行密带出刘金，交代菱溪大石之由来。

由菱溪石言及刘金家的盛衰。

[注释]

[1] 刘金：杨行密部将，唐僖宗时与杨行密同在合肥起事，为行密部下三十六员大将之一，曾任曲溪屯将，濠、滁二州刺史。 [2] 儿女子之好：指山石竹木之爱好。儿女子，犹言妇孺之辈。《史记·高祖本纪》："此非儿女子所知也。" [3] 佚欲：亦作"逸欲"，谓贪图安乐，嗜欲无节。 [4] 陂（bēi）池：池塘。台榭：古时地面上的夯土高墩称为台，台上的木构房屋称为榭，两者合称台榭。《尚书·泰誓上》："惟宫室台榭陂池侈服，以残害于尔万姓。" [5] 编民：编入户籍的平民，指百姓。

予感夫人物之废兴，惜其可爱而弃也，乃以三牛曳置幽谷[1]；又索其小者，得于白塔民朱氏[2]，遂立于亭之南北。亭负城而近[3]，以为滁人岁时嬉游之好。

人已故而物犹在，感慨系焉。

[注释]

[1] 曳（yè）：拖，牵引。幽谷：在滁州之南，丰乐亭建于幽谷紫薇泉上。　[2] 白塔：滁州有白塔寺，当即其地。　[3] 负城：背靠城墙，见丰乐亭离城南很近。

以菱溪石为“富贵者之戒”，意味深长。

夫物之奇者，弃没于幽远则可惜，置之耳目[1]，则爱者不免取之而去。嗟夫！刘金者虽不足道，然亦可谓雄勇之士，其平生志意岂不伟哉！及其后世，荒堙零落[2]，至于子孙泯没而无闻，况欲长有此石乎？用此可为富贵者之戒。而好奇之士闻此石者，可以一赏而足，何必取而去也哉？

[注释]

[1] 耳目：指近处。　[2] 荒堙零落：衰落之甚，无以言说。

[点评]

由菱溪石的变迁，道出人世间的兴亡盛衰，以富贵不可长有告诫世人。旧园林二怪石，无大奇妙，却引出一段历史，一个人物，一条道理。不枝不蔓，细细说来，文笔委曲巧妙。储欣评曰：“考订不苟，就中生出感慨议论，最有情。”（《六一居士全集录》卷五）

偃虹堤记[1]

有自岳阳至者[2]，以滕侯之书、洞庭之图来告曰[3]："愿有所记。"予发书按图，自岳阳门西距金鸡之右[4]，其外隐然隆高以长者，曰偃虹堤。问其作而名者，曰："吾滕侯之所为也。"问其所以作之利害，曰："洞庭天下之至险，而岳阳，荆、潭、黔、蜀四会之冲也[5]。昔舟之往来湖中者，至无所寓，则皆泊南津[6]，其有事于州者远且劳，而又常有风波之恐、覆溺之虞[7]。今舟之至者皆泊堤下，有事于州者，近而且无患。"问其大小之制，用人之力，曰："长一千尺，高三十尺，厚加二尺而杀[8]，其上得厚三分之二，用民力万有五千五百工，而不逾时以成。"问其始作之谋，曰："州以事上转运使[9]，转运使择其吏之能者行视可否，凡三反复，而又上于朝廷，决之三司[10]，然后曰可，而皆不能易吾侯之议也。"曰："此君子之作也，可以书矣。"

孙琮："前幅详其命名，悉其利害，考其规制工力，与其谋议，妙在皆从使者口中问答而出。"（《山晓阁选宋大家欧阳庐陵全集》卷三）

[注释]

[1] 庆历六年（1046）作。偃虹：卧于水上的长虹，形容堤

的形状。堤：原作"隄"，同"堤"。王得臣《麈史》卷中："岳阳西濒大江，夏秋，洞庭水平，望与天际，而州步无舣舟之所，人甚病之。庆历间，滕子京谪守是邦，尝欲起巨堤以捍怒涛，使为弭楫之便，先名曰偃虹堤，求文于欧阳永叔。故述堤之利，详且博矣。碑刻传于世甚多。治平末，予宰巴陵，首访是堤，郡人曰：'滕未及作而去。'"　[2] 岳阳：岳州治所，今属湖南。范仲淹应滕子京之请，作有《岳阳楼记》。　[3] 滕侯：滕宗谅（991—1047），字子京，河南府人。大中祥符年间进士。初在泰州协助范仲淹筑捍海堰，累迁殿中丞、左司谏。出知信州、湖州，调知泾州。防御西夏有方，擢天章阁待制，徙庆州。以在泾州被劾为枉用公使钱，降知虢州，徙岳州，迁苏州卒。侯，古时对士大夫的尊称。　[4]"自岳阳"以下三句：说自岳阳门西至金鸡石，长卧水上的即偃虹堤。金鸡，金鸡石。《岳州府志》："在府西湖滨传场埠，旧传金鸡翔焉，后为雷败。"　[5] 荆：荆州，治今湖北江陵。潭：潭州，治今湖南长沙。黔：黔州，治今四川彭水。蜀：指今四川一带。四会之冲：四通八达的要道。　[6] 南津：南津港，在岳阳南五里，西通洞庭，为泊舟之所。　[7] 覆溺之虞：覆舟溺水的危险。　[8]"厚加"二句：说堤底宽三十二尺，往上逐步缩减，堤面宽度为堤底的三分之二。杀，削减。　[9] 转运使：主管一路政务的长官。　[10] 三司：北宋最高财政机构，合盐铁、度支、户部三者而称。

此段一再言滕侯"虑于民""惠其民""为其民捍患兴利"，亦见欧公对民生的高度关注。

盖虑于民也深，则其谋始也精，故能用力少而为功多。夫以百步之堤，御天下至险不测之虞，惠其民而及于荆、潭、黔、蜀，凡往来湖中，无远迩之人皆蒙其利焉。且岳阳四会之冲，舟之来而止者，日凡有几[1]！使堤土石幸久不朽，则滕侯之惠利于人物，可以数计哉？夫事不患于不成，而患于易坏。盖作者未始不欲其久存，而继者常至于殆废[2]。自古贤智之士，为其民捍患兴利，其遗迹往往而在。使其继者皆如始作之心，则民到于今受其赐[3]，天下岂有遗利乎？此滕侯之所以虑，而欲有纪于后也。

[注释]

[1] 日凡有几：每天不知共有多少。 [2] 殆废：懈怠荒废。[3]“则民”句：语出《论语·宪问》：“管仲相桓公，霸诸侯，一匡天下，民到于今受其赐。”

滕侯志大材高，名闻当世。方朝廷用兵急人之时[1]，尝显用之。而功未及就，退守一州，无所用心，略施其余，以利及物。夫虑熟谋审[2]，力不劳而功倍，作事可以为后法，一宜书；不苟一时之誉，思为利于无穷，而告来者不以废，二宜书；岳之民人与湖中之往来者，皆欲为滕侯纪[3]，三宜书。以三宜书不可以不书，乃为之书。庆历六年月日记。

沈德潜：“篇中‘尝显用之。而功未及就，退守一州’云云，有惜其小用之而未竟其材意，然随所设施，利及民物，其人亦足以传矣。”（《唐宋八大家文读本》卷十二）

“三宜书”的排比与收束，极有力。

[注释]

[1]“方朝廷”以下四句:《宋史·滕宗谅传》:“元昊反,除刑部员外郎、直集贤院、知泾州。葛怀敏军败于定川,诸郡震恐,宗谅顾城中兵少,乃集农民数千戎服乘城,又募勇敢,谍知寇远近及其形势,檄报旁郡使为备。”虽守城得力,但因犒赏士卒等使用公使钱,被劾,知虢州,复徙岳州。 [2]“夫虑熟”以下三句:说滕宗谅深思熟虑,谋划精细,事半功倍,值得效法。 [3]纪:记载。

[点评]

能同时得到范仲淹和欧阳修应请而作并流传后世的《岳阳楼记》与《偃虹堤记》,是滕宗谅的荣幸。范、欧、滕三人在报国为民与捍患兴利上,有相同的理念,也体现在两篇名文之中。本篇述作堤之缘由、好处,希望“来者不以废”,叙事清晰详尽,议论明快有力,笔法灵活多样,显现出作者布局与行文的深厚功力。由守边与治郡观之,滕宗谅是关心百姓、能干实事的官员,因调职而未能如愿筑堤,实难苛责,而本文却因作者的缘故流传至今,可称一桩美事。沈德潜称此篇“叙次简老,波澜动宕,通体无一平直之笔,是为高文”。(《唐宋八大家文读本》卷十二)

送杨寘序[1]

予尝有幽忧之疾[2],退而闲居,不能治也。

既而学琴于友人孙道滋[3]，受宫声数引[4]，久而乐之，不知疾之在其体也。

林纾："（欧）公拈出一'琴'字，开头先伏一'疾'字，似琴能已疾，且能消忧者。'琴'与'疾'字既相关合，则'琴'字在'疾'字范围之中。"（《古文辞类纂选本》卷六）

[注释]

[1] 庆历七年（1047）作。杨寘（zhì）：本文称其"累以进士举，不得志。反从荫调，为尉于剑浦"，其余不详。《宋史·文苑传》有同姓名者，字审贤，庆历二年状元。非此杨寘。 [2] 幽忧之疾：因过度忧伤与劳累而引发的疾病，是感伤时世的委婉说法。《庄子·让王》："我适有幽忧之病，方且治之，未暇治天下也。"成玄英疏："幽，深也。忧，劳也。" [3] 孙道滋：作者友人。欧《于役志》记景祐三年五月贬夷陵前，多次与道滋等友人相聚，有"道滋鼓琴"的记载。 [4]"受宫声"以下三句：谓听琴曲使人乐而去疾。琴声足以移情，见前《赠无为军李道士》诗。宫声数引，指几支琴曲。宫声，古时音乐，分宫、商、角、徵、羽五个音阶。《公羊传》隐公五年注："闻宫声则使人温雅而广大。"引，琴曲名。《初学记》卷十六："古琴曲有《九引》。"

夫琴之为技小矣，及其至也，大者为宫[1]，细者为羽，操弦骤作，忽然变之，急者凄然以促[2]，缓者舒然以和，如崩崖裂石[3]，高山出泉，而风雨夜至也；如怨夫寡妇之叹息，雌雄雍雍之相鸣也。其忧深思远[4]，则舜与文王、孔子之遗音也；悲愁感愤，则伯奇孤子、屈原忠臣之所叹也。喜怒哀乐，动人心深。而纯古淡泊[5]，与夫

林纾："中间一段恣意写琴，并非嵇叔夜之《琴赋》；步步为杨生散愁解郁之药石，且不说明足以已杨生之疾。先说己之幽忧痼疾，借琴而解，则是以验方赠良友矣。"（同上）

尧、舜、三代之言语，孔子之文章，《易》之忧患，《诗》之怨刺，无以异。其能听之以耳，应之以手，取其和者，道其堙郁[6]，写其幽思，则感人之际，亦有至者焉。

[注释]

[1]“大者”二句：宫声浩大，羽声微弱。 [2]“急者”二句：谓琴声或急或缓，给人以不同的感觉。 [3]“如崩崖”以下五句：崩崖裂石、高山出泉、风雨夜至，形容琴声强力迸发，急骤剧烈，又清畅悠长。怨夫寡妇之叹息，喻琴声之哀怨悲切。雌雄雍雍之相鸣，喻琴声之和谐愉怡。《诗经·邶风·匏有苦叶》有“雍雍鸣雁”句。雍雍，鸟和鸣声。 [4]“其忧深”以下四句：写琴声传达贤君、圣人、忠臣、孝子等各种思想感情。说那深沉忧郁长远思虑，犹如虞舜、文王、孔子所留下的琴声；那悲思愁情感慨愤激，犹如受虐待的孤儿伯奇、遭陷害的忠臣屈原发出的叹息。 [5]“而纯古”以下六句：说明《尚书》《春秋》《周易》《诗经》等经典作品，在“纯古淡泊”的特色上，与琴声是一致的。这体现了作者的儒家观念。尧、舜、三代之言语，指《尚书》。孔子之文章，指《春秋》，相传《春秋》为孔子作。《易》之忧患，《周易·系辞下》：“《易》之兴也，其于中古乎？作《易》者，其有忧患乎？”《诗》之怨刺，《汉书·礼乐志》：“周道始缺，怨刺之诗起。王泽既竭，而诗不能作。” [6]堙（yān）郁：心情抑郁不乐。

予友杨君，好学有文，累以进士举[1]，不得志。反从荫调[2]，为尉于剑浦，区区在东南数千里外[3]，是其心固有不平者[4]。且少又多疾，而南方少医药，风俗饮食异宜[5]。以多疾之体，有不平之心，居异宜之俗，其能郁郁以久乎？然欲平其心以养其疾，于琴亦将有得焉。故予作《琴说》以赠其行，且邀道滋酌酒进琴以为别[6]。

林纾："说南荒之少医、杨生之多疾，处处皆足动其忧，时时均可生其疾。叫起'琴'字，似唯琴足托以疗疾屏忧者。"（《古文辞类纂选本》卷六）

[注释]

[1]"累以"二句：屡次应进士试而未及第。 [2]"反从"二句：恩荫所及，赴剑浦（今福建南平）任县尉。荫调，宋制，一定级别的官员子弟因先世荫庇而为官。 [3]区区：言县尉职位低下。 [4]不平：怀才不遇之感受。 [5]异宜：不适合。 [6]进琴：赠琴。一本末有"说以赠其行。挈道滋之琴而行，曰：是真可乐也，行将学之"二十二字。

[点评]

作者有《书琴阮记后》，写弹过几种琴的感受；《欧集·试笔》中又有《琴枕说》，言"余家石晖琴，得之二十年"；本文又称"学琴于友人孙道滋"，可知作者颇通琴理。文章构思巧妙，先不说与抑郁寡欢的杨寘道别，而说自己身体不好，学琴居然可以疗疾。接着，用博喻的手法惟妙惟肖地摹写琴声，以蕴蓄着儒家情怀的"琴说"感化杨寘，可谓满腔热情，别出心裁，助人消忧解愁。确如过珙所评："通篇只说琴，而送友意已在其中。文致曲折，古秀雅淡，言有尽而情味无穷。"（《古文评注》卷八）

扬州谢上表[1]

臣修言：准枢密院递到诰敕一道[2]，伏蒙圣恩，授臣起居舍人[3]，依前知制诰、知扬州军州事[4]，已于今月二十二日赴任讫者[5]。

[注释]

[1]庆历八年（1048）作。时作者由滁州调知扬州（今属江苏）军州事。谢表是臣下感谢皇上的奏章，无论升官或贬职，赴任后即呈上。宋代以后谢表多用四六骈体。 [2]准：依照。枢密院：宋代最高军事机关。诰敕：朝廷封官授爵的敕书。 [3]起居舍人：记录皇帝言行的官员。 [4]前：指起居舍人。知制诰：掌起草制、诰、诏、令等文书的官员。知扬州军州事：主管扬州军政事务的长官。 [5]今月：指二月。讫者：已完结。

"贬所脱身"，放下多年包袱。

贬所脱身，遽叨临于督府[1]；岁成无状[2]，仍叙进于官联。被渥以优[3]，抚心增惧。臣某中谢。伏念臣材非适用，行辄违时，徒知好古之勤，自励匪躬之节[4]。误蒙奖拔，骤玷宠荣[5]。小器易盈[6]，固已宜于颠覆；尽言取祸，仍多结于怨仇。仰恃公朝，臣虽自信；在于物理，岂有不危？矧利口之中人[7]，譬含沙之射影，谓时之众嫉者

贬滁之辱，可谓刻骨铭心。

易为力，谓事之阴昧者易为诬。上繄天听之聪[8]，终辨狱辞之滥。苟此冤之获雪，虽永弃以犹甘，而况得善地以长人，享及亲之厚禄。坐安优逸，未久岁时，亟就易于方州[9]，仍陟迁于秩序。有以见圣君之意，未尝忘言事之臣[10]。

[注释]

[1]遽叨临于督府：很快就到都督府任职。叨，谦词。 [2]“岁成”二句：意为岁月虚度，事无所成，却仍按常规升迁。叙进，按资历功绩提升官员的品级。官联，官吏联合治事。宋制，知州与通判必须联署公文。 [3]“被渥（wò）”二句：意为承恩获优厚待遇，内心非常不安。渥，指深恩厚爱。 [4]匪躬之节：奋不顾身而尽忠皇室的气节。《周易·蹇》：“王臣蹇蹇，匪躬之故。” [5]骤玷（diàn）宠荣：屡次玷辱恩宠与荣光。骤，屡次。 [6]“小器”二句：意为容器小而易满，本来就难免倾覆。 [7]“矧（shěn）利口”以下四句：指庆历五年（1045）谏官钱明逸借欧甥女张氏犯法诬劾欧阳修事。意为小人含沙射影，恶言中伤，以为当时嫉恨我的人多，便于合力攻击，而事情暧昧不明，易于造谣诬陷。矧，何况。利口，能说会道。含沙之射影，喻暗中攻击或陷害人。 [8]“上繄（yī）”以下六句：意为上赖皇帝陛下明察，最终辨明为小人诬陷，如果冤案得以昭雪，即使我永辞官职也心甘情愿，何况到繁华大郡任职，让母亲也能享受到圣上的关怀。繄，是。天听，皇帝的闻知。狱辞，决狱之辞。 [9]“亟就易”二句：急赴改任之地扬州，升迁获相应的俸禄与职位。亟，急。方州，地方州郡。陟迁，升迁。秩序，俸禄

与职位。 [10] 言事之臣：庆历革新时欧阳修为谏官。

抑恶扬善，在于明察忠奸。

孤拙获全[1]，忠善者皆当感励；奸谗不效，倾邪者可使息心[2]。非惟愚臣，独以为幸。此盖伏遇尊号皇帝陛下[3]，乾坤覆载，日月照临，察人常务于究情，行赏必思于有劝，致兹恩典，施及懦庸。誓坚终始之心，少答生成之造。

[注释]

[1] 孤拙：孤僻迂拙，谦词。 [2] 息心：息灭恶行邪念。 [3]“此盖”以下九句：称颂皇帝恩德无限，扬善抑恶，自己身受其惠，故立誓报答。尊号，古代尊崇在位皇帝的称号，据《宋史·仁宗本纪》，宝元元年（1038），百官上尊号曰“宝元体天法道钦文聪武圣神孝德皇帝”。乾坤覆载，日月照临，言天地包容，日月普照，恩德无所不在，语出《礼记·中庸》：“天之所覆，地之所载，日月所照，霜露所队（同“坠”），凡有血气者，莫不尊亲。”懦庸，懦弱平庸，作者谦词。生成之造，培育成长的功德。范仲淹《水车赋》：“假一毂汲引之利，为万顷生成之惠。”

[点评]

骈文有别于散文的主要特征在于其运用偶对以成文，通篇以偶句为主，讲究对仗与声律，宜于诵读。由魏晋发展至南北朝，骈文既堆砌华丽辞藻，又致力于频繁用典。到了唐代，已有多用四言六言对仗、排比的骈文，称骈四俪六，即四六文。宋代继唐代之后，古文运动深入发展，但公文仍多为四六文。欧阳修身为文坛盟主，不仅推动古文的创新，让散体文大放异彩，还引领四六文的变革，把散体文的笔法引入骈体文中，句式有所变化，不刻意追求华辞丽藻与用典，展示平易自然的特色，催生出散文化的骈文，即宋四六。陈师道指出："欧阳少师始以文体为对属，又善叙事，不用故事陈言而文益高。"（《后山诗话》）陈善强调说："以文体为诗，自退之始；以文体为四六，自欧公始。"（《扪虱新语》上集卷一）

此篇首段禀报获得任命后，已于某月某日抵达任所。中段叙说能离开贬所滁州赴名郡扬州任职，全靠皇上奖拔，内心感激不尽。继而回顾当年因政事结怨取祸、横遭诬陷、贬谪滁州的经历，庆幸今日冤案昭雪，还以清白，得以升迁，也全靠皇上明察是非。末段由自身的遭遇推开诉说，称忠善获保全，奸邪难得逞，不只是个人的幸运，关键在于皇上深入查究政事，行赏劝慰众臣，恩德遍施天下，并表示誓将终始如一地报答的决心。

综观全篇，句式上略有变化。除首段依常规用散体外，骈体已突破四六的格式，使用长句，如"矧利口之中人，譬含沙之射影，谓时之众嫉者易为力，谓事之阴昧者易为诬"，成六九式；又如"有以见圣君之意，未尝忘言事之臣"，皆为七字句，"有""尝"的添入，使诵读更加纡徐流畅。以上引文中共用了六个"之"和"矧""以"等虚词，散文化的特征异常明显。篇中用典出自《周易》《礼记》等，数量较少，也不深奥。语言亦显平易通达。

尹师鲁墓志铭[1]

师鲁河南人，姓尹氏，讳洙。然天下之士识与不识皆称之曰师鲁[2]，盖其名重当世。而世之知师鲁者，或推其文学，或高其议论，或多其材能。至其忠义之节[3]，处穷达，临祸福，无愧于古君子，则天下之称师鲁者未必尽知之。

储欣："文学、议论、材能、忠义，有其一亦足以传，而师鲁身兼四科，公之表章可谓不遗余力。"（《六一居士全集录》卷三）沈德潜称"忠义之节"：主。（《唐宋八大家文读本》卷十三）

[注释]

[1] 庆历八年（1048）作。据韩琦《安阳集》卷四十七《尹洙墓表》，尹洙庆历七年四月十日卒于南阳，但无法及时归乡埋葬而延后，故本文与祭文均为次年作。欧撰墓志文，记大而略小，尹氏家人以其过于简略而不满，欧《居士外集》卷二十三有《论尹师鲁墓志》言及落笔时的用意，有助于更好地理解本文。 [2] "然天下"以下六句：《论尹师鲁墓志》："志言天下之人识与不识，皆知师鲁文学、议论、材能。则文学之长，议论之高，材能之美，不言可知。又恐太略，故条析其事，再述于后。" [3] "至其"以下五句：《论尹师鲁墓志》："其大节乃笃于仁义，穷达祸福，不愧古人。其事不可遍举，故举其要者一两事以取信。如上书论范公而自请同贬，临死而语不及私，则平生忠义可知也，其临穷达祸福不愧古人，又可知也。"

师鲁为文章[1]，简而有法。博学强记，通知古今[2]，长于《春秋》。其与人言[3]，是是非非，务穷尽道理乃已，不为苟止而妄随，而人亦罕能过也。遇事无难易[4]，而勇于敢为，其所以见称于世者，亦所以取嫉于人，故其卒穷以死。

沈德潜："中上材能。"（《唐宋八大家文读本》卷十三）

[注释]

[1]"师鲁"二句：《论尹师鲁墓志》："述其文，则曰'简而有法'，此一句，在孔子'六经'惟《春秋》可当之，其他经非孔子自作文章，故虽有法而不简也。修于师鲁之文不薄矣，而世之无识者，不考文之轻重，但责言之多少，云师鲁文章不合只著一句道了。" [2]"通知"句：《论尹师鲁墓志》："既述其文，则又述其学曰'通知古今'，此语若必求其可当者，惟孔、孟也。" [3]"其与"以下五句：《论尹师鲁墓志》："既述其学，则又述其论议，云是是非非，务尽其道理，不苟止而妄随，亦非孟子不可当此语。" [4]"遇事"以下五句：《论尹师鲁墓志》："既述其论议，则又述其材能，备言师鲁历贬，自兵兴便在陕西，尤深知西事，未及施为而元昊臣，师鲁得罪，使天下之人尽知师鲁材能。"

师鲁少举进士及第[1]，为绛州正平县主簿、河南府户曹参军、邵武军判官[2]。举书判拔萃[3]，迁山南东道掌书记、知伊阳县。王文康公荐其才[4]，召试，充馆阁校勘，迁太子中允。天章阁待制范公贬饶州[5]，谏官、御史不肯言，师鲁上书，言仲淹臣之师友，愿得俱贬。贬监郢州酒税，又徙唐州。遭父丧，服除，复得太子中允、知河

沈德潜："此全以节言。"（同上）

南县。赵元昊反[6]，陕西用兵，大将葛怀敏奏起为经略判官。师鲁虽用怀敏辟，而尤为经略使韩公所深知。其后诸将败于好水[7]，韩公降知秦州，师鲁亦徙通判濠州。久之[8]，韩公奏，得通判秦州。迁知泾州，又知渭州兼泾原路经略部署。坐城水洛与边臣异议[9]，徙知晋州。又知潞州，为政有惠爱，潞州人至今思之。累迁官至起居舍人、直龙图阁[10]。

[注释]

[1]“师鲁”句：韩琦《尹公墓表》：“天圣二年，登进士第。” [2]绛州：治今山西新绛县，辖正平、曲沃等七县。河南府：治今河南洛阳。户曹参军：州府掌管户籍等事务的官员。邵武军：属福建路，治今福建邵武。判官：三司各部设判官三员，分管各案，各州府幕职亦设判官。 [3]“举书判”二句：天圣八年（1030）六月，以书判拔粹人尹洙为武胜节度掌书记、知伊阳县。书判拔粹，铨选试法之一。应试选人录所撰判词送流内铨，词理优长者赴京考试判词，合格者准予参加殿试。武胜军即邓州，属山南东道（唐道名，治襄州，今湖北襄阳）。 [4]“王文康”以下三句：尹洙景祐元年（1034）得到西京留守王曙的推荐，为馆阁校勘。王文康公，即王曙，卒谥文康。 [5]“天章阁”以下七句：《尹公墓表》：“时文正范公治开封府，每奏事，见上论时政，指丞相过失，贬知饶州。余公安道上疏论救，坐以朋党，贬监筠州酒税。公慨然上书曰：‘臣以仲淹忠谅有素，义兼师友，以靖贬臣，臣当

从坐。’贬崇信军节度掌书记，监郢州商税。”郢州，治长寿（今湖北钟祥）。唐州，治泌阳（今属河南）。　[6]“赵元昊”以下五句：康定元年（1040）三月，尹洙先应葛怀敏之召，为泾原、秦凤两路经略安抚判官。其后，夏竦、韩琦、范仲淹复召尹洙，始为陕西路经略安抚判官。葛怀敏，以父荫补官。陕西用兵，起为泾原路马步军副总管。范仲淹言其不知兵，后在与西夏交战时败死。《宋史》有传。　[7]“其后”以下三句：庆历元年（1041）二月，元昊侵渭州，韩琦命大将任福据险设伏，截敌归路。任福为敌所诱，违令出击，大败于好水川。四月，韩琦降为右司谏、知秦州（治今甘肃天水）。尹洙因擅发兵增援，降通判濠州（治今安徽凤阳东北）。　[8]“久之”以下五句：交代庆历二、三年间尹洙通判秦州，移知泾州（治今甘肃泾川北），改知渭州（治今甘肃平凉），及兼泾原路（辖今甘肃和宁夏部分区域）经略部署的经历。　[9]“坐城”以下五句：郑戬为陕西四路都总管时，遣刘沪、董士廉筑水洛城。尹洙认为此前屡困于敌，正由于城寨多而兵势分，不宜继续施工。时郑戬已解除四路总管职务，而沪等依其指示，督役如故。尹洙派狄青扣押沪、士廉。郑戬遂状告尹洙，水洛城得以再建。尹洙移知晋州（治今山西临汾）后，改知潞州（治今山西长治），有政绩。坐，因为。　[10]起居舍人：掌记天子言动的官员，为寄禄官。

师鲁当天下无事时独喜论兵，为《叙燕》《息戍》二篇行于世[1]。自西兵起，凡五六岁，未尝不在其间，故其论议益精密，而于西事尤习其详。其为兵制之说[2]，述战守胜败之要，尽当今之利害。又欲训土兵代戍卒[3]，以减边用，为御戎长

沈德潜："材能未必尽知，则忠义之节亦不能知矣。"（《唐宋八大家文读本》卷十三）

久之策。皆未及施为，而元昊臣[4]，西兵解严，师鲁亦去而得罪矣。然则天下之称师鲁者，于其材能，亦未必尽知之也。

[注释]

[1]"为《叙燕》"句：《叙燕》《息戍》皆尹洙论边防之文章，载《河南集》卷二，《宋史》本传均全文引录。 [2]兵制之说：尹洙有《兵制》一文，载《河南集》卷三。 [3]"又欲"以下三句：尹洙有《乞募士兵札子》，载《河南集》卷十九。 [4]元昊臣：庆历四年五月，元昊称臣。事见《续资治通鉴长编》卷一四九。

沈德潜："追叙。"（同上）

沈德潜："全以节言。"（同上）

初，师鲁在渭州[1]，将吏有违其节度者，欲按军法斩之而不果。其后吏至京师[2]，上书讼师鲁以公使钱贷部将，贬崇信军节度副使，徙监均州酒税。得疾[3]，无医药，舁至南阳求医。疾革，隐几而坐，顾稚子在前，无甚怜之色，与宾客言，终不及其私。享年四十有六以卒。

[注释]

[1]"师鲁"以下三句：指因城水洛逮刘沪、董士廉，欲重惩而未果事。 [2]"其后"以下四句：董士廉与尹洙结怨，到京都告状，朝廷派御史刘湜调查，无罪。但仍以公使钱借部将孙用还贷事，贬尹洙为崇信军（治今湖北随州）节度副使，徙监均州（治今湖北均县镇）酒税。 [3]"得疾"以下十句：据《范文正公尺

陵》卷中《与韩魏公》记载，尹洙去均州时，病已发作。百余天后，就被抬着来邓州，将后事托付给范仲淹。五天后即病危。半夜仲淹去探望，说："足下平生节行用心，待与韩公、欧阳公各做文字，垂于不朽。"他举手叩头。第二天仲淹又去探望，尹洙说："昨晚的话我都记得。"又两天过去，还能扶着走路，忽然要水漱口，靠着几案就断气了。舁（yú），共同用手抬着。疾革，病危。稚子，幼子。

师鲁娶张氏[1]，某县君。有兄源[2]，字子渐，亦以文学知名，前一岁卒。师鲁凡十年间，三贬官，丧其父，又丧其兄。有子四人，连丧其三。女一适人，亦卒。而其身终以贬死。一子三岁[3]，四女未嫁，家无余资，客其丧于南阳不能归。平生故人无远迩皆往赙之[4]，然后妻子得以其柩归河南，以某年某月某日葬于先茔之次[5]。余与师鲁兄弟交，尝铭其父之墓矣[6]，故不复次其世家焉。铭曰：

沈德潜："总束，见师鲁所遭之穷，如听断峡哀猿鸣也。"（《唐宋八大家文读本》卷十三）

藏之深[7]，固之密。石可朽，铭不灭。

[注释]

[1]"师鲁"二句：《尹公墓表》："娶张氏，鹿邑县君。" [2]"有兄"以下四句：尹源，字子渐，天圣八年进士，通判泾州、庆州，知怀州，庆历五年卒于官。详见后《太常博士尹君墓志铭》。 [3]一

子三岁：《尹公墓表》："其幼曰构，今方十岁。"时在至和元年，上距庆历八年凡七年，故正十岁也。欧《奏议集》卷十六有嘉祐四年作《乞与尹构一官状》。　[4]"平生"句：邵伯温《邵氏闻见录》卷十八："皇祐初，洛阳南资福院有僧录义琛者，素出入尹师鲁门下。师鲁自平凉帅谪崇信军节度副使、均州监酒，过洛，义琛见之曰：'乡里门徒数人，欲一望见龙图。'有顷，诸人出，一喏而去，皆洛中大豪。义琛已密约，贷钱为师鲁买洛城南宫南村负郭美田三十顷。师鲁初不知，后义琛复以岁所得地利偿诸人。至师鲁卒，丧归洛，义琛哭柩前，纳其券于师鲁家。师鲁素贫，子孙赖此以生。"赙，送钱财助办丧事。　[5] 先茔之次：先人坟茔之中。　[6]"尝铭"句：欧为尹洙父仲宣铭墓，见《居士集》卷二十六《尚书虞部员外郎尹公墓志铭》。　[7]"藏之深"以下四句：《论尹师鲁墓志》："不必号天叫屈，然后为师鲁称冤也。故于其铭文，但云'藏之深，固之密，石可朽，铭不灭'，意谓举世无可告语，但深藏牢埋此铭，使其不朽，则后世必有知师鲁者。其语愈缓，其意愈切，诗人之义也。"

[点评]

欧阳修与尹洙为"兄弟交"，他们都义无反顾地支持范仲淹领导的改革，因此景祐三年、庆历五年两度同遭贬谪；他们又是一起从事古文创作与革新的伙伴。范仲淹作《尹师鲁河南集序》称："师鲁深于《春秋》，故其文谨严，辞约而理精，章奏疏议，大见风采。士林方耸慕焉。遽得欧阳永叔，从而大振之，由是天下之文一变，而其深有功于道欤！"（《范文正公集》卷六）

本文是欧为挚友精心构撰、特色鲜明的力作，自谓

“师鲁之志用意特深而语简，盖为师鲁文简而意深”（《论尹师鲁墓志》），对师鲁文的评价与范仲淹无异。故茅坤评曰：“欧最得意友，亦欧公最着意之文。”（《欧阳文忠公文钞》卷二十九）储欣亦激赞本文“用意之深，用法之精”（《六一居士全集录》卷三）。总之，“为文章，简而有法”，评价适当，并无不妥。

文章表彰师鲁的忠义之节，予以高度赞美；又赞其“长于《春秋》”、精于论兵、勇于敢为、为政惠爱、终不及私等才干与美德，全面而无遗漏。“师鲁凡十年间三贬官”以下，写其丧父丧兄又丧三子，“其身终以贬死”，又“客其丧于南阳不能归”，不幸至极，表达了深切的同情与不可抑止的悲伤。全篇十七次提及师鲁，不可不谓情深意长。

当然，也应看到欧撰《新五代史》，或有“意主断制，不肯以纪载丛碎自贬其体，故其词极工，而于情事或不能详备”（《四库全书总目》卷四十六《旧五代史》提要）之不足。联系本文，倘若与《江邻几墓志铭》《黄梦升墓志铭》描叙之具体动人，做一比较，那么，尹氏亲友看不到此文之深意，只觉得记事太简略，似乎亦有可理解之处。

祭尹师鲁文[1]

维年月日，具官欧阳修谨以清酌庶羞之奠[2]，

祭于亡友师鲁十二兄之灵曰：

嗟呼师鲁！辩足以穷万物[3]，而不能当一狱吏；志可以挟四海，而无所措其一身。穷山之崖[4]，野水之滨，猿猱之窟，麋鹿之群，犹不容于其间兮，遂即万鬼而为邻。

以偶句作对比，凸显尹洙才志非凡而遭遇悲惨。

[注释]

[1] 庆历八年（1048）作。 [2]“具官”句：此为祭文发端着墨的常规。具官，文稿里个人官职的省称。清酌庶羞，清酒与多样佳肴，指祭奠用品。 [3]“辩足以”以下四句：指上篇《尹师鲁墓志铭》所述“师鲁在渭州，将吏有违其节度者，欲按军法斩之而不果”，反而被上书控告而遭贬之事。《欧集·书简》卷六《与梅圣俞》：“师鲁之辩，亦仲尼、孟子之功也。”《居士集》卷八《哭圣俞》诗：“师鲁卷舌藏戈矛。”措，安置。 [4]“穷山”以下六句：谓天地虽广，而尹洙却无处容身，直至去世。猿猱（náo），泛指猿猴。

嗟呼师鲁！世之恶子之多，未必若爱子者之众，何其穷而至此兮，得非命在乎天，而不在乎人！方其奔颠斥逐[1]，困厄艰屯，举世皆冤，而语言未尝以自及；以穷至死，而妻子不见其悲忻。用舍进退[2]，屈伸语默，夫何能然，乃学之力。至其握手为诀[3]，隐几待终，颜色不变，笑言从容。死生之间，既已能通于性命；忧患之至，宜其不累于心胸。自子云逝，善人宜哀；子能自达，予又何悲！惟其师友之益[4]，平生之旧，情之难忘，言不可究[5]。

刻画临终时的尹洙，神态毕现。

[注释]

[1]“方其”以下六句：参见前篇“师鲁凡十年间，三贬官”至“客其丧于南阳不能归”，及“疾革，隐几而坐，顾稚子在前，无甚怜之色，与宾客言，终不及其私”的记叙。奔颠斥逐，指奔波流离、贬谪放逐的经历。艰屯（zhūn），艰辛困顿。　[2]“用舍”以下四句：谓或用或舍，时进时退，能屈能伸，可发声亦可沉默，皆赖富于学养之功力。　[3]“至其”以下八句：写尹洙已看透生死。参见前篇《尹师鲁墓志铭》“初，师鲁在渭州”一段注[3]。又，沈括《梦溪笔谈》卷二十载范仲淹在师鲁临终前赶来，“师鲁忽举头曰：‘早已与公别，安用复来？’文正惊问所以，师鲁笑曰：‘死生常理也，希文岂不达此？’又问其后事，尹曰：‘此在公耳。’乃揖希文，复逝。俄顷，又举头顾希文曰：‘亦无鬼神，亦无恐怖。’言讫，遂长往”。隐几待终，谓倚靠几案，从容面对生命的终结。　[4]师友：亦师亦友，泛指可以请益的人。　[5]究：穷尽。

嗟呼师鲁！自古有死[1]，皆归无物。惟圣与贤，虽埋不没。尤于文章，焯若星日。子之所为，后世师法。虽嗣子尚幼[2]，未足以付予；而世人藏之，庶可无于坠失。子于众人[3]，最爱予文。寓辞千里[4]，侑此一樽[5]。冀以慰子，闻乎不闻？尚飨！

[注释]

[1]“自古”以下六句：谓文章自可垂后而不朽。欧《祭石曼卿文》云：“其同乎万物生死，而复归于无物者，暂聚之形；不与万物共尽，而卓然其不朽者，后世之名。此自古圣贤，莫不皆然，而著在简册者，昭如日星。”焯（zhuō），显明。 [2]嗣子：指尹构。见前篇末段注[3]。 [3]“子于”二句：欧《论尹师鲁墓志》：“平生作文，惟师鲁一见，展卷疾读，五行俱下，便晓人深处。” [4]寓辞千里：尹洙卒于庆历七年（1047），葬于八年，时欧在扬州作此祭文，距尹洙葬地洛阳有千里之遥。 [5]侑（yòu）此一樽：奉上这一杯酒。侑，劝饮。

[点评]

“嗟呼师鲁”的一唱三叹，奠定了本文感慨悲凉的基调。长短参差、骈散结合的文句，以跌宕起伏的节奏，抒发了对挚友人格、才华的由衷崇敬和对其不幸命运的深切同情。张伯行评曰：“师鲁与公始倡为古文词，相知最厚，摈斥而死。故公特写其磊落之致、悲怆之思，抑扬跌宕，绰有情致。”（《唐宋八大家文钞》卷六）汪份指出本文的特点：“叙事全用议论驾过，笔笔凌空，不是呆疏。”（引自《唐宋文举要》甲编卷六）

祭苏子美文[1]

维年月日，具官欧阳修谨以清酌庶羞之奠，致祭于亡友湖州长史苏君子美之灵曰[2]：

哀哀子美，命止斯邪[3]？小人之幸[4]，君子之嗟！子之心胸[5]，蟠屈龙蛇，风云变化，雨雹交加，忽然挥斧，霹雳轰车。人有遭之，心惊胆落，震仆如麻。须臾霁止，而回顾百里，山川草木，开发萌芽。子于文章，雄豪放肆，有如此者，吁可怪邪！

孙琮："写其文章变幻，真有蛟龙盘舞纸上，隐跃而出。"（《山晓阁选宋大家欧阳庐陵全集》卷四）

[注释]

[1] 庆历八年（1048）作。据欧《湖州长史苏君墓志铭》，是年十二月，苏舜钦卒于苏州。苏子美：苏舜钦，字子美。 [2] 湖州长史：庆历四年，苏舜钦因进奏院祀神宴饮遭弹劾，削职为民，定居苏州，八年复官湖州长史，未上任而离世。湖州，今属浙江。长史，为州、府之上的佐官，无实际职掌，或以特恩授士人，或以犯有过失的官员充任。 [3] 斯：此。 [4]“小人”二句：谓舜钦去世，庆历新政的反对者庆幸，而新政的主持者与拥护者叹惜。 [5]“子之心胸”以下十七句：此形容苏舜钦文风雄健奔放，恢弘奇特，变幻多端，有强烈的震撼力。陈善《扪虱新语》上集卷二："世人但知诵公此文，而不知实有来处。公作《黄梦升墓铭》，称梦升哭其兄之子庠之辞曰：'子之文章，电激雷震，雨雹

忽止，阒然灭泯。’公尝喜诵之，祭文盖用此尔。梦升所作，虽不多见，然观其词句，奇倔可喜，正得所谓千兵万马之意。及公增以数语，而变态如此！此固非蹈袭者。”

嗟乎世人[1]，知此而已，贪悦其外，不窥其内。欲知子心，穷达之际。金石虽坚，尚可破坏，子于穷达，始终仁义。惟人不知，乃穷至此。蕴而不见[2]，遂以没地，独留文章，照耀后世。嗟世之愚，掩抑毁伤；譬如磨鉴[3]，不灭愈光。一世之短，万世之长，其间得失，不待较量。哀哀子美，来举予觞[4]。尚飨！

孙琮：“写其文章传世，真如日月昭垂，亘古不相磨灭。”（《山晓阁选宋大家欧阳庐陵全集》卷四）

[注释]

[1]“嗟乎”以下十句：感叹世人只知舜钦的诗文成就，而不知其崇尚仁义，志节坚贞。 [2]“蕴而”以下四句：舜钦不幸，横遭陷害，文章不朽，辉耀后世。后文《苏氏文集序》赞曰：“斯文，金玉也，弃掷埋没粪土，不能销蚀。” [3]鉴：镜子。 [4]觞（shāng）：酒杯。

[点评]

苏舜钦才高一世，却因支持新政，惨遭迫害。时欧按察河北，已非谏官，得舜钦书，于书后写道：“子美可哀，吾恨不能为之言。”此情在为舜钦作祭文时得到有力的宣泄，就像以简而有法的文笔为尹洙铭墓一样，他也用舜钦擅长的雄奇奔放而富于想象的笔墨，颂美其横溢的才华和光彩照人的篇章，无愧于储欣“拟议子美文颇肖”(《六一居士全集录》卷五）的评价。作者将舜钦无论穷达“始终仁义”的高尚品格与小人不择手段“掩抑毁伤”的愚蠢恶行加以对照，苏氏文耀后世、“不灭愈光”的形象更显伟岸不朽。全篇除开头三句序文外，皆用四言句，双句押韵，平仄韵交替，随感情转换而抑扬起伏，不同于全篇押平声庚韵一韵到底的《祭石曼卿文》。

真州东园记[1]

真为州[2]，当东南之水会，故为江淮、两浙、荆湖发运使之治所[3]。龙图阁直学士施君正臣、侍御史许君子春之为使也[4]，得监察御史里行马君仲涂为其判官[5]。三人者乐其相得之欢，而因其暇日，得州之监军废营以作东园[6]，而日往游焉。

全文由此展开，“监军废营”之“废”，反衬新建东园之美。

[注释]

[1] 皇祐三年（1051）作。真州：治今江苏仪征。据《明一统志》载，东园在仪征县东。　[2]“真为州”二句：真州位于长

江下游北岸，东临运河，故称“水会”。 [3]“故为”句：宋初置江淮水陆发运于开封，漕运米粟。后于江南、淮南、两浙、荆湖诸路置发运使，庆历七年（1047）置司真州，每年漕运江湖之粟以供中原。江淮，长江、淮河流域，今苏、皖一带。两浙，浙东浙西，即今浙江。荆湖，今鄂、湘一带。治所，官署所在地。 [4]龙图阁：收藏太宗御书、御制文集、各种典籍等，设待制、直学士、学士等职。施君正臣：名昌言，累迁江淮发运使、龙图阁直学士、龙图阁学士，知滑州、越州。侍御史：为辅助御史中丞处理御史台事务的官员。许君子春：名元，以尚书主客员外郎为发运使，特赐进士出身，迁侍御史，后历知扬州、越州等。二人《宋史》有传。 [5]监察御史里行：为官卑而入监察御史者。马君仲涂：名遵，以监察御史为江淮发运判官，累迁礼部员外郎兼侍御史知杂事，改吏部，直龙图阁。《宋史》有传。 [6]监军：唐及五代多以宦官为监军，作为皇帝耳目以控制军队将领。宋于若干州郡亦置监军。

岁秋八月[1]，子春以其职事走京师，图其所谓东园者来以示予[2]，曰：“园之广百亩，而流水横其前，清池浸其右，高台起其北。台[3]，吾望以拂云之亭；池，吾俯以澄虚之阁；水，吾泛以画舫之舟。敞其中以为清宴之堂，辟其后以为射宾之圃。芙渠芰荷之的历[4]，幽兰白芷之芬芳，与夫佳花美木列植而交阴，此前日之苍烟白露而荆棘也。高甍巨桷，水光日景动摇而下上，其宽

沈德潜：“从前此废营着意。”（《唐宋八大家文读本》卷十二）

闲深靓，可以答远响而生清风，此前日之颓垣断堑而荒墟也。嘉时令节，州人士女啸歌而管弦，此前日之晦冥风雨、鼪鼯鸟兽之嗥音也。吾于是信有力焉[5]。凡图之所载，盖其一二之略也。若乃升于高以望江山之远近，嬉于水而逐鱼鸟之浮沉，其物象意趣[6]，登临之乐，览者各自得焉。凡工之所不能画者，吾亦不能言也，其为吾书其大概焉。”

沈德潜：“虚括一语。”（《唐宋八大家文读本》卷十二）

[注释]

[1]“岁秋”二句：是时，欧在留守南京（今河南商丘）任上，许元因转运司的公事由真州赴开封，途经南京，得以访欧。 [2]图其所谓东园：把他所说的东园画成图。 [3]“台”以下八句：谓台上建拂云亭，池畔建澄虚阁，水面置画舫舟，园中建清宴堂，堂后作射圃。画舫之舟，“舫”与“舟”意重叠，牵强用之，实为瑕疵。画舫，造于园林水面上的绘有图画的船型建筑物。清宴，取“河清海宴天下太平”之意。射宾之圃，园囿中有射圃，供主宾习射及娱乐之用。 [4]“芙渠”以下十二句：写建园前后情景之截然不同：佳花缤纷之地原来是遍布荆棘，亭堂宏伟之处原来是残垣断壁，啸歌管弦的欢乐之音原来尽是野兽嚎叫的恐怖之声。芙渠芰荷，指荷花。的（dí）历，鲜明貌。幽兰白芷，泛指香草。甍（méng），屋脊。桷（jué），方形的椽子。宽闲深靓（jìng），厅堂宽敞、深邃宁静。晦冥，昏暗。鼪鼯（shēng wú），鼪鼠（黄鼠狼）与鼯鼠。 [5]信有力：确信有力改变环

境。　[6] 物象：事物的形象或景象。

又曰：“真，天下之冲也[1]。四方之宾客往来者，吾与之共乐于此，岂独私吾三人者哉？然而池台日益以新，草树日益以茂，四方之士无日而不来，而吾三人者有时而皆去也，岂不眷眷于是哉[2]？不为之记，则后孰知其自吾三人者始也？”

沈德潜：“所以乞作记之故。”（《唐宋八大家文读本》卷十二）

予以谓三君之材贤足以相济[3]，而又协于其职，知所后先，使上下给足[4]，而东南六路之人无辛苦愁怨之声[5]，然后休其余闲，又与四方之贤士大夫共乐于此。是皆可嘉也，乃为之书。庐陵欧阳修记。

沈德潜：“补出平日为政。”（同上）

[注释]

[1] 冲：交通要道。　[1] 眷眷：依恋不舍。　[3] 相济：互为帮助。　[4] 上下：指朝廷与民间。　[5] 东南六路：指江南东西路、荆湖南北路、淮南路、两浙路。

[点评]

与作者的其他营建记不同，非亲身所经历，就写出了一篇富于诗情画意令人赞叹的园林记，确属不易。作者发挥了高度的想象力，用如有神助的妙笔，将真州东园作为“废营”的过去与从图纸及介绍所得知的现在，如亲眼所见般地作真切细腻生动的描写和对比，给读者留下了难忘的印象。诚如刘大櫆所言：“柳州记山水，从实处写景；欧公记园亭，从虚处生情。柳州山水，以幽冷奇峭胜；欧公园亭，以敷娱都雅胜。此篇铺叙今日为园之美，一一倒追未有之荒芜，更有情韵意态。”（引自《诸家评点古文辞类纂》卷五十四）

苏氏文集序[1]

予友苏子美之亡后四年，始得其平生文章遗稿于太子太傅杜公之家[2]，而集录之以为十卷。子美，杜氏婿也，遂以其集归之，而告于公曰：“斯文，金玉也，弃掷埋没粪土，不能销蚀[3]。其见遗于一时[4]，必有收而宝之于后世者。虽其埋没而未出[5]，其精气光怪已能常自发见，而物亦不能掩也。故方其摈斥摧挫、流离穷厄之时[6]，文章已自行于天下，虽其怨家仇人，及尝能出力而挤之死者，至其文章，则不能少毁而掩蔽之也。凡人之情，忽近而贵远，子美屈于今世犹若此，

浦起龙：“通篇以文之高、官之废斥发慨。”（《古文眉诠》卷五十九）

浦起龙：“首挈文章，即神注废弃，表其光气。”（同上）

浦起龙：“承写处明逗‘摈斥’，而以文章传后慰之。”（同上）

其伸于后世宜如何也！公其可无恨。”

[注释]

[1] 皇祐三年（1051）作。是年即篇首所言“苏子美之亡后四年”。苏氏：苏舜钦，卒于庆历八年（1048）。生平见前《水谷夜行寄子美圣俞》诗注 [1]。 [2] 平生文章遗稿：苏舜钦的诗文作品，存《苏学士文集》，今人傅平骧、胡问陶有《苏舜钦集编年校注》。杜公：杜衍，生平见前《上杜中丞论举官书》。 [3] 销蚀：消损、侵蚀。 [4]“其见遗”二句：说苏氏诗文暂未被人所知，后世必有视为珍宝而收藏者。 [5]“虽其”以下三句：赞苏氏诗文如精气外现而难以掩抑。典出《晋书·张华传》，说豫章人雷焕称斗牛之间颇有异气，乃宝剑之精，上彻于天。华问“在何郡”，焕答“在豫章丰城”。华即遣焕为丰城令，焕到县，掘狱屋基，得一石函，光气非常，中有双剑，曰龙泉、太阿。其夕，斗牛间气不复见焉。 [6] 摈（bìn）斥摧挫：排斥摧残。

予尝考前世文章政理之盛衰[1]，而怪唐太宗致治几乎三王之盛，而文章不能革五代之余习。后百有余年，韩、李之徒出，然后元和之文始复于古。唐衰兵乱，又百余年而圣宋兴，天下一定，晏然无事。又几百年[2]，而古文始盛于今。自古治时少而乱时多，幸时治矣，文章或不能纯粹，或迟久而不相及，何其难之若是欤？岂非难得其人欤？苟一有其人，又幸而及出于治世，世其可

浦起龙：“此段原文章复古之难，由唐例今，虚含子美。”（《古文眉诠》卷五十九）

不为之贵重而爱惜之欤？嗟吾子美[3]，以一酒食之过，至废为民而流落以死。此其可以叹息流涕，而为当世仁人君子之职位宜与国家乐育贤材者惜也。

浦起龙：“此段趁文章之难，搭到其人难得，为子美废斥致惜。”（《古文眉诠》卷五十九）

[注释]

[1]“予尝”以下六句：言由史观之，政治与文章的盛衰并不同步。《新唐书·太宗本纪赞》：“盛哉，太宗之烈也！其除隋之乱，比迹汤、武；致治之美，庶几成、康。”又，《艺文志》称唐高祖与太宗，一统天下，但未能革除雕章丽句的浮艳文风。韩，韩愈（768—824），字退之，河阳河内（今河南孟州）人，唐代古文运动领袖，名列唐宋八大家之首。祖籍河北昌黎，世称韩昌黎。官至吏部侍郎，人称韩吏部。谥号“文”，又称韩文公。有《昌黎先生集》。李，李翱（772—841），见前《读李翱文》首段注释[1]。韩、李主要活动在唐宪宗元和（806—820）年间。 [2]“又几百”二句：宋朝立国近百年，至仁宗庆历年间，诗文革新成就喜人，古文已取代骈文，在文坛上居于主导地位。几，近。古文，指与时文（即骈文）对立，继承先秦两汉文的传统，内容充实、奇句单行、不讲声律对偶的文体。 [3]“嗟吾”以下三句：事见前《水谷夜行寄子美圣俞》诗注[1]。

子美之齿少于予[1]，而予学古文反在其后。天圣之间[2]，予举进士于有司，见时学者务以言语声偶擿裂，号为时文，以相夸尚。而子美独与其兄才翁及穆参军伯长[3]，作为古歌诗杂文，时人颇共非笑之，而子美不顾也。其后天子患时文之弊[4]，下诏书讽勉学者以近古，由是其风渐息，而学者稍趋于古焉。独子美为于举世不为之时，其始终自守，不牵世俗趋舍[5]，可谓特立之士也。

浦起龙："此段又以文章间之正表子美首倡复古之功。段内含自托意。"(《古文眉诠》卷五十九）

[注释]

[1]"子美"句：欧于景德四年（1007）生，苏于大中祥符元年（1008）生。 [2]"天圣"以下五句：《宋史·欧阳修传》称"宋兴且百年，而文章体裁犹仍五季余习"，"士因陋守旧，论卑气弱"。声偶，讲究声韵、对偶。擿（tī）裂，犹割裂，随意摘取、拼凑古人文中的辞句，指用典之类。时文，指科举考试时的应试之文，即骈文。 [3]才翁：舜钦之兄舜元，字才翁，《宋史·苏舜钦传》称其"为人精悍任气节，为歌诗亦豪健"。穆参军伯长：穆修，字伯长，北宋古文运动的先驱。参军为其官职，掌州、府庶务，纠诸曹之延误、违失。 [4]"其后"二句：宋仁宗于天圣七年、明道二年、庆历四年先后下诏，称礼部贡举当力戒文弊。 [5]牵：牵制。

子美官至大理评事、集贤校理而废[1]，后为湖州长史以卒，享年四十有一。其状貌奇伟[2]，望之昂然，而即之温温，久而愈可爱慕。其材虽

浦起龙："末又慨到废斥之后竟以不振而卒。"（同上）

高[3]，而人亦不甚嫉忌，其击而去之者，意不在子美也。赖天子聪明仁圣[4]，凡当时所指名而排斥，二三大臣而下，欲以子美为根而累之者，皆蒙保全，今并列于荣宠。虽与子美同时饮酒得罪之人[5]，多一时之豪俊，亦被收采，进显于朝廷。而子美独不幸死矣，岂非其命也？悲夫！庐陵欧阳修序。

浦起龙：“历举同废得蒙开复，重为子美增悲。”（《古文眉诠》卷五十九）

浦起龙：“凄然而止。”（同上）

[注释]

[1] 大理评事：宋初犹有定员，与大理正、丞分掌断狱，其后别置详断官，本官遂为寄禄官，舜钦即是。集贤校理：集贤院掌收藏、校勘典籍，有大学士、学士、直院、校理等官，校理属初级官职。 [2]“其状貌”以下四句：赞舜钦的外貌气质。《论语·子张》：“君子有三变：望之俨然，即之也温，听其言也厉。”邢昺疏：“常人远望之，则多懈惰；即近之，则颜色猛厉；听其言，则多佞邪。唯君子则不然，人远望之，则正其衣冠；尊其瞻视，常俨然也；就近之，则颜色温和；及听其言辞，则严正而无佞邪也。”温温，和柔貌。 [3]“其材”以下四句：御史中丞王拱辰制造进奏院冤案，意在打击新政推行者杜衍、范仲淹、富弼及其他支持者，故从与范关系密切且为杜衍之婿的舜钦入手。《宋史·王拱辰传》称拱辰“由此为公议所薄”。 [4]“赖天子”以下六句：后杜、范、富等新政核心人物，除杜衍退休外，其他人皆恢复官职。 [5]“虽与”以下四句：参与进奏院饮宴者，如王洙、王益柔、吕溱、刁约、宋敏求等人，皆先后复职。

[点评]

作为北宋文坛盟主，欧阳修深知诗文革新的艰难和人才的难得。在整理了《苏氏文集》并为之作序而面呈苏氏岳父、新政主持者杜衍前辈的时候，欧阳修既如释重负又无限伤怀。此序考察了由唐至宋政事与文学的盛衰，从历史发展的角度，充分肯定苏氏诗文的卓越成就和重要价值，为才华横溢的友人成为新政失败的牺牲者痛惜不已，是一篇饱含深情且富于文学和史学价值的序文佳作。文章一再突出苏舜钦成为守旧势力重点打击对象的不幸，又极力强调他的逝世是宋代诗文革新的重大损失，沉痛悼念深切怀念的悲情难以抑制，故储欣称“篇中将能文与不遇两意夹说，流涕唏嘘，此古人情至之作”(《唐宋八大家类选》卷十一)，又赞本文为“典则森然，诸序中匠心之构”(《六一居士全集录》卷五)，可谓十分确切的评价。

祭资政范公文[1]

月日，庐陵欧阳修谨以清酌庶羞之奠，致祭于故资政殿学士、尚书户部侍郎范文正公之灵曰[2]：

呜呼公乎！学古居今[3]，持方入圆。丘、轲之艰，其道则然。公曰彼恶[4]，公为好讦；公曰彼善，公为树朋；公所勇为，公则躁进；公有退让，公为近名。谗人之言，其何可听！先事而斥[5]，群讥众排。有事而思，虽仇谓材。毁不吾伤，誉不吾喜。进退有仪，夷行险止。

“公”字领起的四组排比，前述范公所言所为，后是针锋相对的诽谤诬蔑，见谗人气焰何其嚣张。

[注释]

[1] 皇祐四年（1052）作。是年五月，范仲淹卒于徐州。时欧因母丧，由南京（今河南商丘）归颍州（今安徽阜阳）守制。 [2] 资政殿学士：宋置诸殿学士，出入侍从，以备顾问，无官守、无典掌而资望极高，常由罢职辅臣充任。尚书户部侍郎：尚书省户部掌户口、农田、赋役、常平、坊场等事，设尚书一人，侍郎二人。时为寄禄官。 [3] “学古”以下四句：谓效法古人，持身方正，为国事尽力，如孔丘、孟轲推行王道，十分艰难。 [4] “公曰”以下十句：谓仲淹动辄得咎，遭到无以复加的攻击。好讦（jié），好揭发他人隐私。树朋，树立朋党。近名，求取名声。《庄子・养生主》：“为善无近名。”谗人，专说别人坏话的人。《庄子・渔父》：“好言人恶谓之谗。” [5] “先事”以下八句：谓虑事于先者，却遭讥讽排斥；出了事才想到此人，即便是仇家也视其为人才。诋毁和称誉都不能动摇其信念，其处事坚持原则，平坦则行，遇险则止。先事，犹事前。刘向《说苑》：“谋先事则昌，事先谋则亡。”

呜呼公乎！举世之善，谁非公徒？谗人岂多[1]，公志不舒。善不胜恶[2]，岂其然乎？成难毁易，理又然欤？

[注释]

[1]“谗人”二句：诽谤范仲淹的虽是极少数人，但使他的志向不得舒展。 [2]“善不”以下四句：宣泄对新政失败的愤慨：善不胜恶，岂会如此？成事难而毁事易，理又如此吗？

形象地刻画谗人的阴谋，可谓居心叵测。

呜呼公乎！欲坏其栋[1]，先摧桷榱；倾巢破鷇，披折傍枝。害一损百，人谁不罹？谁为党论，是不仁哉！

[注释]

[1]“欲坏”以下八句：痛斥守旧势力兴进奏院之狱，摧垮新政领导班子。杜衍、范仲淹等罢去朝职后，诸多新政支持者均遭贬黜。栋，栋梁。桷榱（cuī），椽子。倾巢破鷇（gòu），意为覆巢之下，岂有完卵。鷇，须母鸟哺食的雏鸟。罹，遭遇。党论，朋党之论。

明茅坤：“范公与公同治同难，故痛独深。”（《欧阳文忠公文钞》卷三十一）

呜呼公乎！易名谥行[1]，君子之荣。生也何毁[2]，没也何称？好死恶生，殆非人情，岂其生有所嫉，而死无所争？自公云亡，谤不待辨。愈久愈明，由今可见。始屈终伸，公其无恨[3]。写怀平生[4]，寓此薄奠[5]。

[注释]

[1]“易名”二句：易名指帝王、大臣死后朝廷为之赐谥号。《礼记·檀弓》：“死谥，周道也。”疏：“殷以上有生号，仍为死后之称。……周则死后别立谥。”范仲淹死后据其生前品行，谥“文正”，是崇高的褒扬与荣耀。　[2]“生也”以下六句：谓仲淹生前遭谗毁，死后受赞誉，大概是因活着时有人嫉妒，死了也没人来争了。　[3]恨：憾。　[4]写怀：抒怀。　[5]寓：寄托。

[点评]

欧阳修积极追随范仲淹，投身国家政治革新的大业。党论的喧嚣、新政的失败，是范、欧二人共同遭受的沉重打击。一篇爱憎分明的祭文，对守旧势力不择手段地诬陷与迫害革新者的卑劣行径，表达了极度愤慨；对精神不朽、英名长存的范仲淹，抒发了无限敬佩的深情，致以由衷的敬意。本篇短序及末段“岂其”二句外，皆四字一句，严整有力。四段各自押韵，而韵随意转，爱憎分明。首段为仲淹的动辄得咎鸣不平，宣泄内心的极度不满；次段咄咄逼人地厉声发问，抨击“谗人”可耻的恶行；三段揭露构陷革新派的卑劣阴谋，义正词严地抨击“党论”；末段以仲淹“始屈终伸”见公道自在人心，歌颂仲淹为“君子之荣”，永垂不朽。“呜呼公平”领起的反复唱叹，震撼人心，诚如浦起龙所评：“全为罹党论抒愤，言之不足，长言之也。”（《古文眉诠》卷六十二）

资政殿学士户部侍郎文正范公神道碑铭并序[1]

此段由范仲淹卒、葬入手，交代其先世及苦学登第。

皇祐四年五月甲子，资政殿学士、尚书户部侍郎、汝南文正公薨于徐州[2]，以其年十有二月壬申，葬于河南尹樊里之万安山下[3]。公讳仲淹，字希文。五代之际，世家苏州，事吴越[4]。太宗皇帝时，吴越献其地，公之皇考从钱俶朝京师[5]，后为武宁军掌书记以卒[6]。公生二岁而孤[7]，母夫人贫无依，再适长山朱氏。既长，知其世家，感泣，去之南都[8]。入学舍，扫一室，昼夜讲诵[9]。其起居饮食，人所不堪，而公自刻益苦。居五年，大通"六经"之旨[10]，为文章论说，必本于仁义。祥符八年[11]，举进士，礼部选第一，遂中乙科，为广德军司理参军[12]，始归迎其母以养。及公既贵，天子赠公曾祖苏州粮料判官讳梦龄为太保[13]，祖秘书监讳赞时为太傅，考讳墉为太师，妣谢氏为吴国夫人。

一代伟人的起步：刻苦通"六经"，立身本仁义。

[注释]

[1] 至和元年（1054）作。篇首言范仲淹卒于皇祐四年（1052）五月，时欧尚在颍州为母守丧。秋有致孙沔书云："昨日

范公宅得书，以埋铭见托。哀苦中，无心绪作文字，然范公之德之才，岂易称述？至于辨谗谤，判忠邪，上不损朝廷事体，下不避怨仇侧目，如此下笔，抑又艰哉！某平生孤拙，荷范公知奖最深，适此哀迷，别无展力，将此文字，是其职业，当勉力为之。更须诸公共力商榷，须要稳当。”（《欧集·书简》卷二《与孙威敏公》）确实，像范仲淹这样一位在政坛上有巨大影响的人物，拥戴者有之，反对者亦有之，欧阳修为之铭墓，要估量各方面的反应，更要对伟人做出高度肯定而又实事求是的评价，何其艰难！文正：范仲淹卒后谥号。神道碑铭：刘勰《文心雕龙·诔碑》："其序则传，其文则铭。"碑志含传与铭，立于墓上称墓表；立于墓道称神道碑。 [2] 汝南：今属河南，系范氏郡望。徐州：今属江苏。 [3] 河南：指河南府河南县（今河南洛阳）。万安山：又名大石山，在洛阳东南。 [4] 事吴越：在吴越做官。吴越，五代时国名，钱镠所立，定都杭州。 [5] 皇考：亡父。钱俶：钱镠之孙，宋太祖时臣服入宋。 [6] 武宁军：即武宁军节度，治彭城（今江苏徐州）。掌书记：见前《答陕西安抚使范龙图辞辟命书》首段注 [1]。 [7]“公生”以下三句：《宋史·范仲淹传》："仲淹二岁而孤，母更适长山朱氏，从其姓，名说。"适，嫁。长山，今山东长山县。 [8] 南都：宋真宗改宋州为应天府（治今河南商丘），又称南京。 [9]“昼夜”以下四句：《宋史·范仲淹传》："昼夜不息，冬月惫甚，以水沃面；食不给，至以糜粥继之，人不能堪，仲淹不苦也。" [10] 六经：儒家经典《诗》《书》《礼》《乐》《易》《春秋》。 [11]“祥符”以下四句：宋真宗大中祥符八年（1015），范仲淹进士及第。乙科，礼部试后殿试，中式者分甲、乙科，乙科为第二等。 [12] 广德军：治今安徽广德。 [13]“天子”以下四句：交代范仲淹祖先三代受到皇帝追加封赠的情况。太保、太傅、太师，宋时总称三公，得此追封，是很高的荣誉。

此段点出仲淹“先天下之忧而忧，后天下之乐而乐”的抱负，并以“忤章献太后旨”“上书请还政天子”等事为证。

公少有大节[1]，于富贵、贫贱、毁誉、欢戚，不一动其心，而慨然有志于天下。常自诵曰：“士当先天下之忧而忧，后天下之乐而乐也。”其事上遇人[2]，一以自信，不择利害为趋舍。其所有为，必尽其方，曰：“为之自我者当如是，其成与否，有不在我者，虽圣贤不能必，吾岂苟哉！”天圣中[3]，晏丞相荐公文学，以大理寺丞为秘阁校理。以言事忤章献太后旨[4]，通判河中府。久之，上记其忠，召拜右司谏。当太后临朝听政时[5]，以至日大会前殿，上将率百官为寿，有司已具。公上疏，言天子无北面，且开后世弱人主以强母后之渐，其事遂已。又上书请还政天子[6]，不报。及太后崩[7]，言事者希旨，多求太后时事，欲深治之。公独以谓太后受托先帝，保佑圣躬，始终十年，未见过失，宜掩其小故以全大德。初，太后有遗命[8]，立杨太妃代为太后。公谏曰：“太后，母号也，自古无代立者。”由是罢其册命。

[注释]

[1]“公少有”以下七句：说范仲淹一生秉持大节，先人后己，有志于天下，致力于安邦定国。“士当先天下”二句，见其名作《岳

阳楼记》。[2]事上遇人：侍奉皇帝，对待同僚。[3]“天圣中”以下三句：司马光《涑水记闻》卷十：“晏丞相殊留守南京，仲淹遭母忧，寓居城下。晏公请掌府学，仲淹常宿学中，训督学者，皆有法度，勤劳恭谨，以身先之。”为此，晏殊推荐仲淹，遂除馆职。仲淹以大理寺丞为秘阁校理。[4]“以言事”二句：《宋史·范仲淹传》：“天圣七年，章献太后将以冬至受朝，天子率百官上寿。仲淹极言之，且曰：‘奉亲于内，自有家人礼，顾与百官同列，南面而朝之，不可为后世法。’且上疏请太后还政，不报。寻通判河中府。”河中府，治今山西永济。[5]“当太后”以下八句：说仲淹反对强母后、弱人主的做法。至日，冬至日。有司已具，办事部门已做好准备。北面，言朝拜。皇帝应是坐北朝南，无北面朝拜太后之理。“其事遂已”句有误。苏轼《范文正谏止朝正》云：“欧阳文忠公撰《范文正神道碑》，载章献太后临朝，时仁宗欲率百官朝太后，范公力争乃罢。其后轼先君奉诏《太常因革礼》，求之故府，而朝正案牍具在。考其始末，无谏止之事，而有已行之明验。先君质之于文忠公。曰：‘文正公实谏而卒不从，墓碑误也，当以案牍为正。’”[6]“又上书”二句：章献太后为真宗刘皇后，真宗卒，仁宗年幼，刘太后垂帘听政，时已过多年，故仲淹请太后还政仁宗。不报，奏章留中不予答复。[7]“及太后”以下四句：仁宗生母为真宗李宸妃，时章献太后为真宗刘德妃，自充生母而仁宗不知。章献太后卒，仁宗得知真相，众官员发难请仁宗治其罪。崩，帝王之死。言事者，指谏官。希旨，迎合上方旨意。[8]“太后”以下六句：杨太妃为真宗杨淑妃，章献太后遗命尊其为皇太后，意在自己死后免遭攻击和追究。《宋史·范仲淹传》：“太后遗诰以太妃杨氏为皇太后，参决军国事。仲淹曰：‘太后，母号也，自古无因保育而代立者。今一太后崩，又立一太后，天下且疑陛下不可一日无母后之助矣。’”册命，册封的命令。朱熹《朱子语类·本朝二·法制》:“郊祀、宗庙，太子皆有玉册，皇后用金册，宰相、贵妃皆用竹册。”

此段叙由废郭皇后引起、献《百官图》而加剧的范、吕之争，涉及国家大事，仲淹受挫遭贬。

是岁[1]，大旱蝗，奉使安抚东南。使还，会郭皇后废[2]，率谏官、御史伏阁争，不能得，贬知睦州，又徙苏州。岁余，即拜礼部员外郎、天章阁待制[3]，召还，益论时政阙失，而大臣权幸多忌恶之。居数月，以公知开封府。开封素号难治，公治有声[4]，事日益简。暇则益取古今治乱安危为上开说，又为《百官图》以献[5]，曰:“任人各以其材而百职修，尧、舜之治，不过此也。”因指其迁进迟速次序，曰:“如此而可以为公，可以为私，亦不可以不察。”由是吕丞相怒，至交论上前，公求对辨，语切，坐落职知饶州。明年，吕公亦罢。公徙润州[6]，又徙越州[7]。

[注释]

[1]“是岁”以下三句:《宋史·范仲淹传》:“岁大蝗旱，江、淮、京东滋甚。仲淹请遣使循行，未报。乃请间曰:‘宫掖中半日不食，当何如?’帝恻然，乃命仲淹安抚江、淮，所至开仓赈之，且禁民淫祀，奏蠲庐舒折役茶、江东丁口盐钱，且条上救敝十事。” [2]“会郭皇后”以下四句:后宫尚氏、杨氏二美人与

郭皇后争宠，尚氏于仁宗前语侵郭后，后忿而批其颊，误批仁宗颈，激怒仁宗。吕夷简因与郭后有私憾，怂恿仁宗废后。范仲淹与御史中丞孔道辅等十几人伏阁谏诤，夷简谓此非太平美事，仁宗遂贬仲淹知睦州（州治今浙江建德），道辅知泰州（今属江苏）。 [3] 天章阁待制：宋天禧四年（1020）建天章阁，天圣八年（1030）置待制，为主管官员。 [4]“公治”二句：王偁《东都事略》卷五十九：“知开封府，仲淹明敏通照，决事如神。京师谣曰：‘朝廷无忧有范君，京师无事有希文。’” [5]“又为”以下十五句：据《续资治通鉴长编》，景祐三年（1036）五月，天章阁待制、权知开封府范仲淹落职知饶州。时吕夷简执政，仕进者往往出其门。仲淹言事无所避，说：“皇上进退近臣，不宜全委宰相。”又上《百官图》，说：“如此为序迁，如此为不次，如此则公，如此则私，不可不察也。”夷简很不高兴，对仁宗说：“仲淹迂阔，务名无实。”仲淹知道了，也提醒仁宗说：“不要让人坏了陛下家法。”夷简大怒，指控仲淹越职言事，荐引朋党，离间君臣。仁宗偏向夷简，由是降黜仲淹。饶州，治今江西鄱阳县。 [6] 润州：治今江苏镇江。 [7] 越州：治今浙江绍兴。

而赵元昊反河西[1]，上复召相吕公。乃以公为陕西经略安抚副使，迁龙图阁直学士。是时[2]，新失大将，延州危。公请自守鄜延扞贼[3]，乃知延州。元昊遣人遗书以求和[4]，公以谓无事请和，难信，且书有僭号，不可以闻，乃自为书，告以逆顺成败之说，甚辩。坐擅复书，夺一官，知耀

此段言元昊反宋侵边，国防事大，仲淹赴西线任职。

州。未逾月，徙知庆州。既而四路置帅[5]，以公为环庆路经略安抚招讨使、兵马都部署，累迁谏议大夫、枢密直学士。

[注释]

[1]“而赵元昊”以下四句：宝元元年（1038）十月，西夏元昊筑坛受册，自号大夏皇帝。元昊本姓李，宋太祖淳化二年（991）赐其祖父李继迁改姓赵。康定元年（1040），为防备元昊，范仲淹被任命为陕西经略安抚副使。 [2]“是时”以下三句：康定元年正月，西夏军攻破金明寨，围延州（治今陕西延安）。宋大将刘平、石元孙等驰援，被困于三川口，兵败被俘。 [3]鄜延：鄜州（治今陕西富县）和延州。扞（hàn）：抵抗。 [4]“元昊”以下十三句：元昊与仲淹约和，仲淹写信予以规劝告诫。时任福败于好水川，元昊回信中对宋朝语多不敬，仲淹当着来使的面把信烧掉。事情传到京城，有大臣以为不该与元昊私下通信，又不该烧掉来信。仲淹因此官降一级，知耀州（治今陕西铜川西南），又改知庆州（治今甘肃庆阳）。僭号，元昊称帝自立年号，称“天授礼法延祚”。 [5]“既而”以下三句：庆历元年（1041）十月，始分陕西为秦凤、泾原、环庆、鄜延四路，韩琦、王沿、范仲淹、庞籍分任各路马步军都部署、经略安抚缘边招讨使。谏议大夫：掌规谏讽谕，凡朝政阙失，皆得谏正。枢密直学士，与观文殿学士并充皇帝侍从，备顾问应对。

公为将，务持重，不急近功小利。于延州筑青涧城[1]，垦营田，复承平、永平废寨，熟羌归业者数万户。于庆州[2]，城大顺以据要害，又城细腰、胡芦，于是明珠、灭臧等大族，皆去贼为中国用。自边制久隳[3]，至兵与将常不相识。公始分延州兵为六将，训练齐整，诸路皆用以为法。公之所在[4]，贼不敢犯。人或疑公见敌应变为如何，至其城大顺也，一旦引兵出，诸将不知所向，军至柔远[5]，始号令告其地处，使往筑城。至于版筑之用[6]，大小毕具，而军中初不知。贼以骑三万来争，公戒诸将："战而贼走，追勿过河。"已而贼果走，追者不渡，而河外果有伏[7]。贼失计，乃引去。于是诸将皆服公为不可及。公待将吏，必使畏法而爱己。所得赐赉[8]，皆以上意分赐诸将，使自为谢。诸蕃质子[9]，纵其出入，无一人逃者。蕃酋来见，召之卧内，屏人彻卫[10]，与语不疑。公居三岁，士勇边实[11]，恩信大洽，乃决策谋取横山，复灵武，而元昊数遣使称臣请和，上亦召公归矣。初，西人籍为乡兵者十数万[12]，既而黥以为军，惟公所部，但刺其手，公去兵罢，独得复为民。其于两路[13]，既得熟羌为用，使以守边，因徙屯兵就食内地[14]，而

此段详述仲淹在西部筑城练兵、善待羌族、巧用计谋、关爱部下、安定边防的功绩，彰显其才干将略。

纾西人馈挽之劳。其所设施，去而人德之[15]，与守其法不敢变者，至今尤多。

[注释]

[1]“于延州”以下四句：当时承平诸寨已废，仲淹用种世衡计策，筑城青涧，据敌要冲，又恢复承平等废寨，大兴营田，发展生产。青涧，因青涧水而得名，在今陕西青涧县。熟羌归业，言当地羌族人见局面得到安定，即归来务农。 [2]“于庆州”以下五句：仲淹想在庆州西北马铺寨筑城，怕泄露消息，暗中派遣儿子纯祐与蕃将赵明先占据其地，大部队跟上，用十天时间把城筑好，这就是大顺城。又筑细腰、胡芦等寨，明珠、灭臧两大族也就弃元昊而归宋朝了。 [3]“自边制”以下五句：自边防失去管理制度，兵将互不相识，仲淹大阅州兵，得万八千人，由六位将领各率三千人马，分部练兵，轮番出战。隳（huī），毁坏。 [4]“公之所在”二句：《渑水燕谈录》卷二称范仲淹：“范文正公以龙图阁直学士帅邠、延、泾、庆四郡，威德著闻，夷夏耸服。属户蕃部率称曰龙图老子，至于元昊，亦以是呼之。” [5]柔远：故城在今甘肃华池县。 [6]版筑：古时筑城工具。 [7]河外：指河西。伏：有敌兵埋伏。 [8]“所得”以下三句：范仲淹以皇帝的名义把赏赐发给下属将领，让他们各自向皇帝叩谢。此见范纯然出于公心。赉（lài），赐予。 [9]诸蕃质子：已归附的部族首领即番酋的儿子在宋为人质。 [10]屏人彻卫：撤走身边人与警卫。 [11]“士勇”以下四句：言范仲淹守边有方，深得人心，拟收复失地。边实，边防力量充实。恩信大洽，恩德信义广布。横山，主峰位于今陕西北部横山区南，其地多骏马，宜种植，产盐铁，西夏人甚为看重。灵武，今宁夏灵武，西夏政

治中心所在。[12]“西人”以下六句：说陕西路民众被编为乡兵者甚多，范仲淹很体谅他们。乡兵，宋代地方民兵。边州乡兵多出自招募，垦荒纳租，守护边土，有较强战斗力。黥以为军，宋正规军脸上刺字，此指胁迫乡兵入正规军。范仲淹只在乡兵手上刺字，无事时可归家务农，见其仁心。[13]“其于”以下三句：在鄜延路、环庆路，让当地羌族人守边，种田放牧。[14]“因徙”二句：让守边的正规军回到内地州府休整备战，缓解了西部百姓供应军需粮物的负担。纾，宽解，减轻。馈挽，供给与运输。[15]德之：感念其恩德。

自公坐吕公贬[1]，群士大夫各持二公曲直，吕公患之，凡直公者[2]，皆指为党，或坐窜逐。及吕公复相[3]，公亦再起被用，于是二公欢然相约戮力平贼。天下之士皆以此多二公[4]，然朋党之论遂起而不能止。上既贤公可大用，故卒置群议而用之。庆历三年春[5]，召为枢密副使，五让不许，乃就道。既至数月[6]，以为参知政事，每进见，必以太平责之[7]。公叹曰：“上之用我者至矣，然事有先后，而革弊于久安，非朝夕可也。”既而上再赐手诏[8]，趣使条天下事，又开天章阁，召见赐坐，授以纸笔，使疏于前。公惶恐避席，始退而条列时所宜先者十

此段言范、吕释憾，戮力平贼。仲淹受命，实施改革。谗人发难，新政夭折。

数事上之。其诏天下兴学[9]，取士先德行不专文辞，革磨勘例迁以别能否，减任子之数而除滥官，用农桑考课守宰等事。方施行[10]，而磨勘、任子之法，侥幸之人皆不便，因相与腾口，而嫉公者亦幸外有言，喜为之佐佑。会边奏有警[11]，公即请行，乃以公为河东、陕西宣抚使。至则上书愿复守边，即拜资政殿学士、知邠州，兼陕西四路安抚使。其知政事，才一岁而罢，有司悉奏罢公前所施行，而复其故[12]。言者遂以危事中之[13]，赖上察其忠，不听。

[注释]

[1] 坐吕公贬：指前述仲淹上《百官图》等事。坐，因为。 [2]“凡直公”以下三句：说凡是支持范仲淹的人，都被指为朋党，有的获罪遭贬逐。直公者，以范仲淹为正直有理的人。窜逐，贬谪至边远地方。 [3]“及吕公”以下三句：康定元年（1040），范仲淹为陕西都转运使。不久，吕夷简复相，对仁宗说：“范仲淹是贤人，岂可仅官复原职，应任命为龙图阁直学士、陕西经略副使。”仲淹面谢夷简的好意，两人终为国事解仇。据张邦基《墨庄漫录》卷八，碑载范、吕释憾事，而仲淹子纯仁“刻石时辄削去此一节，云：‘我父至死未尝解仇。’”欧阳修感叹说：“岂有父自言无怨恶于一人，而其子不使解仇于地下！父子之性，相远如此！’” [4] 多：赞许。 [5]“庆历”二句：《续资治通鉴长编》

与《宋史·宰辅表》均载此为庆历三年四月事。枢密副使，最高军事机关枢密院的副长官。 [6]“既至”二句：任命仲淹为参知政事，在庆历三年八月。参知政事，即副宰相，协助宰相处理政务，时已与宰相同升政事堂，押敕齐衔，行则并马，见位高权重。 [7]以太平责之：付之以国泰民安的重任。 [8]“既而”以下八句：事在庆历三年九月，见前《吉州学记》首段注[2]。仲淹所陈十事为明黜陟、抑侥幸、精贡举、择官员、均公田、厚农桑、修武备、减徭役、覃恩信、重命令。手诏，皇帝的手令。趣使，促使。避席，离开座位。 [9]“其诏”以下五句：交代庆历新政的改革措施。磨勘例迁，指宋定期勘验官员的政绩过失，确定官阶的迁转。初定文官五年、武官七年皆得升迁，后逢皇帝生日、郊祀亦升迁，渐成冗官之弊，故欲加限制。任子，初定台省六品官，诸司五品官，历官两任，子孙皆可得荫，后因皇帝生日、郊祀等亦得荫，封荫范围愈加扩大，故欲削减恩荫数量。用农桑考课，即以考核农业生产实绩取代对户口、赋税的考核。 [10]“方施行”以下六句：范仲淹以天下为己任，裁削幸滥，考核官吏，日夜谋虑兴致太平。但改革任子、磨勘之法，触犯权贵官僚的利益，于是谤毁改革者的声音不断，以致朋党之论甚嚣尘上。侥幸之人，不由正道求取利益的人，指官僚中反对新政的既得利益者。腾口，群起放言攻击。外有言，社会上有攻击新政的言论。佐佑，帮忙，相助。 [11]“会边奏”二句：夏竦伪造石介为富弼撰废仁宗另立皇帝的诏草，以图陷害范、富，二人惧不自安，借边境有事，请求外任。邠州，治今陕西彬州。 [12]而复其故：恢复新政前之旧法。 [13]“言者”以下三句：谏官钱明逸以交结朋党等事诬陷范、富，仁宗体察二人忠心，未听其言。按：新政的失败除了朝廷内外利益集团的强烈反对外，与仁宗始则过急、继而动摇、后则反悔，多疑而优柔寡断，一年间即改弦更张有极大关系。“赖上”二句乃为国君讳也。言者，指谏官。

此段叙仲淹因疾请知邓、杭等州，及逝后之封赠哀恤。

遗表尤见公而忘私的高风亮节。

是时[1]，夏人已称臣，公因以疾请邓州[2]。守邓三岁，求知杭州，又徙青州[3]。公益病，又求知颍州，肩舁至徐[4]，遂不起，享年六十有四。方公之病[5]，上赐药存问。既薨，辍朝一日，以其遗表无所请，使就问其家所欲，赠以兵部尚书，所以哀恤之甚厚。

[注释]

[1]“是时”二句：庆历四年（1044）五月，元昊称臣，去帝号，称夏国主。 [2] 邓州：今属河南。 [3] 青州：治今山东青州。 [4]“肩舁（yú）”二句：仲淹被人用轿子抬到徐州（今属江苏），即病重逝世。舁，共同抬着。 [5]“方公”以下八句：仲淹病，仁宗常遣使赐药存问，既卒，嗟悼久之。又遣使就问其家，既葬，仁宗亲书其碑曰“褒贤之碑”。薨，古代称诸侯或大官之死。辍朝，皇帝因事不坐朝，以表哀悼。遗表，大臣临终时上呈皇帝的表文。无所请，个人之事一无所请。哀恤，哀悼、抚恤。

公为人外和内刚，乐善泛爱。丧其母时尚贫，终身非宾客食不重肉[1]，临财好施，意豁如也。及退而视其私[2]，妻子仅给衣食。其为政[3]，所至民多立祠画像。其行己临事，自山林处士、里闾田野之人，外至夷狄，莫不知其名字，而乐道其事者甚众。及其世次、官爵，志于墓、谱于家、藏于有司者，皆不论著，著其系天下国家之大者[4]，亦公之志也欤！铭曰：

此段总叙仲淹之美德善政，赞其威望崇高，声名远播，万众景仰。

范于吴越[5]，世实陪臣。俶纳山川[6]，及其士民。范始来北，中间几息[7]。公奋自躬，与时偕逢。事有罪功，言有违从。岂公必能，天子用公。其艰其劳，一其初终。夏童跳边[8]，乘吏怠安。帝命公往，问彼骄顽。有不听顺，锄其穴根。公居三年[9]，怯勇隳完。儿怜兽扰，卒俾来臣。夏人在廷[10]，其事方议。帝趣公来，以就予治。公拜稽首，兹惟难哉！初匪其难[11]，在其终之。群言营营[12]，卒坏于成。匪恶其成，惟公是倾。不倾不危[13]，天子之明。存有显荣，殁有赠谥。藏其子孙，宠及后世。惟百有位[14]，可劝无怠。

此段屡言帝、天子，乃借颂圣之语，再概述仲淹一生事迹。

[注释]

[1] 非宾客食不重肉：除非有宾客，否则每餐不吃两样肉菜。[2]“及退”二句：谓仲淹为官廉洁，不谋私利，生活节俭。 [3]“其为政”以下七句：谓仲淹以其高尚品格深受民众及各方爱戴。《宋史·范仲淹传》：“死之日，四方闻者，皆为叹息。为政尚忠厚，

所至有恩，邠、庆二州之民与属羌，皆画像立生祠事之。及其卒也，羌酋数百人，哭之如父，斋三日而去。” [4]“著其”二句：说仲淹一生秉持先忧后乐之大节，此碑充分展现了他的崇高志向。叶盛《水东日记》卷七：“欧阳公撰《范文正神道碑》，富韩公以‘差叙官次’为言，（欧）公以为‘此碑直叙事系天下国家之大者耳，后人固不于此求范公官次也’。” [5]“范于吴越”二句：诸侯、大夫对天子自称陪臣，仲淹之父，五代时“事吴越”，故云。 [6] 俶（chù）纳山川：钱俶于太祖时以十三州之疆土民众臣服入宋，故曰“纳山川”。 [7] 几息：指家世衰微，几近灭绝。 [8] 夏童跳边：指西夏元昊在边境骚扰挑衅。 [9]“公居”以下四句：谓仲淹在陕西三年，士兵由怯弱变勇敢，城池因废坏而重建，仲淹深受边民爱戴，夏人亦归顺。兽扰，猛兽被驯服。《周礼·夏官》：“服不氏掌养猛兽而教扰之。” [10] 在廷：指西夏臣服于宋廷。 [11]“初匪”二句：谓难不在其始，而在其终。《诗经·大雅·荡》：“靡不有初，鲜克有终。”匪，同“非”。 [12]“群言”以下四句：谗言的喧嚣使新政功败垂成，谗人的居心不在于仇视新政的成就，而在于竭力把范公扳倒。《诗经·小雅·青蝇》言“营营青蝇”，此以发出响声的青蝇比喻屡进谗言的小人。 [13]“不倾”二句：进馋言之人未能整垮范公，因为有英明仁宗的保护。 [14]“惟百”二句：说仲淹的榜样足以鼓励那些勤勉不懈怠的官员。

[点评]

范仲淹逝世于皇祐四年（1052）五月，鉴于他地位重要，尤其是庆历时革新与守旧的斗争，影响巨大，许多当事者仍在，因此要作出公正的评价绝非易事。这篇神道碑铭是在欧服母丧期满后的至和元年（1054），才动笔撰写的。稿成，寄韩琦审定曰："惟公于文正契至深厚，出入同于尽瘁，窃虑有纪述未详及所差误，敢乞指谕教之。此系国家天下公议，故敢以请。"（《欧集·书简》卷一《与韩忠献王》）收到韩琦回复后，欧即致书曰："范公碑如所教，悉已改正。"（同上）可见欧阳修撰写此文，态度是何等认真与谨慎。

范仲淹是宋代著名的政治家、军事家与文学家，为之铭墓，最见欧阳修为文之大视野、大格局、大手笔。通篇遵循"铭近于史"、求真务实的原则，抓住国家大事，紧扣仲淹不同时期所表现出的"大节"，记叙其不朽的一生。文中既写其与吕夷简针锋相对的斗争，也述及在国难当头时的释憾解仇；既写庆历新政紧锣密鼓的开场，也述及在诽谤攻击之下匆匆收场的结局。西部疆场胸怀智谋、指挥若定的详写和铭语之前诸多感人品格的概述，有先有后，却完美地融汇到忧国忧民、无私无畏的人物形象刻画之中。全文饱含作者对范仲淹人格的由衷钦敬与对其去世无限惋惜的深情，堪称一篇杰出的神道碑铭。

送徐无党南归序[1]

草木鸟兽之为物，众人之为人，其为生虽异，而为死则同，一归于腐坏、澌尽、泯灭而已[2]。而众人之中有圣贤者，固亦生且死于其间，而独异于草木鸟兽众人者，虽死而不朽，逾远而弥存也[3]。其所以为圣贤者[4]，修之于身，施之于事，见之于言，是三者所以能不朽而存也。

先并说立德、立功、立言三不朽。

[注释]

[1] 至和元年（1054）作。徐无党：婺州东阳郡（治今浙江永康）人。从欧学古文辞。是年，欧有《与渑池徐宰》(《欧集·书简》卷七）云："真阳相别，忽已及兹。"真阳在与颍州为邻的蔡州，皇祐五年（1053），徐无党登第，欧于真阳送高足南归时作此文。无党为欧注《新五代史》，仕止郡教授而卒。 [2] 澌尽、泯灭：皆灭净之意。 [3] 弥存：长存。弥，永久。 [4]"其所以"以下五句：语本《左传》襄公二十四年："大上有立德，其次有立功，其次有立言，虽久不废，此之谓不朽。"

修于身者[1]，无所不获；施于事者，有得有不得焉；其见于言者，则又有能有不能也。施于事矣，不见于言可也。自《诗》《书》《史记》所传，其人岂必皆能言之士哉？修于身矣，而不施于事，不见于言，亦可也。孔子弟子有能政事者矣[2]，有能言语者矣。若颜回者[3]，在陋巷，曲肱饥卧而已，其群居则默然终日如愚人。然自当时群弟子皆推尊之[4]，以为不敢望而及，而后世更百千岁，亦未有能及之者。其不朽而存者，固

由修身必有得，施于事"有得有不得"，皆可"不见于言"，凸显三不朽并列中自有先后的次序。

不待施于事，况于言乎？

[注释]

[1]“修于身”以下六句：谓修身在于个人，只要努力，就有所得，此为立德；施事涉及社会，或成或不成，能成则立功；见于言，各人文才不一，优者著述丰硕，此为立言。 [2]“孔子”二句：《史记·仲尼弟子列传》：“孔子曰‘受业身通者七十有七人’，皆异能之士也。德行：颜渊、闵子骞、冉伯牛、仲弓。政事：冉有、季路。言语：宰我、子贡。文学：子游、子夏。” [3]“若颜回”以下四句：《史记·仲尼弟子列传》：“孔子曰：‘贤哉回也！一箪食，一瓢饮，在陋巷，人不堪其忧，回也不改其乐。’”又曰：“回也如愚；退而省其私，亦足以发，回也不愚。”颜回，颜渊。曲肱（gōng），弯着胳膊作枕头，比喻清贫而闲适的生活。肱，从肩到肘的部分，泛指胳膊。 [4]“然自”二句：《论语·公冶长》：“子谓子贡曰：‘女（汝）与回也孰愈？’对曰：‘赐也何敢望回？回也闻一以知十，赐也闻一以知二。’子曰：‘弗如也。吾与女（汝）弗如也。’”

予读班固《艺文志》、唐四库书目[1]，见其所列，自三代、秦、汉以来，著书之士，多者至百余篇，少者犹三四十篇，其人不可胜数，而散亡磨灭，百不一二存焉。予窃悲其人，文章丽矣，言语工矣，无异草木荣华之飘风[2]，鸟兽好音之过耳也。方其用心与力之劳，亦何异众人之汲汲

由古来著书人“百不一二存焉”叹立言之不易。

由“言之不可恃”叹著书人之可悲。

营营[3]？而忽焉以死者，虽有迟有速，而卒与三者同归于泯灭[4]。夫言之不可恃也盖如此。今之学者[5]，莫不慕古圣贤之不朽，而勤一世以尽心于文字间者，皆可悲也。

[注释]

[1] 班固《艺文志》：即《汉书·艺文志》。唐四库书目：据《新唐书·艺文志》载，长安、洛阳“两都各聚书四部，以甲、乙、丙、丁为次，列经、史、子集四库”。 [2]“无异”二句：谓自古以来，多少文章如草树开花，随风飘逝；又如鸟兽之声，过耳不闻。 [3] 汲汲营营：意为急切谋求。唐薛能《长安道》诗：“汲汲复营营，东西连两京。” [4] 三者：草木、鸟兽、众人。 [5]“今之学者”以下四句：谓可悲在于当今学者忘却求道立身之根本，而只一味在文字上下功夫。

以上反复道立言之不易，为荣登高第的弟子敲警钟，亦是提醒世上所有读书人。

东阳徐生，少从予学，为文章，稍稍见称于人。既去，而与群士试于礼部，得高第[1]，由是知名。其文辞日进，如水涌而山出。予欲摧其盛气而勉其思也[2]，故于其归，告以是言。然予固亦喜为文辞者，亦因以自警焉。

[注释]

[1] 得高第：指礼部试名列前茅。《两浙名贤录》卷四十六《文苑传》称徐无党“皇祐中，以南省第一人登进士第”，南省为尚

书省，指礼部。 [2]“予欲”以下五句：年少“得高第”的徐无党归乡，正是春风得意之际，欧希望弟子谦抑多思，且以“自警”表露博大的胸怀。

[点评]

作者从三不朽入手，言为人立德、立功之重要；至于立言，爱之深而言之重，强调其尤难。难在须修身立德为事业立功，不可“勤一世以尽心于文字间”，还难在须力纠时文之浮靡，力戒唯“文章丽矣，言语工矣”是求的华而不实的文风。作者愈是说立言之不易，愈是劝人在立言上下一番苦功，此于新近登科弟子而言，亦是十分及时的忠告。故储欣称此篇“本古人‘三不朽’伤立言之不足恃，无限唏嘘感慨。或谓公贬损立言，正是痴人前说不得梦话”(《唐宋八大家类选》卷十一)。

太常博士尹君墓志铭[1]

君讳源，字子渐[2]，姓尹氏，与其弟洙师鲁俱有名于当世[3]。其论议文章，博学强记，皆有以过人。而师鲁好辩，果于有为。子渐为人刚简，不矜饰，能自晦藏[4]。与人居，久而莫知，至其一有所发，则人必惊伏。其视世事

兄弟并说。同者，皆才华过人；异者，兄内敛而弟外显。

若不干其意，已而権其情伪[5]，计其成败，后多如其言。其性不能容常人，而善与人交，久而益笃。自天圣、明道之间，予与其兄弟交，其得于子渐者如此。

[注释]

[1] 至和元年（1054）作。尹源葬于是年十二月，本文作于此前。《居士集》卷四十九有《祭尹子渐文》。尹源，《宋史》有传。 [2] 字子渐：据《居士外集》卷十四《尹源字子渐序》，尹源原字子渊，后改为子渐，“欲君之渐进不已，而至深远博大之无际也”。 [3] “与其弟”句：尹源与弟尹洙于天圣、明道时俱在西京洛阳钱惟演幕府，见前《书怀感事寄梅圣俞》诗及注。又，《宋史·尹焞传》：“曾祖仲宣七子，而二子有名：长子源字子渐，是谓河内先生；次子洙字师鲁，是谓河南先生。” [4] 晦藏：隐秘，指不显露自己。 [5] 権其情伪：辨识其情之真假。権，商讨，研究。

其曾祖讳谊，赠光禄少卿[1]。祖讳文化[2]，官至都官郎中，赠刑部侍郎。父讳仲宣，官至虞部员外郎[3]，赠工部郎中[4]。子渐初以祖荫补三班借职[5]，稍迁左班殿直。天圣八年，举进士及第，为奉礼郎[6]，累迁太常博士[7]，历知芮城、河阳二县[8]，签署孟州判官事，又知新郑县，通判泾州、庆州，知怀州，以庆历五年三月十四日卒于官。

简介尹源仕历。

[注释]

[1] 光禄少卿：光禄寺副长官。 [2]“祖讳”以下三句：《居士集》卷二十六有为尹源之父仲宣所作《尚书虞部员外郎尹公墓志铭》云：“公之父赠刑部侍郎讳文化，始举《毛诗》，登某科，以材敏称于当时，仕至尚书都官郎中。”都官郎中，都官乃属刑部之官署，郎中主掌其事务。刑部侍郎为刑部副长官。 [3] 虞部员外郎：虞部掌山泽、苑囿等事，属工部之官署，员外郎为该署副主官。 [4] 工部郎中：工部下属官署之正主官。 [5]“子渐”二句：尹源因祖上功业而入仕。三班借职为从九品，最低级。左班殿直高三级，为正九品。时皆称小使臣，为低级武臣寄禄官阶。 [6] 奉礼郎：正九品，时为京官寄禄官阶。 [7] 太常博士：从七品，时为朝官寄禄官阶。 [8]“历知”以下五句：历述此后履历。芮城，今属山西。河阳，原河南孟县，为孟州治所。孟州，今属河南焦作的县级市。新郑县，今属河南。泾州，治今甘肃泾川县北。庆州，治今甘肃庆阳。怀州，治今河南沁阳。

赵元昊寇边[1]，围定川堡，大将葛怀敏发泾原兵救之。君遗怀敏书曰：“贼举其国而来，其利不在城堡，而兵法有不得而救者。且吾军畏法，见敌必赴而不计利害，此其所以数败也。宜驻兵瓦亭[2]。见利而后动。”怀敏不能用其言，遂以败死。刘涣知沧州[3]，杖一卒不服，涣命斩之，以闻，坐专杀，降知密州。君上书为涣论直，得复知沧州。

记尹源建言怀敏与论助刘涣二事。

[注释]

[1]“赵元昊”以下三句：庆历二年（1042）闰九月，赵元昊侵边，泾原副都部署葛怀敏率军入定川寨，被西夏军围困，突围中战死，宋军大败。定川堡，即定川寨，在今宁夏固原西北。 [2] 瓦亭：即瓦亭寨，在今宁夏固原泾源县境内，是关中通往塞外的重要军事屏障。 [3]“刘涣”以下八句：《宋史·尹源传》：“时知沧州刘涣坐专斩部卒，降知密州。源上书言：‘涣为主将，部卒有罪不伏，笞辄呼万岁，涣斩之不为过。以此谪涣，臣恐边兵愈骄，轻视主将，所系非轻也。’涣遂获免。”张方平《乐全集》卷二十五《论刘涣移郡奏》：“臣闻沧州刘涣近因改断军人事，为转运司劾奏，已改知密州。”按：涣字仲章，有才略。仁宗亲政，擢为右正言。郭后废，涣与范仲淹、孔道辅等伏阙谏诤。历任陕西转运使、知沧州等职，后改吉州刺史，知保州。累迁至镇宁军观察留后。熙宁中为工部尚书致仕。《宋史》有传。

范文正公常荐君材可以居馆阁[1]。召试，不用，遂知怀州，至期月，大治。是时[2]，天子用范文正公与今观文殿学士富公、武康军节度使韩公，欲更置天下事，而权幸小人不便，三公皆罢去。而师鲁与时贤士多被诬枉得罪[3]。君叹息忧悲发愤[4]，以谓生可厌而死可乐也，往往被酒，哀歌泣下，朋友皆窃怪之。已而以疾卒，享年五十。至和元年十有二月十三日，其子材葬君于河南府寿安县甘泉乡龙涧里[5]。其平生所为文章六十篇[6]，皆行于世。子男四人，曰材、植、机、桴。

兄弟再并说，为事业同遭不幸。

[注释]

[1]“范文正”以下四句：《宋史·尹源传》：“范仲淹、韩琦荐其才，召试学士院。源素不喜赋，请以论易赋，主试者方以赋进，不悦其言，第其文下，除知怀州。” [2]“是时”以下五句：指庆历三年（1043），仁宗任命范仲淹为参知政事，拟革新朝政，但遭守旧势力反对。新政以失败告终。 [3]“而师鲁”句：说苏舜钦、余靖、尹洙等支持新政的官员，或革职为民，或遭贬黜。 [4]“君叹息”以下七句：据苏舜钦《尹子渐哀辞》序，新政失败使尹源受到沉重的打击，过度悲伤，精神不振，剧饮长歌，声音凄厉，甚至说：“吾未尝死，安知死之不乐也？”分别才百余日，即抑郁而卒。被酒，醉酒。《后汉书·刘宽传》：“宽尝于坐被酒睡伏。” [5]寿安县：今河南宜阳。 [6]“其平生”句：陈振孙《直斋书录解题》卷十七：“《尹子渐集》六卷，太常博士、知怀州尹源子渐撰。”《宋史·艺文志》别集类书目有“《尹源集》六卷”。《宋史》本传录其文《唐说》及《叙兵》。

呜呼[1]！师鲁常劳其智于事物，而卒蹈忧兄弟皆忧患而卒。

患以穷死。若子渐者，旷然不有累其心[2]，而无所屈其志，然其寿考亦以不长。岂其所谓短长得失者，皆非此之谓欤？其所以然者，不可得而知欤？铭曰：

有韫于中不以施[3]，一愤乐死其如归。岂其志之将衰？不然，世果可嫉其如斯[4]！

[注释]

[1]“呜呼”以下三句：欧《祭尹师鲁文》：“嗟乎师鲁！辩足以穷万物，而不能当一狱吏；志可以狭四海，而无所措其一身。” [2] 旷然：豁达貌。 [3] 韫（yùn）：蕴藏。 [4] 嫉其如斯：如此忌妒他。

[点评]

庆历新政的夭折，是范仲淹、欧阳修与所有志同道合者的心头之痛。不甘事业的受挫，挂念国家的前途，忧心同道的遭遇，种种悲情流淌于作者的笔下，融入为挚友铭墓、哀祭、序诗文集的篇章之中，遂有包括本篇在内的诸多情意真挚、唱叹无尽、感人至深的佳作问世。兄弟并说为宾主相形，人物描写作虚实结合，是此篇显著之特色。文中以尹洙陪说尹源，个性虽异，却遭遇相近，殊途同归，令人慨叹。关于尹源之为人，中幅两事为实写，其他以概说虚写，乃点面结合。张裕钊评曰：“欧公志铭当以此篇为最古。感慨深挚，神气跌荡，诵之使

人心醉。”（引自《诸家评点古文辞类纂》卷四十六）

河南府司录张君墓表[1]

故大理寺丞、河南府司录张君，讳汝士[2]，字尧夫，开封襄邑人也[3]。明道二年八月壬寅[4]，以疾卒于官，享年三十有七。卒之七日，葬洛阳北邙山下[5]。其友人河南尹师鲁志其墓[6]，而庐陵欧阳修为之铭。以其葬之速也，不能刻石，乃得金谷古砖[7]，命太原王顾以丹为隶书[8]，纳于圹中[9]。嘉祐二年某月某日，其子吉甫、山甫改葬君于伊阙之教忠乡积庆里[10]。君之始葬北邙也，吉甫才数岁，而山甫始生，余及送者相与临穴，视窆且封[11]，哭而去。今年春[12]，余主试天下贡士，而山甫以进士试礼部，乃来告以将改葬其先君，因出铭以示余，盖君之卒，距今二十有五年矣。

孙琮：“铭志著于二十五年以前，而此表作于二十五年以后，盖铭志以传其事，此表以写其思也，正自着一实笔不得。”（《山晓阁选宋大家欧阳庐陵全集》卷四）

孙琮：“提出改葬，以明此表所由作。”（同上）

[注释]

[1] 嘉祐二年（1057）作。司录：司录参军的简称，掌府衙庶务、户婚诉讼等。张君：张汝士。　[2] 讳：名讳，指逝者之

名。 [3] 襄邑：属开封府，治今河南睢县。 [4] 明道二年：公元 1033 年。 [5] 北邙山：位于今河南洛阳北，自汉时起，王侯公卿多葬于此。 [6] “其友人”二句：《居士外集》卷十二有尹洙作志、欧为铭的《河南府司录张君墓志铭》。 [7] 金谷：遗址在今河南洛阳东北，有西晋石崇的金谷园。 [8] 王顾：《居士集》卷四有《永州万石亭》诗，题下注“寄知永州王顾”。顾字公慥，太原人。欧早年在西京幕府时，曾与之游，称“公慥之慧，亦《大雅》之明哲”（《欧集·书简》卷六《与梅圣俞》）。时王顾为判官。据《书史会要》卷六，王顾以隶书著称于时。 [9] 圹（kuàng）：墓穴。 [10] 伊阙：河南洛阳南有龙门，两山对峙，伊水中流，望之如天然门户，故称。 [11] 窆（biǎn）且封：棺木下葬并封土。窆，下棺于墓穴。 [12] “今年”二句：据《续资治通鉴长编》卷一八五，嘉祐二年正月“癸未，翰林学士欧阳修权知贡举”。

初天圣、明道之间，钱文僖公守河南[1]。公，王家子，特以文学仕至贵显，所至多招集文士。而河南吏属，适皆当世贤材知名士，故其幕府号为天下之盛，君其一人也。文僖公善待士，未尝责以吏职，而河南又多名山水，竹林茂树，奇花怪石，其平台清池上下，荒墟草木之间，余得日从贤人长者赋诗饮酒以为乐。而君为人静默修洁[2]，常坐府治事，省文书，尤尽心于狱讼。初以辟为其府推官，既罢，又辟司录，河南人多赖

孙琮：“追溯情事，都从虚处想象。”（《山晓阁选宋大家欧阳庐陵全集》卷四）

之，而守尹屡荐其材。君亦工书，喜为诗，间则从余游。其语言简而有意，饮酒终日不乱，虽醉未尝颓堕[3]。与之居者，莫不服其德。故师鲁志之曰：“饬身临事[4]，余尝愧尧夫，尧夫不余愧也。”

孙琮：“述司录行事，而以师鲁之志证之。”（《山晓阁选宋大家欧阳庐陵全集》卷四）

［注释］

[1]“钱文僖”以下九句：参阅前《书怀感事寄梅圣俞》诗。邵伯温《邵氏闻见录》卷八载谢绛等西京官员同游嵩山，归途中，见“钱相遣厨传歌妓至。吏传公言曰：‘山行良劳，当少留龙门赏雪，府事简，无遽归也。’”钱文僖公，钱惟演，为吴越王钱俶次子，卒谥文僖。 [2]“而君”以下九句：《河南府司录张君墓志铭》：“尧夫内淳固，外旷简，不妄与人交。”《居士外集》有《七交七首·河南府张推官》诗：“尧夫大雅哲，禀德实温粹。霜筠秀含润，玉海湛无际。平明坐大府，官事盈案几。高谈遣放纷，外物不能累。非惟席上珍，乃是青云器。”守尹，钱惟演。 [3] 颓堕：颓废、衰惫。 [4] 饬身：警饬己身，使言行谨严合礼。

始君之葬，皆以其地不善，又葬速，礼不备。君夫人崔氏，有贤行，能教其子。而二子孝谨，克自树立，卒能改葬君，如吉卜，君其可谓有后矣。自君卒后，文僖公得罪[1]，贬死汉东，吏属亦各引去。今师鲁死且十余年[2]，

孙琮：“以改葬为有后作结。”（同上）

王顾者死亦六七年矣，其送君而临穴者及与君同府而游者，十盖八九死矣，其幸而在者，不老则病且衰，如予是也。呜呼！盛衰生死之际，未始不如是，是岂足道哉？惟为善者能有后，而托于文字者可以无穷。故于其改葬也，书以遗其子，俾碣于墓[3]，且以写余之思焉。吉甫今为大理寺丞、知缑氏县[4]，山甫始以进士赐出身云。翰林学士、右谏议大夫、史馆修撰欧阳修撰。

孙琮："末复将文僖、吏属、王顾、师鲁并送葬诸人一齐说来，见其零落殆尽。呜咽感慨，如泣如诉，总以见此表之不可已，而文情凄恻，比之秋夜闻雨，寒潭滴溜，惨澹更觉十倍。"（《山晓阁选宋大家欧阳庐陵全集》卷四）

[注释]

[1]"文僖公"二句：钱惟演为求自安，与庄献太后及郭皇后家联姻等事，遭御史中丞范讽弹劾，于明道二年九月，落平章事，赴本镇。后于景祐元年七月卒于随州（即汉东郡，崇信军节度所在）。　[2]"今师鲁"句：尹洙卒于庆历七年（1047），至嘉祐二年（1057），已逾十年。　[3]碣（jié）于墓：此指刻碑文于石，纳诸墓中。碣，圆顶之碑石。　[4]缑（gōu）氏县：治今河南偃师东南。

[点评]

欧阳修文富于情感，在此文中表现得尤为突出。西京友人张汝士已亡故二十五年，为其作墓志的尹洙亦辞世十有余年，当年为张氏送葬者，十之八九已凋零，而昔日登山临水宴饮赋诗的欢乐场景，仍历历在目，怎不令人伤怀垂泪！欧学韩愈《殿中少监马君墓志》，于墓主事业可书者甚少之时，每每叙写难以忘怀的交情而感人至深。故刘大櫆评曰："历叙交游，而俯仰身世，感叹淋漓，风神遒逸，当与《黄梦升》《张子野》并为志墓之绝唱。"（引自《诸家评点古文辞类纂》卷四十五）

秋声赋[1]

欧阳子方夜读书[2]，闻有声自西南来者，悚然而听之，曰：异哉！初淅沥以萧飒[3]，忽奔腾而砰湃[4]，如波涛夜惊，风雨骤至。其触于物也[5]，鏦鏦铮铮，金铁皆鸣。又如赴敌之兵，衔枚疾走[6]，不闻号令，但闻人马之行声。余谓童子[7]："此何声也？汝出视之。"童子曰："星月皎洁，明河在天[8]，四无人声，声在树间。"

清朱宗洛："首一段摹写秋声，工而切矣，却不放出'秋'字，于空中想像形容，此实中带虚之法也。"（《古文一隅》卷下）

朱宗洛："先就童子口中摹写一番，然后接出秋声，振起全篇，此文家顿挫摇曳之法也。"（同上）

[注释]

[1] 嘉祐四年（1059）作。是年，欧得以免知开封府，三上奏章，乞知洪州（治今江西南昌），以便探望吉州故土。由于仕宦辛劳，体弱多病，虽仁宗颇为眷顾，但朝政改革依旧艰难，

遂有此抒发内心苦闷之作。唐刘禹锡、李德裕皆有同名赋，远不如此篇著名。 [2]“欧阳子”以下三句：自述秋风由西南至，耳闻秋声而心惊。悚（sǒng）然，惊怯貌。 [3]淅沥：形容风雨的象声词。萧飒（sà）：风雨吹打草木发出声音。 [4]砰湃：同“澎湃”，波涛翻腾声。 [5]“其触”以下三句：谓众物为风雨所拍击，发出金铁相撞之声。鏦鏦铮铮，象声词。 [6]衔枚：行军时为了防止出声，口中横叼木棒。枚，小木棒，形似筷子，由两端带子系颈上。 [7]童子：书童。 [8]明河：银河。

余曰：“噫嘻，悲哉！此秋声也，胡为而来哉？盖夫秋之为状也[1]，其色惨淡，烟霏云敛；其容清明，天高日晶；其气栗冽，砭人肌骨；其意萧条，山川寂寥。故其为声也，凄凄切切，呼号愤发。丰草绿缛而争茂[2]，佳木葱笼而可悦，草拂之而色变，木遭之而叶脱。其所以摧败零落者，乃其一气之余烈。夫秋[3]，刑官也，于时为阴；又兵象也[4]，于行用金。是谓天地之义气[5]，常以肃杀而为心。天之于物，春生秋实。故其在乐也，商声主西方之音[6]，夷则为七月之律。商，伤也，物既老而悲伤；夷，戮也，物过盛而当杀。

朱宗洛：“实写‘声’字，却不径就‘声’字说，先用‘其色’‘其容’‘其气’‘其意’等作陪，此四面旁衬之法也。”（《古文一隅》卷下）

朱宗洛：“就‘秋’字发挥，即带起下段，此前后相生法也。”（同上）

[注释]

[1]“盖夫”以下九句：语本宋玉《九辩》：“悲哉，秋之为气也！萧瑟兮草木摇落而变衰。憭栗兮若在远行，登山临水兮送将归。泬寥兮天高而气清，寂寥兮收潦而水清。”烟霏云敛，烟云密布。霏，烟盛貌。日晶，阳光灿烂。栗冽，寒冷。砭，刺。 [2]“丰草”以下六句：渲染秋气的威力。茂盛的绿草、可爱的树木，一旦遭逢秋气，就变色落叶。余烈，余威。 [3]“夫秋”以下三句：据《周礼》，司寇为秋官，掌刑狱。古以四时配阴阳，春夏为阳，秋冬为阴。 [4]“又兵象”二句：《汉书·刑法志》：“秋治兵以狝（xiǎn）。”颜师古注：“治兵，观威武也。狝，应杀气也。”古以五行配四季，秋属金。 [5]义气：《礼记·乡饮酒义》：“天地严凝之气，始于西南而盛于西北，此天地之尊严气也，此天地之义气也。” [6]“商声”二句：古以宫商角徵羽五声与四方相配，商配西。以十二律配十二月，七月为夷则。《礼记·月令》：“孟秋之月，……其音商，律中夷则。”

“嗟乎！草木无情，有时飘零。人为动物[1]，惟物之灵。百忧感其心，万事劳其形，有动于中，必摇其精。而况思其力之所不及[2]，忧其智之所不能，宜其渥然丹者为槁木，黟然黑者为星星。奈何以非金石之质[3]，欲与草木而争荣？念谁为之戕贼[4]，亦何恨乎秋声！”

童子莫对，垂头而睡，但闻四壁虫声唧唧，如助余之叹息。

朱宗洛：“是作赋本旨。”（《古文一隅》卷下））

朱宗洛：“用小波点缀，收束前后感慨，尤见情文绝胜。”（同上）

[注释]

[1]“人为”二句:《居士外集》卷三《赠学者》诗:“人禀天地气，乃物中最灵。” [2]“而况”四句:当力与智均不足时，人所受到的压力之大可想而知。渥(wò)然丹者,《诗经·秦风·终南》云“颜如渥丹”，谓脸色如朱砂般润泽光艳。为槁木，言红润的脸色变得灰暗枯干。黝(yǒu)然，深黑色状。为星星，言满头黑发变得一片斑白。左思《白发赋》:“星星白发，生于鬓垂。” [3]非金石之质:《古诗十九首·回车驾言迈》:“人生非金石，岂能长寿考?” [4]戕贼:残害。

[点评]

受唐宋古文运动的影响，宋代文赋兴盛。继杜牧《阿房宫赋》之后，欧阳修创作了《秋声赋》，将散文的写法引入辞赋的创作之中，后继者苏轼的前后《赤壁赋》，更让文赋的创作登上巅峰。《秋声赋》继承了赋体固有的铺叙、押韵、主客问答等特点，但写法趋于散文化，议论的出现及其与写景抒情等的结合，令人耳目一新。题中的秋声本诉诸听觉，而笔触延伸至所见与所思，就秋状与秋义展开描写。更妙的是，写过有声之秋后，转入无声之秋的议论，见百忧感心，万物劳形，在抒写悲秋之情中，寄寓了作者对自然与人生浮沉的感慨。全篇文采绚丽，音节谐美，开阖自如，逐层深入，把难以描状的秋声秋色表现得饶有诗情画意，如闻如见，如有神来之笔，巧夺天工。

有美堂记[1]

嘉祐二年[2]，龙图阁直学士、尚书吏部郎中梅公出守于杭。于其行也，天子宠之以诗，于是始作有美之堂，盖取赐诗之首章而名之，以为杭人之荣。然公之甚爱斯堂也，虽去而不忘，今年自金陵遣人走京师[3]，命予志之[4]，其请至六七而不倦。予乃为之言曰：

首段点出堂名由来与作记缘起。

[注释]

[1] 嘉祐四年（1059）作。据《乾道临安志》卷二，有美堂在郡城吴山，欧阳修记，蔡襄书碑。 [2]“嘉祐”以下七句：梅挚，字公仪，嘉祐二年（1057），梅出守杭州，仁宗有诗赐之，首章曰：“地有吴山美，东南第一州。”梅到杭州后，建堂山上，名曰“有美”，欧阳修为记以述之。尚书吏部郎中，尚书省所属吏部，是主管文职官吏任免、考核的机构，掌品秩铨选之制、考课黜陟之方、封授策赏之典等。郎中为各司主管官员。 [3] 金陵：嘉祐四年，梅挚已改知江宁府，在金陵（今江苏南京）。 [4]“命予”句：嘉祐四年，欧作《与梅圣俞》云：“梅公仪来要杭州一亭记。述游览景物，非要务，闲辞长说，已是难工，兼以目所不见，勉强而成。幸未寄去，试为看过，有甚俗恶幸不形迹也。”（《欧集·书简》卷六）

夫举天下之至美与其乐，有不得而兼焉者多

言天下之至美与其乐，多不得而兼。

矣。故穷山水登临之美者，必之乎宽闲之野、寂寞之乡而后得焉；览人物之盛丽、夸都邑之雄富者，必据乎四达之冲、舟车之会而后足焉[1]。盖彼放心于物外[2]，而此娱意于繁华，二者各有适焉。然其为乐，不得而兼也。

［注释］

[1] 四达之冲、舟车之会：指水陆交通的枢纽。　[2]“盖彼”二句：放心于物外，即赏心悦目于大自然中，针对“穷山水登临之美者”而言。娱意于繁华，即执意游乐于都市中，针对“览人物之盛丽、夸都邑之雄富者”而言。

惟金陵、钱塘能兼有山水之美。

卸去金陵。

今夫所谓罗浮、天台、衡岳、庐阜、洞庭之广[1]，三峡之险[2]，号为东南奇伟秀绝者，乃皆在乎下州小邑、僻陋之邦[3]，此幽潜之士、穷愁放逐之臣之所乐也[4]。若乃四方之所聚，百货之所交，物盛人众，为一都会，而又能兼有山水之美，以资富贵之娱者，惟金陵、钱塘[5]，然二邦皆僭窃于乱世。及圣宋受命，海内为一，金陵以后服见诛，今其江山虽在，而颓垣废址，荒烟野草，过而览者，莫不为之踌躇而凄怆[6]。独钱塘自五代时知尊中国[7]，效臣顺；及其亡也，顿首请命，不烦干戈。今其民幸富完安乐，又其俗习工巧，邑屋华丽，盖十余万家。环以湖山，左右映带[8]。而闽商海贾[9]，风帆浪舶，出入于江涛浩渺、烟云杳霭之间，可谓盛矣。

独尊钱塘。

[注释]

[1] 罗浮：罗浮山，在今广东广州增城区北。天台：天台山，在今浙江天台县北。衡岳：衡山，又名南岳，位于湖南衡阳南岳区、衡山县和衡阳县东部。庐阜：庐山，在今江西九江。洞庭：洞庭湖，位于长江中游以南，湖南北部。 [2] 三峡：在西起重庆奉节县、东至湖北宜昌的长江中，有瞿塘峡、巫峡、西陵峡。 [3] 下州小邑、僻陋之邦：指小州县穷困僻远的地方。 [4] 幽潜之士：隐士。穷愁放逐之臣：遭贬失意的官员。 [5] “惟金陵”以下五句：五代十国时，南唐李氏都金陵（今江苏南京），吴越钱氏都钱塘（今浙江杭州）。宋太祖开宝八年（975），大将曹彬率军攻入金陵，灭南唐。后主李煜被俘赴汴京，赐封违命侯，相传后被毒死。 [6] 踌躇而凄怆（chuàng）：徘徊不前，凄凉悲伤。 [7] “独钱塘”以下五句：五代时，吴越王钱俶尝贡奉中国不绝。宋兴，荆、楚诸国相继归顺，俶势益孤，始倾其国以事贡献。宋太宗太平兴国三年（978），吴越未经战争而臣服于宋，国除。 [8] 映带：指湖光山色相互映衬。 [9]“而闽商”以下四句：时闽地多有商人出海经商，杭州为海上贸易的重要港口。蔡襄《杭州新作双门记》：“杭州，二浙为大州，提支郡数十，而道通四方。海外诸国，物货丛居，行商往来，俗用不一。”杳霭，云雾缥缈貌。

而临是邦者[1]，必皆朝廷公卿大臣若天子之侍从[2]，又有四方游士为之宾客，故喜占形胜[3]，治亭榭，相与极游览之娱。然其于所取，有得于此者必有遗于彼。独所谓有美堂者，山水登临之美，人物邑居之繁，一寓目而尽得之。盖钱塘兼有天下之美，而斯堂者又尽得钱塘之美焉，宜乎公之甚爱而难忘也。梅公[4]，清慎好学君子也，视其所好，可以知其人焉。四年八月丁亥，庐陵欧阳修记。

谓钱塘之美，有美堂尽得之。

[注释]

[1] 临是邦者：指前来主政杭州的官员。 [2] 若：与，和。 [3] “故喜”二句：喜择地形佳处以建亭榭。榭，建于高台上的木屋。 [4] “梅公”二句：《宋史·梅挚传》：“挚性淳静，不为矫厉之行，政迹如其为人。”

[点评]

这是一篇很讲究写作技巧的文章。通过不断的铺垫，将有美堂抬至很高的位置。唐顺之谓“如累九层之台，一层高一层，真是奇绝”（引自茅坤《欧阳文忠公文钞》卷二十）；浦起龙称“大段亦只三层，泛举地势一层，切较二邦一层，专归有美一层”，“看去却似无数重阶叠级，故奇”（《古文眉诠》卷六十）。而比较二邦一层尤得诸家赞赏，储欣曰“形容两地盛衰各极，情景如在目前，篇中胜观在此。数层脱卸，一气滚下，又极纡余袅娜”（《唐宋八大家类选》卷十一）。通篇结构严谨，意蕴深远，宾主相形，抑扬起伏，兴亡之感慨寓焉。文有歌国家一统、颂太祖太宗之意，从抑南唐扬吴越中可见。

梅圣俞诗集序[1]

予闻世谓诗人少达而多穷[2]，夫岂然哉？盖世所传诗者[3]，多出于古穷人之辞也。凡士之蕴其所有而不得施于世者[4]，多喜自放于山巅水涯。外见虫鱼、草木、风云、鸟兽之状类，往往探其奇怪。内有忧思感愤之郁积，其兴于怨刺，以道羁臣、寡妇之所叹，而写人情之难言，盖愈穷则愈工。然则非诗之能穷人，殆穷者而后工也。

开篇即紧扣“穷”字。

穷而后工，独创之言，主旨所在。

[注释]

[1] 庆历六年（1046）作。文末“其后十五年”以下属补记，作于梅尧臣逝世次年的嘉祐六年（1061）。 [2]“予闻”句：杜甫《天末怀李白》：“文章憎命达，魑魅喜人过。”白居易《序洛诗》：

“文士多数奇，诗人尤命薄。”达，通显。穷，困厄。 [3]“盖世”二句：韩愈《荆潭唱和诗序》：“欢愉之辞难工，而穷苦之言易好。”穷人，指士之不得志者。 [4]“凡士”以下九句：说有抱负与才华而不得志者，以山水自娱，尽情排遣内心的郁闷，生动表达真切的感受，往往能写出非同寻常的优秀作品。而且愈是窘困不幸，创作愈是精彩。此为欧公的“穷而后工”说。“虫鱼、草木”云云，《论语·阳货》有“诗可以兴，可以观，可以群，可以怨。……多识于鸟兽草木之名”等语。怨刺，怨愤讽刺，《汉书·礼乐志》：“周道始缺，怨刺之诗起。”羁臣，遭贬谪的官员。

细说梅氏之穷。

以“语诗者”衬托梅诗之工。

以王曙语盛赞梅诗之工。

予友梅圣俞[1]，少以荫补为吏，累举进士，辄抑于有司，困于州县凡十余年。年今五十[2]，犹从辟书，为人之佐，郁其所畜，不得奋见于事业。其家宛陵[3]，幼习于诗，自为童子，出语已惊其长老。既长[4]，学乎六经仁义之说。其为文章，简古纯粹，不求苟说于世，世之人徒知其诗而已。然时无贤愚[5]，语诗者必求之圣俞，圣俞亦自以其不得志者，乐于诗而发之。故其平生所作，于诗尤多。世既知之矣，而未有荐于上者。昔王文康公尝见而叹曰[6]：“二百年无此作矣！”虽知之深，亦不果荐也。若使其幸得用于朝廷[7]，作为雅颂，以歌咏大宋之功德，荐之清庙，而追商、周、鲁颂之作者，岂不伟欤！奈何使其老不得志，而为穷者之诗，乃徒发于虫鱼物类、羁愁感叹之言？世徒喜其工，不知其穷之久而将老也，可不惜哉！

沈德潜："果其进于朝，工于铺陈功德，恐无传世行远之作矣。韩子志柳州墓，已见此意。"（《唐宋八大家文读本》卷十一）按：沈氏指《柳子厚墓志铭》中"然子厚斥不久，穷不极，虽有出于人，其文学辞章，必不能自力以致必传于后如今，无疑也"数语。

仍说穷而后工。

［注释］

[1]"予友"以下五句：说梅尧臣科举屡不利，只能靠叔父翰林侍读学士梅询的恩荫为官，历任桐城、河南、河阳县主簿，知建德、襄城县，监湖州盐税等职。此段时间，约由天圣五年（1027）至庆历四年（1044）。 [2]"年今"以下三句：庆历六年（1046），尧臣方四十五岁，五十乃取整数而言。尧臣先后应王举正、晏殊之征召，签判许昌忠武、陈州镇安二军，此即"犹从辟书，为人之佐"。皇祐三年（1051）召试，赐进士，为太常博士，时年五十。后以欧阳修荐，为国子监直讲，已不在州县。辟书，征召的文书。 [3]宛陵：宣城（今属安徽）旧名。 [4]"既长"以下六句：言尧臣的儒学修养与诗歌创作，其成就主要在诗歌方面。简古纯粹，指与时文雕琢华丽迥异的文风。说，通"悦"。 [5]"然时"以下四句：欧《梅圣俞墓志铭》云："至圣俞遂以诗闻，自武夫、贵戚、童儿、野叟，皆能道其名字，虽妄愚人不能知诗义者，直曰'此世所贵也，吾能得之'，用以自矜。故求者日踵门，而圣俞诗遂行天下。" [6]"昔王文康"二句：《梅圣俞墓志铭》："初在河南，王文康公见其文，叹曰：'二百年无此作矣。'"王文康公，王曙，景祐时曾为西京留守，后为枢密使。 [7]"若使"以下六句：可惜尧臣未得重用，否则将写出歌颂盛世的大作。《梅圣俞墓志铭》："（嘉祐）三年冬，祫于

太庙，御史中丞韩绛言天子且亲祠，当更制乐章以荐祖考，惟梅某为宜。亦不报。”雅颂，歌颂盛世的诗歌。《诗经》中《大雅》《小雅》《商颂》《鲁颂》《周颂》皆有此类颂诗。清庙，太庙，帝王的宗庙。

佳中选优，尽显穷者梅诗之工。

圣俞诗既多，不自收拾。其妻之兄子谢景初惧其多而易失也[1]，取其自洛阳至于吴兴已来所作，次为十卷。予尝嗜圣俞诗，而患不能尽得之，遽喜谢氏之能类次也[2]，辄序而藏之。其后十五年[3]，圣俞以疾卒于京师。余既哭而铭之，因索于其家，得其遗稿千余篇，并旧所藏，掇其尤者六百七十七篇，为一十五卷。呜呼！吾于圣俞诗[4]，论之详矣，故不复云。庐陵欧阳修序。

[注释]

[1]“其妻”以下三句：言谢景初收集姑父梅尧臣遗作，编集成册。谢景初，谢绛之子。尧臣妻为谢绛之妹。自洛阳至于吴兴，指天圣九年（1031）尧臣为河南主簿至庆历二至四年（1042—1044）在吴兴为湖州酒税这段时间。吴兴，湖州（今属浙江）旧称。 [2]类次：依类别按先后次序编排。 [3]“其后”以下八句：嘉祐五年（1060）尧臣卒，次年欧为之铭墓，得其遗稿，遴选佳篇编纂成书。今人朱东润有《梅尧臣集编年校注》。 [4]“吾于”二句：欧多有评梅诗之诗文，《欧集·诗话》有数条评论梅诗，《书简》卷六还有与梅尧臣简四十六篇。

[点评]

由初入西京的天圣九年（1031）至京师大疫的嘉祐五年（1060），三十年友爱互助情深意笃的知己，一旦永别，何为纪念？欧公撰祭文、墓志铭，又为亡友搜遗作，编诗集，补记多年前所作序文，可谓一往情深。此序提出“穷而后工”之论，千年以来，成为古代诗文论中引人注目与讨论的热点。梅诗欧序，堪称双璧。为知己的诗集作序，得心应手，感慨淋漓，金圣叹道：“不知是论、是记、是传、是序，随手所到，皆成低昂曲折。”（《天下才子必读书》卷十三）宜乎储欣赞曰：“只‘穷’‘工’二字往复议论悲慨，古今绝调。”（《唐宋八大家类选》卷十一）

廖氏文集序[1]

自孔子殁而周衰[2]，接乎战国，秦遂焚书，六经于是中绝。汉兴[3]，盖久而后出，其散乱磨灭，既失其传，然后诸儒因得措其异说于其间[4]，如河图洛书[5]，怪妄之尤甚者。余尝哀夫学者知守经以笃信[6]，而不知伪说之乱经也，屡为说以黜之。而学者溺其久习之传[7]，反骇然非余以一人之见，决千岁不可考之是非，欲夺众人之所信，反对伪说，意志坚定。笃于求真，信念不移。

徒自守而世莫之从也。

[注释]

[1]嘉祐六年（1061）作。廖氏：廖偁，衡山（治今湖南衡阳）人，天禧年间进士，好古能文，著有《朱陵编》。此即欧为该书所作之序。《宋文鉴》卷四十九收有廖偁所著《封建论》《洪范论》。 [2]“自孔子”以下四句：谓孔子死后，东周已趋衰微，接着是战国时代，而后是秦始皇焚书坑儒，《诗》《书》《礼》《易》《乐》《春秋》的传播中断。 [3]“汉兴”二句：《汉书·艺文志》：“汉兴，改秦之败，大收篇籍，广开献书之路。”《史记·儒林列传》：“及今上即位，赵绾、王臧之属明儒学，而上亦乡之，于是招方正贤良文学之士。自是之后，言《诗》于鲁则申培公，于齐则辕固生，于燕则韩太傅。言《尚书》自济南伏生。言《礼》自鲁高堂生。言《易》自菑川田生。言《春秋》于齐鲁自胡毋生，于赵自董仲舒。” [4]措：掺杂。 [5]河图洛书：古时关于《周易》《洪范》来源的传说。《周易·系辞上》：“河出图，洛出书，圣人则之。”相传上古时，黄河中浮出龙马，背负“河图”，献给伏羲。伏羲依此而演成八卦，后为《周易》来源。大禹时，洛河中浮出神龟，背驮“洛书”，献给大禹。大禹依此治水成功，遂划天下为九州。又依此定法，治理社会，后收入《尚书》中，名《洪范》。 [6]“余尝哀”以下三句：“六经”中有鬼神怪异之说，欧持怀疑与否定的态度，指出并批判伪说之乱经。其《易童子问》曰：“天地鬼神不可知。”又曰：“河、洛不出图、书。”《石鹢论》指《春秋》为“据天道，仍人事”。《辨左氏》引单子之言曰：“吾非瞽瞍，焉知天道？”《易或问》称“《易》之为说”，“止于人事而已矣，天不与也”。《新唐书·五行志论》曰：“孔子于《春秋》，记灾异而不著其事应，盖慎之也。以谓天道远，非

谆谆以谕人，而君子见其变，则知天之所以谴告，恐惧修省而已。若推其事应，则有合有不合，有同有不同。至于不合不同，则将使君子怠焉，以为偶然而不惧。此其深意也。盖圣人慎而不言如此，而后世犹为曲说以妄意天，此其不可以传也。” [7]“而学者”以下五句：学者沉溺于其所熟悉的解经之传中，反而责备我凭一人之见作千年以来的定论，意图改变众人的看法，坚守己见而无人呼应。非，非难，责备。夺，搅乱，改变。

余以谓自孔子没[1]，至今二千岁之间，有一欧阳修者为是说矣。又二千岁，焉知无一人焉，与修同其说也？又二千岁，将复有一人焉。然则同者至于三，则后之人不待千岁而有也。同予说者既众，则众人之所溺者可胜而夺也。夫“六经”非一世之书[2]，其将与天地无终极而存也，以无终极视数千岁，于其间顷刻尔。是则余之有待于后者远矣，非汲汲有求于今世也[3]。

一意分三层说，愈是重复、强调，愈见自信与坚持，故归有光赞曰：“俟同千岁后一意，最奇警快人。”（《欧阳文忠公文选》卷六）

[注释]

[1]“余以谓”二句：孔子卒于周敬王四十一年（前479），至嘉祐六年（1061），已有一千五百多年，“二千岁”乃以整数而言之。 [2]“夫‘六经’”句：谓“六经”可传千秋万代，故下句称“与天地无终极而存”。 [3]汲汲：急切貌。

仍就“不待千岁”发慨，见孤军奋战之艰难与坚持。

衡山廖倚[1]，与余游三十年。已而出其兄偁之遗文百余篇号《朱陵编》者，其论《洪范》[2]，以为九畴圣人之法尔，非有龟书出洛之事也。余乃知不待千岁，而有与余同于今世者。始余之待于后世也[3]，冀有因余言而同者尔，若偁者未尝闻余言，盖其意有所合焉。然则举今之世，固有不相求而同者矣，亦何待于数千岁乎！

[注释]

[1]“衡山”二句：衡山，五岳之一的南岳，在今湖南。廖倚，欧之友人。明道二年（1033），欧作《送廖倚归衡山序》，由其时至写本文已二十九年，以整数计而言三十。 [2]“其论”以下三句：廖偁《洪范论》：“《洪范》皆人事之常，而前古之达道也。前古之达道，皆出于圣人者也。伏牺而前，偁不可得而知也；伏牺而下，至于尧、舜，观其事，未有不法天行道以理天下，使皇王之德被于兆人，而足以仪法千古。则《洪范》者，固前贤之所启也，岂得在禹方受之于天哉？若《洪范》之书出于洛，而神龟负之，以授于禹，则是《洪范》者，果非人之所能察也。自禹而上，果未之闻于世也。若果非人之所能察，而世果未之闻，……则洛出龟，负以授于禹，得为可乎？”九畴圣人之法，指《洪范》中的九畴是圣人治理天下的九种方法。 [3]“始余”以下四句：当初，我所以要等待后世，就是希望有人知我言而同意我的见解，廖偁未曾听我之言，但想法却跟我一致。

廖氏家衡山，世以能诗知名于湖南。而偁尤好古，能文章，其德行闻于乡里，一时贤士皆与之游。以其不达而早死[1]，故不显于世。呜呼！知所待者[2]，必有时而获；知所畜者，必有时而施。苟有志焉，不必有求而后合。余嘉与偁不相求而两得也，于是乎书。嘉祐六年四月十六日，翰林学士、尚书吏部郎中、知制诰、充史馆修撰欧阳修序。

求真不懈的收获，终逢知音的快感。

[注释]

[1]不达：未能入仕为官。达，通达。 [2]“知所待”以下四句：是说知道等待的人，必有收获的时候；知道蓄积正确见解的人，必有施展自己能力的那一天。

[点评]

欧阳修在政坛上追随范仲淹，革故鼎新；作为文坛领袖，力推文学变革，功勋卓著；在经学研究上，他也是思想解放的先锋、勇于冲锋陷阵的重要人物。王应麟《困学纪闻》卷八《经说》引陆游语云：“唐及国初，学者不敢议孔安国、郑康成，况圣人乎！自庆历后，诸儒发明经旨，非前人所及。”具体而言，陆游点到的“排《系辞》，毁《周礼》”“黜《诗》之序”，皆欧阳修之所为。此序中，他旗帜鲜明地表达了“守经以笃信”，反对“伪说之乱经”的见解。他始终不认同关于《河图》《洛书》的怪异传说，以同时人所未有的学术勇气，开辟儒家经典辨伪的研究之路。

思想的超前势必跟随者寡，本文凸显出作者的求真与坚守，孤单而有待，强有力地抒发了虽千万人吾往矣的无畏与自信。文章首段称时人“骇然非余以一人之见，决千岁不可考之是非”；次段断言“众人之所溺者可胜而夺”，同己意者“不待千岁而有也”；第三段以廖偁著述证明确实有“不待千岁，而有与余同于今世者”。归有光赞“俟同千岁后一意，最奇警快人”（《欧阳文忠公文选》评语卷六）。尽管欧阳修经学理论并非完美无缺，但他坚持不懈勇于探索的治学精神无疑是令人钦佩的。

胡先生墓表[1]

储欣：“尊其为人师也，而曰先生。”（《六一居士全集录》卷二）

先生讳瑗，字翼之，姓胡氏。其上世为陵州人[2]，后为泰州如皋人[3]。

[注释]

[1] 嘉祐六年（1061）作。胡先生：胡瑗（993—1059），世称安定先生，为北宋著名经学家和教育家。著有《周易口义》《洪范口义》《皇祐新乐图记》等。《宋史》有传。 [2] 陵州：唐代州名，宋废，今四川仁寿。胡瑗曾祖韬因乱留蜀，为五代时后蜀陵州刺史。生泰州司寇参军修己，瑗之祖也，卒葬泰州海陵（今江

苏泰州海陵区）。修己生讷。　[3] 泰州如皋：今江苏如皋。据《宋史·胡瑗传》，瑗为泰州海陵人。《宋元学案·泰州学案》：“先生世居安定，流寓陵州，父讷为宁海节度推官，随任生于泰州宁海乡，先生故址也。人称之为安定先生，溯其源也。”

先生为人师[1]，言行而身化之，使诚明者达，昏愚者励，而顽傲者革。故其为法严而信，为道久而尊。师道废久矣，自明道、景祐以来[2]，学者有师，惟先生暨泰山孙明复、石守道三人[3]。而先生之徒最盛，其在湖州之学[4]，弟子去来常数百人，各以其经转相传授。其教学之法最备，行之数年，东南之士莫不以仁义礼乐为学。庆历四年[5]，天子开天章阁，与大臣讲天下事，始慨然诏州县皆立学。于是建太学于京师[6]，而有司请下湖州，取先生之法以为太学法，至今为著令。后十余年，先生始来居太学[7]，学者自远而至，太学不能容，取旁官署以为学舍。礼部贡举，岁所得士，先生弟子十常居四五。其高第者知名当时，或取甲科，居显仕，其余散在四方，随其人贤愚，皆循循雅饬[8]，其言谈举止，遇之不问可知为先生弟子。其学者相语称先生，不问可知为

胡瑗与范仲淹等庆历新政人士关系密切。景祐时，朝廷更定雅乐，即获仲淹推荐；康定时韩琦、范仲淹皆为陕西经略安抚副使，瑗被辟为丹州军事推官；庆历兴学，取湖州之法为太学法；胡瑗卒，欧阳修与蔡襄为之作墓表、墓志，引为同调，倍加推崇。

胡公也。

以弟子成就与言行之可赞，衬托先生教诲之成功。

[注释]

[1]“先生”以下五句：黄震《黄氏日钞》卷十五：“师道之立，自先生始。然其始读书泰山，十年不归，及既教授，犹夙夜勤瘁，二十余年，人始信服。”言行而身化之，以自身的言行感化他人。达，通晓。励，得到劝勉。革，改变。 [2] 明道、景祐：仁宗年号，计六年（1032—1033，1034—1037）。 [3]“惟先生”句：胡瑗、孙复、石介三人一同读书于泰山，攻苦食淡，废寝忘食。孙明复，即孙复（992—1057），字明复，举进士不第，退居泰山，学《春秋》，世称泰山先生，石介从之学。欧有《孙明复墓志铭》。石介，字守道，见本书《与石推官第二书》及《徂徕石先生墓志铭》。 [4]“其在”以下三句：陈庆元、欧明俊、陈贻庭校注《蔡襄全集》卷二十三《太常博士致仕胡君墓志》：“及为苏、湖二州教授，严条约，以身先之。虽大暑，必公服终日，以见诸生，设师弟子之礼。解经至有要义，恳恳为诸生言其所以治己而后治乎人者，学徒千数。” [5]“庆历”以下四句：庆历四年（1044），范仲淹等欲复古劝学，数言兴学，仁宗遂下诏，令州县皆立学。 [6] 太学：宋最高学府，庆历四年置于汴京。 [7]“先生始来”以下四句：《太常博士致仕胡君墓志》：“后为太学，四方归之。庠舍不能容，旁拓步军居署以广之。” [8] 循循雅饬：循循善诱，典雅严谨。循循，有序貌。

先生初以白衣见天子[1]，论乐，拜秘书省校书郎，辟丹州军事推官[2]，改密州观察推官[3]。

丁父忧[4]，去职。服除，为保宁军节度推官[5]，遂居湖学。召为诸王宫教授[6]，以疾免。已而以太子中舍致仕[7]，迁殿中丞于家[8]。皇祐中[9]，驿召至京师议乐，复以为大理评事兼太常寺主簿，又以疾辞。岁余，为光禄寺丞、国子监直讲[10]，乃居太学。迁大理寺丞，赐绯衣银鱼[11]。嘉祐元年，迁太子中允，充天章阁侍讲，仍居太学。已而病不能朝，天子数遣使者存问[12]，又以太常博士致仕。东归之日[13]，太学之诸生与朝廷贤士大夫送之东门，执弟子礼，路人嗟叹以为荣。以四年六月六日，卒于杭州，享年六十有七。以明年十月五日，葬于乌程何山之原[14]。其世次、官邑与其行事，莆阳蔡君谟具志于幽堂[15]。

沈德潜:“盛事。”（《唐宋八大家文读本》卷十四）

鸣呼！先生之德在乎人，不待表而见于后世，然非此无以慰学者之思，乃揭于其墓之原[16]。六年八月三日，庐陵欧阳修述。

以德育人，德在人心。

[注释]

[1]“先生”以下三句：景祐三年（1036），朝廷更定雅乐，范仲淹推荐胡瑗，白衣至崇政殿见天子，较钟律，授试秘书省校

书郎。 [2]“辟丹州”句：康定初，元昊侵边，胡瑗被召为丹州军事推官，参与帅府议事，建议更陈法，治兵器，开废地为营田，募土人为兵等。军事推官，为幕职官，掌助理军政。 [3] 密州：治今山东诸城。观察推官：州府幕职官，掌助理政事。 [4] 丁父忧：居父丧。 [5] 保宁军：治今浙江金华。节度推官：节度所置幕职官。 [6] 教授：宋太宗始，为皇侄等在亲王府置师傅，称教授。 [7] 太子中舍：东宫官，太子的僚佐。 [8] 殿中丞：殿中省掌郊祀、元日冬至皇帝御殿等事，置丞一人。 [9]“皇祐中”以下三句：皇祐中，更铸太常钟磬，与近臣、太常官议作乐事。太常寺，掌社稷及武成王庙、诸坛斋宫习乐等事，置主簿一人。 [10] 光禄寺：掌供祠祭酒醴、果实、脯醢等事，丞在卿、少卿之下。国子监直讲：国子监为掌管全国学校的总机构，直讲位居判监事下，在丞、主簿之上。 [11] 绯衣银鱼：见前《石曼卿墓表》“自契丹通中国”一段注 [3]。 [12] 存问：古时多指君对臣或上对下的慰问。 [13]“东归”以下四句：胡瑗离京时，太学生与朝官送行至都门，场面壮观。 [14] 乌程何山：乌程（治今浙江湖州）南十四里有何山，晋太守何楷在此有读书堂，故名。 [15] 蔡君谟：即蔡襄，字君谟，北宋四大书法家之一，兼擅诗文。天圣年间进士，官至三司使，胡瑗墓志为其所作。幽堂：墓穴。 [16] 揭：高举，作墓表立于墓前之意。

[点评]

题称先生即尊师道，通篇以师道为中心展开：与孙复、石介相比，生徒最多，湖学最盛；太学下湖州取法，为天下之表率；贡举所得士，弟子常居四五成，影响空前；由湖学至太学，为众望所归；致仕返乡之盛况，令人肃然起敬。文章前幅写其言传身教，见师道之有口皆碑；后幅写弟子、仕历与东归，极力衬托师道之尊严。沈德潜评曰：“以师道为主，盖主意为干而枝叶从之，所以能一线贯穿也。”（《唐宋八大家文读本》卷十四）

集古录目序[1]

物常聚于所好，而常得于有力之强。有力而不好，好之而无力，虽近且易，有不能致之。象犀虎豹[2]，蛮夷山海杀人之兽，然其齿角皮革，可聚而有也。玉出昆仑流沙万里之外[3]，经十余译乃至乎中国。珠出南海[4]，常生深渊，采者腰绳而入水，形色非人，往往不出，则下饱蛟鱼。金矿于山[5]，凿深而穴远，篝火馃粮而后进，其崖崩窟塞，则遂葬于其中者，率常数十百人。其远且难而又多死祸，常如此。然而金玉珠玑，世常兼聚而有也。凡物好之而有力，则无不至也。

孙琮：“通篇以‘好而有力’四字立一篇之议论，起处一正一反，主意已尽。”（《山晓阁选宋大家欧阳庐陵全集》卷三）

孙琮：“‘象犀金珠’一段，申明好而有力，物便易得，亦是正说。”（同上）

[注释]

[1]嘉祐七年（1062）作。欧嗜好集古，十分用力。是年，有《与刘侍读（敞）》云：“兼蒙惠以《韩城鼎铭》及《汉博山

盘记》，二者实为奇物。某集录前古遗文，往往得人之难得，自三代以来，莫不皆有，然独无前汉字，每以为恨。今遽获斯铭，遂大偿其素愿，其为感幸，自宜如何？”（《欧集·书简》卷五）又有《与蔡君谟求书集古录目序书》云：“尝集录前世金石之遗文，……盖自庆历乙酉逮嘉祐壬寅，十有八年，而得千卷。”《欧集》今存《集古录跋尾》十卷。 [2]“象犀”以下四句：言象牙、犀牛角、虎豹皮革等，即使再难得，只要深入偏僻荒远之处，猎杀野兽即可得，故有力者能大量获取。蛮夷，泛指华夏以外文化落后的偏远之地。 [3]“玉出”二句：言玉石出自昆仑山，须经长途辗转方可得。《尚书·胤征》“火炎昆冈，玉石俱焚”，注：“昆山出玉。”昆山即昆仑山。流沙，沙漠。十余译，十余个语言不同的地区。 [4]“珠出”以下六句：言采珠的不易与危险。《艺文类聚》卷八十四引万震著《南州异物志》：“合浦民善游，采珠儿年十余岁，便教入水。官禁民采珠，巧盗者蹲水底，刮蚌得好珠，吞而出。”腰绠（gēng），腰系粗绳。形色非人，容貌神色不像人。下饱蛟鱼，为蛟龙鱼类所吞食。 [5]“金矿”以下六句：言掘金的艰难与危险。矿，蕴藏。穴远，洞穴开掘甚远。篝火馂粮，手擎火把、带着干粮。率常，通常。

汤盘[1]，孔鼎，岐阳之鼓，岱山、邹峄、会稽之刻石，与夫汉、魏已来圣君贤士桓碑、彝器、铭诗、序记，下至古文、籀篆、分隶诸家之字书，皆三代以来至宝，怪奇伟丽、工妙可喜之物。其去人不远，其取之无祸。然而风霜兵火，湮沦磨灭[2]，散弃于山崖墟莽之间未尝收拾者[3]，由世之好者少也。幸而有好之者，又其力或不足，故仅得其一二，而不能使其聚也。

孙琮：“‘汤盘周鼎’一段，申明不好不力，物便易散，亦是反说。”（《山晓阁选宋大家欧阳庐陵全集》卷三）

[注释]

[1]“汤盘”以下八句：历举自古以来的珍贵文物。汤盘，《礼记·大学》：“汤之盘铭曰：‘苟日新，日日新，又日新。’”孔颖达疏：“汤之盘铭者，汤沐浴之盘而刻铭为戒。必于沐浴之者，戒之甚也。”孔鼎，《左传》昭公七年述及正考父之鼎铭，杜预注：“考父庙之鼎。”考父即正考父，为孔子之先祖。李商隐《韩碑》：“汤盘孔鼎有述作，今无其器存其辞。”岐阳之鼓，唐初在岐山之南（今陕西宝鸡凤翔区）发现东周初秦国刻石，形略似鼓，共十枚（时见九枚，宋皇祐时，又得一枚），上刻籀文。《集古录跋尾》卷一《石鼓文》：“余所集录，文之古者，莫先于此。”岱山、邹峄、会稽之刻石，据《史记·秦始皇本纪》，始皇巡游岱山（即泰山）、邹峄、会稽时，皆刻石记功。桓碑，大石碑，亦指墓碑。彝器，古代宗庙常用的祭器，如钟、鼎、樽、罍之类。铭诗、序记，指立碑制器以铭刻功业或记载事迹留为纪念之作。古文，指秦以前留传下来的文字。籀（zhòu），籀书，即大篆。篆（zhuàn），篆书，即小篆。分，八分书，指带有明显波磔特征的隶书。隶，隶书。 [2] 湮（yān）沦：埋没。 [3] 墟莽：荒野。

夫力莫如好，好莫如一[1]。予性颛而嗜古[2]，凡世人之所贪者，皆无欲于其间，故得一其所好于斯。好之已笃[3]，则力虽未足，犹能致之。故上自周穆王以来[4]，下更秦、汉、隋、唐、五代，外至四海九州，名山大泽，穷崖绝谷，荒林破冢，神仙鬼物，诡怪所传，莫不皆有，以为《集古录》。以谓传写失真，故因其石本[5]，轴而藏之。有卷帙次第而无时世之先后[6]，盖其取多而未已，故随其所得而录之。又以谓聚多而终必散，乃撮其大要[7]，别为录目，因并载夫可与史传正其阙谬者，以传后学，庶益于多闻[8]。

孙琮："后幅以能好能力，以见《集古录》之所由作。"（《山晓阁选宋大家欧阳庐陵全集》卷三）

或讥予曰："物多则其势难聚，聚久而无不散，何必区区于是哉？"予对曰："足吾所好，玩而老焉可也。象犀金玉之聚，其能果不散乎？予固未能以此而易彼也。"庐陵欧阳修序。

沈德潜："有学问，不然，一收藏家耳。"（《唐宋八大家文读本》卷十一）

成功源自由衷的喜好与持久的毅力。

[注释]

[1] 一：专一。 [2] 颛（zhuān）：愚蒙。 [3] 笃：专而深。[4]"故上"以下十句：说搜集远古以来各种金石文字拓片汇于《集古录》中。《集古录跋尾》卷一《古敦铭》："敦，乃武王时器也。盖余《集录》最后得此铭。当作《录目序》时，但有《伯冏铭》'吉日癸巳'字最远，故叙言自周穆王以来叙已刻石，始得斯铭，乃武王时器也。"周穆王，西周第五代国王姬满。神仙鬼物，诡怪所传，指《集古录跋尾》中有《张龙公碑》《谢仙火》等叙仙怪的内容。 [5] 石本：指拓本，即用纸蒙在碑刻等器物上，覆盖毡片拍打，使凹凸分明，而后上墨以显出其文字、图形。 [6]"有卷帙"以下三句：周必大《欧阳文忠公集古录序》："此公述千卷

不以世代为序之意也。”按：今《集古录跋尾》已由后人依世代先后编排。 [7]撮：摘取。 [8]“庶益”句：希望有助于增广见闻。

[点评]

欧阳修不仅是著名的文学家，在史学上也有杰出的成就，除了主编《新唐书》及独撰《新五代史》之外，在考古上也有非凡的收获，给后世留下了极有价值的《集古录跋尾》，为金石学的开创做出了重要的贡献。本文展示了他在集古考古方面好而有力、始终如一的执着坚定和矢志不渝的钻研精神，给予读者宝贵的思想启迪。文曰：“夫力莫如好，好莫如一。”“好”“力”“一”字的频频出现，在贯串全篇和突出主旨上所起的作用不可忽视。

记旧本韩文后[1]

予少家汉东[2]，汉东僻陋无学者，吾家又贫无藏书。州南有大姓李氏者，其子尧辅颇好学[3]。予为儿童时，多游其家，见其弊筐贮故书在壁间，发而视之，得唐《昌黎先生文集》六卷[4]，脱落颠倒无次序，因乞李氏以归。读之，见其言深厚而雄博，然予犹少[5]，未能悉究其义，徒见其浩然无涯，若可爱。

得《昌黎集》而学韩：欧阳修的起步。

[注释]

[1] 嘉祐六年（1061）或稍后作。本文称登进士第“至于今盖三十余年矣”，欧于天圣八年（1030）登第，过三十余年，至少已是嘉祐六年。是年，欧任参知政事，进封开国公。 [2] 汉东：随州古属汉东郡，故称。欧少依叔父欧阳晔居随州。 [3] 尧辅：一作彦辅，字公佐。欧《李秀才东园亭记》称“修友李公佐有亭”，“予为童子，与李氏诸儿戏其家”。朱东润《梅尧臣集编年校注》卷三十《送襄阳李令彦辅》原注：“李，宋丞相妹婿，永叔少居随州，尚往其家。”故该诗称“公相为近亲，翰林为故人”。宋庠《元宪集》卷五《李公佐归汉东》注：“予之妹婿。”可知彦辅即尧辅。 [4]《昌黎先生文集》：韩愈著，李汉编，昌黎为韩愈郡望。 [5]“然予”以下四句：言当时年少，不能详尽了解韩文的意思，只觉得它气势浩大，为人所喜爱。若，而。

沈德潜：“志向已定。”（《唐宋八大家文读本》卷十二）

沈德潜：“以欧公之学，犹必成进士始学古文，则时文之毒人也深矣。”（《同上》）

是时天下学者杨、刘之作[1]，号为时文，能者取科第，擅名声，以夸荣当世，未尝有道韩文者。予亦方举进士[2]，以礼部诗赋为事。年十有七试于州[3]，为有司所黜。因取所藏韩氏之文复阅之，则喟然叹曰：“学者当至于是而止尔[4]。”因怪时人之不道，而顾己亦未暇学[5]，徒时时独念于予心，以谓方从进士干禄以养亲[6]，苟得禄矣，当尽力于斯文[7]，以偿其素志。

[注释]

[1] “是时”二句：田况《儒林公议》：“杨亿在两禁，变文章之体，刘筠、钱惟演辈皆从而敩（教）之，时号‘杨刘’。”《宋史·穆修传》：“自五代文敝，国初，柳开始为古文。其后，杨亿、刘筠尚声偶之辞，天下学者靡然从之。”时文，科举应试文体的通称。 [2] “予亦”二句：称自己正为礼部主持的科举考试做准备，学习所规定的诗赋程式，骈体文与试帖诗为考试的主要科目。 [3] “年十有七”二句：天圣元年（1023），欧应随州州试，试《左氏失之诬论》，中有“石言于晋，神降于莘。内蛇斗而外蛇伤，新鬼大而故鬼小”数句，人已传诵，但因赋卷出韵而未被录取。 [4]“学者”句：意为当以韩文为榜样。 [5]“而顾己”句：谓时正忙于为应试而写骈体文和试帖诗。 [6] 干禄：入仕以求俸禄。 [7] 斯文：指如韩愈所作之古文。

后七年[1]，举进士及第，官于洛阳。而尹师鲁之徒皆在，遂相与作为古文，因出所藏《昌黎集》而补缀之，求人家所有旧本而校定之。其后天下学者亦渐趋于古，而韩文遂行于世，至于今盖三十余年矣，学者非韩不学也，可谓盛矣。

沈德潜：“此欧公倡导力也。公亦自认，不复推诿。”（《唐宋八大家文读本》卷十二）

[注释]

[1] “后七年”以下七句：指天圣八年（1030）进士及第，为西京留守推官，与尹洙等切磋古文，对所珍藏的《昌黎集》作修补，并据所能得到的旧本加以校订。

呜呼！道固有行于远而止于近[1]，有忽于往而贵于今者，非惟世俗好恶之使然，亦其理有当然者。而孔、孟惶惶于一时[2]，而师法于千万世。韩氏之文没而不见者二百年，而后大施于今，此又非特好恶之所上下，盖其久而愈明，不可磨灭，虽蔽于暂而终耀于无穷者，其道当然也。

[注释]

[1]“道固有”以下四句：谓道有传于久远而近时却未能被接受的，也有过往被忽视而如今得到重视的，这不单是世人的好恶所致，从道理上说也是有其必然性的。道，有学说、道义等意义，此指孔孟之道。 [2]“而孔、孟”二句：谓孔、孟当时不辞辛劳，奔走列国，宣传治国理念，但屡遭挫折，而孔孟之道却为后世所尊崇。惶惶，焦虑不安貌。

予之始得于韩也[1]，当其沉没弃废之时，予固知其不足以追时好而取势利，于是就而学之，则予之所为者，岂所以急名誉而干势利之用哉？亦志乎久而已矣。故予之仕[2]，于进不为喜，退不为惧者，盖其志先定而所学者宜然也。

沈德潜：“推开一步，一生本领尽见。”（《唐宋八大家文读本》卷十二）

[注释]

[1]“予之”二句：说自身年少学韩之际，正是韩文遭弃置之

时。　[2]“故予”以下四句：自言仕途无论遭贬或荣升，但意志坚定而未动摇，此亦得益于学韩。

集本出于蜀[1]，文字刻画颇精于今世俗本，而脱缪尤多[2]。凡三十年间，闻人有善本者[3]，必求而改正之。其最后卷帙不足[4]，今不复补者，重增其故也。予家藏书万卷，独《昌黎先生集》为旧物也。呜呼！韩氏之文之道[5]，万世所共尊，天下所共传而有也。予于此本，特以其旧物而尤惜之。

[注释]

[1]“集本”句：《昌黎集》本子出于今四川地区。五代乱世，时僻处西南的前蜀王氏、后蜀孟氏政权，相对安定，文人趋从，刻书业较为兴盛。　[2] 脱缪（miù）：脱漏与错误。缪，此处同“谬”。　[3] 善本：严格校勘的版本。穆修曾校订韩文，撰《唐柳先生集后序》：“韩则虽目其全，至所缺坠，亡字失句，独于集家为甚。志欲补得其正而传之，多从好事访善本，前后累数十，得所长，辄加注窜。遇行四方远道，或他书不暇持，独赍韩以自随。幸会人所宝有，就假取正。凡用力于斯，已蹈二纪外，文始几定。”　[4]“其最后”以下三句：说旧本欲保持其原貌，校勘字句之外，因残缺而卷数不足，即不再配补，持宁缺勿补的谨慎态度。　[5]“韩氏”以下三句：说韩愈之文统与道统历代相承，绵延不绝。

[点评]

学韩是欧阳修人生与事业的起步，他领导北宋古文运动发展并取得胜利，尤与学韩密切相关。正因韩愈著述为欧阳修学问得力之所自，故本文写得如此亲切动人，实有感恩之意寓焉。嘉祐二年（1057），欧公主持礼部贡举，排抑险怪奇涩的太学体，倡导平易自然的文风，二苏、曾巩等众多英才登第，得人之盛，号称一时，宋文发展日趋鼎盛，在我国文学史上产生了重大而深远的影响。嘉祐六年，欧任参知政事，身为朝廷的高官，回顾自己的从政与文学之路，表达了“进不为喜，退不为惧”的高尚情怀，并总结了“志先定而所学者宜然”的宝贵经验，这也是本文记叙北宋古文运动因学韩获得成功的辉煌之外，又一个引人注目的闪光点。

宋范公偁：“韩魏公在相，曾乞《昼锦堂记》于欧公，云：‘仕宦至将相，富贵归故乡。’韩公得之爱赏。后数日，欧复遣介，别以本至，云：‘前有未是，可换此本。’韩再三玩之，无异前者，但于‘仕宦’‘富贵’下，各添一‘而’字，文义尤畅。”（《过庭录》）

相州昼锦堂记[1]

仕宦而至将相，富贵而归故乡，此人情之所荣，而今昔之所同也。盖士方穷时，困厄闾里[2]，庸人孺子，皆得易而侮之[3]，若季子不礼于其嫂[4]，买臣见弃于其妻。一旦高车驷马[5]，旗旄导前而骑卒拥后，夹道之人，相与骈肩累迹，瞻望咨嗟，而所谓庸夫愚妇者，奔走骇汗，羞愧俯伏，以自悔罪于车尘马足之间。此一介之士得志当时[6]，而意气之盛，昔人比之衣锦之荣者也。

清张伯行："以穷厄得志者相形，见公超然出于富贵之上。因'昼锦'二字颇近俗，故为之出脱如是。"（《唐宋八大家文钞》卷六）

[注释]

[1] 治平二年（1065）作。《欧集·书简》卷一有次年所作《与韩忠献王》云："《昼锦》书刻精好，但以衰退之文不称为惭，而又以得托名子后为幸也。"相州：治今河南安阳。昼锦：意出《汉书·项籍传》："富贵不归故乡，如衣锦夜行。"韩琦《安阳集》卷二有《昼锦堂》诗："古人之富贵，归于本郡县。譬若衣锦游，白昼自光绚。不则如夜行，虽丽胡由见。事累载方册，今复著俚谚。……兹予来旧邦，意弗在矜衒。以疾而量力，惧莫称方面。抗表纳金节，假守冀乡便。……忠义耸大节，匪石乌可转。虽前有鼎镬，死耳誓不变。丹诚难悉陈，感泣对笔砚。"李淦《文章精义》："永叔《昼锦堂记》全用韩稚圭《昼锦堂》诗意。" [2] 闾（lǘ）里：乡里，里巷。 [3] 易：轻视。 [4] "若季子"二句：《战国策·秦策一》载苏秦"说秦王书十上而说不行"，"归至家，妻不下纴，嫂不为炊，父母不与言"。《汉书·朱买臣传》载买臣"家贫，好读书，不治产业"，"妻羞之，求去。买臣笑曰：'我年五十当富贵，今已四十余矣，女苦日久，待我富贵报女功。'妻恚怒曰：'如公等，终饿死沟中耳，何能富贵？'买臣不能留，即听去"。 [5] "一旦"以下九句：《战国策·秦策一》载苏秦"将说楚王，路过洛阳。父母闻之，清宫除道，张乐设饮，郊迎三十里；妻侧目而视，倾耳而听；嫂蛇行匍伏，四拜自跪而谢。苏秦曰：'嫂何前倨而后卑也？'嫂曰：'以季子之位尊而多金。'"《汉书·朱买臣传》载"买臣衣故衣，怀其印绶，步归郡邸"，"会稽闻太守且至，发民除道，县吏并送迎，车百余乘，入吴界，见其

故妻、妻夫治道”。骈肩累迹，言肩并肩、脚印合脚印，极显人多拥挤。 [6]“此一介”以下三句：《战国策·秦策一》载苏秦为相而归，家人刮目相看，待若上宾，不由地感慨曰：“嗟乎！贫穷则父母不子，富贵则亲戚畏惧。人生世上，势位富厚，盖可忽乎哉？”一介，一个，此含有藐小、卑贱之意。

归有光：“昼锦堂本一俗见，而欧阳公却寻出第一层议论发明。古文章地步如此。”（《欧阳文忠公文选》卷七）

惟大丞相魏国公则不然[1]。公，相人也，世有令德，为时名卿。自公少时，已擢高科，登显仕，海内之士闻下风而望余光者，盖亦有年矣。所谓将相而富贵，皆公所宜素有，非如穷厄之人侥幸得志于一时，出于庸夫愚妇之不意，以惊骇而夸耀之也。然则高牙大纛[2]，不足为公荣；桓圭衮冕[3]，不足为公贵。惟德被生民而功施社稷[4]，勒之金石，播之声诗，以耀后世而垂无穷，此公之志，而士亦以此望于公也。岂止夸一时而荣一乡哉！

[注释]

[1]“惟大丞相”以下十句：韩琦（1008—1075），字稚圭。天圣五年（1027）二十岁时登第，名列第二。曾与范仲淹共事，指挥防御西夏战事。庆历三年（1043），又同被召入朝，任枢密副使。嘉祐三年（1058）拜相。仁宗末年，力请建储。英宗即位，促曹太后归政，封魏国公。后英宗病重，又请建储，神宗立，

朝政稳定。世有令德，韩琦父国华，真宗朝官至右谏议大夫。令德，美德。闻下风，闻名钦佩。《左传》僖公十五年："群臣敢在下风。"望余光，求相助以受益。《史记·樗子里甘茂列传》："子可分我余光。" [2] 高牙大纛（dào）：大将的牙旗，亦泛指居高位者的仪仗。 [3] 桓圭衮冕：高级官员的装束。桓，大。圭，上尖下方的玉制礼器，大小因爵位及用途不同而异。衮冕，衮衣与冠冕。 [4] "惟德被"以下四句：言韩琦大德加予百姓，功劳施予国家，永垂后世。勒之金石，功勋刻诸金属器物或石碑。播之声诗，写为歌诗而传诵。

公在至和中[1]，尝以武康之节来治于相，乃作昼锦之堂于后圃。既又刻诗于石，以遗相人。其言以快恩仇、矜名誉为可薄，盖不以昔人所夸者为荣，而以为戒。于此见公之视富贵为如何，而其志岂易量哉！故能出入将相，勤劳王家，而夷险一节[2]。至于临大事[3]，决大议，垂绅正笏，不动声气，而措天下于泰山之安，可谓社稷之臣矣。其丰功盛烈，所以铭彝鼎而被弦歌者[4]，乃邦家之光，非闾里之荣也。

余虽不获登公之堂，幸尝窃诵公之诗，乐公之志有成，而喜为天下道也，于是乎书。尚书吏部侍郎、参知政事欧阳修记。

《桐江诗话》引张方平曰："'以武康之节，来治于相'，两句中可去一字。不然，'以武康之节来治相'；又不然，'以武康节来治于相'。"（《苕溪渔隐丛话》后集卷二十三）

宋朱弁："欧公作《昼锦堂记》成，以示晁美叔秘监，云：'垂绅正笏，不动声色，而措天下于泰山之安'，如此，予所亲见，故实记其事，无一字溢美。于斯时也，他人皆惴栗流汗，不能措一词，公独闲暇如安平无事，真不可及也。"（《曲洧旧闻》卷八）

[注释]

[1]“公在”二句：至和二年（1055）二月，韩琦以武康军节度使由知并州改知相州。 [2] 夷险一节：无论平安还是危险，始终保持不变的节操。 [3]“至于”以下六句：表彰韩琦在英宗继位时为维持宫中安定做出的重要贡献。邵伯温《邵氏闻见录》：“治平初，英宗即位，有疾，宰执请光献太后垂帘同听政。有入内都知任守忠者，奸邪反复，间谍两宫。时司马温公知谏院，吕谏议为侍御史，凡十数章，请诛之。英宗虽悟，未施行。宰相韩魏公一日出空头敕一道，参政欧阳公已签，参政赵槩难之，问欧阳公曰：‘何如？’欧阳公曰：‘第书之，韩公必自有说。’魏公坐政事堂，以头子勾任守忠者立廷下，数之曰：‘汝罪当死。’责蕲州团练使，蕲州安置。取空头敕填之，差使臣即日押行，其意以谓少缓则中变矣。呜呼！魏公真宰相也。欧阳公言：‘吾为魏公作《昼锦堂记》，云“垂绅正笏，不动声色，措天下于太山之安”者，正以此。’”垂绅正笏，显示大臣庄重的风度。绅，官服的大带。笏，大臣上朝所执的手板。措，置。 [4] 铭彝鼎而被弦歌：即前文“勒之金石，播之声诗”之意。彝鼎，古代祭祀用的鼎、尊等礼器。

[点评]

韩琦与欧阳修是多年的朋友、同僚，二人都积极投身于范仲淹主持的庆历革新。韩、欧同为身历仁宗、英宗、神宗三朝的元老，皆登宰辅之高位，互相支持帮助，维护朝政的稳定，故本文被吴楚材、吴调侯称为“以永叔之藻采，著魏公之光烈”的“天下莫大之文章”（《古文观止》卷十）。昼锦本一俗题，欧却撇开“快恩仇、矜名誉”的旧说，赞扬韩琦唯以苍生与国家为念的胸怀和出将入相、“措天下于泰山之安”的丰功伟绩。但要稍加留意的是，文中称“德被生民而功施社稷”为“公之志，而士亦以此望于公也。岂止夸一时而荣一乡哉”！由此想及明人孙绪之言：“韩魏公胸次若秋空沧海，万变无不容受，然三守乡郡，每谒先垄辄有诗，每诗即自矜其恩荣遭际之隆、驺从旌旗之盛，若不胜其喜者。”（《沙溪集》卷十四）言之凿凿，道出了本文颂美韩琦大节之外深蕴其中的劝勉与警醒之意。

徂徕石先生墓志铭并序[1]

徂徕先生姓石氏，名介，字守道，兖州奉符人也[2]。徂徕[3]，鲁东山，而先生非隐者也，其仕尝位于朝矣。鲁之人不称其官而称其德，以为徂徕鲁之望[4]，先生鲁人之所尊，故因其所居山，以配其有德之称，曰徂徕先生者，鲁人之志也。

孙琮：“守道秉正嫉邪，其立朝梗概，多劲直果毅，大为群奸所忌。永叔不录其官，不表其字，而特以徂徕石先生称，便有不尊其位而尊其德之义，此命意之高也。”（《山晓阁选宋大家欧阳庐陵全集》卷四）

沈德潜：“此史氏书法也。”（《唐宋八大家文读本》卷十三）

[注释]

[1] 治平二年（1065）作。石介卒于庆历五年（1045），后二十一年葬，文作于葬时。鲍振方《金石订例》卷三《题不书官与姓例》：“庐陵撰《徂徕先生志》，则以鲁人所尊，因即其所居之山称之，而不书官；书官，辱之也。并不书姓，而仅书‘先生’，

以志其有德也。”石先生：即石介，《宋史》有传。 [2] 兖州奉符：今山东泰安。 [3]“徂徕”二句：徂徕为山东境内之东山，在泰山东南，位于今山东泰安岱岳区。鲁，现山东之简称。春秋时为国名，都城在今曲阜。 [4] 鲁之望：鲁人之所瞻仰。

沈德潜：“先生大节已尽于此。”（《唐宋八大家文读本》卷十三）

清王元启：“‘世俗颇骇其言’，此节活画出徂徕先生气岸。”（《读欧记疑》卷一）

先生貌厚而气完[1]，学笃而志大，虽在畎亩，不忘天下之忧。以谓时无不可为，为之无不至，不在其位，则行其言。吾言用，功利施于天下，不必出乎己；吾言不用，虽获祸咎，至死而不悔。其遇事发愤，作为文章，极陈古今治乱成败[2]，以指切当世，贤愚善恶，是是非非，无所讳忌。世俗颇骇其言，由是谤议喧然，而小人尤嫉恶之，相与出力必挤之死。先生安然，不惑不变，曰：“吾道固如是，吾勇过孟轲矣[3]。”不幸遇疾以卒。既卒[4]，而奸人有欲以奇祸中伤大臣者，犹指先王以起事，谓其诈死而北走契丹矣，请发棺以验。赖天子仁圣，察其诬，得不发棺，而保全其妻子。

[注释]

[1]“先生”以下十四句：谓石介虽在乡间，而无私无畏，以天下为己任。气完，元气充足。学笃，学养深厚。畎（quǎn）亩，

田间，田地。畎，田中的垄沟。 [2]“极陈”以下五句：《宋史·石介传》：“介为文有气，尝患文章之弊，佛、老为蠹，著《怪说》《中国论》，言去此三者，乃可以有为。又著《唐鉴》以戒奸臣、宦官、宫女，指切当时，无所讳忌。”指切，指斥。 [3] 孟轲：孟子，名轲，儒家代表人物，与孔子并称“孔孟”。 [4]“既卒”以下九句：因遭石介痛斥，夏竦一直怀恨在心。庆历五年七月，石介病故，恰逢徐州狂人孔直温谋叛，家中搜出石介的信，夏竦造谣说：“石介没死，富弼暗中派他去契丹策划起兵攻宋，自己做内应。”诏书下兖州核查，泰宁节度掌书记龚鼎臣愿以合族保石介必死，知州杜衍给予肯定。夏竦仍造谣说：“契丹的事没做成，石介替富弼前往登、莱二州，勾结金坑数万凶徒作乱。”要求发棺验视。朝廷派人调查，提点刑狱吕居简说：“发棺结果，如石介确实死了，怎么办？丧葬非一家所能办，不如把所有人召来问话，如果都说已死，就可以结案上报了。”上面批准这样处理。石介家属原在外地羁押看管，事既辨明，终得以回家。

先生世为农家，父讳丙[1]，始以仕进，官至太常博士。先生年二十六，举进士甲科[2]，为郓州观察推官、南京留守推官[3]。御史台辟主簿[4]，未至，以上书论赦，罢不召。秩满，迁某军节度掌书记[5]。代其父官于蜀，为嘉州军事判官[6]。丁内外艰去官[7]，垢面跣足，躬耕徂徕之下，葬其五世未葬者七十丧。服除，召入国子监直讲。是时兵讨元昊久无功[8]，海内重困，天子奋然思欲振起威德，而进退二三大臣，增置谏官、御史，所以求治之意甚锐。先生跃然喜曰："此盛事也，雅颂吾职，其可已乎！"乃作《庆历圣德诗》[9]，以褒贬大臣，分别邪正，累数百言。诗出[10]，太山孙明复曰："子祸始于此矣。"明复，先生之师友也。其后所谓奸人作奇祸者[11]，乃诗之所斥也。

王元启："所谓'遇事发愤，作为文章'。"（《读欧记疑》卷一）

[注释]

[1]"父讳丙"以下三句：据《徂徕石先生文集》附录佚文《石氏墓表》，介父丙，专三家《春秋》学，真宗朝登第，仕至太子中允。　[2]"举进士"句：叶梦得《避暑录话》卷上："石介守道与欧文忠同年进士，名相连，皆第一甲。"时为天圣八年（1030）。　[3]"为郓州"句：欧《与石推官第一书》曰："前岁于洛阳，得在郓州时所寄书。"《第一书》作于景祐二年（1035），可知前岁明道二年（1033）石介在郓州观察推官任上。据《于役志》，景祐三年五月，欧贬夷陵途中，抵南京，留守推官石介等前来迎候并"小饮于河亭"。　[4]"御史台"以下四句：景祐二年，御史中丞杜衍荐石介为主簿，时仁宗郊祀，大赦天下，录用五代诸国后嗣，介上书谏阻，又上书枢密使王曾，言仁宗"好近女色，渐有失德"，触怒仁宗，被罢去尚未就任的御史台主簿之职。　[5]某军：据《东都事略·石介传》，为镇南军。　[6]嘉州：治今四川乐山。　[7]"丁内外艰"以下四句：说为父母守丧而回乡。康定二年（1041），石介有《上王状元书》云："小子受

谴于明，先人抱恨于幽，七十丧之魂无所依归，是用今年八月，先人之吉岁嘉月也，以图襄事。”丁内艰，居母丧。丁外艰，居父丧。垢面跣（xiǎn）足，脸脏光脚。 [8]“是时”以下六句：说庆历三年仁宗召范仲淹等谋划朝政改革事，详见本书《吉州学记》首段注释[2]。 [9]“乃作”以下四句：《续资治通鉴长编》卷一四〇庆历三年四月：“太子中允、国子监直讲石介作《庆历圣德诗》。”《徂徕石先生文集》题作《庆历圣德颂》，褒扬范仲淹、杜衍、欧阳修等，贬斥已免去枢密使职务的夏竦，称其为“大奸”。 [10]“诗出”以下三句：袁褧《枫窗小牍》卷上：“时韩魏公与范文正公适自陕来朝，竦之密姻有令于阒者，手录此《颂》，进于二公，且口道竦非，为诸君子庆。二公去阒，范拊股谓韩曰：‘为此怪鬼辈坏之也。’韩曰：‘天下事不可如此，必坏！’孙复闻之，亦曰：‘石守道祸始于此矣。’”孙明复，即孙复，字明复，晋州平阳（今山西临汾）人。举进士不第，退居泰山，学《春秋》，石介等皆师事之。复为范仲淹、富弼等推重，除秘书省校书郎、国子监直讲，迁殿中丞。 [11]“其后”二句：《续资治通鉴长编》卷一五〇庆历四年六月：“先是，石介奏记于弼，责以行伊、周之事，夏竦怨介斥己，又欲因是倾弼等，乃使女奴阴习介书，久之习成，遂改伊、周曰伊、霍，而伪作介为弼撰废立诏草，飞语上闻。帝虽不信，而仲淹、弼始恐惧，不敢自安于朝，皆请出按西北边。”

先生自闲居徂徕，后官于南京，常以经术教授。及在太学[1]，益以师道自居，门人弟子从之者甚众，太学之兴，自先生始。其所为文章曰某集者若干卷[2]，曰某集者若干卷。其斥佛、老、时文，则有《怪说》《中国论》，曰：“去此三者，然后可以有为。”其戒奸臣、宦、女[3]，则有《唐鉴》，曰：“吾非为一世监也。”其余喜怒哀乐，必见于文。其辞博辩雄伟，而忧思深远。其为言曰：“学者，学为仁义也。惟忠能忘其身，信笃于自信者，乃可以力行也。”以是行于己，亦以是教于人。所谓尧、舜、禹、汤，文、武、周公、孔子、孟轲、扬雄、韩愈氏者，未尝一日不诵于口。思与天下之士皆为周、孔之徒，以致其君为尧、舜之君，民为尧、舜之民，亦未尝一日少忘于心。至其违世惊众，人或笑之，则曰：“吾非狂痴者也。”是以君子察其行而信其言，推其用心而哀其志。

王元启：“行不符则言为妄言，心不笃则志为虚志。此一节摹写刻切，字字须眉毕现，非徂徕不足当之。”（《读欧记疑》卷一）

［注释］

[1]“及在”以下三句：《湘山野录》卷中有石介教导诸生之记载，谓“介康定中主盟上庠”，“时庠序号为全盛”。 [2]“其所为”二句：石介有《周易解》五卷、《周易口义》十卷、《唐鉴》五卷及《三朝圣政录》，均佚。现存《徂徕集》二十卷，陈植锷点校《徂徕石先生文集》（中华书局版）即据以成书。 [3]“其戒”句：《徂徕石先生文集》卷十八《唐鉴序》说“国家虽承五代之后，实接唐之绪，则国家亦当以唐为鉴”，“奸臣不可使专政，女后不

可使预事，宦官不可使任权”。

先生直讲岁余，杜祁公荐之天子，拜太子中允。今丞相韩公又荐之[1]，乃直集贤院。又岁余[2]，始去太学，通判濮州，方待次于徂徕[3]，以庆历五年七月某日卒于家，享年四十有一。友人庐陵欧阳修哭之以诗[4]，以谓待彼谤焰熄，然后先生之道明矣。先生既没，妻子冻馁不自胜，今丞相韩公与河阳富公分俸买田以活之。后二十一年，其家始克葬先生于某所。将葬，其子师讷与其门人姜潜、杜默、徐遁等来告曰[5]：“谤焰熄矣，可以发先生之光矣，敢请铭。”某曰：“吾诗不云乎‘子道自能久’也[6]，何必吾铭？”遁等曰：“虽然，鲁人之欲也。”乃为之铭曰：

徂徕之岩岩[7]，与子之德兮，鲁人之所瞻；汶水之汤汤[8]，与子之道兮，逾远而弥长。道之难行兮[9]，孔孟遑遑。一世之屯兮，万世之光。曰吾不有命兮，安在夫桓魋与臧仓[10]？自古圣贤皆然兮，噫，子虽毁其何伤！

[注释]

[1]“今丞相”二句：据《续资治通鉴长编》卷一四七，庆历四年三月“壬午，太子中允、国子监直讲石介直集贤院兼国子监直讲，枢密副使韩琦乞召试，诏特除之”。 [2]“又岁余”以下三句：据《续资治通鉴长编》卷一五二，庆历四年十月“太子中允、直集贤院兼国子监直讲石介通判濮州。富弼等出使，谗谤益甚，人多指目介，介不自安，遂求出也”。濮州，治今河南濮阳范县濮城镇。 [3]待次：指官吏授职后，等待按照资历补缺。 [4]“友人”以下三句：欧《居士集》有《读徂徕集》《重读徂徕集》二诗，后诗云：“待彼谤焰熄，放此光芒悬。” [5]姜潜：字至之，兖州奉符人。从孙复学《春秋》。召试学士院，为明州录事参军，徙兖州录事参军，任国子监直讲。《宋史》有传。杜默：字师雄，豪于歌诗。《居士集》有《赠杜默》诗：“南山有鸣凤，其音和且清。鸣于有道国，出则天下平。杜默东土秀，能吟凤凰声。作诗几百篇，长歌仍短行。”厉鹗《宋诗纪事》谓其“熙宁末，特奏名，仕新淦尉”。 [6]“吾诗”二句：《重读徂徕集》：“子道自能久，吾言岂须镌。” [7]“徂徕”以下三句：说石介品德为鲁人所景仰。岩岩，高峻貌。《诗经·鲁颂·閟宫》：“泰山岩岩，鲁邦所瞻。” [8]“汶水”以下三句：言石介所坚守的儒道，似汶水源远流长。汶水，今山东大汶河。汤（shāng）汤，水流盛大貌。 [9]“道之难行”以下四句：说当年孔孟行道亦奔波不安，石介历经坎坷的人生将永放光芒。屯（zhūn），屯邅，处境艰难。 [10]“安在”句：说孔孟当年无所畏惧。据《史记·孔子世家》，孔子周游列国至宋，宋司马桓魋（tuí）极有权势，欲杀之。孔子曰：“天生德于予，桓魋其如予何？”据《孟子·梁惠王下》，鲁平公要去拜访孟子，因为他所宠爱的小臣臧仓说了孟子行葬礼失当的坏话，而又改变了主意。乐正克把这件事情的经过告诉了孟子。孟子很有

感慨地说：“我未见到鲁侯，这是天意。姓臧那小人怎能使我见不到鲁侯呢？”

[点评]

石介笃信儒学，无私无畏，敢作敢为，思想与行为均颇激进。他猛烈抨击佛、老、时文，竭力为庆历新政呐喊助威，是一位宁折不屈的斗士。为此，他惨遭政敌的诽谤和诬陷，死后不得安宁，家属被羁管他州。欧阳修敬佩他为天下忧而奋不顾身的斗争精神，同情他累遭挫折的不幸遭遇，故在本文中高度肯定其大节，颂美其品德。当然，石介的偏激，欧在《与石推官》二书中早已指出，本文的“世俗颇骇其言”等语也含有此意，但对石介卒后多年陷于谤焰之中，作为同年与战友，欧深怀同情，遂有此不平则鸣之作。本篇开端称“徂徕先生”，视为“鲁人之志”；结尾称“鲁人之所瞻”，誉为“万世之光”。中间写其疾恶如仇，刚直不阿，“是是非非，无所讳忌”；列其著书，见卓有成就，颂其捍卫道统，不遗余力：充分显示出在学术、思想上作者与之有诸多的共鸣。又写及墓主的友朋与学生，衬托其形象的感人与崇高。由于治平年间的政坛气氛令人压抑，作者难有作为而深感衰暮孤寂，对已故同道的怀念日增，所以对石介有如此动情而真切的摹写和不同寻常的评价。孙琮曰：“明尊其德者乃当世之公心，而非一人之私誉。开阖照应，尤极严密，而行文清刚疏辣，不愧史才。”（《山晓阁选宋大家欧阳庐陵全集》卷四）

祭石曼卿文[1]

维治平四年七月日，具官欧阳修谨遣尚书都省令史李敭至于太清[2]，以清酌庶羞之奠[3]，致祭于亡友曼卿之墓下，而吊之以文曰[4]：

[注释]

[1] 治平四年（1067）作。可参阅前《石曼卿墓表》。石延年卒于庆历元年（1041），葬于亳州，二十六年之后，欧离开京都，以观文殿学士、刑部尚书任亳州知州。他笃于友情，难忘亡友，遣人去墓地祭奠，而有此作。 [2] 具官：文稿上官职的省写。尚书都省令史：尚书省吏员。李敭（yáng），不详。太清：亳州永城县太清乡。 [3] 清酌：酒。庶羞：多种佳肴。《仪礼·公食大夫礼》："上大夫庶羞二十。" [4] 吊：悼念，吊唁。

孙琮："第一段许其名垂后世，写得卓然不磨。"（《山晓阁选宋大家欧阳庐陵全集》卷四）

呜呼曼卿！生而为英[1]，死而为灵。其同乎万物生死而复归于无物者[2]，暂聚之形；不与万物共尽而卓然其不朽者，后世之名。此自古圣贤，莫不皆然，而著在简册者[3]，昭如日星。

[注释]

[1]"生而"二句：谓曼卿生为英杰，死为神灵。《文子·上礼》："智过万人者谓之英。" [2]"其同"以下四句：谓人体如同万物，

终归消逝，但人的精神可以不朽而永存。欧有《杂说三首》之二云：“人之死，骨肉臭腐，蝼蚁之食尔。其贵乎万物者，亦精气也。其精气不夺于物，则蕴而为思虑，发而为事业，著而为文章，昭乎百世之上而仰乎百世之下，非如星之精气，随其毙而灭也，可不贵哉！” [3] 简册：史书。

金圣叹：“胸中自有透顶解脱，意中却是透骨相思，于是一笔已透顶写出去，不觉一笔又自透骨写入来，不知者乃惊其文字一何跌荡，不知非跌荡也。”（《天下才子必读书》卷十三）

呜呼曼卿！吾不见子久矣，犹能仿佛子之平生[1]。其轩昂磊落[2]，突兀峥嵘，而埋藏于地下者，意其不化为朽壤，而为金玉之精。不然生长松之千尺，产灵芝而九茎[3]。奈何荒烟野蔓[4]，荆棘纵横，风凄露下，走燐飞萤。但见牧童樵叟，歌吟而上下，与夫惊禽骇兽，悲鸣踯躅而咿嘤。今固如此，更千秋而万岁兮，安知其不穴藏狐貉与鼯鼪[5]？此自古圣贤亦皆然兮[6]，独不见夫累累乎旷野与荒城？

孙琮：“第二段悲其生死，写得凄凉满目。”（《山晓阁选宋大家欧阳庐陵全集》卷四）

林云铭：“此遣祭曼卿墓下之词，非始死而吊奠，故全在墓上着笔，而以曼卿平生之奇，串入生发。”（《古文析义》初编卷五）

[注释]

[1]“犹能”句：对您的一生还能有近似或大概的印象。 [2]“其轩昂”以下五句：说曼卿英伟的形象、豪宕的品格，如金玉一般与世长存。轩昂磊落，形容人物的气势、胸怀。突兀峥嵘，形容傲然独立、豪放不羁。 [3] 灵芝：芝草，菌类植物，古人视为灵异。《史记·孝武本纪》：“甘泉防生芝九茎。” [4]“奈何”以下八句：描绘想象中曼卿墓地荒凉的情景。走燐，飘动的燐火。踯躅（zhí

zhú），驻足，徘徊不前。咿嘤（yī yīng），鸟兽啼叫声。 [5] 鼯鼪（wú shēng）：即鼯鼬，鼠类。泛指小动物。 [6]“此自古”二句：谓自古盛衰兴亡皆如此，即使圣贤亦难免。荒城，指坟地。

孙琮：“第三段自述感伤，写得唏嘘欲绝，可称笔笔传神。”（《山晓阁选宋大家欧阳庐陵全集》卷四）

呜呼曼卿！盛衰之理，吾固知其如此，而感念畴昔[1]，悲凉凄怆，不觉临风而陨涕者[2]，有愧乎太上之忘情。尚飨[3]！

[注释]

[1] 畴昔：往昔，从前。 [2]“不觉”二句：谓止不住流泪伤悲，尚未至忘情的境界。陨（yǔn）涕，落泪。太上，至高无上。《晋书·王衍传》：“圣人忘情。” [3] 尚飨：祭文的结语，望死者来享用祭品。

[点评]

石延年称诗豪，能豪饮，敢于直言，又懂军事，实为难得的奇才，深为欧公所钦佩，然“卒困于无闻”。祭文虽作于多年之后，但感情依然深厚而真挚。爱才惜才之意，唏嘘欲绝之悲，凭借长短句的运用与音韵谐美一唱三叹的行文，跃然纸上。序后首段从说理入手蕴蓄情绪；中段转写墓地之景，声色交并，如泣如诉；末段径直陈情，感伤不已。三段在说理、写景与抒情上，虽各有侧重，但通篇情调凄凉至极，难得的是，如浦起龙所誉，“能向已墟景象，点出不朽精神”（《古文眉诠》卷六十二）。

故霸州文安县主簿苏君墓志铭并序[1]

有蜀君子曰苏君，讳洵，字明允，眉州眉山人也[2]。君之行义修于家[3]，信于乡里，闻于蜀之人久矣。当至和、嘉祐之间[4]，与其二子轼、辙偕至京师，翰林学士欧阳修得其所著书二十二篇，献诸朝。书既出[5]，而公卿士大夫争传之。其二子举进士[6]，皆在高等，亦以文学称于时。眉山在西南数千里外，一日父子隐然名动京师[7]，而苏氏文章遂擅天下。君之文博辩宏伟[8]，读者悚然想见其人。既见，而温温似不能言[9]，及即之，与居愈久而愈可爱，间而出其所有，愈叩而愈无穷[10]。呜呼，可谓纯明笃实之君子也！

沈德潜："书法。"（《唐宋八大家文读本》卷十三）

沈德潜："伏'知我者欧阳公。'"（同上）

由眉山到京师而至天下，显示"三苏"的巨大影响。

老苏的现身，分三层而渐入佳境。

［注释］

[1] 治平四年（1067）作。霸州：宋属河北东路。文安县：今属河北廊坊。主簿：苏洵尚未就任文安县主簿一职而离世，此为虚衔。苏君：指苏洵（1009—1066），号老泉。据张方平《文安先生墓表》，苏洵"以疾卒，享年五十有八，实治平三年四月"，次年葬，欧为铭墓。 [2] 眉州眉山：今四川眉山。 [3] 行义：品行道义。 [4]"当至和"以下四句：叶梦得《避暑录话》卷

上："张安道与欧文忠素不相能。……嘉祐初，安道守成都，文忠为翰林。苏明允父子自眉州走成都，将求知安道。安道曰：'吾何足以为重，其欧阳永叔乎！'不以其隙为嫌也。乃为作书办装，使人送之京师谒文忠。文忠得明允父子所著书，亦不以安道荐之非其类，大喜曰：'后来文章当在此。'即极力推誉，天下于是高此两人。" [5]"书既出"二句：《文安先生墓表》："（永叔）献其书于朝。自是名动天下，士争传诵其文，时文为之一变，称为老苏。" [6]"其二子"以下三句：苏辙《亡兄子瞻端明墓志铭》："嘉祐二年，欧阳文忠公考试礼部进士，疾时文之诡异，思有以救之。梅圣俞时与其事，得公《论刑赏》，以示文忠。文忠惊喜，以为异人，欲以冠多士。疑曾子固所为。子固，文忠门下士也，乃置公第二。"据孙汝听《苏颍滨年表》，苏辙与兄同榜及第，中第五甲。 [7]隐然：此为威重之意。《后汉书·吴汉传》："隐若一敌国。"李贤注："隐，威重之貌。" [8]"君之文"二句：曾巩《苏明允哀词》："盖少或百字，多或千言，其指事析理，引物托喻，侈能尽之约，远能见之近，大能使之微，小能使之著，烦能不乱，肆能不流。其雄壮俊伟，若决江河而下也；其辉光明白，若引星辰而上也。" [9]温温：柔和谦逊貌。《诗经·小雅·宾之初筵》："宾之初筵，温温其恭。"郑玄笺："温温，柔和也。" [10]叩：叩问，探寻。南朝梁武帝《撰孔子正言竟述怀诗》："孤陋乏多闻，独学少击叩。"

曾祖讳祐[1]，祖讳杲，父讳序，赠尚书职方员外郎。三世皆不显。职方君三子，曰澹、曰涣，皆以文学举进士。而君少独不喜学，年已壮，犹不知书。职方君纵而不问[2]，乡闾亲族皆怪之。

或问其故，职方君笑而不答，君亦自如也。年二十七[3]，始大发愤，谢其素所往来少年，闭户读书，为文辞。岁余，举进士，再不中。又举茂材异等，不中。退而叹曰："此不足为吾学也。"悉取所为文数百篇焚之，益闭户读书，绝笔不为文辞者五六年，乃大究"六经"、百家之说，以考质古今治乱成败、圣贤穷达出处之际，得其粹精，涵畜充溢，抑而不发。久之，慨然曰："可矣。"由是下笔，顷刻数千言，其纵横上下，出入驰骤，必造于深微而后止。盖其禀也厚[4]，故发之迟；志也悫[5]，故得之精。自来京师[6]，一时后生学者皆尊其贤，学其文以为师法。以其父子俱知名，故号老苏以别之。

沈德潜："伏'知我者唯我父'。"(《唐宋八大家文读本》卷十三)

沈德潜："是老泉学问得力处，为拈出。"(同上)

沈德潜："总断。"(同上)

[注释]

[1]"曾祖"以下八句：据苏洵《族谱后录下篇》，曾祖苏祐与五代相终始，祐，或作"祜"。祖苏杲最好善，乡人无亲疏皆爱敬之。父苏序，字仲先。《文安先生墓表》："考序，大理评事，累赠职方员外郎，以节义自重，蜀人贵之。生三子：澹、涣，教训甚至，各成名宦。"不显，无官位，职方员外郎乃卒后因子孙官位而得的封赠。　[2] 职方君：指苏序。　[3]"年二十七"以下二十一句：《文安先生墓表》："年二十七，始读书，不一二年，

出诸老先生之右。一日，因览其文，作而曰：'吾今之学，犹未之学也已。'取旧文稿悉焚之，杜门绝宾友，緐诗书经传诸子百家之书，贯穿古今，由是著述根柢深矣。"苏洵《与梅圣俞书》："自思少年尝举茂材，中夜起坐，裹饭携饼，待晓东华门外，逐队而入，屈膝就席，俯首拒案。其后每思至此，即为寒心。"再不中，多次未中第。茂材异等，宋进士科以外的制科有许多名目，此为其一。六经，《诗》《书》《礼》《乐》《易》《春秋》。百家之说，儒家典籍外的子书。穷达出处，分别指困厄、显达、出仕、退隐。 [4] 禀：禀赋，天资。 [5] 悫（què）：笃诚。 [6]"自来"以下五句：《文安先生墓表》："至京师，永叔一见，大称叹，……献其书于朝。自是名动天下，士争传诵其文，时文为之一变，称为老苏。"

初，修为上其书[1]，召试紫微阁，辞不至，遂除试秘书省校书郎。会太常修纂建隆以来礼书[2]，乃以为霸州文安县主簿，使食其禄，与陈州项城县令姚辟同修礼书，为《太常因革礼》一百卷。书成，方奏未报[3]，而君以疾卒。实治平三年四月戊申也[4]。享年五十有八。天子闻而哀之，特赠光禄寺丞[5]，敕有司具舟载其丧归于蜀。

[注释]

[1]"修为"以下四句：据《续资治通鉴长编》卷一九二，嘉

祐五年八月“甲子，以眉州进士苏洵为试校书郎”，“翰林学士欧阳修上其所著《权书》《衡论》《机策》二十二篇，宰相韩琦善之。召试舍人院，再以疾辞。本路转运使赵抃等皆荐其行义推于乡里，而修又言洵既不肯就试，乞就除一官，故有是命”。紫微阁，指舍人院，属中书省。嘉祐三年，召试舍人院，洵以病辞，有《上皇帝书》，载《嘉祐集》。 [2]“会太常”以下五句：《避暑录话》卷上：“时魏公（韩琦）已为相，（苏洵）复移书魏公，诉贫且老，不能从州县，待改官，譬豫章橘柚，非老人所种，且言天下官岂以某故冗耶。欧文忠亦为言，遂以霸州文安县主簿同姚辟编修《太常因革礼》云。”太常，即太常寺。建隆，宋代开国首个年号。陈州项城，今河南项城。姚辟，字子张，景祐年间进士。《太常因革礼》，《宋史・礼志》：“景祐四年，贾昌朝撰《太常新礼》及《祀仪》，止于庆历三年。皇祐中，文彦博又撰《大享明堂记》二十卷。至嘉祐中，欧阳修纂集散失，命官设局，主《通礼》而记其变，及《新礼》以类相从，为一百卷，赐名《太常因革礼》，异于旧者盖十三四焉。” [3] 方奏未报：已奏呈朝廷，尚未批复。 [4]“实治平”句：为治平三年（1066）四月二十五日。 [5] 光禄寺丞：光禄寺务助理之职。

君娶程氏，大理寺丞文应之女。生三子：曰景先，早卒；轼，今为殿中丞、直史馆[1]；辙，权大名府推官[2]。三女皆早卒。孙曰迈、曰迟。有文集二十卷、《谥法》三卷。

[注释]

[1] 殿中丞：殿中省丞。直史馆：以京官以上充任的馆职。

[2] 大名府推官：大名府，治所在今河北大名县东南。推官，州、府司法事务的主管。

君善与人交，急人患难，死则恤养其孤，乡人多德之。盖晚而好《易》，曰："《易》之道深矣，汩而不明者[1]，诸儒以附会之说乱之也；去之[2]，则圣人之旨见矣。"作《易传》，未成而卒。治平四年十月壬申[3]，葬于彭山之安镇乡可龙里[4]。

沈德潜："善《易》者不言《易》，匪独清言，亦有至理。"（《唐宋八大家文读本》卷十三）

[注释]

[1] 汩（gǔ）：混乱。 [2]"去之"二句：去除诸儒附会之说，才能发现《易》的深刻含义。 [3] 十月壬申：十月二十七日。 [4] 彭山：彭山县，属眉州，今为四川眉山彭山区。

君生于远方，而学又晚成，常叹曰："知我者，惟吾父与欧阳公也。"然则非余谁宜铭？铭曰：

与前"翰林学士欧阳修得其所著书二十二篇，献诸朝"及父"职方君纵而不问""职方君笑而不答"相应。

苏显唐世[1]，实栾城人。以宦留眉，蕃蕃子孙。自其高曾[2]，乡里称仁。伟欤明允，大发于文。亦既有文，而又有子。其存不朽，其嗣弥昌。呜呼明允，可谓不亡。

[注释]

[1]“苏显”以下四句：苏洵《嘉祐集》有《苏氏族谱》，云：“苏氏出于高阳而蔓延于天下。唐神龙初，长史味道刺眉州，卒于官。一子留于眉，眉之有苏氏自是始。”苏味道，唐栾城（今河北石家庄栾城区）人。唐初为凤阁侍郎，后贬为眉州刺史。 [2]高曾：高祖、曾祖。

[点评]

欧阳修与张方平并非同道好友，但对方推荐才华横溢的“三苏”时，欧欣然接纳，竭其所能地予以扶持与奖掖，使“三苏”得以名重天下。此尽显欧公的胸怀磊落与珍惜人才。本文开头以“有蜀君子”为老苏定性，誉其“纯明笃实”，末幅又赞其“善与人交，急人患难”的君子之德，足见欧公爱人以德，爱人以才。

苏洵官位不显，其特长在文学，此为欧公铭墓之重点。“盖其禀也厚，故发之迟；志也悫，故得之精”，乃称许其发愤苦读、老而有成的执着与坚毅，即是对其文章成就的高度评价。文是贯穿前后、展开全篇的线索。由僻居西蜀到“来京师，一时后生学者皆尊其贤，学其文以为师法”，由“得其所著书”，到“书既出，而公卿士大夫争传之”；由“闭户读书，为文辞”，到“与姚辟同修礼书”，成“《太常因革礼》一百卷”：正是诸多关于为文、著述的记叙，展现并丰满了苏洵杰出的文士形象。

文中人物形象的刻画，栩栩如生，相当精彩。如“君之文，博辩宏伟”一段，自“悚然想见其人”至“既见，而温温似不能言”，再到“与居愈久而愈可爱”，“愈扣而愈无穷”，饱学之士、“纯明笃实”君子的形象呼之欲出。“悉取所为文数百篇焚之”一段，写其“闭户读书，绝不为文辞者五六年”，刻苦修炼之后，“下笔，顷刻数千言，其纵横上下，出入驰骤，必造于深微而后止”，简直脱胎换骨，令人刮目相看，叹为观止。储欣断言欧公“集中诸多名士墓铭，此为第一”（《六一居士全集录》卷四），是有一定道理的。

泷冈阡表[1]

鲍振方：“题以地书，致其尊也严。”（《金石订例》卷二）

鸣呼！惟我皇考崇公卜吉于泷冈之六十年[2]，其子修始克表于其阡[3]。非敢缓也，盖有待也。

储欣：“一篇骨子。”按：指“盖有待也”。（《唐宋八大家类选》卷十三）

[注释]

[1]熙宁三年（1070）作。皇祐五年（1053），欧撰《先君墓表》，载《居士外集》，本文据之修改，可参阅。曾敏行《独醒杂志》卷二：“两府例得坟院，欧阳公既参大政，以素恶释氏，久而不请。韩公为言之，乃请泷冈之道观。又以崇公之讳，因奏改为西阳宫，今隶吉之永丰。后公罢政，出守青社，自为阡表，刻碑以归。”罗大经《鹤林玉露》卷五《仕宦归故乡》云：“青州石镌《阡表》，石绿色，高丈余，光可鉴，阡近沙山太守庙。”泷冈：在吉州吉水县（今吉安永丰县）沙溪镇。石镌《阡表》今立于该镇西阳宫内。阡表：即墓表。阡，墓道。 [2]皇考崇公：亡父称

考，皇为尊称。欧阳修父欧阳观，字仲宾，因子为高官，被追封为崇国公。卜吉：择取吉日。欧阳观卒于大中祥符三年（1010），次年安葬，至作本文时，已六十年。 [3] 克：能。表于其阡：将碑文刻石立于墓道上。

修不幸，生四岁而孤[1]。太夫人守节自誓，居穷，自力于衣食，以长以教，俾至于成人。太夫人告之曰："汝父为吏廉[2]，而好施与，喜宾客，其俸禄虽薄，常不使有余，曰：'毋以是为我累。'故其亡也[3]，无一瓦之覆，一垄之植，以庇而为生。吾何恃而能自守邪？吾于汝父，知其一二，以有待于汝也[4]。自吾为汝家妇[5]，不及事吾姑，然知汝父之能养也；汝孤而幼[6]，吾不能知汝之必有立，然知汝父之必将有后也。吾之始归也[7]，汝父免于母丧方逾年[8]，岁时祭祀，则必涕泣曰：'祭而丰不如养之薄也[9]。'间御酒食[10]，则又涕泣曰："昔常不足，而今有余，其何及也！'吾始一二见之，以为新免于丧适然耳[11]。既而其后常然，至其终身未尝不然。吾虽不及事姑，而以此知汝父之能养也。汝父为吏，常夜烛治官书[12]，屡废而叹。吾问之，则曰：

茅坤："幼孤而欲表父之德也于其母之言，故为得体。"（《欧阳文忠公文钞》卷三十）

林云铭："以死后之贫验其廉。"（《古文析义》初编卷五）

沈德潜："'能养''有后'双提。"（《唐宋八大家文读本》卷十四）

沈德潜："以下申明能养有后。"（同上）

林云铭："从思亲之久验其孝。"（《古文析义》初编卷五）

林云铭："以治狱之叹验其仁。"（同上）

‘此死狱也[13]，我求其生不得尔。’吾曰：‘生可求乎？’曰：‘求其生而不得，则死者与我皆无恨也，矧求而有得邪[14]？以其有得，则知不求而死者有恨也。夫常求其生犹失之死，而世常求其死也。”回顾乳者剑汝而立于旁[15]，因指而叹曰：‘术者谓我岁行在戌将死[16]，使其言然，吾不及见儿之立也，后当以我语告之。’其平居教他子弟，常用此语，吾耳熟焉，故能详也。其施于外事[17]，吾不能知；其居于家，无所矜饰[18]，而所为如此，是真发于中者邪[19]！呜呼！其心厚于仁者邪！此吾知汝父之必将有后也。汝其勉之！夫养不必丰，要于孝；利虽不得博于物[20]，要其心之厚于仁。吾不能教汝，此汝父之志也。”修泣而志之，不敢忘。

沈德潜：“神来语。治狱下，忽接乳者抱子及术者等言，字字悲怆。”（《唐宋八大家文读本》卷十四）

沈德潜：“仁、孝双收。”（同上）

沈德潜：“结一语，为不辱其亲作案。”（同上）

[注释]

[1]“生四岁”以下六句：《欧集·附录》有欧阳发等述《事迹》曰：“先公四岁而孤，家贫无资，太夫人以荻画地，教以书字，多诵古人篇章，使学为诗。”孤，谓幼而丧父。守节，古时称妇女丧夫后不再嫁人。长，养育。《诗经·小雅·蓼莪》：“长我育我。” [2]“汝父”以下五句：言父为吏廉洁。欧阳观仅担任过州县的推官、判官等低级职务，故称吏。欧《七贤画序》：“某为

儿童时，先妣尝谓某曰：‘吾归汝家时，极贫。汝父为吏至廉，又于物无所嗜，惟喜宾客，不计其家有无以具酒食。在绵州三年，他人皆多买蜀物以归，汝父不营一物，而俸禄待宾客，亦无余已。’” [3]“故其”以下四句：言父逝时，家无一间房、一垄地，生活失去依靠。 [4]有待于汝：对你有所期待，意为你长大成才，能光宗耀祖。 [5]“自吾”以下三句：自我嫁到你家来，婆婆已过世了，但知道你父亲是笃行孝道之人。姑，媳妇对婆婆的称呼。能养，尽孝。 [6]“汝孤”以下三句：意为有德者必有后。此属因果报应之说，不可取。欧《孙氏碑阴记》亦云：“为善之效无不报，然其迟速不必问也。故不在身者，则在其子孙，或晦于当时者，必显于后世。”有后，有能光耀门楣的后代。 [7]归：古时女子出嫁称“于归”。《诗经·周南·桃夭》：“之子于归，宜其室家。” [8]免于母丧：除去母亲的丧服。古时为父母守丧三年。 [9]“祭而丰”句：意为死后丰盛的祭祀不如生前微薄的奉养。韩婴《韩诗外传》卷七：“曾子曰：‘往而不可还者，亲也。至而不可加者，年也。是故孝子欲养而亲不待也，木欲直而时不待也。是故椎牛而祭墓，不如鸡豚逮存亲也。’” [10]间御：有时享用。 [11]适然：偶然。 [12]“常夜烛”二句：形容辛劳且慎重，富有责任感。治官书，处理官府文件。屡废而叹，多次停下而叹息。 [13]死狱：当判死刑的案子。 [14]矧（shěn）：何况，况且。 [15]“回顾”句：洪迈《容斋随笔》卷五引《曲礼》“负剑辟咡诏之”，郑氏注云：“负，谓置之于背。剑，谓挟之于旁。”《泷冈阡表》“回顾乳者剑汝而立于旁”，正用此义，易“剑”为“抱”者误。乳者，奶妈。 [16]术者：以占卜、算命来推算吉凶祸福者。岁行在戌：古代以干支纪年，为戌年。 [17]“其施于”二句：古时妇女居家，不涉外事，故云。 [18]矜饰：矜夸、修饰。 [19]发于中：发自内心。 [20]“利虽”二句：谓因条件限制虽不能在为民谋利上做到博施于众，但关键在于要有仁爱宽厚之心。

先公少孤力学[1]，咸平三年进士及第，为道州判官，泗、绵二州推官，又为泰州判官。享年五十有九，葬沙溪之泷冈。太夫人姓郑氏，考讳德仪[2]，世为江南名族。太夫人恭俭仁爱而有礼[3]，初封福昌县太君，进封乐安、安康、彭城三郡太君。自其家少微时[4]，治其家以俭约，其后常不使过之，曰："吾儿不能苟合于世，俭薄所以居患难也。"其后修贬夷陵[5]，太夫人言笑自若，曰："汝家故贫贱也，吾处之有素矣，汝能安之，吾亦安矣。"

林云铭："叙太夫人，将治家俭薄一节重发，而诸美自见。"（《古文析义》初编卷五）

[注释]

[1]"先公"以下七句：述亡父一生经历。咸平三年，公元1000年。道州，治今湖南道县。泗，泗州，治今安徽泗县。绵，绵州，治今四川绵阳。推官，各州幕职官，主管司法事务。泰州，今属江苏。 [2] 考讳德仪：郑氏之父名德仪。 [3]"太夫人"以下三句：母郑氏随着欧阳修官职的升迁，由县太君进封为郡太君。宋制，朝廷卿、监与地方知州等官之母，封县太君；朝廷侍郎、学士与地方观察、留后等官之母封郡太君。 [4] 少微时：指贫贱时。 [5] 贬夷陵：景祐三年（1036），欧因致书斥高若讷事贬官夷陵，母随之赴贬所。

自先公之亡二十年[1]，修始得禄而养。又十有二年[2]，列官于朝，始得赠封其亲。又十年[3]，修为龙图阁直学士、尚书吏部郎中，留守南京，太夫人以疾终于官舍，享年七十有二。又八年[4]，修以非才，入副枢密，遂参政事。又七年而罢[5]。自登二府[6]，天子推恩，褒其三世[7]，故自嘉祐以来，逢国大庆，必加宠锡[8]。皇曾祖府君累赠金紫光禄大夫、太师、中书令[9]，曾祖妣累封楚国太夫人。皇祖府君累赠金紫光禄大夫、太师、中书令兼尚书令，祖妣累封吴国太夫人。皇考崇公累赠金紫光禄大夫、太师、中书令兼尚书令，皇妣累封越国太夫人。今上初郊[10]，皇考赐爵为崇国公，太夫人进号魏国。

[注释]

[1]“自先公”二句：天圣八年（1030）欧登第入仕，距父亡之大中祥符三年（1010）为二十年。任西京留守推官，始获官禄以养亲。 [2]“又十有二”以下三句：又过了十二年，庆历元年（1041）十一月，仁宗行郊祀礼，欧摄太常博士，十二月，加骑都尉，获封赠亲属的资格。 [3]“又十年”以下五句：由庆历元年至皇祐二年（1050），欧由知颍州改知应天府兼南京留守

司事，首尾十年。皇祐四年（1052），母郑氏病故。 [4]“又八年”以下四句：由皇祐四年过八年，为嘉祐五年（1060）。是年十一月，欧为枢密副使；翌年闰八月，为参知政事。 [5]“又七年”句：由嘉祐五年过七年为治平四年（1067）。是年三月，欧罢参知政事之职，除观文殿学士，转吏部尚书、知亳州。 [6]二府：宋中书省掌政务，称东府；枢密院掌军政，称西府，合称二府。 [7]褒其三世：追封曾祖、祖、父三代及其配偶。 [8]必加宠锡：皇帝推恩赐封爵位。锡，赐予。 [9]“皇曾祖”以下六句：述三代所获封赠。府君，子孙对祖先的敬称。累赠，与下文“累封”均意为最后封赠的官爵。金紫光禄大夫，时为正三品文散官。太师，与太傅、太保并称三师，时为虚衔，皆宰相、亲王、使相加官。中书令，中书省长官，时为加官或赠官，系叙禄位之阶官，正二品。尚书令，尚书省长官，时为亲王加官，起阶官作用，或用作大臣赠官，正一品。 [10]今上：指宋神宗，其即位后于熙宁元年（1068）首次行郊祀礼。皇帝郊祀，臣下皆得晋级封赠。

储欣：“叫转‘有待’意，而归功祖考，字字得体。”（《唐宋八大家类选》卷十三）

于是，小子修泣而言曰：“呜呼！为善无不报，而迟速有时，此理之常也。惟我祖考，积善成德，宜享其隆，虽不克有于其躬[1]，而赐爵受封，显荣褒大，实有三朝之锡命[2]。是足以表见于后世，而庇赖其子孙矣。”乃列其世谱，具刻于碑。既又载我皇考崇公之遗训，太夫人之所以教而有待于修者，并揭于阡[3]。俾知夫小子修之德薄能鲜[4]，遭时窃位，而幸全大节，不辱其先者，其来有自。

储欣："何等结束！"（《唐宋八大家类选》卷十三）

[注释]

[1]不克有于其躬：不能亲身享受。 [2]三朝：指仁宗、英宗、神宗三朝。 [3]揭于阡：刻碑立于墓道前。 [4]"俾知"以下五句：意为使大家知道能有今天，并非我本人有何才德，而是祖上积德所致。遭时窃位，谦称因逢机遇而升高官。

熙宁三年岁次庚戌四月辛酉朔十有五日乙亥[1]，男推诚保德崇仁翊戴功臣、观文殿学士、特进、行兵部尚书、知青州军州事兼管内劝农使、充京东东路安抚使、上柱国、乐安郡开国公[2]，食邑四千三百户、食实封一千二百户修表。

鲍振方："书立表岁月朔日甲子，重之也。详书己之勋阶、官封、爵号、食邑，著先德之所致也。"（《金石订例》卷二）

[注释]

[1]辛酉朔：当年四月初一的干支。乙亥：四月十五的干支。 [2]"男推诚"二句：依次列出自己所有的官衔与封爵。据胡柯《年谱》，欧嘉祐元年进封乐安郡开国侯，六年进封开国公。治平二年加上柱国，四年进阶特进，除观文殿学士，改赐推诚保德崇仁翊戴功臣。熙宁元年转兵部尚书，改知青州军州事，兼管内劝农使，充京东东路安抚使；在原食邑三千八百户、食实封一千户之上，加食邑五百户、食实封二百户。男，作为儿子的自

称。特进，时为正二品文散官。青州，今属山东。劝农使，宋太宗至道二年（996）始置，仁宗天圣四年（1026）仍置使或劝农事，命他官兼领。上柱国，宋勋官十二等中列第一等。开国公，宋爵十二等中列第六等。宋食邑、食实封只是一种名誉上的褒奖，并未实际享受某某户的租税。

[点评]

欧阳修幼年丧父后，其母亲备尝艰辛而将他养育成才。本文中，为吏的父亲形象突出，其廉洁、孝行与仁义，真切而动人。而母亲除了关于父亲语语入情的娓娓诉说之外，本身的描写仅有“自其家少微时，治其家以俭约”数行，但“修贬夷陵，太夫人言笑自若”的神态和“汝家故贫贱也，吾处之有素矣，汝能安之，吾亦安矣”的语言，更是极其真切地刻画出教子有方、深明大义的妇女形象。双亲的身影均绘声绘色、形神兼具地呈现于读者眼前，是本篇历千年而感人至深的重要原因。孝道是中华传统美德的一种展现，文中的“祭而丰不如养之薄也”，已成为人们耳熟能详的敬老养老的箴言。“能养”与“有后”的双提，强调尽孝于父母的家风与下一代成长的密切关系，对现时的精神文明建设亦不无助益。当然，偏于光耀门楣与因果报应的内容并不足取。全篇如过珙所评，“以‘有待’句为主，却将‘能养’‘有后’两段实发有待意，逐层相生，逐层结应，篇法累累如贯珠。其文情恳挚缠绵，读之真觉言有尽而意无穷”（《古文评注》卷八）。

六一居士传[1]

六一居士初谪滁山[2]，自号醉翁。既老而衰且病，将退休于颍水之上[3]，则又更号六一居士。

由滁山到颍水，由醉翁到六一居士，老而衰病，唯有旷达。

[注释]

[1] 熙宁三年（1070）作。魏泰《东轩笔录》卷四：“欧阳修致仕，居颍，蔡承禧经由颍上，谒于私第，从容言曰：‘公德望隆重，朝廷所倚，未及引年，而遽此高退，岂天下所望也？’欧阳公曰：‘吾与世多忤，晚年不幸为小人诬蔑，止有进退之节，不可复令有言而俟逐也，今日乞身已为晚矣。’小人盖指蒋之奇也。欧阳公在颍，唯衣道服，称六一居士，又为传以自序。”按：治平四年（1067）欧遭诬陷事见前《再至汝阴三绝》诗注释[1]。 [2]“六一居士”二句：欧有《赠沈遵》诗云：“我时四十犹强力，自号醉翁聊戏客。”《赠沈博士歌》云：“我昔被谪居滁山，名虽为翁实少年。” [3] 颍水：流经颍州（治今安徽阜阳）。欧皇祐时即与梅尧臣相约买田于颍，后有诸多思颍诗。治平末，又在颍州修建房舍，为归老作准备。

客有问曰：“‘六一’，何谓也？”居士曰：“吾家藏书一万卷，集录三代以来金石遗文一千卷[1]，有琴一张，有棋一局，而常置酒一壶。”客曰：“是为五一尔，奈何？”居士曰：“以吾一翁[2]，老于此五物之间，是岂不为‘六一’乎？”

孙琮：“决志退休，借此五物以自适其乐。”（《山晓阁选宋大家欧阳庐陵全集》卷四）

客笑曰："子欲逃名者乎[3]，而屡易其号，此庄生所诮畏影而走乎日中者也[4]。余将见子疾走大喘渴死，而名不得逃也。"居士曰："吾固知名之不可逃，然亦知夫不必逃也。吾为此名，聊以志吾之乐尔。"客曰："其乐如何？"居士曰："吾之乐可胜道哉！方其得意于五物也，太山在前而不见[5]，疾雷破柱而不惊。虽响九奏于洞庭之野[6]，阅大战于涿鹿之原[7]，未足喻其乐且适也。然常患不得极吾乐于其间者，世事之为吾累者众也。其大者有二焉[8]，轩裳珪组劳吾形于外，忧患思虑劳吾心于内，使吾形不病而已悴，心未老而先衰，尚何暇于五物哉？虽然，吾自乞其身于朝者三年矣[9]。一日天子恻然哀之，赐其骸骨[10]，使得与此五物偕返于田庐，庶几偿其夙愿焉。此吾之所以志也。"客复笑曰："子知轩裳珪组之累其形[11]，而不知五物之累其心乎？"居士曰："不然。累于彼者已劳矣，又多忧；累于此者既佚矣[12]，幸无患。吾其何择哉？"于是与客俱起，握手大笑曰："置之，区区不足较也。"

孙琮："又欲撇去五物，尤见脱然高寄。"（《山晓阁选宋大家欧阳庐陵全集》卷四）

[注释]

[1]“集录”句：欧编有《集古录》，金石遗文指其中的金石拓本。今《欧集·集古录跋尾》卷一中仍可见到数条。 [2]“以吾”以下三句：孙绪《沙溪集》卷十二：“欧阳公号‘六一’，以酒一壶、琴一张、石刻一千卷、书一千卷、图迹一千幅并己为‘六一’，后世皆羡其立意新奇，然亦有所本。南楚马希范即伪位，作九龙殿，以沉香为八龙，抱柱相向，希范自为一龙，偃然坐于中。人品虽不可与欧公同日语，然其事则‘六一’之俑也。” [3]逃名：避声名而不居。《后汉书·法真传》：“逃名而名我随，避名而名我追。” [4]“此庄生”句：《庄子·渔父》：“人有畏影恶迹而去之走者，举足愈数而迹愈多，走愈疾而影不离身，自以为尚迟，疾走不休，绝力而死。不知处阴以休影，处静以息迹，愚亦甚矣！”诮，责备。 [5]“太山”二句：《鹖冠子·天则》：“一叶蔽目，不见太山；两豆塞耳，不闻雷霆。” [6]“虽响”句：《庄子·至乐》：“《咸池》《九韶》之乐，张之洞庭之野。”九奏，古代行礼奏乐九曲。《尚书·益稷》：“《箫韶》九成，凤凰来仪。”成，谓乐曲终。 [7]“阅大战”句：《史记·五帝本纪》：“蚩尤作乱，不用帝命。于是黄帝乃征师诸侯，与蚩尤战于涿鹿之野，遂禽杀蚩尤。”涿鹿，今属河北张家口。 [8]“其大者”以下六句：欧《秋声赋》：“人为动物，惟物之灵。百忧感其心，万事劳其形，有动于中，必摇其精。而况思其力之所不及，忧其智之所不能，宜其渥然丹者为槁木，黝然黑者为星星。” [9]“吾自”句：欧于熙宁元年知亳州后，累上表乞致仕，至此时已三年。 [10]赐其骸骨：意为辞官隐退，告老还乡。 [11]轩裳珪组：指做官及官场事务。轩，有帷幕的车。珪，玉制礼器，官员手执之，为信符。《左传》昭公五年：“朝聘有珪。”组，系印的带子。 [12]佚（yì）：同“逸”，安逸，松弛。

已而叹曰："夫士少而仕，老而休，盖有不待七十者矣[1]。吾素慕之，宜去一也。吾尝用于时矣[2]，而讫无称焉，宜去二也。壮犹如此，今既老且病矣，乃以难强之筋骸贪过分之荣禄，是将违其素志而自食其言[3]，宜去三也。吾负三宜去[4]，虽无五物，其去宜矣，复何道哉！"熙宁三年九月七日，六一居士自传。

司空图《休休亭记》："盖量其材，一宜休也；揣其分，二宜休也；且耄而聩，三宜休也。"此处行文颇似之，而长短句结合，更为舒展有力。

[注释]

[1]"盖有"句：《礼记·檀弓》："七十不俟朝。"欧时方六十四岁，此引有人不到七十即告退为例，表达自己的心愿。 [2]"吾尝"二句：意谓曾蒙皇上信任在朝中任事，但无可称道。 [3]"是将"句：欧在书信、诗文及上表中屡言及退老之事，故有"违其素志而自食其言"之说。 [4]负：具有。

[点评]

本文借鉴汉赋手法，以主客问答的方式，表达归老的决心，展示旷达的情怀，颇见魏晋风韵。主客言语，实际上都是欧公心声的写照。"三宜去"，见决心之不可动摇。归田的打算是早已有之，从政的心灰意冷与身体的衰弱多病是主要原因。欧欲借五物以消忧，不过是暂时的自得其乐而已，故主客对话中有"置之，区区不足较也"的自嘲。苏轼对先生此文有妙解曰："今居士自谓六一，是其身均与五物为一也，不知其有物耶，物有之也。居士与物均为不能有，其孰能置得丧于其间？故曰居士可谓有道者也。虽然，自一观五，居士犹可见也；与五为六，居士不可见也。居士殆将隐矣。”（《苏轼文集》卷六十六《书六一居士传后》）

储欣：“山川草木、空旷有无之观，毕竟不宜太略。然发端九个字已若画图。”（《六一居士全集录》卷五）

岘山亭记[1]

岘山临汉上[2]，望之隐然，盖诸山之小者。而其名特著于荆州者，岂非以其人哉？其人谓谁？羊祜叔子、杜预元凯是已[3]。方晋与吴以兵争，常倚荆州以为重[4]，而二子相继于此，遂以平吴而成晋业，其功烈已盖于当世矣。至于风流余韵蔼然被于江汉之间者[5]，至今人犹思之，而于思叔子也尤深[6]。盖元凯以其功，而叔子以其仁，二子所为虽不同，然皆足以垂于不朽。余颇疑其反自汲汲于后世之名者[7]，何哉？

林云铭：“亭在岘山，记亭必先记山。奈山是两人之山，撇下一人不得；亭是一人之亭，扯上一人又不得。看他拿个‘名’字双提，拿个‘思’字单表，全在埋伏照应上闲闲布置，忽双忽单，了无痕迹。”（《古文析义》二编卷七）

[注释]

[1] 熙宁三年（1070）作，时欧在知蔡州任上。岘山：在今湖北襄阳南。 [2]“岘山”以下三句：岘山东临汉水，望去隐隐约约的，在众山中算是小的。 [3] 羊祜（hù）：字叔子，晋武帝

时任都督荆州军州事，出镇襄阳，屯田积粮。为人清正廉洁，深受军民爱戴。屡请伐吴未果。杜预：字元凯，继羊祜为都督荆州军州事。筹划灭吴，功成，封当阳县侯。多谋略，人称“杜武库”，著有《春秋左氏经传集解》。二人《晋书》皆有传。 [4] 荆州：晋、吴对峙时的战略要地，岘山所在的襄阳古属荆州。 [5]“至于”二句：羊祜兴办学校，远近人皆欢迎；行经吴境，刈谷为粮，以绢偿之；游猎所得禽兽，若先为吴人所伤，皆封还之。百姓建碑立庙于岘山，以祀羊祜。望其碑者，莫不落泪，杜预因名“堕泪碑”。 [6]“而于”句：《晋书·羊祜传》：“疾渐笃，乃举杜预自代，寻卒，时年五十八。帝素服哭之，甚哀。是日大寒，帝涕泪沾须鬓，皆为冰焉。南州人征市日闻祜丧，莫不号恸，罢市巷哭者，声相接。吴守边将士亦为之泣。” [7] 汲汲：心情急切貌。

传言叔子尝登兹山[1]，慨然语其属，以谓此山常在，而前世之士皆已湮灭于无闻，因自顾而悲伤，然独不知兹山待己而名著也。元凯铭功于二石[2]，一置兹山之上，一投汉水之渊。是知陵谷有变[3]，而不知石有时而磨灭也。岂皆自喜其名之甚而过为无穷之虑欤？将自待者厚而所思者远欤[4]？

清朱心炯：“公先将喜名微抑二子，便高人一格。于光禄只用两‘可知矣’虚应前文，妙有分寸。”（《古文评注便览》）

[注释]

[1]“传言”以下六句：《晋书·羊祜传》：“祜乐山水，每风景，必造岘山，置酒言咏，终日不倦。尝慨然叹息，顾谓从事中郎邹

湛等曰：‘自有宇宙，便有此山。由来贤达胜士，登此远望，如我与卿者多矣，皆湮灭无闻，使人悲伤。如百岁后有知，魂魄犹应登此也。’湛曰：‘公德冠四海，道嗣前哲，令闻令望，必与此山俱传。至若湛辈，乃当如公言耳。’” [2]“元凯”以下三句：《晋书·杜预传》：“预好为后世名，常言‘高岸为谷，深谷为陵’。刻石为二碑，纪其勋绩。一沈万山之下，一立岘山之上，曰：‘焉知此后不为陵谷乎？’”据王铚《默记》卷下载，章惇字子厚，少年未改官，蒙欧阳公荐馆职。欧公作《岘山亭记》以示子厚。子厚曰：“今饮酒者，令编札斟酒亦可，穿衫着带斟酒亦可，令妇环侍斟酒亦可，终不若美人斟酒之中节也。‘一置兹山，一投汉水’亦可，然终是突兀，此壮士编札斟酒之礼也。惇欲改曰‘一置兹山之上，一投汉水之渊’，此美人斟酒之体，合宜中节故也。”文忠公喜而用之。 [3]“是知”二句：谓杜预虽知高岸深谷之变迁，却不知石碑会因长久风化剥蚀而消亡。 [4]“将自待”句：是说杜预过于看重自己，未免想得太远了。

山故有亭，世传以为叔子之所游止也[1]。故其屡废而复兴者，由后世慕其名而思其人者多也。熙宁元年，余友人史君中辉以光禄卿来守襄阳[2]。明年，因亭之旧，广而新之[3]，既周以回廊之壮，又大其后轩，使与亭相称。君知名当世，所至有声[4]，襄人安其政而乐从其游也，因以君之官[5]，名其后轩为光禄堂，又欲纪其事于石，以与叔子、元凯之名并传于久远。君皆不能清何焯："言外有规史君好名意。盖叔子是宾，光禄堂却是主也。史君非其人而尤汲汲于名，公盖心非之，妙在微讽中有引而进之之意。"（《义门读书记》卷三十八）

止也[6]，乃来以记属于余。

［注释］

[1]游止：游历休息。 [2]史君中辉：名炤（zhào），中辉为字。据《续资治通鉴长编》，熙宁四年五月，"上谓执政曰：'（史）炤在襄州，于水利甚宣力，宜优奖以劝众。'"光禄卿：光禄寺长官。 [3]"广而新之"以下三句：扩建更新岘山亭，四周造起壮观的回廊，亭后轩舍也得到扩展。 [4]有声：有好的政声。 [5]官：即光禄卿。 [6]"君皆"二句：是说命名光禄堂与纪事刻石皆襄人所为，史中辉不便阻止，故嘱我作记。

林云铭："末两句扫旧套作结，真化工大手笔。"（《古文析义》二编卷七）唐介轩："末后一束，文境绵远，亦如'草木云烟之杳霭，出没于空旷有无之间'。"（《古文翼》卷七）

余谓君知慕叔子之风而袭其遗迹[1]，则其为人与其志之所存者可知矣。襄人爱君而安乐之如此，则君之为政于襄者又可知矣。此襄人之所欲书也。若其左右山川之胜势[2]，与夫草木云烟之杳霭，出没于空旷有无之间，而可以备诗人之登高，写《离骚》之极目者，宜其览者自得之。至于亭屡废兴[3]，或自有记，或不必究其详者，皆不复道。熙宁三年十月二十有二日，六一居士欧阳修记。

［注释］

[1]叔子之风：羊祜的风流余韵。 [2]"若其"以下六句：是

说岘山亭一带的山川景色等，可尽情观览，不再多叙。胜势，美丽的风景。杳霭，兼指草木茂盛与云雾缥缈貌。诗人之登高，《汉书·艺文志》有“登高能赋，可以为大夫”之语。《离骚》，战国时期楚国诗人屈原的著名诗篇，此指诗作。[3]“至于”以下四句：谓岘山亭屡经毁损重修，先前当有碑记，不必多加探究，文中就不再交代了。

[点评]

姚鼐称“欧公此文神韵缥缈，如所谓吸风饮露、蝉蜕尘埃者，绝世之文也”(《诸家评点古文辞类纂》卷五十四)，可谓推崇备至。欧晚年作品尤见胸怀之开阔、气度之从容、唱叹之有致、神韵之绵邈，而本文皆有之。赞羊、杜之功烈而微抑其好名，有灼见也；史炤求记心切而循循善诱之，显气度也；就古人古事由衷致慨，多唱叹也；首尾写景有实有虚，见神韵也。确是炉火纯青之作。

江邻几文集序[1]

余窃不自揆[2]，少习为铭章[3]，因得论次当世贤士大夫功行[4]。自明道、景祐以来[5]，名卿钜公往往见于余文矣。至于朋友故旧，平居握手言笑，意气伟然[6]，可谓一时之盛。而方从其

“方”“遽”“遂”串起三短句，以“可叹”作结，极写人生之短、丧友之痛。

游[7]，遽哭其死，遂铭其藏者，是可叹也。

[注释]

[1] 熙宁四年（1071）作。江邻几：名休复，开封陈留（今河南开封祥符区陈留镇）人。天圣年间进士，为蓝山县尉。历任州司法参军、通判等，召试，充集贤校理，判尚书刑部。因参与苏舜钦祀神酒会，贬监蔡州商税。后为太常博士、通判睦州，累迁刑部郎中。著有《隆平集》（已佚）、《唐宜鉴》《春秋世论》等。 [2] 揆（kuí）：估量。 [3] 铭章：铭刻于器物上的文辞章句。多指墓志碑铭。 [4] 论次：论定编次，此有评说之意。功行：功业品行。 [5] “自明道”二句：欧《居士集》与《外集》于诗之外，收文五十四卷，仅碑志文就有二十卷，接近四成。王旦、晏殊、范仲淹等大人物，欧皆为铭墓。明道、景祐，为仁宗年号。名卿钜公，指名臣高官。 [6] 伟然：豪迈雄伟貌。 [7] “而方从”以下四句：谓与人结识相从，突然就哭悼其亡，继而为之铭墓，令人慨叹。藏，隐身之地，此指坟墓。《礼记·檀弓上》：“葬也者，藏也。”

盖自尹师鲁之亡[1]，逮今二十五年之间，相继而殁，为之铭者至二十人，又有余不及铭与虽铭而非交且旧者，皆不与焉。呜呼，何其多也！不独善人君子难得易失而交游零落如此，反顾身世死生盛衰之际，又可悲夫！而其间又有不幸罹忧患、触网罗[2]，至困厄流离以死，与夫仕宦连

沈德潜：“此就作墓志上寄慨。”（《唐宋八大家文读本》卷十一）

蹇、志不获伸而殁[3]，独其文章尚见于世者，则又可哀也欤！然则虽其残篇断稿，犹为可惜，况其可以垂世而行远也[4]！故余于圣俞、子美之殁[5]，既已铭其圹，又类集其文而序之，其言尤感切而殷勤者，以此也。

沈德潜："上概说交游，此说到同罹忧患，文章可传，此行文浅深法。邻几亦坐子美事落职。"（《唐宋八大家文读本》卷十一）

沈德潜："此就有文集者寄叹。"（同上）

[注释]

[1]"盖自"二句：尹洙卒于庆历七年（1047），至熙宁四年（1071），正二十五年。尹洙，字师鲁，生平见前《尹师鲁墓志铭》。[2]罹忧患：遭受祸患。触网罗：触及法网。[3]仕宦连蹇：仕途坎坷艰难。[4]垂世而行远：长存世上而传播久远。[5]"故余"以下三句：是说为梅尧臣、苏舜钦都写了墓志铭，且编纂诗文集并作序。

陈留江君邻几，常与圣俞、子美游，而又与圣俞同时以卒[1]。余既志而铭之，后十有五年[2]，来守淮西，又于其家得其文集而序之。邻几，毅然仁厚君子也。虽知名于时，仕宦久而不进，晚而朝廷方将用之，未及而卒。其学问通博，文辞雅正深粹[3]，而论议多所发明，诗尤清淡闲肆可喜[4]。然其文已自行于世矣，固不待余言以为轻重，而余特区区于是者[5]，盖发于有感而云然。

文中以梅尧臣、苏舜钦陪说江休复，休复与尧臣皆因染疫而于同月殁，与舜钦则因与宴而同案贬，悲切不止，意味深长。

熙宁四年三月日，六一居士序。

[注释]

[1]“而又”句：嘉祐五年（1060），京师大疫。梅尧臣、江休复均染疾，卒于是年四月。 [2]“后十有五”二句：欧为江休复铭墓在嘉祐六年（1061），改知蔡州在熙宁三年（1070），言相距十五年有误。蔡州在淮水西岸，故称淮西。 [3]雅正深粹：典雅纯正而精深。 [4]“诗尤”句：刘攽《中山诗话》：“江邻几善为诗，清淡有古风。苏子美坐进奏院事谪官，后死吴中。江作诗云：‘郡邸狱冤谁与辩？皋桥客死世同悲。’用事甚精当。尝有古诗云：‘五十践衰境，加我在明年。’论者谓莫不用事，能令事如己出，天然浑厚，乃可言诗，江得之矣。”闲肆，悠闲自然，意为无所拘束。 [5]区区：执着、真挚之意。

[点评]

本文借为江邻几文集作序的机会，就朋辈凋零抒发无尽的感慨与悲伤。文章层次分明，先是说诸多友朋故旧遽然离世，以“可叹”收束；接着说自尹师鲁病故后，竟然写了二十篇墓志铭，而未铭墓的亡友更多，以“可悲”表达刻骨铭心的沉痛；再是想到“不幸罹忧患”而辞世者，更以“可哀”抒发难以抑制的悲情；此后才引出文集作者江邻几，与苏、梅二氏并说，融不幸的个体于已逝的群体之中，感伤的意味更加浓厚。欧公翌年亦去世，可知作此文时，叹老怀旧而疾病缠身的六一居士，其心境是何等悲凉。如储欣所言，本篇“一意累折而下，纡余惨怆，言有穷而情不可终，此是庐陵独步”（《唐宋八大家类选》卷十一）。

五代史伶官传序[1]

呜呼，盛衰之理[2]，虽曰天命，岂非人事哉！原庄宗之所以得天下[3]，与其所以失之者，可以知之矣。

李刚己："此三句绾摄通篇。"（《古文辞约编》）

汪份："'盛衰'二字是眼目，'人事'是主意。"（引自《唐宋文举要》甲编卷六）

[注释]

[1] 本文选自欧阳修《新五代史》卷三十七《伶官传》。景祐三年（1036）欧贬夷陵时，作《与尹师鲁第二书》，谈到合修《五代史》事，说"正史更不分五史，而通为纪传"等。后尹洙撰写《五代春秋》，记大事，极简略，载《河南先生文集》。于是《五代史》由欧独撰。皇祐五年（1053），欧《与梅圣俞》写道："闲中不曾作文字，只整顿了《五代史》，成七十四卷。"（《欧集·书简》卷六）可知这一年已成书稿。嘉祐五年（1060），欧上《免进〈五代史〉状》，说知制诰范镇等奏请"乞取臣《五代》文草，付《唐书》局缮写上进事"，则修史事正式公开，离动笔之初已有二十五年。而朝廷令欧阳修家上呈欧撰《五代史》是欧公逝世的熙宁五年（1072）八月，见一直在修订中。原书名《五代史记》，因前此已有薛居正监修的《旧五代史》，故后人称之为《新五代史》。　[2]"盛衰"以下三句：言盛衰虽有天命之说，但根本上还是人事所造成。古帝王自谓天命所归，欧亦不能不提"天命"，观其论史事，反对谶纬迷信之说，实重人事。　[3] 原：探

究本原。庄宗：后唐庄宗李存勗（885—926），沙陀部人，李克用长子。少从父征战，嗣晋王位，灭后梁，即后唐帝位。以亲近宦官、优宠伶人而亡国，为部下所杀。

李刚己：“此段叙事笔势骞举。”（《古文辞约编》）

李刚己：“自‘方其系燕父子以组’以下数行文字，横空而来，如风水相搏，洪涛巨浪，忽起忽落，极天下之壮观，而声情之沈郁，气势之淋漓，与史公亦极为相近也。”（同上）

“岂得”句，李刚己：“回应‘得’‘失’二字。”（同上）

“抑本”句，李刚己：“回应‘岂非人事’句。归重人事是通篇主意所在，妙在用笔纡徐宕漾，不参死语，故文外有含蓄不尽之意。”（同上）

世言晋王之将终也[1]，以三矢赐庄宗而告之曰：“梁[2]，吾仇也；燕王吾所立[3]，契丹与吾约为兄弟[4]，而皆背晋以归梁。此三者，吾遗恨也。与尔三矢，尔其无忘乃父之志[5]。”庄宗受而藏之于庙[6]。其后用兵[7]，则遣从事以一少牢告庙，请其矢，盛以锦囊，负而前驱，及凯旋而纳之。方其系燕父子以组[8]，函梁君臣之首，入于太庙，还矢先王而告以成功，其意气之盛，可谓壮哉！及仇雠已灭[9]，天下已定，一夫夜呼，乱者四应，苍皇东出，未及见贼而士卒离散，君臣相顾，不知所归，至于誓天断发，泣下沾襟，何其衰也！岂得之难而失之易欤？抑本其成败之迹而皆自于人欤[10]？

［注释］

[1] 晋王：李克用（856—908），原姓朱邪，沙陀部人。事唐赐姓李，割据今山西一带。唐昭宗乾宁二年（895）封晋王，死于后梁开平二年（908）。 [2] 梁：朱全忠（即朱温）篡唐后所

立王朝，史称后梁。李克用与朱温为唐末两大军阀。李克用过汴州，朱温宴请他，夜发伏兵行刺，克用得从者保护逃归，从此视朱温为死敌。　[3]“燕王”句：燕王，刘仁恭。仁恭先事幽州李可举。可举死，仁恭攻幽州，战败奔晋。得李克用信任，以为幽州留后，且请唐拜卢龙军节度使。故克用称“吾所立”。　[4]“契丹”二句：契丹后称辽国，其太祖为耶律阿保机。阿保机会李克用于云州东城，握手约为兄弟。然归而背约，与梁谋共灭晋，克用深恨之。　[5]乃：你的。　[6]受：受箭。庙：太庙，古代皇帝的宗庙。　[7]“其后”以下六句：言庄宗临战与凯旋均不忘父亲报仇的嘱咐。从事，手下办事人员。少牢，祭品，指猪和羊。告庙，古代帝王、诸侯逢出巡或出兵等大事则祭告祖庙。负而前驱，背负箭囊驰于队伍之前。纳之，将箭归藏太庙。　[8]“方其”以下六句：写庄宗为父报仇成功时意气之壮盛。系燕父子以组，言将仁恭父子用绳子捆绑。仁恭之子守光称帝于燕，晋军攻破其城，执仁恭及其家族三百口。庄宗回师太原，将仁恭、守光处死。函梁君臣之首，言后唐灭后梁，用木匣盛装后梁末帝君臣的首级，藏于太庙。　[9]“及仇雠”以下十一句：写庄宗由盛至衰走向穷途末路。庄宗即位后，沉湎于享乐，重用宦官、伶人，杀害功臣，将领反叛，危机四伏。同光四年（926），驻扎贝州的军人皇甫晖发动兵变，攻入邺城，邢州、沧州驻军亦哗变响应。庄宗遣李嗣源率兵镇压，而嗣源却被下属拥立为帝，与邺城兵变者一起进击京都洛阳。庄宗仓皇领军东进，至万胜镇，闻嗣源已据大梁，只能折返洛阳东，部将元行钦等断发明志，誓死报国，为时已晚，君臣唯有相对哭泣。　[10]抑：或许，还是。本：推究。

李刚己：“此盛之由于人事。”（《古文辞约编》）

《书》曰[1]：“满招损，谦得益。”忧劳可以兴国，逸豫可以亡身[2]，自然之理也。故方其盛

李刚己：“此衰之由于人事。”（同上）

也，举天下之豪杰莫能与之争[3]；及其衰也，数十伶人困之[4]，而身死国灭，为天下笑。夫祸患常积于忽微[5]，而智勇多困于所溺[6]，岂独伶人也哉！作《伶官传》。

李刚己："此数语虽仍就后唐之盛衰反复咏叹，而神气已直注于结末三句。"（《古文辞约编》）

李刚己："推开作结，有烟波不尽之势，所谓篇终接混茫者也。"（同上）

[注释]

[1]"《书》曰"以下三句：《尚书·大禹谟》："满招损，谦受益。"孔颖达疏："自以为满，人必损之。自谦受物，人必益之。" [2]逸豫：安乐。 [3]举：全，整个。 [4]"数十伶人"以下三句：庄宗灭梁后，即纵情声色，宠信伶人，败政乱国。景进、史彦琼、郭门高三人最为恶劣：或进谗言杀功臣，或引发邺城反叛，或煽动军人作乱。庄宗遇害之日，朝见群臣后入食内殿。郭门高领兵作乱，庄宗率卫士击杀数十百人，但被乱兵射中，伤重而亡。 [5]忽微：指极细小的事物。古时计量单位，其小至分、厘、丝、毫、忽、微。 [6]溺：沉迷。

[点评]

作者自而立之年起以毕生精力，独撰《新五代史》，对"五十三年之间，易五姓十三君，而亡国被弑者八，长者不过十余岁，甚者三、四岁而亡"（《居士外集·本论》）的前代历史，对你方唱罢我登场，杀戮不断的社会现象，发出了"呜呼"不止的深沉慨叹。通过史实的探究和深刻的思考，他对虚无缥缈的天命产生了怀疑，而纷繁复杂的人事和惨痛的历史教训，让他难以忘怀。作者关于"盛衰之理，虽曰天命，岂非人事"的表述，在至和二年（1055）呈上质疑天命、否定神权迷信的《论删去九经正义中谶纬劄子》里，得到毫无疑义的确认，显然这是本文富于思想价值之所在。

篇中善用对比的手法，庄宗“系燕父子以组，函梁君臣之首”的气势如虹、复仇成功，与“士卒离散，君臣相顾，不知所归”的走向末路、万般无奈的对比，极有力地证明了忧劳兴国而逸豫亡身的道理。“满招损，谦得益”，“祸患常积于忽微，而智勇多困于所溺”等对句精警形象，发人深省。至于就后唐庄宗的盛衰，反复低徊唱叹，感慨淋漓，尺幅短章中见无限烟波，沈德潜已给予“得《史记》神髓，《五代史》中第一篇文字”（《唐宋八大家文读本》卷十四）的高度评价，可谓实至名归。

五代史宦者传论[1]

五代文章陋矣[2]，而史官之职废于丧乱，传记小说多失其传，故其事迹，终始不完，而杂以讹缪。至于英豪奋起，战争胜败，国家兴废之际，岂无谋臣之略，辩士之谈？而文字不足以发之，遂使泯然无传于后世[3]。然独张承业事卓卓在人耳目[4]，至今故老犹能道之。其论议可谓杰宦官当权固为国之不幸，然宦者亦有善类，应加区分。

然欤[5]！殆非宦者之言也。

[注释]

[1] 此篇见《新五代史》卷三十八《宦者传》。篇首曰："呜呼，自古宦、女之祸深矣！明者未形而知惧，暗者患及而犹安焉，至于乱亡而不可悔也。虽然，不可以不戒。作《宦者论》。"后列张承业、张居翰二传。本文载于传后。宦者：宦官，太监。　[2]"五代"以下六句：作者对五代动乱之下，文章的卑陋、史官职责的废失、史料的残缺等都非常不满，从中亦可见对《旧五代史》有"故其事迹，终始不完，而杂以讹缪"之憾。欧撰《新五代史》，据笔记、小说记载，对史实有所补充。　[3] 泯然：消失净尽貌。　[4] 张承业：字继元，传载其为唐僖宗时宦官，昭宗时派至李克用处为监军，克用病危时，将李存勖托孤于他。存勖与梁交战在外，承业尽心尽责，依法处置内事。他阻止李存勖挥霍钱财，赏赐伶人；讽劝其善待下属，勿开杀戒；反对存勖称帝，欲求唐后而立之，存勖不听，他绝食而卒。在那些倚仗或胁持皇帝，弄权作恶，为非作歹的宦官中，承业显得正直而难能可贵，欧作传表彰之。　[5]"其论议"二句：谓张承业的议论不同凡响，似非出于宦官之口。杰然，特出不凡貌。

朱宗洛："起处'其用事也'二句，此言宦者致祸之由，故为下九层提笔。"（《古文一隅》卷下）

朱宗洛："首层言其惑主。"（同上）

自古宦者乱人之国，其源深于女祸[1]。女，色而已；宦者之害，非一端也。盖其用事也近而习[2]，其为心也专而忍[3]。能以小善中人之意[4]，小信固人之心，使人主必信而亲之。待其已信，然后惧以祸福而把持之[5]。虽有忠臣硕士列于朝廷[6]，而人主以为去已疏远，不若起居饮食、前后左右之亲为可恃也。故前后左右者日益亲，则忠臣硕士日益疏，而人主之势日益孤。势孤，则惧祸之心日益切，而把持者日益牢，安危出其喜怒[7]，祸患伏于帷闼，则向之所谓可恃者，乃所以为患也。患已深而觉之[8]，欲与疏远之臣图左右之亲近，缓之则养祸而益深，急之则挟人主以为质，虽有圣智不能与谋[9]，谋之而不可为，为之而不可成，至其甚，则俱伤而两败。故其大者亡国[10]，其次亡身，而使奸豪得借以为资而起，至抉其种类，尽杀以快天下之心而后已。此前史所载宦者之祸常如此者，非一世也。

朱宗洛："二层言其擅权。"（《古文一隅》卷下）

朱宗洛："三层言其固宠。"（同上）

朱宗洛："四层言其弱主。"（同上）

朱宗洛："五层言其蓄谋种毒，以上俱就祸之未著言。"（同上）

[注释]

[1] 女祸：宠幸女色的灾祸。 [2] 近而习：接近而亲幸。习，亲狎。 [3] 专而忍：专横而残忍。 [4] "能以"以下三句：说宦官善于施展小手段以取得皇帝的信任而亲近之。中，合。固，固结。 [5] 惧以祸福：以祸害恐惧之。祸福，"祸"的偏义复词。 [6] 硕士：品德高尚、学问渊博的人。 [7] "安危"二句：是说皇帝的命运掌握在宦官手中。其，指宦官。帷闼（tà），宫内。帷，门帘。闼，门。 [8] "患已深"以下四句：有史实为证。太和九年（835），唐文宗不甘被宦官控制，与李训、郑注密谋以观露为名，斩杀宦官头目仇士良。因泄密，文宗反被宦官

挟持，李训、王涯等朝廷重臣被杀，因此事变株连处死的有一千多人。史称“甘露之变”。见《旧唐书·李训传》。质，抵押，人质。 [9]“虽有”以下三句：是说虽有圣人、智者欲诛宦官，也无法成功。 [10]“故其”以下五句：亦有史实为证。灵帝驾崩，太后兄大将军何进与袁绍谋诛宦官，太后不听，何进优柔寡断。中常侍段珪等假借太后命令，召进入议而杀之，宫中大乱。此时，绍弟袁术火烧南宫嘉德殿青琐门，珪等不出，劫帝及帝弟陈留王走小平津。袁绍遂派兵捕捉太监，无少长皆杀之，段珪等悉投河死，死者二千余人。见《三国志·魏书·袁绍传》。抉，搜求。

朱宗洛：“六层祸始著矣。”（《古文一隅》卷下）

夫为人主者，非欲养祸于内而疏忠臣硕士于外，盖其渐积而势使之然也。夫女色之惑，不幸而不悟，则祸斯及矣；使其一悟，捽而去之可也[1]。宦者之为祸[2]，虽欲悔悟，而势有不得而去也，唐昭宗之事是已。故曰“深于女祸”者，谓此也。可不戒哉！昭宗信狎宦者，由是有东宫之幽。既出而与崔胤图之，胤为宰相，顾力不足为，乃召兵于梁，梁兵且至，而宦者挟天子走之岐，梁兵围之三年，昭宗既出，而唐亡矣。

朱宗洛：“七层祸难去也。”（同上）

朱宗洛：“八层言人主实受其祸处。”（同上）

朱宗洛：“九层言祸已决而不可收。”（同上）

[注释]

[1] 捽（zuó）：揪，揪着头发。 [2]“宦者”以下十八句：唐昭宗时，宦官为害，帝虽悔悟而已晚。光化四年（900），宦官刘

继述作乱，幽囚昭宗。天复元年（901），护驾都头孙德昭诛杀刘继述，昭宗复位。宰相崔胤欲借重朱温尽杀宦官，宦官韩全诲劫持昭宗逃奔凤翔依李茂贞。朱温兵围凤翔三年，城中粮绝，李茂贞杀韩全诲等二十余人，送还昭宗。朱温迎昭宗回长安，自此大权在握，至天祐四年（907），终于称帝，为后梁太祖，唐亡。狎，亲昵。岐，岐山，此指岐山之南的凤翔。

初，昭宗之出也[1]，梁王悉诛唐宦者第五可范等七百余人，其在外者[2]，悉诏天下捕杀之，而宦者多为诸镇所藏匿而不杀。是时，方镇僭拟[3]，悉以宦官给事，而吴越最多。及庄宗立[4]，诏天下访求故唐时宦者悉送京师，得数百人，宦者遂复用事，以至于亡。此何异求已覆之车，躬驾而履其辙也[5]？可为悲夫！

庄宗不吸取历史教训，重蹈覆辙，身死国灭，咎由自取。“此何异”二句比喻形象贴切。

[注释]

[1]“昭宗”二句：天复三年（903），昭宗出凤翔之围，朱温用崔胤言，诛宦官七百余人，加封梁王。第五可范，宦官，此年任左军中尉，回长安后亦在被诛之列。唐昭宗怜第五可范等无罪而遭杀身之祸，特撰祭文以悼之。 [2]“其在外者”以下三句：不在京城的宦官，有在各藩镇当监军，也有大量役使宦官，因得到保护而未被杀。张承业即得李克用保护而隐匿于斛律寺。 [3]“方镇”以下三句：是说宦官为方镇所用，吴越国最多。僭拟，因只有皇帝可役使太监，藩镇不可用，故云。给事，服

役。[4]庄宗：李存勗，后唐同光元年（923）称帝，故下句称“故唐”。[5]躬驾：亲自驾驶。

庄宗未灭梁时，承业已死[1]。其后居翰虽为枢密使[2]，而不用事。有宣徽使马绍宏者[3]，尝赐姓李，颇见信用。然诬杀大臣，黩货赂，专威福，以取怨于天下者，左右狎暱，黄门内养之徒也。是时，明宗自镇州入觐[4]，奉朝请于京师。庄宗颇疑其有异志，阴遣绍宏伺其动静，绍宏反以情告明宗。明宗自魏而反，天下皆知祸起于魏，孰知其启明宗之二心者，自绍宏始也！郭崇韬已破蜀，庄宗信宦者言而疑之。然崇韬之死[5]，庄宗不知，皆宦者为之也。当此之时[6]，举唐之精兵皆在蜀，使崇韬不死，明宗入洛，岂无西顾之患？其能晏然取唐而代之邪？及明宗入立，又诏天下悉捕宦者而杀之。宦者亡窜山谷，多削发为浮图[7]。其亡至太原者七十余人，悉捕而杀之都亭驿，流血盈庭。

明宗之反叛，实肇自宦官。

[注释]

[1]承业已死：张承业死于天祐十八年（921）。[2]“其后”

二句：唐代宗时宦官始掌枢密，后拥有权力的宦官多以枢密使名义干预朝政。李存勗称帝后，改后梁崇政院为枢密院，张居翰与郭崇韬并任枢密使，郭势力强，张则避事。［3］“有宣徽使”以下九句：时为宣徽南院使的马绍宏，擅权作恶，干尽坏事。宣徽使，掌宦官名籍及郊祀、朝会、宴飨等事，由宦官担任，马绍宏于郭崇韬被杀后，任枢密使。黩货赂，贪财受贿。左右、狎暱、黄门、内养，皆指品行不端的下等人。黄门，宦官之别称，东汉黄门令、中黄门等官职，皆由宦官担任，故云。内养，奴隶的子女。［4］“明宗”以下九句：明宗，李克用养子，赐名李嗣源。时为天平军节度使，战功显赫，拜中书令，庄宗颇忌之。嗣源见功臣郭崇韬、朱有谦等无辜遭谗杀，为避嫌，请求入朝，庄宗不许。宦官马绍荣将庄宗疑嗣源有二心事告诉他。赵在礼反于魏，群臣屡请遣嗣源征讨，庄宗不得已而遣之。嗣源至魏，与在礼合兵反叛。庄宗兵败身亡，嗣源即位为明宗。入觐，诸侯进京朝见天子。奉朝请，春季朝见曰朝，秋季曰请。此指留京而不归驻地。［5］“然崇韬”以下三句：庄宗取天下，郭崇韬立第一功，位兼将相，而宦官、伶人感到处境不妙，故极力离间庄宗与崇韬的关系。崇韬求自安，请出兵伐蜀，以庄宗子魏王继岌为元帅。庄宗任命继岌为西南面行营都统，崇韬为招讨使，军政皆决于崇韬。崇韬劝继岌继位后，当尽去宦官，继岌监军李从袭恨之入骨。庄宗闻破蜀，遣宦官向延嗣劳军，崇韬不郊迎。延嗣大怒，因与从袭等共构陷之。延嗣还，说蜀之宝货皆入崇韬，且诬告他有异志，将危害魏王。庄宗怒，遣宦官马彦圭赴蜀，视情况做决定。马彦圭告诉刘皇后，刘皇后让马彦圭假造魏王的命令杀了郭崇韬。［6］“当此”以下六句：是说后唐军精锐尽在蜀地，崇韬若在，李嗣源岂敢造反，灭庄宗并取而代之？晏然，平安无事貌。嗣源本太祖武皇帝李克用养子，即位后仍用后唐国号，亦顺理成章。 [7]浮图：梵语音译，此指和尚。

明宗晚而多病[1]，王淑妃专内以干政，宦者孟汉琼因以用事。秦王入视明宗疾已革[2]，既出而闻哭声，以谓帝崩矣，乃谋以兵入宫者，惧不得立也。大臣朱弘昭等方图其事，议未决，汉琼遽入见明宗，言秦王反，即以兵诛之，陷秦王大恶，而明宗以此饮恨而终。后愍帝奔于卫州，汉琼西迎废帝于路，废帝恶而杀之。

明宗之“饮恨而终”，亦宦官使然。

[注释]

[1]“明宗”以下三句：明宗患病，王淑妃与宦者孟汉琼遂专权用事，杀安重诲、秦王从荣，他们都参与其事。 [2]“秦王”以下十五句：长兴四年（933）十一月二十六日，明宗病重，太子秦王李从荣入宫视疾，见明宗已昏迷，担心帝位旁落，于次日拥兵千人欲入居兴圣宫。明宗尚未死，宣徽使孟汉琼诬称秦王反，已兵攻端门，明宗派皇城使安从益领兵杀李从荣。经此乱，明宗病情加剧，死前，命孟汉琼往邺，召第五子宋王李从厚至洛阳，即皇帝位，为闵帝。闵帝在位仅三个月，被明宗养子、凤翔节度使李从珂驱逐，逃奔卫州。从珂应顺元年（934）起兵叛，孟汉琼往凤翔迎接，被杀。从珂即位后改年号曰清泰，史称末帝，两年后为后晋高祖石敬瑭所灭。陷秦王大恶，指孟汉琼以弑父弑君之罪陷害秦王。

鸣呼！人情处安乐，自非圣哲，不能久而无骄怠，宦、女之祸非一日，必伺人之骄怠而浸入之。明宗非佚君[1]，而犹若此者，盖其在位差久也。其余多武人崛起，及其嗣续，世数短而年不永[2]，故宦者莫暇施为。其为大害者，略可见矣。独承业之论[3]，伟然可爱，而居翰更一字以活千人[4]。君子之于人也，苟有善焉，无所不取。吾于斯二人者有所取焉。取其善而戒其恶，所谓“爱而知其恶，憎而知其善”也。故并述其祸败之所以然者著于篇。

重申宦者中亦有善类，与开头遥相呼应。

[注释]

[1]“明宗”以下三句：明宗高龄即位，不近声色。在位七年，在五代国君中，最为长命，百姓赖以过了一段太平日子。但他仁而不明，未处理好与太子从荣的关系，而变起仓卒，终陷从荣于大恶，自己也因此饮恨而终。佚君，淫佚放荡的国君。见《新五代史·明宗纪论》。差久，比较久。　[2]“世数”句：传不过一两代而寿命都不长。　[3]“独承业”二句：张承业正直不阿，疾恶如仇，有仁义之心，在宦官中殊为难得，只有他说的话才显得大气可爱。　[4]“而居翰”句：是说居翰改一字救活千人。后唐破蜀，命蜀主王衍迁洛阳，适逢李嗣源兵变，庄宗虑及王衍亦生变，下令诛杀。诏书已写好，居翰发现内书“诛衍一行”，就揩去“行”字，改为“家”。当时蜀国投降的人，与王衍一起东行的，

有千余人，皆幸免于难。见《新五代史·张居翰传》。

[点评]

本文揭示了我国历史上屡见不止的宦官擅权与作乱的问题。封建帝王害怕臣僚图谋不轨，欲利用宦官制约之；而宦官势力一旦坐大，又危及帝王的统治。欧阳修撰《新五代史》，深感宦官为祸之烈，便以惊心动魄的事例，说明宦官干政的巨大危害与严重后果，此篇堪称发人深省的史论。作者任高官时的仁宗、英宗朝，如《宋史·宦者传序》所言，"祖宗之法严，宰相之权重"，继承了北宋开国以来与士大夫共治天下的方略，注意限制宦官对朝政的影响。仁宗在久无皇子而身患疾病的嘉祐七年（1062），得宰辅韩琦、欧阳修等高官的支持，立濮王之子为嗣。仁宗驾崩，英宗继位后，有宦官任守忠挑拨太后与英宗的关系，韩、欧协力果断地将守忠赶出内宫，贬往蕲州安置，足见对宦者为祸的高度警惕。当然，宦官的产生，要从宫廷制度上寻找原因。如文中所载，宦官里也有张承业、张居翰这样的善类，不能一概而论。本篇用笔凝重，发力强劲，论说鞭辟入里，所举史实皆触目惊心，令人猛省。诚如林云铭所评："此论以'宦者之害非一端'句作骨，描写历代祸乱。自始至终，无一字不曲尽，然层层说来，却似一气呵成。笔力雄大，千古无两矣。"（《古文析义》初编卷五）

卖油翁[1]

陈康肃公尧咨善射[2]，当世无双，公亦以此自矜。尝射于家圃[3]，有卖油翁释担而立[4]，睨之[5]，久而不去。见其发矢十中八九，但微颔之[6]。

［注释］

[1] 本文及《诚实鲁宗道》两篇，均取自《欧集·归田录》，题目系编者所加。《归田录》为宋人笔记之佼佼者，成稿于治平四年（1067），在后世颇有影响。一百多则笔记叙述朝野趣闻逸事，大到帝王的治国理政，小到一个字的用法，都有生动的记载。其序曰："朝廷之遗事，史官之所不记，与夫士大夫笑谈之余而可录者，录之以备闲居之览也。"朱弁《曲洧旧闻》载："欧阳公《归田录》初成，未出而序先传，神宗见之，遽命中使宣取。时公已致仕在颍川，以其间纪述有未欲广者，因尽删去之。又恶其太少，则杂记戏笑不急之事，以充满其卷帙。既缮写进入，而旧本亦不敢存。"此说未知是否属实，仅供参考。卖油翁：古时走街串巷卖油的老人。 [2]"陈康肃公"以下三句：是说陈尧咨善于射箭，以此而自傲。尧咨，宋真宗朝时官至龙图阁直学士、尚书工部郎中，卒谥康肃。矜，夸。 [3] 家圃：家中供射箭用的场地。 [4] 释担：放下担子。 [5] 睨（nì）之：斜着眼睛看他射箭。 [6] 微颔：微微点头，足见不很佩服。

康肃问曰："汝亦知射乎？吾射不亦精乎？"翁曰："无他[1]，但手熟尔。"康肃忿然曰："尔安敢轻吾射！"翁曰："以我酌油知之[2]。"乃取一葫芦置于地，以钱覆其口，徐以杓酌油沥之[3]，自钱孔入而钱不湿。因曰："我亦无他，惟手熟尔。"康肃笑而遣之[4]。

[注释]

[1]"无他"二句：没什么特别的地方，只不过手熟罢了。[2]酌：舀。[3]"徐以"二句：慢慢地用勺子舀满油，成一线穿过钱孔注入葫芦，而钱没被油沾湿。杓（sháo）：同"勺"，即勺子。沥（lì），一滴一滴地落下，此处是注入的意思。[4]遣之：打发他走了。

此与庄生所谓解牛、斫轮者何异[1]。

[注释]

[1]"此与"句：是说这与庄子讲的庖丁解牛与轮扁斫轮的故事有什么两样。二典出自《庄子》的《养生主》与《天道》篇。庖丁解牛，说厨工宰牛，熟悉牛的骨架，故得心应手。轮扁斫轮，说造车工匠用刀斧砍削木材，制作车轮，手艺精湛。说明长期在某专业领域认真刻苦工作的人，其技术水平能达到了不起的高度。

[点评]

这则故事以简洁生动的人物对话与行动细节描写揭

示了一个事理：做任何事情，熟能生巧。只有持之以恒，精益求精，始终如一，方能尽善尽美，得到人们的称赞。

诚实鲁宗道[1]

仁宗在东宫[2]，鲁肃简公为谕德[3]，其居在宋门外[4]，俗谓之浴堂巷，有酒肆在其侧[5]，号仁和，酒有名于京师，公往往易服微行[6]，饮于其中。

酒肆无妨，酒美即可。

[注释]

[1] 鲁宗道：字贯之，亳州（今属安徽）人。真宗朝进士，官左谕德、直龙图阁。仁宗即位，迁户部郎中、龙图阁直学士兼侍讲，官至参知政事。其人刚直敢言，为权贵所忌惮，目为“鱼头参政”，因其姓，且言骨鲠如鱼头。卒谥肃简。 [2] 东宫：太子所居处。此言仁宗为太子时。 [3] 谕德：东宫僚属，官正四品下。 [4] 宋门：在汴京内城东偏南处。 [5] 酒肆：酒馆。 [6] 易服微行：换掉官服，私下外出。

一日，真宗急召公，将有所问。使者及门而公不在，移时乃自仁和肆中饮归[1]。中使遽先入白[2]，乃与公约曰：“上若怪公来迟[3]，当托何事以对，幸先见教，冀不异同。”公曰：“但以实告。”中使曰：“然则当得罪。”公曰：“饮酒人之常情，欺君臣子之大罪也。”中使嗟叹而去。

诚实为本，不诈不欺。

[注释]

[1] 移时：过了些时间。 [2] 中使：宫中派出的使者，此指宦官。 [3] “上若”以下四句：意为皇上若问起为何来晚了，我们俩先要统一口径，以免对不上。

真宗果问，使者具如公对[1]。真宗问曰：“何故私入酒家？”公谢曰[2]：“臣家贫无器皿[3]，酒肆百物具备，宾至如归，适有乡里亲客自远来，遂与之饮。然臣既易服，市人亦无识臣者。”真宗笑曰：“卿为宫臣[4]，恐为御史所弹。”然自此奇公，以为忠实可大用。晚年每为章献明肃太后言群臣可大用者数人[5]，公其一也。其后章献皆用之[6]。

实话实说，言之由衷。

忠实之臣，可堪大用。

[注释]

[1] 具如公对：把鲁宗道的话原原本本地禀报真宗。 [2] 谢：道歉。 [3] 器皿：指杯、盘、盆、碟等餐具。 [4] “卿为”二句：意为你是太子的属官，竟然微服私行下酒馆，难道不怕御史弹劾。 [5] 章献明肃太后：真宗刘皇后。仁宗继位时年少，已是

太后的刘氏垂帘听政，卒谥章献明肃。 [6]“其后”句：乾兴元年（1022），真宗卒，刘太后临朝，擢鲁宗道为右谏议大夫、参知政事。

[点评]

帝王与臣下之间，相待以诚，上下一心，则国政向好。反之，互相猜疑，互不信任，则国事堪忧。本篇赞扬鲁宗道诚实的品格，以几番对话组成文章。先是与中使的交谈，一方颇为体贴地出主意，而另一方却不领情，更不肯作假；后是君臣的问答，鲁宗道的道歉与如实禀报，真宗由严肃的追问转为笑声中的善意提醒，都是寻常话语，而人物形象栩栩如生，于平易中见神采，于自然中露真情。

梅圣俞说诗[1]

圣俞尝语予曰[2]：“诗家虽率意[3]，而造语亦难。若意新语工[4]，得前人所未道者，斯为善也。必能状难写之景[5]，如在目前，含不尽之意，见于言外，然后为至矣。贾岛云[6]：‘竹笼拾山果，瓦瓶担石泉。’姚合云：‘马随山鹿放，鸡逐野禽栖。’等是山邑荒僻，官况萧条，不如‘县

刘勰《文心雕龙·隐秀》：“是以文之英蕤，有秀有隐。隐也者，文外之重旨者也；秀也者，篇中之独拔者也。”南宋张戒《岁寒堂诗话》尝引刘勰语为“情在词外曰隐，状溢目前曰秀”。按：圣俞已得之矣。

古槐根出，官清马骨高’为工也。”

［注释］

[1] 选自《欧集·诗话》，后人多称《六一诗话》。标题为编者所加。《诗话》前云：“居士退居汝阴而集，以资闲谈也。”所收凡二十八条。 [2] 圣俞：梅尧臣之字。 [3] 率意：谓顺随自己的心意创作。 [4] 意新语工：指在立意和造语上都能创新。 [5]“必能”以下五句：是说眼前能见到难以描摹的景色，言外能蕴含无穷无尽的深意，那是达到最高的创作境界了。 [6]“贾岛云”以下九句：作者认为贾、姚诗句只是写出山野景象而已，尚未道出山城的荒凉僻远和官员的索寞冷寂，不如“县古槐根出，官清马骨高”传神精妙。贾岛诗句见《题皇甫荀蓝田厅》，全诗云：“任官经一年，县与玉峰连。竹笼拾山果，瓦瓶担石泉。客归秋雨后，印锁暮钟前。久别丹阳浦，时时梦钓船。”姚合诗句见《武功县中作》，全诗云：“县去帝城远，为官与隐齐。马随山鹿放，鸡杂野禽栖。绕舍惟藤架，侵阶是药畦。更师嵇叔夜，不拟作书题。”等是，同样是。“县古”二句，以地上槐树根突出显县衙之老旧，以坐骑瘦骨嶙峋见官员的清廉，尤有意味。有学者考“县古”二句，谓当是杜甫佚诗。见汪少华《“县古槐根出，官清马骨高”出处之谜》，载《古籍整理研究学刊》2003年第六期。

余曰：“语之工者固如是。状难写之景，含不尽之意，何诗为然？”圣俞曰：“作者得于心[1]，览者会以意，殆难指陈以言也。虽然[2]，亦可略道其仿佛。若严维‘柳塘春水慢，花坞夕阳迟'[3]，则天容时态，融和骀荡，岂不如在目前乎？又若温庭筠'鸡声茅店月，人迹板桥霜'[4]，贾岛'怪禽啼旷野，落日恐行人'，则道路辛苦，羁愁旅思，岂不见于言外乎？"

[注释]

[1]"圣俞曰"以下三句：梅氏言作者与读者之间只是心领神会，几乎难以一一说明白。 [2]"虽然"二句：虽然这样讲，但也可以说个大致的意思。 [3]"若严维"以下四句：严维诗句见《酬刘员外见寄》，此为严维对刘长卿赠诗的酬答。"柳塘"二句，写垂柳轻抚碧波，一片生机盎然；花圃群芳争艳，惹得夕阳流连。美景令人心旷神怡，如在目前。天容时态，指江南水乡春光明媚。骀（dài）荡，形容春天景物的美好。 [4]"又若"以下五句：温庭筠诗句见《商山早行》，写清晨天上还挂着月亮，茅店响起鸡鸣声，洒满白霜的板桥上，留下早起旅人的足迹。贾岛诗句见《暮过山村》，写怪鸟在旷野里啼鸣，行人见夜幕降临，心里不免感到恐慌。在两诗的写景中，旅途的艰辛与愁闷之意，皆见之于言外。

[点评]

《欧集·诗话》载说诗之语甚多，而梅圣俞"必能状难写之景，如在目前，含不尽之意，见于言外，然后为至矣"数语，既道出佳诗最为美妙动人的意境，也表达了其崇高的创作追求。梅氏以诗闻名，其诗论亦流传千古矣。

主要参考文献

扪虱新语　（宋）陈善撰　儒学警悟本

梁溪漫志　（宋）费衮撰　涵芬楼刊本

黄氏日钞　（宋）黄震撰　耕余楼刊本

欧阳文忠公文选　（明）归有光编　清刊本

唐宋八大家文钞　（明）茅坤编　清皖省聚文堂重校刊本

金圣叹全集　（清）金人瑞撰　民国上海锦文堂据唱经堂原本校印

宋诗善鸣集　（清）陆次云撰　清江阴梓行陈永锡刊本

古文眉诠　（清）浦起龙编　清乾隆静寄东轩刊本

山晓阁选宋大家欧阳庐陵全集　（清）孙琮编　清康熙刊本

古文析义　（清）林云铭编　清康熙丙申年（1716）刊本

古文评注　（清）过珙编　清嘉庆庚申年（1800）刊本

唐宋十大家全集录　（清）储欣编　清光绪壬午年（1882）江苏书局重刊本

古文一隅　（清）朱宗洛编　清光绪丁亥年（1887）撷华书屋刊本

唐宋八大家类选　（清）储欣编　清光绪壬辰年（1892）湖北官书处重刊本

唐宋八大家文读本　（清）沈德潜编　清光绪壬寅年（1902）宁波汲绠斋石印本

评注才子古文　（清）金人瑞编　江左书林 1914 年石印本

古文辞约编　李刚己编　柏香书屋 1925 年印行本

宋诗精华录　陈衍著　商务印书馆 1927 年版

评校音注古文辞类纂　王文濡编　中华书局 1932 年版

昭昧詹言　（清）方东树撰　人民文学出版社 1961 年版

苕溪渔隐丛话　（宋）胡仔撰　人民文学出版社 1962 年版

新五代史　（宋）欧阳修撰　中华书局 1974 年版

宋史　（元）脱脱等撰　中华书局 1977 年版

唐宋诗举要　高步瀛著　上海古籍出版社 1978 年版

彦周诗话　（宋）许觊撰　《历代诗话》本，中华书局 1981 年版

人间词话新注　王国维著　滕咸惠校注　齐鲁书社 1981 年版

唐宋文举要　高步瀛著　上海古籍出版社 1982 年版

欧阳修文选　杜维沫、陈新选注　人民文学出版社 1982 年版

载酒园诗话　（清）贺裳撰　《清诗话续编》本，上海古籍出版社 1983 年版

瓯北诗话　（清）赵翼撰　《清诗话续编》本，上海古籍出版社 1983 年版

养一斋诗话　（清）潘德舆撰　《清诗话续编》本，上海古籍出版社 1983 年版

续资治通鉴长编附拾补　（宋）李焘撰　上海古籍出版社 1985 年版

苏轼文集　（宋）苏轼撰　孔凡礼点校　中华书局 1986 年版

欧阳修选集　陈新、杜维沫选注　上海古籍出版社 1986 年版

唐宋词鉴赏辞典　周汝昌等著　上海辞书出版社 1988 年版

唐宋八大家文钞　（清）张伯行编　萧瑞峰校点　浙江古籍出版社 1994 年版

欧阳修散文选集　王宜瑗选注　百花文艺出版社 1995 年版

欧阳修资料汇编　洪本健编　中华书局 1995 年版

唐宋八大家文钞校注集评　高海夫主编　三秦出版社 1998 年版

欧阳修散文精选　汪涌豪、汪习波选注　东方出版中心 1999 年版

欧阳修全集　（宋）欧阳修撰　李逸安点校　中华书局 2001 年版

欧阳修诗文集校笺　洪本健校笺　上海古籍出版社 2009 年版

唐宋词简释　唐圭璋选释　人民文学出版社 2010 年版

唐五代两宋词选释　俞陛云选释　上海古籍出版社 2011 年版

欧阳修诗编年笺注　刘德清、顾宝林、欧阳明亮笺注　中华书局 2012 年版

欧阳修词校注　胡可先、徐迈校注　上海古籍出版社 2015 年版

欧阳修词校笺　欧阳明亮校笺　中华书局 2019 年版

欧阳文忠公集　（宋）欧阳修撰　《四部丛刊》本

欧阳文忠公集　（宋）欧阳修撰　日本天理大学附属天理图书馆藏南宋本

《中华传统文化百部经典》已出版图书

书　　名	解读人	出版时间
周易	余敦康	2017 年 9 月
尚书	钱宗武	2017 年 9 月
诗经（节选）	李　山	2017 年 9 月
论语	钱　逊	2017 年 9 月
孟子	梁　涛	2017 年 9 月
老子	王中江	2017 年 9 月
庄子	陈鼓应	2017 年 9 月
管子（节选）	孙中原	2017 年 9 月
孙子兵法	黄朴民	2017 年 9 月
史记（节选）	张大可	2017 年 9 月
传习录	吴　震	2018 年 11 月
墨子（节选）	姜宝昌	2018 年 12 月
韩非子（节选）	张　觉	2018 年 12 月
左传（节选）	郭　丹	2018 年 12 月
吕氏春秋（节选）	张双棣	2018 年 12 月
荀子（节选）	廖名春	2019 年 6 月
楚辞	赵逵夫	2019 年 6 月
论衡（节选）	邵毅平	2019 年 6 月
史通（节选）	王嘉川	2019 年 6 月
贞观政要	谢保成	2019 年 6 月
战国策（节选）	何　晋	2019 年 12 月
黄帝内经（节选）	柳长华	2019 年 12 月
春秋繁露（节选）	周桂钿	2019 年 12 月
九章算术	郭书春	2019 年 12 月
齐民要术（节选）	惠富平	2019 年 12 月

书　　名	解读人	出版时间
杜甫集（节选）	张忠纲	2019年12月
韩愈集（节选）	孙昌武	2019年12月
王安石集（节选）	刘成国	2019年12月
西厢记	张燕瑾	2019年12月
聊斋志异（节选）	马瑞芳	2019年12月
礼记（节选）	郭齐勇	2020年12月
国语（节选）	沈长云	2020年12月
抱朴子（节选）	张松辉	2020年12月
陶渊明集	袁行霈	2020年12月
坛经	洪修平	2020年12月
李白集（节选）	郁贤皓	2020年12月
柳宗元集（节选）	尹占华	2020年12月
辛弃疾集（节选）	王兆鹏	2020年12月
本草纲目（节选）	张瑞贤	2020年12月
曲律	叶长海	2020年12月
孝经	汪受宽	2021年6月
淮南子（节选）	陈　静	2021年6月
太平经（节选）	罗　炽	2021年6月
曹操集	刘运好	2021年6月
世说新语（节选）	王能宪	2021年6月
欧阳修集（节选）	洪本健	2021年6月
梦溪笔谈（节选）	张富祥	2021年6月
牡丹亭	周育德	2021年6月
日知录（节选）	黄　珅	2021年6月
儒林外史（节选）	李汉秋	2021年6月